Claire Holroyde

Komet

Claire Holroyde lebt in der Nähe von Philadelphia, arbeitet als Designerin und hat in der Vergangenheit diverse Short Stories in den Bereichen Spannung/Speculative Fiction veröffentlicht. ›Komet‹ ist ihr erster Roman. Um mehr zu erfahren, lohnt ein Besuch auf claireholroyde.com.

CLAIRE HOLROYDE

KOMET

Roman

Aus dem amerikanischen Englisch
von Gerald Jung

dtv

FSC
www.fsc.org
MIX
Papier aus verantwortungsvollen Quellen
FSC® C019821

Deutsche Erstausgabe

Titel der amerikanischen Originalausgabe: ›The Effort‹, 2021 erschienen bei Grand Central Publishing, a division of Hachette Book Group, Inc.

Lektorat: Katharina Herzberger
Umschlaggestaltung: ZERO Werbeagentur GmbH
Umschlagmotive: shutterstock.com
Gesetzt aus der Minion Pro
Satz: Uhl + Massopust, Aalen
Druck und Bindung: Druckerei C.H.Beck, Nördlingen
Printed in Germany · ISBN 978-3-423-21851-1

Gewidmet meinen Erstlesern und Erstleserinnen
Chris, Bernadette und Matt …
und dem wunderschönen blauen Planeten,
auf dem wir alle gemeinsam leben

»Früher oder später kommt einer, auf dem unser Name steht. Es ist lediglich eine Frage wann, nicht ob.«

Alan Duffy, wissenschaftlicher Leiter
der Royal Institution of Australia

»›Er war ganz plötzlich da‹: Forschungsteam von ›City Killer‹-Asteroiden überrumpelt, der die Erde nur knapp verfehlt hat.«

Allyson Chiu, *Washington Post* vom 26. Juli 2019

PROLOG

RESERVAT DER TOHONO O'ODHAM, KITT PEAK, ARIZONA
30. JULI

Hinterher konnte sich bei Spacewatch niemand mehr daran erinnern, ob Jeff oder Jim ihn entdeckt hatte. Die beiden waren sich so ähnlich, und keiner von ihnen wollte die Lorbeeren dafür haben. Beide Männer waren Ende zwanzig und arbeiteten nach ihrer Promotion am *Forschungszentrum für Planetologie* der Universität von Arizona. Am Morgen des 30. Juli kamen beide früh ins Labor, beide trugen Cargo Shorts und Birkenstocksandalen. Nachdem sie sich den Schlaf aus den Augen gerieben hatten, setzten sie sich vor ihre Computer, um die Ergebnisse der vergangenen Nacht zu begutachten.

Jim und Jeff waren Asteroidenjäger, und wie die meisten Menschen auf Jagd, die es mit einem verdichteten Beobachtungsfeld zu tun hatten, benutzten sie Bewegungen zum Aufspüren ihres Ziels. Die beiden Teleskope der Universität auf dem Gipfel des Kitt Peak wurden bei jeder Lunation – dem Ablauf einer vollständigen Mondphase – von automatisierter Software vierundzwanzig Nächte lang überwacht. Im Minutenabstand wurden Bilder desselben Ausschnitts des Nachthimmels aufgenommen, um Positionsveränderungen zu entdecken. Diese digitalen Bilder sahen wie Fotonegative aus, denn das dunkle, von Lichtflecken übersäte Universum war auf ihnen in eine Art weißes Rauschen umgewandelt.

Von dem größeren 1,8-Meter-Teleskop wurden in erster Linie lichtschwächere Objekte im Sonnensystem beobachtet, da diese von den anderen wahrscheinlich weniger beachtet wurden, die rings um den Globus auf Asteroidenjagd waren. Jeff und Jim arbeiteten immer im Team, aber einer von ihnen musste es zuerst gesehen haben: ein neues Objekt, das in der vorangegangenen Nacht noch nicht zu sehen gewesen war – ein sehr großes Objekt, das erst vor Kurzem hinter dem gleißenden Rand der Sonne hervorgekommen sein musste. *Bin ich verrückt oder ist da wirklich was?*, rief derjenige womöglich dem anderen zu. *Denn ich wäre lieber verrückt, als …*

Für den zweiten Betrachter muss es noch schlimmer gewesen sein. Denn sobald er seinen ergonomischen Schreibtischstuhl herangerollt und sich herübergeneigt hatte, bis sein bärtiges Gesicht nur wenige Zentimeter vom Computerbildschirm entfernt war, musste er den undeutlichen schwarzen Punkt bestätigen, der sich dort im Orbit des Jupiter abzeichnete. Als ihm klar wurde, was er da sah und was es unweigerlich zu bedeuten hatte, muss er vor Schreck aufgesprungen sein und dabei seinen Stuhl umgeworfen haben.

1

AUS DEM SCHATTEN DER SONNE

PASADENA, KALIFORNIEN

31. JULI

Eine Woche bevor die Nachricht von der Entdeckung des dunklen Kometen UD3 an die Öffentlichkeit gelangte, klingelte Dr. Ben Schwartz' Telefon mitten in der Nacht. Unbekannte Nummer. Ben leitete den Anruf an seine Voicemail weiter, aber kurz darauf klingelte das Telefon erneut. *Wer ist gestorben?*, fragte er sich. *Tante Rachel? Meine Mutter oder mein Vater?* Ben setzte sich rasch die Brille auf und rief zurück. Eine knarrende Stimme mit deutlichem Akzent verlangte namentlich nach ihm.

»Vom Jet Propulsion Laboratory der NASA«, fügte der Mann hinzu.

Niemand vom Strahlenantriebslabor sprach den Namen komplett aus. Es hieß sonst immer nur JPL, eine Abkürzung von vielen, wie sie von sehr effizienten Sprechern oder Sprecherinnen benutzt wurde. *Gab es einen Notfall im Labor? Eine Sicherheitsverletzung? Eine Explosion?*

Bens Freundin Amy stöhnte leise, als er das grelle Deckenlicht anmachte. Sie legte die Hand über die Augen und entblößte das Pfauenfedertattoo, das die weiche Innenseite ihres Unterarms zierte. Amys platinblonde Haare waren damals, als sie sich bei einer CosCon-Sci-Fi/Fantasy-Convention begegnet waren, flammend rot gewesen und hinter spitze Elfenohren geschoben. *Nimm das, Tolkien!* Während ihrer Steampunk-Phase waren sie schwarz gewesen, aber noch nie braun. Braun war viel zu normal, und mit normal hatte Amy nichts am Hut.

»Ja, hier ist Ben«, bestätigte er. »Und wer sind Sie?«

Die Namen berühmter alter Meister fallen in Wissenschaftskreisen ständig, weshalb es einen Augenblick dauerte, bis Ben klar wurde, dass er tatsächlich mit einem von ihnen sprach.

»Ach du Scheiße! Echt jetzt?«, fragte er.

Amy fluchte und warf ein Kopfkissen nach ihm. Hätte sie etwas Schweres oder Spitzes in die Finger bekommen – einen Wecker, eine Lampe, einen Morgenstern –, hätte sie ihm garantiert die Zähne ausgeschlagen. Ben machte das Schlafzimmerlicht wieder aus, ging in den Flur und tappte barfuß über den Teppichboden, dessen Farbe und Konsistenz ihn an Haferflocken erinnerte. Die sechzig Quadratmeter seiner Eigentumswohnung hatten für die Junggesellenjahre ausgereicht, damals, als er Ende zwanzig, Anfang dreißig war, aber mit zwei Leuten war sie überbelegt. Amy brauchte Platz. Ben hätte gerne eine größere Wohnung gehabt, aber die Immobilienpreise in South Pasadena waren irrsinnig, und er arbeitete für die Regierung, nicht für Google.

»Entschuldigen Sie«, sagte Ben, »aber meinen Sie Tobias Ochsenfeld, den Astrophysiker? Also … *den* Astrophysiker?«

»Ja«, antwortete der Mann. »Ab und zu schreibe ich auch mal ein Buch, aber das scheint niemanden zu interessieren.«

Dabei hatte der alte Sack mit seiner Essaysammlung zum Thema Symmetrie ein MacArthur-Stipendium gewonnen. Der geborene Australier hatte in Oxford gelehrt und war so brillant in Mathematik, wie man nur sein konnte, ohne schon am Autismus zu kratzen. Angeblich war er sowohl ein Fan von Proust als auch von Fermats letztem Satz.

»Ich kann's kaum glauben«, sagte Ben und lachte trocken. »Ich habe Ihre Theorien in der Schule gelernt. Also, ich hätte nie im Leben damit gerechnet, dass Sie dran sind, als ich das Telefon abgenommen habe.«

Der berühmte Achtzigjährige wurde todernst. »Das ist bedauerlich. Denn ich habe mir sagen lassen, dass Sie ziemlich gut im Raten sind.«

Die Angst kehrte zurück. Sie breitete sich in Bens Magen aus und stachelte seine Fantasie wieder an. Er wollte Fragen stellen, kam aber nicht sehr weit.

»Ich muss Sie unterbrechen, Ben. Ich darf Sie doch Ben nennen?«

»Sir –«

»Und Sie nennen mich Professor, wenn Sie wollen. Ich habe mein ganzes Leben in der akademischen Welt gearbeitet und bin inzwischen steinalt. Also, Ben, Sie müssen zum Flughafen Los Angeles. Sofort.«

Ben stutzte und sprach das einzige Wort aus, das der Situation angemessen schien. »Warum?«

»Weil die UN für Sie einen Flug nach Französisch-Guayana gebucht hat«, antwortete der Professor. »Bevor Sie durch die Sicherheitskontrolle gehen, brauchen Sie noch eine Gelbfieberimpfung.«

Ben machte vorsichtig einen Schritt in seine Wohnküche. »Warum –«

»Ich rufe aus Brüssel an«, unterbrach ihn der Professor, »aber ich fliege heute ebenfalls noch los. Ich verspreche, dass ich Ihnen alles Weitere persönlich erkläre. Vor Ihrem Haus wartet bereits ein Wagen, der Sie zum Flughafen bringt. Sie brauchen nichts weiter als Ihren Pass.«

Nach einer Schrecksekunde ließ Ben das Telefon sinken und ging geduckt zur gläsernen Schiebetür, die auf seinen Balkon im zweiten Stockwerk führte. Der Vorgarten der Wohnanlage sah aus wie immer: überall Kunstrasen, bis auf den von kleinen Strahlern beleuchteten Betonweg.

Als Ben hier eingezogen war, hatte es dort noch Staudengärten und richtiges Gras mit automatischer Bewässerung gegeben, aber die so noch nie da gewesene kalifornische Trockenheit und die Wasserspargesetze hatten derlei Gartenschmuck unbeliebt gemacht. Der Kieselgarten mit den blühenden Kakteen, der sie ersetzt hatte, war nicht lange danach in El Niños Regengüssen weggespült worden. Laut Eigentümergemeinschaft kam Kunstrasen mit derlei Klimabedingungen am besten klar. Woraufhin sich nicht wenige darüber beschwert hatten, dass das Gelände jetzt wie eine Minigolfanlage aussah, es fehlten nur noch ein paar Löcher und herumliegende Schläger.

Ben erblickte eine am Straßenrand parkende Limousine. Im Licht der Laterne sah er dunkle Bewegungen hinter der Scheibe auf der Fahrerseite. Er bekam eine Gänsehaut. Dann fingen alle zu schreien an: Ben schrie seine Fragen, der Professor schrie, dass für Fragen keine Zeit bleibe, und Amy schrie aus dem Schlafzimmer, Ben solle verdammt noch mal leise sein, sie wolle schließlich schlafen.

»Ich gehe nirgendwohin«, sagte Ben, »bevor ich nicht weiß, worum es überhaupt geht.«

»Verlieren Sie jetzt bloß nicht den Kopf«, ermahnte ihn der Professor. »Denn Ihren Kopf brauche ich noch!«

»Sie werden schon sehen!«

Ben ging in die Mitte des Wohnzimmers, um besser nachdenken zu können. Er stand da in Boxershorts und einem weißen Unterhemd und starrte auf seinen an der Wand hängenden Flachbildschirm. Während er darin die schmale Silhouette und die knochigen Gliedmaßen seiner 1,75 Meter betrachtete, sprang die Klimaanlage mit leisem Surren an. Im Vergleich zu Bens außergewöhnlichem Verstand war sein Körper nur dessen weniger leistungsfähiges Vehikel.

»Gestern ist ein dunkler Komet entdeckt worden«, sagte der Professor. »Er kam gerade auf einer exzentrischen Umlaufbahn hinter der Sonne hervor –«

»Ich *wusste* es!«, rief Ben.

Im Herbst 2014 hatte das Thema Kometen Ben zu seinen fünfzehn Minuten Ruhm verholfen. Der Komet *Siding Spring* war gerade in einer Entfernung, die halb so groß war wie die zwischen der Erde und ihrem Mond, am Mars vorbeigesaust. Erst zweiundzwanzig Monate vorher hatten Astronomen in Australien den Kometen entdeckt. Als Manager des NASA-Zentrums für erdnahe Objekte (CNEOS) beim JPL hatte Ben eine Pressekonferenz abgehalten und die Gelegenheit genutzt, die Gefahren sogenannter »dunkler« oder auch schlecht zu erkennender Kometen anzusprechen. Zum ersten Mal in seinem Leben waren Bens Warnungen von den großen Medien verbreitet worden.

»Glückwunsch«, sagte der Professor mit einem leicht feindseligen Unterton.

Ben riss sich zusammen und hielt die Klappe, damit der alte Mann fortfahren konnte.

»Der Komet hat keinen Namen, nur die Bezeichnung UD3. Bei *Spacewatch* wollte niemand damit in Verbindung gebracht werden.«

»Langsam«, ging Ben dazwischen. »Wollen Sie damit sagen, diese Typen in Arizona haben *Sie* zuerst angerufen?«

»Nein. Sie haben zuerst bei der NASA angerufen. Und die hat im Präsidialamt Ihrer Regierung angerufen.«

Ben wartete nur wenige Herzschläge. »Und?«

»Die oberste Führung Ihres Landes will Gewissheit haben«, sagte der Professor. »Sie will eine nachgewiesene Flugbahn, die Wahrscheinlichkeit eines Einschlags … also alles, was wir nach einer ersten Sichtung noch nicht liefern können. Was diese Leute auf gar keinen Fall wollen, sind verfrühte Schätzungen, die sich als falsch erweisen können und das Land unnötigerweise in Panik versetzen.« Er stieß ein merkwürdiges Geräusch aus, eine Mischung aus Seufzen und Räuspern. »Ich gehe davon aus, dass die totale Auslöschung … undenkbar ist«, sprach der Professor weiter. »Nicht nur für die in der Regierung, die immer noch an den Kreationismus glauben, sondern auch für alle anderen. Vermutlich sind wir doch alle der Mittelpunkt unseres eigenen Universums –«

»Auslöschung? Wie groß ist der Komet denn?«

»Acht Kilometer.«

Schweigen.

»Genau«, sagte der Professor, »und deshalb hat mich die NASA angerufen. Ich konnte eine Verbindung mit den Vereinten Nationen und der EU herstellen. Die sind bereit, mit uns zusammenzuarbeiten.«

Ben holte tief Luft, wobei er erst jetzt merkte, dass er sie angehalten hatte.

»Sagten Sie gerade acht Kilometer?«, fragte er.

»Ja. Bedauerlicherweise.«

Ben hörte sich selbst keuchen. Nach weniger als vierundzwanzig Stunden ließ sich nicht viel mehr als die Größe und Geschwindigkeit des Kometen bestimmen, und beide waren mehr als erschreckend.

»Wie sieht der Plan jetzt aus?«

»Deshalb habe ich Sie angerufen«, sagte der Professor, der allmählich die Geduld verlor. »Sie leiten doch das Zentrum für erdnahe Objekte bei der NASA. Sie sind der Experte, oder etwa nicht?«

»Ja schon«, stammelte Ben und richtete sich auf. »Ich habe mich schon mein ganzes Leben mit Asteroiden und Kometen beschäftigt.«

Ben kam oft außer Atem, wenn er über Einschläge aus dem All redete. Sogar Amy als großer *Star Wars*-Fan, Fantasy-Gamerin, Manga-Leserin – und zweifellos die coolste Person in Sci-Fi-Convention-Kreisen – musste ihn ab und zu fragen: *Kannst du auch mal über was anderes als über Asteroiden und Kometen reden?* Ehrlich gesagt: nein. Ben antwortete darauf immer: *Wie kann man nicht darüber reden?*

Die Dinosaurier waren seine erste große Liebe gewesen. Als Sechsjähriger hatte er Plastikdinos gesammelt und auf dem Flokati seiner Eltern gewaltige Echsenschlachten inszeniert. Als er älter wurde, hatte er von einer noch viel größeren Naturgewalt erfahren. Die entsetzlichen Zähne eines Tyrannosaurus Rex waren nichts im Vergleich zu einem Asteroiden von zehn Kilometer Durchmesser. Letztendlich hatte die hundertsiebzig Millionen Jahre dauernde Herrschaft der Dinosaurier ein jähes Ende gefunden, nachdem der Aufschlag eines Asteroiden die Energie von mehr als einer Milliarde Atombomben entfesselt hatte. Für das komplexe Leben auf der Erde stellte nichts eine größere Bedrohung dar als der Einschlag eines Himmelskörpers aus dem Weltall. Einmal abgesehen davon, was sich der Mensch selbst antat.

»Und ich bin der Vorsitzende der IAA-Konferenz zur planetaren Verteidigung«, schob Ben hinterher. »Wir haben hundertzweiundzwanzig mögliche kosmische Einschlagsszenarien durchgespielt und –«

»Sehr gut. Denn wir brauchen einen Plan für das Worst-Case-Szenario – den schlimmsten aller möglichen Fälle. Falls

Sie jetzt nicht noch mehr Zeit verplempern wollen, schlage ich vor, dass Sie sich in dieses Flugzeug setzen und schon mal ein paar Namen für ihre Auswahlmannschaft zusammenstellen.«

Der Professor räusperte und hustete die Motten und Spinnweben aus seiner Kehle und fuhr dann fort: »Wir sehen uns am Äquator.«

Nachdem er aufgelegt hatte, ging Ben zurück ins Schlafzimmer und machte das Licht wieder an.

»Herrgottnochmal«, zischte Amy. »Ich will schlafen. Ich muss morgen arbeiten.«

Ben schaltete das Licht wieder aus und blieb im Dunkeln stehen. Er wusste nicht, wie lange er so dagestanden hatte, bis er das Licht wieder anknipste.

»Was denn?«, rief Amy. »Was ist denn so verdammt wichtig mit diesem Weltall? Es ist ja nicht so, als wäre es morgen nicht mehr da!«

Ben gingen tausend Dinge gleichzeitig durch den Kopf. Seine Lippen und Augenlider zitterten vor Anspannung. Als Amy ihn so sah, warf sie die Bettdecke beiseite und ging zu ihm.

»Tut mir leid, Schatz«, sagte sie. »Was ist denn los?«

Amy wusste, dass sie nicht in seinen Schädel vordringen konnte. Sie musste ihn sanft daraus hervorlocken.

»Ben?«

Amy nahm seine kleine Hand in ihre noch kleineren Hände. Ben hatte lange, feingliedrige Finger, was er seit jeher verabscheut und sie schon immer an ihm geliebt hatte.

»Ben!«

»Weißt du noch, als vor ein paar Jahren der Komet *Siding Spring* an der Erde vorbeigeflogen ist? Du warst genervt, weil ich im Büro übernachtet habe, als wir sämtliche Marssonden auf der anderen Seite des Planeten zusammengezogen haben –«

»Das Manöver *Kopf einziehen und in Deckung gehen*«, beendete Amy den Satz für ihn.

Bens feines Lächeln verschwand, kaum dass es seine Lippen erreicht hatte.

»Es ist wieder ein dunkler Komet aufgetaucht«, sagte Ben langsam.

Amy wollte ihn unterbrechen und nach der voraussichtlichen Flugbahn, der Wahrscheinlichkeit und dem angenommenen Zeitpunkt des Einschlags fragen, aber Ben ließ sie nicht zu Wort kommen.

»Sie haben ihn erst gestern entdeckt – und er ist verdammt groß.«

Ben hatte mit Amy schon immer Klartext geredet und nie sein Alter mit einer irgendwie gearteten Überlegenheit gleichgesetzt. Er war zweiundvierzig und sie vierunddreißig. Auch seine Intelligenz hatte er nie ins Feld geführt. Seit jeher hatte er Amy alles aus dem einfachen Grund erzählt, dass er es wollte. Letztendlich war er ein einsamer, nervöser Mensch. Amy ergänzte seinen verhaltenen Eifer durch eine sehr willkommene Portion Dreistigkeit und Durchsetzungskraft.

»Ich muss los«, sagte er. »Draußen … wartet schon ein Auto auf mich.«

Sie sahen einander schweigend an, bevor Amy ihn fragte, wohin er musste.

»Flugplatz. Äquator. Südamerika. Wir müssen uns auf das Schlimmste vorbereiten. Sie wollen von dort eine Abfangrakete starten, falls es so weit kommen sollte. Oder wohl eher: *Ich* werde sie starten. Jedenfalls muss ich den genauen Plan dafür ausarbeiten.«

Er unterbrach sich und führte seine Fantasie in einem Raum

mit allem Anschein nach endlosen Möglichkeiten spazieren, um sie kurz darauf vor lauter Unschlüssigkeit erstarren zu lassen. Er spürte die Galle in seiner Speiseröhre emporsteigen, er spürte den säuerlichen Geschmack im Mund. Blinde Flecken wucherten am Rand seines Gesichtsfelds. Er näherte sich dem Augenblick eines Traumes, in dem man das Gleichgewicht verliert und fällt, um kurz darauf erschrocken aufzuwachen.

»Er hat mich gewarnt. Ich darf nicht den Kopf verlieren.«

Ben setzte sich aufs Bett und schloss die Augen, aber das reichte nicht aus. Er wankte ins Bad nebenan und übergab sich in die Toilettenschüssel. Als er nur noch trocken würgte, kam Amy auf Zehenspitzen hinterher, holte einen Kulturbeutel unter dem Waschbecken hervor und packte ihre Zahnbürste, Zahnseide, Deo und Tampons ein.

»Moment mal«, sagte Ben. »Was machst du da?«

Er setzte sich auf die kühlen Fliesen und wischte sich über den Mund und das vorstehende Kinn.

»Ich packe«, antwortete Amy und sprang schon unter die Dusche. »Bin gleich fertig.«

Ben schüttelte den Kopf und schwankte leicht. Als er ihr widersprechen wollte, fuhr Amy herum und funkelte ihn mit ihren grauen Augen an.

»Du gehst nicht ohne mich.«

Amy war als Kind von Armeeangehörigen auf etlichen Militärstützpunkten aufgewachsen. Nachdem sie mit achtzehn die Schule abgeschlossen hatte und volljährig geworden war, hatte sie alles Mögliche gearbeitet, mit mehreren Freunden zusammengelebt und diverse Abendkurse belegt. Jedes Mal, wenn Ben den Umzug in eine größere Wohnung erwähnte, sah Amy ihn entschlossen an und sagte: *Ich bin in meinem Leben schon genug umgezogen.* Sie brauchte die Gewissheit eines geregelten Zuhauses mit Ben als permanentem Fixpunkt.

»Deckel drauf.«

»Was?«

»Mach die Kappe auf deinen Rasierer«, sagte Ben und zeigte auf den pinkfarbenen Einwegrasierer in ihrer Hand. »Sonst schneidest du dich.«

Amy stand in ihrem zerknitterten *Mystery Science Theater 3000*-T-Shirt und einer seiner Boxershorts hoch über seiner auf dem Fliesenboden zusammengesunkenen Gestalt. Das mit den Boxershorts gefiel ihm schon allein deshalb nicht, weil sie an ihrem flachen Bauch viel besser aussahen als an ihm.

»Komm schon«, sagte Amy nachsichtig. »Beruhige dich erst mal, und dann ziehst du dich an.«

Sie stellte den Kulturbeutel aufs Waschbecken, fasste Ben unter den Achseln und zog ihn hoch.

»Jetzt hol schon mal unsere Reisepässe«, spornte sie ihn an.

Normalerweise wusste Ben immer, wo alles war, weil er derjenige war, der alles wegräumte. An die Wände gestützt folgte er Amy ins Schlafzimmer. Dort standen bereits zwei leere, aufgeklappte Koffer auf dem Bett. Amy nahm stapelweise Klamotten aus dem Schrank und packte sie in die Koffer, mit Kleiderbügeln und allem. Ben zog eine Jeans an und schob seine Brieftasche und ihre Pässe in die Gesäßtaschen. Von draußen war ein kurzes Hupen zu hören.

»Stellt euch nicht so an, ihr Idioten!«, brüllte Amy.

Die lauten Geräusche ließen Ben zusammenzucken. Seine Hände zitterten, aber Amys Hände gingen ruhig und entschlossen vor. Die vielen Stunden, die sie allein in ihrem winzigen Schlafzimmer damit verbracht hatte, Science-Fiction-Romane und Comics zu lesen, hatten sie darauf vorbereitet.

»Amy, du weißt schon, dass das hier echt ist?«

Sie nickte. Schon seit der fünften Klasse hatte sie darauf gewartet, die Welt zu retten.

»Alles, was wir kennen und wissen, steht auf dem Spiel.«

»Ja, ich hab's kapiert«, erwiderte sie und packte die Griffe der beiden Koffer.

Ben sah, wie sie sich abmühte. Ein mutigerer, einfacher gestrickter Mann wäre ihr zu Hilfe geeilt. Aber Ben war weder mutig noch einfach gestrickt. Sein Verstand überschlug sich immer noch.

»Mein Gott«, flüsterte Ben. »Was wird bloß passieren, wenn die Welt erfährt, was auf sie zukommt?«

2
DUNKLER KOMET

PAZIFISCHER NORDWESTEN
7. AUGUST
T MINUS 178 TAGE BIS ZUM START

Auf dem Weg nach Alaska las Jack Campbell bei der Zwischenlandung in Seattle die Worte »dunkler Komet« auf einem Bildschirm. Die Nachricht auf dem Newsticker lief immer wieder durch, während Jack auf seinen heißen Kaffee pustete. Seine gespitzten Lippen erstarrten, als die komplette Schlagzeile zu lesen war: *DUNKLER KOMET UD3 VON SPACEWATCH ENTDECKT*. Er wusste nicht genau, warum es sich so unheilvoll anhörte, deshalb googelte er erst einmal.

Online-Artikel beschrieben diejenigen Kometen als dunkel, die von der Erde aus nicht zu sehen waren. Einem NASA-Bericht zufolge war UD3 ein langperiodischer Komet, der sich auf der Rückseite der Sonne angenähert hatte, um die gewaltige Masse des Sterns herumgeschleudert wurde und erst danach von den Teleskopen zu erfassen war. Die NASA behauptete, bislang gebe es noch nicht genügend Informationen, um die Flugbahn des Kometen einzuschätzen oder eine Voraussage hinsichtlich der Wahrscheinlichkeit eines Einschlags machen zu können. Jack blickte von seinem Handy auf und betrachtete die anderen Reisenden, die am Gate 36 warteten. Gefahren fühlten sich immer gleich viel echter an, wenn andere sie ebenfalls empfanden, aber alles schien völlig normal zu sein. Männer, Frauen und Kinder beugten sich entweder über ihre Handys, Laptops, Bücher oder Zeitschriften, oder sie dösten – bis eine Flugbegleiterin ihr Mikro anmachte und alle Passagiere willkommen hieß, insbesondere die Mitglieder des American-Airlines-Vorteilsprogramms.

Jack ging an Bord und verstaute seine Kameratasche in der Gepäckablage. Er war Fotojournalist und unterwegs zu einem Auftrag an Bord einer Arktisexpedition. Eine solche Gelegenheit bekam man nur einmal im Leben, weshalb er vor Begeisterung eigentlich völlig aus dem Häuschen sein müsste.

»Was halten Sie von diesem Kometen?«, fragte Jack die grauhaarige Passagierin auf dem Fensterplatz. »Der gerade in den Nachrichten kam.«

Er wollte ihr seinen Handybildschirm zeigen, aber sie winkte ab.

»Mein Lieber, ich schau mir schon lange keine Nachrichten mehr an. Viel zu deprimierend. Kriegen wir in dieser Kiste eigentlich was zu essen, oder müssen wir alles selbst bezahlen?«

Das Flugzeug landete kurz nach 15 Uhr in Anchorage, Alaska. Die anderen Passagiere hasteten mit ernsten Mienen sofort los zu ihren Jobs, ihren Familien oder ihren Anschlussflügen. Ein Junge, der auf sein Handy starrte und wahrscheinlich Pokémons jagte, lief gegen eine Wand, prallte ab und ging einfach weiter. Auch er war eine lebende Erinnerung daran, dass das Leben zumeist mit gesenktem Kopf geführt wurde und man von der großartigen Natur und all ihren Problemen nur sehr flüchtige Eindrücke mitbekam.

Die Redaktion bei *National Geographic* hatte für Jack einen Fahrer bestellt, der ihn das letzte Stück bis nach Seward bringen würde. In seinem Beruf waren die Terminpläne bei Reisen mörderisch, aber mit zweiunddreißig und ohne große Verpflichtungen war Jack durchaus bereit, diesen Preis für eine Arbeit, die ihm sehr viel Spaß machte, zu zahlen. Er streifte die Turnschuhe von den Füßen, streckte seine schlaksigen ein Meter neunzig quer auf der Rückbank der Limousine aus, und los ging's.

Auf dem Flug von Seattle hatte Jack im Netz herausgefunden, dass Einschläge aus dem Weltraum nichts Neues waren. Nur größere Himmelskörper waren in dieser Hinsicht eher selten. In den letzten siebzig Millionen Jahren hatte die Erde eine Glückssträhne gehabt … aber irgendwann war das Glück aufgebraucht, jedenfalls allen Wahrscheinlichkeitsrechnungen zufolge.

Jack zog sein Handy hervor und ignorierte alle neuen E-Mails und Textnachrichten von Freundinnen, Kollegen und Ex-Liebschaften aus der ganzen Welt. Er beantwortete auch die letzten E-Mails seiner Mutter nicht, deshalb war es kein Wunder, dass sie ihn am Ende seiner dreistündigen Fahrt anrief. Sie erkundigte sich nach dem Flug und so weiter, aber Jack wollte nur über den Kometen reden.

»Glaub doch nicht immer alles, was du liest«, riet ihm seine Mutter.

»Mom, es lief auf CNN.«

»Genau!«

Er wusste, worauf die Unterhaltung hinauslaufen würde.

»Warum sollen das jetzt Fake News sein?«, fragte er. »Es gibt politisch nichts zu gewinnen, wenn man den Leuten Angst einjagt.« Wobei er wusste, dass das nicht stimmte, also wechselte er die Taktik. »Erst im März gab es einen Asteroiden von der Größe eines Schulbusses, der uns näher gekommen ist als der Mond«, konterte er. »Er wurde nur *fünf Tage* vorher entdeckt, bevor er vorbeigesaust ist. Und 2014 gab es noch so einen dunklen Kometen, *Siding Spring*. Er kam aus unserem blinden Fleck hinter der Sonne hervor und hätte beinahe den Mars erwischt.«

»Davon hab ich nie was gehört.«

»Ich auch nicht, bis ich es vorhin gelesen habe. Nur weil wir nicht richtig aufpassen, heißt es noch lange nicht, dass solche Sachen nicht passieren, Mom.«

»Ich höre dich seufzen. Wie würde es dir gefallen, wenn ich jedes Mal seufzen würde, wenn du mir deine Ansichten aufs Brot schmierst?«

»Das sind Tatsachen. Tatsachen sind etwas anderes als Ansichten.«

»Ich hab nicht angerufen, um mit dir zu streiten.«

Jack hörte sein Seufzen zu spät, um es zu unterdrücken.

»Willst du denn immer noch weg?«, fragte sie.

Diese Frage stellte ihm seine Mutter jedes Mal.

»Wenn du nämlich deine Meinung änderst, könnten dein Vater und ich dich besuchen kommen …«

Jack tippte auf Lautsprecher, damit er zuhören und gleichzeitig die neuesten Meldungen online lesen konnte:

1. *Patriots* gegen *New York Giants*
2. Taylor-Swift-Konzert
3. Autismus und Antidepressiva *in utero*
4. FIFA-Weltmeisterschaft
5. Haarausfall durch Shampoo
6. …

Komet UD3 kam erst an sechzehnter Stelle, kurz vor dem Fußballclub Manchester City. Offensichtlich war Jacks Mutter nicht die Einzige, die diese Meldung verpasst hatte.

»Wir nehmen deine Zeit ja nicht komplett in Anspruch«, versicherte sie ihm. »Wir können am Vormittag etwas zusammen machen und uns dann wieder zum Abendessen treffen. Wir waren schon so lange nicht mehr in der Stadt …«

»Ich muss aufhören, Mom. Die vielen Flüge machen mich ganz fertig.«

Was durchaus stimmte. Über manche Themen stritt seine Mutter nicht mit ihm. Jack sagte, dass er sie lieb habe, was ebenfalls stimmte, und beendete den Anruf.

Als sein Wagen in Seward ankam, ging Jack noch einmal auf Google. Einige Artikel, die er auf dem Flug gelesen hatte, bezogen sich auf ein offizielles Dokument, das vor einigen Jahren von der scheidenden Präsidialverwaltung veröffentlicht worden war. Jack gab ein paar Wörter ein, an die er sich erinnern konnte, und klickte auf die erste angebotene Möglichkeit: *Nationale Strategien zur Vorbereitung auf erdnahe Objekte*. Der erste Link schickte ihn auf eine nicht erreichbare Seite der derzeitig offiziellen Webseite des Weißen Hauses, eine von mehreren, die bis auf Weiteres entfernt worden waren.

Vielen Dank für Ihr Interesse an diesem Thema, las Jack. *Bleiben Sie dran – diese Seite wird ständig upgedated.* Vor einer verschwommenen amerikanischen Flagge waren im Vordergrund zwei Mikrofone auf einem Stehpult mit dem Präsidentschaftssiegel zu sehen, als würde jeden Moment eine wichtige Persönlichkeit erscheinen und etwas verkünden.

Jacks Fahrer parkte am Hafen von Seward, lud sein Gepäck aus und stellte es auf den Betonboden. Als er um den Wagen herumkam und ihm die Tür aufhielt, machte Jack keine Anstalten auszusteigen. Noch nie hatte er vor einem langen Auftrag derlei Bedenken gehabt. Damals nicht, als sein Vater vor einer Herzoperation stand, auch nicht, als ihn eine Ab-und-zu-Freundin schluchzend anrief, und auch nicht, als sich eine alte Sportverletzung wieder meldete und er unter Schmerzen mit seinen schweren Kamerataschen losgehumpelt war. Jack glaubte nicht an Vorahnungen. Trotzdem hatte er eine, obwohl alle anderen Leute, denen er begegnete, einfach ganz normal weiterfunktionierten.

Der Fahrer beugte sich verwirrt zu ihm herab, dann sah er Jacks Gesicht.

»Ich kann Sie auch wieder zurück nach Anchorage fahren. Das würden die bestimmt verstehen«, fügte er hinzu und nickte in Richtung des großen Schiffes im Hafen.

Doch Jack bedankte sich bei dem Fahrer für seine Geduld, stieg aus und schüttelte ihm die Hand. Die Luft war feucht, es roch nach Salz und Fäulnis. Der Nebel, der sich an den Hängen der mit Schneestreifen überzogenen Berge rings um die Resurrection Bay herabschob, war dick wie Rauch. Jack warf sich die Taschen über die Schultern, wobei er sorgfältig auf seine Kamera aufpasste, und ging mit gesenktem Kopf über den lang gezogenen, schmalen Kai.

Seiner Meinung nach waren alle seine Aufträge bedeutend, die Dokumentation der letzten Expedition des Kutters *Healy* der US-Küstenwache war da keine Ausnahme. Nur zwei Gästeplätze waren zu vergeben gewesen, und Jack hatte seine Redaktion praktisch angebettelt, alle Hebel in Bewegung zu setzen, um ihm einen davon zu sichern. Im Juni hatten sie sich alle in der Hauptgeschäftsstelle in Washington, D.C., getroffen, um über den Umfang dieser Mission zu diskutieren. *Es ist so, als würdest du einen Chinesischen Flussdelfin fotografieren,* hatte ein Redakteur zu Jack gesagt. *Tasmanische*

Ureinwohner. Den javanischen Tiger. Den Volksstamm der Bo auf den Andamanen. Wandertauben, deren Schwärme einst die Sonne verdunkelt hatten … Der Redakteur hatte das Gesicht verzogen und den Kopf geschüttelt. *Alle wunderschön und ausgerottet. Nur noch Fossilien und Fotos übrig.* Jack bekam den Auftrag, die Schönheit der Arktis mit seiner Kamera festzuhalten, bevor sie unwiederbringlich dahin war.

Erst als er näher am Wasser war, erblickte Jack die über fünfzig großen, gefiederten Kadaver, die in der Bucht trieben. Er ging an den Rand des Kais, stellte sich neben einen Poller, der mit Seilen dicker als sein Handgelenk umwickelt war, und blickte zu den dunklen, toten Raubvögeln hinaus. Ein großer, junger Typ, der mehrere Meter hinter ihm gegangen war, ließ plötzlich seinen Seesack fallen, stellte sich neben Jack und betrachtete ebenfalls den schrecklichen Anblick. Er trug eine marineblaue Mütze mit Krempe und einen Kapuzenpulli, auf dem quer über die breiten Schultern in gelber Druckschrift HEALY CREW stand.

»Das sind Adler«, sagte er und runzelte staunend die Stirn. »Bis jetzt waren es immer nur Lummen.«

Er ließ den Blick über das Wasser schweifen und zeigte dann auf den Kadaver eines pinguinartigen Vogels.

»Das ist eine Lumme. Bei diesem globalen Durcheinander gerät alles aus dem Gleichgewicht. Sie sind verhungert. Zu Tausenden.«

Jack erkundigte sich nach den Adlern, aber der junge Mann zuckte die Schultern und sagte, darüber wisse er nichts.

»Vielleicht haben sie die Schlagzeilen mit dem Kometen gelesen«, sagte Jack und blinzelte in den Himmel, in dem es jetzt keine Adler mehr gab. »Oder sie wissen etwas, was wir nicht wissen.«

»Ach, ich hab gehört, dieser Komet ist bloß wieder so eine Verschwörungstheorie. Aber lassen wir's gut sein mit der Politik. Ich bin Ned Brandt.«

Der junge Mann hatte den Unterkiefer, den Nacken und den Oberkörper eines bulligen Footballspielers. Seine Wangen waren vom nasskalten Wind gerötet, sein Gesicht machte einen ehrlichen, offenen Eindruck und wirkte durchaus attraktiv, ungefähr so wie Chris Pratt. Ned war Oberleutnant bei der Küstenwache und Helikopterpilot, und er kam gerade von einem kurzen Landurlaub zurück.

Jack nannte seinen eigenen Namen, und die beiden gaben sich die Hand.

»Ich bin einer der Gäste«, erläuterte er.

»Der Dichter?«

»Nein, der andere. Der Fotojournalist.«

»Echt? Wenn du ein paar Luftaufnahmen haben willst, nehm ich dich mal im Hubschrauber mit«, bot ihm Ned an. Dann grinste er auf einmal. »… es sei denn, dein Komet setzt uns dermaßen zu, dass wir VAA sind.«

»Was?«

»Voll am Arsch«, erklärte Ned. »Beim Militär haben wir jede Menge Abkürzungen.«

Er trabte zu seinem Seesack und warf ihn sich wie einen Sack Kartoffeln über die Schulter. Dann gingen die beiden Männer gemeinsam bis zum Ende des Kais. Vor ihnen ragte der Küstenwachenkutter *U. S. Healy* auf, der technisch am besten ausgerüstete Polareisbrecher im ganzen Land. Das Schiff war länger als ein Footballfeld, neun Stockwerke hoch und es ging, soweit man das mit bloßem Auge erkennen konnte, noch mindestens zehn Meter unter der Wasserlinie hinab. Trotzdem zweifelte Jack nicht daran, dass es auf ihrer spätsommerlichen Reise an Bord durchaus beengt werden konnte. Alles, was einem vertraut war, wurde einem irgendwann zu eng.

Die beiden Männer näherten sich dem knapp hundertdreißig Meter langen Schiff, das der besseren Sichtbarkeit im Eis wegen hellrot gestrichen war. Ned stieß Jack mit dem Ellbogen an und forderte ihn mit einem kurzen Nicken auf, ihm zu folgen – vorbei an der langen Schlange von Personen in Zivil, allesamt Teil des Forschungsteams, die darauf warteten, mitsamt ihrem Gepäck eingecheckt zu werden. Am unteren Ende einer steilen Gangway stand eine »Coastie«, wie die Leute von der Küstenwache genannt wurden, und begrüßte die Neuankömmlinge. Sie lächelte Ned freundlich an und suchte Jacks Namen auf der Passagierliste. Als sie ihm einen Pager aushändigte, musste Jack über das etwas antiquierte Gerät lachen.

»So was hab ich zuletzt im ersten Jahr Oberstufe gesehen, an den Shorts von meinem Dope-Dealer.«

Die Frau reichte Jack auch eine Willkommen-an-Bord-Broschüre und eine neue Passagierkarte, die mit einer Büroklammer zusammengehalten wurden. Auf der Karte stand die Nummer seines Rettungsfloßes, seine Pager-Nummer und die Zuweisung zu seiner Kabine. Jack würde sich die Unterkunft mit dem anderen Gast der Expedition teilen, einem Dichter und Literaturnobelpreisträger. Ein Dichter war eine ungewöhnliche Wahl für die Expedition, da die Gästeplätze sonst immer an Wildtierbeobachter, Filmemacherinnen, Fotografen und Expertinnen für indigene Bevölkerungen vergeben wurden. Jack fragte sich, ob die Auswahlkommission bei dieser letzten Runde sentimentaler geworden war und die Arktis in der Unsterblichkeit des geschriebenen Wortes bewahrt wissen wollte.

Ned ging voraus, und die beiden Männer schleppten ihre

Taschen zuerst die metallene Gangway der *Healy* hinauf und dann in den roten Bauch des Schiffes hinein. Gleich rechts befand sich eine schmale Treppe mit der Aufschrift »Hauptdeck«. Ned kletterte wie eine Bergziege hinauf, aber Jack musste sich auf den steilen und schmalen Stufen vorsehen und gleichzeitig das Gewicht seiner Reisetaschen und der Kamera balancieren. Dann ging er auf dem Deck 02 einen Gang entlang und stand schließlich vor seiner geschlossenen Kabinentür. Er klopfte an und betrat einen dunklen, fensterlosen Raum. Nachdem er das Licht angeschaltet hatte, zuckte er mit einem Fluch auf den Lippen zurück. Da saß ein kleiner Mann an einem Schreibtisch.

»Entschuldigen Sie«, sagte Jack rasch, »aber Sie haben mir einen ziemlichen Schrecken eingejagt.«

Der andere Mann erhob sich. Er reichte Jack gerade bis zum Schlüsselbein. Zwischen seiner Nase und den schwarzen Augen zogen sich tiefe, ringförmige Falten von den eingefallenen Augenhöhlen bis zu den breiten Wangenknochen. Seine Haare – ein gestutzter Pony vorne und weiter hinten lang und glatt – waren noch schwarz und dicht, obwohl seine Gesichtshaut ziemlich verwittert aussah. Jack schätzte den Mann auf Ende vierzig, Anfang fünfzig, aber es ließ sich schwer sagen.

»Jack. Freut mich, Sie kennenzulernen.«

»Gustavo«, sagte der Mann, ohne zu lächeln.

Seine durchhängenden Jeans waren weit oben um erschreckend schmale Hüften mit einem Ledergürtel festgegurtet. Jack wunderte sich nicht, als sich Gustavo rasch entschuldigte, weil ihm übel wurde. Er trat rasch beiseite, um Gustavo durchzulassen, wobei es nicht einfach war, jemandem auf so beengtem Raum aus dem Weg zu gehen. Gustavo schleuderte seine ausgelatschten Lederschuhe von den Füßen und knöpfte sein Leinenhemd auf. Als er nur noch in verschlissener weißer Unterwäsche dastand, schwang der Dichter seinen knochigen Körper flink auf die obere Pritsche hinauf und zog den Vorhang vor.

Jack blickte sich in der Kabine um, aber viel gab es nicht zu sehen. Die kistenartigen Stauräume, die Stockbetten und die Wandschränke waren aus billigem Metallblech. Links von der Tür hing ein Telefon mit einem Pager-Verzeichnis an der Wand. Außerdem gab es ein kleines Waschbecken mit einem Wandschränkchen, einen Spiegel und zwei Schreibtische mit jeweils einem Stuhl davor. Auf Gustavos Schreibtisch lag nichts – kein Handy, kein Laptop, kein Buch, keine Zeitschrift, kein Notizbuch. Der Dichter musste einfach so in der Dunkelheit gesessen und seinen Gedanken nachgehangen haben.

Jack stellte seine Taschen in den offen stehenden und leeren Schrank. Die lange Anreise steckte ihm in den Knochen, weshalb er sich an die alte Infanterieweisheit hielt: *Nutze jede Gelegenheit zum Schlafen, Essen oder Scheißen.* Jack zog Turnschuhe und Hose aus, kletterte ins untere Bett und zog den Vorhang hinter sich zu.

Jack erwachte kurz nach drei in der Nacht. Er wälzte sich auf seiner schmalen Pritsche hin und her, aber dieselbe Vorahnung von Gefahr wie am Tag zuvor hielt ihn wach. Vor der Kabine brannten in den Gängen der *Healy* rote Lampen, wie damals in den Dunkelkammern, als Jack seine Fotos noch selbst entwickelt hatte. Ein Netzwerk offen liegender Kabel und Rohre zog sich an den Decken entlang. Im roten Licht der Nachtbeleuchtung sahen sie wie Arterien oder Eingeweide eines gewaltigen Tiers aus, so als wäre Jack Jona im Inneren des Wals.

Seine rastlosen Wanderungen führten Jack in den Aufenthaltsraum des Forschungsteams auf Deck 02, in dem Computer und Sessel, billige Sofas und Breitbildfernseher standen. Bis auf eine einzige jüngere Frau, die gebückt über der Tastatur eines Mac Mini an der Wand saß, hielt sich dort niemand auf. Ihre glatten schwarzen Haare waren zu einem dicken Pferdeschwanz zusammengefasst, der fast bis auf die schlabbrige Kapuze ihres Sweatshirts reichte. Da die Frau sich nicht zu ihm umdrehte, ging Jack zu einem der weniger guten HP-Laptops auf einem langen Tisch in der Mitte des Raums.

Er meldete sich als Gast an und öffnete einen Browser. Mit trommelnden Fingern wartete er ungeduldig, während sich die Internetseiten langsam aufbauten, bis die Frau sich genervt räusperte. Jack suchte nach »Verschwörung UD3« und las flüchtig über die Kommentare am Ende der Online-Artikel hinweg. Ein User schrieb:

Fake News! Das Foto wurde mit CGI gemacht!

Jack scrollte zu dem Bild hinauf, das den Artikel begleitete, und las die Bildunterschrift: *Künstlerische Darstellung eines Kometen im All.*

Die einzige plausible Verschwörungstheorie war, dass die NASA den Kometen erfunden hatte, weil der Asteroidenumleitungsmission im März die Finanzierung entzogen worden war. Jack loggte sich wieder aus und blickte zu der Frau an der Wand hinüber. Wenn er sich ernsthaft über den Kometen unterhalten und das Thema aus seinen Gedanken verscheuchen konnte, war es vielleicht auch möglich weiterzuschlafen.

Die Frau hörte ihn nicht näher kommen, sie saß nach wie vor wie hypnotisiert im bläulich schimmernden Bildschirmlicht, das ihre Haut ganz blass aussehen ließ und sich in ihren Brillengläsern spiegelte. Jack entschuldigte sich dafür, dass er sie erschreckt hatte, warf dann aber selbst einen Blick auf ihren Bildschirm, auf dem ein Negativabbild von Sternen zu sehen war. Der größte schwarze Fleck war rot eingekreist und mit »UD3« beschriftet.

»Sieht nicht allzu bedrohlich aus«, gab er zu. »Aber ist schon irgendwie seltsam, dass die NASA noch keine Einzelheiten bekannt gemacht hat, oder?«

Sie seufzte und drehte ihm den Oberkörper zu. Die Buchstaben auf der Vorderseite ihres Sweatshirts ergaben das Wort BERKELEY.

»Keine Ahnung«, erwiderte sie und zuckte die Achseln.

»Aber Sie sind beunruhigt?«

»Wenn ich nicht beunruhigt wäre, würde ich nicht mitten in der Nacht hiersitzen, statt zu schlafen.«

Sie wollte nicht unhöflich sein, sondern einfach nur das Offensichtliche aussprechen. Dann erzählte sie Jack, dass noch bis in den späten Abend etliche aus ihrem Team hier gesessen und gelesen hätten, die dann aber einer nach dem anderen gegangen waren, um vor Sonnenaufgang möglichst noch ein paar Stunden zu schlafen. Jack wünschte ihr eine gute Nacht und ließ sie in Ruhe.

Er verließ den Aufenthaltsraum des Forschungsteams und spazierte weiter durch die Gänge der *Healy.* Im Pausenraum der Besatzung ging es angenehm lebhaft zu. Jack schaute kurz hinein und musste bei der grellen Neonbeleuchtung die Augen zusammenkneifen. An den Wänden standen mehrere Computer-Arbeitsplätze, einige Laptops standen auf langen Tischen, aber keiner der Coasties saß davor. Die Stimmung war insgesamt lockerer und freundlicher, ein ganzes Dutzend Personen mit Nachtschicht verbrachte hier seine Freizeit.

Zwei Männer standen vor einem großen Flachbildschirm, fuchtelten mit den Armen und beobachteten ihre *Mario Tennis Aces*-Figuren auf dem Nintendo Switch. Andere lungerten in Socken auf Sofas herum oder spielten an einem Tisch Karten. In einer Ecke saßen drei Frauen beisammen, strickten und plauderten angeregt. Die Mannschaft war bereits miteinander bekannt und hatte ihre eigenen Routinen, und Jack wünschte sich, er könnte einfach reingehen, sich an einen Tisch setzen und bei einem Kartenspiel mitmachen.

Wieder in seiner Kabine angekommen, versuchte er, so leise wie möglich zu sein. In der Stille vor dem Schlaf hörte er gedämpftes Schluchzen von dem Mann, der kaum anderthalb Meter über ihm lag.

3

ANKUNFT

KOUROU, FRANZÖSISCH-GUAYANA
2. AUGUST

Amy machte das Beste aus dem frühen Jetlag-Morgen. Sie hatte gerade ihre beste Seidenbluse gebügelt, da klopfte es an ihrer Hoteltür. Amy spähte durch die Fischaugenlinse des Türspions und sah Bens Kollegen Chuck Maes. Er hatte sie auf dem Flug von Los Angeles nach Französisch-Guayana begleitet und stand jetzt in zerknitterten Khakishorts, Flipflops und T-Shirt gähnend im Flur. Kurz nachdem sie Chuck aufgemacht hatte, kam Ben aus dem dunstigen Bad. Genau wie Chuck kleidete er sich in den Anti-Stil derjenigen, denen es scheißegal war, wie sie aussahen. In weniger als fünf Minuten hatte Amy einen Jeansrock, Sandalen und eines von Bens Wissenschaftskonferenz-T-Shirts an, das sie an ihrer schlanken Taille mit einem Knoten versah. Wennschon, dennschon.

Noch vor Tagesanbruch stiegen die drei in ein kostenloses Shuttle, bewaffnet mit ihren Laptoptaschen und Kaffee in Pappbechern. Das Hotel befand sich am Stadtrand von Kourou, weniger als fünf Autominuten vom Raumfahrtzentrum Guayana entfernt. Chuck erkundigte sich, ob Ben irgendwelche Neuigkeiten hatte.

»Nichts«, antwortete Ben und warf reflexartig einen Blick

auf sein Telefon. »Sieht so aus, als wollte mir der Professor alles persönlich erzählen.«

Ein kurzes, nervöses Schweigen trat ein, dann führten die drei ihre Diskussion des »Plans« fort. Amy klappte ihren Laptop auf und setzte zum Lesen ihre Hornbrille in Katzenaugenform auf. Sie hörte Ben zu und suchte im Netz nach Fachbegriffen, Organisationen und insbesondere Leuten, bis sie das Geruckel des Shuttles dazu zwang, aus dem Fenster auf die vorübereilende Landschaft zu schauen.

Auf dem Flug über den Atlantik hatte Ben ihr erzählt, dass man bei einem Raketenstart vom Raumflughafen der Europäischen Weltraumorganisation in Äquatornähe die Rotationsgeschwindigkeit der Erde ausnutzte, um eine höhere Geschwindigkeit zu erreichen. Dabei hatte sich herausgestellt, dass sich keiner der drei Amerikaner geografisch besonders gut auskannte. Amy hatte ihre Tastatur eine Weile angestarrt, bevor sie aufgegeben und »Wo zum Teufel ist Französisch-Guayana?« in eine Suchmaschine eingetippt hatte.

Das französische Überseedépartement befand sich an der Nordküste Südamerikas und grenzte im Westen an Suriname und im Süden und Südosten an Brasilien. Es lag nicht besonders hoch über dem Meeresspiegel, und die dichte Vegetation war zum größten Teil gerodet, sodass längs der Straße nur noch ein paar struppige Palmen, Gras und ein paar Büsche zu sehen waren. Im Vergleich zur ausgetrockneten Landschaft Kaliforniens war alles bemerkenswert grün. Die tropische Temperatur betrug schon jetzt dreißig Grad Celsius, aber im Shuttle kam man sich vor wie in einem Gefrierfach. Amy überlegte, ob sie den Fahrer bitten sollte, die Klimaanlage zu drosseln, aber Chuck war ein stämmiger Mann und Ben ein nervöses Energiebündel, weshalb beide an den Schläfen schwitzten.

Amy strich sich über die Gänsehaut auf den blassrosa Armen und massierte den von der Impfung noch schmerzenden Bizeps. Als sie sah, dass Chuck sie betrachtete, lächelte sie ihn an. Er war ein sarkastischer, aber liebenswerter Typ, der sich stets diskret verhielt und sie nie so unverhohlen anstarrte wie manch anderer NASA-Troll. Chuck grinste verlegen und wandte sich an Ben, der ihn als Versuchskaninchen für seinen Vortrag vor dem Technik- und Physikteam benutzte. Amy versuchte, sich die Namen zu merken, die ständig zwischen dem Fachjargon fielen.

»Wer ist Ariane?«, warf sie ein.

»Nicht *wer*«, stellte Ben klar, »sondern *was*. Ariane ist ein Raketentyp, so, wie Dr Pepper eine Limonadensorte ist.«

Ben erklärte ihr, dass man eine Trägerrakete brauchte, um ein Raumschiff aus dem Gravitationsfeld der Erde zu transportieren.

»Die Ariane-Rakete auf diesem Weltraumhafen ist der erste Teil unseres Plans«, sagte Ben, der sich bereits die Requisiten für seine ausführliche Erklärung zusammensuchte.

Amy war die einzige Schülerin, die Ben gerne unterrichtete, und er achtete sehr darauf, auf Augenhöhe, aber nicht von oben herab oder allzu sehr auf Fachchinesisch mit ihr zu reden. Manchmal glichen seine Mühen einem Drahtseilakt, aber er war stets bereit, sich dieser Herausforderung zu stellen. Ben zog zwei Geldscheine aus der Brieftasche und zerknitterte sie in der linken Faust, die zu seinen Demonstrationszwecken ein »Raumschiff« war. Dann winkte er mit der leeren rechten Hand, die er »Trägerrakete Ariane« nannte. Mit einer raschen Bewegung packte Ben seine linke Faust mit der rechten und tat so, als würde er sie wie einen Ball hoch in die Luft werfen.

»Ist die erforderliche Höhe erreicht, trennt sich die Trägerrakete von unserem Raumschiff«, sagte er.

Chuck verfolgte die Demonstration schweigend und wie vor den Kopf geschlagen. Zweifellos war er von Bens ungewohnt geduldigen Ausführungen schockiert, der jetzt die linke Faust hochhielt und einen Geldschein daraus hervorzog.

»Das ist der Führungssprengsatz«, sagte er und gab Amy den Ein-Dollar-Schein. »Unser Raumschiff schießt ihn auf den Kometen und sprengt damit einen Krater in die Oberfläche. Dann bohrt sich das Raumschiff in den Krater hinein und löst dort eine Atomexplosion aus, um eine größtmögliche Störung hervorzurufen.«

Ben streckte die linke Faust von sich und öffnete sie. Sie enthielt einen Zwanzig-Dollar-Schein. Amy steckte ihn ein und erkundigte sich erst dann danach, woher Ben wissen wolle, dass der Plan etwas tauge, da man doch bislang doch so wenig über den Kometen wisse. Ben wackelte mit dem Kopf und verzog das Gesicht. Im Lauf der vergangenen achtundvierzig Stunden, in denen er intensiv geplant und wenig geschlafen hatte, hatte er immer wieder Kopfschmerzen erwähnt. Die große Anspannung hatte dafür gesorgt, dass seine Angewohnheit, mit dem Kopf zu wackeln, schlimmer geworden war. *Ich spüre, wie sich mein Gehirn abnutzt,* hatte er scherzhaft gesagt. Während der letzten Stunden vor der Landung in Südamerika hatte er mit einer Hand ein dickes Büschel seiner dunklen Haare gepackt und den Kopf damit stillgehalten, während er Chucks Ideen mit der anderen Hand ein tapferes Daumen hoch oder Daumen runter gab.

»Das schlimmste Szenario besteht in einer hohen Einschlagswahrscheinlichkeit und weniger als zehn Jahren Zeit für die Ablenkung des Kometen«, presste Ben hervor. »Ein Nuklearsprengsatz wäre die einzige praktikable Lösung für einen so großen und so schnellen Kometen. Modellversuche haben ergeben, dass uns zur Verfügung stehende Atomwaffen ein erdnahes Objekt um einen Kilometer ablenken könnte. Ich meine, in allen unseren Einschlagsszenarien …«

Amy wusste von den hundertzweiundzwanzig Einschlagsszenarien, von denen einige bei der alle zwei Jahre stattfindenden Konferenz zur planetaren Verteidigung vor Ort, andere virtuell innerhalb eines Online-Forums durchgespielt worden waren. Die Szenarien halfen zu beweisen, was sich – theoretisch – durch Computersimulationen, Wahrscheinlichkeitsaussagen und menschliche Rollenspiele nicht darstellen ließ. Ben hatte die meisten vorstellbaren Aktionen, Reaktionen und Resultate bereits durchgespielt. Natürlich waren die Szenarien nicht real, und sie waren auch nicht aktuell genug, um alle derzeitigen Staatsregierungen zu berücksichtigen.

»Es ist der richtige Plan«, behauptete Ben.

Aber er sah auf einmal krank und nicht mehr so überzeugt aus. Und wer wollte es ihm übel nehmen? Falls ein Einschlag tatsächlich sehr wahrscheinlich sein sollte, würde nicht einmal Amy die Frage aussprechen wollen: *Und wenn du dich irrst?* Die Antwort lag ohnehin auf der Hand: Dann würde es Ben womöglich nicht gelingen, die Vernichtung der Menschheit zu aufzuhalten.

»Wir sind da«, sagte Chuck beinahe flüsternd.

Die Fahrt war nur fünf Kilometer lang und zu Ende, noch bevor sie ihren Kaffee ausgetrunken hatten. Der Shuttle-Fahrer bog ab auf einen Kreisverkehr mit bunten Fahnen und einem großen Schild mit der Aufschrift »WILLKOMMEN IM RAUMFAHRTZENTRUM GUAYANA« auf Französisch und Englisch. Er fuhr am rechter Hand liegenden Touristeneingang vorbei, immer weiter an einem langen, mit Stacheldraht gekrönten Sicherheitszaun entlang. Amy hatte online gelesen, dass sich das Gelände des Raumhafens über ein Gebiet von beinahe der Größe von New York City erstreckte.

Durch die Windschutzscheibe sah sie einen Kontrollpunkt mit fünf bewaffneten Wachposten in dunklen Uniformen. Ben hatte am Telefon einen Tobsuchtsanfall hinlegen müssen, ehe das UN-Hauptquartier damit einverstanden war, dass Amy mit an Bord des Fluges von Los Angeles nach Südamerika kam. Es dürfte noch schwieriger werden, sie durch die Sicherheitskontrolle vor Ort zu lotsen. Sie hatten im Flugzeug lang und breit darüber geredet, bis Amy die Nase voll davon hatte. *Du kannst diesem Professor Och-Ochsss …* Der Name ging einem wirklich nicht leicht von der Zunge. Ben half ihr rasch mit der richtigen Aussprache aus. *Ihm!,* fuhr Amy fort, *du kannst ihm sagen, dass einer unserer Direktoren für seine Tochter und seinen Schwiegersohn eine Besuchserlaubnis für das verkackte Weiße Haus besorgt hat. Nimm dir an ihm ein Beispiel. Wer das Sagen hat, der bestimmt – und jetzt bist du das, Ben.*

Das Metalltor des Kontrollpunkts glitt beiseite, die Wachtposten winkten sie ein paar Meter weiter und ließen sie anhalten. Ein Wachmann redete mit dem Fahrer auf Französisch und ließ ihn dann aussteigen, damit er selbst einsteigen und das Steuer übernehmen konnte. Die Seitentür des Shuttles öffnete sich, helles Sonnenlicht und warme Luft strömten herein. Amy sah eine Frau in Businesskostüm und hohen Absätzen über den Asphalt auf sie zukommen.

»Herzlich willkommen«, sagte die Frau und beugte sich herein. »Ich bin Marielena Acosta von den Vereinten Nationen. Ich habe gehört, dass Sie einen zusätzlichen Passagier dabeihaben?«

Ihre dunklen Augen richteten sich auf Amy.

»Vielleicht möchte sie drinnen mit mir im Sicherheitsbereich warten?«

Amy öffnete den Mund, aber Ben war schneller.

»Das ist Amy Kowalski«, sagte er ruhig. »Ich habe Ihr Hauptquartier gebeten, ihre Akte vor unserer Ankunft zu übermitteln. Miss Kowalski hat ihr eigenes Eckbüro bei Modis Burbank, weil sie eine der besten Referentinnen für technisches Personal an der ganzen Westküste ist – und die einzige, der ich vertraue. Der Professor sagte, ich kann mir mein Team selbst zusammenstellen. Also ist hier meine Personalmanagerin. Sie trinkt ihren Kaffee schwarz.«

Die Frau nickte nachdenklich.

»Sie haben also Miss Kowalski ausgewählt?«, erkundigte sie sich.

»Ich entscheide mich jeden Tag aufs Neue für sie«, erwiderte Ben mit unerschütterlichem Selbstvertrauen.

Sie nickte wieder und winkte den Wachen zu. Amy drückte Bens Hand, ihr Shuttle fuhr weiter. Zuerst fuhren sie an einem einstöckigen Gebäude mit der Aufschrift SÉCURITÉ vorbei und dann zu einem Verwaltungskomplex aus mehreren hohen Gebäuden, die die Namen von Himmelskörpern trugen. Vor dem Eingang eines Gebäudes mit der Aufschrift JANUS wartete eine Frau auf sie. Sie war sehr groß, hatte eine breite Stirn und kurzes aschfarbenes Haar. Ohne sich lange mit der Vorstellung aufzuhalten, führte sie Amy, Ben und Chuck nach drinnen.

»Direktor Durand und Professor Ochsenfeld erwarten Sie im *Janus*-Sitzungsraum«, sagte sie und überholte sie mit großen Schritten auf ihren hochhackigen Blockabsätzen.

Seit Spacewatch den Kometen gesichtet hatte, waren drei Tage vergangen. Mehrere Angestellte mit ernsten Gesichtern begafften die drei Neuankömmlinge im Gebäudeflur wie Schaulustige, die an einem Verkehrsunfall vorbeikamen. Diese Männer und Frauen wussten mit Sicherheit etwas.

»Dr. Schwartz!«, flüsterte einer von ihnen und stürzte los,

um die Gruppe abzufangen. »Wir sind uns schon mal begegnet«, sagte er mit starkem deutschem Akzent. »Ich habe über ein Visum für die NASA gearbeitet und war dabei, als Sie das Manöver ›Kopf einziehen und in Deckung gehen‹ der Marssonden geleitet haben. Damals bei dem Kometen *Siding Spring!*«

Die hochgewachsene Frau, die sie durch das Gebäude begleitete, schien ganz und gar nicht damit einverstanden zu sein und erinnerte alle daran, dass sie sich sofort irgendwo zu melden hatten, aber Ben unterbrach sie.

»Bitte entschuldigen Sie, aber ich erinnere mich nicht an alle, die früher mit mir gearbeitet haben«, sagte er und schüttelte dem Mann die Hand. »Dieser Vorbeiflug war völlig irre, ich hab echt nicht viel geschlafen.«

Was auch stimmte, aber es stimmte auch, dass Ben sehr unaufmerksam war, was neue Bekanntschaften anging. Das war eher Amys Stärke.

»Sie waren unglaublich«, sagte der Mann ehrfürchtig.

Ben strahlte vor Stolz und dankte dem Mann für seine freundlichen Worte, letztendlich aber dafür, dass er einen Zeitpunkt heraufbeschwor, an dem Ben wirklich außergewöhnlich gewesen war. Nichts konnte diesen vergangenen Triumph schmälern oder ihm wieder wegnehmen. Er gehörte Ben für alle Zeiten. Als sie weiter in Richtung eines Aufzugs gingen, schien Ben schon viel leichter zu atmen. Der Sicherheitsausweis ihrer Begleiterin gab ihnen grünes Licht, um bis ins obere Stockwerk zu fahren. Amy konnte gerade noch »Vizedirektorin« lesen, bevor das elastische Umhängeband wieder zurückschnalzte. Die Aufzugtüren schlossen sich hinter der Gruppe, sodass sie gezwungen waren, einander verlegen anzusehen.

»Ich kann Ihren Akzent nicht richtig zuordnen«, sagte Amy, um das Schweigen zu brechen.

Die Frau hob die Augenbrauen und runzelte die breite Stirn. Amy hatte eine Stimme wie ein rostiges Messer, was Fremde oft vor den Kopf stieß. Als Kind hatte sie Pseudokrupp gehabt und so lange geschrien, bis ihre Stimmbänder vernarbt waren. Mit dreizehn hatte sie wie ein Schlot geraucht und dieses Laster erst mit ihrem Umzug nach Kalifornien von heute auf morgen abgestellt.

»Holländisch«, sagte die Vizedirektorin.

»Ah, ist bestimmt eine sehr schöne Sprache.«

»Von wegen.«

Der Aufzug kam langsam zum Stehen, aber Amy gab noch nicht auf.

»Wo wir gerade von Sprachen reden«, sagte sie. »Was bedeutet ›Janus‹?«

Ben beeilte sich zu erklären, dass Janus ein Saturnmond war, aber die Vizedirektorin ergänzte: »Es ist das erste Gebäude in unserem Hauptquartier. Hierher, in den Sitzungssaal, bringen wir die Staatsoberhäupter.«

Die Aufzugtüren teilten sich, und sie verließ die Kabine.

»Janus war der römische Gott der Übergänge, des Anfangs und des Endes und der Doppeldeutigkeit. Er wurde mit zwei Gesichtern dargestellt, einem alten und einem jungen.«

Am Ende des kurzen Korridors war eine verschlossene Doppeltür. Die Vizedirektorin öffnete die Türflügel und nickte den Neuankömmlingen zu. Ben betrat den großen Konferenzraum als Erster. Lange Tische bildeten ein großes Quadrat, dessen Stühle allesamt zur Mitte zeigten. Nur zwei Stühle waren besetzt, von zwei Männern, die direkt nebeneinandersaßen. Beide erhoben sich, was jedoch nur bei dem Mann auf der linken Seite reibungslos vonstattenging. Der andere hatte gegen die Schwerkraft zu kämpfen und erhob sich nur mühsam. Offensichtlich waren die Fotos von ihm im Internet alle schon mehrere Jahrzehnte alt. Amy war nicht darauf vorbereitet, dass es mit Professor Ochsenfeld gesundheitlich in den letzten Jahren so bergab gegangen war.

»Sir«, sagte Ben. »Ich meine, Herr Professor. Es ist mir eine große Ehre –«

Ben plapperte weiter drauflos. Amy hatte noch nie gesehen, dass er einem lebenden Menschen so viel Respekt entgegengebracht hatte. Der Professor musste wirklich eine Legende sein – auch wenn er nicht so aussah. Der elegante Gehstock mit einem Perlmuttergriff, der seine gebückte Gestalt stützte, war das einzige äußere Anzeichen dafür, dass er ein angesehener und bedeutender Oxfordprofessor war. Ansonsten hatte seine eher triste Kleidung schon bessere Zeiten gesehen.

»Herr Professor, ich möchte Ihnen Chuck Maes vorstellen«, sagte Ben und wies auf seinen Freund. »Chuck gehört zu meinem JPL-Team.«

Chuck lächelte nervös, nickte und fuchtelte mit den Armen. Bens Blick wechselte zu Amy. Er wusste nicht so recht, wie er sie vorstellen sollte.

»Amy Kowalski«, sagte sie und ging auf die Männer zu.

Vorstellungen waren wichtig, deshalb erledigte sie sie immer mit einem Lächeln, direktem Augenkontakt und einem festen – aber nicht zu festen – Händedruck. Als sie sich ihm näherte, drang der Geruch von Krankheit in ihre Nase. Irgendein Organ oder ein innerer Prozess war da nicht mehr in Ordnung, aber Amy ergriff die knotige Hand des Professors trotzdem ganz herzlich. Alter und Krankheiten hatte es in den Armeestützpunkten, in denen sie die ersten achtzehn Jahre ihres Lebens verbracht hatte, nicht gegeben. Obwohl diese Erinnerungen an menschliche Vergänglichkeit für Amy immer noch fremd und erschreckend waren, ließ sie sich nicht von ihnen unterkriegen.

»Es ist mir eine Ehre«, wiederholte sie, was Ben gesagt hatte, so, wie er bei manchen anderen Anlässen ihrem Beispiel folgte.

Die dicken Brillengläser vergrößerten von roten Adern durchzogene Augen, deren Lider wie auseinandergefaltetes Origamipapier aussahen. Das Gesicht des Professors war ausdruckslos, wurde aber gelegentlich von einem leichten Zittern erfasst. Nur sein kurzes Zögern verriet seine Überraschung, denn niemand würde sie bei einer Gegenüberstellung für Bens Freundin halten.

Nachdem sie die Türen sorgsam geschlossen hatte, stellte sich die Vizedirektorin neben Direktor Durand. Amy fand ihn recht gut aussehend für sein Alter: Anfang sechzig, kräftiger Körperbau, dichtes weißes Haar und erstaunlich blaue Augen. Erst als sie sein Gesicht etwas genauer betrachtete, spürte sie die Gefahr.

»Irgendwas stimmt nicht«, sagte sie sofort.

Der Direktor hielt kurz die Luft an und stellte sich als Marcel Durand und die Vizedirektorin als Anneke Janssen vor.

»Was ist denn?«, wollte Amy wissen.

Der Professor räusperte sich und erklärte: »Der Komet beschleunigt schneller als erwartet.«

Ben lächelte nicht mehr und schob die Ehrerbietung beiseite. Er war wieder im Krisenmodus, stellte sich schützend neben Amy und blickte in die ungerührten Augen des Professors.

»Wie viele Jahre bleiben uns, Professor?«

Ben hätte ebenso gut »Jahrzehnte« sagen können, denn das war seine optimistischere Schätzung, aber der Professor schüttelte nur den Kopf.

»Was meinen Sie mit Nein?«, fragte Ben etwas lauter.

Sie hatten keine Jahre mehr zur Verfügung, erklärte der

Professor. Das Sentry-Überwachungssystem des JPL und das CLOMON-System der Europäischen Weltraumorganisation hatten gemeinsam drei sehr ungefähre Flugbahnen berechnet. Die kürzeste davon prognostizierte einen potenziellen Einschlag bereits im Juni.

»Juni«, wiederholte Ben. »Sie meinen … *diesen* Juni?«

Der Professor knallte seinen Gehstock auf den dünnen Teppichboden und schrie zurück.

»Ja, *diesen* Juni! Sie müssen Ihren Plan in Gang setzen, und zwar sofort!«

Ben holte tief Luft und stellte im Geiste mehrere Berechnungen mit der Geschwindigkeit und Präzision eines Taschenrechners an. Dann sagte er der Runde, dass sie einen Raketenstart für den 1. Februar brauchten, für ein mit Sonnenenergie angetriebenes Raumfahrzeug. Beide Leiter des Raumflughafens protestierten gleichzeitig.

»Ist das denn überhaupt machbar?«

»Tja, das werden wir sehr bald herausfinden, oder?«, antwortete Ben. »Stellen Sie schon mal die Uhren.«

4

DIE EXPEDITION IN DIE WESTLICHE ARKTIS

SEWARD, ALASKA
8. AUGUST
T MINUS 177 TAGE BIS ZUM START

Der Schlaf verschaffte Jack einen Neustart. Sich Sorgen machen war schließlich anstrengend, er brauchte einfach eine Pause. Der Vorhang vor Gustavos Bett war immer noch komplett zugezogen, also schnappte sich Jack ganz leise Handtuch, Kulturbeutel und seine Flipflops. Die gemeinsame Dusche auf dem Flur war so groß wie ein schmaler Kleiderschrank, an der Wand klebte eine ausgedruckte Gebrauchsanweisung. Alle Passagiere waren gehalten, ihre »Meerdusche« auf einmal am Tag zu beschränken und das Wasser dabei nur zweimal kurz aufzudrehen: einmal, um nass zu werden, und einmal, um sich abzuspülen. Jack wusste sehr wohl, dass warmes und trinkbares Wasser nach Belieben für einen Großteil der Weltbevölkerung immer noch Luxus war. Außerdem machte es ihm nichts aus, schmutzig zu werden und wie das Säugetier zu riechen, das er nun mal war; es war eine Art der Freiheit und Wahrheit.

Um 7:30 Uhr, frisch rasiert und das kurze helle Haar zu stylischen Wirbeln gegelt, fand sich Jack in der Cafeteriaartigen Kantine ein. Besatzungsmitglieder und Forschende saßen kauend und schwatzend an langen Tischen. Es war nicht schwer zu erkennen, wer zu welcher Gruppe gehörte. Die Coasties trugen blaue Sweatshirts oder Arbeitshemden, die Forschenden karierte Hemden, Jeans, Bärte, Daumenringe und Fleecewesten.

Als Gast gehörte Jack nirgendwo dazu. Er besorgte sich einen Stapel Pfannkuchen mit Schokosplittern und setzte sich allein an einen Tisch. Dort schlug er die Willkommen-an-Bord-Broschüre auf und las eine Einführung von Kapitän Weber höchstpersönlich:

> Willkommen an Bord der *Healy.* Bitte lesen Sie sich die beigefügten Unterlagen durch. Die unvermeidlichen Gefahren auf See machen es erforderlich, dass wir alle die grundlegenden Sicherheitsmaßnahmen verstehen und befolgen, die hier …

Jack überflog den Rest. Am meisten interessierte ihn, wie er Zugang zu seinem *Healy*-E-Mail-Account bekam. Sobald das Schiff den 75. Breitengrad passiert hatte, war die Bandbreite so begrenzt, dass nur noch die Brücke Zugang zum Internet erhielt. Dann konnte man E-Mails nur noch mit den Computern in den Pausenräumen über den *Healy*-Server an Bord verschicken.

Die Coasties und Forschenden rings um Jack hatten es eiliger mit ihrem Frühstück. Ihre Vormittage waren von vorgeschriebenen Aktivitäten bestimmt, die auf dem Plan des Tages, kurz PDT, festgehalten waren, der überall aushing. Notfallübungen hielten die Mannschaft auf Trab, und ein bedauernswerter Dummy namens Ralph musste Mann über Bord spielen. Die Forschenden teilten sich in zwei Gruppen auf, die entweder die Ausrüstung und die Laborräume inventarisierten oder die Kräne an Deck ausprobierten. Jack war auf sich gestellt.

Draußen war es wärmer, als er erwartet hatte. Zwanzig bis zweiundzwanzig Grad waren laut PDT vorausgesagt. Jack stopfte sich Handschuhe und Mütze in die Taschen seines Parkas und fand, dass es für Alaska ungewöhnlich warm war. Andererseits war es auch nicht ganz ungewöhnlich, wenn man in Betracht zog, dass das vergangene Jahr die wärmsten Temperaturen weltweit hervorgebracht hatte. Das laufende Jahr machte sich schon jetzt daran, weitere Rekorde zu brechen. Jack musste immer öfter an das Gleichnis von dem Frosch denken, der in einem Topf voll Wasser saß, das sich ganz langsam erhitzte – kein Grund zur Beunruhigung, bis man dann zusammen mit Knoblauch und Zitrone auf einem Teller lag, fertig, um verspeist zu werden.

Die Sonne hatte den Nebel aufgelöst, sodass Jack die Berge von Seward klar und deutlich sehen konnte. Er ging ans Heck und dann wieder zurück zum Bug und probierte unterschiedliche Blickwinkel durch den Sucher seiner Kamera aus. Im Wasser trieben noch mehr tote Adler, viel mehr, trotzdem war die Luft voller gesunder, widerwärtiger Möwen, die hinter den großen Schiffen in der Bucht herflogen und immer wieder herabstießen.

Jack legte den Kopf in den Nacken und sah zu den drei kastenförmigen Aufbauten empor, die sich über dem Rumpf der *Healy* erhoben.

Das dem Bug am nächsten gelegene Gehäuse enthielt die Wohnquartiere: Kabinen, Pausenräume, Kantine, Sportraum, Wäscherei etc. Es war die breiteste und höchste der drei Aufbauten, deren kleine, in regelmäßigen Abständen angebrachten Bullaugen bis zu einer Art Fensterkrone mit Satellitenantennen an der Brücke, der Kommandozentrale der *Healy*, hinaufreichten. Aus der Brücke wuchs, wie ein Mast inklusive Krähennest, ein kleiner Ausguck empor. Zweifellos hatte man aus diesen Fenstern den allerbesten Panoramablick.

Jack duckte sich in den Zugang zu einer Treppe und begegnete dort zwei Coasties, die einer nach dem anderen nach unten hüpften.

»Falsche Richtung, Sir«, rief einer von ihnen.

»Was?«

»Wenn Sie nach oben wollen, müssen Sie nach steuerbord!«

Der Grund dafür wurde ihm sofort klar, als sie sich aneinander vorbeiquetschten. Jack kletterte vier Ebenen nach oben bis zur Brücke und war dort ungefähr so hoch wie in einem sechsstöckigen Haus. Staunend ließ er den Blick über die Spitze des Bugs der *Healy* bis zum schiefergrauen Horizont schweifen. Ein Besatzungsmitglied kam zu ihm und stellte sich als Fähnrichin Sokolow vor. Die stämmige, sehr förmliche, aber doch hilfreiche Frau bot ihm einen Rundgang über die Brücke an, den Jack gerne annahm.

Die anderen Besatzungsmitglieder waren sehr zuvorkommend und nahmen sich die Zeit, ihm ihre Namen, ihren Rang, Titel und ihre Aufgabe auf dem Schiff mitzuteilen. Sie versuchten, ihm die vielfältigen Funktionen einer langen Steuerkonsole mit klobigen Knöpfen, beleuchteten Tasten und mehreren Radarbildschirmen zu erklären. Sogar Kapitän Weber kam eigens herbei und schüttelte Jack die Hand. Er war groß und schlank wie Jack, aber mit einem gemeißelten Profil, das an den Mount Rushmore gehört hätte. Seine blassblauen Augen wurden aber immer wieder abgelenkt, bis er sich entschuldigte und zum Fenster der Brücke ging, wo er ein Fernglas hochnahm. Er richtete es jedoch nicht zum Horizont, sondern schaute auf die toten Adler, die im Wasser trieben.

Jacks Pager meldete sich. Er nahm ihn vom Gürtel und blinzelte auf die Anzeige.

»Was bedeutet dieser Code?«, fragte er Fähnrichin Sokolow.

»Alle von Bord.«

»Wir sind doch noch im Hafen!«

Sie hob die Augenbrauen und gab ihm zu verstehen, dass die Notfallübungen in der Begrüßungsbroschüre ausführlich beschrieben waren und dass der Ort, an dem er sich bei einem Notfall einzufinden hatte, auf seiner neuen Passagierkarte vermerkt war.

Jack zog die Karte aus seiner Gesäßtasche, warf einen Blick darauf und salutierte damit. »Ja richtig«, stimmte er zu.

Die Notfallausrüstung befand sich auf halber Strecke an der Steuerbordseite. Vor der Tür hatte sich bereits eine Gruppe Forschender eingefunden. Jack erkannte die Frau, mit der er sich im Aufenthaltsraum unterhalten hatte. Bei Tageslicht hatte sie hellbraune Haut und reichte ihm bis zur Schulter.

»Jetzt sollten wir uns vielleicht doch miteinander bekanntmachen«, sagte Jack und ging lächelnd auf sie zu.

Er betrachtete ihr ovales Gesicht mit den runden Wangen, der runden Nase und dem runden Kinn. Die malvenfarbenen Lippen sahen aus wie von Rotwein verfärbt. Sonnenbrille und Handschuhe verhüllten ihre Augen und Ringfinger.

»Maya«, sagte sie nach kurzem Zögern. »Dr. Maya Gutiérrez. Und das ist eine meiner Zimmergenossinnen, Dr. Nancy Stevens.«

Sie deutete auf eine große Frau neben ihr, die Sommersprossen hatte und rotes Haar, das sich kinnlang um ihr Gesicht lockte.

»Ich heiße Jack«, sagte er und gab den beiden die Hand. »Mr. Jack. Definitiv kein Doktor.«

Ein Coastie mit einem Klemmbrett in der Hand stellte sich mitten in die Gruppe und rief gegen den Wind: »Guten Morgen, Rettungsboot Nummer 5!«

Alle murmelten »Guten Morgen« und hoben die Hand, sobald sie aufgerufen wurden.

»Gustavo Wayãpi?«

Jack sah sich um, konnte seinen Zimmergenossen aber nirgendwo sehen.

»Gustavo Wayãpi, zum Ersten? Zum Zweiten?«

Der Coastie machte ein Zeichen hinter Gustavos Namen. Nach dem Anwesenheitsappell erklärte er allen die Prozedur beim Befehl »Alle Mann von Bord«. Welche Vorräte jeder Einzelne mitzubringen hatte, was anzuziehen war und wie das Essen rationiert würde. Jack scrollte in seinen E-Mails und versuchte, die vielen Nachrichten seiner Mutter nicht zu zählen. Er machte es sehr verstohlen, doch der Coastie beobachtete sein Publikum aufmerksam.

»Können Sie sich das alles merken?«, fragte er Jack.

»Schon in Ordnung«, versicherte ihm Jack. »Ich kann nicht sterben. Ich bin Einzelkind.«

Der Mann fand die Bemerkung nicht lustig.

»Ich glaube nicht, dass Ihre Mutter Sie da draußen retten kann.«

»Sie kennen meine Mutter nicht«, erwiderte Jack, steckte sein Handy aber weg und setzte eine aufmerksame Miene auf.

»Noch Fragen, ehe wir Sie alle in Rettungsanzüge stecken?«

Dann schob der Coastie noch rasch nach, dass niemand wusste, warum die Adler starben, die EPA, die Umweltschutzbehörde der USA, aber schon vor Tagen alarmiert worden sei.

Dr. Nancy Stevens hob ihre Handschuhhand: »Was ist,

wenn das Schiff wieder umkehren muss?«, fragte sie. »Wegen des Kometen?«

Der Coastie bat Nancy, die Frage zu wiederholen, und sah dann die restliche Gruppe fragend an. Er hatte von keinem dunklen Kometen gehört, aber die Forschenden ließen ihn nicht so einfach davonkommen. Schließlich funkte der Mann seinen Vorgesetzten an, der zehn Minuten später mit einer Antwort auftauchte, die eigentlich keine war.

»Soweit wir wissen, ist noch nicht allzu viel bekannt, weil das Ding gerade erst entdeckt wurde«, verkündete der Vorgesetzte.

Das Ding hatte noch nicht mal einen Namen, nur die Bezeichnung UD3.

»Außerdem ist das hier die letzte Forschungsfahrt der *Healy*«, fügte er sichtlich berührt hinzu, »deshalb wollen wir sie auch zu Ende führen.«

Den Expeditionen der *Healy* in die westliche Arktis waren erst vor Kurzem die finanziellen Mittel entzogen worden. In der Regierung sahen viele den Klimawandel nicht als von Fakten belegte Bedrohung an. Diejenigen, die die Wissenschaft ernst nahmen, wussten auch, dass das Budget der Küstenwache gekürzt werden musste, um eine milliardenteure Mauer zu finanzieren, die an der Südgrenze des Landes errichtet werden sollte.

Als Rettungsboot 5 geschlossen zur nächsten Station der Sicherheitsübung ging, schob sich Jack neben Maya. Sie tat sich sichtlich schwerer mit der völlig ungewohnten Situation als Jack, der von neuen Herausforderungen stets begeistert war, Situationen, in denen er wie ein Fallschirmjäger über unbekanntem Gebiet abgeworfen wurde, Aufgaben, die seine ganze Konzentration erforderten. Nancy drehte sich mit einer hochgezogenen roten Augenbraue zu ihrer Zimmergenossin um, aber Maya gab ihr mit einem kaum merklichen Nicken zu verstehen, dass sie einfach weitergehen sollte. Jack entging dieser kurze Austausch trotzdem nicht. Männer bedeuteten Scherereien, daran bestand kein Zweifel. Jack war sich dessen durchaus bewusst und vermied geflissentlich, etwas mit Frauen in der näheren Umgebung seiner Wohnung in Brooklyn anzufangen, weil es dann keinen Fluchtplan gab. (Natürlich gab es ab und zu kleine Ausrutscher, wenn Alkohol oder ein melancholischer Geburtstag im Spiel waren – betrunkene, melancholische Geburtstage waren immer verhängnisvoll.)

Bei diesem Auftrag wollte er jedoch auf Nummer sicher gehen. *Mein Vorrat an Notfallkondomen ist wirklich nur dafür gedacht: für Notfälle,* versprach Jack Nancy innerlich, *denn auf einem Schiff mitten in der Arktis gibt es erst recht keinen Fluchtplan.* Jack war ein großer Freund intensiver neuer Freund- und Liebschaften, die Anstrengungen einer Langzeitbeziehung hatten sich für ihn noch nicht als der Mühe wert erwiesen – jedenfalls bis jetzt noch nicht.

»Darf ich ein Foto von dir machen?«, fragte er.

Maya schüttelte sofort den Kopf und wedelte dabei ihren schwarzen Pferdeschwanz über die Schulterblätter.

»Ich hasse Kameras.«

Jack zog einen gespielten Flunsch. Aus ihm wäre ein großartiger Klassenclown geworden, hätte er je das Bedürfnis nach größerer Aufmerksamkeit gehabt. Mayas Oberlippe zog sich unter die Zähne, als sie zum Rest der Gruppe aufschlossen – ein kaum unterdrücktes Lächeln.

Rettungsanzüge wurden im Hubschrauberhangar ganz oben auf dem zweiten kastenartigen Aufbau der *Healy* aufbewahrt. Der Hangarkomplex war der zweitgrößte Raum auf dem Schiff und beherbergte zwei Hubschrauber hinter einer faltbaren Metallwand, die zum Flugdeck führte. Ned Brandt, der Pilot der *Healy*, sah in seinem kurzärmligen Marinehemd wie ein eifriger Hantelbankdrücker aus. Ein noch breiterer Coastie namens Malcolm stand mit muskulösen braunen Oberarmen und kabeldick hervorstehenden Adern neben ihm.

Nachdem auch die Nachzügler eingetroffen waren, hielt Malcolm einen Rettungsanzug hoch, den Ned liebevoll »Gumby« nannte. Malcolm demonstrierte ihnen, wie man in die schlabbrigen Stiefel stieg, die Handschuhe mit den großen Fingern überzog, sich die Haube aufsetzte und den Reißverschluss hochzog. Es gab sogar eine Gesichtsmaske, die alles bis auf Augen, Nase und Stirn bedeckte. Ned zeigte auf die Regale, auf denen die Rettungsanzüge bereitlagen, und forderte die Gruppe auf, sich »zu bedienen«.

Einige Forschende legten die Anzüge an und spazierten lachend umher. Andere fanden die Vorstellung, im Arktischen Ozean herumzudümpeln und auf Rettung zu warten, weniger amüsant. Jack hatte gerade beide Füße in die Gumby-Stiefel geschoben, als Ned zu ihm kam und ihm spielerisch auf den eher durchschnittlichen Bizeps boxte. Dann lud er ihn zu den CrossFit-Übungen ein, die er mit Malcolm immer samstagnachmittags abhielt.

»Heute sind noch mehr tote Adler da draußen«, sagte Jack plötzlich.

Ned nickte, erwiderte aber nichts.

Jack klopfte leise an und betrat seine Kabine. Gustavo saß an seinem Metalltisch, diesmal aber immerhin mit eingeschaltetem Deckenlicht.

»Sie haben die Notfallübung verpasst«, sagte Jack mit

einem, wie er hoffte, entwaffnenden Lächeln. »Die Küstenwache hat alles notiert. Jetzt sind Sie fällig.«

Gustavo starrte weiter geradeaus.

»Hören Sie, ich weiß, es ist ziemlich beengt hier drin«, lenkte Jack ein. »Wahrscheinlich sind Sie nicht daran gewöhnt, dass Ihnen ein anderer Mann so dicht auf der Pelle sitzt.«

Gustavo blinzelte rasch, als tauchte er gerade aus einem Traum oder der Benommenheit nach einer Kopfverletzung auf.

»Ich bin daran gewöhnt«, sagte er. »Oder war es.« Er kämpfte darum, die einfachen Worte auszusprechen: »Ich hatte eine Zwillingsbruder.«

Als er sich vorbeugte, um aufzustehen, löste sich aus seinem Hemdkragen eine Halskette und baumelte herab. Daran hing ein zerdrücktes Stück Metall: eine benutzte Gewehrkugel. Gustavo durchquerte das kleine Zimmer, kletterte in seine Koje und zog die Vorhänge vor.

Jack konnte den Verlust eines Zwillings nicht nachvollziehen, verstand aber das Bedürfnis, sich in seine Trauer einzugraben.

In die darauf folgende Stille drang der Motor eines Schleppers, der die *Healy* vom Pier zog. Die letzte Expedition in die Westarktis hatte begonnen.

Die *Healy* fuhr aus der Resurrection Bay in den Golf von Alaska. Immer in Sichtweite des Landes navigierte Kapitän Weber die ganze Nacht über durch die Küstengewässer, bis die *Healy* auf der Höhe des Katmai-Nationalparks die Südostseite des lang gezogenen Alaska-Archipels erreicht hatte. Kurz nach Sonnenaufgang war Jack an Deck. Die Besatzung wuselte geschäftig umher, aber alle beantworteten freundlich seine Fragen. Einer wies auf die Aussicht von der Steuerbordseite hin und sagte, der Park mit seiner Braunbärpopulation würde viele Touris anlocken. Jack stand an der Reling und richtete seinen Sucher auf dunkles Vulkangestein, smaragdgrüne Wälder und bläuliche, mit Schneekappen gekrönte Berge. Mit Landschaften kannte er sich aus, er inspizierte sie wie ein Juwelier einen Diamanten. Menschen hingegen waren ein ganz anderes Kaliber. Er verliebte sich in jeden vor seiner Kamera: Frauen und Männer, Alt und Jung. Der Tag, an dem er für seine Motive nichts mehr empfand, war der Tag, an dem er mit dem Fotojournalismus aufhören musste.

Jack hörte den Adler aufklatschen, bevor er ihn sah. Er stellte die Linse auf größtmögliche Vergrößerung und sah einen Weißkopfseeadler mit dem typischen weißen Schwanz und Kopf auf der Wasseroberfläche treiben. Wegen seiner hohlen Knochen und Federn ging er nur langsam unter. Es war kein schöner Anblick. Jack bildete sich ein, der Vogel hätte noch einmal geblinzelt, kurz bevor er im Wasser verschwand. Luftblasen tauchten an der Wasseroberfläche auf. Der Adler lebte noch, aber er ertrank, ohne sich dagegen zu wehren.

Jack fand Dr. Maya Gutiérrez im Konferenzraum des Forschungsteams, in dem über zwanzig Leute versammelt waren. Einer stand am Kopfende, ein stämmiger weißhaariger Mann mit Vollbart, der wie eine Kreuzung aus Hochschulprofessor und Weihnachtsmann aussah.

»Können wir Ihnen helfen?«, fragte er Jack.

Jack sah zu Maya hinüber, die wortlos aufstand und zu ihm auf den Flur kam.

»Wir sind gerade ziemlich beschäftigt«, sagte sie leise.

Jack betrachtete Mayas schwarze Augen, die ungezupften Augenbrauen und die langen Wimpern. Ihr unbeirrter Blick wirkte zugleich offen und durchdringend.

»Du starrst mich an.«

»Entschuldigung«, murmelte Jack. »Ich habe deine Augen noch nie ohne Sonnenbrille gesehen. Was … Was stimmt nicht mit den Adlern?«, fragte er. »Warum sterben sie auf diese Weise?«

Nachdem er ihr erzählt hatte, was er gerade gesehen hatte, nahm Maya eine andere Haltung ein. Sie sah irgendwie verlegen aus, als sie den Kopf schüttelte.

»Ihr müsst doch irgendwelche Theorien haben?«, drängte er sie.

»Es gab mal einen Fischerort auf einer Insel in Japan …«, flüsterte sie und berichtete von dem ehemals gesunden Ökosystem der Minamata-Bucht. Damals, in den 1950-ern, verschwanden nach und nach Meeräschen, Blaubarsche und Hummer. Immer wieder trieben tote Fische auf dem Wasser, Vögel fielen vom Himmel. Die Dorfkatzen fingen an, spastisch zu tanzen und sich gegen Mauern zu werfen. Sie sprangen ins Meer und ertranken. Dann zeigten sich bei den Fischern und ihren Familien – und bei ihren Neugeborenen – Schäden am Nervensystem. Ihre Körper wurden von Krämpfen heimgesucht, die sie der Sprache und Bewegung beraubten. Und dann starben sie.

»Man hat es ›Minamata-Krankheit‹ genannt«, sagte Maya. »Sie wurde durch eine schwere Quecksilbervergiftung hervorgerufen, die als Erstes das Kleinhirn angreift.«

Alle Menschen in Minamata wussten, dass das Abwasser der örtlichen Chemiefabrik Chisso die Ursache dafür war. Aber sie waren arm und – in den Augen von Chisso, der chemischen Industrie Japans und der japanischen Regierung – entbehrlich. Beweismittel wurden unterdrückt, während Chisso seine Produktion und damit die Verschmutzung des Wassers erhöhte. Die seltsame Minamata-Krankheit breitete sich immer weiter aus, bis schließlich zehntausend Menschen davon betroffen waren.

»Ich weiß nicht, ob da ein Zusammenhang besteht«, gab Maya rasch zu bedenken, »aber es wurden schon Fälle dokumentiert, die dem, was wir hier gerade sehen, sehr ähnlich waren.«

»Könnte es mit dem Kometen zusammenhängen?«, flüsterte Jack.

Maya legte den Kopf ein wenig zur Seite und sah ihn aus zusammengekniffenen Augen an. Dann fragte sie ihn, *wie* ein erdnahes Objekt, das weiter als der Mars von ihnen entfernt war, hier auf der Erde Adler töten konnte. Jack zuckte die Achseln und schob die Unterlippe vor. Er musste an seine Vorahnungen denken.

»Vielleicht lassen sich manche Dinge nicht wissenschaftlich erklären«, sagte er vorsichtig.

»Alle Phänomene haben eine Ursache und eine Wirkung«, erwiderte Maya, fügte aber sogleich hinzu: »Wir verstehen nur nicht immer, welche Ursachen welche Wirkungen hervorrufen.«

Jack schüttelte seufzend den Kopf.

»Dann lasse ich dich wohl lieber wieder in dein Meeting gehen«, sagte er, gerade als Maya einen Schritt näher kommen wollte.

5

WEITERE PASSAGEN

AN BORD DER *HEALY* IM GOLF VON ALASKA
9. AUGUST
T MINUS 176 TAGE BIS ZUM START

Maya staunte, als sie Jack um 6:45 Uhr ganz vorne an der Warteschlange fürs Frühstück geduldig warten sah. Mit seiner lässigen Kleidung und seinem lockeren Auftreten kam er nicht gerade wie ein Frühaufsteher rüber – nur die Kamera um seinen Hals störte den Eindruck. Denn als Fotograf wurde sein Tagesablauf von der Sonne diktiert, und Zuspätkommen zog Konsequenzen nach sich.

Als sich ihre Blicke beim Füllen der Teller begegneten, lächelte Jack. Mayas Magen und Herz flatterten reflexartig. Sie grüßte mit einem Nicken, zog sich aber auf die schmale Seite der Kantine zurück, wo die Forschenden an drei langen Tischen saßen. Jack versuchte, ihren Blick noch einmal einzufangen, aber sie betrachtete aufmerksam ihr Rührei mit Tabascosoße, bis er sich allein woandershin setzte.

Vielleicht konnte sich Maya die Dreistigkeit dieses Mannes mit seinem Beruf erklären. Wenn man fotografierte, war es schließlich immer besser, dass sich die eigenen Objekte wohlfühlten, um das von ihnen zu bekommen, was man wollte. Außerdem hatte Jack bei dreiundneunzig Besatzungsmitgliedern und einundfünfzig Forschenden nicht gerade viele

Möglichkeiten zu flirten, erst recht, wenn man auch noch die Männer und die verheirateten Frauen abzog (sie hoffte doch, dass Jack die verheirateten Frauen ausnahm). Wie auch immer, Maya rief sich in Erinnerung, dass sie sich nicht unbedingt geschmeichelt fühlen sollte.

Sobald seine Aufmerksamkeit abgelenkt war, warf Maya einen gierigen Blick zu ihm hinüber. Sein sandfarbenes Haar war weder richtig blond noch rot oder hellbraun, sondern alles auf einmal. Die Krähenfüße an seinen Augenwinkeln zeichneten sich heller von der dunkleren Haut ringsum ab. Offenbar hatte er die schlechte Angewohnheit, die Augen im starken Sonnenlicht zusammenzukneifen, um seine Umgebung genau zu betrachten.

Aus der Ferne sah Jack auf eine unauffällige Weise gut aus, bis sein Gesicht zu einem Lächeln aufhellte, dann war er hinreißend. *Muy guapo!,* hätte Mayas Mutter ausgerufen. Maya gab nicht viel auf die Einflüsterungen ihrer Mutter, denn gut aussehende Männer waren meistens eitel. Die wohlhabenderen aus den besseren Familien, die mit den guten Manieren und den Geschäftsanzügen, brauchten sogar noch weniger Ermutigung. Maya war mit genau drei von diesen unerreichbaren Typen im Bett gewesen, mit sechsunddreißig Jahren die Gesamtsumme ihrer sexuellen Aktivität.

Es war nicht schwer, Männer zu einem One-Night-Stand rumzukriegen. Maya war auf eine Weise attraktiv, zu der die meisten »süß« sagten, manche auch »hübsch«. Sie wirkte immer zierlich und zurückhaltend, nippte so vorsichtig an ihrem Drink, dass diese drei Männer schockiert gewesen waren, als sie ihren Körper plötzlich so eng an ihrer Hüfte gespürt hatten, als sie sich auf die Zehenspitzen stellte, um ihnen ins Ohr zu flüstern. Maya ließ sie immer mit einem bisschen unbefriedigter Neugier weniger zurück.

Was die unaufdringlicheren Männer anging, die nicht nur an Sex interessiert waren, diejenigen, die einen guten Lebenspartner und Vater abgeben würden – die hielt Maya auf Abstand. Ihre Eltern waren eingewandert, und sie war die älteste von vier Töchtern. Nachdem sie sich in der Schule als die Vielversprechendste erwiesen hatte, war ihr die Aufmerksamkeit ihres Vaters sicher gewesen, eines Mannes, der davon überzeugt war, dass eine gute Ausbildung der zuverlässigste und ehrlichste Weg aus der Armut war. Er trieb Maya immer wieder an, bis sie sich selbst noch heftiger antrieb und alle notwendigen Opfer brachte. Inzwischen hatten ihre jüngeren Schwestern alle schon Kinder, die von der Oma hemmungslos verwöhnt wurden, nur Maya büffelte und paukte immer weiter, entwurzelte sich immer mehr aus ihrem alten Leben – für einen Bachelorabschluss, einen Doktortitel, eine Postdoc-Stelle und schließlich eine Professur.

Jack stand abrupt auf und kam an ihren Tisch. Maya versuchte, seine Narben besser zu sehen. Es waren nicht die üblichen sauber verblassten Narben von Männern, die als kleine Jungen mit dem Fahrrad gestürzt oder gegen den Heizkörper gefallen waren. Eine gezackte Narbe an Jacks Hals schien gefährlich nahe an der Schlagader zu sitzen. Maya wollte mehr darüber wissen. Wie bei allen ihren Begierden war die Zurückhaltung der Schlüssel dazu. Zur Belohnung für ein sehr diszipliniert geführtes Leben erlaubte sie sich ab und zu eine Ausnahme vom guten Benehmen, wie zum Beispiel die Tüten Kartoffelchips bei den nächtlichen Lerneinheiten. Maya musste jeden Tag acht Kilometer laufen, um in Form und nicht einfach nur klein zu bleiben, aber manche Dinge waren ihren hohen Preis eben wert. Zum Glück gab es auf der *Healy* einen Sportraum mit Laufband.

Auf dem Rückweg vom Frühstück schaute Maya im

Aufenthaltsraum des Forschungsteams vorbei. Statt nach Neuigkeiten zum Kometen zu suchen, klickte sie sich im Intranet der *Healy* durch den Belegungsplan und fand Jack beziehungsweise John S. Campbell. Maya googelte seinen Namen und musste eine Weile suchen, bis sie die Webseite mit seinem Portfolio fand: ein Sammelsurium an Dokumentarfotografien. Auf den meisten Bildern waren Leute zu sehen, die durch die Kamera hindurch den Mann dahinter ansahen. Es war nur eine Seite der Linse, aber es war diejenige, auf die es ankam. Jack musste die einzigartige Lebendigkeit dieser Menschen erkannt und sie festgehalten haben, um sie anderen zu zeigen. Maya spürte, wie ihre Verteidigungsmauern bröckelten.

Sie loggte sich rasch wieder aus und bereitete sich auf einen arbeitsreichen Tag an Deck vor. Auf der *Healy* waren etliche Sicherheitsvorschriften zu beachten: Stiefel mit Stahlkappen, Isoliersocken und -handschuhe, ein neonfarbener Wetterschutzanzug sowie ein Schutzhelm. Dazu eine Dosis Dramamine gegen Seekrankheit, und Maya war bereit, ihre erste Wasserprobe zu entnehmen – mehr als bereit.

An Deck herrschten um die fünfzehn Grad Celsius, heller Sonnenschein und kräftige Winde. Maya sog einen Moment lang die bewegte Luft durch Nase und Mund ein, um das Salz und die Algen sowohl zu riechen als auch zu schmecken. Obwohl sie in Kalifornien aufgewachsen war, hatte sie das Meer mit siebzehn zum ersten Mal gesehen. Auf das Leben ohne Meer hatte sie nie mehr zurückgeblickt, was eine gute Entscheidung gewesen war. Die Zustimmung ihrer Eltern und ihr eigener Ehrgeiz allein hätten nicht ausgereicht, sie einen so langen und schwierigen Weg durchhalten zu lassen. Letztendlich hatte sie ihre Liebe zum Meer dazu gebracht, eine Karriere beim Institut für Meereskunde an der Universität von Santa Barbara einzuschlagen. Dieselbe Liebe hatte sie jeden Morgen aufstehen lassen und schließlich an Bord eines Schiffes mit Kurs auf die Arktis geführt.

Die *Healy* hatte gerade eine Lücke zwischen den östlichen Aleuten durchfahren, eine Passage, die sie vom Golf von Alaska in die Beringsee brachte. Die steilen Vulkanküsten der Inseln, die farbenfrohen Häfen und Fischerorte wurden hinter ihnen immer kleiner. Vor ihnen lag das offene Meer und somit die erste Gelegenheit, Proben einzusammeln. Maya ging zum Ende des Schiffes und winkte im Vorübergehen einer Gruppe Forschender zu. Sie standen um eine Bohrvorrichtung herum, mit deren Hilfe sie weiche Ablagerungen einsammelten – »kostbaren Dreck«, wie Charlie sie immer nannte.

Dr. Charles »Nenn mich einfach Charlie« Brodie war der wissenschaftliche Leiter der Expedition. Außerdem war er eine wichtige Figur in Mayas Leben, denn ihre gemeinsame Geschichte reichte bis zu ihrem Abschlussjahr an der Berkeley zurück. Abgesehen von Charlie, der sämtliche Kandidaten und Kandidatinnen für die Expedition handverlesen und persönlich interviewt hatte, waren die fünfzig anderen Forschenden größtenteils Fremde oder flüchtige Bekannte, die gegenseitig ihre Veröffentlichungen gelesen und auf Konferenzen miteinander geplaudert hatten. Im Gegensatz zu den Coasties, fast ausnahmslos junge Männer, gab es bei den Forschenden eine ausgewogenere Geschlechterverteilung und ein größeres Altersspektrum – von Studierenden im Magister in den Zwanzigern bis zu hochrangigen Forschenden über sechzig. Aber sie alle hatten ein gemeinsames Ziel: Sie wollten mehr über den Ozean erfahren und dazu aussagekräftige Daten sammeln.

Die Wissenschaft brauchte Daten, um den Wandel nachzuweisen und Alarm zu schlagen. NASA-Satellitenaufnahmen über einen Zeitraum von vierzig Jahren zeigten, dass sich die Eisfläche in der Arktis während dieser Zeit deutlich verringert hatte, im Durchschnitt um elf Prozent pro Jahrzehnt. Trotzdem hatte man die chemische Zusammensetzung der arktischen Gewässer erst im Jahr 2015 zum ersten Mal untersucht, an Bord desselben Schiffes, auf dem sie jetzt unterwegs waren. Diese wichtige Grundlagenarbeit würden Maya und fünfzehn andere Forschende an Bord der *Healy* im Lauf dieser Expedition fortsetzen. Und zwar ab heute.

Eine Gruppe von sieben Forschenden stand am Heck des Schiffes neben einem großen Kran. Es war die eine Hälfte des Chemie-Teams, die für die erste Zwölfstundenschicht eingeteilt war. Normalerweise hätte sich Maya selbst dafür gerügt, dass sie nur pünktlich und nicht ein bisschen früher eintraf, aber Jacks Fotos waren es wert gewesen.

Die meisten Gesichter waren ihr nach zwei Tagen an Bord schon fast vertraut. Den anderen stellte Maya sich rasch vor: einem Professor mittleren Alters und einem jungen Postdoc, beide von der Oregon State University. Beide hatten gepflegte Bärte rings um die lächelnden Münder und einen sanften Händedruck. Maya erblickte ihre lächelnde Zimmergenossin Dr. Nancy Stevens. Nancy kam vom Ozeanografischen Institut Woods Hole in Massachusetts. Die beiden Frauen hatten sich schnell aneinander gewöhnt, ein paar Familiengeschichten, ironische Bemerkungen und ihre Sorgen hinsichtlich des Kometen ausgetauscht.

Nancy und der Professor aus Oregon waren die ältesten Mitglieder des Forschungsteams an Bord und hatten die meisten Expeditionen im Lebenslauf. Sie übernahmen die Verantwortung und teilten das Team in zwei Hälften. Drei Forschende folgten Nancy, zogen wie sie die Stiefel aus und betraten die beiden sieben Meter langen ISO-Laborcontainer auf Socken. Der Professor aus Oregon blieb draußen und zog eine Plane vom zylindrischen Rahmen des Rosette-Wasserschöpfers der *Healy*. Maya und zwei weitere folgten ihm einer nach dem anderen, öffneten die Türen zu einem der Arbeitsplätze, ließen sich von einem der Forschenden darin eine 30-Liter-GoFlo-Flasche geben und machten sich dann daran, sie an dem Rosettenrahmen zu befestigten. Maya bewegte sich schnell und spürte den Endorphin-Rausch, der sich einstellte, wenn man nach einem steilen Aufstieg den Gipfel seiner lebenslangen Bemühungen erreichte. In diesem Moment hätte Maya mit niemandem auf der Welt tauschen wollen.

Sobald der Rahmen der Rosette mit den leeren Behältern gefüllt war, wurde er mit einem Drahtseil am Kran festgehakt. Ein Teammitglied bediente die Fernsteuerung zum Öffnen und Verschließen der Flaschen in den jeweiligen Tiefen, um die Proben zu sammeln, den Kran selbst jedoch musste ein Coastie bedienen. Drei von ihnen fanden sich pünktlich vor Ort ein. Maya stand mit ihren knapp ein Meter sechzig neben den großen Typen, aber von solchen Äußerlichkeiten fühlte sie sich schon lange nicht mehr eingeschüchtert – eigentlich von überhaupt nichts mehr.

»Moin an die Wissenschaft!«, rief derjenige namens Malcolm. »Ich bediene heute den Kran für Sie. Also, wer hat Lust auf ein bisschen Action?«

Maya hob sofort beide Arme mit den Handflächen nach außen in die Höhe. Malcolm lachte, trabte zu ihr herüber und klatschte beide Hände ab.

»Eine wahre Soldatin«, flüsterte er.

Gustavo verließ seine Kabine fast nur, um die Toilette aufzusuchen. Nach einigen Tagen traute er sich immerhin bis zur

Kantine, um ein paar Happen zu essen, verlor aber trotzdem an Gewicht. Er war gerade dabei, mit einem Taschenmesser das nächste Loch in seinen Ledergürtel zu bohren, als er es an der Tür klopfen hörte. Er rechnete damit, dass Jack eintreten würde, aber die Tür blieb zu. Gustavo wartete, bis es noch einmal klopfte, diesmal lauter. Eine gedämpfte Stimme war zu hören.

»Gustavo Wayãpi?«

Als er die Tür aufmachte, wich die Frau rasch einen Schritt zurück und wiederholte seinen brasilianischen Namen, bis er ihn mit einem Nicken bestätigte.

»Ich bin Fähnrichin Camila Ortiz«, sagte sie. »Wir sind uns schon begegnet, als Sie an Bord gekommen sind.«

Die Fähnrichin wartete, bis Gustavo abermals nickte, und betrachtete dabei aufmerksam sein Gesicht. Da er es ihr nicht anbot, fragte sie, ob sie hereinkommen dürfe.

»¿Prefieres español, Gustavo?«

»Nein«, antwortete der. »Ich spreche kaum Spanisch. Portugiesisch und Französisch gehen besser, aber am besten Englisch.«

Diese Aussage verwirrte sie eindeutig, und sie musterte ihn von oben bis unten. Gustavo wusste sehr wohl, dass er verwirrend war – sogar für ihn selbst.

»Ich weiß, dass es auf der *Healy* tonnenweise Vorschriften gibt«, fuhr die Fähnrichin auf Englisch fort, »aber es gibt einen guten Grund für jede einzelne …«

Gustavos Aufmerksamkeit schweifte ab. Am liebsten wäre es, sie würde erklären, was sie wollte, damit er irgendetwas sagen konnte, um sie wieder zum Gehen zu bewegen. Er wollte einfach nur in Ruhe gelassen werden.

»… die Anwesenheitsliste zeigt der Besatzung, dass alle an Bord sind und es allen gut geht«, sagte die Fähnrichin.

Gustavo nickte sofort, aber sie sagte es trotzdem noch einmal.

»Deshalb *müssen* Sie sich in unser Intranet einloggen und das Formular abzeichnen. Zweimal am Tag, einmal bis 11 Uhr und dann noch einmal um 17 Uhr –«

Er nickte weiter.

»Oder wir müssen diese Unterhaltung jeden Tag führen«, sagte sie nachdrücklich.

Gustavo sah, wie Jack vorsichtig durch die offene Tür hereinkam.

»Soll ich später wiederkommen?«, fragte er.

»Nein«, antwortete die Fähnrichin. »Wir sind uns einig, oder?«

Gustavo nickte ein letztes Mal. Sobald die Frau draußen war, machte er erleichtert die Tür hinter ihr zu.

»Ich habe ein paar Ihrer Gedichte online gelesen«, sagte Jack zu seinem Rücken. »Aus dem Band *Die Majestät.*«

Als Gustavo sich umdrehte, stand Jack geduldig wartend da.

»Ich hab nicht alle gelesen«, gab Jack zu, »aber die meisten schon. Sie sind sehr schön, tun aber auch weh.«

Er machte eine Pause.

»Ich bin kein brutaler Mensch«, sagte er und lächelte, um seine Aussage zu bestätigen, »aber Ihre Gedichte haben in mir das … Verlangen nach Blut wachgerufen.«

Gustavo nickte. Offensichtlich hatte Jack seine Worte und ihre Bedeutung verstanden.

»Ich hatte letztes Jahr beruflich in Brasilien zu tun«, sagte Jack stolz.

Er nahm den Laptop von seinem Schreibtisch.

»Das hier ist das Volk der Guaraní-Kaiowá.«

Das Bild auf Jacks Bildschirm zeigte drei Männer und eine

Frau, die neben einer zu einem Schutzdach aufgespannten Plastikplane standen oder hockten. Sie trugen Bambusspeere und Körperbemalung, aber auch Jeans und Flipflops. Die Frau hatte ein Kleid mit langen Ärmeln an.

»Sie wurden von ihrem Land vertrieben, ihr Wasser war von Düngemitteln und Pestiziden aus industriellen Landwirtschaftsbetrieben vergiftet«, fuhr Jack fort. »Diese Familien lebten neben einer viel befahrenen Straße. Ihre Selbstmordrate gehört zu den höchsten auf der ganzen Welt.«

Gustavo war die Misere der Guaraní-Kaiowá durchaus bekannt. Er war sogar mit einem ihrer Anführer, Marcos Verón, nach Europa gereist, bevor der alte Mann von einem Handlanger der Großbauern zu Tode geprügelt wurde. Gustavo fragte Jack, warum er die Guaraní-Kaiowá fotografiert hatte.

»Um die Welt auf sie aufmerksam zu machen«, antwortete Jack ohne Zögern. »Das ist die Aufgabe von gutem Journalismus.«

»Und? Hat diese Aufmerksamkeit den Guaraní-Kaiowá geholfen?«

Gustavo lächelte in Jacks betrübtes Gesicht. Jetzt verstanden sie einander sogar noch besser. Es war gut, sich von einem jungen Mann verstanden zu wissen, der an einem so unwirtlichen Ort versuchte, freundlich zu sein. Gustavo drehte sich um und nahm wieder seinen Gürtel in die Hand. Jack sah zu, wie er ihn durch seine schlackernden Jeans fädelte und im neuesten Loch einhakte.

»Ich wollte gerade zum Mittagessen«, sagte Jack. »Kommen Sie mit?«

»Ich hab schon gegessen.«

»Sieht ganz so aus, als könnten Sie noch was vertragen …«

Gustavo teilte ihm entschlossen, aber freundlich mit, dass er schon mal vorangehen solle. Hunger war etwas für die Lebenden. In einer Metallkiste, die auf einem eiskalten Meer herumschwamm, zu trauern, hatte mit Leben nichts zu tun; es war eine Kombination aus Hölle und Fegefeuer, wo einem nichts anderes übrig blieb, als abzuwarten. *Ist das alles nur ein Traum?*, fragte sich Gustavo oft. *Oder ist es der Tod?* War Gustavo anstelle seines Zwillingsbruders gestorben? Oder hatte ihn die Trauer so taub und kalt gemacht wie das eiskalte Meer rings um sie?

6

DAS ABWEHRBÜNDNIS

KOUROU, FRANZÖSISCH-GUAYANA
9. AUGUST
T MINUS 176 TAGE BIS ZUM START

Love Mwangi hatte noch nie so einen Regen erlebt. Die Landebahn von Kourou in Französisch-Guayana war völlig überflutet, überall stand Wasser, das sich kräuselte und von dicken Tropfen aufgepeitscht wurde, und immer noch regnete es beständig weiter. In weniger als einem Kilometer Entfernung stiefelte Bodenpersonal in leuchtfarbenen Regenanzügen herum. Love stand an der offenen Luke ihres Flugzeugs, hielt die Nase witternd in das dämpfige Klima und ignorierte das Flugpersonal, das versuchte, sich an ihren ein Meter achtzig vorbeizuschieben. Niemand sagte etwas, als Love abermals ihre verkrampften Muskeln streckte. Als schlanke, langbeinige, ostafrikanische Frau in eng anliegenden Jeans, mit Nieten besetzten Motorradstiefeln, Halsketten aus Perlen und Metall sowie einem gestreiften Federrohrring war sie eine imposante Schönheit.

Ein Schwarm Humvees kam auf die Landebahn gebraust und blieb einige Meter vor dem Flugzeug stehen. Die Männer, die aus den Fahrzeugen heraussprangen, trugen Sturmgewehre, grüne Tarnkleidung und himmelblaue Helme mit zwei in Weiß aufgemalten Buchstaben. In Loves früher Kindheit hatte der Anblick der UN-Friedenstruppe sowohl große Gefahr als auch die einzige Sicherheit signalisiert, auf die sie sich verlassen konnte. Als Love anfing, für das afrikanische Hauptquartier der UN in Nairobi zu arbeiten, hatten diese beiden Buchstaben eine völlig neue Bedeutung angenommen: Jetzt waren sie der Weg, der aus Armut, Einsamkeit, Gewalt und Stigmatisierung herausführte.

Love stellte sich zu den anderen Passagieren, etwas mehr als dreißig UN-Zivilangestellte, die während des fünfzehnstündigen Flugs von New York City alle sehr schweigsam und verschlossen gewesen waren. Der erste Friedenswächter, der sich dem Flugzeugrumpf näherte, sprach sie als ganze Gruppe an.

»Willkommen beim gemeinsamen Abwehrbündnis gegen Kometen UD3«, sagte er. »Sie sind jetzt Teil einer internationalen Zusammenarbeit zur kollektiven Verteidigung des Planeten.«

Ein paar andere Friedenssoldaten betraten das Flugzeug und schüttelten Regentropfen ab. Einer erkundigte sich nach einem Dolmetscher, und Love trat vor. Er reichte ihr ein Plastikpäckchen mit einem Tarnponcho, wie ihn auch die Soldaten trugen.

»Kommen Sie mit«, sagte er.

Love streifte sich den Poncho über und nahm ihr Gepäck. Als sie an den bewaffneten Männern vorbeiging, hielt sie den Kopf unter der Kapuze gesenkt, um den Blicken derjenigen auszuweichen, die ihr Leben mit einem kurzen Zucken ihres Abzugsfingers beenden konnten. Der Soldat führte sie zum ersten Humvee in der Reihe. Love stellte ihre Reisetasche und ihr Handgepäck auf den Rücksitz und kletterte hinein. Dann zog sie ihren Poncho aus, legte ihn auf den Boden und streckte sich wieder diagonal aus. Die Knie ihrer Jeans waren bereits durchweicht und klebten wie eine nasse zweite Haut an ihr.

Der UN-Soldat setzte sich auf den Beifahrersitz und legte sich das Sturmgewehr quer über die Beine, dann legte der Fahrer den ersten Gang ein und löste die Handbremse.

»Bin ich in Gefahr?«, fragte Love.

»Wir sind alle in Gefahr«, erwiderte der Soldat schroff. »Deshalb sind Sie hier.«

Sein Akzent verwies nicht auf eine französische Herkunft, aber womöglich auf eine andere romanische Sprache. Seine Haut war hellgolden, die des Fahrers so tiefschwarz wie die von Love, trotzdem schienen sie Landsleute zu sein. Love wartete schweigend ab, bis der Fahrer etwas auf Portugiesisch flüsterte und nach hinten nickte. Seine Worte bedeuteten ungefähr so viel wie: »Ich hatte was anderes erwartet.«

Love spähte durch das Seitenfenster nach draußen. Sie verließen den kleinen Flugplatz, und hinter einem Regenschleier sah sie Tausende hellblauer Helme. Nach einem knappen Kilometer bog der Jeep ab und fuhr quer über einen Kourou-Golfplatz, der zu einem Militärlager umfunktioniert worden war. Viele Reihen Zelte und geparkter Lastwagen erstreckten sich bis in den grauen Nebeldunst hinein.

Love beugte sich vor und stellte den Soldaten noch ein paar Fragen, um sie abzulenken, während sie vorsichtig ihr Handy herauszog. Sie hielt den Bildschirm nach unten, damit der Lichtschein sie nicht verriet, und tippte eine Nachricht an ihre Freundin Rivka:

Sicher gelandet. Vergiss nicht, was ich dir gesagt habe.

Love schob das Handy wieder in die Tasche. Der Jeep erreichte einen von Fahnen umgebenen Kreisel. Vor den grauen Regenwolken sahen die bunten Fahnen der Europäischen Union noch farbenfroher aus. In Loves Augen riefen sie: *Willkommen! Willkommen, Frankreich. Willkommen, Portugal. Willkommen, Deutschland. Willkommen, Norwegen. Willkommen, Kroatien. Willkommen, Niederlande* ... Love lächelte. Sie war am Ziel angekommen: am äquatorialen Weltraumbahnhof in Französisch-Guayana, der jetzt komplett den internationalen Abwehranstrengungen gegen den Kometen UD3 gewidmet war.

Die Bäume und das dichte Laub lichteten sich an der Ecke eines kilometerlangen Sicherheitszauns. Über einhundert bewaffnete Kräfte der Friedenstruppe standen im Abstand von mehreren Metern einer neben dem anderen. Durch die Windschutzscheibe sah Love einen weiteren großen Trupp rings um einen Sicherheitskontrollpunkt. Sie trugen dunkle Uniformen mit dem eingestickten Wort GENDARMERIE auf ihren kugelsicheren Westen.

Der Fahrer des Jeeps hielt an und ließ die schusssichere Scheibe herunterfahren.

»Dolmetscher!«, rief er.

Einer der Gendarmerie-Soldaten kam mit einem Klemmbrett in einer durchsichtigen Plastiktüte heran. Mit schwerem französischem Akzent erkundigte er sich nach ihrem vollständigen Namen und ihrem Herkunftsland.

»Love Mwangi«, sagte sie, ein wenig nach vorne gebeugt. »Geboren in Kenya, aber ich wohne in New York.«

»Bienvenue«, sagte er, als er ihren Namen auf der Liste gefunden hatte.

Willkommen.

Der Soldat winkte sie durch, und der Jeep rollte an dem metallenen Schiebetor und dem Stacheldraht des Kontrollpunkts vorbei. Es war nur eine kurze Fahrt bis zum nächsten

Gebäude, das die Aufschrift SÉCURITÉ trug. Der UN-Soldat auf dem Beifahrersitz drehte sich um.

»Tut mir leid«, sagte er und zeigte auf ihren zerknitterten Poncho. »Aber den brauchen Sie heute noch.«

Doch Love war bereits ausgestiegen. Nass werden war kein Problem für sie, wenn sie dafür dem engen Fahrzeug entkommen konnte. Sie rieb den warmen Regen über ihren kahl rasierten Kopf und hoffte auf eine baldige Dusche und eine saubere Toilette am Ende dieser langen Reise. Dann schulterte sie ihre Reisetasche und zog den Rollkoffer über den klatschnassen Asphalt. Sechs Gendarmen standen mit tropfenden Helmen neben der Eingangstür zur *Sécurité.* Zwei von ihnen eskortierten Love in das Gebäude hinein. Eine Frau im Anzug wartete bereits hinter der Tür auf sie.

»Herzlich willkommen. Ich bin Marielena Acosta von den Vereinten Nationen«, sagte sie mit demselben leichten Akzent wie die Friedenssoldaten. »Wir haben schon auf Sie gewartet.«

Love stellte sich mit ihrem perfekt lässigen, breiten und nasalen amerikanischen Akzent vor.

»Aus New York City«, fügte sie hinzu. Sehr groß stand sie da, und sehr nass.

Acosta zog ihren maßgeschneiderten Blazer aus und bot ihn Love zum Abtrocknen an. Love sagte ihr, das Kleidungsstück sei viel zu hübsch, um es zu zerknittern, aber Acosta tupfte damit ganz sanft Loves Wangen ab. Es war eine zärtliche Geste, die das Protokoll jedoch nur kurzzeitig unterbrach.

»Bitte leeren Sie Ihre Taschen«, sagte Acosta und zeigte auf eine Plastikschale.

Love tat wie geheißen. Als die Soldaten ihr Gepäck öffneten und sorgfältig ihre Sachen durchwühlten, bedachte sie sie mit einem wütenden Blick.

»Ist das wirklich nötig?«

Acosta nahm Loves Handy aus der Plastikschale, ließ es in eine Plastiktüte mit Reißverschluss fallen und reichte sie einer der acht Personen, die dort vor ihren Laptops arbeiteten.

»He, das brauche ich!«

»Tut mir leid«, sagte Acosta. »Aber diese Abwehraktion beansprucht Ihre uneingeschränkte Aufmerksamkeit.«

»Wie soll ich dann jemandem mitteilen, dass es mir gut geht?«

Acosta schüttelte den Kopf, was keine Antwort auf die Frage war, und gab Love mit einem Wink zu verstehen, dass sie ihr zu einem länglichen Schreibtisch folgen sollte, der an der rückwärtigen Wand stand. Love bestand darauf, ihr Gepäck mitzunehmen.

»Bitte nach oben schauen.«

Love hörte ein Klicken und sah, wie ein Drucker ihr Foto ausspuckte. Acosta schob es in eine Kunststoffhalterung am Ende eines Umhängebands, das sie über Loves gebeugten Kopf legte. Acosta wies sie an, diesen Sicherheitsausweis ständig zu tragen. Als Dolmetscherin hatte Love Zugang zu allen Räumlichkeiten, durfte die Reinräume, Labors und Hangars jedoch nur mit einer Person aus dem Technikteam betreten.

»Ich dachte, es geht um einen terroristischen Angriff«, murmelte Love und betrachtete ihren neuen Sicherheitsausweis.

»Wie bitte?«

»Na, als ich diesen dringenden Anruf vom UN-Hauptquartier in New York bekommen habe, dachte ich die al-Shabaab hat wieder einen amerikanischen Journalisten oder Entwicklungshelfer geköpft oder so etwas.«

Es war die naheliegende Erklärung gewesen: Love sprach alle regionalen Dialekte Kenias, sie hatte keine lebenden Verwandten in diesem Land, die in Gefahr geraten konnten, und als Hebel diente Loves Antrag auf amerikanische Staatsbürgerschaft, der immer noch in der Schwebe war.

»Ich dachte, ich wüsste Bescheid, bis mir jemand sagte, dass eine Naturkatastrophe bevorsteht, etwas Unerwartetes«, sagte Love und lachte mit ihren weißen Zähnen. Zwischen den beiden vorderen klaffte eine Lücke.

Erst auf dem Flug nach Französisch-Guayana hatte man sie vollständig darüber unterrichtet.

»Vor allem das mit dem ›unerwartet‹ scheint ja zu stimmen. Ich meine, ausgerechnet ein Komet …«

Love rieb sich die müden, trockenen Augen. Inzwischen waren sechsunddreißig Stunden vergangen, seitdem man sie mitten in der Nacht mit dieser Aufforderung geweckt hatte.

»Konnten Sie im Flugzeug schlafen?«, erkundigte sich Acosta.

Love schüttelte den Kopf. Sie konnte nicht verstehen, wie jemand inmitten einer Ansammlung von Leuten schlafen konnte, so ungeschützt und wehrlos.

»Mein Kollege kann Sie ins Lager bringen, wenn Sie schlafen müssen«, sagte Acosta mit sichtlicher Enttäuschung. »Dort hätten Sie noch vier Stunden Pause, bevor er sie zu *Janus* bringt.«

Love fragte nicht mal nach, wer oder was *Janus* war. Niemand erklärte hier irgendetwas. Acosta zog eine große Plastiktüte hinter ihrem Schreibtisch hervor und reichte sie Love.

»Ihre Erstausstattung für das Abwehrbündnis«, sagte sie und war schon dabei, Love zur Hintertür hinauszuschieben. »Bitte sehen Sie sich die Sachen so bald wie möglich an.«

Das Zivilpersonal von Loves Flug traf gerade ein und musste abgefertigt werden. Einer nach dem anderen betrat das Sicherheitsgebäude und leerte seine Taschen.

»Wenn Sie irgendetwas brauchen«, fügte Acosta hinzu, »sagen Sie uns Bescheid. Sie finden meine Visitenkarte im beiliegenden Material.«

Mit diesen Abschiedsworten hielt sie Love die Tür auf. »Herzlich willkommen beim Abwehrbündnis.«

Love stellte ernüchtert fest, dass der Humvee bereits auf sie wartete, um sie zur nächsten Station ihrer Reise zu bringen. Ein kleiner Mann in einem Trenchcoat stieg auf der Beifahrerseite aus und stellte sich als Bradley vor, ohne näher darauf einzugehen, ob es sich um seinen Vor- oder Nachnamen handelte. Love erahnte schnell, dass er Amerikaner war, aber kein New Yorker.

»Sie sind nicht vom Hauptquartier.«

»Washington, D.C.«, sagte er und klappte umständlich einen Regenschirm auf. »War an der Uni in Georgetown.«

Er schnappte sich den Griff von Loves Rollkoffer. Love zog sofort in die andere Richtung. Es war ein Instinkt, aber sie ließ nicht los.

»Danke, aber ich nehme mein Gepäck selbst«, sagte sie entschieden.

Bradley war zu erschrocken, um zu antworten. Auf den zweiten Blick war der Mann nicht so jung, wie er anfangs gewirkt hatte; nur klein und untersetzt und mit kurz geschorenem Haar, das seine Ohren größer wirken ließ. Sie gingen zum Jeep, wobei Bradley schützend den Schirm über Love hielt. Sie traute sich nicht, seine Hilfe ein zweites Mal abzulehnen.

Auf dem Beifahrersitz lauschte Bradley kurz seinem Ohrhörer.

»Sollen wir Sie zum Technikcamp bringen?«, fragte er dann.

Love nickte und sagte, dass sie dringend schlafen müsse.

Bradley kniff den Mund zusammen und nickte dem Fahrer zu. Als der Jeep anfuhr, warf Love einen Blick in die Tüte mit ihrer Ausrüstung. Sie kramte darin herum und sah einen dicken glänzenden Schnellhefter voller Dokumente, eine Digitaluhr, eine kleine Schachtel mit Malariatabletten, einen Proteinriegel, eine Flasche Trinkwasser und einen Kulturbeutel.

Love zog den Hefter heraus und fing an, die Dokumente zu lesen, schlief darüber aber fast ein. Also öffnete sie ihr Fenster und hielt das Gesicht in den Wind und den Regen. Blinzelnd erblickte sie ein gewaltiges Museum, das wohl nur in den Augen des damals beauftragten Architekturbüros futuristisch ausgesehen hatte. Jetzt wirkte es eher klobig und kitschig. Loves Jeep blieb vor dem Vordereingang stehen, und Bradley sprang hinaus, um ihr die Wagentür aufzuhalten.

»Das Technikteam ist im *Raumfahrtmuseum* untergebracht?«, fragte Love.

Bradley klang ein wenig trotzig, als er ihr mitteilte, es handele sich hier um einen logischen Standort mit perfekter Anbindung. Love folgte ihm über einen Betonweg unter einen großen Dachvorsprung, von dem der Regen herunterlief. Links und rechts von einem Kassenhäuschen war jeweils ein Eingang. Das Kassenhäuschen war zu einer Sicherheitsschleuse umfunktioniert worden.

»Können Sie mir vier Euro für eine Eintrittskarte leihen?«, fragte Love.

Bradley ging nicht auf ihren Scherz ein und beachtete auch die Soldaten hinter der Scheibe nicht. Sie ignorierten ihn ebenso, musterten Love aber sorgfältig, als sie ihren Koffer nach drinnen rollte. Die heruntergekühlte Luft im Museum rief auf ihrer nassen, glänzenden Haut sofort eine Gänsehaut hervor. Bradley verschwand im Eingang des Souvenirladens und tauchte kurz darauf mit einem Handtuch und einem zusammengerollten Schlafsack wieder auf.

»Im Souvenirladen gibt es jetzt Klamotten, Handtücher und Kosmetik«, erklärte er und reichte ihr das Handtuch. »Und Medikamente. Brauchen Sie welche?«

Love schüttelte den Kopf, bedankte sich aber für das Handtuch. Sie zitterte.

»Darf ich wenigstens den Schlafsack für Sie tragen?«, fragte Bradley.

Sie erkannte nicht den Hauch von Sarkasmus in seiner Frage, aber es hätte ihr auch nichts ausgemacht. Love entschuldigte sich nie dafür, wer oder wie sie war. Was Rivka oft an den Rand des Wahnsinns trieb.

Bradley ging durch das Foyer und durch einen Durchgang voran, in eine riesige, höhlenartige Ausstellungshalle. Der Geruch nach menschlichen Körpern war allgegenwärtig, trotz der leistungsstarken Ventilatoren, die hinter schwarzen Wänden zu hören, wenn auch nicht zu sehen waren. Anzeigen mit Hintergrundbeleuchtung waren ausgeschaltet, aber auf dem Boden, den Treppen und dem Balkongeländer verliefen überall kleine Lichter, die einen Koffer, Schlafsäcke und lang ausgestreckten Körper schwach beleuchteten. Love konnte mit einiger Mühe Nachbauten von Satelliten erkennen, die von der fünfzehn Meter hohen Decke herabhingen, komplett mit flächigen Erweiterungen und mit Goldfolie überzogenen Korpora.

»Ich glaube, ich träume«, sagte sie leise. »Das muss ein Albtraum sein, der morgen früh vorbei ist.«

Bradley legte den Zeigefinger an die Lippen und wies auf die Schlafenden hin. Dann flüsterte er: »Sie sind nicht die Erste, die sich darüber wundert. Und sie werden nicht die Letzte sein.«

Er zeigte nach vorne. Love kniff die Augen zusammen und sah einen schlafenden Mann, der sich ein Stück Stoff über die Augen gelegt hatte, eine schwarze Anzugsocke. Rechts von ihm war ein freier Platz auf dem Boden, in den Loves Körper und Taschen womöglich hineinpassten.

»Nein«, sagte Love. »So geht das nicht.«

Bradley versuchte, sie zum Leisersprechen zu bringen, aber sie wurde nur noch lauter.

»Ich brauche ein Zimmer, das ich abschließen kann.«

Jemand ganz in der Nähe schälte sich aus einem Schlafsack. Ein Frauenkörper. Die junge Frau ging vorsichtig um Gepäckstücke und Gliedmaßen herum, streckte die Arme von sich und gähnte. Love sah, wie sich ihr T-Shirt hob und einen festen Bauch mit einem niedlichen, gekringelten Grübchen in der Mitte entblößte.

»Wer ist das?«, flüsterte Love.

»Amy«, grunzte Bradley. »Die Freundin.«

Love betrachtete »die Freundin«, die jetzt langsam zu ihnen herübergeschlendert kam: Anfang dreißig, weiß, attraktiv und selbstbewusst, mit Bewegungen, die an die Anmut und das Kalkül einer grauäugigen Löwin erinnerten. Amys Betrachtungen gegenüber Love waren weniger, doch Love blickte ganz lässig zurück.

»Sie passen hier nicht rein«, sagte Amy und lächelte breit. Noch bevor sich jemand über die Bemerkung wundern konnte, nickte sie dem bürokratischen Bradley zu und fügte hinzu: »Das ist ein Kompliment.«

Amy leckte sich die Finger und strich damit den Scheitel ihrer eisblonden Haare glatt.

»Also, Ihr ganzer Look«, sagte sie. »Was ist das? Afro-Futurismus?«

Love zuckte die Achseln.

»Sehr cool«, sprudelte es aus Amy hervor.

Love musste lächeln. Sie war Assistenzprofessorin an der Columbia University, wo sie, was Rivka zumindest behauptete, einen ergebenen Fanclub von Bachelorstudenten um sich geschart hatte. Love vermutete, dass sie damit wohl doch recht hatte.

»Im ersten Stock gibt's eine Besenkammer oder so«, fuhr Amy fort. »Die ist jetzt aber zugesperrt, deshalb brauchen Sie unseren Bradley, der besorgt Ihnen bestimmt einen Schlüssel.«

Sie senkte den Blick auf den kleinen Mann, redete aber weiter mit Love: »Denn wenn Sie nicht wichtig wären, wären Sie gar nicht hier.«

Bradley versuchte, ihren Blick zu erwidern, um anzudeuten, dass Amy offensichtlich die Ausnahme bei dieser Regel war, aber die junge Frau war bereits auf dem Weg zu dem leuchtenden Zeichen mit der Aufschrift »Ausgang«. Als Amy sich umdrehte und sah, dass Love ihr nachschaute, zwinkerte sie ihr zu.

7

WAHRSAGER

GENAU VIER STUNDEN SPÄTER

Bradley musste anklopfen und dann gegen die Tür der abgeschlossenen Besenkammer hämmern, um Love zu wecken. Ohne ihr Handy hatte sie keine Ahnung, ob es noch Tag oder schon Nacht war. Love grub sich immer tiefer in ihren Schlafsack-Kokon, bis Bradley sie mit der Aussicht auf eine heiße Dusche hervorlocken konnte.

Der Dresscode für UN-Dolmetscher und -Dolmetscherinnen lautete Business Professional, aber ohne Fahnen oder Wappen des jeweiligen Heimatlandes zu tragen. Love nahm allen Schmuck ab und zog eine kurzärmelige Bluse sowie einen Rock und Ballerinas an. Dazu legte sie sich einen Baumwollschal mit einem Muster aus Königsblau, Schwarz, Hellbraun und Kanariengelb um Hals und Schultern. Den hatte sie sich bei einer der wenigen Gelegenheiten, bei denen sie sich ein Flugticket zurück nach Ostafrika leisten konnte, auf einem Markt in Nairobi gekauft.

Love ließ ihr Gepäck in der Kammer zurück und verschloss sie hinter sich. Bradley war schon ziemlich ungeduldig, aber als sie näher kam, musste ihm wohl auffallen, dass Loves Nase von einem früheren Bruch ein kleines bisschen schief stand. Das Schleifpapiermuster ihres rasierten Schädels wurde von alten Narben unterbrochen, und eine ihrer dunklen Pupillen war dauerhaft vergrößert. Sein Mund klappte hörbar zu.

Bradley würde nie wissen, was es bedeutete, eine alleinstehende Frau zu sein, eine Waise, die sich seit siebenunddreißig Jahren wehren und manchmal einen großen Teil ihrer Persönlichkeit geheim halten musste – aber er sah das Beweismaterial dafür direkt vor sich: ihren Körper. Für Love hingegen war es einfacher, eine unbeschädigte Person mit einer fleckenlosen Vergangenheit zu spielen, eine tief in einer Familie verwurzelte Person, die sich irgendwo zugehörig fühlte. Wenn Love sich konzentrierte, konnte sie amerikanisches Englisch mit all seinen Spielarten sprechen wie eine richtige Amerikanerin. Was ihre Täuschung umso glaubhafter machte.

Bradley führte Love hinaus auf den nassen Parkplatz. Im Nieselregen der düsteren Dämmerung sah Love lange Menschenschlangen, die auf ihre warmen Duschen in geparkten Rotkreuzlastwagen warteten. Bradley beschwerte sich, dass sie kostbare Zeit vergeudeten, aber Love sagte, dass Dr. Benjamin Schwartz und Professor Ochsenfeld (wer das auch sein mochte) durchaus warten konnten. Bradley machte schließlich seine Autorität geltend und winkte sie ganz an den Anfang der Schlange.

Eine Viertelstunde später tauchte Love, immer noch übernächtigt und erschöpft, aber wenigstens sauber, wieder aus dem Lastwagen auf. Amy erwartete sie bereits mit einem Frühstück aus der Museumscafeteria.

»Alles gut«, sagte sie mit einem schrägen Grinsen. »Bradley bin ich losgeworden.«

Dankbar nahm Love einen Pappbecher mit dampfendem Kaffee entgegen.

»Ich wusste nicht, wie Sie ihn trinken«, redete Amy weiter

und reichte ihr eine braune Papiertüte. »Da ist ein Muffin drin, außerdem Süßstoff und Kaffeesahne. Sojamilch hatten sie nicht. Sind Sie laktoseintolerant?«

Love stieß ein schnaubendes Lachen aus. Wirklich charmant, mit der pingeligen Bourgeoisie verwechselt zu werden. Was für eine großartige Anerkennung ihrer Täuschungsmanöver.

»Ihr Lebenslauf ist ganz schön beeindruckend«, sagte Amy. »Sie haben schon auf der ganzen Welt für die UN gearbeitet.«

Loves Meinung nach war »beeindruckend« ein Kriterium für die Reichen und Schönen. Sie selbst verlangte es eher nach dem Luxus von Sicherheit und Stabilität.

»Ich arbeite nicht mehr als Dolmetscherin«, erwiderte sie. »Meistens jedenfalls.«

Sie unterrichtete am Institut für Vergleichende Literaturwissenschaft und Gesellschaft der Columbia University und arbeitete nebenbei als freie Übersetzerin für einige große Verlagshäuser.

»Für die UN springe ich nur in Notfällen ein«, erklärte sie Amy. »Und das hier scheint ein Notfall …«

»Es ist *der* Notfall aller Notfälle«, korrigierte Amy sie, plötzlich ganz sachlich.

Die beiden Frauen kamen zu einem Jeep, der am Rand des Parkplatzes im Leerlauf vor sich hin tuckerte. Statt sich nach vorne zum Fahrer zu setzen, nahm Amy mit Love auf dem Rücksitz Platz. Love versuchte, den Blaubeermuffin zu essen und ihre Aufmerksamkeit zugleich ihrer Begleiterin zu widmen. Es war ein bisschen anstrengend, dass eine völlig Fremde so viel über sie wusste.

»Und sie sind … die Freundin von jemandem?«, erkundigte sie sich.

»Wer hat das gesagt?«, wollte Amy wissen. »Bradley?« Sie

verzog das Gesicht. »Hören Sie, als erfolgreiche Frau hab ich mehr als genug von solchen Sprüchen gehört. Ich habe gelernt, sie zu ignorieren und meine Ergebnisse für sich sprechen zu lassen.«

Nachdem Love verständnisvoll genickt hatte, ergriff Amy die Gelegenheit beim Schopf.

»Der Wert von Humankapital ist mir schon immer bewusst gewesen, aber als Personalerin für Tech-Fachkräfte habe ich meine Berufung gefunden.«

Amy beschrieb ihre Stellen bei den wichtigsten Tech-Firmen, Google, Lyft, Slack, Automatic, und in der Luftfahrtindustrie, Boeing und Raytheon. Love nickte hier und da und saugte süßen Muffinteig aus den Backenzähnen. Der Jeep umfuhr den vertrauten Kreisverkehr *(Willkommen!)* und sauste dann am bewachten Sicherheitszaun entlang. Love murmelte etwas in der Richtung, dass die UN es wenigstens diesmal geschafft habe, sehr schnell Abertausende von Blauhelmen loszuschicken.

»Ach, das waren brasilianische Truppen, die in Haiti stationiert waren«, sagte Amy und tat die Anzahl mit einer Handbewegung ab. Love fielen wieder ihre modisch blau lackierten Fingernägel auf. »Die sind nichts im Vergleich dazu, was inzwischen mobilisiert wurde. Der Professor hat alle Strippen gezogen.«

»Genau zu dem soll ich jetzt«, warf Love dazwischen. »Was ist das für einer? Der Professor?«

Amy gab ihre recherchierten Informationen nur allzu gerne weiter und erzählte Love, dass der Professor ein Wissenschaftler mit herausragenden Arbeiten im Bereich Astrophysik sei, der im Lauf der letzten sechzig Jahre immer wieder neue Generationen an Theoretikerinnen, Ingenieuren und Astronautinnen ausgebildet habe.

»Und Ben, tja, der hat sie schon lange vor all dem hier gewarnt«, sagte sie und gestikulierte in Richtung Autodach und Sternenhimmel, der mit der einsetzenden Dunkelheit immer deutlicher zu sehen war.

Der Fahrer sprach in sein Headset, um den Sicherheitsposten passieren zu können, fuhr zu einer Ansammlung großer Verwaltungsgebäude und parkte vor dem mit der Aufschrift JANUS. Love sprang aus dem Wagen, und in diesem Augenblick zischte ein tieffliegender Militärjet über sie hinweg. Amy öffnete die Eingangstür zum *Janus*-Gebäude und hielt sie für Love auf. Sobald sie sich hinter den beiden Frauen geschlossen hatte, baute Love sich vor Amy auf und fragte: »Wo schlägt er ein?« Sie wollte die Gelegenheit nutzen, zum ersten Mal eine Bündnis-Mitarbeiterin allein vor sich zu haben.

Amy kam ins Stottern, ihre Wangen und Ohren liefen rot an. Sie wich ein paar Schritte zurück, doch Love folgte ihr und wiederholte ihre Frage.

»Der Komet. Wo erwischt er uns?«

»Wir wissen weder ob noch wo«, antwortete Amy dann und schob ihr spitzes Kinn nach oben. »Wir haben noch keine zuverlässige Flugbahn, nur Annäherungen.«

Ihre Gesichter waren kaum zehn Zentimeter voneinander entfernt, ihre Körper berührten sich fast.

»Wir wissen nur, dass er groß und schnell ist«, sagte Amy.

Love hörte ein Geräusch, das kurze Knallen eines Stocks auf den Fußboden, gefolgt vom leisen Schlurfen orthopädischer Schuhe. Jemand kam aus dem Korridor langsam auf sie zu. Als Love sich umdrehte, duckte Amy sich weg und verschwand eilig in dem Korridor. Kurz darauf tauchte sie grinsend und Arm in Arm mit einem sehr alten Mann wieder auf. Als hätte sie mit Love gerade Fangen gespielt und sich gerade noch mal freischlagen können.

»Love Mwangi!«, rief der Alte ihr entgegen, nachdem er rasselnd eingeatmet hatte.

Wäre seine Stimme Wein gewesen, sie hätte Noten von sowohl Mittel- als auch Osteuropa getragen, gereift in mehreren Jahrzehnten Tabakrauch. Der Mann machte keine Anstalten, sich vorzustellen, konnte aber kein anderer als der Professor sein.

»Bekannte Übersetzerin, Dolmetscherin und Sprachkundige«, staunte er und löste den Arm von Amy, um Love heranzuwinken. »Wir dürften Ihre linguistischen Fähigkeiten schon bald bitter nötig haben.«

Der Professor bewegte sich nicht nur wie eine Schildkröte, er schien tatsächlich eine zu sein. Klein und vornübergebeugt musste er den Hals schräg nach oben strecken, um Love ins Gesicht sehen zu können, wobei sich eine schaukelnde Hautfalte am Hals in die Länge zog. Love hingegen stand aufrecht und stolz vor ihm, mit drahtigen Muskeln und straffer Haut. Ihr langer Hals, das kantige Kinn, die wohlgeformten Lippen, die hohen Wangenknochen, die breite Stirn und die sanft geblähten Nasenflügel verliehen ihr ein wahrhaft königliches Auftreten.

Sie musterten einander mit der Neugier von Gegensätzen.

»Love«, wiederholte der Professor. »So einen Namen könnte ich nie vergessen. Nicht mal jetzt in meiner Hinfälligkeit.«

Die Nonnen in Loves Waisenhaus hatten sie mit Nahrung, Kleidung und einer ordentlichen Erziehung versorgt. Sie hatten ihr ihre Sprachen beigebracht und Bücher geliehen. Diese strengen, aber anständigen und hingebungsvollen Frauen hatten ihr schon sehr früh die Vorstellung von einer gewissen Bestimmung im Leben gegeben, einer Bestimmung jenseits von Heiraten und Kinderkriegen. Diese Bestimmung hatte einen Namen: Liebe. Love.

»Die Namen der Heiligen und der Tugenden waren in meinem Waisenhaus schon alle vergeben«, sagte Love achselzuckend, und das stimmte ebenso. »Als ich angekommen bin, mussten unsere Nonnen sich etwas einfallen lassen.«

Der Professor schnaubte abfällig. »In Österreich hatten die Nonnen Schnurrbärte und haben mich ohne Jacke im Schnee stehen lassen.«

Love erkundigte sich, ob er es verdient hatte – in perfektem Deutsch. Der Professor lächelte, als er seine Muttersprache hörte, und winkte Love in den Korridor hinein, aus dem er gekommen war. Amy folgte in respektvollem Abstand, aber nicht so respektvoll, um der Unterhaltung nicht folgen zu können.

»Es ist bekannt, dass Sie mindestens sechsunddreißig Sprachen und Dialekte sprechen und schreiben können«, fuhr der Professor fort, »aber Sie selbst wollen sich auf keine Zahl festlegen.«

Love sagte nichts dazu. Sie interessierte sich nicht für den Ruhm, der mit der Quantität kam, sondern hatte sich dazu entschlossen, mit Qualität zu überzeugen. Als sie jung war, hatte sie von den anderen Kindern im Waisenhaus nicht nur Bantu-Suaheli gelernt, sondern auch etliche lokale Dialekte. Von den Nonnen hatte sie Englisch, Französisch, Spanisch und Deutsch gelernt und im Heim zusätzliche Arbeiten verrichtet, um sich ausländische Bücher und Zeitschriften leihen zu dürfen. Als sie das Waisenhaus mit siebzehn Jahren verlassen musste, hatte Love sich durch Achebe, Proust, Steinbeck und García Marquéz gearbeitet, und zwar in der Originalsprache.

»Egal, wie viele es sind«, sagte der Professor, »benutzen Sie sie. Hier werden schon bald Experten und Expertinnen aus aller Welt eintreffen. Sie müssen alles übersetzen, was

Sie zu hören bekommen. Technische Details, Dienstanweisungen, Unterhaltungen, sogar Beleidigungen … Sie müssen von einem Raum zum anderen gehen – und dabei die Wände einreißen.«

Der Professor sagte, sie müssten jetzt alle unter einer Flagge segeln, und zwar der der gemeinsamen Abwehraktion gegen Komet UD3. Im Vorbeigehen schaute Love in Büros und abgeteilte Arbeitsnischen. Die dort dicht an dicht arbeitenden Leute blickten nicht einmal auf, sondern machten konzentriert weiter, murmelten auf Französisch, Englisch und Niederländisch. Als die drei das Ende des Korridors erreicht hatten, atmete der Professor angestrengt. Amy rief den Aufzug mit ihrem Sicherheitsausweis und half dem Professor hinein.

»Das Kernteam befindet sich im *Janus*-Konferenzraum«, sagte der Professor zu Love.

Love dachte sich, dass sie mit der Zeit wahrscheinlich hinter den Sinn dieser Worte kommen würde. Im oberen Stockwerk angekommen, gab Amy ihr mit einem Nicken zu verstehen, den Aufzug als Erste zu verlassen. Love ging weiter zur offenen Tür eines großen Konferenzraums und spähte hinein. An einem aus langen Tischen gebildeten Rechteck saßen neun Menschen an einer Ecke rechts, ihnen gegenüber ungefähr dreißig weitere.

Amy half dem Professor bis zum Eingang. Allem Anschein nach hatte jemand einen gepolsterten Lehnstuhl aus dem Foyer heraufgeholt und direkt an die Wand gestellt. Der Professor ließ sich in die weichen Polster fallen.

»Love«, stieß er zwischen zwei Atemzügen hervor, »ich möchte Sie dem … dem Mann vorstellen, der hundertzweiundzwanzig Einschlagsszenarien kennt: Ben Schwartz, unser Wahrsager.«

Er zeigte mit der Spitze seines Gehstocks auf einen

schmächtigen haarigen Mann mit dicken Brillengläsern Anfang vierzig, der offenbar den Vorsitz der kleineren Gruppe auf der rechten Seite führte.

»Nehmen Sie Platz«, sagte Ben nach einem kurzen Moment des Zauderns mit heiserer Stimme zu Love.

Als Love auf den Tisch zuging, wäre sie fast über ein Paar hochhackiger Pumps gestolpert, die jemand auf dem Boden hatte liegen lassen. Daneben lag eine Strumpfhose wie eine abgestreifte Schlangenhaut. Amy besetzte sogleich den leeren Stuhl rechts neben Ben und sorgte so für ein Gleichgewicht mit fünf Leuten an jeder Ecke.

Love setzte sich in den sechsten Stuhl neben einen Asiaten mit silbergrauem Haar und Lachfältchen um Augen und Mund. Sein Gesicht sah eingefallen aus, aber das war bei allen anderen auch so. Mit Ausnahme von Amy. In gefärbtem Englisch stellte der Mann sich als Dr. Jin-soo Lee, Direktor des Forschungszentrums für Asteroidenabwehr an der Iowa State University, vor. Er redete laut und deutlich und sah Ben dabei erwartungsvoll an. Nur Amy bemerkte seinen versteckten Hinweis, weshalb sie Ben unter dem Tisch ans Bein trat.

»Aua. Was denn?«

Ben rieb sich das Schienbein und sah Amy vorwurfsvoll an. Dann folgte er ihrem Blick zu Love und Jin-soo.

»Schon wieder?«, seufzte er. »Na schön.«

Ben erhob sich und zeigte auf die gut dreißig Männer und Frauen in ungepflegter, aber einheitlicher Firmenkleidung, die sich am anderen Ende des Raums unterhielten, telefonierten und/oder an Laptops arbeiteten.

»Das sind die Untergebenen der UN«, sagte er. »Ihre beiden Oberchefs sitzen jeweils links und rechts«, sagte Ben und deutete auf eine Frau ganz links und einen Mann auf der äußersten rechten Seite.

»Wir in dieser Ecke hier bilden den wissenschaftlichen Kern des Abwehrteams. Zu meiner Linken sitzt Chuck«, Ben nickte einem kräftigen Mann mit rotblondem Haar und Bart, einer Brille und blassen Sommersprossen auf den fleischigen Armen zu. »Er arbeitet mit mir beim NASA JPL. Neben ihm Ed von Sandia National Labs. Dann kommt … entschuldige, mein Guter, ich hab deinen Namen schon wieder vergessen. Hey, mit wem muss ich hier schlafen, damit wir endlich ein paar Namensschilder kriegen?«

Eine der Untergebenen am anderen Ende des Tischs griff zum Telefon, um eine Antwort auf die Frage zu finden.

»Wie auch immer, der Typ mit dem Pferdeschwanz ist von NASA Goddard und hat früher beim Professor studiert. Neben ihm das ist Jin-soo, den kennen Sie schon –«

»Personalabteilung«, unterbrach ihn Amy und zeigte auf sich. Ben nickte und machte dann mit den Forschungskräften zu seiner Rechten weiter.

»Das ist Julie aus Livermore. Ziggy aus Stanford und damals schon Los Alamos. Und am Ende haben wir Marcel, den Chef des hiesigen Raumfahrtzentrums, und seine sehr große Vizechefin Anneke. So, das reicht jetzt mit dem Ringelpiez … Wo waren wir stehen geblieben?«

Sofort nahmen die Forschenden ihre Diskussion wieder auf. Love sah ein Foto auf dem Bildschirm von Jin-soos Laptop. Der Wissenschaftler folgte ihrem Blick und flüsterte ihr zu, das Bild sei erst kürzlich vom Hubble-Teleskop gemacht worden und zeige UD3 im Abstand von fast 2,5 Milliarden Kilometer von der Sonne. Der gefrorene Kern des Kometen war reinweiß, die dunstige Staubhülle, die ihn umgab, schimmerte blau – eine tödliche Schönheit.

Love versuchte, den Forschenden zuzuhören, aber ihre merkwürdigen Ausdrücke kamen ihr spanisch vor. (Nicht im eigentlichen Sinne spanisch, denn Love sprach auch fließend Spanisch.) Jin-soo war zu höflich, um ihre Frustration zu ignorieren. Statt zu fragen, ob Love irgendwelche Fragen habe, erkundigte er sich danach, was ihre erste sei.

»Was ist ein Hi-civ?«, wollte sie wissen. »Dieser Ausdruck fällt hier ständig.«

Die Antwort kam von Ben, der seine Ohren so gut wie überall zu haben schien. »Hyperschnelles Kometenabfangvehikel. HYCIV. Sehen Sie in ihren Unterlagen nach. Dort finden Sie ein Blatt mit Abkürzungen – es geht nicht an, dass unsere Dolmetscherin einen Dolmetscher braucht!«

Love hatte ihre Unterlagen in der Besenkammer bei ihrem Gepäck gelassen.

»Ich bin gerade erst angekommen«, sagte sie. »Ich hatte noch keine Zeit, Ihre Literatur auswendig zu lernen.«

Mehr als nur ein paar Leute zuckten zusammen.

»Keine Zeit?«, fragte Ben in gespielter Verwunderung. »Man, ich würde gerne wissen, wie sich das anfühlt.«

Beim letzten Wort brach seine Stimme. Ben nahm eine Flasche Mineralwasser vom Tisch und trank sie aus. Amy verschränkte die Arme und warf ihm feindselige Blicke zu, die Ben absichtlich ignorierte. Jin-soo versuchte, etwas behilflicher zu sein.

»Das HYCIV ist das Raumfahrzeug, das wir konstruieren müssen, um den Kometen abzulenken«, erklärte er und drehte seinen Laptop in ihre Richtung.

Dann öffnete er in einem neuen Fenster eine Datei, auf der etwas abgebildet war, das wie eine große, im Weltraum schwebende Kartoffel aussah.

»Das ist eine Darstellung eines Asteroiden«, erklärte Jin-soo, »aber für einen Kometen gilt dasselbe.«

Er klickte auf Play, und die grobkörnige Animation von

einem kastenartigen Raumfahrzeug – einem HYCIV –, das auf den Kartoffelasteroiden zusteuerte, setzte sich in Gang. Love sah, wie sich das Vorderteil des Apparats löste, auf der Oberfläche des Asteroiden explodierte und dort einen Krater zurückließ. Der Rest des Fahrzeugs manövrierte in den Krater hinein und detonierte in einer großen, verpixelten Explosion, die den Asteroiden in eine neue Umlaufbahn stieß.

»Es dauert fünf Jahre, einen HYCIV wie auf Jin-soos Bildschirm zu bauen und zu testen«, rief Ben herüber. »Und jetzt raten Sie mal!«

Loves Magen sackte nach unten, als sie dem Blick aus seinen braunen Augen begegnete.

»Ich dachte, Raten ist dein Job, Ben«, sagte Amy lässig. Dann zog sie ihre ausdrucksstarken Augenbrauen tief nach unten und fügte hinzu: »Du bist der Wahrsager. Love ist unsere beste Dolmetscherin.«

»Wir haben keine fünf Jahre mehr«, führte Ben seinen Gedanken aus. »Deshalb können wir nicht bei null anfangen.«

Er nahm einen zusammengetackerten Stapel mit Tabellen und Berechnungen in die Hand und streckte ihn Love hin.

»Das hier sind sämtliche Raumfahrzeuge und Satelliten, die sich weltweit im Endstadium ihrer Fertigstellung befinden. Wir bauen das HYCIV auf Jin-soos Bildschirm um, indem wir Baugruppen, die bereits vorhanden und getestet sind, für unsere Zwecke umfunktionieren.«

Der Wissenschaftler, der ihr als Chuck vorgestellt worden war, grinste so breit, dass sich sein ganzer Bart verzog. »Wir müssen um die allerbesten Cadillac-Bauteile betteln«, sagte er. »Und *Sie* werden uns dabei helfen.«

»Außerdem finden Sie auf dieser Liste«, fuhr Ben fort, »sämtliche Atomarsenale, weltweit, den Erkenntnissen des Atomwaffensperrvertrags entsprechend –«

»Ben?«

Auf den Tischen waren Mikrofone installiert, sodass jeder im gesamten Raum gehört werden konnte. Love machte einen Untergebenen aus, der auf das Schaumgummi seines Mikro klopfte, um auf sich aufmerksam zu machen.

»Ben? Der Iran besteht darauf, seinen Satelliten zu behalten.«

»Was?«, entfuhr es Ben. »Warum!«

»Sie sagen, er habe sie vierhundert Millionen gekostet.«

Ben schüttelte wild den Kopf, hielt dann aber inne und legte beide Handflächen an die Stirn. Ohne sich ein Zögern oder irgendeine Emotion anmerken zu lassen, berichtete einer der UN-Oberchefs: »Die Islamische Republik hat letztes Jahr dreizehn Milliarden für ihre Verteidigung zugestimmt. Unser HYCIV ist eine Investition in Verteidigung.«

»Die einzige Verteidigung, die in der Geschichte des Homo sapiens noch eine Rolle spielen könnte«, rief Ben.

Er zeigte auf Love.

»Sprechen Sie … Iranisch?«

Love erwiderte lässig, dass sie die meisten persischen Dialekte und Turksprachen beherrsche, außerdem Kurdisch und Arabisch.

»Ich habe doch gesagt, dass sie gut ist«, bemerkte die UN-Oberchefin mit einem glatten Lächeln.

Mit einer für ihn seltenen Anerkennung gegenüber einer Geisteswissenschaftlerin gab Ben zu, dass er seinen Hebräischkurs vergeigt hatte. Jetzt sprach der andere UN-Oberchef in sein Mikro.

»Troy Andrews«, sagte er und hob die Hand.

Er war ein gut aussehender, hochgewachsener Mann mit zurückgegeltem Haar und silbernen Schläfen. Er hatte die Ärmel hochgerollt, und sein Kragen war aufgeknöpft, trotzdem sah er ziemlich frisch und wach aus. Er erinnerte Love an den Finanzdistrikt in Manhattan, wo derlei elitäre Menschen sich normalerweise bewegten und tagtäglich ihre Vermögen machten.

»Wir sprechen gerade nur mit denen, die dolmetschen, und Wissenschaftskräften, wenn es komplizierter wird«, erklärte Troy ihr. »Aber wir müssen direkt mit denen sprechen, die die Entscheidungen treffen – in ihrer eigenen Sprache. Können Sie uns helfen?«

Love erhob sich zu ihrer vollen Körpergröße, bereit, dem Ruf der UN zu folgen und eine alte Schuld zu begleichen.

8

BURNING, BERINGSEE

13. AUGUST

T MINUS 172 TAGE BIS ZUM START

Die *Healy* drang immer weiter in die Beringsee vor, und Jacks Handy hatte keinen Empfang mehr. Er beschäftigte sich damit, Fotos von Offshore-Ölplattformen zu machen, die aus dem Nebel auftauchten. Ihre Gasfackeln dehnten sich seitlich aus wie die Tülle einer arabischen Öllampe – Erinnerungen an das Verbrennen fossiler Brennstoffe, das zum Klimawandel beitrug. Jack sollte für seinen Auftrag besonders auf verstärkte Aktivitäten in diesem Bereich achten, nachdem erst neulich eine Präsidentenverfügung aus der Obama-Ära aufgehoben worden war, um weitere Bohrungen in der Arktis zu ermöglichen.

Jack ging einmal um das ganze Deck der *Healy* herum, bis er Mayas Stiefel mit den verräterischen lila Schnürsenkeln neben der Tür zu einem kastenförmigen ISO-Container stehen sah. Nach kurzem Zögern zog er seine Stiefel aus und ging rasch hinein. Maya saß auf einem umgedrehten Eimer vor einer Reihe Plastikrohre. Sie trug Operationshandschuhe und hielt ein Probenfläschchen in der Hand, das sie gewissenhaft beschriftete. Jack machte ein Foto von ihrer nach vorne gebeugten Gestalt mit dem zerzausten Pferdeschwanz. Bei dem Klicken zuckte sie zusammen.

»Du hast nicht gefragt, ob du mich fotografieren darfst.«

»Dein Gesicht ist nicht drauf«, erwiderte Jack sanft. »Nur dein Rücken und die Hände. Was machst du da?«

Maya dachte über seine Worte nach, ehe sie antwortete.

»Ich fülle Meerwasser von unseren Proben ab und beschrifte sie. Dann teste ich sie nach Spurenelementen von Quecksilber –«

»Um rauszufinden, was die Adler lähmt?«, fragte Jack.

Maya schüttelte den Kopf. Die aktuellen Werte waren bedenklich. Bergbau und fossile Brennstoffe hatten den Quecksilberanteil auf der Meeresoberfläche seit der Industriellen Revolution um ein Dreifaches ansteigen lassen, aber das war keine Erklärung für das merkwürdige Phänomen der Adler.

»Warum steckst du deine Hand immer wieder in die Tasche und ziehst sie gleich wieder raus?«, fragte Maya plötzlich.

»Ich will auf mein Handy schauen – und dann fällt mir ein, dass es hier keinen Empfang gibt«, antwortete er und zuckte die Achseln. »Nur eine Angewohnheit. Die Feeds sind ja ganz nett, aber sie sind nicht das Wahre.«

Jack versuchte, Maya in die Augen zu sehen, aber die waren auf seine linke Hand gerichtet. Als er sich bewegte, packte Maya instinktiv seine Hand.

»Entschuldige«, murmelte sie rasch und ließ sie wie eine heiße Kartoffel fallen. »Ich habe deine Narbe angeschaut.«

»Ein elender kleiner Parasit«, sagte Jack kläglich. »Hab ihn mir in Afghanistan eingefangen.«

Er streckte die Hand mit der runden, glänzenden und leicht erhabenen Narbe aus, die wie ein Plastikknopf aussah. Maya wollte sie sich nicht noch genauer ansehen und schien sich über sich selbst zu ärgern, als sie die jetzt mit Keimen verseuchten Handschuhe auszog.

»Jetzt kann ich dich auch gleich nach der an deinem Hals fragen, wo wir schon dabei sind«, murmelte sie.

»Hmm? Ach, die ist von einem Granatsplitter in Syrien.«

Maya sah ihn an. Zwischen ihren kräftigen Augenbrauen zeigte sich eine tiefe Falte.

»Ich habe nie erwartet, so lange zu leben«, gab er zu.

Von draußen waren Geräusche zu hören. Jack hielt die Tür des Containers auf und streckte lauschend den Kopf hinaus.

»Sie haben Wale gesichtet!«, rief er nach hinten.

Maya war nicht mehr zu halten. Sie erreichte die äußere Reling am Heck des Schiffes mit offenen Schnürsenkeln und nur einem Arm im Parka. Die versammelte Menge musste warten, bis das unglaublich große Säugetier wieder auftauchte und in zwei Nebelfontänen ausatmete.

»Ein Grauwal, glaube ich!«, rief Maya durch den Wind. »Zwei Blaslöcher.«

Als sie ihn anlächelte, sah Jack ihre Zähne zum ersten Mal. Sie waren klein, schief und spitz. Er fragte sich, wie es sich wohl anfühlte, von ihnen angeknabbert oder gebissen zu werden, und erschauerte ein wenig.

Ihr Wal schwamm tauchend und blasend neben der *Healy* her. Er sprang rückwärts aus dem Wasser, sodass man sein mit Muscheln besetztes Maul und die Flossen sehen konnte. Die meisten Forschenden applaudierten, aber Maya stieß etwas zwischen einem Jaulen und einem Schrei aus.

Es gab weitere Sichtungen des Kometen. Inzwischen hatten alle großen Nachrichtenagenturen die Geschichte übernommen und versuchten, das Risiko übertriebener Sensationsgier zu vermeiden, dabei aber über das durchaus reale Gefühl eines wachsenden Unbehagens zu berichten. Online-Artikel posteten Bilder eines grellbunten, von Staub umgebenen Lichtscheins neben der lodernden Sonne. Der Kometenschweif war nicht zu sehen, weil UD3 wie ein Pfeil direkt auf die Erde zielte.

Überall sammelten und veröffentlichten die Forschenden vereinzelte Erkenntnisse, aber es gab nichts Verbindliches – zumindest nicht in der *NY Times*, in *USA Today*, der *Chicago Tribune* oder der *Washington Post* – dazu, ob die Flugbahn des Kometen an der Erde vorbeiführen würde. Jacks Finger trommelten auf die Tastatur, er hämmerte seine frustrierten Fragen in eine Suchmaschine. Doch anstelle von Fakten fand er dort nur Meinungen, die wie Fakten präsentiert wurden. Jack hatte einmal für einen Redakteur des *New York Time Magazine* gearbeitet, einen grauhaarigen alten Journalisten der alten Schule, der Zigarren rauchte und nie schlief. *Meinungen sind wie Arschlöcher,* hatte er immer gesagt. *Jeder hat eins.*

Jack tippte »wird Komet UD3« und las die automatisch vorgeschlagenen Antworten:

uns alle umbringen?
die Erde verfehlen?
beweisen, dass es keinen Gott gibt?
sich als Werkzeug von Terroristen entpuppen?
sich als Werkzeug der Ungläubigen im Heiligen Krieg erweisen?
...

So viele der immer gleichen unbeantworteten Fragen im Netz, und doch fühlte sich Jack sehr allein. Der Aufenthaltsraum des Forschungsteams war voll, aber keiner von ihnen wollte reden. Alle tippten eifrig vor sich hin, suchten entweder noch mehr Infos zu UD3 oder schrieben ihren Frauen, Männern, Kindern, Geliebten, alten Freunden und Freundinnen.

Was Jack anging, so hatte er weder Ehefrau noch Freundin oder Kinder. Jeder wollte mit Jack befreundet sein, und Jack war nett zu allen, aber nur die Redaktion, die ihn beauftragte, konnte sich in jeder Hinsicht auf ihn verlassen. Jack war aus den meisten gesellschaftlichen Kreisen herausgefallen, weil er sich einfach nicht genügend daran beteiligt hatte. Er wurde sich dessen erst jetzt mit einem resignierten Ziehen im Bauch bewusst, als niemand auf seine E-Mails und Posts antwortete. Jetzt, da UD3 herannahte, hatte niemand mehr Zeit für einen charmanten Bekannten, einen alten Kollegen, einen Nachbarn aus Brooklyn oder auch nur einen ehemaligen Geliebten, dessen Liebe so intensiv, aber auch nur so kurz wie ein aufscheinender Blitzschlag gewesen war.

Jack verließ den Aufenthaltsraum und kam auf dem Weg zum Mittagessen beim Friseur der *Healy* vorbei. Ned, der Pilot, saß stocksteif unter einem Schurz und wartete auf einen frischen Buzzcut.

»Hab gehört, dass du dich in irgendwelchen verbotenen Zonen rumgetrieben hast«, rief er Jack zu.

Jack blieb stehen und antwortete, dass er lediglich ein paar Bilder vom Schiff gemacht und die Reise der *Healy* dokumentiert habe.

»Welche Bedeutung haben die Worte *Zutritt verboten* für dich?«, fragte Ned.

Sein Lächeln war schon immer sonnig und geradeheraus gewesen, wenn sie herumalberten oder einander auf den Fluren des Schiffes begegneten. Das Lächeln jetzt war komplizierter – ihm haftete noch ein Rest der üblichen Kumpelhaftigkeit an, aber ein leiser Unterton verriet seine Ansichten zu diesem querulantischen Gast, der sich weder um Regeln noch um Vorschriften scherte.

»Camila meint, dein Zimmergenosse könnte auch ein bisschen Nachhilfe in Verlässlichkeit gebrauchen«, fügte Ned hinzu und neigte den Kopf mit geschlossenen Augen nach vorne, damit der Friseur den Nacken ausrasieren konnte.

Statt in die Kantine zu gehen, schlug Jack den Weg zu den Unterkünften ein. Normalerweise mied er seine Kabine, so gut es ging. Gustavo wollte sowieso meistens seine Ruhe haben, aber jetzt musste sich Jack mit jemandem unterhalten, und er war sich ziemlich sicher, dass es Gustavo ähnlich ging. Sie mussten einander helfen, weil sonst niemand da war. Sie gehörten weder zur Besatzung noch zum Forschungsteam. Sie waren Künstler, die nur für Unruhe sorgten und ein bisschen Solidarität brauchten.

Jack klopfte kurz an und trat ein. Der Vorhang über dem oberen Bett war komplett zugezogen. Zu den üblichen Tageszeiten tauchte Gustavo nur selten außerhalb ihres Zimmers auf, stattdessen trieb er sich lieber während der Nachtschicht in den leeren rot beleuchteten Gängen herum und nahm eine ruhige Mahlzeit zu sich, die um Mitternacht serviert wurde. Nachdem er sich ständig unruhig auf seinem Bett hin und her wälzte, schlief er garantiert nicht besonders viel.

»Sie haben eine eigene Wikipedia-Seite, wussten Sie das?«, sagte Jack laut.

Gustavo zog den Vorhang zurück, blickte auf Jack herab und wartete.

»Ich habe da einen Link zu einem Artikel aus der *New York Times* gefunden«, fuhr Jack fort. »Darin stand, dass Sie mal den gesamten brasilianischen Senat gekidnappt haben! Ich meine, ich kenne Sie nicht, aber ich würde Sie gerne kennenlernen. Wir sind jetzt Fremde, klar. Aber unter diesen Umständen, hier in diesem winzigen Raum zusammengepfercht, während wir uns mit diesem Kometen herumschlagen …«

Es gab keine Sprache, keine Redewendungen, Zitate, Vergleiche oder poetische Bilder für die Auslöschung allen bekannten Lebens. Es ließ einen sprachlos zurück, aber nicht ausdruckslos wie Gustavo. Jack war ein erfahrener Außenseiter, der wusste, wann er einen Mangel an Verständnis zugab und wann er ihn überspielte. Dasselbe konnte er bei dem Mann vor ihm erkennen.

»Haben Sie überhaupt etwas von dem Kometen mitgekriegt, Gustavo?«

Gustavo atmete tief und lange durch die Nase ein, dann fragte er: »Was ist das für ein Wort?«

»Was? Komet? Das ist eine riesige Kugel aus Eis und Gestein, die durch den Weltraum rast.«

Gustavo runzelte ungläubig die Stirn und kniff die Augen zusammen, aber jede weitere Erklärung hätte ein grundsätzliches Verständnis von himmlischen Körpern innerhalb des Sonnensystems vorausgesetzt. Was allerdings schon eine ziemliche Voraussetzung war, wie Jack fand, je länger er darüber nachdachte.

»Der entscheidende Punkt ist«, fuhr Jack fort, »dass dieser Komet wie eine Sternschnuppe vom Himmel fallen und auf die Erde knallen könnte.«

Gustavo blinzelte schließlich.

»Wermut?«

Jetzt war es an Jack, sein Gegenüber anzustarren. Gustavo kletterte von seiner Koje herunter und fing an, im spärlichen Inhalt seines Wandschranks herumzukramen. Dann ging er zu Jack hinüber, eine abgewetzte, in Leder gebundene Bibel voller Eselsohren in der Hand. Nachdem er die Eselsohren abgezählt hatte, reichte er Jack die aufgeschlagene Bibel und zeigte auf einen Absatz im Buch der Offenbarung:

… und es fiel ein großer Stern vom Himmel, der brannte wie eine Fackel und fiel auf den dritten Teil der Wasserströme und über die Wasserbrunnen. Und der Name des Sterns heißt Wermut. Und der dritte Teil der Wasser ward Wermut; und viele Menschen starben von den Wassern, weil sie waren so bitter geworden.

Jack sprang zum Ende des Zitats.

… Und ich sah und hörte einen Adler fliegen mitten durch den Himmel und sagen mit großer Stimme: Weh, weh, weh denen, die auf Erden wohnen …

9

EINSCHLAGSSZENARIO 122

COLLEGE PARK, MARYLAND

30. APRIL 2019

ZWEITER TAG DER KONFERENZ ZUR VERTEIDIGUNG DES PLANETEN

Ben überprüfte sein Headset, bevor er zum Rednerpult ging und zu einem Publikum von fast einhundert Gästen der sechsten zweijährlichen Internationalen Raumfahrtakademie zur Verteidigung des Planeten in Maryland sprach. Als Vorsitzender der Konferenz wünschte Ben den Vertretern und Vertreterinnen der NASA, der Europäischen Weltraumorganisation, der amerikanischen Bundesagentur für Katastrophenhilfe, der UN und einer Unmenge von Mitgliedern der internationalen akademischen Gemeinschaft einen guten Morgen. Bebrillte Augen blinzelten Ben über den Schein von Laptops im dunklen Konferenzraum zurück. Ben erblickte seinen NASA-Kollegen Chuck Maes in der ersten Reihe des Auditoriums. Seine Clipkrawatte lag bereits neben einem Notizblock auf dem Tisch. Chuck reckte aufmunternd den Daumen nach oben.

»Ich möchte alle noch einmal daran erinnern, sich besonders in den sozialen Medien sehr umsichtig zu verhalten«, sagte Ben bedächtig. »Seien Sie sich dessen sehr genau bewusst, dass es sich hier bloß um eine vorgestellte Übung handelt. Einige Ihrer Liveposts haben schon jetzt etliche Leute in Angst und Schrecken versetzt, und ich möchte nicht noch mehr verschrecken.«

Er drehte sich zu dem Bildschirm um, der hinter ihm die halbe Bühne überspannte, und klickte auf die Fernbedienung, um seine Präsentation zu starten. In der unteren Ecke jeder Folie stand in roten Großbuchstaben das Wort »ÜBUNG«.

»Willkommen zum zweiten Tag unseres hypothetischen Asteroideneinschlagsszenarios. Sie haben alle das Datum auf der heutigen Pressemitteilung gelesen …«

Am ersten Tag hatten sie ihre Konferenz erst einmal in der Gegenwart begonnen, Tag zwei schob das Szenario jedoch drei Monate in die Zukunft, bis Ende Juli 2019.

»Nachdem der Asteroid nach seiner Entdeckung über mehrere Monate beobachtet werden konnte, haben wir eine bessere Vorstellung von seiner Kreisbahn und die Einschlagswahrscheinlichkeit bis auf zehn Prozent genau ins Jahr 2027 datiert.«

Ben zog geistesabwesend an der Schlinge seiner Krawatte. Er hasste diese verdammten Dinger. Wie zum Protest stellten sich mehrere Büschel seiner Brustbehaarung hinter dem gestärkten weißen Kragen auf.

»Bei einem so engen Zeitrahmen müssen die raumfahrtfähigen Nationen schnell handeln und Abwehrprogramme entwickeln. Wir können nur hoffen«, Ben sprach die Worte langsam und betont, »dass sie dabei koordiniert vorgehen.«

Er blieb am Blick eines alten Mannes in der dritten Reihe haften und erkannte in ihm Siegfried »Ziggy« Divjak, einen Atomphysiker, der schon in Los Alamos dabei gewesen war. Der Mann hatte sich in der Zeit Gorbatschows mit russischen Forschenden zusammengetan, um das Atomwaffenarsenal der aufgelösten Sowjetunion zu sichern. Ziggy hatte sich unermüdlich dafür eingesetzt, dass keine Massenvernichtungswaffen in die falschen Hände gerieten. Jetzt saß er dort, hoch aufgerichtet und hellwach, und fragte sich wahrscheinlich, ob Ben das Scheinwerferlicht für seine eigenen politischen Ansichten benutzen würde.

Verdammt noch mal würde er das tun!

»In einer Zeit nationaler politischer Bestrebungen haben wir unsere Verbündeten vergessen«, sagte Ben. »Aber jetzt, angesichts einer kosmischen Bedrohung dieses Ausmaßes – der größten Bedrohung, mit der die Menschheit jemals zu tun hatte –, ist es an der Zeit, sich an unsere Verbündeten, Freunde und Freundinnen zu erinnern und *zusammenzustehen.*«

Ben zwang sich zu einer kurzen Pause, bevor er die nächste Folie aufrief. Darauf war die lange, elliptische Kreisbahn ihres Fake-Asteroiden zu sehen, die an einem Punkt die enge, kreisförmige Umlaufbahn der Erde schnitt.

»Und ich hoffe, dass Sie alle die NEO-App von JPL downgeloadet haben«, fuhr Ben eifrig fort und nahm wieder seine übliche Warpgeschwindigkeit auf. »Wir haben darin alle unsere hunderteinundzwanzig zuvor simulierten Asteroiden und Kometen hochgeladen, mitsamt ihren Flugbahnen und Ablenkungsberechnungen. Im Ernst, Freunde, es hilft garantiert, wenn wir uns in Gruppen aufteilen.«

Ben suchte im Publikum nach Begeisterung und sah mehrere Leute große Schlucke Kaffee trinken. An einem frühen Dienstagmorgen war Koffein unentbehrlich für die Asteroidenjagd.

College Park, Maryland
3. Mai 2019
Fünfter Tag der Konferenz zur Verteidigung des Planeten

Ben und Amy schlossen sich den anderen Touristen an, die über die National Mall schlenderten. Sie vertrieben sich die Zeit, ehe sie die reservierten Tische zum Abendessen in Washington, D. C., aufsuchten. Da ihnen die Gesellschaft des anderen völlig ausreichte, begeisterten sie sich auch jetzt für ein neues Einschlagsszenario und für die beeindruckende Kulisse der Hauptstadt der USA.

»Wir haben jetzt den fünften Konferenztag«, rief Ben ihnen noch einmal in Erinnerung. »Wir befinden uns im Jahr 2029, und der größte Brocken, den wir am vierten Tag abgesprengt haben, wird New York City in zehn Tagen treffen.«

Inzwischen hatte er sich längst von seinem Schlips getrennt, den obersten Knopf aufgemacht und die Ärmel bis zu den Ellbogen hochgekrempelt.

»Kannst du dir vorstellen, wie man Manhattan *plus* die anderen Stadtteile in diesem Zeitrahmen evakuieren soll?«

Amy stieß einen Pfiff aus und schüttelte den Kopf. Ihr platinblondes Haar fiel vom Seitenscheitel herab und streifte die Augenbrauen, bis sie die Locken hinters Ohr schob.

»Ich auch nicht«, sagte Ben zustimmend. »Also hab ich es ein paar Leute vom FEMA-Katastrophenschutz für mich durchspielen lassen.«

»Waren das nicht dieselben Typen, die mit Hurrikan Katrina zu tun hatten? Denn das haben sie ja *richtig* gut hingekriegt.«

»Na ja, meine FEMA-Typen waren erfolgreich«, prahlte Ben, schob aber sofort ein »in der Theorie« hinterher.

Es war so leicht, sich in diesen Rollenspielen zu verlieren

und zu vergessen, dass sie nur eines von vielen Einschlagsszenarien waren, die dazu gedacht waren, sich auf die Wirklichkeit vorzubereiten.

Ben zog sein Handy aus der Tasche, um nach der Uhrzeit zu sehen. Immer wenn er geschäftlich in D. C. war, versuchte er, sich mit seiner Schwester Becca zu treffen, die mit ihrem Mann und zwei Kindern innerhalb des Stadtrings wohnte. In seiner Aktentasche hatte er Geschenke für seinen Neffen und seine Nichte dabei: knifflige Lego-Sets, die sie bestimmt bewältigen würden. Die Kinder durften die Kisten nicht im Restaurant aufmachen, deshalb hatte Ben seiner Schwester das Versprechen abgenommen, den Augenblick, in dem sie die vielen Plastikteile zu Hause auf den Boden kippten, die Anleitungen überflogen und einen Schlachtplan aufstellten, auf Video festzuhalten.

Ben selbst war für die Vaterschaft nicht bereit, aber er war mit Begeisterung Onkel. Und seine Nichte und sein Neffe wuchsen zu wirklich großartigen kleinen Menschen heran. Ben konnte es kaum erwarten, ihnen die Welt zu zeigen, die zwar nicht unbedingt freundlich, aber sehr faszinierend war. Kinder nahmen alles so rasend schnell auf. Als Ben das letzte Mal aus Kalifornien angerufen hatte, hatten die beiden noch durcheinandergeplappert und sich über Freisprechfunktion gegenseitig unterbrochen, um ihm die neuesten ihrer Minecraft-Abenteuer mitzuteilen und dass es in der Nachbarschaft eine neue gefleckte Katze namens Periwinkle gab. Ben schmiedete immer wieder neue Zukunftspläne: Er wollte ihnen nach und nach seine Lieblingsbücher nach D. C. schicken, mit ihnen und Amy zusammen *2001 Odyssee im Weltraum* anschauen, sie nach Kalifornien kommen lassen und ihnen zeigen, wie man auf der sich sanft schlängelnden Route 1 entlangfuhr, neben der sich der Pazifik weiter erstreckte, als das Auge reichte …

»Deine Schwester mag mich nicht«, sagte Amy plötzlich.

Ben schüttelte den Kopf, überlegte aber kurz, ehe er antwortete.

»Sie *wundert* sich nur über uns zwei.«

Amy erwiderte, dass sie inzwischen schon seit fünf Jahren zusammenwohnten.

»Sie wundert sich immer noch«, sagte Ben. »Herrje, ich wundere mich ja selbst immer noch!«

Zum Glück brachte Amy die Eltern nicht zur Sprache. Der Abend war zu schön, um ihn zu verderben. Außerdem gab es in dieser Hinsicht nicht allzu viel zu sagen. Bens Eltern waren nicht mit Amy einverstanden, und Amy hatte Ben ihren Eltern gar nicht erst vorgestellt. Fertig. Was Ben, nachdem Amy schon ein Jahr bei ihm wohnte und er sich ein Leben ohne sie nicht mehr vorstellen konnte, nicht davon abgehalten hatte, in ihrem Lieblingsrestaurant vor ihr auf die Knie zu fallen. Amy musste bei seinem Antrag grinsen und sich ein kaltes Glas Wasser an die erröteten Wangen drücken.

Nachdem sie sich verlobt hatten, wartete Ben nur darauf, dass bald die ersten Hochzeitsmagazine auf Tischen und Arbeitsflächen auftauchten. Er erwartete eine Flut lächerlicher Fragen (Sitzplan oder Platzkarten? Riskieren wir den Geruch von Lachs als Vorspeise?), aber Amy machte einfach so weiter wie vorher. An ihrem Geburtstag im Oktober trug sie nicht mal ihren Verlobungsring, einen großen Feueropal. *Ich will ihn nicht verlieren,* sagte sie immer. Da er Amys Gewohnheiten kannte, hielt Ben das für durchaus wahrscheinlich. Stattdessen bewahrte sie den Ring sorgsam in einer Schuhschachtel auf, als Teil einer Sammlung wertvoller Dinge, die sie sicher verwahrt wissen wollte und nur sehr selten hervorholte, um sie zu berühren und sich daran zu erfreuen.

Ben fragte sich, ob Amy Bedenken wegen ihrer Familie

hatte, aber er wusste so wenig von ihnen, dass es schwer einzuschätzen war, wo das Problem eigentlich lag. Amys Vater war ein Militärangehöriger im Ruhestand, ihre Mutter Hausfrau, das Paar wohnte in bescheidenen Umständen in Kansas, weshalb die Gründe finanzieller Art sein konnten. Andererseits waren Amys Eltern und ihr Bruder sehr gläubige Christen, von daher könnte es auch etwas Religiöses sein.

Wir heiraten nicht-konfessionell, sagte Ben eines Abends zu Amy, als beide lesend im Bett lagen. *Wir bezahlen den Empfang selbst, von mir aus kann er klein sein. Ich habe ein paar Ersparnisse, die reichen dafür aus. Meine Familie kann den Ringträger stellen, und natürlich das Blumenmädchen.* Amy blickte von ihrem Roman auf und blinzelte ihn hinter ihrer kunstvollen Katzenaugen-Lesebrille an. *Meine Familie stellt dann die Dragqueens und die Stripper,* sagte sie schließlich. *Und natürlich das Elvis-Double.*

Sie grinste ihn an und sagte dann, dass sie ihrer Familie nichts von der Verlobung erzählt habe und auch nicht vorhabe, ihr etwas von der Hochzeit zu erzählen. Sie schien viel lieber zu ihrem Roman zurückkehren zu wollen. Als Ben sich nach einem Zeitrahmen erkundigte, zuckte sie die Achseln. *Was gewinnen wir mit einer Heirat, was wir nicht jetzt schon haben?,* wollte sie wissen. Darüber musste Ben nachdenken. *Wenn ich sterbe,* sagte er, *erbst du meine ganze Anime-Sammlung.* Amy nickte mit hochgezogenen Augenbrauen und sagte, dass sie es sich unter diesen Umständen noch einmal überlegen müsse. Das war vor vier Jahren gewesen.

»Ich bin so froh, dass du hier bist«, sagte Ben zu ihr. »Hier bei mir.«

Er nahm Amys Hand.

»Ich hätte nicht darauf verzichten wollen«, versicherte sie ihm.

Sie trug ein orangefarbenes Top und einen langen pinkfarbenen Seidenrock, der sich im Wind aufbauschte und eng um ihre Beine schmiegte. Die goldenen Armreifen an einem Handgelenk klingelten bei jedem Schritt. Amy hatte viele verschiedene Stile und rockte sie alle, sie sah in Kampfstiefeln genauso gut aus wie auf Pfennigabsätzen. An diesem Abend hatte sie es auf keinen speziellen Stil angelegt. *Ich dachte, es sieht hübsch aus,* hatte sie geistesabwesend im Hotel vor dem Badezimmerspiegel gesagt. Die Farben waren mehr als nur hübsch und ließen Amy wie einen Sonnenuntergang erstrahlen.

Sie spazierten unter einer langen Reihe blühender Kirschbäume entlang. Amy öffnete ihr Notizbuch und las laut daraus vor: Die dreitausend Kirschbäume waren im Jahr 1912 ein Geschenk des Bürgermeisters von Tokio gewesen. Ein großes, künstliches Wasserbecken erstreckte sich zu ihrer Linken wie ein See, der in seiner klaren Spiegelung die Schönheit der Blüten verdoppelte. Ein Stück weiter fuhren Zweierpaddelboote herum oder trieben mit Paaren in hellorangen Rettungswesten auf dem Wasser dahin.

Ben atmete den duftenden, stillen Frühlingsausbruch an der Ostküste ein und fragte sich, ob das Leben jemals schöner sein könnte. Eine Woche befriedigender Arbeit lag hinter ihm, ein wunderschöner Abend vor ihm. Seine sonst eher lichtgeschwindigkeitsschnelle Fantasie erging sich zufrieden in trägen Gedankenspielen einer möglichen Steigerung: ein Lotteriegewinn? Frieden im Mittleren Osten? Ein neuer *Star Wars*-Film? *Halte das hier fest,* sagte er sich. *Behalte diesen Augenblick in Erinnerung, damit du immer weißt, was Glücklichsein bedeutet …*

»Was für ein schöner Spaziergang.«

»Klar doch«, sagte Amy. »Zweifelst du etwa an meinen Erkundungsfähigkeiten?«

Niemals.

Wenn Ben tagsüber bei der Konferenz zur Planetenverteidigung war, erkundete Amy die Gegend. Genau genommen war sie hier in Urlaub. Nachdem sie ihre E-Mails und Voicemails gecheckt hatte, schnürte sie ihre Turnschuhe und erforschte die Straßen und Parks der Hauptstadt. Wenn Ben am späten Nachmittag freihatte, trafen sie sich zu einem Happy-Hour-Drink, und Amy zeigte ihm ihr Notizbuch, in dem sie alle Neuigkeiten in ihrer grauenhaften Handschrift festgehalten hatte. Neben die Orte, die sie mit ihm noch einmal aufsuchen wollte, hatte sie einen fünfzackigen Stern gekritzelt. Genauso hatten sie es vor zwei Jahren bei der Konferenz in Tokio und vor vier Jahren in Frascati in Italien gemacht.

Ben und Amy traten unter dem üppigen Blütendach hervor und sahen beide zum Obelisken des Washington Monuments hinüber. Eines der größten Steinbauwerke der Welt warf einen langen, langsam schwindenden Schatten. Ben fiel ein Gedicht ein, etwas über die Ruinen eines riesenhaften Monuments mit der Inschrift:

Mein Name ist Ozymandias, König der Könige;
Betrachtet meine Werke, ihr Allmächtigen, und erblasst!

Ben erinnerte sich nicht mehr an das ganze Gedicht, aber ein Satz fiel ihm noch ein:

Nichts weiter blieb.

Ben hatte sein ganzes Erwachsenenleben damit verbracht, mit der Möglichkeit eines kosmischen Einschlags zu rechnen, der das Ende der modernen Zivilisation bedeuten und den Niedergang seiner Spezies hervorrufen könnte – aber er hatte nicht viel Zeit darauf verschwendet, sich die konkreten Folgen einer solchen Katastrophe auszumalen. Ben war kein Biologe, aber er wusste, dass Ökosysteme Nullsummenspiele des Überlebens sein konnten. Schließlich hatte der Niedergang der Dinosaurier den Aufstieg der Säugetiere, so, wie er eines war, hervorgerufen.

Ob sich wohl alle anderen Geschöpfe unter der Sonne über die Vernichtung der Menschheit freuen würden? Welches neue Leben würde rings um die Ruinen der Menschheit entstehen und gedeihen?

10

BENS LISTE

KOUROU, FRANZÖSISCH-GUAYANA

13. AUGUST

T MINUS 172 TAGE BIS ZUM START

Ben widmete den größten Teil seiner Aufmerksamkeit Jin-soo, der den detaillierten Plan für den Bau des HYCIV erläuterte, und der größte Teil von Ben Schwartz' Aufmerksamkeit war gewichtig genug. Jin-soo sprach langsam und deutlich in sein Mikrofon. Er saß nur vier Stühle von Ben entfernt, war aber zu leise und zu höflich, um die Unterbrechungen der anderen Forschenden zu unterbinden.

Bens Blick wanderte immer wieder zu der Liste hochkomplexer Komponenten zurück, die sie beschaffen und für die Zwecke ihres Fahrzeugs umfunktionieren mussten. Er sah jede Menge abgehakter Kästchen, aber mindestens genauso viele leere Kästchen. Ohne genügend Teilmontagen und Atomraketen waren sie aufgeschmissen, und zwar in der n-ten Potenz.

»Wie sieht's mit China aus?«, unterbrach ihn Ben, hielt die Liste in die Höhe und tippte mit dem Zeigefinger auf den Bereich mit den leeren Kästchen.

Jin-soo geriet ins Stottern, blinzelte und sah Chuck an.

»Hab ich doch gesagt«, seufzte Chuck. »Sie haben Unterstützung angeboten.«

»Das war Taiwan. Ich rede vom Festland. *Dios mío,* wir haben wohl in Erdkunde nicht aufgepasst?«

Chuck zeigte ihm beide Mittelfinger, aber Ben beugte sich zum Mikrofon, um sich an die andere Seite des *Janus*-Konferenzraums zu wenden, wo vierzig UN-Mitarbeiter versuchten, sich so leise wie Kirchenmäuse zu verhalten.

»Hallo, männlicher UN-Oberchef?«, rief Ben.

Der Mann sah auf und zeigte auf zwei *Hallo, ich heiße*-Sticker auf der Brust seines Anzughemds. Dort stand auf dem oberen in Großbuchstaben »TROY« und darunter »ANDREWS« zu lesen.

»Ja gut«, fing Ben erneut an. »Wie kommen Sie mit Festland-China voran, Troy?«

»Vielversprechend«, antwortete Troy und reckte den Daumen hoch.

Die meisten Industriestaaten hatten Ressourcen und Unterstützung angeboten: die Europäische Union, Großbritannien, Kanada, Mexiko, Indien, Japan, Südkorea, Australien, Brasilien und Argentinien. Das Abwehrbündnis wartete jedoch immer noch auf die Unterstützung Pakistans, der Türkei und Südafrikas. Und sie *brauchten* nach wie vor dringend die Unterstützung der Vereinigten Staaten, Chinas und Russlands. Die Verhandlungen mit diesen Nationen verliefen immer so lange gut, bis das Ausbleiben konkreter Handlungen unter Beweis stellte, dass Lippenbekenntnisse billig zu haben waren. Zweifel wurde mit Zweifel begegnet. *Wie kann das sein?*, schrie Ben die Wände an. Wie konnte ihr Bündnis nicht die Unterstützung und Ressourcen der Vereinigten Staaten bekommen? *Überlass das mal den Diplomaten,* sagte Chuck zu Ben. *Die wissen, was sie tun. Wir sind Wissenschaftler.* Aber aus Bens Entsetzen wurde eiskalte Wut, er stieß lauthals die unflätigsten Schimpfworte und mörderische Flüche aus und wünschte sämtliche biblischen Plagen auf die Häuser des US-Präsidenten, des Vizepräsidenten und der Mehrheitssprecher im Senat bis hinunter zu den Angestellten und Praktikanten hinter den Kulissen.

Einer ihrer Untergebenen näherte sich Troy Andrews und flüsterte ihm aufgeregt ins Ohr. Troys charmantes Lächeln erstarb. Er sah seine Kollegin, die UN-Oberchefin an und schüttelte den Kopf.

»Was denn?«, rief Ben und tippte auf das Mikro. »Was ist denn jetzt?«

Troy holte tief Luft und beugte sich vor.

»Der Kreml hat alle ausgehenden Flüge gestrichen. Sie stellen ihre eigene Abwehraktion mit ihren eigenen Ressourcen auf …« Troy sah Marcel und Anneke, den Direktor und die Vizedirektorin des Raumfahrtzentrums, an, bevor er hinzufügte: »… inklusive der Sojus-Austauschrakete.«

Marcels hellblaue Augen wurden tränennass. Er schniefte kräftig und schluckte schwer. Dann folgte ein schreckliches Schweigen, bis er sich erhob, die Hände vors Gesicht schlug und den Raum verließ. Anneke blieb sitzen, konnte aber nur auf ihre Hände starren, die gefaltet in ihrem Schoß lagen.

Ben beschloss, nicht an die Astronauten in der Raumstation zu denken. *Nein,* schrie er diesem Gedankengang entgegen, der ihm bereits mehrere Schritte voraus war, *nein, nein, nein.* Sie hatten so viele größere Probleme zu lösen.

»Keine russische Unterstützung bedeutet keine russische Technikexpertise, Satelliten, Orbiter, kein russisches Uran, keine Vorräte und keine Streitkräfte«, zählte Ben auf. »Sie lassen uns einfach mit den Männern und Frauen allein, die auf dieser Raumstation festsitzen, ohne eine funktionierende Sojus zum Entkommen, damit sind wir echt am Arsch.«

Ziggy schüttelte den Kopf, dessen dünne weiße Haarbüschel wie ein sich auflösender Wattebausch aussahen. »Wir hatten eine Abmachung …«, krächzte der Atomphysiker.

Er führte seinen Satz nicht zu Ende, denn das amerikanisch-russische Abkommen zur planetaren Verteidigung war nie offiziell unterzeichnet worden. Nach der Meteorexplosion von Tscheljabinsk im Jahr 2013 hatte es ernsthaft Gestalt angenommen und war trotz der russischen Annexion der Krim im Geheimen weitergeführt worden. Bei diesen Gesprächen hatte Ziggy die Verhandlungen angeführt. Ben nahm die Brille ab und schloss die Augen, aber er sah Ziggys Gesichtsausdruck immer noch vor sich: ein Fehlschlag, trotz jahrzehntelanger Anstrengungen für ein hehres Ziel. Trotz alldem ein Fehlschlag.

Ben schrie auf. Er ballte die Fäuste und schlug sie vor die Augen. Niemand sprach. Die Dolmetscherin Love sprang von ihrem Stuhl auf, aber alle anderen duckten sich in Erwartung dessen, was jetzt kommen würde. Ben drehte sich um und sah den Professor an, aber der alte Mann hatte kein Bedürfnis nach Mitgefühl. Die Politik machte eben, was sie wollte. Mit den Konsequenzen mussten sich andere herumschlagen.

»Bitte, bitte«, flehte Ben ins Nichts. »Bitte sagt mir, dass es Oleg und Yuri rechtzeitig aus Russland rausgeschafft haben. Unser Nuklearteam ist auf ihr Fachwissen angewiesen. Ziggy? Julie? Bitte springt mir bei.«

Ziggy öffnete den Mund.

»Die beiden waren im Kalten Krieg meine Kontrahenten«, erklärte Ziggy den Anwesenden. »Nach dem Zusammenbruch der Sowjetunion haben wir über zwei Jahrzehnte an nuklearen Strategien für die planetare Verteidigung zusammengearbeitet.«

Er sah zu Julie Schmidt hinüber, die zustimmend nickte. Ben beugte sich zu seinem Mikro hinunter: »Los, Leute, kommt mir ein bisschen entgegen!«

Mehrere aus der Untergebenenschar griffen zu ihren Telefonen und fingen an zu wählen.

»Ich rufe den Kreml an«, sagte die Oberchefin. Sie beugte sich vor und erhob sich, der Sicherheitsausweis schaukelte vor ihrem matronenhaften Busen. Ben schüttelte den Kopf und zuckte innerlich zusammen. Das abtrünnige Russland gehört zu seinem Einschlagsszenario 51, und weder in seinem Modellversuch noch im Hier und Jetzt gab es dafür eine Lösung.

»Dieser Gangster mit der Goldkette wird seine Meinung nicht ändern«, sagte Ben zu ihr.

Jin-soos freundliches Gesicht wurde ernst.

»Also«, sagte er in die Stille hinein, »damit müssen wir wenigstens keine schwierige Entscheidung hinsichtlich der Raumstation fällen.«

»Wir hatten nie eine *Wahl*«, fauchte Ben. »Wir brauchten diese Sojus-Teile. Jeder, der auch nur *ein bisschen* Ahnung hat, weiß das. Ich habe sie schon auf die Liste gesetzt.«

Er zitterte vor Zorn und Angst am ganzen Leib. Das Kernteam der Forschenden sah ihn an, die UN-Angestellten sahen ihn an, Love und der Professor sahen ihn an – und in diesem winzigen Augenblick hasste Ben einen wie den anderen. Schließlich ergriff Chuck das Wort. Chuck war bei sämtlichen Verhandlungen Bens Fels in der Brandung, auch wenn er ein ziemlich weicher und nachgiebiger Fels war.

»Ben hat recht, wir hatten nie eine andere Wahl. Ohne die Sojus-Bauteile von den Russen brauchen wir mindestens zwei Jahre, um unser HYCIV zu bauen. Und auch das nur, wenn uns die USA und China sämtliche Ressourcen zur Verfügung stellen.«

Love stand immer noch. Sie sah sich um, versuchte, in den Gesichtsausdrücken zu lesen, um nicht fragen zu müssen, was alle anderen wussten, aber in dieser Diskussion nicht aussprachen.

»Haben wir noch zwei Jahre? Bevor der Komet uns zu nahe kommt?«

Niemand sagte etwas, und das war Antwort genug.

»K-könnten Sie sich nicht auch getäuscht haben?«, fragte Love Ben.

Er blickte weder auf noch gab er ihr eine Antwort. Schließlich räusperte sich Chuck.

»Ben hat die Flugbahn des Asteroiden Toutatis bis auf 30 Kilometer berechnet, als er noch 8,5 Milliarden Kilometer entfernt war. Das ist eine relative Genauigkeit von 0,000000004.«

Ben nahm einen Stift in die Hand. Seine Hand zitterte, als er auf seiner Liste eine Seite nach der anderen des bereits Angekreuzten wieder ausstrich.

Ben wechselte zu schnell zwischen den Extremen unermüdlicher, frenetischer Energie, einer sarkastischen, ätzenden Ungeduld und einer emotionalen Erschöpfung hin und her.

»Du *musst* essen und schlafen«, schrie ihn Chuck an. Er war der Einzige, der sich so etwas traute, weshalb Ben es fraglos verdient hatte. »Entweder brichst du uns zusammen, oder ich muss dir, wenn du beim nächsten Mal ausflippst, in den knochigen Arsch treten.«

»Ich bestell was zu essen«, murmelte Ben.

»Geh in die Unterkunft!«

Ben zuckte unter Chucks Lautstärke zusammen und erhob sich dann wankend. »Jemand soll mir einen Jeep rufen«, sagte er. »Bitte.«

Mehrere der Untergebenen griffen gleichzeitig nach ihren Telefonen. Ben sah nicht wie jemand aus, der in irgendeiner anderen Situation als der gegenwärtigen den Ton angab, aber die Gegenwart war alles, was zählte.

»Ich gehe auch«, sagte Love und stand auf.

Der Professor sah nicht mal auf, als die beiden den *Janus*-Konferenzraum verließen. Er saß so weit vornübergebeugt in seinem Lehnsessel, dass seine Stirn beinahe die Knie berührte. Hätten seine arthritischen, weißknöchigen Fäuste den Stock nicht so fest umschlossen, hätte man annehmen können, er wäre eingeschlafen. Was ihm auch Schmerzen bereiten mochte, der Professor behielt es für sich.

»Es ist kein Geheimnis, dass der Professor mit einem Fuß im Grab steht«, sagte Ben zu Love, sobald sie draußen vor dem Aufzug standen.

»Ist das eine Prophezeiung des Wahrsagers?«, erwiderte sie.

Ben sah zu ihr auf und versuchte, ihre Größe nicht als persönliche Beleidigung aufzufassen. »Nein, es ist eine Tatsache.«

Dem gab es nichts mehr hinzuzufügen, also gingen sie weiter bis zum Foyer.

»Oh, es hat aufgehört zu regnen«, sagte Ben geistesabwesend, als er in die klare Nacht hinausging.

»Es hat schon vor drei Tagen aufgehört zu regnen«, sagte Love.

Ich bin so müde, dachte Ben. *Dabei haben wir erst angefangen.*

Ben hatte sich schon immer vor dem Versagen gefürchtet. Seine Familie und seine Lehrkräfte waren schockiert gewesen, als er in seinem ersten Highschool-Jahr plötzlich den Schachclub verlassen hatte. Als Landesmeister hätte er einfach nur seinen Titel verteidigen müssen. Niemand konnte seine Entscheidung verstehen, aber niemand sah den schlaflosen Ben während der Turniere, dem allein beim Gedanken daran, sich vor Publikum und unter der Aufmerksamkeit der Medien einem Gegenspieler zu stellen, speiübel wurde. Dass er gewann, war kein Sieg, nur eine Erleichterung.

Ben und Love warteten mitten in der Nacht auf einen Jeep. Grelle Scheinwerfer tauchten alle Angestellten, die hier einen Raumhafen nach und nach in ein Abwehrbündnis verwandelten, entweder in blau-weißes Licht oder in dunkle Schatten.

»Wie … wie kam das alles hier so schnell zustande?«, fragte Love über die lauten Vibrationen eines dahinbrausenden Hubschraubers.

Ben begriff, dass Love so vieles nicht verstand, aber dass sie versuchte, ihre Fragen an seine nachlassende Kondition und ihre eigene Geduld anzupassen.

»Kometen und Asteroiden hat es schon immer gegeben«, erwiderte Ben, »und es wird immer Kometen und Asteroiden geben. Nur die Menschen waren zuvor nicht da gewesen. Wir sind die Variable.«

»Dann haben Sie also schon immer mit so einer Möglichkeit gerechnet«, unterbrach ihn Love. »Aber wie haben Sie so viele unterschiedliche Menschen und Regierungen dazu gebracht zusammenzuarbeiten?«

»Wissenschaft kennt keine Grenzen«, sagte Ben einfach.

Es hörte sich an wie ein Spruch auf einem Stoßstangenaufkleber, aber es stimmte. Solange sich Ben erinnern konnte, hatte es ein internationales Netzwerk von Forschenden gegeben, die sich im Namen der planetaren Verteidigung zusammengefunden hatten. Trotz Kriegen, Spionage, gebrochenen Versprechen, Cyberangriffen und Sanktionen zwischen ihren Ländern hatte die Wissenschaft ihre Kanäle für den ungehinderten Fluss der Ideen offen gehalten. Als UD3 vor einigen Wochen entdeckt wurde, hatten diese Forschenden nicht auf die öffentliche Meinung oder auf die Erlaubnis von Demagogen gewartet.

»Wir haben mit den Verbündeten gearbeitet, die wir hatten –«

»Mit der UN und der EU«, beendete Love den Satz für ihn.

»Das Raumfahrtzentrum verfügte bereits über eine fast fertige Ariane-Rakete«, erklärte Ben. »Gott sei Dank. Sie sollte eigentlich die ISS mit Vorräten beliefern. Entschuldigung, ich meine die Internationale Raumstation. Sie werden sich noch an die vielen Abkürzungen gewöhnen.«

»Was ist mit der Raumstation? Wie bekommt die jetzt ihre Vorräte?«

»Überhaupt nicht.«

Love starrte ihn an. Sie wollte, dass er ihr die offensichtliche, grässliche Wahrheit bestätigte.

»Evakuierung wäre eine Möglichkeit gewesen«, fuhr Ben fort. »Wenn die Russen die nicht mehr funktionierende Sojus-Kapsel wie geplant durch eine neue ersetzt hätten. Aber jetzt behalten sie ihre neue Sojus, um ihre Baugruppen umzufunktionieren. Also das, was ich auch getan hätte.«

Als Love den Mund öffnete, brachte er sie mit emporgehaltener Hand zum Schweigen.

»Wir müssen uns um die 7,5 Milliarden Menschen und ungefähr neun Millionen verschiedene andere Spezies auf der Erde kümmern. Also um das einzige bekannte Leben im ganzen *Universum*«, sagte er und bohrte die Bedeutung seiner Aussage mit starrem Blick in ihre Augen hinein.

Nach kurzem Schweigen fügte er flüsternd hinzu: »Diese Astronauten und Astronautinnen sind vielleicht Fremde für dich, aber hier auf diesem Raumflughafen sind sie keine Fremden. Marcel und Anneke können sich kaum –«

Er wechselte das Thema.

»Nur mal so: Falls ich ohnmächtig werde oder Sie anschreie oder unkontrolliert zu weinen anfange … geben Sie mir einfach ein bisschen Raum und versuchen Sie, mich nicht dafür zu hassen. Abgemacht?«

Love überlegte kurz. Dann nickte sie. Abgemacht.

»Wahrscheinlich sollte ich mal bei der Apotheke im Souvenirshop vorbeischauen«, sagte Ben.

Dort gab es kein Astronauten-Eis mehr, aber jeder konnte sich mit haufenweise Mitteln gegen Depression, Angstzustände, Schlafmangel und Malaria eindecken.

»Und wenn Sie irgendwas anderes brauchen«, sagte Ben und lachte trocken. »Amy ist immer da und hilft Ihnen.«

»Die Freundin?«

»*Meine* Freundin«, stellte Ben klar. »Und sie hat ihre eigenen, ganz besonderen Fähigkeiten, von daher muss ihr jeder ein bisschen Spielraum lassen.«

»Wieso durften Sie sie mit hier reinbringen?«

Ben zuckte die Achseln.

»Sie brauchen mich, und ich brauche sie«, antwortete Ben. »Wobei Amy mir keine andere Wahl gelassen hat«, fügte er hinzu. »Aber sie hat recht. Liebe macht die Aufgabe, die Welt zu retten, weniger einsam. Ich glaube, sie macht alles weniger einsam.«

»Ich mache alles allein«, flüsterte Love, als wäre es ein Fluch.

»Ein seltsamer Name, Love«, sinnierte Ben. »Bestimmt nervig, wenn man jedes Mal hochschaut, sobald man das Wort in einer Unterhaltung hört.«

»Man hört es seltener, als man denkt«, sagte sie. »Und noch seltener wird es auch so gemeint.«

Ben schloss die trockenen Augen und dachte darüber nach. Er wankte und wäre beinahe gefallen. Love fragte ihn, ob Menschen den Einschlag eines Kometen von acht Kilometer Durchmesser überleben könnten.

»Vielleicht«, wich Ben aus. »In manchen Gegenden der Welt.«

»Und wo wird er einschlagen?«

Ben schüttelte den Kopf und krümmte sich. Er sagte, eine akkurat berechnete Flugbahn erfordere eine Beobachtung von dreißig Tagen, mindestens. Vorzeitige Vermutungen wären grob fahrlässig, unmoralisch und nicht sehr weitsichtig.

Love wollte dazwischenfragen, aber Ben als der schnellere Sprecher kam ihr zuvor. »Dazu müssen Sie die Einschlagsszenarien 53, 54, 55 und 56 verstehen …«

Er versuchte, die Simulationen zu beschreiben, bei denen eine Atommacht, nachdem sie erfahren hat, dass der voraussichtliche Einschlag auf der von ihr gesehen anderen Seite der Erde stattfinden würde, beschließt, alle Verteidigungsanstrengungen zu boykottieren, und die Abfangraketen abschießt, die den Asteroiden oder Kometen auf eine neue, für sie weniger günstige Flugbahn lenken oder das Ding womöglich in mehrere gefährliche Teile sprengen würden. Loves erstarrter Gesichtsausdruck war genau der, den alle einnahmen, wenn Ben wie ein Wasserfall und ohne Punkt und Komma redete. Nur der Professor konnte ihn verstehen, wenn er so redete, und auch nur dann, wenn der alte Mann sich nicht gerade vor Schmerzen krümmte.

»Das Einschlagsgebiet wird geheim gehalten«, sagte Ben jetzt langsamer. »Es ist zu gefährlich, es zu veröffentlichen. Deshalb dürfen wir nichts herausgeben, bevor wir wissen, dass wir UD3 mit Sicherheit aus der Bahn schießen können«, sagte er.

»Dann schießen Sie ihn aus der Bahn.«

Ben verdrehte die Augen. »Ja, vielen Dank für den Tipp. Deshalb bezahlen Sie *Ihnen* auch das richtig fette Gehalt, stimmt's?«

Love legte eine Hand auf ihre schlanke Hüfte und wartete auf die unvermeidliche Belehrung.

»Erst mal«, sagte Ben und reckte den Zeigefinger in die Luft, »haben wir etwas mit solchen Fähigkeiten noch nie gebaut. Jin-soos Team in Iowa hat ein Modell für ein HYCIV, einen Kometenabfänger, entwickelt, aber das wurde bis jetzt nur mit Simulationssoftware getestet. Zum anderen haben wir nicht genügend Zeit, um die fehlenden Unterbaugruppen herzustellen, ganz zu schweigen davon, das verdammte Ding zusammenzubauen und fristgerecht zu starten. Deshalb müssen wir überall um Teile betteln, aber viele Politiker wollen die Wahrscheinlichkeit einer Weltkatastrophe oder gar der Auslöschung der Menschheit nicht wahrhaben. Und andere wiederum … Andere wollen ihre Macht einfach nicht loslassen. Niemals.«

Ben atmete ein paarmal durch, während seine Worte in der Luft hingen. Er erkundigte sich, ob Love fließend Russisch konnte. Sie nickte mit hochgezogenen Augenbrauen.

»Wir hoffen, dass zwei Atomphysiker auf dem Weg hierher sind. Ehemalige aus dem Kalten Krieg, so wie Ziggy und Julie. Sie haben versucht, sich über die russische Grenze zu schmuggeln, aber das … ist einfacher gesagt als getan.«

»Können die eine Lösung finden? Damit die Abwehraktion funktioniert?«

Ben setzte ein schwaches Lächeln auf. Wären sie sich doch nur unter den üblichen Urständen begegnet, dachte er. In irgendeiner Hipster-Bar in Südkalifornien, wo Love ihn wahrscheinlich für einen uninteressanten Nerd ohne jede Chance gehalten hätte – und nicht für denjenigen, der den Untergang der gesamten Menschheit nicht verhindern konnte.

»Bitte laden Sie das nicht nur auf deren Schultern, Love. Oder auf meine. Wir müssen alle dazu beitragen. Es gibt Hunderte von Technikerinnen und Physikern, die hierher unterwegs sind. Die Kavallerie kommt …«

Aber können wir es überhaupt schaffen?, fragte sich Ben. Damit stand er vor der Eine-Million-Dollar-Frage: Konnten sie eine Abfangrakete losschicken und damit einen Kometen von acht Kilometer Durchmesser vernichten? Schafften sie einen Start, ehe eine Massenhysterie ausbrach, bevor die Nachrichtensprecher den Dritten Weltkrieg verkündeten? Bevor sie alle verhungerten oder durchdrehten? Bevor die Weltuntergangsuhr auf null zeigte?

»Wie viel Zeit bleibt uns noch?«, fragte Love schließlich.

Ben hielt ihr seine digitale Armbanduhr vors Gesicht. Es war dieselbe schwarze Plastikuhr, die sich in jedem Grundausrüstungskit befand, das beim Passieren der Sicherheitsposten ausgegeben wurde. Ben drückte auf einen Knopf neben dem Ziffernblatt, um von der 24-Stunden-Anzeige zu einem Countdown umzuschalten, bei dem T -171 auf ihr Startfenster vom 1. Februar zulief.

11

EINSCHLAG UNVERMEIDLICH!

AN BORD DER *HEALY* IN DER BERINGSEE

23. AUGUST

T MINUS 162 TAGE BIS ZUM START

Am Morgen summte alles um Jack herum wie ein aufgeregtes Hornissennest. Der Aufenthaltsraum des Forschungsteams war voll mit Leuten, die auf ihre zugeteilten zwanzig Minuten Internet warteten.

»Was ist denn los?«, fragte Jack einen der Forschenden, während er seinen Namen ans Ende der Liste schrieb.

»Der Komet könnte Russland treffen«, flüsterte ein bärtiger Mann.

Als Jack den Computer übernehmen durfte, starrte er auf die größten, fettesten Schlagzeilen, die er je gesehen hatte:

EINSCHLAG UNVERMEIDLICH!

Später erinnerte er sich daran, dass er dachte: *Bei so einer fetten Schlagzeile auch noch ein Ausrufezeichen,* oder etwas ähnlich Dummes.

Er scrollte den Artikel nach unten und las, dass ein hochrangiger Wissenschaftler aus Pakistan gegen eine nicht genannte Summe Berechnungen zur vermuteten Kometenflugbahn an eine britische Boulevardzeitung hatte durchsickern lassen. Laut dieser Schätzung könnte UD3 in ungefähr dreizehn Monaten irgendwo in Ostsibirien einschlagen. Die internationale Presse versuchte, verlässlichere Quellen aufzutun, aber viele Expertenteams hatten jeglichen Kommentar verweigert oder waren völlig von der Bildfläche verschwunden. Ein gewisser Dr. Benjamin Schwartz vom Strahlenantriebslabor der NASA hatte bei der Redaktion der *New York Times* angerufen, um mitzuteilen, dass sich ein internationales Gremium zusammengetan habe, um Gegenmaßnahmen einzuleiten: ein Abwehrbündnis gegen Komet UD3. Dr. Schwartz stritt die angebliche Flugbahn des Kometen mit folgendem Kommentar ab:

> Die präzise Berechnung der Flugbahn erfordert einen dreißigtägigen Beobachtungsbogen – mindestens. Verfrühte Schätzungen sind nicht nur ungenau, sondern auch unverantwortlich.

Auf die Frage, ob die Gerüchte der Wahrheit entsprächen, dass dieser pakistanische Wissenschaftler zur Berechnung der Flugbahn Schwartz' eigene NEO-App benutzt habe, oder auch auf Fragen nach dem Zeitpunkt der Veröffentlichung eigener Berechnungen der NASA hatte Dr. Schwartz die immer gleiche Antwort:

> Kein Kommentar.

In Jacks E-Mail-Postfach lagen fünf neue Nachrichten von seinen Eltern, die ihm an der Ostküste vier Stunden voraus waren. Sein Vater schrieb, um ihn daran zu erinnern, dass die Menschen sich die Atomkraft nutzbar gemacht, die Pocken ausgerottet und das Erbgut entschlüsselt hätten. Das war immerhin ein Beweis für ihren endlosen Einfallsreichtum, meinte er. Sie würden auch etwas gegen den Kometen unternehmen. (Und wenn nicht, dann gab es verdammt noch mal überhaupt nichts, was die Familie Campbell – ein Steueranwalt, eine Hausfrau und ein Fotojournalist – dagegen tun konnten.)

Die erste der vier E-Mails seiner Mutter enthielt nur einen Satz:

Ich möchte, dass du nach Hause kommst.

Jack wechselte wieder zu den sozialen Medien und wurde Zeuge, wie die Welt durch die hellen Pixel seines Monitors erwachte. Menschen, die plötzlich aus dem Mikrokosmos ihres Berufslebens, ihrer Familien und mangelhaften Körper gerissen waren, sahen sich dem größeren Rahmen des Sonnensystems und Fragen, auf die sie keine Antwort wussten, gegenüber. Die 280-Zeichen-Sprache von Twitter erwies sich dafür als entweder unzureichend oder geradezu perfekt:

Fuck! Verfolgt das hier jemand?

Waaaaaaaas?

Der US-Präsident versuchte, die Öffentlichkeit mit einem Tweet rasch zu beruhigen:

Meine eigenen Forschungsteams arbeiten bereits daran. Ignorieren Sie die verlogenen Medien. Bleiben Sie ruhig!

Zusammen mit dem Tweet ploppte am Bildschirmrand eine Anzeige auf. Eine unternehmerische Seele bot bereits UD3-Souvenirs an, beispielsweise »KEEP CALM AND FIND A BUNKER«-Slogans aus alten Plakaten, wie sie im Zweiten

Weltkrieg vom Britischen Informationsministerium herausgegeben worden waren.

Jack suchte nach Posts auf Weibo, aber die chinesischen Zensurbehörden hatten ihre Algorithmen bereits angepasst. Seine Suche nach UD3 ergab nur:

> Leider widerspricht dieser Inhalt《微博社区管理规定(试行)》 oder ähnlichen Verfügungen und Regelungen.

Ein Anflug von Furcht ergriff von ihm Besitz. Jack hörte ein leises Schluchzen, drehte sich um und sah Mayas Mitbewohnerin mit den flauschigen roten Haaren vor ihrem Computer weinen. Maya erhob sich von einem Computer ganz in der Nähe und ging zu ihrer Freundin, um sie zu trösten. Auf den Gesichtern aller Forschenden war blankes Entsetzen zu sehen. Je mehr Nachrichten Jack las, desto klarer wurde ihm, dass Angst und Entsetzen noch die geringsten Reaktionen der Menschen waren.

Englands Klatschzeitungen hatten die Neuigkeiten vor über zehn Stunden gepostet, weshalb Eurasien, Afrika und Australien bereits Zeit hatten, die Neuigkeiten sacken zu lassen. Religiöse Anführer auf diesen Kontinenten stellten die Frage: Beteten die Menschen in diesem gottlosen Zeitalter denn genug? Sie verlangten nach Messen auf Latein, mehr Fernsehpredigten live auf allen Kanälen, Pilgerfahrten nach Mekka, Tänzen, Rauchzeremonien, Gebeten, dem Verlesen religiöser Texte und gemeinsamem Singen. Die strengeren Religionen riefen in diesen verzweifelten Zeiten nach entschiedenen Maßnahmen. Ihre Gläubigen opferten Ziegen, Hühner und Ungläubige. Die Botschaftsgebäude der westlichen Welt wurden zum Ziel von Sprengsätzen.

Jack saß stocksteif da und fühlte sich machtlos. Als wäre er wieder ein kleiner Junge, der vor der Schule am Straßenrand auf den weißen BMW seiner Mutter wartete. Einmal, als ein Kind nach dem anderen abgeholt und nach Hause gebracht wurde, hatte er bemerkt, wie seine Angst immer größer wurde. Die Schule hatte bei seiner Mutter angerufen, aber niemand nahm ab. Der sechsjährige Jack wurde von Angst ergriffen, aber seine Füße blieben wie angewurzelt stehen. Er hätte bis in alle Ewigkeit gewartet, bis sich seine Realität wieder normalisierte, er hätte immer weiter gewartet und die leere Straße beobachtet.

Plötzlich bemerkte Jack, dass Mayas Hand ihn an der Schulter drückte. »Du starrst jetzt schon seit über zehn Minuten ins Leere«, flüsterte sie.

Jack klappte den Unterkiefer wieder zu und stellte fest, dass sein Mund ganz trocken war. Er sah sich um und realisierte, dass die Wissenschaftlerin links von ihm sich in einen Mann mit weißem Bart verwandelt hatte. Er wusste nicht, wie er die Zeit verloren hatte – damals noch nicht.

Die Verabredung zum Nachmittagskaffee war Mayas Idee. Alle Forschenden waren von den Nachrichten des Vortags zutiefst verstört, aber Nancy war völlig aufgelöst. Maya hatte gehört, wie sich ihre Zimmergenossin bis in die frühen Morgenstunden auf ihrer Schlafkoje hin und her gewälzt hatte, bis sie schließlich noch vor dem Morgengrauen ihre Stiefel geschnürt und die Kabine verlassen hatte. Nancy hatte sich mit den Chemikern und Chemikerinnen zur Auswertung an Deck getroffen, war aber immer wieder nervös und händeringend auf und ab gegangen. Als sie ihre Ergebnisse vervollständigt hatten, ging sie nicht mit den anderen zum Mittagessen. Sie sagte, sie könne nichts essen, versprach aber auf Mayas Drängen hin, sich ihnen hinterher zum Kaffee anzuschließen.

Als Maya um 13 Uhr beim kleinen Laden der *Healy* eintraf, hatte Nancy ihren schwachen Cappuccino bereits getrunken. Sie stand an der Wand und malte mit einem Permanentmarker auf ihren leeren Styroporbecher.

»Du bist ja früh dran«, rief ihr Maya entgegen und war froh, dass sie sich zumindest jetzt keine Sorgen um Nancy machen brauchte.

»Ist schon meine vierte Tasse«, erwiderte Nancy, ohne aufzusehen. »Ich konnte nicht schlafen.«

Maya nickte dem Coastie hinter dem Tresen zu. Der ging sogleich zur Kaffeemaschine an der rückwärtigen Wand, einer Nische, die etwas übertrieben als »Rösterei« bezeichnet wurde, und machte ihr einen Cappuccino, der Mayas Rechnung eins fünfzig hinzufügen würde.

Nancy hatte den Namen »Derek« auf ihren Becher geschrieben und ihn mit klobigen Robotern umgeben.

»Mag dein Sohn Roboter?«

»Er mag Dinosaurier«, antwortete Nancy, »aber an die will ich momentan nicht denken. Deshalb lieber Roboter.«

Sie konnte nicht von ihrem siebenjährigen Sohn sprechen, ohne die sommersprossige Stirn sorgenvoll zu runzeln und die Lippen zu schürzen. Vor den neuesten Nachrichten über den Kometen hatte sie sich mit dem Kummer über die zeitweise Trennung abgefunden, die die Gelegenheit mit sich brachte, an der letzten Arktisexpedition der *Healy* teilzunehmen. »Einschlag unvermeidlich!«, hatte für jeden alles verändert.

»Sollen wir ihn am Nordpol schrumpfen lassen?«, fragte Maya und nickte in Richtung Becher.

Bei Ozeanografie-Expeditionen war es Tradition, Styroporbecher zu verzieren und sie dann an Wasserprobenbehältern zu befestigen. Unter dem immensen Wasserdruck schrumpften die Becher auf ein Fünftel ihrer ursprünglichen Größe und wurden so zu Minisouvenirs von der Reise.

»Nein«, antwortete Nancy. »Ich schrumpfe ihn jetzt. Bevor die *Healy* umdreht.«

Sie gingen gemeinsam durch den Gang, doch an der Stelle, an der Maya sich nach rechts wandte, bog Nancy nach links ab.

»Charlie hat eine Sitzung einberufen«, sagte Maya.

»Ich ertrage diese Reden nicht«, erwiderte Nancy schroff. »Was bringt es noch, das sechste Massenaussterben zu untersuchen, wenn uns das siebte direkt bevorsteht?«

Maya sagte nichts.

»Ich rede mit Kapitän Weber«, seufzte Nancy. »Ich will bei meinem Sohn sein. Ich hätte nie gedacht …«

Dann ging sie kopfschüttelnd davon. Maya sah ihrer Freundin nach und dachte: *Kehren wir um? Trifft der Komet wirklich die Erde? Kann ich irgendwas dagegen tun – kann irgendjemand etwas dagegen tun? Müssen wir einfach alle gemeinsam abwarten, wie Gefangene in den Todeszellen, nur ohne die Gitter, die uns voreinander schützen … ?* Maya wusste, dass sie nicht einfach stehen bleiben und darüber nachdenken konnte. Die schiere Wucht der Fragen lähmte sie, erfüllte sie mit Angst und Schrecken. Sie musste einfach weitermachen wie bisher.

Die meisten Forschenden hatten sich bereits im Konferenzraum eingefunden, aber Nancy war nicht die Einzige, die fehlte. Maya setzte sich und zählte vierunddreißig der einundfünfzig Forschenden an Bord. Sie nippte an ihrem Cappuccino und versuchte, dem nervösen Flüstern zu lauschen.

»Charlie muss uns hier weglassen«, sagte eine Postdoc mit lauter Stimme, damit sie alle hören konnten.

Alle bis auf Charlie. Keiner von denen, die sich jetzt beschwerten, würde einen Mucks machen, sobald Charlie anwesend wäre. Der Mann war in jeder Hinsicht überlebensgroß: Er traf sich an einem Wochenende mit Leonardo DiCaprio zum Essen und saß am nächsten bei einer Zusammenkunft des Weltklimarats. Was nicht hieß, dass Charlie unnahbar war. Trotz seiner Berühmtheit hatte er stets darauf bestanden, dass Maya ihm auf Augenhöhe begegnete, schon in den Jahren, als er in Berkeley noch ihr Doktorvater war. Charlie hatte ihr immer wieder zu guten Gelegenheiten verholfen und ihr bei ihrer Karriere mit Rat und Tat beiseitegestanden, wenn sie ihn darum gebeten hatte (und auch dann, wenn nicht). Mayas Platz an Bord der *Healy* auf ihrer letzten arktischen Expedition war teilweise ein Verdienst der für ihn so typischen Freundlichkeit. Sie hatte vor, einen unglaublichen, einem Bordeaux ähnlichen Wein aus dem Napa Valley zu öffnen, sobald sie den Polarkreis erreicht hatten – aber den wollte sie nur mit ihm trinken.

Als Charlie den Konferenzraum betrat, erstarb alles Flüstern. Die Coasties nannten ihn Häuptling Santa, und mit seiner untersetzten Figur, dem weißen Bart, der Drahtgestellbrille und den von geplatzten kleinen Äderchen geröteten Wangen sah er auch genauso aus. Auf den drei vergangenen Arktisexpeditionen hatte Charlie ein flauschiges rotes Nikolauskostüm angezogen, als das Schiff am Nordpol ankerte. Er hatte die Weihnachtswunschlisten der Kinder der Besatzungsmitglieder laut vorgelesen und für Fotos posiert. Man hätte Charlie sogar als lustig bezeichnen können, aber es steckte doch immer ein tiefer Ernst in ihm. Ein Charakterzug, den er und Maya gemein hatten.

»Guten Tag«, sagte Charlie mit einem Lächeln und kam dann sofort zum Punkt. »In den gestrigen Nachrichten wurde eine vorläufige Flugbahn veröffentlicht – allerdings eine noch inoffizielle und bereits als ungenau eingeschätzte Flugbahn. Sie ist aus einem ganz bestimmten Grund durchgesickert: Geld.«

Charlie musterte sein Publikum. In ihm brannte immer das Feuer der Selbstgerechten. »Ich weiß, dass es Unstimmigkeiten darüber geben wird, aber ich habe Kapitän Weber gesagt, dass ich diese letzte Mission durchziehen möchte. Sie wissen alle, wie wichtig sie ist. Der Sängerin Joan Baez wird ein hier sehr passendes Zitat zugeschrieben: ›Handeln ist das beste Mittel gegen Verzweiflung.‹«

Ihre Blicke trafen sich, und Maya nickte. Sie hatte keine Kinder, die auf dem Festland auf sie warteten, und sie wusste auch nicht, wie sie die Erde vor einem möglichen kosmischen Zusammenprall bewahren sollte. Was sie allerdings wusste und was sie auch beweisen konnte, war die Tatsache, dass den Weltmeeren große Schäden zugefügt wurden. Wenn sie nur laut genug Alarm schlugen, so hoffte sie, konnte sie die Menschheit vor sich selbst retten, falls sie noch eine Zukunft hatte. So jedenfalls war es ursprünglich geplant gewesen, und bis jetzt hatte sie noch keinen anderen Plan.

»Also sollten wir jetzt alles tun, was wir können«, rief Charlie seinem Forschungsteam eindringlich zu, »solange wir es noch können.«

Jack dachte, die Arktisexpedition der *Healy* würde abgebrochen, aber die Welt schien sich noch immer im Stadium der Ungläubigkeit zu befinden: Der pakistanische Wissenschaftler musste sich geirrt haben! So ein Einschlag war doch unmöglich! Menschen waren keine Dinosaurier, sie beherrschten doch das Sonnensystem! (Zwar nur aus Mangel an Konkurrenz, aber trotzdem.) Außerdem gab es Gewohnheiten und Pflichten. Die militärische Besatzung des US-Küstenwachenkutters *Healy* sowie die aktuelle Kohorte an Forschenden waren die Verpflichtung eingegangen, einen Beitrag zu leisten, um das Verschwinden der Arktis besser zu verstehen. Jack hatte die Pflicht, die letzte wissenschaftliche Expedition des Eisbrechers in ein bereits im Verschwinden begriffenes Ökosystem zu dokumentieren.

Entsprechend ihrem Motto *Versprechen und Erfüllen,* folgte die *Healy* dem Ruf der Pflicht und blieb auf Kurs. Inzwischen hatte eine Stimme aus den Bordlautsprechern, die von den Coasties nur »die Tröten« genannt wurden, eine teilweise Evakuierung per Hubschrauber nach Wales, Alaska, angekündigt. Forschende, Gäste und nicht unbedingt benötigte Besatzungsmitglieder mit kleinen Kindern zu Hause hatten dabei Vorrang.

Jack hörte den Ankündigungen nur mit halbem Ohr zu. Selbstverständlich schockierten ihn die Gerüchte über einen bevorstehenden Kometeneinschlag, seine Gedanken bewegten sich entlang alarmierender Bahnen, die ihn zu lähmen drohten. Trotzdem wollte er sich nicht ausfliegen lassen. Genau das hatte er bei den Vorabgesprächen mit neuen Arbeitgebern immer gesagt: *Ich lasse mich nicht ausfliegen.* Da er bereits einen bestimmten Ruf hatte, fühlte Jack sich verpflichtet, seine Redaktion im Voraus zu warnen.

Einmal hatte ein Redakteur Jack einen »Adrenalinjunkie« genannt und sich geweigert, wieder mit ihm zu arbeiten. Eine andere behauptete, Jack weise Anzeichen von posttraumatischen Belastungsstörungen auf, nachdem er sich geweigert hatte, ein Schlachtfeld in Syrien zu verlassen. Jack scherte sich nicht darum, wie sie ihn nannten. Er wusste nur, dass er jedes Mal, nachdem er sich zu Anfang seiner Karriere hatte evakuieren lassen, von Gewissensbissen geplagt worden war: das Schuldgefühl des Überlebenden, wenn andere Journalisten oder Journalistinnen gestorben waren, während sie ihre Arbeit taten, oder der Neid auf diejenigen, die erschütternde Ereignisse überlebt und dokumentiert hatten, um sie den Augen der Öffentlichkeit zugänglich zu machen. Die, die vor Ort geblieben waren, um ihre Arbeit zu erledigen, hatten Wichtiges und Bedeutendes geleistet, während Jack verängstigt von der Seitenlinie aus zugeschaut hatte. Nie wieder.

Er begegnete Ned und Malcolm, die in Fliegeroveralls zum Hubschrauberhangar gingen. Jack stellte sich dicht an die Wand des Korridors, um sie durchzulassen, und hörte Ned seinem Kollegen zuflüstern: »Ich frage mich, ob die Regierung Informationen über den Kometen zurückhält.«

»Die wissen doch selbst einen Scheiß«, brummte Malcolm. »Hast du nicht zugehört?«

Jack ging weiter und sah Maya vor der Rösterei stehen.

»He!«, rief er. »Wartest du auf deine Zimmergenossin?«

»Nancy. Du kennst sie ja.«

»Genau. Nancy.«

»Ich habe auf sie gewartet«, sagte Maya, »aber ich glaube, sie verlässt die *Healy*, um bei ihrem Sohn und ihrem Mann zu sein.«

Jack nickte und ging weiter, aber Maya stellte sich ihm in den Weg. Er wusste, dass Maya ihm folgen würde, wenn er einfach weiterging.

»Ich bleibe hier«, sagte sie.

Ihre dunklen, durchdringenden Augen sahen zugleich einladend und herausfordernd aus. Und Jack war keiner, der sich vor Herausforderungen drückte.

»Dann sehen wir uns bestimmt noch«, versprach er ihr.

12

RAUM UND ZEIT

ERDNAHE UMLAUFBAHN

16. AUGUST

T MINUS 169 TAGE BIS ZUM START

Bob Nowak würde ewig dankbar dafür sein, dass er die schlimmsten Nachrichten seines Lebens überhaupt erhalten hatte. Schließlich hätte es ihm niemand erklären müssen, schon gar nicht jemand aus der NASA-Verwaltung in einem außerplanmäßigen Skype-Call auf der Toilette der Internationalen Raumstation.

»Ihnen stehen die allerhöchsten Ehren zu«, versprach der Administrator.

Posthum, ergänzte Bob in Gedanken.

»Da unser Präsident pausenlos mit der planetaren Bedrohung beschäftigt ist … «

Der Administrator wählte seine Worte sehr vorsichtig, denn er war nicht allein. Bob sah zwar nur den Oberkörper des Mannes zwischen Schreibtisch und weißer Wand, aber sein Mikrofon übertrug mehr Flüstern und Atmen.

»… deshalb habe ich unseren Vizepräsidenten gebeten, die letzten ehrenvollen Worte zu sprechen.«

Bob schluckte. Ihr Präsident war kein Mann für knifflige Situationen wie beispielsweise mit so gut wie toten Raumfahrern reden. Natürlich ließ er sich dabei vertreten, wie immer.

»Gott schütze Sie, Bob.«

Die Lippen des Administrators verzogen sich, als er sich hinter dem Schreibtisch erhob und aus dem Bild ging. *Lasst uns nicht allein,* rief eine Stimme in Bobs Kopf. Sie hörte sich an wie die eines Kindes, das noch zu jung war, um eine hoffnungslose Situation zu begreifen.

Der Vizepräsident kam ins Bild der Webcam und nahm Platz. Er hatte eine Bibel mitgebracht, in der ein Lesezeichen steckte. Sein Gesichtsausdruck war übertrieben entschlossen, wie bei einem Schauspieler, der einen General zu spielen hatte, der seine Truppe mit ein paar aufmunternden Worten in den ruhmreichen Tod schicken musste.

»Lassen Sie uns beten …«, sagte er anstelle einer Begrüßung und öffnete die Bibel. »Fürchte dich nicht, denn ich bin mit dir –«

»Sir?«

»… weiche nicht, denn ich bin dein Gott; ich stärke dich –«

»Sir? Ich bin Atheist.«

Der Vizepräsident blinzelte.

»Dann … ist mein Gebet nicht *mit* Ihnen, sondern *für* Sie.«

Er las den Absatz ungerührt weiter vor, während Bob seufzte und wartete. Der Vizepräsident war einer der Politiker, die immer noch von der Evolution und dem Klimawandel überzeugt werden mussten, wohingegen Bob ein Astronaut war, der sein Leben der Wissenschaft verschrieben hatte. Es war nicht verwunderlich, dass sie sich nicht besonders gut verstanden.

Nachdem er sein Gebet gesprochen hatte, sah der Vizepräsident wieder Bobs Abbild an. Seine Züge wurden weicher.

»Vielen Dank für Ihre Dienste, Robert Nowak«, sagte er.

»Ich danke Ihnen, Herr Vizepräsident.«

Dankte man jemandem dafür, dass er sich bei einem

bedankt hatte? Bob wusste nur, dass er diese Formalität beenden musste, bevor der Schock nachließ. Er nahm die Kopfhörer ab, klappte seinen Laptop zu und drückte ihn ganz fest an sich, um ihn nicht auf den Toilettensitz zu knallen. *Sei dankbar*, sagte er sich. *Sie hätten auch nichts sagen können.* Es wäre für alle, deren Füße durch die Anziehungskraft auf festem Boden standen, einfacher gewesen. Angesichts der bevorstehenden Auslöschung ließ sich die Internationale Raumstation so schnell vergessen, auf einmal war sie nur einer von vielen Satelliten, die über den vollen Nachthimmel huschten.

Noch immer wie benommen, zog Bob den Vorhang der Abfall- und Hygieneabteilung zurück und stieß sich von einem Handlauf ab. Er hätte seine Frau anrufen wollen, aber was sollte er ihr sagen? Alles? Nichts außer *Ich liebe dich*? Bob versuchte, sich zu konzentrieren, aber seine Gedanken wanderten zur *Kursk*, dem sowjetischen U-Boot, das zur Jahrtausendwende auf See verloren ging. Eine Explosion an Bord hatte das U-Boot auf den Grund der Barentssee sinken lassen, eine zweite hatte die Außenwand aufgerissen und fast die gesamte Besatzung getötet. Dreiundzwanzig Personen hatten sich in den Turbinenraum gerettet, aber Russland lehnte internationale Hilfe ab, worauf die Welt nur noch zusehen und sich fragen konnte, was wohl in den Köpfen der Besatzung vor sich ging, die auf Rettung wartete, während sie nach und nach starben.

Jetzt weiß ich es, dachte Bob. *Aus erster Hand.*

Mit sehr schwerem Herzen schwebte er durch das *Tranquility*-Modul. Er kam an Ameisenfarmen vorbei, die links von ihm an die Wand genietet waren. Dabei handelte es sich um ein Experiment zum Verhalten in Mikrogravität, im Auftrag von Studierenden der Universität in Boulder, Colorado.

Die kleinen Viecher haben keine Ahnung, dass sie dem Untergang geweiht sind, dachte Bob. *Immer schön weiter Tunnel bauen!*

Das Kuppelobservatorium-Modul war über eine Andockschleuse im Boden mit der Station verbunden. In ihrer Freizeit kamen die Astronauten oft in die Kuppel, um auf den Planeten Erde zu blicken, während sie ihn mit fast dreißigtausend Kilometer pro Stunde umkreisten. Bob spähte über den Rand der Sichtöffnung, die zur Erde zeigte, und erwartete eine Aussicht wie in einem Glasbodenboot. Stattdessen sah er die in weißen Socken steckenden Füße von Rémy, dem französischen Astronauten der Europäischen Raumorganisation. Bob suchte zwar keine Gesellschaft, aber er wollte auch nicht unbedingt allein sein.

Mit dem Laptop in der Hand und den hinter ihm herschwebenden Kopfhörern zog er sich mit der rechten Hand am Handlauf der Kuppel weiter und tauchte kopfüber hinein. In einer unter Druck stehenden Umgebung ohne Schwerkraft spielte die Ausrichtung keine Rolle, es war ziemlich egal, ob man auf dem Kopf oder richtig herum stand. Die Kuppel hatte fast drei Meter Durchmesser, aber an den Seiten ragten überall Schläuche und Konsolen hervor. Zwei erwachsene Männer passten bequem Schulter an Schulter hinein, alles andere ging dann höchstens in der Löffelchenstellung, wie sie es an Bord nannten.

Rémy drehte sich um und erblickte Bob neben sich, der seinen Laptop wie einen Teddybären an sich drückte.

»Dann weißt du jetzt, warum die Russen unsere Sojus-Kapsel nicht ausgetauscht haben«, sagte Rémy. Es war eher eine Feststellung als eine Frage.

Bob antwortete nichts, konnte sein Staunen aber nicht verbergen.

»Es sei denn, du nimmst deinen Laptop immer mit aufs Klo«, fuhr Rémy fort. »Und falls ja, will ich nicht wissen, warum.«

»Witzbold.«

Rémy reagierte mit einem Lächeln, das zu sagen schien: *Bis zum bitteren Ende.* Dann blickte der Franzose zu den gewölbten Fenstern und sagte: »Ich habe schon mit dem Direktor des Raumfahrtzentrums in Guayana gesprochen. Marcel hat mir gesagt, was los ist.«

Die Situation war ernst. Sehr ernst. Eine Sojus-Kapsel, das einzige Transportmittel für die Besatzung ISS, blieb immer an der Raumstation, für den Fall einer Notevakuierung, aber jede Kapsel hatte nur eine begrenzte Lebenserwartung. Die Russen sollten die Kapseln planmäßig alle sechs Monate austauschen. Die letzte Kapsel war ohne Angabe von Gründen nicht durch eine neue ersetzt worden. Sie konnten nicht mehr weg. Sie konnten aber auch nicht bleiben, weil sie hier oben nicht mehr überleben konnten, denn der europäische Raumhafen würde kein Transferfahrzeug mit Nachschub schicken. Alle Raketen, Raumfahrzeuge und Satelliten wurden auf der Erde umgebaut, als mögliche Gegenmaßnahme zur Bedrohung durch den Kometen. Die ISS-Besatzung hatte einfach Pech – und, was noch entscheidender war, schon bald keinen Sauerstoff mehr.

»Wie viele Medaillen haben sie deiner Witwe versprochen?«, erkundigte sich Rémy.

Bob ignorierte die Frage und fragte stattdessen: »Sollen wir es Sergej sagen? Die Russen erzählen es ihm bestimmt nicht.«

Rémy zuckte die Achseln. Er hatte ein Kinn wie ein Donut, mit einem fettem Grübchen in der Mitte, was in dem harschen Kunstlicht umso mehr auffiel.

»Nur wenn er es wissen will«, sagte Rémy. »Peggy wollte es wissen.«

»Du hast es Peggy gesagt?«

Womit Bob meinte: *Du hast es Peggy gesagt, bevor du es mir gesagt hast?* Selbstverständlich hatte Rémy es Peggy gesagt. Mit ihrem breiten Lächeln und der typischen Bescheidenheit des Mädchens vom Lande – Peggy kam aus Iowa – war Peggy Whitson der Liebling von allen. Peggy hielt den Rekord als die Amerikanerin, die am meisten Zeit in der Erdumlaufbahn verbracht hatte. Als Bob mit ihr einen Sonnenuntergang beobachtet hatte, hatte sie ihm gestanden, dass sie bis zu ihrem Todestag Forscherin bleiben wolle. Der Wunsch der armen Peggy würde jetzt in Erfüllung gehen.

Rémy legte den Zeigefinger auf die innerste Schicht des Aluminium-Keramik-Verbundglases. Bob dachte, er zeigte auf den Raumhafen in Französisch-Guayana, aber als er vierhundert Kilometer durch die dünne Wolkenhülle nach unten schaute, war Französisch-Guayana viel zu weit im Nordosten. Rémy zeigte auf dunkle Rauchwolken, die über Brasiliens Amazonasgebiet dahintrieben.

»Sie brennen immer noch«, murmelte Rémy.

»Was?«

»Rodungsfeuer entlang des Xingu-Flusses.«

Rémy fuhr mit dem Finger eine Schlangenlinie nach, folgte dem Fluss, der wie der Draht in einer Glühbirne leuchtete. Er sagte Bob, er habe die Brände schon zu Beginn ihrer sechsmonatigen ISS-Mission gesehen und seither verfolgt, wie sie sich entlang des Flusslaufes immer weiter ins Land und in das, was vom Urwald noch übrig war, hineinfraßen.

»Weißt du, beim letzten Mal, als ich da unten im Raumfahrtzentrum stationiert war, hätte ich fast eine Reise zum Amazonas gemacht«, überlegte Rémy laut. »Aber es passte nie so recht in meinen Dienstplan. Ich sagte mir, dass ich dafür noch genug Zeit hätte. Ich war … dreiundvierzig.«

Er schüttelte den Kopf über seine eigene Dummheit. Denn jetzt war er hier oben, atmete den immer weniger werdenden Sauerstoff ein, und dort unten brannte es immer weiter, bis nichts mehr da war.

Bob versuchte, den Mann neben sich so gut es ging zu trösten.

»Da bist du nicht der Einzige«, sagte er leise. »Wir glauben doch alle immer, wir hätten noch jede Menge Zeit.«

13

DIE USCGC *HEALY* HÄLT IHR VERSPRECHEN

AN BORD DER *HEALY* IN DER TSCHUKTSCHENSEE
27. AUGUST
T MINUS 158 TAGE BIS ZUM START

Insgesamt waren zweiunddreißig Forschende und siebenundzwanzig Besatzungsmitglieder evakuiert worden, als die *Healy* durch die Beringstraße in die Tschuktschensee einfuhr. Bald darauf ließ das Schiff den Polarkreis hinter sich. In diesen Breitengraden ging die Sommersonne nie ganz unter, sondern sank lediglich bis tief zum Horizont hinab und tauchte alles in ein unheimliches Zwielicht.

Mit einem Drittel weniger Menschen an Bord wurde es auf den Decks und in den Aufenthaltsräumen der *Healy* deutlich ruhiger. Maya beschäftigte sich mit viel Arbeit, mit Unterhaltungen und Umherlaufen. Grübeleien und Trübsalblasen waren angesichts eines Kometen und seiner apokalyptischen Möglichkeiten nicht sehr ratsam. Sie versuchte, sich darauf zu konzentrieren, dass sie jetzt in arktischen Gewässern fuhren – einer Region, die sie nur aus vielerlei Quellen aus zweiter Hand kannte. Grund genug für eine kleine Feier.

Maya ging mit ihrer Flasche Bordeaux zur Kabine des Expeditionsleiters. In den vergangenen Tagen hatte keiner der Forschenden Charlie irgendwo an Deck arbeiten oder in der Kantine essen sehen. Einige Coasties verbreiteten das Gerücht, dass er seine Anwesenheitsformulare nicht abzeichnete. Charlies Tür war nur angelehnt. An der Stelle, wo sonst der Knauf war, klaffte ein zehn Zentimeter großes Loch. Maya klopfte neben der offenen Tür an die Wand.

»Charlie? Ich bin's, Maya.«

Stille. Neonlicht fiel durch das Loch in der Tür. Charlie war sehr energiebewusst und hätte sein Zimmer bestimmt nicht verlassen, ohne das Licht auszumachen.

»Charlie, wir haben den Polarkreis überschritten.«

Maya ging leise in die Hocke und spähte mit einem Auge durch das Loch. Charlie saß an der gegenüberliegenden Wand am Schreibtisch. Bis auf seine runden Schultern konnte Maya kaum etwas erkennen. Schlief er oder war er nur in dem geistigen Nebel versunken, den sie auch schon bei den anderen Forschenden festgestellt hatte?

Maya betrat die Kabine ganz langsam und rief Charlie noch einmal, aber der rührte sich nicht. Der Blick seiner wässrig blauen Augen war so ausdruckslos und leer wie der Horizont des Ozeans. Maya stellten sich die Haare auf. Was, wenn er tot war?

Sie streckte eine zitternde Hand aus und berührte seinen kräftigen Nacken voller Angst, kalte Haut zu spüren. Aus einer unergründlichen Tiefe stieg Bewusstsein auf, dann erwachte Leben in seinen Augen.

»Diesmal die Mongolei«, sagte Charlie, als antwortete er auf eine Frage.

Maya machte erschrocken einen Satz nach hinten und hätte fast laut geschrien. Charlie sah sie blinzelnd an und führte weiter aus: »Eine neue Flugbahnberechnung hat den Einschlag in die Mongolei verlegt, nicht nach Sibirien.«

Maya sank zitternd zu Boden. Charlie redete einfach weiter auf sie ein. Ein argentinischer Wissenschaftler, sagte er, habe eine alternative Flugbahn berechnet und seine Ergebnisse auf seiner eigenen Webseite veröffentlicht. Die Associated Press hatte davon Wind bekommen, bevor der Server der Seite vor Überlastung zusammenbrach. Der Wissenschaftler behauptete, niemand würde ihn für seine Forschung bezahlen. Er handele allein und aus dem einzigen Grund, der Wahrheit zu dienen.

»Hat es jemand bestätigt?«, fragte Maya, sobald sie wieder sprechen konnte. »Die letzte Berechnung hat niemand bestätigt.«

Charlie schüttelte den Kopf und sagte, er wisse es nicht. Maya zögerte. Es gab Fragen, die man eigentlich nicht stellen sollte.

»Wenn wir ohnehin nichts dagegen tun können, Charlie – willst du es wirklich wissen?«

Wieder schüttelte er den Kopf.

»Diese Fragen habe ich mir gerade auch gestellt«, gab er zu. »Aber mir sind immer nur neue Fragen eingefallen, keine Antworten. Zum Beispiel: Hast du dich schon jemals gefragt, wie ein einzelnes Wort seine Bedeutung erlangt hat? Wenn man es langsam vor sich hin sagt, klingt es wie sinnloses Gebrabbel. Wenn man die Buchstaben aufschreibt, sehen sie falsch aus, obwohl du das Wort schon dein ganzes Leben lang so geschrieben hast. Was wäre also, wenn … wenn die ganze Bedeutung, die wir den Dingen zugeschrieben haben, auf einmal nicht mehr zählt? Ich rede hier von etwas jenseits von Sprache. Wenn alle gesellschaftlichen Strukturen und die Fiktionen, die wir uns jeden Tag vorsagen, auf einmal auseinanderfallen? Was bleibt noch von uns, wenn es keine Regeln und keine Zukunft mehr gibt?«

Maya sah seine Gesichtsmuskeln zucken.

»Was ist mit deiner Tür passiert, Charlie? Charlie!«

Er sah sie verwirrt an. Sie musste nach hinten zeigen, ehe er murmelte, er sei abgelenkt worden und habe nicht gehört, wenn die Coasties an seine Tür geklopft hätten.

»Niemand hat dich bei den Mahlzeiten gesehen«, sagte Maya.

Sie zog ein Truthahn-Sandwich aus der Vordertasche ihres Sweatshirts, das sie aus der Kantine mitgebracht hatte. Essen zu hamstern verstieß zwar gegen die Vorschriften auf der *Healy*, aber Maya hatte sich Sorgen um ihren Doktorvater gemacht. Er warf kaum einen Blick auf das in eine Papierserviette eingewickelte Sandwich, als sie es auf den Schreibtisch legte.

»Hast du keinen Hunger?«, fragte sie. »Möchtest du was trinken?«

Mit dem großtuerischen Stolz eines Kellners in einem Fünf-Sterne-Restaurant präsentierte Maya ihre Flasche Bordeaux. Endlich besann sich Charlie auf seine Manieren und legte eine Hand auf ihren Arm.

»Kann ich's auf ein andermal verschieben?«, fragte er mit einem freundlichen und sehr traurigen Lächeln.

Jack ging nach dem Frühstück wieder zurück in die Kabine. Gustavo saß an seinem Schreibtisch, die Hände im Schoß.

»Sieht so aus, als hätten wir beide die ganze Strecke gebucht«, sagte Jack, um das Schweigen zu brechen.

Gustavo nickte und sagte: »Ich kann nicht mehr zurück nach Brasilien.«

»Drücken Sie sich hier etwa vor der Auslieferung?«,

scherzte Jack. Er versuchte seinen Zimmergenossen immer wieder aus der Reserve zu locken. Aber als er Gustavos vielsagenden Blick sah, dachte er: *Scheiße, schon wieder verplappert.* Rasch wechselte er das Thema und erkundigte sich, ob der Nobelpreisträger schon ein Gedicht über ihre seltsame Reise verfasst habe.

»Ich bringe es nicht übers Herz zu sprechen«, antwortete Gustavo. »Ich lausche nur.«

Jack verstand ihn. Er lauschte mit der Kamera und nahm Bilder seiner Umgebung auf: die Choreografie der Staubpartikel im Licht eines Bullauges, das gleich neben der Rösterei an die Wand geklebte Foto des Töchterchens eines Coasties, Mayas Gesichtsausdruck, wenn sie zum Himmel schaute –

»Ich habe beim Frühstück mit Camila gesprochen«, sagte Jack. »Sie wollte wissen, ob ich eine andere Kabine haben will.«

Durch die Teilevakuierung standen viele Kabinen leer, und Camila hatte ihm angeboten, ein paar Beziehungen spielen zu lassen. Es war allgemein bekannt, dass Gustavo zutiefst verstört war und Jack seine Kabine deshalb nach Möglichkeit mied. Camila hätte ihn davon erlösen können, falls er es wollte.

Aber er wollte nicht. Jack wollte nicht mit seinen freidrehenden Gedanken allein sein. Und er wollte Gustavo nicht in seinem Kummer alleinlassen.

»Ich könnte hierbleiben«, bot ihm Jack an. »Ich glaube, wir könnten beide ein bisschen Gesellschaft gebrauchen.«

Es dauerte ein paar Sekunden, dann nickte Gustavo. Jack musterte ihn geduldig, bis irgendein Selbsterhaltungsinstinkt seinen Zimmergenossen dazu zwang, etwas zu sagen.

»Ja. Bitte bleiben Sie.«

Damit war die Sache erledigt. Jack sagte, er werde wieder

in den Aufenthaltsraum des Forschungsteams gehen, und bot an, Gustavo mitzunehmen.

»Sie müssen doch wissen, was mit dem Kometen los ist«, sagte Jack sanft.

Er wollte das Thema Auslöschung der Menschheit nicht anschneiden, aber auch die geringeren Auswirkungen würden für Verheerungen ungekannten Ausmaßes sorgen. Es spielte keine Rolle, ob UD3 in der Mongolei, in Sibirien oder an dem nächsten genannten Ziel einschlug – so oder so wäre ganz Asien SVAA oder So-was-von-am-Arsch, wie der Pilot Ned es ausdrücken würde.

»Wenn er uns trifft, vernichtet er einen halben Kontinent –«

»Vernichtung ist für die indigenen Völker nichts Neues«, erwiderte Gustavo scharf. »Wir haben Völkermord bereits erlitten. Millionen sind tot, viele Stämme ausgelöscht. Die wenigen Überlebenden sind … nur noch Schatten, die sich unauffällig verhalten oder erschossen werden.«

Er brachte seinen Redefluss mit einiger Mühe zum Verstummen. Dann fuhr er etwas beherrschter fort: »Ich kenne einen Geistlichen, der eine Redewendung für so etwas hatte. Er war Kanadier. Vielleicht haben Sie in den USA einen ähnlichen Ausdruck: ›Willkommen im Club‹.«

Nachdem weniger als die Hälfte der Forschenden sich dazu entschlossen hatten, an Bord der *Healy* zu bleiben, musste Jack nicht mehr auf einen freien Computer im Aufenthaltsraum warten. Neue E-Mails von seinem Vater klammerten die kosmische Bedrohung und die daraus erwachsenden Gefahren nicht aus. In seiner nüchternen Schilderung beschrieb er, dass die Bevölkerung Nahrungsmittel, Wasserflaschen, Batterien und Benzin hortete, was zu Panik in den Vororten North Virginias führte.

Auch Jacks Mutter hatte mehrere E-Mails geschickt, die alle eigenartig fragmentiert waren. In manchen Absätzen sprach sie nur von dem Kometen und seinen Auswirkungen auf ihre Umgebung. Eine Nachbarin, inzwischen eine ältere Witwe, die früher zu Jacks Geburtstag immer Pralinen mit Pekannüssen gemacht hatte, war in einem katatonischen Zustand aufgefunden worden.

Obwohl, wie Jacks Mutter auf ihre nicht sehr mitfühlende Art feststellte, *Mrs. Allen schon immer ein bisschen daneben war.*

Andere Absätze schweiften in die Vergangenheit, zu Erinnerungen, die sie mit einer Mischung aus Liebe und kleinen Spitzen notierte:

Als kleines Kind bist du den einfachsten Dingen mit großem Staunen begegnet. Du wolltest immer Hunde berühren, Pusteblumen, sogar schmutzige Pfützen mit bunten Ölschlieren darin. Durch dich habe ich meine Welt mit deinen neuen Augen gesehen. Ich hätte nie für möglich gehalten, wie schnell dich das alles gelangweilt hat …

Was sollte Jack dazu sagen? Ein besserer Sohn hätte etwas anderes geschrieben als:

Mom,

die Internetverbindung wird schlechter, je weiter wir nach Norden fahren. Aber über den Server des

Schiffes habe ich immer noch Zugang zu meinen E-Mails. Du kannst mich unter dieser Adresse erreichen:
Jack.Campbell@healy.polarscience.net

PS: Halte durch.

Jack war nun mal nicht dieser bessere Sohn, aber zwei Totgeburten hatten seine Mutter von weiteren Versuchen abgehalten. Sie musste sich an die Erinnerungen an ihren fröhlichen flachsblonden Hosenmatz wie an eine Religion klammern.

Im Tagesplan waren auch immer die aktuellen Satelliten-Informationen notiert. Die *Healy* durchfuhr achtzig Kilometer Treibeis mit einer durchschnittlichen Bedeckung von vierzig bis sechzig Prozent. Unter diesen Bedingungen musste Jack schnell arbeiten. Er hatte eine Ersatzlithiumbatterie auf die warme Haut seiner Brust geklebt und war bereit loszulegen. Die Luft an Deck war klar und eiskalt, dazu wehte ein frostiger Wind. Trotz des dicken Schutzanzuges und der scheußlichen Gesichtsmaske, die wie ein künstlicher Bart aussah, schoss Jack seine Fotos mühelos und routiniert.

Seine Arbeit war keine Notwendigkeit zum Leben – sie *war* sein Leben. Wenn er sich dem konzentrierten Fluss seiner Bewegungen hingab, mit denen er sein Metier ausführte, empfand Jack etwas, das purer Freude sehr nahe kam. Er ging um das ganze Schiff herum, suchte nach unterschiedlichen Blickwinkeln und erblickte auf einmal Mayas Stiefel vor einem der ISO-Laborcontainer. Vielleicht war sie dort gerade hoch konzentriert in ihren eigenen Arbeitsfluss versunken und untersuchte mit höchster Präzision irgendwelche Spurenelemente.

Der blassblaue Himmel über der Arktis war mit feinen, schlierigen Zirruswolken durchzogen. Als Jack seine Linse direkt nach vorne richtete und scharf stellte, sah er im Sucher einen Wechsel aus weißen, unregelmäßigen Eisschollen und dunklen Wasserflecken, wie bei einem schwarz-weißen Kuhfell. Aber wenn er nach unten auf das unter dem Wasser verborgene Eis blickte, sah er die wunderschönsten blaugrünen Farbspiele, die die Natur zu bieten hatte.

Dann erblickte er eine Gruppe Walrösser, die alle versuchten, auf eine breite, aber sehr dünne Scholle zu klettern. Sie benutzten ihre Stoßzähne wie Eispickel, aber das Eis war zu schwach und zerbrach unter ihrem Gewicht. Ein einzelner Bulle fand ein Stück weiter entfernt eine Scholle, die ihn trug. Jetzt lag er darauf und sah zu, wie die *Healy* langsam vorüberfuhr. Jack stellte auf seine stumpfe, mit langen Barthaaren ausgestattete Schnauze und die vielen Fettrollen scharf. Noch nie hatte ein so knuffiges Tier so ehrwürdig ausgesehen.

Sind wir alle dem Tod geweiht?, hätte Jack ihn am liebsten gefragt.

Natürlich musste es mit der Menschheit eines Tages zu Ende gehen – alles ging irgendwann zu Ende. Oder nicht?

Zwei Besatzungsmitglieder stellten sich hinter Jack, der ein Bild nach dem anderen schoss.

»Auf diesem Breitengrad müsste mehr Eis sein«, sagte einer zum anderen. »Hab ich jedenfalls so in Erinnerung.«

14

VERRÜCKT

NEW YORK CITY
AUGUST – SEPTEMBER

Wenn man Love liebte, hatte man keine Wahl. Schon als Rivka sie zum ersten Mal sah, konnte sie nichts anderes mehr denken als – *Herr im Himmel!* Love bewegte sich wie eine Königin mit ihren hohen Wangenknochen und vollen Lippen, die breit lächeln konnten, wenn man es am wenigsten erwartete. Einmal ertappte sie Rivka dabei, wie sie sie auf dem Campus der Columbia Universtity bewundernd anstarrte.

»Welche Sprachen sprichst du?«, fragte Love anstelle einer Vorstellung.

»Englisch, Französisch und Spanisch«, antwortete Rivka.

Love strahlte sie mit einem breiten, koketten Lächeln an, das eine charmante Lücke zwischen den beiden Vorderzähnen entblößte.

»Drei? Mehr nicht?«

Rivka war geliefert. Love unterrichtete ein paar Seminare in Vergleichender Literaturwissenschaft und Gesellschaft, hatte sich ihren Ruf jedoch als Literaturübersetzerin erworben. Die beiden Frauen blieben bis in die frühen Morgenstunden in Rivkas Wohnung in Harlem wach. Love zog Unterlagen aus ihrer Umhängetasche und las Abschnitte aus Romanen aus der ganzen Welt vor. Ab und zu hielt sie inne und berührte Rivkas voluminöses Haar, das sich in braunen Ringeln über das Kopfkissen ergoss. Wenn sie weiterlas, war Loves Russisch ein schweres Stakkato, ihr Italienisch glatt und honigsüß.

Trotz der Intensität ihrer Beziehung gab es immer eine unausgesprochene Übereinkunft darüber, dass Love genau dort war, wo sie sein musste, und genau das machte, was sie tun musste, um auf lange Sicht zu überleben. Oder, wie Love es ausdrückte, »so lange, bis ein Computerprogramm in der Lage ist, die Schönheit eines Romans zu übersetzen«. Mit neunundzwanzig war Rivka jünger als Love und an einem früheren Punkt ihrer Karriere. Um voranzukommen, würde sie weggehen müssen. Aber Rivka bewarb sich nicht mehr auf Postdoc-Stellen. Nachdem sie ihre Doktorarbeit verteidigt hatte, nahm sie eine unterbezahlte Assistenzstelle an.

Rivkas Eltern konnten ihr eine nicht-praktizierende katholische, lesbische Freundin aus Kenia nicht verzeihen. *Willst du mich ins Grab bringen?*, hatte ihr Vater ins Telefon geschrien. Rivka wurde enterbt und sowohl finanziell als auch emotional von ihrer Familie abgeschnitten. Sie vermietete ihre Wohnung in Harlem unter und zog mit Love in die South Bronx. Bunte Vorhänge, Decken, Läufer und Kissen machten die zugigen Räume nicht warm, sie erstickten auch nicht den Verkehrslärm und das Geschrei ringsum.

Rivka wusste, dass Love nicht allzu viel auf die Langlebigkeit ihrer Beziehung setzte. In ihren kenianischen Augen waren Rivka und ihre amerikanischen Landsleute verdorben, oberflächlich und verweichlicht. Auch wenn es zum Teil stimmen mochte, bedeutete es nicht, dass sie schwach waren. Rivka nahm sich vor, sich als tatkräftig und stark zu erweisen. Als in ihre Wohnung eingebrochen und der gesamte Schmuck ihrer Großmutter gestohlen wurde, sagte Rivka nichts. Ein ordentlicher Batzen ihrer Ersparnisse ging für einen neuen Türriegel und eine zusätzliche auf dem Boden verschraubte Türsicherung drauf.

Und sie blieb. Der Sex war unglaublich gut, nur die Vertrautheit ließ zu wünschen übrig. Rivka wollte so etwas wie gegenseitige Verantwortlichkeit, aber Love hatte zuerst als Waise und dann als nomadisch lebende Wissenschaftlerin nie etwas besitzen dürfen. Man hatte ihr nur erlaubt, die Sprache des jeweiligen Landes zu lernen, ehe sie ihre Sachen packen und weiterziehen musste. Als mitten in der Nacht ein Anruf kam – Love stellte ihn auf stumm und flüsterte, dass jemand von der UN dran sei –, zögerte sie keine Sekunde, dem Ruf der Pflicht zu folgen, obwohl sie erst kurz zuvor behauptet hatte, keine Aufträge für die Vereinten Nationen mehr anzunehmen. Nach dem Anruf stand Love wie benommen da.

»Ich dachte, es geht um die al-Shabaab«, sagte sie. »Oder irgendeinen anderen gefährlichen Auftrag, wie immer.«

Dann kam sie so weit zu sich, dass sie ihren alten, ramponierten Koffer ganz hinten aus dem Schlafzimmerschrank hervorzog.

»Ich muss sofort los«, sagte sie. »Draußen wartet schon ein Wagen.«

Rivka wollte wissen, was denn los sei, aber Love erwiderte kaum etwas, sondern packte nur rasch ihre Sachen und ein paar wichtige Toilettenartikel zusammen. Die UN brauche erfahrene Dolmetscher und Dolmetscherinnen, sagte sie, und zwar schnell. Love zog ihr übergroßes T-Shirt aus und Unterwäsche an, darüber eine eng anliegende Jeans, eine bunt gemusterte Baumwollbluse und ihre ledernen Motorradstiefel, trotz der Augusthitze.

Rivka packte Love an den Schultern.

»Das ist doch verrückt –«

»Ich *muss* jetzt los«, sagte Love und entwand sich ihrem ängstlichen Griff. »Ich habe keine andere Wahl.«

»Jeder hat eine Wahl«, schoss Rivka zurück.

Sie war eine Heuchlerin, aber es war ihr egal.

Schließlich sah ihr Love in die Augen. »Sieh zu, dass du genug Vorrat an Essen und Wasser hast«, sagte sie.

»Was?«

Draußen hupte ein Auto.

»Nahrungsmittel, Wasser, Vorräte – und Bargeld«, sagte Love. »Hol alles Geld von deinen Konten. Es könnte eine Naturkatastrophe eintreten. Etwas echt Großes.«

Sie ging zum Bett und beugte sich über Rivkas Kopfkissen.

»Du musst dich darauf vorbereiten«, rief sie nach hinten zu Rivka.

Das war's. Das war ihr Abschied. Rivka hörte Loves ungeschnürte Stiefel die Treppe hinunterpoltern.

»Kennst du deinen Namen?«, fragte Rivka die Zimmerwände. »Love? In Amerika nennen wir so was irreführende Werbung.«

Was für ein großartiger Spruch, den sie sich da zurechtgelegt hatte, und jetzt wurde er an eine geschlossene Tür verschwendet. Als Rivka wieder ins Bett kroch, sah sie Loves Springmesser unter ihrem Kissen herausschauen. Love verließ die Wohnung nie, ohne das Messer bei sich zu tragen. Jetzt hatte sie es für Rivka dagelassen. Wenn das Springmesser sprechen könnte, würde es sagen: *Bleib am Leben.*

Die Entdeckung des Kometen UD3 wurde am darauffolgenden Tag über alle Medien verbreitet. Niemand schien sonderlich beunruhigt, deshalb dachte Rivka, dass das »etwas Großes« noch ausstand und später bekannt gemacht werden würde. Dann erhielt sie eine SMS von Love.

Sicher gelandet. Vergiss nicht, was ich dir gesagt habe.

Rivka vergaß es nicht. Sie ließ sich ihre bescheidenen Ersparnisse sofort in Fünfzig-Dollar-Scheinen auszahlen und hielt auf dem Rückweg in der U-Bahn das Schnappmesser fest in der Hand. Dann versorgte sie sich im Supermarkt um die Ecke mit Wasserflaschen und haltbaren Lebensmitteln wie Dosensuppen, Reis, Bohnen, Müsli, Nüssen und Trockenfrüchten. Sie fuhr sogar in die schicken Campingläden von Manhattan und warf gefriergetrocknete Nahrung sowie eine handbetriebene Taschenlampe in den Einkaufswagen. Sie versuchte, unverdächtig auszusehen, aber als New Yorker Urgewächs bestand Rivkas Vorstellung von Natur aus den von Menschenhand geschaffenen Hügeln und Seen des Central Park, und ihre Vorstellung vom »Leben ohne Komfort« war das, was sich außerhalb der Stadtgrenzen abspielte.

Rivka kam mit drei großen Einkaufstaschen in die Bronx zurück. Sie sah ihren Nachbarn Lamar aus 1B an ihr vorbeihuschen und ihr die Tür zu ihrem Wohnblock aufhalten.

»Warte mal«, sagte er stirnrunzelnd. »Bist du immer noch Mets-Fan?« Dann machte er ihr die Tür vor der Nase zu.

Rivka wartete draußen, bis er sie erneut aufmachte und mit übertriebenem Grinsen wieder herauskam. Sie lachte und grinste den netten, immer zu Scherzen aufgelegten Riesen aus dem ersten Stock ihrerseits an.

»Hey, Lamar, hast du irgendwas Großes in den Nachrichten gesehen? Ich glaub, ich hab da irgendwas verpasst.«

Er legte den Kopf ein wenig zur Seite und überlegte. »Meinst du den Raubüberfall vier Querstraßen weiter?«

»Nein, irgendwas in den landesweiten Nachrichten? Oder vielleicht sogar international?«

Lamar schüttelte den Kopf und wollte schon umdrehen,

aber dann sah er ihre Einkaufstaschen und ihr verdächtiger Großeinkauf machte ihn neugierig. Er schob eine davon mit dem Finger ein Stück weit auf und versuchte, einen Blick hineinzuwerfen, aber Rivka sagte, das gehe ihn nichts an.

»Ich hab nur gerade über zweihundert Dollar für Campingscheiß ausgegeben«, gab sie mit einigem Selbstekel zu.

Lamar schüttelte traurig den Kopf.

»Die Weißen sind verrückt«, bemerkte er.

»Ja«, pflichtete sie ihm bei. »Das sind wir wirklich.«

Das Leben ging weiter. Alles schien normal zu sein, bis auf die Tatsache, dass Rivka ohne Love todunglücklich war. Dann veröffentlichten die Medien Ende August die erste Flugbahn von UD3, und die Welt stand Kopf. Rivka konnte die Veränderung auf den belebten Bürgersteigen von New York City förmlich sehen. Die Menschen blieben einfach stehen, weil sie nicht weitergehen und gleichzeitig über einen kosmischen Einschlag von solcher Wucht nachdenken konnten. Überall standen ganze Gruppen von Leuten mit vor Staunen offenen Mündern herum.

Studierende besuchten ihre Kurse nicht mehr. Rivkas Vizerektor schickte eine E-Mail herum, dass der Campus geschlossen werde, damit alle Studierenden, Lehrkräfte und die Verwaltung die Neuigkeiten mit ihren Angehörigen besprechen könnten. Rivka fuhr bei der Univerwaltung vorbei, um den Mann umzustimmen und die Tore offen zu lassen. Sie brauchte die Routine und die gesellschaftlichen Kontakte, die ihre Arbeit mit sich brachte, denn sie hatte keine Angehörigen, mit denen sie alles besprechen konnte. Zumindest jetzt nicht mehr.

Der Vizerektor war nicht da, weshalb seine Sekretärin die Nachricht entgegennahm. Die Hälfte der Schreibtische um sie herum waren leer.

»Wo sind denn alle?«, flüsterte Rivka. »Wir haben doch noch gar nicht geschlossen.«

Die Sekretärin sah sie an, und auf einmal zitterte ihre Unterlippe ganz unprofessionell. Einige Angestellte hätten sich aus persönlichen Gründen abgemeldet, sagte sie. Andere seien einfach gegangen, und wieder andere hätten sich überhaupt nicht mehr gemeldet. Die Sekretärin zeigte auf einen Schreibtisch neben ihr.

»Dort saß meine Freundin Shonda. Ich habe ihre Festnetznummer angerufen, nachdem sie nicht zur Arbeit kam, aber das Telefon war ausgehängt.«

Nach den Sondermeldungen über die Flugbahn des Kometen war das Handynetz aufgrund von Überlastung zusammengebrochen. Die Sekretärin des Vizerektors, sie hieß Adelle, musste zur Wohnung ihrer Freundin laufen und fast zwanzig Minuten bei ihr klingeln, ehe sie Shondas Stimme aus der Sprechanlage hörte.

»Sie hat gesagt, sie muss zu Hause bleiben und mit ihrer Familie beten«, sagte Adelle. »Sie wollte mich nicht mal reinlassen.«

Rivka, eine aus der Kirche ausgetretene Jüdin und faule Agnostikerin, war plötzlich auf diejenigen neidisch, die an etwas glauben und irgendwohin gehen konnten. An diesem Abend machte sie einen langen Spaziergang und blieb vor mehreren Gotteshäusern stehen. Sie waren alle gut gefüllt, bei manchen reichten die Schlangen durch die offenen Türen bis hinaus in die kühle Nachtluft. Einige hielten sich beim Beten an den Händen und sahen aus wie eine raunende Kette aus Papiermännchen, die sich um den ganzen Häuserblock zog.

Als Rivka in ihre Wohnung zurückkehrte, fand sie mehrere automatisierte E-Mails von ihrer Bank vor. Eine, sie kam angeblich vom Vorsitzenden und Geschäftsführer höchstpersönlich, bat die gesamte Kundschaft um Gelassenheit, da ihr Geld so sicher sei wie eh und je. In den Fernsehnachrichten waren Tumulte vor Dutzenden Zweigstellen zu sehen. Es hatte den Anschein, als würden die Leute, die nicht mit Beten beschäftigt waren, voller Panik ihre Banken stürmen. Die US-Zentralbank veröffentlichte eine Warnung an die Nachrichtenagenturen, dass die Stabilität der Kreditinstitute womöglich in Gefahr sei.

Rivka verdrehte die Augen, aber hier ging es nicht nur um Geld. Die Panik sorgte auch für ungezügelte Hamsterkäufe. Am Wochenende suchte Rivka drei verschiedene Lebensmittelgeschäfte auf, und überall waren die Regale so gut wie leer. Ein heftiger Streit entbrannte, als ein Mann in den vollgepackten Einkaufswagen eines anderen griff und mehrere Schachteln Frühstücksflocken herausnahm.

»Sie brauchen doch nicht so viel«, rief der Mann und hielt seine Cheerios fest. »Sie sind rücksichtslos, wenn Sie anderen nichts übrig lassen!«

Der andere Mann schlug ihm brutal ins Gesicht, die Packungen flogen durch die Luft.

Die Versorgungsketten der Stadt kamen bei all diesen Panikkäufen nicht nach. Nachdem sie ihren Kühlschrank leer gegessen hatte, musste Rivka ihre schicke, teure Campingverpflegung anbrechen. Sie öffnete eine salzige Mischung namens »Gorp«, stellte sich ans Fenster und lauschte dem Knattern privater Hubschrauber in der Luft. Die *New York Times* berichtete, dass der Präsident mitsamt Familie und dem Rest der Regierung bereits nach Bluemont, Virginia, abgeflogen sei. Dort waren sie alle in einer unterirdischen Stadt in Sicherheit, die Tausenden von Menschen Unterschlupf bot. Dieser Bunker verfügte über Abwasseraufbereitungsanlagen, Reservoirs für Trinkwasser und ein aufwendiges Computersystem zur Aufrechterhaltung der Kommunikation. Rivka stellte sich die vielen anstehenden Renovierungen im Luftschutzbunker von Camp David vor: Kristallkronleuchter, gold bemalte Wände und ausreichend prunkvollen Wohlstand, der den Vatikan vor Neid grün anlaufen ließ. Kalte Wut stieg in ihr auf, dann pickte sie die leckeren Schoko-M & Ms und Trockenfrüchte heraus, die Nüsse und das Getreide ließ sie in der Tüte. Schließlich war Love nicht hier, um sie zurechtzuweisen.

Während die Reichen und Mächtigen New Yorks sich zu ihren Sommerhäusern in den Berkshires und Catskills, zu ihren Strandgrundstücken in den Hamptons, auf Nantucket und Martha's Vineyard davonmachten, vermeintlich sichereren Orten mit besserem Zugang zu den örtlichen Bauernhöfen, kam sich Rivka allein und verlassen vor. Die moderne Welt war immer in die Städte geflohen, aber jetzt ging es umgekehrt in Richtung offenes Land, Felder und Äcker. Die landwirtschaftlich starken Staaten im Mittleren Westen riegelten die größten Straßen ab, um sich abzuschotten. In den Nachrichten waren Luftaufnahmen von hoffnungslosen Verkehrsstaus und stehen gelassenen Autos zu sehen. Der Gouverneur von Indiana hatte angeblich gesagt: »Normalerweise wird unser Staat von den anderen nur überflogen. Jetzt müssen wir uns auf unsere eigenen Leute konzentrieren.«

Die Straßen in Rivkas Viertel funktionierten zwar noch, aber Lieferwagen wurden nicht mehr durch die äußeren Stadtgrenzen hereingelassen, selbst wenn sie einfach nur ihren üblichen Aufgaben nachkommen wollten – und das war ein großes Problem. Im Umkreis von fünfzehn Querstraßen waren alle Lebensmittelläden leer und verrammelt. Man konnte niemanden fragen, wann es wieder etwas zu essen geben würde, was letztendlich auch eine Antwort war.

Nachdem sie den ganzen Tag nach Lebensmitteln gesucht hatte, kam Rivka auf dem Nachhauseweg an zwei jungen Männern vorbei, die Desktop-Computer mit herunterbaumelnden Kabeln über die Straße trugen. An einem Gebäude war die Glasfassade eines kleinen Büros eingeschlagen. Rivka blieb verdutzt stehen, drei andere Frauen kamen auf sie zu. New York City war nicht unbedingt der Ort, an dem man Fremde ansprach, aber jetzt auf einmal waren alle in der gleichen Lage. Jeder konnte sich in die Dauerunterhaltung zum Thema *Was passiert hier, verdammt noch mal?* einklinken.

»Wo ist eigentlich die Polizei?«, fragte Rivka sie mit erhobenen Armen und nach oben gereckten Handflächen.

Zwei der Frauen ereiferten sich sofort mit drastischen Worten und energischem Kopfschütteln über die Situation. Die dritte war gemäßigter.

»Der Mann einer meiner Freundinnen ist Polizist«, rief sie zurück. »Alle, die noch zur Arbeit erschienen sind, haben sie rüber zu den Kraftwerken in Hell Gate und am Harlem River geschickt.«

Die Frauen hatten recht damit, sich nicht zu lang aufzuhalten. Auf der Straße vor Rivkas Wohnhaus hatte sich ein kleiner Mob versammelt. Die Wut der Leute richtete sich gegen einen einzelnen Bewaffneten, der mit einem Gewehr vor einem verriegelten Mini-Markt auf der anderen Straßenseite Wache stand. Mehrere Menschen aus der Menge versuchten, ihn dazu zu überreden, die Waffe niederzulegen. Am lautesten war eine Frau, die schrie, sie habe hungrige Kinder zu Hause, denen sie nichts mehr zu essen geben könne. Vielleicht sprach der Bewaffnete kein Englisch, vielleicht musste er seine eigenen Kinder versorgen. Als die laute Frau sich von den anderen löste und auf den Laden zumarschierte, gab er einen Warnschuss über ihren Kopf ab. Rivka rannte in ihr

Wohnhaus und drehte sich nicht mehr um. *Ab jetzt kann jeder jeden einfach so umbringen,* dachte sie.

Sobald sie ihre Wohnungstür verriegelt hatte, weinte sie hysterische Tränen und schrie wie eine Verrückte durch ihre Wände nach der Polizei. Aber je mehr sie in ihrer kleinen Wohnung auf und ab ging und sich beruhigte, desto mehr musste sie daran denken, dass ihre überforderte Kommunalverwaltung einen klugen Schachzug unternommen hatte. Die moderne Welt hing an Elektrizität, bis hinunter zu den einfachsten Dingen, an die niemand mehr so richtig dachte. Was geschah mit den vielen Leuten in New York City, wenn es kein Trinkwasser mehr gab? Kein Abwassersystem mehr? Dann war die Kacke erst so richtig am Dampfen.

Und was war mit den Atomkraftwerken? Sie brauchten schließlich Strom für die Kühlsysteme – so viel wusste sie noch von der Atomkatastrophe nach dem Erdbeben in Fukushima. Wie viele Atomkraftwerke gab es in Nordamerika – und konnten sie abgeschaltet werden, ohne dass dabei Strahlung austrat?

Rivka wollte alles im Internet nachschauen, aber dann stellte sie fest, dass ihr Mund und ihre Augen ganz trocken waren. Der Himmel vor dem Fenster war dunkel, obwohl es eben noch hell gewesen war. Die Uhr auf ihrer Mikrowelle zeigte 3:06 an. Rivka beschloss, nicht mehr über dieses Thema nachzudenken.

Als sie ihre Wohnung zum letzten Mal allein verließ, machte sie sich kurz vor dem Morgengrauen auf. Sie hoffte, irgendwo Essen zu finden oder jemanden, mit dem sie reden konnte, jemanden, der ihr nichts tun würde. Einsamkeit war keine Todesursache, das wusste sie. Aber Rivka hatte ihre Gedanken nicht mehr beisammen, und das konnte in Zeiten wie diesen durchaus zum Tod führen. Aus einigen Fenstern der

Nachbarhäuser hingen in der Hoffnung auf Rettung weiße Kopfkissenbezüge heraus. Andere hatten Pappschilder mit schwarzem Marker beschriftet:

Plünderer werden erschossen.

Auf einem großen Sperrholzbrett stand gepinselt:

Ich habe einen großen Hund, ein großes Gewehr und einen großen Bürotacker.

Letzteres brachte sie fast zum Schmunzeln. Rivka bog um die Ecke und stieß auf zwei verschlafene Männer, die Zigaretten rauchten und an dampfenden Reisebechern nippten. Abgesehen von den Pistolen in ihren Gürteln hätten sie durchaus an einem ganz normalen Arbeitstag ein Päuschen in der Frühschicht ihres ganz normalen Jobs machen können.

»Hau ab«, schrie sie einer der beiden an.

Rivka zwang sich, sehr schnell einen Fuß vor den anderen zu setzen. Ihre Schritte führten sie nach Süden. Sie hoffte, einen Blick auf ihr Elternhaus zu erhaschen, aber als sie sich dem Harlem River näherte, bedeckten finstere Rauchwolken den heller werdenden Himmel. Als sie wieder in ihrer Wohnung war, sah sie sofort auf der Webseite der *New York Times* nach. Dort wurden immer noch aktuelle Inhalte gepostet, allerdings handelte es sich eher um schockierende Mitteilungen als um gut recherchierte Berichte.

Der erste Artikel unter dem Zeitungsnamen berichtete von brennenden Barrikaden auf allen Brücken, mit denen die einzelnen New Yorker Stadtteile verbunden waren. Viele Einzelheiten gab es nicht. Rivka konnte sich nur vorstellen, welche irdischen Besitztümer die Bevölkerung Manhattans wohl dafür opfern musste, um die Flammen Tag und Nacht zu füttern: Designerklamotten, hochpreisige Soundsysteme, Lederpolster und Fußmatten aus Luxusautos, Ausgaben der Zeitschrift *New Yorker*, unvollendete Romane und Bühnenstücke, Diplome der teuersten Hochschulen, echte Picassos … und damit den Schweiß und das Blut, die für all das vergossen worden waren. Manhattan blieb die Plünderung durch die äußeren Stadtbezirke erspart, wenn auch zu einem hohen Preis.

Mitte September konnte man nirgendwo mehr Essen klauen, und es wurde so richtig brutal. Der Präsident rief aus seinem Bunker heraus den nationalen Notstand aus und schickte Streitkräfte, die die dreißig größten Städte besetzen und die Ordnung wiederherstellen sollten. Truppen landeten mit Fallschirmen in Manhattan und brachten Nahrungsmittel und Medizin mit, aber die äußeren Stadtbezirke blieben sich selbst überlassen.

Rivka war allein im gefährlichen Chaos der Bronx. Ihre Tür blieb verriegelt, aber die Fenster konnten die Geräusche von Schüssen, zersplitterndem Glas und lärmenden Autoalarmanlagen und auch die Schreie nicht draußen halten. Sie hockte zusammengekauert in einer Ecke ihres Schlafzimmers und machte Love für ihre Verbannung aus Manhattan verantwortlich. Sie gab der Gentrifizierung die Schuld – nicht der Gentrifizierung, die sie zuerst in ihre Wohnung in Harlem gelockt hatte, sondern die Gentrifizierung, die ihr nicht erlaubte, sie sich mit ihrer Assistenzprofessur auch leisten zu können. Vor allem gab Rivka sich selbst die Schuld an ihrer Lage. Vielleicht hatte sie auch bei Love eine Wahl gehabt, aber leider die falsche getroffen.

Wenn sie sich einen der vielen netten jüdischen Jungs ausgesucht hätte, die ihre Familie ihr bei jeder Familienzusammenkunft präsentiert hatte? Ihre Mutter war so enttäuscht gewesen. Sie selbst hatte erst einen erfolgreichen Anwalt heiraten müssen, ehe sie offiziell Alkohol trinken durfte. *In deinem Alter war ich verheiratet und hatte schon zwei Kinder,* hatte sie Rivka immer wieder vorgehalten. Rivkas Mutter begriff nicht, was ein Geliebter oder eine Geliebte bedeuten konnten, bei dem oder der sich einem der Pulsschlag immer wieder von Neuem beschleunigte. Sie kannte das Bedürfnis nicht, sich etwas und jemandem ganz hinzugeben, das viel zu schön und zu verrückt war, um ewig zu halten.

15

EIS AM ENDE DES ENDES

AN BORD DER *HEALY* IM NÖRDLICHEN EISMEER

16. SEPTEMBER

T MINUS 138 TAGE BIS ZUM START

Inzwischen – die *Healy* war noch eine Woche vom Nordpol entfernt – bedeckten die Eisschollen ungefähr achtzig Prozent der Meeresoberfläche. Die *Healy* fuhr langsamer, ein zweiter Motor wurde angeworfen. Ihr orangefarbener, hundertdreißig Meter langer Leib brach unerbittlich wie ein Rammbock durch die Schollen. An den Wänden und Böden des Schiffes waren dumpfe Vibrationen zu spüren. In den Räumen im Bug, wie zum Beispiel der Cafeteria und der Kantine, wurde es besonders wacklig und laut. In einer E-Mail an ihre Eltern versuchte Maya, es als konstantes Mahlen zu beschreiben, wie ein unablässiges Reiben von Sandpapier. In den stillen Minuten vor dem Schlaf spürte sie es tief in den Ohren, in den Lungen und Zähnen.

Maya beendete diese letzte E-Mail wie alle anderen Mails, die sie während dieser letzten zwei Wochen beendet hatte, seit EINSCHLAG UNVERMEIDLICH! auf ihrem Monitor aufgeploppt war: Sie hatte ihre Eltern beide sehr lieb und hoffte, von allen aus der Familie und ihrem Freundeskreis in Kalifornien zu hören, sobald sich alles wieder beruhigt hatte. Trotzdem befiel sie jedes Mal das panische Verlangen, mehr zu schreiben. Drei Wochen waren eine lange Zeit, wenn man keine Antwort von seinen Lieben bekam, weil es in diesen hohen Breitengraden kein Internet gab. Maya arbeitete viel, aß Sachen, die keinen Geschmack zu haben schienen, schlief lange, weil sie nicht wach sein wollte, und starrte auf ihren Posteingang, bis sie seine Pixel auch dann noch flimmern sah, wenn sie die Augen schloss.

Der geschrumpften Besatzung der *Healy* erging es besser – sie konnten sich gegenseitig die schmerzhafte Einsamkeit vertreiben. Malcolm versuchte, Maya zu trösten, indem er ihr anbot, sie im Sportraum zu trainieren und ihr beim Bankdrücken zu helfen. Mitglieder des Moralkomitees sprachen sie im Korridor an, um sie zu fragen, wie es ihr ging, so wie die Fernsehreporter zu Hause in Kalifornien immer fragten: *Wie geht es Ihnen jetzt, nachdem Sie bei dem Flächenbrand alles verloren haben?* Am liebsten hätte Maya ihnen geantwortet: *Was glauben Sie denn, wie ich mich fühle, verdammt noch mal?* Stattdessen hatte sie gesagt: »Es ist nicht gerade leicht. Ich habe immer noch nichts von meiner Familie gehört. Und ohne Internet weiß ich nicht, was mit dem Kometen los ist.«

Die Coasties vom Komitee zeigten ihr Mitgefühl und versuchten, auf sie einzugehen. Sie hatten von ihren Familien im ländlichen Washington und Oregon gehört. Die meisten Städte hatten eine Ausgangssperre verhängt, um gegen Plünderungen und Benzindiebstahl vorzugehen. Die Regale in den Läden waren leer, überall standen gestrandete Autos herum. »Meine kleine Nichte bekommt keine Milch mehr, auch keinen Milchersatz«, hatte einer Maya erzählt. »Sie versuchen es mit fester Nahrung, aber sie verliert immer mehr Gewicht. Wie du siehst, stecken wir da alle drin.« Maya hatte genickt und sich die tränennassen Augen gerieben.

Die Besatzung auf der Brücke begann ihre Suche nach einer Scholle, die groß und dick genug für einen Eisgang war. Alle konnten es kaum erwarten, hinauszugehen und sich die Beine zu vertreten, aber die Schollen waren noch zu dünn und neu, sie fanden keine kompakte, mehrere Jahre alte Scholle, wie sie sie brauchten. Den Satellitenaufnahmen zufolge war auch dieses Jahr wieder eines, das sämtliche Rekorde hinsichtlich der geringsten Ausdehnung des Eises brechen würde. Als Charlie Maya für die Expedition rekrutiert hatte, hatte er ihr gesagt, dass der Nordpol laut Voraussage computergestützter Klimamodelle in weniger als ein paar Jahrzehnten vollständig aufgetaut sein werde.

Die *Healy* hielt schließlich neben einer Scholle, die das erforderliche Gewicht aushalten würde. Die Besatzung ließ das steile, metallene Fallreep auf die gefrorene Oberfläche hinab, markierte das gesicherte Arbeitsgebiet mit orangen Plastikhütchen und führte ein paar Rettungsübungen durch. Das an Bord verbliebene Forschungsteam bekam einen Vortrag über die Sicherheitsvorkehrungen auf dem Eis, ehe sie ebenfalls isolierte Trockenanzüge anlegen und nach draußen durften. Als Maya das Fallreep hinunterstieg, ließ sie den Blick über die schneebedeckte Weite schweifen. Sie sah wie eine vom Wind gestaltete Wüste aus weißem Zucker mit halb gefrorenen Wasserpfützen in kleinen Mulden aus.

Zum Eisgang kamen fast alle von Bord. Schon einen ganzen Monat lang hatte keiner von ihnen das Schiff verlassen. Mehrere Coasties hielten am Rand des abgesteckten Bereichs Wache und waren mit ihren über die Schultern geschlungenen Gurten zu eventuell nötigen Rettungsaktionen gerüstet. Maya sah sich nach Charlie um, konnte ihn aber nirgendwo sehen. Stattdessen erblickte sie Ned mit einem geschulterten Gewehr. Sie hatte gehört, dass er Scharfschütze bei der Eisbärenpatrouille der Küstenwache war, aber bis jetzt war noch kein einziger Bär gesichtet worden.

Die Forschenden fotografierten sich gegenseitig und mit den Coasties. Ned und Malcolm, das Comedy-Duo, posierte mit jeweils zwei dicken Schneebällen an den entsprechenden Stellen. Maya fragte sich, wie oft sie diesen Scherz wohl schon gebracht hatten, musste aber trotzdem darüber lachen. Der heutige Ausflug war weder Tagesroutine noch diente er wissenschaftlichen Zwecken, sondern einfach dem Amüsement und, noch wichtiger, der Moral der gesamten Truppe.

Sie ging leichtfüßig über den Schnee und musste ihre Füße daran erinnern, dass es sich keineswegs um festen Boden handelte. Unter den Verwehungen lag eine über zwei Meter dicke Eisschicht, die wie die Schale eines Krustentiers immer neue Schichten bildete. Unter dem Eis waren mehr als drei Kilometer Ozean. Ich spaziere auf dem Meer, dachte sie und kam sich gleichzeitig sehr groß und sehr klein vor.

Charlie hatte versucht, den nördlichen Rand der Welt, oder »das Ende«, wie einige es nannten, zu beschreiben. Man traf hier auf keine Menschenseele mehr, erst wenn man den Pol hinter sich ließ und sich wieder in Richtung Süden bewegte, kam man irgendwann zu einer Militärbasis an der Spitze von Grönland. Aber Maya sah nicht nach Norden. Sie blickte zum Himmel hinauf, denn dort oben war jetzt »das Ende«. Normalerweise mied Maya alle Gedanken über die Sterblichkeit, aber hier auf dem Nordpolarmeer am Ende der Welt ließen sie sich nicht vertreiben.

Ihr Stiefel rutschte auf dem neu gefrorenen Eis weg. Sie fiel hin und hörte es unter sich knacken. Jack löste sich von den anderen und rannte sofort auf sie zu.

»Wegbleiben!«, schrie Maya, die auf allen vieren vorankroch.

Jack rannte weiter, umging den Riss aber, legte sich dann der Länge nach hin und streckte ihr die Hand entgegen.

»Du rennst direkt in die Gefahr«, sagte Maya wütend. »Wie konntest du so lange überleben?«

Aber Jack lächelte sie nur strahlend an und zuckte die Achseln.

»Glück?«

Mayas Herz schlug plötzlich bis zum Hals. Es kam ihr vor, als müsste sie es wieder hinunterschlucken, damit es ihr nicht in der Kehle stecken blieb. Innerlich schimpfte sie auf Spanisch, dann nahm sie seine Hand.

Kapitän Martin Weber stand am Fenster der Brücke und beobachtete das Treiben auf dem Eis durch ein Fernglas. Er suchte nach lächelnden Gesichtern, fand aber nur wenige. Einer der Forschenden in den roten Anzügen rannte ein paar Kreise auf dem Eis, wahrscheinlich, um sich wieder daran zu erinnern, wie es ist, wenn man rennt. *Die Pause war dringend nötig,* dachte Weber.

Das Moralkomitee hatte frühzeitig mit den Vorbereitungen zur Nordpolfeier angefangen. In der Kantine hingen Girlanden aus Lametta und Zuckerstangen, aus den Lautsprechern dudelten Weihnachtslieder. Das Komitee wusste nicht, dass die *Healy* den Nordpol nie erreichen würde. In wenigen Stunden würde das Schiff umdrehen – nur drei Tage bevor es den 90. nördlichen Breitengrad erreicht hätte – und dann mit gleichmäßigen drei Knoten wieder nach Hause dampfen.

Am Morgen hatten die befehlshabenden Offiziere per E-Mail eine Anweisung erhalten, die besagte, dass der Kongress die Überstellung der gesamten US-Küstenwache an die Marine mit sofortiger Wirkung angeordnet hatte. Weber hatte die Mail mehrmals lesen müssen, ehe er seinen Augen traute. So ein Transfer hatte sich in der Geschichte bislang erst zweimal ereignet, und zwar zu Zeiten des Ersten und auch des Zweiten Weltkriegs. Sämtliche Missionen der Küstenwache waren abgeblasen, alle Schiffe sollten in ihre Häfen zurückkehren, wo sie neue Befehle erhalten würden.

Zumindest ein Gebet des Kapitäns war erhört worden. Den Anweisungen zufolge hatte die Mehrheit der Nationen sich darauf geeinigt, dass ein Abwehrbündnis gegen UD3 allerhöchste Priorität hatte. Die besten Techniker und Technikerinnen der Welt waren bereits nach Südamerika beordert worden, ebenso die erfahrensten Köpfe aus der Astrophysik und den Atomwissenschaften. (Weber ging davon aus, dass jetzt auch verfeindete Länder zusammenarbeiten und die Waffen einsetzen würden, die sie eigentlich für die Gegenseite entwickelt hatten.) Die US-Regierung unterstützte die Bemühungen voll und ganz und zog jetzt alle ihre Spezialkräfte zusammen: Übersetzerinnen, Hubschrauberpiloten, Drohnentechnikerinnen, Lademeister, Hundestaffeln etc.

Weber teilte seiner Frau Karen die Neuigkeiten sofort per Mail mit. Sie war erleichtert, wollte aber auch wissen, ob es Pläne gebe, wie man mit der mangelnden Nahrungs- und Treibstoffversorgung des Landes und der damit einhergehenden Gewalt umgehen wolle. Karen war geduldig (sie war bei allen seinen langen Reisen geduldig gewesen), sagte aber, dass es leichter zu ertragen wäre, wenn sie wüsste, welche Schritte unternommen würden, falls die Krise weiter voranschreite. Die Nachbarschaft hatte eine bewaffnete Patrouille organisiert. Karen und die Kinder würden mit den vorhandenen Dosenvorräten im Keller auskommen, aber nicht auf unbegrenzte Zeit.

Weber teilte ihr mit, dass er auch nicht mehr wusste. Karens Geduldsfaden wurde merklich dünner:

> *Aber du bist doch Kapitän beim Militär! Wie kann es sein, dass du nicht weißt, was die Regierung vorhat?*

Karen unterrichtete Englisch in der fünften Klasse. Weber hatte in ihrem kontrollierten Satzbau noch nie ein Ausrufezeichen gesehen. Er tippte zurück:

> *Ich glaube, nicht mal die Regierung weiß, was die Regierung vorhat.*

Er löschte den Satz wieder. Nach drei weiteren Versuchen schickte er Folgendes ab:

> *Ich habe dir immer so gerne dabei zugesehen, wie du die Kinder getröstet hast, wenn sie krank waren. Das wollte ich dir schon immer sagen. Du bist meine Heldin, denn du hast immer versucht, sie vor Kummer und Leid zu bewahren. Ich weiß, dass du die richtigen Entscheidungen treffen wirst.*

Er hörte Schritte hinter sich. Sein Stellvertreter trat neben ihn ans Fenster und räusperte sich.

»Wir haben die neuen Koordinaten eingegeben, Sir«, sagte er. »Soll ich alle wieder an Bord rufen?«

Weber sah, wie ein Coastie einem anderen einen nassen Schneeball voll gegen die Brust warf.

»Noch nicht«, sagte er und versuchte, das Lächeln zu verbergen, das trotz allem seine Lippen verziehen wollte.

16

ES GEHT VORAN

KOUROU, FRANZÖSISCH-GUAYANA

10. SEPTEMBER

T MINUS 144 TAGE BIS ZUM START

Ben und Amy saßen hinten in einem Humvee und kämpften gegen den Schlaf an. Vier Stunden Schlaf waren für einen völlig erschöpften Körper nicht genug, aber sie mussten ausreichen. Amy nahm Bens Hand und drückte sie. Zu Hause in Kalifornien, was ihr jetzt wie eine Parallelwelt vorkam, hatte sie immer gesagt: *Wir beide gegen die Welt, Baby.* Aber jetzt waren sie hier und versuchten alles, um diese Welt zu retten. Beim Schach wären sie Königin und König gewesen, umgeben von einem schlagkräftigen Team aus Läufern, Pferden und Türmen in einem Schwarm aus Bauern. Die Königin war die treibende Kraft im Spiel, die einflussreiche Macherin; der König war eingestandenermaßen die weniger glamouröse Spielfigur, aber er hielt seine Armee am Leben.

Und was sie für eine Armee zur Verfügung hatten! Das Abwehrbündnis bestand insgesamt aus mehr als fünfzigtausend Personen, die von zwei Verteidigungsringen umgeben waren: zum einen von den ursprünglichen Sicherheitstoren des Raumfahrtzentrums und dem äußeren Sicherheitsbereich des Bündnisses. Innerhalb des inneren Sicherheitsrings befanden sich das Sicherheitshauptquartier mitsamt Hundezwinger, der Verwaltungskomplex, die Fertigungsanlagen der Startvorrichtung für die Ariane, die Nutzlast- und Auftankeinrichtungen, die sie verbindenden Schienenstränge und ein neues Krankenhaus, das in den ausgeräumten Hallen der Vega-Trägerraketen eingerichtet worden war.

Der viel größere äußere Sicherheitsbereich des Bündnisses umfasste die öffentlichen Einrichtungen des Zentrums, ihre weitläufigen Militärunterkünfte, den Schiffsanleger Pariacabo am Kourou-Fluss sowie die Meerwasserentsalzunganlage, die daneben eingerichtet worden war, die Kourou-Station mit ihrer 15-Meter-Antennenschüssel und der unterbrechungsfreien Stromversorgung sowie den Flugplatz Kourou. Ben hatte von zusätzlichen Sicherheitsmaßnahmen gehört, die sich jenseits der südöstlichen Grenze dieses Bereichs bis zu fünfundsechzig Kilometer entlang der Schnellstraße in Richtung Cayenne erstreckten, der Hauptstadt von Französisch-Guayana. Die Zugänge zum internationalen Flughafen, dem Hauptseehafen und der französischen Marinebasis mussten geschützt werden.

Ihre Sicherheitskräfte hatten eine Nichtüberflugszone über dem gesamten Gelände eingerichtet, aber zum Glück für Ben nahm die Aktivität der Menschen ringsum immer noch weiter zu. Die vielen Geräusche halfen ihm, seine Angst zu verdrängen, da sie ihm versicherten, dass überall etwas unternommen wurde. *Es wird was unternommen es wird was unternommen es wird was unternommen es wird was unternommen …* ratterte die Dauerschleife im Hintergrundrauschen von Bens sich überschlagenden Gedanken.

»Du musstest ihnen die Wahrheit sagen«, sagte Amy und beobachtete ihn aufmerksam.

Genau das hatte er getan. Ben brauchte die besten Köpfe der ganzen Welt, um das Unmögliche möglich zu machen.

Dieses eine Mal in seinem Leben reichte sein eigener Verstand allein nicht aus. Am 1. September benutzte Ben die inoffiziellen Kanäle der UN, um den Staatsregierungen dieser Welt zu bestätigen, dass ein Einschlag des Kometen sehr wahrscheinlich war und er sämtliche Ressourcen benötigte.

»Die USA mussten sich zur Unterstützung verpflichten«, sagte Amy beharrlich.

Auch da hatte sie recht. Der Präsident hatte als Einziger die Befehlsgewalt über das Atomarsenal des Landes, und genau dieses Arsenal brauchten sie für die atomare Ladung des HYCIV. Um die dringend benötigte Unterstützung zu bekommen, hatte Ben die ganze Wahrheit auf den Tisch legen müssen: dass die Berechnungen der NASA eine Einschlagswahrscheinlichkeit von neunundachtzig Prozent ergeben hatten. Danach hatte der Präsident endlich das Atomarsenal des Landes und die gesamte militärische Schlagkraft des Landes zugesagt.

»Die von der NASA berechnete Flugbahn wird an die Öffentlichkeit durchsickern. Vielleicht ist es sogar schon passiert«, sagte Ben kläglich. »Die Welt wird vor die Hunde gehen, Amy.«

»Woher willst du das wissen?«

Er wusste es. Bei der alljährlichen Konferenz zur planetaren Verteidigung hatte Ben viele Einschlagsszenarien durchgespielt, bei denen Massenhysterie eine Kettenreaktion von Ereignissen ausgelöst hatte. Zuerst wurde gehamstert, dann geplündert, dann kam der Ansturm auf die Banken. Dann der Zusammenbruch der Versorgungsnetzwerke und der kommunalen Dienste. Ohne Zugang zu sauberem Wasser, Essen, Medizin, Abfallentsorgung, elektrischem Strom, Zahlungsmitteln und allem anderen, was das Zusammenleben auf engstem Raum möglich macht, gerieten die Menschen in Verzweiflung und wurden gewalttätig. Sämtliche Einschlagsszenarien stützten sich auf bereits erfolgte Ereignisse, örtlich beschränkte Katastrophen, die auf eine Bevölkerung der Erde von 7,5 Milliarden hochgerechnet wurden.

Aber was hätte Ben, selbst wenn er die Konsequenzen kannte, denn tun sollen? Ihre Aktion brauchte ein Wunder, und wenn so was nicht zu kriegen war, brauchte er ein Atomwaffenarsenal und die besten Spezialisten, die es gab.

Es wird was unternommen es wird was unternommen es wird was unternommen es wird was unternommen …

Amy seufzte und legte die Wange auf Bens knochige Schulter. Er roch ihr frisch blondiertes Haar, ein vertrautes Aroma, das ihn ein wenig an chinesisches Essen erinnerte. Amy kümmerte sich schon seit einer ganzen Weile nicht mehr um ihr Äußeres, aber sie hörte nicht auf, sich um Bens panische Angst davor, die Zeit könnte ihnen davonlaufen, zu kümmern. Sie hatte ihm versprochen, den Haaransatz immer in derselben hellblonden Farbe nachzufärben, damit er nicht nachrechnen konnte, wie viele Tage schon vergangen waren, seit er ihn zuletzt betrachtet hatte (das menschliche Haar wuchs 1,25 Zentimeter pro Monat, hatte er gesagt). Schon wieder starrte er viel zu lange auf die digitalen Sekunden seiner Armbanduhr, die ihm im unaufhörlichen Weiterwandern vor den Augen verschwammen.

Nachdem ihr Jeep das Kontrolltor des Raumfahrtzentrums passiert hatte, rief Amy den Fahrer mit seinem Vornamen an und bat ihn anzuhalten. (Sie schien sich immer alles merken zu können, worum er sich überhaupt nicht kümmerte: Namen, Geburtstage, wer Kinder hatte, wer Haustiere hatte, die wie Kinder behandelt wurden, usw. Sie hatte das Buch von Dale Carnegie – *Wie man Freunde gewinnt und andere Menschen beeinflusst* – ungefähr eine Million Mal gelesen.)

»Ich helfe dem Sicherheitsdienst bei der Aufnahme und Zuweisung der Neuankömmlinge«, sagte Amy. »Und dann lese ich mir die Lebensläufe der restlichen Technikkräfte durch.«

Sie sah so erschöpft und ernst aus, überhaupt nicht wie seine Amy.

»Du kannst auch bei mir bleiben. Mit dir komme ich mir größer vor«, sagte er halb im Scherz.

Sie gab ihm einen Abschiedskuss und sagte: »Dann mal an die Arbeit.«

Ben fuhr weiter zum Verwaltungskomplex. Das wissenschaftliche Kernteam des Abwehrbündnisses hatte sich aufgeteilt, im *Janus*-Gebäude residierte jetzt das Nuklearteam. In den nächsten vierundzwanzig Stunden – oder so lange, wie er sich wach halten konnte – würde Ben noch an zwei weiteren Stellen weiter im Norden innerhalb des Raumzentrums anhalten: bei Jin-soo und dem HYCIV-Team im größten Reinraum der Nutzlastabteilung und dann bei Marcel und seinen Leuten vom Raumfahrtzentrum, die im Fertigungsgebäude für die Startvorrichtung daran arbeiteten, die Ariane-Rakete fertigzustellen.

Als Ben im obersten Stockwerk des *Janus*-Gebäudes den Aufzug verließ, drang sofort der hohe Lärmpegel vieler Stimmen und Sprachen aus dem Konferenzraum an seine Ohren. Die leisen Untergebenen der UN und ihre Chefs waren nicht mehr da, sie waren mit den anderen UN-Oberen in ein anderes Gebäude des Verwaltungskomplexes verlegt worden, wo sie eintreffende Regierungsbeamte beknieten, dass sie in einer neutralen Vermittlungsposition bei dem Bündnis bleiben durften. Im Vergleich zu ihnen waren die Leute vom Nuklearteam geradezu höllisch laut.

Über siebzig Physiker und Physikerinnen standen oder

saßen in großen Gruppen vor den mit elektronischen Schreibwänden bestückten Wänden beisammen. Schiefe Diagramme und ellenlange Gleichungen wurden von einer Wand zur anderen gekritzelt, während die anderen Anwesenden eifrig darüber diskutierten und in ihren jeweiligen Landessprachen durcheinanderredeten. Das Nuklearteam war für eine atomare Zuladung von bis zu einer Gigatonne verantwortlich. Dabei handelte es sich um eine noch nie da gewesene Sprengkraft, zwanzigmal größer als die größte je von Menschen gebaute Atombombe, die russische Zar-Bombe, die Königin aller Bomben, bei der 1961 die Entsprechung von fünfzig Megatonnen TNT gezündet worden waren.

In der hinteren Tischecke, dort, wo einst die Kernmannschaft der Forschenden versammelt gewesen war, saß Chuck und sah dem Treiben mit verschränkten fleischigen Armen zu. Der Professor saß ein paar Meter vom Eingang entfernt in seinem Lehnsessel aus dem Foyer an der Wand. Der Achtzigjährige war inzwischen wieder viel mehr bei der Sache, was nicht zuletzt auf seine starken Schmerzmittel zurückzuführen war. Die Opiate ließen ihn entspannt und ein bisschen durchgeknallt wirken – vielleicht war er aber auch bloß aufgedreht, weil er von so viel Mathematik umgeben war. Denn in seinem tropischen Turm von Babel war die Mathematik die alles verbindende Sprache. Alle anderen Sprachen waren eine vorhersehbare Barriere, für die man entweder mehrere Dolmetscher brauchte – oder eine der allerbesten.

»Love!«, rief Ben.

Sie war die einzige Dolmetscherin, die Ben einsetzte. Immer wenn er ihren Namen rief – *Love! Love!* –, sahen ihn alle Englischsprecher im Raum an, als wäre er verrückt geworden. Ben ließ sich auf einem Sessel neben Chuck nieder, und schon kam Love in einem zerknitterten Hosenrock und einem ärmellosen Hemd, das ihre glänzenden Arme und Schlüsselbeine entblößte, herbei. Sie ließ ihre Haare wachsen, aber Ben fing schon an zu halluzinieren, er könnte sie wachsen sehen, und fragte sie in aller Bescheidenheit, ob sie einen dermaßen sichtbaren Indikator für das Vergehen der Zeit nicht schneiden könne. Die Männer waren alle entweder frisch rasiert oder bärtig. Ben konnte die Mehrtagesstoppeln nicht ertragen, die vor seinen Augen sprossen.

»Du siehst … besser aus«, sagte Love vorsichtig zu Ben. »Du hattest ein bisschen Ruhe dringend nötig.«

Aber Ben ignorierte sie ebenso wie die Bedürfnisse seines Körpers.

»Was habe ich verpasst?«

»Nur einen Haufen Mathe.«

»*Nur?*«

Sie setzte sich auf den Stuhl rechts von Ben. Sowohl Ben als auch Chuck waren Linkshänder, die gerne ihre eigenen Notizen machten. Überhaupt gab es unter den Atomphysikern eine erstaunliche Anzahl von Linkshändern. Ben erblickte noch zwei Mitglieder seines Kernteams: Julie Schmidt vom Lawrence Livermore und Siegfried »Ziggy« Divjak aus Stanford und Los Alamos. Julie zeigte mit der linken Hand auf eine Stelle in einer Gleichung, die Ziggy gerade aufschrieb, ebenfalls mit links. Nur der Professor hielt seinen Gehstock wie einen Zeigestock bei einer Vorlesung in der rechten Hand.

Ziggy gab seinen Marker an Julie weiter, dann sah er Ben. Er entschuldigte sich mit einem unverhohlenen Grinsen aus der Debatte, das sein altes, elfenhaftes Gesicht um ein paar Jahrzehnte jünger aussehen ließ.

»Ich habe eine Überraschung für dich«, sagte Ziggy zu Ben.

»Überraschungen kann ich nicht leiden.«

Ziggy kam rasch zum Punkt.

»Oleg und Yuri sind endlich in Kourou eingetroffen.«

»Wann?«

Aber Ben wusste, noch ehe er die Frage ausgesprochen hatte, dass es in der Zeit gewesen sein musste, als er schlief. Nur vier Stunden Ruhe nach Tagen ohne Schlaf, und schon war er nicht mehr auf dem Laufenden. Sie hatten lange auf die Ankunft der beiden russischen Physiker gewartet. Zum Glück für ihre Abwehraktion waren Oleg und Yuri aus dem russischen Verteidigungsministerium ausgeschieden, denn damit konnten sie sich frei außerhalb ihres Landes bewegen. Die beiden Männer hatten denselben Flug von Moskau aus genommen, kurz bevor der Kreml die Grenzen dichtgemacht und alle internationalen Reisen untersagt hatte. Die russische Diplomatie hatte noch versucht, ihre Verbindungsflüge am Flughafen Heathrow zu unterbinden, aber die britische Regierung ließ nicht zu, dass zwei Einzelpersonen gegen ihren Willen in ein Flugzeug verfrachtet wurde, das sie wieder nach Hause brachte. Oleg und Yuri hatten in London bleiben müssen, bis sich die UN erfolgreich zu ihren Gunsten einschalten konnte.

»Sie sind durch die Kontrolle und auf dem Weg hierher«, sagte Ziggy mehr als begeistert darüber, dass noch andere Ehemalige aus dem Kalten Krieg sich zu ihnen gesellten.

Im Winter 1992, einen Monat nach dem Zusammenbruch der Sowjetunion, hatte Ziggy zwei Direktoren ihrer geheimen Atomwaffenlabors kontaktiert, um sie in die Vereinigten Staaten einzuladen. Die Sicherheit des russischen Atomarsenals – das die USA in den vergangenen vierzig Jahren im Fadenkreuz gehabt hatte – war in dem politischen Machtvakuum damals besonders bedroht.

Die ehemaligen Sowjetdirektoren, Oleg und Yuri, stimmten einer Führung durch Los Alamos und die Lawrence Livermore National Laboratories zu. Mehr noch, sie erwiderten die Einladung, und im darauffolgenden Februar trafen Ziggy, Julie und vier andere führende Forschende aus den USA in Sarow ein, einer Stadt, die schon lange von allen offiziellen Karten entfernt worden war. Ziggy hatte Ben einmal die surreale Erfahrung geschildert, als sie aus einem russischen Flugzeug gestiegen und von Olegs kräftiger Umarmung und Yuris sanftem Händedruck in Empfang genommen wurden. »Unbekannte Feinde«, hatte Ziggy zu Ben gesagt, »und doch haben sie dort in der bitteren Kälte auf mich gewartet wie alte Freunde.«

Sowohl die russischen als auch die amerikanischen Forschenden freuten sich darüber, zusammenarbeiten zu können. Die meisten waren schon im September 1983 aktiv gewesen, als ein weltweiter Atomkrieg um Haaresbreite verhindert worden war, nur weil ein sowjetischer Funktionär namens Stanislaw Petrow ein Frühwarnsystem zu einem Raketenangriff der Vereinigten Staaten zwar bemerkt, jedoch als falschen Alarm gemeldet hatte. Seine Bauchgefühl war nicht nur richtig gewesen, sondern hatte die Vereinigten Staaten und ihre NATO-Verbündeten vor einem fälschlicherweise ausgelösten Gegenangriff durch die Sowjets und dem großflächigen Atomkrieg bewahrt, der unweigerlich darauf gefolgt wäre. Millionen Leben gerettet von einem Mann mit einem Telefon in der Hand und dem richtigen Bauchgefühl. Das war das Erbe des Kalten Krieges. Warum sollten die in den Ruhestand versetzten Krieger jetzt die Möglichkeit einer Wiedergutmachung nicht beim Schopf packen?

Die Türen zum *Janus*-Konferenzsaal öffneten sich, und Acosta von den Vereinten Nationen Brasilien kam herein, trat jedoch sogleich beiseite, um Oleg und Yuri hereinzulassen. Oleg war groß und dick, dunkle Haare quollen aus seinem Hemdkragen. Mit dem dazugehörigen Vollbart und der breiten Stupsnase sah er aus wie ein Silberrückengorilla. Im Gegensatz zu ihm war Yuri spindeldürr, hatte spärliches weißes Haar und redete stets sehr leise. Ziggy eilte mit offenen Armen auf die beiden zu, dicht gefolgt von Julie mit ihrem typischen schrägen, aber breiten Lächeln. Sogar der massige, grobe Oleg küsste ihre von Altersflecken übersäte Hand ganz nonchalant.

Ben gönnte den Kalten Kriegern diesen Moment des Wiedersehens. Er hatte die beiden Russen nur virtuell über E-Mail kennengelernt. Oleg und Yuri hatten eher in früheren Zeiten mitgemischt, insbesondere nach 1994, als der Komet Shoemaker-Levy 9 auf dem Jupiter einschlug. Der Physiker Edward Teller, bekannt als »der Vater der Wasserstoffbombe«, schlug damals sogar öffentlich vor, dass alle, die im Kalten Krieg an der Atomwaffenentwicklung gearbeitet hatten, im Sinne einer zukünftigen planetaren Verteidigung zusammenarbeiten sollten. Wer konnte sich die alten Atomwaffenarsenale besser zunutze machen, so sein Argument, als die Männer und Frauen, die sie erschaffen und erprobt hatten?

Aber zur Zeit des Kometeneinschlags war Ben erst siebzehn gewesen. Seitdem waren immer wieder nationale Bestrebungen und aggressive internationale Handlungen dazwischengekommen, wie so oft. Tellers Traum von einer Zusammenarbeit wurde nie umgesetzt. Zumindest bis jetzt nicht.

Ben war kein großer Fan von Umarmungen, aber er

schnappte sich Oleg, sobald der Mann in seine Reichweite kam.

»Sie beide sind eine Wohltat für unsere müden Augen«, seufzte er.

»Wir wollen dafür sorgen, dass Sie diese Sache nicht ganz allein in den Sand setzen.«

Oleg hatte es als Scherz gemeint – er war zweifellos ein Scherzkeks vor dem Herrn –, trotzdem zuckten sämtliche Muskeln in Bens Körper zusammen. Oleg schlug ihm kräftig und freundlich lächelnd auf den Rücken, flüsterte ihm aber durch die Zähne zu: »Durchatmen, Mann!« Ben musste zu seinem Sessel zurückgeführt werden.

Ich muss das nicht mehr allein durchziehen, sagte er sich. *Zusammen kriegen wir das schon hin. Zusammen ...*

Oleg und Yuri nahmen die beiden Plätze links von Chuck ein. Die Physiker unterhielten sich angeregt, bis Ben wieder bei Atem war und alle laut um einen Moment Ruhe bat, damit er für Love ihre gemeinsame Hauptherausforderung zusammenfassen konnte: Atomwaffen waren nicht dafür konstruiert worden, einen Kometen oder Asteroiden zu pulverisieren, der mit einer Geschwindigkeit von zigtausend Stundenkilometern durchs Weltall flog, sondern um feststehende Ziele auf der Erde zu treffen.

»Mit anderen Worten, die dort«, sagte Ben und zeigte auf die beiden ehemaligen Sowjets links von ihm.

Oleg lachte und sah zu Ziggy und Julie hinüber, seinen alten Gegenspielern aus dem Kalten Krieg.

»Oder die dort«, sagte er und zeigte auf sie.

»Oder die dort«, zwitscherte ein pakistanischer Physiker und zeigte auf einen indischen Physiker, der lachte und reumütig auf den Pakistani zeigte, allem Anschein nach angenehm überrascht darüber, sich in einem Saal voller Feinde zu befinden, die sich in Verbündete verwandelt hatten und die Massenvernichtungswaffen dazu einzusetzen gedachten, die gesamte Schöpfung zu retten.

»Wir leben wirklich in einem sehr seltsamen Universum«, sagte Ziggy und sprach damit für alle.

17

MAYA UND JACK

AN BORD DER *HEALY* IN DER BERINGSEE

21. OKTOBER

T MINUS 103 TAGE BIS ZUM START

Als sie in den niedrigeren Breitengraden wieder Internetverbindung bekamen, waren die Passagiere der *Healy* entsetzt. In den Wochen, in denen die Bandbreite nur sehr begrenzt gewesen war, hatten die Medien über etliche durchgesickerte Geheiminformationen der NASA berichtet, in denen von einer neunundachtzigprozentigen Wahrscheinlichkeit eines Einschlags von Komet UD3 die Rede war. Daraufhin war überall die Hölle losgebrochen, und der Präsident hatte den nationalen Notstand ausrufen müssen, um gegen Nahrungsmittelengpässe und die ungezügelt um sich greifende Gewalt vorzugehen.

Als Maya die Webseite der Universität von Kalifornien Santa Barbara aufrief, sah sie eine dieser gelben Notfallmeldungen am oberen Bildschirmrand. Die Universität hatte sämtliche Lehrveranstaltungen abgesagt und die Büros der Verwaltung bis auf unbestimmte Zeit geschlossen. Von Mayas Kolleginnen aus der Abteilung für Meereskunde hatte nur eine auf Mayas Mails geantwortet. Jennifer war im zweiten Jahr ihrer Postdoc-Studien und nach der Schließung der Universität auf das Weingut ihrer Eltern zurückgekehrt.

Sie schrieb:

Ich muss nicht extra erwähnen, dass ich die schlimmste Zeit über einfach nur betrunken war. Und ich habe viel auf dem Klo gehockt. Weintrauben sind die einzigen frischen Lebensmittel, die wir noch haben, also essen wir sie kiloweise. So. Viel. Durchfall.

Maya beneidete sie. Ihr fehlten frisches Obst und Gemüse – und Wein. Und ihre eigene Toilette.

Jennifers Eltern hatten auch ein Paar mit ihren drei Kindern aufgenommen, die als Wanderarbeiter nirgendwo sonst hinkonnten. Ihr Arbeitgeber von der letzten Ernte war ein Hobbywinzer, dem das benachbarte Grundstück gehörte und der sein Geschäft aus der Ferne leitete. Jennifer erklärte, sein Land sei von »sehr unfreundlichen« Leuten besetzt worden, die die Familie verjagt hätten. Sie schrieb:

Natürlich wollten wir dieser hungernden Familie helfen. Was wir auch getan haben. Aber die nächste Familie, die vor unserer Haustür steht, können wir nicht auch noch retten. Würdest du deine eigene Familie verhungern lassen, um fünf Fremde zu füttern? Ich meine, genau diese Entscheidungen müssen wir schon sehr bald treffen. Auf längere Sicht sind wir alle sowieso am Arsch. Vielleicht spricht aber nur mein Kater aus mir. Oder auch nicht.

Nach einer kurzen Pause fügte sie hinzu:

Tut mir leid wegen deiner Familie. Nein, von deiner Heimatstadt habe ich nichts gehört, nur dass es eine der Städte ist, in denen es dunkel geworden ist.

Jennifer schrieb, dass die Armee in Großstädten wie Los Angeles, San Francisco und San Diego für Ordnung sorgen würde. Der Rest musste mit den örtlichen Polizeieinheiten klarkommen. Städte wie Oakland, Stockton, San Bernardino, Compton, Merced und Modesto waren »dunkel geworden« – überall gab es Stromausfälle und zügellose Gewalt. Es gab weder Berichte von dort noch sonstige Kontakte, weil niemand von dort herauskam und auch niemand hineinwollte.

Seitdem die Nachrichten über die ersten durchgesickerten Flugbahnen des Kometen berichtet hatten, hatte Maya keine E-Mail von ihrer Mutter mehr erhalten, auch nicht von ihrem Vater, ihren drei Schwestern oder sonst wem aus der Nachbarschaft des kleinen Hauses, in dem sie aufgewachsen war. Sie musste sich ermahnen, nicht immer wieder auf »Postfach aktualisieren« zu drücken, nur um ein ums andere Mal auf den leeren Posteingang zu starren. Die Erinnerung an den letzten Besuch ihres Vaters auf dem Campus tauchte wieder in ihrer Erinnerung auf.

Er kam allein. Mayas Schwestern hatten alle kleine Kinder und Ehemänner, um die sie sich kümmern mussten. Mayas Mutter kam weniger oft. Sie hatte meistens mit ihren Enkelkindern und anderen Kleinen aus der Nachbarschaft mehr als genug zu tun, Kindern, die von einer guten *abuela,* die nicht Nein sagen konnte, betreut werden mussten. Mr. Gutiérrez nahm die viereinhalbstündige Fahrt nach Santa Barbara alle paar Monate auf sich, aber nicht aus Verpflichtung, sondern weil sein »Herz vor Freude jubelte«, wenn er seine Tochter an einer dermaßen beeindruckenden Einrichtung der Gelehrsamkeit arbeiten sah.

Sie machten dann immer einen Spaziergang über das Unigelände und hielten sich ein wenig in der Bibliothek auf. Mayas Lieblingsbuch war die Erstausgabe von Charles Darwins *Der Ursprung der Arten,* ihr Vater sah sich am liebsten die Sammlung alter Bibeln mit ihren Bilderhandschriften an. Wenn es draußen noch hell genug war, aßen sie gemeinsam zu Abend. Maya wählte ein Fischrestaurant in der Nähe vom Goleta Beach aus, um ihren Vater mit einem herrlichen Ausblick auf den Pazifik bei Sonnenuntergang zu verwöhnen.

Er lehnte das kalte Bier, das sie bestellte, nicht ab, aber er nippte nur daran und blinzelte in den allmählich aufkommenden Abendwind. *Doktor Gutiérrez,* sagte er und lächelte, ehe er in einen knackigen Garnelenschwanz biss. Er sagte es noch einmal und genoss das wundersame Wortpaar genauso wie sein Essen. Dann fügte er hinzu: *Du bist unser wahr gewordener amerikanischer Traum. Deine Mutter und ich wären nie nur wegen uns geblieben. Es war zu schwer …* Die Hände, die seine Bierflasche hielten, sahen zwanzig Jahre älter als die dazugehörigen Handgelenke aus. Dabei war Mr. Gutiérrez sehr vorsichtig. Als Zimmermann sorgte er mit seinen geschickten Händen für das Essen auf dem Tisch und das Dach über seinem Kopf.

Als Maya sich nach ihren Schwestern erkundigte, zog ihr Vater eine Plastiktüte aus seiner Tasche hervor. Mayas Mutter schickte Fotos von ihren Nichten und Neffen, von Partys, Kommunionen und Hochzeiten. Maya blätterte durch die Bilder, bis sie ihr Patenkind fand, ihre Nichte Angelina. Das Mädchen war noch jung genug für Zöpfchen, aber schon so alt, dass ihr ein paar Milchzähne fehlten. Beim Lächeln schob sich ihre Zungenspitze durch die Lücke in den Vorderzähnen heraus.

Maya konnte sich nicht mehr daran erinnern, was für ein Hemd ihr Vater getragen oder welches Gericht sie bestellt hatte, aber sie wusste noch genau, dass sie ihr Leben in diesem Augenblick geliebt und sich zugleich gefragt hatte, ob der Preis dafür zu hoch gewesen sei. Sie war fünfunddreißig, ein Alter, in dem Schwangerschaften schon als riskant angesehen wurden – falls man überhaupt noch schwanger wurde. Maya hatte sich gefragt, ob es nicht zu spät war, um alles haben zu wollen. Schon damals, noch bevor die Buchstaben UD3 irgendeine Bedeutung gehabt hatten, war es ihr vorgekommen, als würde ihr die Zeit zwischen den Fingern zerrinnen.

Eine Stunde verging, ehe sie sich dazu zwingen konnte, aufzustehen und den Aufenthaltsraum des Forschungsteams auf der *Healy* zu verlassen. Mehrere Leute vom Moralkomitee standen im Korridor vor den Kabinen. Sie organisierten keine Talentshows im Hubschrauberhangar und auch keine Abnehmwettbewerbe mehr. Sie erkundigten sich nicht mehr nach dem Befinden und ob man mit der Arbeit klarkomme. Sie sagten eigentlich kaum etwas, sondern klopften nur an jede Tür und verschafften sich notfalls gewaltsam Eintritt, um nach den Bewohnern zu sehen. Maya hatte gehört, dass etliche Forschende auf die Krankenstation gebracht werden mussten, aber die genaueren Umstände interessierten sie nicht.

Die Komiteemitglieder entfernten eine Türklinke mit einer Bohrmaschine, aber Mayas Blick folgte ihnen nicht ins Innere der Kabine. Sie hatte sich vorgenommen, konzentriert zu bleiben und im Hier und Jetzt zu funktionieren. Sich der Vergangenheit zuzuwenden – in der Maya sich im Garten der Eltern umgeben vom Lärm der Familie und lateinamerikanischer Popmusik sah, mit geröstetem Mais zwischen den Zähnen, der samtigen Nachtluft auf der nackten Haut und mit dem warmen Gefühl von Liebe, Zugehörigkeit, Zielgerichtetheit und einem nicht hinterfragten Verstehen der Wirklichkeit –, das alles war viel zu schmerzhaft. Der Blick in die Zukunft – Anarchie, Wahnsinn, Hunger und, falls UD3 nicht aufgehalten werden konnte, der Tod von allen und allem, was sie kannte, wenn der Planet zu einem einzigen großen Fossil versengt wurde – war zu furchterregend.

Maya ging zur Kantine, in der das Frühstück gerade vorbei war. Der OSU-Professor hatte sich schon Mitte August evakuieren lassen, aber sein Postdoc saß müßig an einem Tisch und starrte in die kleine Leere eines Bechers mit schwarzem Kaffee. Erst als Maya ihn an der Schulter berührte, zuckte er zusammen, blinzelte und nickte. Er fragte nicht: *Warum arbeiten wir eigentlich noch? Wozu soll das alles hier eigentlich noch gut sein?* Ohne ein Wort gingen sie zu Malcolm und zwei anderen Kranführern am Tisch der Coasties. Alle waren bereit und wollten gebraucht werden.

Als sie ihre Wasserproben am Heck des Schiffes eingeholt hatten, packten Maya und der Postdoc namens Carl ihre Ausrüstung ein. Carls Blick schweifte nach Süden und zum offenen Meer hin. Maya fragte sich, ob Carl von derselben Ungeduld ergriffen war wie sie, in die Zivilisation zurückzukehren, und ob er dieselbe mulmige Angst davor verspürte, was sie dort erwartete.

»Na, du.«

Maya drehte sich um, und Jack machte ein Foto von ihr.

»Du solltest wirklich um Erlaubnis fragen«, sagte Maya und zog die Hutkrempe tiefer ins Gesicht.

Jack versprach, keine Aufnahmen mehr zu machen, aber nur, wenn sie ihr hübsches Gesicht nicht länger versteckte. Als Maya wieder aufsah, ging Carl in Richtung der Luke davon und überließ Jack und Maya dem Wechselspiel ihrer magnetischen Anziehung und Abstoßung.

»Wir haben genug Proben eingesammelt«, sagte Maya. »Ich packe alles ein und teste sie dann später –«

Sie unterbrach sich, weil Jack versuchte, nicht zu lachen. Sein Mund verzog sich zu einem Lächeln, dann zu einer Grimasse. Ein leises Kichern drang aus ihm hervor wie kleine Blasen, die an die Wasseroberfläche steigen.

»Entschuldige«, sagte er. »Es ist nur, weil das alles mal so wichtig erschien. Oder?«

Sein Einatmen hörte sich wie ein Schluchzen an.

»Unser Auftrag *war* wichtig«, versicherte ihm Maya. »Er *ist* wichtig.«

Ihr energischer Blick wurde plötzlich sanfter.

»Erinnerst du dich an unsere Wale?«, fragte sie. »Wie diese Riesen für uns Saltos rückwärts gemacht haben? Waren sie nicht wichtig?«

Die gemeinsame Erinnerung ließ ihn zusammenzucken, aber dann nickte er. Maya sah ihn an, nahm jede Einzelheit in sich auf: seine schönen Augen, die Wimpern mit den goldenen Spitzen, seine schmale Nase, die brutalen Narben, die blasse, krumme Spuren in seinen frischen Bartstoppeln hinterließen. Jack war eine köstliche Versuchung, die ihr in dem Moment in den Schoß gefallen war, in dem sie sie so dringend brauchte.

Maya beugte sich vor und streifte Jacks Lippen mit ihren. Er erstarrte und versuchte, ihren Gesichtsausdruck zu verstehen, aber Maya fand, dass sie deutlich genug gewesen war. Langsam und vorsichtig neigte Jack sich jetzt zu ihr, bis sie dieselbe Luft ein- und ausatmeten. Seine aufgesprungenen Lippen fanden ihre. Es war ein sanfter Kuss, aber als er sich wieder von ihr lösen wollte, legte Maya die Hände um seinen Nacken. Er konnte nicht mehr weg. Jack gehörte ihr so lange, bis sie ihn wieder losließ.

Maya nahm ihn bei der Hand und führte ihn unter Deck, direkt in ihre Kabine. Dort zogen sie, einander scheue Blicke zuwerfend, die Reißverschlüsse ihrer Schutzanzüge auf und stiegen aus den Stiefeln. Jack legte sich auf ihr ungemachtes Bett und streckte die Hand nach ihr aus. Die Matratze war so schmal, dass sie sich beide auf die Seite legen mussten, um nebeneinanderzupassen. Maya küsste ihn innig und schob eine Hand unter die Schichten seiner dicken Kleidung, bis sie die Muskeln seines flachen Bauches ertastete. Kurz darauf waren ihre und seine Hände überall, sie zogen ein Kleidungsstück nach dem anderen aus, bis sie nur noch zwei Tierkörper waren, warm und wohlriechend und eng aneinandergedrückt.

»Soll ich …?«, flüsterte Jack.

Sie nahm den Kopf ein Stück zurück und sah ihn an. Auf seinen Lippen glänzte der Speichel.

»… ein Kondom aus meinem Zimmer holen?«, fragte er mit belegter Stimme und schloss die Lücke zwischen ihren Gesichtern ganz langsam wieder.

Gerade als er sie wieder küssen wollte, stieß sie ein schnaubendes Lachen aus. Sie konnte einfach nicht anders.

»Ich fühle mich sehr geehrt«, sagte sie. »Hoffentlich bin ich dein Notfallkondom wert.«

»Ich hab noch mehr.«

Sie musterte ihn so intensiv, dass er zugeben musste, eine ganze Schachtel mitgenommen zu haben. Jetzt musste Maya unkontrolliert kichern.

»Entschuldige«, sagte sie mehrmals, »entschuldige, aber du musst mich kurz entschuldigen.«

Als sie sich umdrehte, um aufzustehen, hielt Jack sie fest, bis sein Verstand seine Lust bezwang. Maya tastete nach ihren zerknitterten Jeans und dem Sweatshirt. Neben der Tür stand ein Paar Flipflops. Als sie in den Korridor huschte und in Richtung Bad verschwand, kicherte sie nicht mehr.

Eine ganze verdammte Schachtel, dachte sie. Maya konnte ein Kondom nachvollziehen, in der Kleingeldtasche seiner Brieftasche (denn welcher Mann kümmerte sich schon um Münzen?), aber eine ganze Schachtel? Schlief er so viel herum?

Maya ließ ihre Jeans auf die Knöchel rutschen und schlug sich gegen die Stirn. *Na und?,* dachte sie. Was für eine Rolle spielte es, *wenn er doch hier war, bei ihr,* und im Gegensatz zur trostlosen Einrichtung der *Healy* so schön und so sauber aussah? Maya sagte sich, dass sie für diese ganze Schachtel Kondome dankbar sein sollte. Schließlich wäre es so ziemlich das Allerdümmste, in dieser Situation schwanger zu werden. Wie zur Erinnerung sah Maya einen roten, angetrockneten Streifen an der Innenseite ihres Oberschenkels, der noch ein wenig klebrig war. Sie war früh dran mit ihrer Periode. Falls Jack es bemerkt hatte, hatte er nichts dazu gesagt.

Als Maya in die Kabine zurückkam, war er weg. *Na und?,* dachte sie wieder und ignorierte den kurzen Stich, das Gefühl des Verlusts. *Du hast ihn ausgelacht, und jetzt ist er weg. Damit bin ich wohl eine Kerbe weniger an seinem Bettpfosten.* Da ging die Tür auf und schloss sich rasch wieder hinter Jack. Er sah ihr nicht in die Augen und sagte auch nichts, sondern streifte nur die nicht zugebundenen Stiefel ab und setzte sich wieder aufs Bett, mit einem ebenso geduldigen wie unternehmungslustigen Gesichtsausdruck. Als sie ihn betrachtete und sich dabei vorstellte, was sie gleich tun würden, wurde ihr wieder ganz warm. Doch ehe sie es uneingeschränkt genießen konnte, gab es noch eine kleine Peinlichkeit zu klären …

»Kann sein, dass die weißen Laken ein bisschen Farbe abkriegen –«

»Schon gut«, sagte er rasch. »Wir waschen sie hinterher im Waschbecken.«

Maya lief in seine offenen Arme.

Ob er wohl bleibt?, fragte sie sich. (Wie viele Frauen haben sich diese Frage im Lauf der Jahrtausende schon gestellt? Wie viele werden es noch sein, bis die Zeit ausging?) In Mayas begrenzter Erfahrung war es besser zu gehen, als verlassen zu werden. Sie setzte sich auf und schwang die nackten Füße auf den kalten Boden.

»Ich muss arbeiten«, sagte sie fröstelnd.

Sie wussten beide, dass sie nicht arbeiten *musste,* sondern arbeiten *wollte* – und das bei Weitem nicht so dringend, als noch länger hier in seiner warmen Umarmung zu bleiben.

»Komm wieder ins Bett«, sagte Jack.

Er gähnte. Sogar mit verzerrtem Gesicht sah er unglaublich gut aus.

Nur noch ein bisschen, sagte sich Maya.

Es war herrlich, sich wieder an ihn zu kuscheln. Sie genoss die Gerüche ihrer Körper – säuerlichen Schweiß und ziemlich viel Deo –, es duftete wie ein französischer Käse. Seine Bartstoppeln und die weichen Lippen verzogen sich an ihrem Nacken zu einem Lächeln. Zweifellos kannte er seine Wirkung auf Frauen (und auf sieben Prozent der männlichen Bevölkerung noch dazu, schätzte Maya).

»John und Yoko haben den ganzen Tag zusammen im Bett verbracht«, sagte er erstickt. »Findest du das nicht romantisch?«

Seine Worte kitzelten auf ihrer Haut.

»Liebe ist nicht romantisch«, sagte Maya langsam. »Sie ist stärker.«

Sie dachte an ihre Eltern und wie sehr sie einander brauchten. Was als Romanze angefangen hatte, war zu einer Voraussetzung des Überlebens geworden. Maya war auf einen peinlichen Moment vorbereitet, aber Jack legte seine sehnigen Unterarme um sie. Es gefiel ihr, wie sein Geschlecht ihre Hinterbacken streifte.

»Das war nur das erste Mal«, flüsterte er schließlich. »Es wird besser.«

Maya glaubte ihm.

Sie lauschten ihrem Atem und den Vibrationen der Maschinen der *Healy*, bis sie plötzlich verstummten. Über die Lautsprecher kam eine Durchsage von Kapitän Weber: Die Marine hatte die *Healy* angewiesen, auf See zu bleiben und auf weitere Anweisungen zu warten.

18

RAUSCH

AN BORD DER *HEALY* IN DER BERINGSEE
2. NOVEMBER
T MINUS 91 TAGE BIS ZUM START

Sie zogen sich warm an, streiften die Schutzanzüge über und gingen nach draußen. Das Deck der *Healy* war von grellem Flutlicht erleuchtet. Jack sah noch einige andere Menschen, aber nicht so viele, wie er gehofft hatte. Diejenigen, die sich in ihre Kabinen zurückgezogen hatten, wurden immer unempfänglicher für alles, besonders wenn sie allein waren. Jack fühlte sich an die Adler erinnert, die im Hafen von Seward langsam ertrunken waren, ohne jede Gegenwehr, sie hatten nur noch ganz automatisch geblinzelt und geatmet.

Jack und Maya standen an der Reling der *Healy* und blickten nach oben. Der nächtliche Polarhimmel war unvergleichlich, die Vielfalt der Sternkonstellationen hatte Jack noch nie so hell, die Dunkelheit dazwischen noch nie so leer gesehen. Auf seinen Reisen war er schon an vielen fernen Orten gewesen, aber so entfernt war noch keiner je gewesen. Die grün leuchtenden Schleier der Polarlichter, die verträumt über ihnen schwebten, waren nur noch ein weiterer Beweis dafür.

Maya trat vor Aufregung praktisch auf der Stelle. Sie sagte, das Phänomen werde durch eine Wechselwirkung zwischen

Sonnenwind und atmosphärischen Gasen hervorgerufen, aber die physikalische Erklärung war nichts im Vergleich zu der fantastischen Erscheinung selbst. Jacks Fantasie suchte vergebens nach irgendwelchen irdischen Entsprechungen zu einem dermaßen intensiven Grün. Es erinnerte ihn an den hellgrünen Absinth, den er im French Quarter von New Orleans getrunken hatte. Er konnte den Wermut und den grünen Anis, der sich mit dem auflösenden Zucker mischte, beinahe auf der Zunge schmecken.

»Kennst du diesen Spruch?«, fragte ihn Maya. »Ich würde dich nicht heiraten, und wenn du der letzte Mann auf der Welt wärst!«

Jack lachte, bis ihm die kalte Luft in der Kehle wehtat.

»Und – stimmt das?«

Aber sie lächelte nicht.

»Ich weiß, dass ich dir gelegen komme«, gab Maya zu. »Aber ich habe beschlossen, dass es mir egal sein muss, warum du bei mir bist. Ich brauche dich viel zu sehr.«

Jack holte tief Luft und seufzte. Er versprach Maya, dass er die Worte aussprechen würde, aber sie musste ihm versprechen, dass sie sie nicht wiederholen würde. Er wusste nicht, warum, aber seine Beziehungen waren immer genau ab diesem Punkt den Bach runtergegangen. Maya runzelte die Stirn und sagte, dass sie nicht wisse, wer von ihnen beiden ihr mehr leidtun sollte. Jack nickte, legte aber trotzdem den Zeigefinger auf ihre zitternden Lippen. Er durfte das, was folgte, nicht vergeigen.

»Ich liebe dich.«

Näher am flachen Horizont und ein Stück von den Polarlichtern entfernt, erwiderte der Mann im Mond ihren Blick. Seine rechte Augenhöhle war ein Einschlagskrater, einer der größten im Sonnensystem, wie Maya bemerkte. Von einem kosmischen Einschlag getroffen zu werden, war nur eine Frage der Wahrscheinlichkeit.

»Mit einem normalen Teleskop könnten wir UD3 inzwischen wahrscheinlich schon sehen«, sagte sie und drückte sich an ihn.

Die Tatsache war so schrecklich, dass sie sie flüsterte.

»Jedenfalls stand es so in den Nachrichten, als wir oben in der Nähe des Nordpols waren. Jetzt findet man kaum noch aktuelle Berichte.«

Maya wandte sich plötzlich an Jack und fragte: »Hast du was von deinen Eltern gehört?«

»Ich hab dir doch gesagt, dass sie mir gemailt haben, als wir kurz vor dem Nordpol waren, aber ich möchte lieber nicht darüber reden.«

»Und seitdem?«

Jack erwiderte nichts, und sie ließ das Thema fallen. In Wahrheit hatte Jack den Aufenthaltsraum des Forschungsteams seit der Betreffzeile »Auf Wiedersehen« von seiner Mutter nicht mehr aufgesucht. Natürlich würde er ihre E-Mail noch lesen, auch andere, die danach gekommen waren, aber nicht jetzt. Er konnte es nicht. Absolut. Nicht. Deshalb hörte er nur zu, als Maya über die Welt im Filter des Internets und die schrecklichen Veränderungen redete, sagte aber nichts dazu.

Sie hörten leisen Singsang ganz in der Nähe. Jack drehte sich nach rechts um und sah eine der Coasties, den Kopf über die gefalteten Hände geneigt, ihre Lippen bewegten sich in einem halblauten Gebet. Auch viele andere christliche Gläubige hatten sich in letzter Zeit geoutet. Einige hatten gemeinsame Gebete im Hubschrauberhangar und tägliche Bibellesungen organisiert, die über die Lautsprecher verbreitet wurden.

»Glaubst du an Gott?«, fragte Jack Maya.

Sie hatten in den gemeinsam verbrachten Tagen und Nächten über so vieles geredet – aber darüber nicht. Jack war viele Male in ihrem Körper gewesen, und doch schien diese Frage zu persönlich.

»Ich wurde katholisch erzogen«, antwortete Maya nach einer langen Pause.

Das war keine Antwort, bestenfalls der Anfang einer Antwort. Jack fragte sich, ob Maya zu der beachtlichen Anzahl von Menschen gehörte, die die Existenz Gottes nicht verteidigen, sich von der Vorstellung seiner Existenz aber auch nicht trennen konnte. Schließlich erschien eine Welt ohne ein höheres Wesen zwar sinnvoller, aber es war auch die trostlosere Alternative.

Jack war episkopalisch erzogen worden und zur Sonntagsschule in eine Steinkirche mit Buntglasfenstern gegangen. Mit zunehmendem Alter hatte ihn sein Glauben, ohne dass er es gemerkt hätte, nach und nach verlassen, bis er einen Wendepunkt erreicht hatte. Damals war Jack in Darfur stationiert gewesen und hatte mit vier anderen Fotografen und Fotografinnen und einem gemeinsamen Dolmetscher ein Flüchtlingslager dokumentiert. Die Geschichten der Überlebenden waren entsetzlich: Völkermord, Kindersoldaten, Massenvergewaltigungen, Verstümmelung, Sklaverei … Jack sah ein Kleinkind von nur ein paar Jahren mit von Unterernährung aufgeblähtem Bauch, aus dessen kahlem Schädel ein parasitärer Guineawurm wie Spaghetti heraushing.

Umgeben von dem Gemetzel, das Menschen einander antaten, zusätzlich zu dem wahllosen und sinnlosen Leiden, aus dem das Leben bestand, erreichte Jack ein Stadium der Überlastung. Ein anderer Fotograf, ein richtig abgebrühter Profi mit Cockney-Akzent und einem schrägen Sinn für Humor, sah Jack dort stehen und ins Leere starren. »Welcher Gott uns auch erschaffen hat, er ist hinterher auf gar keinen Fall länger hiergeblieben, Alter«, sagte der Mann und gab ihm einen Klaps auf den Rücken. In diesem Augenblick verabschiedete sich auch der Gott in Jack. Er kannte den Spruch: *Im Schützengraben gibt es keine Atheisten,* aber da stand er nun, ein Veteran der Kriegsgebiete, des Granatfeuers und der Schusswechsel.

»Tu mal einen Moment so, als würdest du nicht glauben …«, bat Jack Maya.

Er wollte nichts diskutieren, worüber er für sich bereits entschieden hatte. Er wollte über die Dinge reden, für deren Lösung Gott überhaupt erst erfunden worden war: Chaos, Bedeutungslosigkeit, Leid und einen Tod ohne Himmel …

»Was bleibt dann von uns?«, fragte Jack. »Sind du und ich bloß Sternenstaub, der laufen und sprechen kann?«

Maya kniff die Augen zusammen und grübelte eine ganze Weile darüber nach. Dann erzählte sie ihm von ihrer Zeit als Doktorandin bei Dr. Charles Brodie, dem führenden Wissenschaftler an Bord der *Healy.* In seinem Büro in Berkeley lag ein Bildband mit Hochglanzbildern, die das Hubble-Teleskop aufgenommen hatte. Maya hatte eines Tages darin geblättert, als er einen dringenden Anruf entgegennehmen musste.

»Ich habe diese riesigen Säulen aus leuchtendem Gas und neugeborenen Sternen gesehen«, sagte sie. »Die größte … Sache, die es überhaupt gibt, etwas Grandioseres hatte ich noch nie gesehen und auch sonst niemand. Und es war so wunder-, wunderschön. Neongelb, türkis, rosa … Erst später habe ich erfahren, dass es digital eingefärbt war«, sagte sie grinsend. »Da kam ich mir ein bisschen hintergangen vor. Zuerst.«

Maya sagte, dass sie darüber nachdachte, was sie da tatsächlich sah: Die Geburt und den Tod von Sternen, die siebentausend Lichtjahre entfernt und auf digitale Weise von einer unglaublichen Meisterleistung der Bildtechnologie eingefangen worden waren und denen man dann beim Retuschieren die Farben tropischen Meereslebens beigemischt hatte, anschließend war das alles gedruckt und gebunden und in einer Buchhandelskette gegen einen bestimmten Betrag einer Geldwährung eingetauscht und schließlich zu einem Hochzeitstag verschenkt worden. Waren das Buch und seine Bilder einfach nur umgestalteter Sternenstaub, oder betrachtete Maya da ein Wunder jenseits aller Vorstellungskraft?

Sie unterbrach sich jäh. Ihr Mund blieb halb offen stehen.

»Ich habe gerade den Streifen eines Satelliten gesehen«, sagte sie. »Vielleicht war es …«

Sie versuchte, den Himmel aus dem peripheren Gesichtsfeld zu betrachten.

»Vielleicht waren sie es?«

»Wer?«, fragte Jack und legte den Kopf in den Nacken.

»Die Internationale Raumstation«, antwortete Maya traurig. »Ich habe online gelesen, dass die Besatzung nicht mehr evakuiert werden könne.«

Jack wollte wissen, wie das sein könne, da sie doch von irgendwas dort hinaufgebracht worden seien. Maya schüttelte den Kopf.

»Sie sind immer noch dort. Ich glaube, sie werden immer da oben bleiben.«

Jack gefiel die Vorstellung einer geisterhaften Raumstation, in der die Leichen wie Gespenster herumschwebten, überhaupt nicht. Als die Kälte nicht mehr auszuhalten war, nahm er Maya an der Hand und führte sie wieder nach drinnen. Sexuelle Beziehungen waren auf der *Healy* eigentlich verboten, aber inzwischen gab es wichtigere Probleme als Vorschriften. In den in rotes Licht getauchten Gängen sahen sie Ned aus einer Toilette herausstolpern. Jack fragte ihn, ob er schon an Deck war, um sich die Nordlichter anzusehen.

»Die hab ich schon öfter gesehen«, antwortete Ned. »Ich musste erst mal ausführlich pissen.«

Maya blieb stehen und zog an Jacks Hand. Sie legte den Kopf ein wenig zur Seite und musterte Ned genauer.

»Sind Sie betrunken?«, fragte sie mit leicht hochgezogenem Mundwinkel.

Ned schnaubte verächtlich und zuckte die Achseln.

»Mann«, sagte Jack, »dabei dachte ich immer, *ich* sei der Querulant.«

»Bist du auch«, meinte Ned und schaute auf die verschlungenen Hände des Paars. »Aber jetzt ist sowieso alles scheißegal. Ein paar von uns haben sich an die Vorräte gemacht, die wir immer für die Landgänge aufbewahren. *Rauch das Zeug, solange es noch da ist*, so auf die Art.«

Jack fiel der Flachmann ein, den er in seiner Reisetasche versteckt hatte.

»Ich hab noch was!«, sagte er.

»Ich auch!«, sagte Maya.

Sie grinste breit und zeigte ihre aufregenden Schneidezähne. Ned lächelte zurück und nickte.

»Kommt ihr mit in den Coastie-Raum?«, fragte er, dann machte er kehrt und schlenderte den Gang hinunter. »Und bringt eure Querulanten-Freunde mit.«

Jack und Maya sahen einander verdutzt an. Die beiden Aufenthaltsräume waren streng voneinander getrennt und für die jeweils anderen verboten.

»Mal sehen, ob ich ein paar Leute aus dem Forschungsteam aus ihren Kabinen lotsen kann«, sagte Maya.

Es war ein hervorragender Grund, um an die Türen zu klopfen und den anderen zuzurufen, dass sie aufhören sollten zu weinen und in diesem existentiellen Albtraum zu ertrinken, um sich stattdessen mit den Coasties sinnlos zu betrinken.

»Wir treffen uns vor meiner Tür«, sagte Jack und flitzte zu seiner Kabine.

Gustavo sah zu, wie Jack in seiner Tasche herumkramte. Dann lud ihn der junge Mann zum Mitkommen ein.

»Sie sollten wirklich mal raus hier«, sagte Jack mit gesenktem Kopf. »Wird bestimmt lustig. Und Ihnen tut es gut, mal aus dieser vollgestopften Kabine rauszukommen.«

Jack fand das, wonach er gesucht hatte, und hielt es in die Höhe: einen silbernen Flachmann.

»Ich komme mit«, sagte Gustavo.

»Wie bitte? Im Ernst?«

Jack blinzelte und fragte, ob Gustavo es ernst meinte. Der nickte und streckte die Hand nach der Flasche aus. Es sah ganz so aus, als würde er einen ordentlichen Schluck daraus trinken. In Wahrheit jedoch öffnete Gustavo nicht einmal die Lippen. Bei hochprozentigem Alkohol musste er sich übergeben, und dann wurde er ohnmächtig. Trotzdem wollte er nicht kneifen. Besäufnisse waren ein wichtiger Teil des gesellschaftlichen Lebens. Zumindest war es bei seinem Volk immer so gewesen, den Wayãpi vom Amapari-Fluss im Regenwald des Amazonas.

In seinem Dorf wurde Caxiri-Bier aus Maniok, Süßkartoffeln und dem Speichel aus süßen Frauenmündern gebraut. Ausnahmen galten nur für Kranke, für diejenigen, die die schamanischen Rituale praktizierten und für menstruierende oder schwangere Frauen. Von allen anderen wurde erwartet, dass sie teilnahmen. Die Gelage fingen immer mit dem Bemalen der Körper an, bei denen rote *urucu-* und schwarze *genipa*-Farbe benutzt wurden. Dann trank man, bis man sich übergeben musste und so Platz für mehr Bier schaffte. In der Abenddämmerung und dann wieder bei Sonnenaufgang wurde im Schein flackernder Harzklumpen getanzt und gesungen. Es war eine Zeit der Ausgelassenheit und der Freiheit von Verboten.

Natürlich hatten diese Besäufnisse auch ihre Schattenseiten: Streitereien brachen aus, ein Mann schlug seine Frau, man fand einen an einem Baum aufgeknüpften Jugendlichen. Aber der Schmerz gehörte dazu und wurde angenommen. Schmerz war eine Gewissheit im Leben, Freude hingegen … Freude war dieser schöne, flüchtige Zustand, dem man stets hinterherjagte.

Als Gustavo ihm die Flasche zurückgab, lächelte Jack seinen Zimmergenossen freundlich an.

»Mein Freund«, sagte Jack, »du steckst voller Überraschungen.«

Es klopfte leise an die Tür. Jack ging hin, gab Gustavo aber zu verstehen, dass er ihm folgen sollte. Draußen im Gang standen zwei Menschen in Schein der roten Nachtbeleuchtung. Einer war ein junger, großer, bärtiger Weißer. Die andere war Maya, die kleine hübsche Frau, der Gustavo schon einmal kurz in der Tür begegnet war, während Jack in seinem Schrank herumgewühlt hatte. So, wie Mayas Körper keinen Abstand von Jack hielt, wie sie ihren Blick von Jack wegreißen musste, um Gustavo in die Augen zu sehen, wusste Gustavo, dass die beiden ein Paar geworden waren.

Jack schlief nicht mehr in ihrer gemeinsamen Kabine, aber

er war nicht völlig verschwunden. Er hatte sein Gepäck noch dagelassen und kam immer wieder, um frische Sachen zu holen und Gustavo mit Essen aus der Kantine zu versorgen. Manchmal kam er auch ohne Grund in ihre Kabine, wahrscheinlich einfach nur, um nach Gustavo zu sehen.

»Sir?«, sagte der bärtige Fremde hinter Maya. »Wenn ich Sie darum bitten darf?«

Er reichte Gustavo feierlich ein Buch und einen Kugelschreiber. Gustavo schlug den Einband auf und erblickte seinen eigenen Namen. Es war seine berühmteste Gedichtsammlung *Die Majestät.* Auf dem Einband prangte die grobe Skizze eines brasilianischen Nussbaumes mit seinen Wurzeln und Zweigen, die immer weiter und weiter reichten. Gustavo hatte sich geweigert, die Sammlung ohne diese Zeichnung auf dem Einband zu veröffentlichen.

»Wie heißen Sie?«, fragte Gustavo und klappte zur Titelseite auf.

»Carl«, antwortete der junge Mann.

»Wussten Sie, Carl, dass ein Freund von mir das Bild auf dem Einband vor vielen Jahren gemalt hat? Er hieß Zé Claudio.«

Gustavo sagte nicht, dass es sich um einen toten Freund aus dem brasilianischen Bundesstaat Pará handelte, einen ermordeten Freund, der zusammen mit seiner Frau auf ihrem Motorrad gestorben war. Die beiden dicht aneinandergedrängten Körper hatten ein leichtes Ziel abgegeben.

Mehr als fünfundzwanzig Coasties hatten sich in ihrem Pausenraum versammelt. Maya erblickte Ned an einem runden Tisch in der Ecke beim Kartenspielen. Sobald er die kleine

Gruppe – zwei Forschende und zwei Gäste – an der Tür stehen sah, lächelte er und rief: »Die gehören zu mir!«

Links von ihm saß »Ralph«, die Mann-über-Bord-Übungspuppe der *Healy*, aufrecht auf einem Stuhl mit am Tisch. Ned hatte den Arm um den Dummy gelegt und hielt seine Karten so, dass beide hineinschauen konnten. Rechts von Ned saß Malcolm, der Kranführer, der Maya hinter seinen dicht an den Körper gehaltenen Karten anlächelte. Malcolm wirkte deutlich nüchterner und hatte auch deutlich mehr Pokerchips vor sich liegen.

Die anderen Coasties im Raum musterten sie freundlich und reichten mit trüben Augen Flaschen und Flachmänner herum. Maya hielt ihre Flasche Rotwein gut fest. In der Tasche ihres Sweatshirts hatte sie einen Korkenzieher, aber es kam ihr nicht richtig vor, die Flasche ohne Charlie zu öffnen. Sie hatte versucht, ihn aus seiner Kabine zu locken, aber er hatte nicht auf ihre Bitten vor der Tür geantwortet. Als sie sich gebückt und durch das Loch in seiner Tür gelinst hatte, waren lediglich ein leerer Schreibtisch und Dunkelheit zu sehen gewesen.

Zwei Frauen kamen zu ihnen und sagten, dass sie sich sehr freuten, Gustavo gesund und munter zu sehen. Eine von ihnen war Fähnrichin Camila Ortiz, die andere Fähnrichin Leigh Ann Gates vom Moralkomitee, die laut hickste und sich die Hand vor den Mund schlug. Maya ergriff die Gelegenheit und bat sie, nach dem leitenden Wissenschaftler zu sehen. Die beiden zogen beflissen los, und man hörte ihren Schluckauf im Gang verschwinden.

Maya zog den Korkenzieher hervor, und Jack bot ihr seine Hilfe an.

»Das schaff ich schon«, versicherte sie ihm. »Geh spielen.«

Was er auch tat. Jack ging zum Pokertisch und setzte sich

auf Ralphs Schoß. Er bot seinen Flachmann an und machte einen Witz über Lippenherpes. Die Spieler am Tisch lachten und kicherten laut. Es war schwer, Jack nicht zu mögen. Maya hatte es versucht und war dabei kläglich gescheitert. Als hätte er ihren Blick auf sich gespürt, drehte er sich um und lächelte. Jede Stunde, die sie zusammen verbracht hatten, hatte die Intensität von sieben Stunden. Jetzt, in der Angst vor UD3, lebten sie in Hundejahren.

Auf dem langen Tisch in der Raummitte standen Styroporbecher, die wahrscheinlich aus der Rösterei stammten. Carl, der Postdoc, brachte einen Stapel zu Maya, die kleine Portionen Wein hineingoss und weiterreichte. Alle prosteten ihr dankbar zu.

»Auf die Arktis«, sagte Maya und hob ebenfalls ihren Becher.

Der Wein schmeckte köstlich. Maya schloss kurz die Augen und dachte an zu Hause. Als sie sie wieder öffnete, bot ihr ein Coastie einen Schluck aus seinem eigenen Flachmann an. Maya nahm an und zuckte bei dem brennenden Schnaps zusammen. Mehr Flaschen und Flachmänner machten die Runde. Je mehr Schnaps und Speichel sie miteinander teilten, desto mehr schlugen sie sich auf den Rücken und kamen sich vor, als wären sie schon ewig befreundet.

Bei ihrem geringen Körpergewicht und da sie ohnehin wenig vertrug, brauchte es nicht viel, damit Maya betrunken wurde. Normalerweise war sie nicht sehr gut bei Partys, aber sie versuchte, mit allen zu reden und sich die Namen und Dienstgrade zu merken. Sogar der Dichter Gustavo war gesprächiger geworden, obwohl sein Styroporbecher mit dem Wein nicht leer zu werden schien. Niemand wollte über die Familien in der Heimat reden, also redeten sie über ihre große Ersatzfamilie auf der *Healy.* Eine ganze Weile hatten sie genug zu trinken und genug Abenteuergeschichten auf Lager. Man fand Trost im jeweiligen Gegenüber und in der Hoffnung, dass alles wieder normal werden würde.

Die Unterhaltungen erstarben, als die beiden Fähnrichinnen mit ernsten Mienen zurückkamen. Fähnrichin Ortiz sprach Spanisch mit Maya, als wären sie allein. Camila verkündete allen anderen mit angespanntem Gesicht, dass Dr. Charles Brodie verschwunden sei. Maya schüttelte den Kopf.

»Als er nicht geantwortet hat, haben wir seine Tür aufgemacht«, flüsterte Fähnrichin Gates und sah zwischen den beiden Spanischsprecherinnen hin und her. »Er war nicht da. Wir haben auf mehreren Decks nach ihm gesucht. Wenn er nicht doch noch auftaucht, müssen wir davon ausgehen, dass er über Bord gesprungen ist.«

Camila gab Maya ein zusammengefaltetes Stück Papier, das der Wissenschaftler auf seinem Schreibtisch zurückgelassen hatte. Maya erkannte Charlies Krakelschrift sofort:

Maya,
es tut mir schrecklich leid. Aber ich glaube, ich verliere den Verstand.

19

DURCH EIN TELESKOP

KOUROU, FRANZÖSISCH-GUAYANA

19. NOVEMBER

T MINUS 74 TAGE BIS ZUM START

Ben verrenkte sich fast den Hals, als er im größten Reinraum der Nutzlastabteilung stand und nach oben zu zwei gewaltigen Solaranlagen blickte. Sie bestanden jeweils aus fünf untergliederten Platten, die von parallel zueinander verlaufenden Gestängen gehalten wurden. Ben, Chuck und Jin-soo standen zwischen ihnen und drehten sich im Kreis, um nach Möglichkeit einen umfassenden Blick darauf zu bekommen. Die Anlagen maßen von einem zum anderen Ende über dreißig Meter, alles glänzend schwarze Solarzellen, die sich wie Schuppen auf einem Drachenflügel aneinanderschmiegten.

»Die Anlagen sind so gut wie fertig«, sagte Jin-soo mit gedämpfter Stimme hinter seiner Maske.

Alle Technikfachkräfte mussten weiße Reinraumanzüge, die sie »Hasenanzüge« nannten, tragen, dazu Gesichtsmasken, Kapuzen, Handschuhe und Stiefel.

»Sie werden innerhalb eines Monats fertiggestellt und getestet sein. Schneller als geplant.«

»Beeindruckend«, musste Ben zugeben.

Das Licht, das Jin-soos Augen erstrahlen ließ, erlosch sogleich wieder, als er an die grausame Wirklichkeit dachte:

Beeindruckend, ja, aber es reichte nicht. Ein Antrieb mit Solarkraft war langsam und verschaffte ihnen keine Zeit, um das HYCIV, das hyperschnelle Kometenabfangvehikel, fertigzustellen. Genau dieser Faktor diktierte den Termin des 1. Februar als Starttag, bis zu dem der Countdown bereits lief. Reflexartig schaute Ben auf seine Armbanduhr. Und dann noch einmal, als Jin-soo und Chuck auf den angrenzenden Reinraum zugingen.

»Love!«, rief Ben laut.

Sie war zwischen mehreren Technikteams hin- und hergewechselt und hatte zwischen den verschiedenen Sprachgruppen übersetzt. Ungefähr hundert Leute waren hier drinnen, mehr waren nicht zulässig, wenn man ein noch kontrollierbares Maß an Kontaminierung gewährleisten wollte. Nachdem Ben sie zur Tür gewinkt hatte, kam Love zu ihm herüber.

»Die Technik sagt, dass die Sonnensegel früher als erwartet fertig werden«, sagte sie. »Das ist gut, oder?«

Ben gab ein nicht näher definierbares Geräusch von sich, das so ähnlich wie *Hmm* klang. Wie zur Beantwortung von Loves Frage wurde im Raum nebenan ein teilweise zusammengebautes HYCIV auf einen Transportwagen gehievt. Sein äußerer Rahmen bestand aus einem Würfel von etwa zweieinhalb Meter Kantenlänge, dessen innere Funktionen noch entblößt waren. Zwei Techniker lösten sich aus einer größeren Gruppe rings um das Raumfahrzeug. Ben brauchte ein paar Sekunden, um in ihnen Ed und Stan (aka Pferdeschwanz) aus dem Kernteam zu erkennen. Sie stellten sich neben Jin-soo und warteten schweigend und mit hängenden Schultern ab.

»Love, walte deines Amtes«, sagte Ben leise. »Bitte.«

Love sah ihn misstrauisch an, dann ging sie zu den Technikern, die um das HYCIV herumstanden und Korrekturen vornahmen. Sobald sie außer Hörweite war, verkündete Jin-soo den aktuellen Stand der Dinge. Sein Team musste das Raumfahrzeug entwerfen und entwickeln, während es bereits zusammengebaut wurde, weil ihnen die Zeit fehlte, um die erforderlichen Schritte einen nach dem anderen zu machen. Mit aschfahler Haut und zusammengekniffener Stirn erklärte Jin-soo eine Fehlberechnung, die sein Team wertvolle Umarbeitungszeit kosten würde.

»Meine Angst besteht darin«, sagte Jin-soo leise, »dass wir entweder das HYCIV nicht rechtzeitig zum Starttermin fertigkriegen oder dass wir die Produktion so überstürzen, dass es nach Fertigstellung nicht funktioniert.«

»Das befürchten alle«, seufzte Ben.

Der Mann nickte. Niemand widersprach, als Jin-soo rasch zu den neuesten Modifikationen überging. Es war für alle ein besseres Gesprächsthema.

Unter anderen Umständen hätte Ben gegenüber Ablenkungen, Heuchelei und Schwachsinn aller Art null Toleranz gezeigt, aber beim Bündnis mussten alle den Elefanten im Reinraum einfach ignorieren, auch wenn dieser Elefant dreist Zigarren rauchte, laut trompetete und unanständige Witze erzählte, während er eine gigantische Erektion zur Schau stellte. *Welcher Elefant? Ich sehe keinen Elefanten. Nö, hier ist kein Elefant.* Weil sie die Hoffnung einfach aufrechterhalten mussten. Ohne Hoffnung waren sie wahrscheinlich tot, womöglich ausgerottet.

Das Letzte, woran Ben sich noch deutlich erinnerte, waren seine Überlegungen zu Kometen und Satelliten, ganz weit hinten in seinem Hinterkopf. Man ging allgemein davon aus, dass einer dieser Fremdkörper die Urerde getroffen und dabei die organischen Moleküle zurückgelassen hatte, aus denen die Bausteine des ersten Lebens geworden waren. Jetzt drohte so ein Fremdkörper, die gesamte brillante Schöpfung der vergangenen 3,8 Milliarden Jahre auszuradieren. Derjenige, der gesagt hatte *Der Herr gibt, und der Herr nimmt auch wieder,* hatte offensichtlich keinen Witz machen wollen.

Danach kam die Dunkelheit, dasselbe große Nichts der Bewusstlosigkeit. Als Ben wieder zu sich kam, hatte er immer noch dieses Gefühl, zu fallen und sowohl das Gleichgewicht als auch die Orientierung verloren zu haben. Als er die Augen aufschlug, stützte Chuck ihn, so gut es ging.

»Du wärst fast wieder in Ohnmacht gefallen«, erklärte er.

»Ach Quatsch.« Ben richtete sich aus eigener Kraft wieder auf. »Jin-soo sprach gerade über den Führungssprengsatz –«

»Das war vor zehn Minuten«, sagte Chuck.

Ben hätte schwören können, dass überhaupt keine Zeit vergangen war, aber die Digitalanzeige auf seiner Uhr verriet ihm etwas anderes. Jin-soo blickte zu Boden.

»Vielleicht solltest du mal schlafen«, meldete sich Stan zu Wort.

»Vielleicht solltest du mal diesen erbärmlichen Pferdeschwanz abschneiden, Herrgott noch mal!«

Mehrere Angestellte des Technikteams unterbrachen ihre Arbeit und sahen zu dem Geschrei herüber.

»Du hast ihn abgeschnitten!«, schrie Pferdeschwanz und zeigte auf die Kapuze seines Schutzanzuges. »Mit einer Schere! Du hast darauf bestanden!«

Hab ich das wirklich gemacht?, fragte sich Ben. Verschwommene Bilder aus Erinnerungen oder Träumen spulten sich in seinem Kopf ab. *Mann, Scheiße, vielleicht hab ich das wirklich gemacht …*

»Geh ins Lager«, sagte Chuck.

»Ich kann draußen bei den anderen schnell ein Nickerchen machen –«

»Ich rufe dir einen Jeep.«

Ben wollte protestieren, aber Chuck ließ ihn einfach stehen und bat die anderen Forschenden um eine Unterredung. Jin-soo schloss nur ganz kurz erleichtert die Augen, ehe er zu seiner Arbeit zurückkehrte und die Last wieder schulterte.

»Pass auf dich auf«, sagte Chuck zu Ben, »denn ich will deinen Job wirklich nicht haben. Zwing mich nicht dazu.«

Chuck drehte sich um, aber Ben packte ihn mit beiden Fäusten am Anzug. Sie hatten es noch nicht geschafft, nicht bei einer solchen Bedrohung. Chuck stieß ihn so heftig, dass Bens Griff sich löste und er rückwärts zu Boden ging. Sie hatten sich noch nie körperlich gemessen, da ihre Auseinandersetzungen sich nur auf dem intellektuellen Feld abspielten. Als Chuck jetzt wütend vor Ben stand, wurde ihnen beiden auf einmal klar, dass er Ben mit bloßen Händen umbringen könnte. Ben sah seinen Freund mit tränenerfüllten Augen an wie ein im Stich gelassenes Kind. Chucks Züge besänftigten sich rasch wieder. Er half Ben wieder auf und hielt ihn an der Schulter.

»Tut mir leid«, sagte Chuck.

»Mir auch«, erwiderte Ben, und eine Träne rann ihm über den Nasenrücken. »Ich bin einfach nur so müde …«

Er fing an zu kichern.

»Weißt du noch, an dem Abend, nachdem ich das Manöver ›Kopf einziehen und in Deckung gehen‹ vorgeschlagen habe? Damals, 2014?«

Ben war der Erste gewesen, der auf die ursprüngliche Flugbahn des Kometen *Siding Spring* mit einem komplett ausgearbeiteten Vorschlag, der eine Führungsrolle der NASA empfahl, reagiert hatte. Ben hatte die Koordinaten geliefert, mit denen sich die drei Orbitalsatelliten der NASA auf die andere Seite des Mars steuern ließen, um den Planeten als Schutzschild vor Kometenstaub zu benutzen, was Schäden von vielen Millionen hervorgerufen hätte.

Der Vorschlag war nur der Anfang gewesen. Als die NASA sofort zustimmte, hatten Ben und sein JPL-Team einen Fuß in der Tür. Er wusste noch, dass er vor seinem Büroschreibtisch einen Schlafsack ausgerollt hatte. Als er in den Flur geschaut hatte, sah er Chuck in Schlafanzughosen mit aufgedrucktem Budweiser-Logo vorbeigehen und sich dabei die Zähne putzen. Bevor sie sich für ein paar Stunden hinlegten, hatte Ben auf dem Festnetz in seiner Wohnung angerufen, und zum ersten Mal hatte Amy auf der anderen Seite abgenommen. Sie war gerade mit ihrem gesamten Krempel dauerhaft bei ihm eingezogen. *Wann kommst du nach Hause?*, wollte sie wissen. Ben erinnerte sich daran, dass sie dieses wohlige Wort benutzt hatte.

»Damals dachten wir, *dieser* Komet wäre die Bewährungsprobe unseres Lebens!«, kicherte Ben.

Chuck sah aus, als wollte er Ben umarmen, wüsste aber nicht wie. Er drückte Bens Schultern, bis sie wehtaten.

»Wenn uns jetzt jemand retten kann, dann du«, murmelte Chuck.

Ben ließ den Kopf in stummer Demut sinken. Dass er einen echten Freund hatte, der an ihn glaubte und ihm den ganzen Planeten anvertraute, war keine Selbstverständlichkeit. Für einen kurzen Moment verstummten sämtliche zweifelnden und hysterischen Stimmen in seinem Kopf.

»Rufst du Amy an und sagst ihr, dass ich zum Penthouse komme?«, flüsterte er schließlich.

»Penthouse« war der Spitzname, den Ben Loves privater Besenkammer im ersten Stock des Raumfahrtmuseums gegeben hatte. Nachdem die drei sich rasch angefreundet hatten, einander halfen und gleichermaßen aneinander hingen, hatte Amy gefragt, ob das Paar sich Love zu einem Mittagschläfchen anschließen könne. Es überraschte Ben nicht allzu sehr, dass Love einverstanden war. Amy erreichte fast immer, was sie wollte. Inzwischen kuschelten sich die drei manchmal in ihren Schlafsäcken aneinander wie ein Rudel Tiere in seiner sicheren, warmen Höhle.

Ben schlurfte entmutigt und besiegt aus dem großen Reinraum. Kurz darauf kam Love zu ihm in den Umkleideraum.

»Warum muss ich dich immer hinausbegleiten?«, murrte sie, als sie Masken und Handschuhe abstreiften und die Hasenanzüge aufhängten. »Ich bin Dolmetscherin, keine Polizistin.«

»Weil du cooler und Angst einflößender bist als irgendeiner von uns Nerds«, antwortete Ben. »Außerdem bist du meine Freundin. Deshalb höre ich auf dich.«

Sie passierten mehrere Feuerschutztüren und verließen die Nutzlastabteilung, die aus mehr als fünfzehn Gebäuden bestand, die wie zusammengesteckte Schuhkartons aussahen. Love wollte etwas sagen, ließ es dann aber sein, als zwei der Technikfachkräfte ihnen entgegenkamen. Offensichtlich wollte sie mit Ben allein reden, was nichts Gutes bedeutete.

»Was meinst du – wie übel sieht es wohl da draußen aus?«, fragte sie, sobald sie allein waren. »Jetzt, wo es alle wissen?«

»Wo draußen?«

»In der Welt.«

»Love, daran dürfen wir nicht denken. Wir müssen uns über so viele andere furchtbare Dinge Gedanken machen.«

»Für dich ist es einfach. Du hast Amy hier bei –«

»Meine Eltern sind da draußen«, erwiderte Ben. »Meine

Schwester und ihre Kinder sind da draußen. Ich habe Tanten, Onkel, Cousins. Die ganze Sippe.«

»Ich habe nur eine Person da draußen«, flüsterte Love. »Aber sie bedeutet mir alles.«

Ihre Lippen bebten stumm, ihre Augen suchten den Nachthimmel. Ben weigerte sich, ihrem Blick zu folgen, er weigerte sich, zu diesem verdammten Kometen hinaufzusehen. UD3 war inzwischen mit jedem Amateurteleskop einigermaßen gut zu erkennen. Er sah wie ein schwacher Stern aus. Aber wenn er, Ben, hier versagte, würde sich dieser Lichtfleck, der kaum größer als eine Nadelspitze war, zu einer Apokalypse von acht Kilometer Durchmesser entwickeln.

Alle starrten jetzt ins Weltall. Die Trupps, die an den Toren des Zentrums Wache standen, die Mitglieder der Technikteams, die auf dem Parkplatz des Raumfahrtmuseums vor den Duschen Schlange standen – alle bis auf Ben. Er musste nicht nach oben sehen, um zu spüren, was alle spürten. Den Tod machte normalerweise jeder mit sich allein aus, die Auslöschung ging sie alle gemeinsam etwas an. Ben wusste, dass er egoistisch war, wenn er sich damit tröstete, aber Kummer freute sich über jede Gesellschaft, die er kriegen konnte.

Als ein Jeep herankam, blieb Love wie angewurzelt stehen, aber Ben wollte die fünf Kilometer zum Raumfahrtmuseum nicht allein fahren. Auf dem Rücksitz saß der Chef des Logistikteams, der die Fahrt nutzen wollte, um sich kurz mit Ben zu unterhalten. In seinem früheren Leben, vor dem Kometen, hatte der stets sehr förmliche Mr. Kandegedara als Untergeneralsekretär für Einsatzunterstützung bei der UN gearbeitet. Ben war dem Sri Lanker bisher nur einmal begegnet, bevor sich der Mann mit seinem Team im Verwaltungskomplex verschanzt hatte. Logistik funktionierte immer am besten ganz unauffällig, mit Ausnahme des Wunderwesens namens

Infrastruktur, Personal, Abläufe, Planung etc. des Abwehrbündnisses.

Ben kletterte auf den Rücksitz des Jeeps und wartete. Der Mann sah in seinen fließenden weißen Leinensachen sehr ernst, aber auch sehr gelassen aus. Er hatte beide Hände über den geschlossenen Sicherheitsgurt gelegt, an der oberen Hand trug er eine goldene Uhr und einen Ehering.

»Der Nachschub an Nahrungsmitteln entwickelt sich zu einer unserer größten Sorgen«, sagte Kandegedara mit schwerem Akzent und sah Ben direkt an. »Aber wir haben die Situation, so gut es geht, im Griff.«

Eigentlich wollte er an dieser Stelle nicht weiterreden. Die Logistik- und Sicherheitsteams waren die Einzigen mit Zugang zu Kommunikation und Transportmitteln über die unmittelbaren Grenzen des Bündnisses hinaus. Alle anderen erfuhren nur das, was sie unbedingt wissen mussten.

»Sie können mir auch gleich sagen, was schiefläuft«, sagte Ben. »Sonst fange ich an zu raten und stelle Hypothesen auf. Ich kann nicht anders. Dafür werde ich bezahlt.«

Kandegedara nickte. »Medizinische Hilfsmittel sind kein Thema«, fing er an. »Wir haben Zugriff auf die Lagerbestände der Seuchenschutzbehörde.«

Das war's dann auch schon mit den guten Nachrichten. Kandegedara berichtete, dass die meisten Nahrungsmittel inzwischen wegen Hamsterkäufen und Plünderei nicht mehr zu bekommen seien. Verzweifelte Menschen verließen millionenfach die großen Städte, um sich über die landwirtschaftlichen Flächen und den Viehbestand herzumachen. Kandegedara hatte, wie auch alle führenden Persönlichkeiten in der Politik, versucht, mehrere wichtige Landwirtschaftsgürtel abzuriegeln, aber vergeblich. Die Flächen waren viel zu groß und lagen zu weit voneinander entfernt, um sie gegen bewaffnete Bürgerschaft zu verteidigen, schon gar nicht nachts. Dort, wo nur schwach verteidigt wurde, gab es massive Verluste. Schickte man immer mehr Streitkräfte in diese Gebiete, mussten diese selbst vom Ertrag dieser Ländereien versorgt werden, was dem Sinn und Zweck der ganzen Aktion zuwiderlief.

»Das würde ich nicht als größere Sorge bezeichnen«, murmelte Ben. »Das ist eine Krise.«

Kandegedara nickte und fuhr fort.

»Die Abwehraktion hat natürlich allererste Priorität. Wir erhalten sämtliche Erstversorgungsmittel der UN, des Roten Kreuzes und der Katastrophenschutzbehörde. Was die Welt angeht … der Mittlere Westen der USA meldet rekordverdächtige Regenfälle, die die Ernte vernichtet haben. Unserer Schätzung nach reichen die vorhandenen Getreidevorräte auf der Welt ohne eine weitere Ernte noch für einundneunzig Tage, aber diese Vorräte sind nicht gleichmäßig verteilt. Die Hälfte befindet sich in China –«

»Halten wir bis zum Start am 1. Februar durch?«, fiel ihm Ben ins Wort.

»Wahrscheinlich. Wenn wir unser Wachstum begrenzen –«

»Frieren Sie es ein«, sagte Ben. »Keine weiteren Angestellten mehr. Keiner kommt mehr rein, wenn nicht einer dafür rausgeht.«

Der Mund des Mannes klappte langsam auf, aber es kamen keine Worte heraus. Ben sah, wie er mit seinem Daumen nervös am Ehering an derselben Hand drehte.

»Es muss sein«, sagte Ben etwas sanfter.

Aber die Augen des Mannes blickten weit in die Ferne, zu jemandem, der ihm sehr nahestand.

Amy schüttelte ihn plötzlich in seinem Schlafsack.

»Was ist?«, krächzte Ben und blinzelte mit einiger Mühe. Seine Augen waren so trocken.

»Du hast mir keine Antwort gegeben«, behauptete Amy.

Ben sagte, er habe bloß geschlafen, aber Amy bestand darauf, dass seine Augen offen und ganz ausdruckslos gewesen seien. Sie zitterte. Ben zog die Arme aus dem Schlafsack, damit er sie um Amy legen konnte.

»Vielleicht liegt es an den Tabletten, die sie uns aufzwingen«, sagte Ben. »Tabletten gegen Angst, Tabletten gegen Schlaflosigkeit, Tabletten gegen die Nebenwirkungen anderer Tabletten … Die haben mich ausgeknipst.«

»Ich dachte, du bist tot«, flüsterte Amy, »aber dann habe ich gesehen, dass du atmest.«

Wahrscheinlich hatte sie vor Erschöpfung halluziniert. Es erging allen so. Ben zog den Reißverschluss ihres Schlafsacks auf und ließ sie in seinen kriechen. Er versicherte ihr, dass es ihm den Umständen entsprechend gut gehe. Jetzt war Amy an der Reihe, ihn zu trösten.

»Das Nuklearteam hat große Fortschritte gemacht«, sagte sie leise. »Und das Ariane-Raketenteam ist schneller als geplant.«

Das HYCIV-Team erwähnte sie nicht. Dessen Status war vertraulich, und sie wusste nur zu genau, dass es dort noch ein Problem gab. Vielleicht sah sie den Elefanten im Reinraum nicht allzu deutlich, aber sie sah den Schatten, den er warf. Sie vermied das Thema, weil sie nicht wollte, dass Ben seine Schweigepflicht brach. Sie wussten beide, dass er es tun würde.

»Du hast geduscht«, sagte sie und kuschelte sich enger an ihn. »Gott sei Dank.«

Ben sagte, er habe vor dem Betreten des Reinraums duschen müssen, ansonsten habe er keine Zeit für so was. Dann bekam er einen heftigen Muskelkrampf, krümmte sich vor Schmerz und versuchte dann aufzustehen, weil er auch zum Schlafen keine Zeit habe. Amy kämpfte ihn wie eine Meerjungfrau nieder, indem sie die Beine im Schlafsack nach oben streckte, ihn einfing und gleich wieder nach unten zog.

»Könnte sein, dass ich heute einen ungeschliffenen Diamanten gefunden habe«, sagte sie und versuchte, etwas fröhlicher zu klingen. »Wir haben dreiundzwanzig chinesische Technikprofis durch die Sicherheit geschleust. Nur eine davon war eine Frau. Sie hat lauter verblasste Narben im Gesicht. Von einer Gaumenspalte, glaube ich. Ihr Boss mag sie nicht. Sie ist nur hier, weil sie absolut genial ist. Einen anderen Grund sehe ich nicht. Vielleicht könnte sie beim HYCIV-Team mitarbeiten –«

»Auf die darfst du dich nicht verlassen.«

»Was?«

»Die Chinesen. Kann gut sein, dass sie abtrünnig werden, so wie Russland und die anderen.«

»Warum?«

Ben seufzte. Es war klar, dass er es ihr sagen würde.

»Wir glauben, dass UD3 mitten in China runterkommt«, flüsterte er, obwohl sie ganz allein im »Penthouse« waren. Amy verarbeitete die schockierende Nachricht in aller Stille.

»Es ist ziemlich wahrscheinlich«, fügte er hinzu. »Aber wir wollen nicht, dass es jeder weiß, es gibt zu viele Gefahren. Und nach Bedrohungsszenario 53 –«

»Bei dem sich der Asteroid teilt, stimmt's? Hast du dazu nicht ein Rollenspiel in Deutschland gemacht?«

Bedrohungsszenario 53 war eines der sehr unwahrscheinlichen Szenarien, bei dem die Reaktionszeit massiv eingeschränkt war. Da der übliche Zeitrahmen für eine erfolgreiche

Weltraummission fünf Jahre betrug, wurden Gegenmaßnahmen als zu überstürzt und daher erfolglos eingestuft. Statt den simulierten Asteroiden abzulenken, brachen die Abfangraketen den Stein auseinander, woraufhin eine Hälfte über Dhaka explodierte, mit einem Verlust von zwanzig Millionen virtuellen Menschen. Die andere Hälfte schlug im Philippinischen Meer ein und verursachte Tsunamis, die die Küsten von Japan, Taiwan, Festlandchina, den Philippinen, Indonesien und Papua-Neuguinea verwüsteten.

Bedrohungsszenario 53 führte zu 54, 55 und 56, bei dem Länder außerhalb der Flugbahn sich nicht darauf verlassen wollten, dass nicht weitere gefährliche Asteroiden- oder Kometenbrocken irgendwo einschlugen. Im Szenario 55 griff Nordkorea einen japanischen Raumhafen mit Kurzstreckenraketen an.

»Du bist eine gute Zuhörerin«, sagte Ben und zog die laufende Nase hoch.

Er war völlig übermüdet. Das musste als Erklärung für seine neuerlichen Tränen herhalten – und auch seine Angst, Amy oder seinen Verstand zu verlieren, oder vielleicht sogar beide, bevor die Uhr abgelaufen war. Das medizinische Personal hatte ihm Beruhigungsmittel gegeben, aber die verursachten bei im Klarträume, in denen all seine Ängste Wirklichkeit wurden, wieder zurückspulten und von vorne anfingen. Amy starb in mehreren dieser Träume, deshalb nahm er diese Pillen nicht mehr und versuchte es mit anderen.

»Wir möchten, dass *niemand* davon erfährt, Amy«, sagte Ben gähnend. »Unsere Leute nicht. Und auch nicht unsere Regierung.«

»Du glaubst doch nicht …«, fing Amy an.

Die Vereinigten Staaten hatten keine Strategie für kosmische Einschläge außerhalb ihrer eigenen Grenzen. Ben war sich nicht sicher, ob der Präsident das gesamte Atomarsenal des Landes herausgegeben hätte, wenn er gewusst hätte, dass Nordamerika nicht als Ziel infrage kam. Vielleicht hätte er seine 6.185 Sprengköpfe behalten, im Wissen, dass Russland seine eigenen 6.500 Sprengköpfe zurückhielt. Dieses Risiko konnte Ben nicht eingehen, aber er schlief schon wieder ein, hatte auch keine Kraft mehr, um von einer anderen Gefahr zu berichten, die alles andere als neu war: Apathie.

20

VERTRAUTE WELT IN DER VERGANGENHEIT

SOUTH BRONX, NEW YORK
19. NOVEMBER
T MINUS 74 TAGE BIS ZUM START

Rivka konnte die Raubzüge und Plünderungen vom Fenster aus hören – sie kamen immer näher. Sie riskierte einen Blick durch ihre Vorhänge. Eine Gruppe Männer, zehn oder vielleicht fünfzehn, stand zwischen einem alten Kleinlaster und einem Wohnhaus auf der anderen Straßenseite. Rivka sah zu, wie sie eine Kette um die Anhängerkupplung und die Vergitterung eines Fensters im Erdgeschoss schlangen. Der Fahrer gab Gas, die Reifen drehten kurz durch, dann brach das Gitter aus dem Fensterrahmen heraus.

Sie sah die Axt, bevor sie das Glas splittern hörte. Ein Mann nach dem anderen kletterte durch das Fenster ins Gebäude hinein. Als die Schreie anfingen, ließ sich Rivka auf den Boden rutschen und hielt sich die Ohren zu. Stunden später war alles still, was nicht viel besser war, wenn man seine Schlüsse daraus zog.

Verrückt vor Angst und Einsamkeit, fing Rivka an, Stimmen zu hören. Die meisten waren schrill und sagten ihr, sie solle davonlaufen. Nur eine, ein Bariton mit einem merkwürdigen Echo, wollte einfach nur Hallo sagen. Die Stimme kam aus einem Lüftungsschacht neben ihrem Bett. Rivka ging auf alle viere und lauschte.

»Ich bin's, Lamar«, sagte der Bariton. »Von unten.«

Ein Lächeln verirrte sich auf Rivkas Lippen. Seit ihr Handy den Geist aufgegeben hatte, hatte sie mit niemandem mehr gesprochen.

»Bist du immer noch Yankees-Fan?«, fragte sie in den Lüftungsschlitz.

»Bist du immer noch ein elender Mets-Fan?«

»Alter, dieser Schacht ist in meinem Schlafzimmer«, sagte sie. »Was kannst du da unten eigentlich alles hören?«

»Ihr Lesben seid besser als Fernsehen.«

»Du Ekel!«

Sie lachten gemeinsam, aber es hielt nicht lange an. Rivka und Love waren Vergangenheit. Fast ihre gesamte vertraute Welt war Vergangenheit. Rivka zog die verschränkten Beine an die Brust und legte das Kinn auf die Knie. Sie fragte Lamar, wie es ihm ging.

»Ich hab Hunger und Durst«, antwortete er sofort. »Und allein bin ich auch«, fügte er nach einer kurzen Pause hinzu. »Keisha … Keisha ist weg.«

Keisha war Lamars Freundin. Sie hatte eine Hammerfigur und eine scharfe Zunge. Als alles immer schlimmer wurde, war Keisha zu ihrer eigenen Sicherheit zu Lamar umgezogen. Lamar war ein großer, kräftiger Kerl, fast zwei Meter groß und breit, ein Mann, der einen zerquetschen konnte wie ein umkippender Getränkeautomat.

»Ich hab ihr gesagt, sie soll hierbleiben und immer die Tür verriegeln«, sagte Lamar. »Aber allein hab ich nicht immer genug zu essen und trinken auftreiben können. Wir waren am Verhungern. Eines Tages kam ich zurück, da war sie nicht mehr hier. Niemand ist eingebrochen, also muss sie rausgegangen sein, um Wasser oder Essen zu besorgen. Hast du noch was oben? Ich hab meine Badewanne volllaufen lassen, aber inzwischen ist sie fast leer.«

Rivka log und sagte Nein. Nach einer Pause fragte sie, wie lange Keisha schon weg ist.

»Seitdem der Strom weg ist. Elf Tage.«

Rivka schloss die Augen und holte tief Luft.

»Sie kommen nicht wieder, Lamar. Keisha nicht und Love auch nicht.«

»Ja, ich weiß«, sagte er kaum hörbar.

»Dann weißt du auch, dass wir hier rausmüssen.«

Es war keine Frage. Wenn sie hier in der Bronx blieben, waren sie so gut wie tot. Es gab kein frisches Wasser mehr und auch nichts zu essen. In den Toiletten staute sich das Abwasser, und auf den Straßen trieben sich die Banden schon bei Tageslicht herum.

»Weißt du, dass mein Cousin vor ein paar Wochen hier war?«, fragte Lamar. »Dabei müsste er wegen bewaffnetem Raubüberfall in Sing einsitzen.«

Lamar sagte, dass die meisten Wachen dieses Hochsicherheitsgefängnisses ihre Posten verlassen hätten. Die verbliebenen Wachen sahen sich dem Dilemma gegenüber, die Männer entweder herauszulassen oder sie in ihren Zellen verhungern zu lassen.

»Mein Cousin sagte, sehr böse Männer hätten das Gefängnis verlassen, nur mit Trainingsanzügen am Leib. Sehr böse Männer. Dabei war er selbst kein Engel«, gab Lamar zu. »Wir müssen uns nicht nur wegen einem Kometen Sorgen machen, Rivka. Wir müssen voreinander auf der Hut sein.«

»Menschen haben auch ihre guten Seiten«, flüsterte Rivka.

Ihre Stimme wurde kräftiger, als sie Lamar sagte, dass sie mit Essen nach unten kommen würde.

»Du musst mich reinlassen«, sagte sie.

Sie hatte nicht viel mehr übrig als eine halbe Tüte Reiswaffeln, eine gefriergetrocknete Mahlzeit aus einem Campingladen, angeblich Bœuf Stroganoff, und ein paar Liter Wasser in Plastikflaschen. Rivka ließ das Essen und eine Wasserflasche in ihre Ledertasche fallen und ging auf Zehenspitzen die Treppe hinunter. Unten kratzte sie leise an der Tür von 1B. Lamar öffnete sie einen Spalt, so weit die Sicherheitskette reichte. Rivka wartete, bis er einen aufmerksamen Blick in den Flur geworfen hatte, um sicherzugehen, dass sie allein waren.

Lamar hatte abgenommen, obwohl noch mehr als genug von ihm übrig war. Er stand zitternd in seiner Yankees-Jacke und Yankees-Mütze vor ihr. Auch Rivka hatte ihren Gürtel zwei Löcher enger geschnallt. Ihre Sanduhrfigur war nicht mehr ganz so kurvig. Die Diät zum Zusammenbruch der zivilen Gesellschaft hatte bei ihnen beiden Wunder gewirkt. Rivka zog das Essen und das Wasser aus ihrer Tasche. Einen so dankbaren Blick wie den, den ihr Lamar zuwarf, als er die Packungen entgegennahm und aufriss, hatte Rivka noch bei niemandem gesehen. Lamar schluckte die Sachen runter, ohne groß zu kauen, und spülte mit großen Schlucken Wasser nach. Dann richtete sich sein Blick wieder auf die Tasche.

»Mehr Essen hab ich nicht«, sagte sie.

Lamar fragte, ob sie wieder log, weshalb sie ihm die leere Tasche hinhielt.

»Ist bestimmt 'ne echte Prada-Tasche«, sagte Lamar traurig. »Trotzdem sitzen wir jetzt im selben Boot.«

»Genau. Höchste Zeit, dass das Boot lossegelt.«

Manhattan war von der Armee besetzt, zumindest war es

so vor dem Stromausfall gewesen. Um nach Harlem zu kommen, mussten Rivka und Lamar buchstäblich durchs Feuer gehen, oder –

»Wir schwimmen rüber«, sagte sie.

Lamar schüttelte traurig den großen Kopf.

»Ich kann nicht schwimmen.«

Rivka ließ enttäuscht die Schultern sinken und sah ihn ungläubig an, als wollte sie sagen: *Willst du mich verarschen?*

»Hätte ich's in der Badewanne lernen sollen?«, fragte er.

Rivka hatte Schwimmstunden im gechlorten Wasser des Jüdischen Gemeindezentrums JCC an der Upper Westside gehabt und ihre Fähigkeiten später in den Sommerferien in den Hamptons auf Long Island perfektioniert. Sie biss die Zähne zusammen und schlug mit der Faust gegen die Wand, was wehtat. Lamar murmelte eine Entschuldigung, aber Rivka wollte nichts davon hören.

»Wir überlegen uns was«, sagte sie.

Wir … allein das Wort hörte sich wunderbar an. Es bedeutete, dass man etwas nicht mehr nur allein machte, sondern gemeinsam. Rivka streckte die andere Hand aus, diejenige, die nicht vor Schmerz pochte. Lamar nahm sie und drückte sie.

»Wir … hauen nach Einbruch der Dunkelheit ab«, sagte sie und wischte sich über die Augen.

Rivka ging in ihre Wohnung zurück. Nicht, um zu packen – ins Wasser konnten sie sowieso nicht viel mitnehmen –, sondern um zu planen. Wie konnte sie verhindern, dass Lamar unterging? Rivka ging auf und ab, während es draußen zu dämmern anfing. Was würden sie tun, wenn sie früher eine Pfadfinderin gewesen wäre? Was würde Love tun, außer sich klammheimlich aus dem Staub zu machen?

Wasserflaschen! Rivka öffnete eine und goss makelloses Mineralwasser in die Küchenspüle. Sie mussten nicht trinken, sondern treiben. Rivka leerte alle bis auf zwei Literflaschen, schraubte die Deckel wieder auf und packte sie in zwei Mülltüten. Dann steckte sie die handbetriebene Taschenlampe und das Schnappmesser in die Reißverschlusstasche ihres Wintermantels. Es war November, nach Sonnenuntergang wurde die Luft schon kalt und ungemütlich.

Als Rivka ihre Wohnung mit den Abfallbeuteln verließ, schaute sie noch einmal zurück, blieb aber nicht stehen. Ohne Lamar hätte sie nie den Mut zum Weggehen aufgebracht.

»Bringst du noch den Müll raus?«, fragte sie Lamar, als er seine Wohnungstür hinter ihr abschloss.

»Nein, ich rette dir das Leben.«

Sie stellte die Beutel auf den Boden und reichte ihm eine der beiden ungeöffneten Wasserflaschen.

»Trink das, für unterwegs«, sagte sie und schraubte die eigene Flasche auf.

Sie stießen mit den Plastikflaschen an und tranken mit großen Schlucken. Rivka reichte Lamar einen Abfallbeutel voller Luft in Flaschen. Sie sagte ihm, dass sie eine Taschenlampe hatte, die sie aber erst nah am Wasser benutzen sollten.

»Es ist dunkel da draußen«, warnte sie Lamar. »So dunkel kennst du die Stadt überhaupt nicht.«

Es war kein Scherz. Ohne den Vollmond wären sie blind gewesen. Rivka zögerte an der Haustür. Sie brauchte einen Augenblick, um die körperlichen Panikreaktionen wahrzunehmen: erhöhten Herzschlag, Blutdruck und Atmung; einschießende Stresshormone, die sie auf den Einsatz aller Reserven vorbereiteten. Lamar nahm ihre Hand und zog sie weiter.

Alle Lichter waren aus, es gab keinen Verkehr mehr, und niemand war mehr auf der Straße unterwegs, sprach lautstark miteinander oder in sein Handy. Stattdessen lag eine verschattete Betonwüste vor ihr. Rivka hörte etwas und sah Umrisse, die sich im Mondlicht wegduckten. Zum Plündern kamen die Leute nur heraus, wenn sie etwas sehen konnten.

»Siehst du?«, flüsterte Lamar. »Die Mitchel Houses sind da drüben.«

Er hob ihre in Handschuhen steckenden, ineinander verschlungenen Hände und zeigte damit auf die hohen Wohnblocks, als wären sie eine Kompassnadel. Da er bereits in den dunkelsten Nachtstunden auf Nahrungssuche unterwegs gewesen war, hatte sich Lamar an die neue Wirklichkeit gewöhnt.

Rivka fand sich wieder zurecht und führte sie beide nach Westen auf den Harlem River zu. Sie kamen nur langsam voran. Sie sahen keinen Meter weit und stolperten immer wieder auf den unebenen Bürgersteigen, über Abfall und zerbrochenes Glas. Trotz aller Orientierungsschwierigkeiten wusste Rivka genau, wohin sie wollte. Die östliche Küste Manhattans erhob sich fast überall wie ein hoher Schutzwall, auf dem der Harlem River Drive verlief. Es gab jedoch einen Abschnitt, der Zugang vom Wasser aus gewährte: der restaurierte Harlem River Park.

Früher war Rivka mit dem Fahrrad immer über die Third Avenue Bridge und durch den Park gefahren. Vor der Rückfahrt hatte sie das Rad immer an die Betonwand am Ufer gelehnt. Das Geländer konnte nicht mehr als anderthalb Meter über dem Fluss sein, und es gab eine kleine Böschung, die in Sumpfgras überging. Rivka hatte sie gesehen, als sie hinaus aufs Wasser geschaut und an ihre Eltern auf der Upper West Side gedacht hatte, wo sie aufgewachsen war, und an die Wohnung, die sie als junge Erwachsene in Harlem bezogen hatte, in der Annahme, dass sie eines Tages wieder nach Hause zurückkehren konnte.

Rivka und Lamar folgten der Lincoln Avenue. Bis auf mehrere verlassene Autos, die mit offen stehenden Türen am Straßenrand standen, war die Straße verlassen. Sie wurden beobachtet. Rivka sah das Weiße in den Augen eines Jungen, bevor er sich hinter einem Gebäude verdrückte. Wie gerne hätte sie ihm etwas zu essen gegeben. Außerdem wäre es ihr lieber gewesen, ihre Abfallbeutel wären nicht so leuchtend weiß und würden nicht so laut knistern. Sie kamen an einer Leiche vorbei, die in einem Flecken Mondlicht mitten auf der Straße lag. Rivka roch sie mehr, als dass sie sie sah.

»Geh weiter«, flüsterte sie, als Lamar langsamer wurde.

»Und wenn ich ihn kenne?«, fragte er und drehte den Kopf auf der Suche nach Keisha hin und her.

»Geh einfach weiter.«

Ihr Flüstern war ein Fauchen. Sie hielten sich so fest an den Händen, dass es wehtat. Lamar half ihr durch die völlige Dunkelheit der Brücke über dem Deegan Expressway. Näher am Fluss sahen sie jetzt einen hässlichen Schein, der dichte Rauchwolken am Himmel beleuchtete. Rivka roch Verbranntes, das nicht verbrannt gehörte: Plastik, Polyester, Gummi und Teer. Unter die giftigen Dämpfe mischte sich der Gestank menschlicher Fäkalien. Unaufbereitetes Wasser aus den Kläranlagen musste in den Fluss gelangt sein.

Lamar half Rivka beim Übersteigen eines Maschendrahtzauns und über Eisenbahnschienen hinweg, dann erreichten sie das Ufer ungefähr zweihundert Meter südlich der brennenden Third Avenue Bridge. Rivka machte die Taschenlampe an und richtete den Strahl auf die andere Flussseite. Es war zu dunkel, um ihre Rettung in Form von Parkbänken und hohen Laternenpfählen zu erkennen, aber sie sahen, dass auf der anderen Seite Taschenlampenstrahlen in ihrem dunklen Ziel herumtasteten.

»Wenn diese Leute uns dabei erwischen, wie wir uns reinschleichen wollen, bringen sie uns vielleicht gleich um«, flüsterte Lamar.

Rivka zuckte die Achseln.

»Sie können uns ebenso wenig die Schuld dafür geben wie wir ihnen«, seufzte sie. »Wir wollen alle nur leben.«

Beide zogen sich bis auf die Unterwäsche aus und atmeten durch den Mund, um den Gestank nicht zu riechen. Rivka steckte die Taschenlampe in die Jackentasche, bevor sie ihre Sachen in den mit Flaschen gefüllten Abfallbeutel schob. Sie war eine gute Schwimmerin, aber vielleicht verkrampften sich ihre Muskeln, dann brauchte sie ebenfalls einen provisorischen Rettungsring.

Rivka sagte Lamar, er solle jeden Atemzug lange anhalten, denn Lungen seien wie Luftballons. Lamar blickte zitternd zur glitzernden Milchstraße hinauf, die sich hoch über ihnen über das Firmament erstreckte. Durch die Lichtverschmutzung in der Großstadt hatte er sie noch nie gesehen. Beide betrachteten sie einen Augenblick und sahen dabei nur einen Bruchteil der Unendlichkeit des Universums. Rivka nahm Lamar bei der Hand und führte ihn zum Ufer. Es war gut möglich, dass sie beide in der nächsten Stunde ertranken, aber ihnen blieb nicht viel anderes übrig. Rivka dachte an das Orchester auf der Titanic, das einfach immer weitergespielt hatte, während das Schiff langsam im eisigen Wasser versank. Manchmal musste man einfach bis zum Ende weitermachen.

Das Wasser war widerlich, eine Mischung aus Asche, Algen, fauligen Brocken, Scheiße und allem möglichen anderen. Die Kälte war ein Schock. Rivka sagte Lamar, dass er mit den Beinen so fest strampeln sollte, wie er konnte. Dann zwang sie sich selbst so weit in die Brühe, bis sie ihr bis zum

Hals stand. Sie hielt die Luft an. Als ihr Körper sich versteifte, zog sie an den Schnüren ihrer Mülltüte.

Strampeln! Strampeln!

Die Strömung war nicht stark, aber ihre verspannten Muskeln ließen sich nur schwer kontrollieren. Rivkas Nase tauchte immer wieder in das faulige Wasser. Sie versuchte verzweifelt, den Kopf hochzuhalten, und wagte einen Blick nach hinten. Lamar schlug wild um sich. Sein Müllbeutel schwamm wie eine Ankerboje hinter ihm her, aber jetzt konnten sie nichts mehr füreinander tun. Sie hielt einfach auf das andere Ufer zu.

Strampeln! Strampeln!

In ihren Gedanken war nur noch Platz für dieses eine Wort. Auch als sie gegen etwas stieß, das halb im Wasser versunken war, etwas, das höchstwahrscheinlich tot war, gab es nur dieses eine Wort für die einzig wichtige Handlung. Auch als der Strahl einer Taschenlampe ihr ins Gesicht leuchtete, strampelte sie weiter darauf zu. Lamar überholte Rivka. Er hatte schnell gelernt und kräftige Beine. Sobald er sich aus dem Wasser auf die Uferbefestigung gezogen hatte, holte er tief Luft und rief ihren Namen.

Rivka strampelte weiter, bis sie spürte, dass Lamar sie an den Schultern packte und herauszog. Sie fing zu weinen an, aber er zog sie bereits auf ein Metallgeländer auf der Befestigung zu. Taschenlampenlicht blendete sie. Rivka sah einen Halbkreis schattenhafter Gestalten, die nichts unternahmen, als Lamar versuchte, Rivka und ihre zwei Müllbeutel über das Geländer und auf festen Boden zu ziehen, so, wie sie den beiden auch nicht geholfen hatten, das Ufer zu erreichen. Fremde umzubringen war eins, aber nichts zu tun, wenn sie ertranken … das war einfacher. Nichts zu tun, war immer einfacher.

Lamar und Rivka standen auf wackligen Beinen nebeneinander. Sie hielten sich an den Händen und zitterten erbärmlich im grellen, batteriebetriebenen Taschenlampenlicht. Eine Zeit lang unternahm niemand etwas. Das war ein gutes Zeichen. Schließlich stellte Lamar seinen Müllbeutel auf den Boden.

»Weg von den Beuteln«, knurrte ein Mann. »Oder ihr geht gleich wieder ins Wasser.«

Lamar und Rivka befolgten die Anweisung. Sie hörten die eigenen Zähne aufeinanderschlagen. Der Mann trat vor. Seine Gestalt zeichnete sich vor dem kräftigen Lichtschein hinter ihm ab. Seine Flinte war direkt auf die Neuankömmlinge gerichtet.

»Nur ihr zwei?«

Rivka konnte nur noch nicken.

Bitte benehmt euch wie Menschen, betete sie und wiederholte den Satz in ihrem Kopf. *Benehmt euch wie Menschen. Benehmt euch wie Menschen …*

Bitte.

Im grellen Gegenlicht erkannte sie Tarnmuster. Sie machte einen Schritt vorwärts und streckte die zitternden Hände aus, um den Mann am Ärmel zu packen. Er versuchte, sie auf Armeslänge von sich zu halten, aber Rivkas taube Finger strichen unbeholfen über die gestickten Buchstaben auf seiner Jacke.

»Mm-McDevitt«, brachte sie hervor.

Die restlichen Buchstaben lauteten: U.S. Army. Die Ellbogen des Soldaten gaben nach, als er seinen Namen hörte, und er ließ zu, dass sich Rivka an seinen Oberkörper klammerte.

»Es tut mir leid«, sagte er und tätschelte ihren nackten, glitschigen Rücken.

»Wir hätten euch helfen sollen, aber wir haben selbst kaum noch Vorräte, und wir werden überrannt …«

Er seufzte, schien sich aber an den Menschen McDevitt zu erinnern, der er einmal gewesen war, denn auf einmal zog er seine Jacke aus und legte sie Rivka um die zitternden Schultern.

21

EINSCHLAGSSZENARIO 123

KOUROU, FRANZÖSISCH-GUAYANA
10. JANUAR
T MINUS 22 TAGE BIS ZUM START

Amy hatte ihren toten Punkt überwunden. Ihre Handlungen waren – nachdem alles überflüssige Fett weggehungert war – von einer schlanken, wilden Vitalität. Sie hatte ihre Erfüllung beim Bündnis gefunden und das, so unwahrscheinlich es auch sein mochte, wieder auf einer Militärbasis.

Die Ironie entging ihr nicht. In ihrer ersten Lebenshälfte hatte Amy überall sein wollen, nur nicht auf einer Militärbasis. Den Großteil ihrer Teenagerjahre hatte sie sich in ihrem kleinen Zimmer vergraben, in einer Fantasiewelt aus Büchern, Graphic Novels, Comics, »Magic: The Gathering«-Karten und gebrauchten D&D-Spielesets gelebt. Kaum achtzehn geworden, hatte sie die soldatische Umgebung fluchtartig verlassen und allen damit verbundenen negativen Assoziationen abgeschworen: blindem Gehorsam, religiösem Dogma, Monokultur und rigoroser Reinlichkeit.

Es verschlug sie nach Westen, wo sie in den pulsierenden Städten die dort gebotene Freiheit und Vielfalt in vollen Zügen auslebte. Sie ging auf Musikfestivals, besuchte Museen, nahm an einer Wahlkundgebung teil, aß ausländisches Essen und schmökerte in öffentlichen Bibliotheken. Die einzigen

Gründe, auf ihr früheres Leben zurückzublicken, waren die bohrende Einsamkeit und die Depression, die schon bald einsetzte. Amy war ein geselliger Mensch, der an die persönlichen Verbindungen einer eng geknüpften Gemeinschaft gewöhnt war. Als umgetopftes Lebewesen mit anderen umgetopften Lebewesen in engen Wohnungen zu hausen resultierte in ständig neuen Bekanntschaften von oft nur kurzer Dauer. Sie verließ die Menschen, mit denen sie nach ihrer Flucht Freundschaft geschlossen hatte, oder sie verließen sie, weil sie irgendwo neue Jobs bekamen, woandershin zogen oder sich der Herausforderung neugeborener Babys stellen mussten.

Und hier, am allerletzten Ort, an dem sie danach gesucht hätte, auf einem Raumfahrtzentrum, das sich im Angesicht der planetaren Auslöschung in eine Militärbasis verwandelt hatte, fand Amy schließlich das vertraute Gefühl einander umsorgender Zusammenarbeit und eines gemeinsamen Zwecks wieder – nur diesmal mit der richtigen Stammeszugehörigkeit in einem von ihr selbst gewählten Stamm. Das hier waren die Männer und Frauen, die die Welt retteten, so wie in ihren geliebten Science-Fiction-Geschichten, nur dass jetzt alles wirklich war.

Diese Erkenntnis ging Amy gerade durch den Kopf, als ihr Körper plötzlich gegen einen Sicherheitsgurt gepresst wurde. Der Jeep blieb mit quietschenden Reifen am Fahrbahnrand stehen.

»Runter!«

Beide Soldaten der UN-Friedenstruppe auf den Vordersitzen schrien Amy zu, dass sie sich ducken solle. Sie sah grelle Scheinwerfer, die sich an weißem Stoff brachen. Vor dem Wagen stand eine menschliche Gestalt in einem Laborkittel mitten auf der Straße. Der Fahrer ließ eine Hand am Steuer und löste mit der anderen sein Walkie-Talkie vom Gürtel, um das Hauptquartier anzufunken. Der Soldat auf dem Beifahrersitz zog die Pistole aus dem Halfter und rief, ohne den Blick von der Gestalt zu lassen, nach hinten zu Amy:

»Ma'am –«

»Zum hunderttausendsten Mal: Nennen Sie mich Amy.«

»Wir wollen nicht überreagieren, aber wir müssen äußerst vorsichtig sein.«

Wegen Ben, dachte Amy. Sie war der Klebstoff, der ihn zusammenhielt, gerade noch so eben.

»Unbekannte Person ist unbewaffnet«, gab der Fahrer ans Hauptquartier durch. »Sieht aus, als wäre sie allein. Trägt einen Sicherheitsausweis. Asiatisch –«

»Chinesisch«, sagte Amy.

Das Expertenteam aus Festland-China trug schon aus Prinzip weiße Laborkittel.

»Die chinesischen Technikkräfte testen die Solaranlagen in der Nutzlastabteilung«, fügte sie hinzu.

Der Jeep befand sich weniger als drei Kilometer von dem Gebäude entfernt, aber was ein Techniker hier draußen im Dunkeln mitten auf der Straße zu suchen hatte, konnte sich Amy auch nicht erklären. Aus dem Walkie-Talkie kam statisches Knistern.

»Ein Sicherheitstrupp befindet sich ganz in Ihrer Nähe«, sagte eine Stimme aus dem Hauptquartier. »Warten Sie auf Verstärkung.«

»Das ist doch alles völlig überzogen«, murmelte Amy.

»Er kommt näher!«

Der UN-Soldat auf der rechten Seite sprang aus dem Jeep, rief etwas und hob die Pistole. Amy hörte, wie der chinesische Techniker etwas erwiderte – aber auf Englisch. Sie machte das Fenster auf und streckte den Kopf hinaus, um besser sehen zu können. Die Gestalt in dem Laborkittel war näher gekommen und blinzelte im Scheinwerferlicht.

»Ich kenne sie!«, schrie Amy aus dem Fenster.

Ihre raue Stimme übertönte alle anderen.

»Sie ist eine Spezialistin mit gültiger Zugangsberechtigung. Nehmen Sie die Waffe runter!«

Amy schrie weiter auf den Soldaten ein, bis er die Pistole sinken, die andere Hand jedoch ausgestreckt ließ.

»Wir haben eine positive Identifizierung«, flüsterte der Fahrer ins Funkgerät. »Weiblich –«

»Zhen«, sagte Amy. »Die Technikerin heißt Zhen.«

Dr. Zhen Liu, fiel es Amy wieder ein, als sie den Türgriff packte.

»Warten Sie noch«, bat sie der Fahrer.

Amy murrte, hörte aber auf ihn. Ein zweiter Jeep kam herangerast und kam direkt neben ihnen zum Stehen. Drei UN-Soldaten stiegen mit an den Helmen befestigten Taschenlampen aus. Der erste führte einen Deutschen Schäferhund an der Leine. Die arme Zhen sah verschreckt aus, aber das große Tier schnüffelte lediglich ihre Kleidung und Schuhe nach Sprengstoff ab. Der zweite Friedenssoldat wartete mit auf den Boden gerichteter halb automatischer Waffe, während der dritte Zhens Laborkittel nach Waffen abklopfte und mit einem Gerät in der Hand ihren Ausweis erfasste. Dann ging sein Daumen nach oben.

»Sauber«, sagte der Fahrer. »Und ihr Sicherheitsausweis ist echt.«

»Das hätte ich Ihnen gleich sagen können«, maulte Amy. »Ich habe sie selbst durch die Sicherheitskontrolle gebracht.«

Der Fahrer lauschte seinem Funkgerät und den Rufen der Friedenssoldaten vor dem Wagen.

»Die Technikerin hat nach Ihnen gefragt«, sagte er zu Amy. »Sie will ungestört mit ihnen reden, aber das ist nicht ungefährlich.«

Amy warf den Soldaten ihre Vorsichtsmaßnahmen nicht vor. Sie wussten nicht, dass nicht mehr viel auf dem Spiel stand, da die Abwehraktion sowieso zum Scheitern verurteilt war. Diese ganze Mission war von Anfang an im Arsch gewesen. Sogar dann, als jedes simulierte und vorstellbare Szenario auf einen Misserfolg hingedeutet hatte (wie Ben ihr hektisch flüsternd gestanden hatte), hatte man die Mission mit der Hoffnung auf das Unvorstellbare, das Unwahrscheinliche vorangetrieben. Und wenn irgendetwas unwahrscheinlich war, dann diese chinesische Spezialistin, die hier mitten auf der Straße stand. Die einzige Frau in einem Team von dreiundzwanzig Fachleuten, die China hierher entsandt hatte, dazu die Einzige, die mehrere Sprachen fließend sprach.

Amy verspürte das brennende Verlangen, den Namen der Technikerin zu googeln. Ben zufolge hatte China sich in letzter Zeit als Raumfahrtnation mächtig ins Zeug gelegt. Im vergangenen Jahr hatte es sogar die meisten Satelliten in die Umlaufbahn geschickt. Was, wenn diese Technikerin dazugehörte? Unverzeihlicherweise hatte das Logistikteam Amy den Zugang zum Internet verweigert. Also musste sie blind fliegen und sich ganz auf ihre Beobachtungen – und die anderer – verlassen.

Als Amy vor einigen Wochen mit Jin-soo in der Nutzlastvorbereitung geredet hatte, war der über Zhens Fähigkeiten bereits im Bilde gewesen, nachdem er mehrere Berichte über ihre Methoden zur beschleunigten Fertigstellung und anschließenden Erprobung der Sonnenkollektoren des HYCIV erhalten hatte. *Ihre Methoden waren absolut genial,* hatte ihr Jin-soo zugeflüstert. *Und ich habe schon so gut wie alles gese-*

hen. Erst nachdem er Zhens Einzigartigkeit zugegeben hatte, war Jin-soo dazu bereit gewesen, ihr die Pläne für das komplette HYCIV-Raumfahrzeug zu zeigen.

Amy hüpfte mit einem Satz aus dem Jeep. Der Fahrer sprang ebenfalls heraus und wollte ihr den Weg versperren, aber Amy ging einfach weiter, bis sie gegen ihn prallte. Sie legte ihm die flache Hand auf die Brust und drückte mit ihrem ganzen Gewicht dagegen. Sie wusste, dass diese intime Geste den Mann irritieren würde. Dann ging Amy an ihm vorbei und gab den Sicherheitsleuten mit einem Zeichen zu verstehen, ihr genügend Raum zu lassen.

Zhen stand endlich wieder unbehelligt da und schützte die Augen mit beiden Händen vor dem grellen Scheinwerferlicht. Ihr schwarzes Haar umrahmte das runde Gesicht, wehte in der tropischen Nachtbrise und strich um ihre vollen Wangen. Sie winkte Amy näher heran. Die Geräuschkulisse aus den Baracken rings um die Kontrollpunkte verhinderte eine leise Unterhaltung. Amy ging langsam, bis sie so nah vor Zhen stand, dass sie die beiden Narben auf ihrer Oberlippe sah, die wie glänzende Wachslinien bis zu ihrer Nase reichten. Die Operationen, die ihren beidseitig gespaltenen Gaumen zusammengefügt hatten, lagen schon Jahrzehnte zurück, aber ihre Spuren waren immer noch deutlich zu sehen.

Zhen sprach Englisch mit Akzent, aber erstaunlich schnell und präzise. Genauso, wie Amy es in Erinnerung hatte.

»Sie haben Dr. Lee gebeten, mir die Pläne für das HYCIV zu zeigen«, flüsterte sie.

Amy nickte. Sie hatte eine Theorie hinsichtlich Zhens Fähigkeiten und sehr wenig Zeit, um sie zu überprüfen. Deshalb war sie direkt zu Jin-soo gegangen, in der Hoffnung, dass er Zhen bezüglich seines HYCIV-Entwurfs zurate zog.

»Es dauert zwei Jahre, um so ein HYCIV-Modell zu

bauen«, stieß Zhen hervor, »und selbst dazu müssten sämtliche gespendeten Baugruppen auf der Liste genutzt werden.«

Aber der Erde blieben keine zwei Jahre mehr.

»Haben Sie irgendwelche anderen *Vorschläge*?«, fragte Amy und legte eine gewisse Dringlichkeit in ihre Stimme.

Letztendlich geht es doch um nichts anderes, verdammt noch mal.

»Nur einen«, antwortete Zhen und schaute nervös auf ihre Armbanduhr. »Vielleicht gibt es eine Rettung für uns. Aber ich brauche Ihre Hilfe. Ich muss wissen, ob auf diesem Flugplatz immer noch ein ganz bestimmtes chinesisches Frachtflugzeug steht.«

Amy blickte zum Jeep zurück und sagte, sie könnten alle gemeinsam in weniger als zehn Minuten zum Flughafen Kourou fahren. Er lag innerhalb des äußeren Sicherheitsbereichs des Bündnisses und war von daher einfach zu erreichen und zugänglich. Jedes nicht dazu berechtigte Flugzeug, das versuchte, in den gesperrten Luftraum einzudringen, wurde erst per Funk gewarnt und dann, falls es nicht vom Kurs abwich, abgeschossen. (Die Geräusche waren grauenhaft. Beim letzten Mal, als es passiert war, hielt sich Amy die Ohren zu und machte einfach weiter. Man musste einfach weitermachen ...)

»Nicht Kourou«, sagte Zhen und schüttelte den Kopf. »Ich meine den Flugplatz, auf dem die Chinesen alle gelandet sind. Den Flugplatz in Cayenne.«

Mit diesem Ziel erhöhte sich die Hürde zur Erfüllung ihrer Bitte um einiges. Der internationale Flughafen in Cayenne war eine Autostunde vom Sicherheitsbereich des Bündnisses entfernt, nach Südosten immer die Küste entlang. Dafür brauchte Zhen eine besondere Erlaubnis und ein umfangreiches Sicherheitsprogramm.

»*Falls* das Flugzeug in Cayenne noch auf dem Flugplatz

steht, müssen Sie ein Treffen arrangieren«, drängte Zhen. »Ich muss mit Dr. Schwartz und Professor Ochsenferrrd über die Fracht an Bord des Schiffes reden. Allein. Sonst darf niemand etwas davon erfahren.«

Zhen machte eine Pause, um ihre Worte wirken zu lassen. Als Amy eine Frage zur Lösung für ein rechtzeitig fertiggestelltes Raumfahrzeug stellte, unterbrach Zhen sie sofort.

»*Falls* das Flugzeug noch in Cayenne steht, erkläre ich alles Notwendige an Dr. Schwartz und Professor Oss... Osschtenferrr...«

»Sagen Sie einfach Professor. Ich kann seinen Namen auch nicht aussprechen.«

Amy wartete, ob noch mehr kam, aber Zhen blickte bloß auf das leuchtende Ziffernblatt ihrer Uhr und sagte, dass sie zu ihrem Team im Nutzlastbereich zurückmüsse.

»Und falls«, wandte Amy ein, »das Flugzeug nicht mehr in Cayenne steht?«

Zhen konnte das Grauen dieser Möglichkeit nicht in Worte fassen. Musste sie auch nicht. Amy las es an ihrem verzweifelten Gesichtsausdruck ab. *Dann wird die Abwehraktion fehlschlagen. Dann ist die Zeit für die Menschheit bald endgültig abgelaufen.*

Amy musste Ben darum bitten, langsam und deutlich ins Telefon zu sprechen. Wenn er aufgeregt war, redete er immer so schnell, dass der Verstand der meisten anderen Menschen nicht hinterherkam. Nur der Professor konnte ihm in Echtzeit folgen.

»Langsamer«, beschwor ihn Amy.

Sie diskutierten immer weiter, während ihnen die Zeit davonlief, aber letztendlich schrie Ben auf sie ein, so, wie er auf alle anderen einschrie.

»Mi-ni-ma-le Stö-run-gen!«, sagte Ben drohend mit übertriebener Silbentrennung.

Amy legte auf und schluckte den Klumpen in ihrer Kehle hinunter.

Nicht heulen, rief sie sich in Erinnerung.

Das alles widersprach dem Rat des medizinischen Personals beim Bündnis, deren empfohlene Vorgehensweise bei emotionaler Aufwühlung lautete: 1. Setzen Sie Ihre Führungskraft von Ihrer notwendigen Abwesenheit in Kenntnis; 2. besorgen Sie sich ein kleines Kissen von einer der Ausgabestellen, die sich an allen großen Ausgängen und Korridoren befinden; 3. ziehen Sie sich irgendwohin zurück, denn Gefühlsausbrüche sind ansteckend; 4. weinen, schluchzen und schreien Sie bis zu fünf Minuten lang in Ihr Kissen; 5. legen Sie das Kissen wieder neben der Ausgabestelle ab; 6. setzen Sie Ihre Führungskraft über Ihre Rückkehr in Kenntnis und 7. arbeiten Sie weiter.

Nicht heulen, sagte sich Amy wieder und ging sogleich zum letzten Punkt über: Arbeiten Sie weiter. Amy bat Troy Andrews von der UN, einen kleinen Sitzungssaal im *Janus*-Gebäude vorzubereiten, gleich nach einer Sitzung des Raumflugteams. Amy und Troy fuhren im selben Jeep zum *Janus* und warteten dort bis zur zugewiesenen Zeit.

»Haben Sie die Drohnenaufnahmen dabei?«, fragte sie.

Troy nickte und hob seine lederne Aktentasche an. Amy dachte daran, wie sie sich zum ersten Mal begegnet waren, kurz nachdem er von Manhattan hier heruntergeflogen war. Mit den gegelten Haaren und der silbernen Klammer, die seine Krawatte festhielt, sah er aus wie ein erfolgreicher Börsenmakler. Das war Anfang August gewesen. In den darauffolgenden Wochen hatte Troy sich nicht mehr rasiert und trug nur noch Baumwoll-T-Shirts, aber er sah immer noch sehr munter aus, gehörte immer noch zu New Yorks kultureller und finanzieller Elite, als würde er nur ein bisschen Safari spielen. Aber auch das war vorbei. Inzwischen war er sehr hager geworden, man sah ihm den fehlenden Schlaf an, und er war so verschwitzt wie alle anderen auch.

»Erinnerst du dich noch an deine silberne Krawattenklammer?«, fragte ihn Amy, während sie auf dem Flur vor dem Sitzungsraum warteten.

Troy nickte. »Welche Dinge einem damals wichtig waren …«, sagte er staunend.

Amy nickte. Sie bleichte ihre Haar immer noch, damit Ben sich nicht wegen des herauswachsenden Ansatzes und der dadurch offensichtlich vergehenden Zeit Sorgen machen musste, aber sonst verzichtete sie schon lange auf Make-up, Schmuck oder Parfum. Sie strich ihr fettiges Haar nach hinten und band es mit einem Gummiband, das sie sonst am Handgelenk trug, zusammen. Sie machte sich auch nichts mehr aus normaler Kleidung und trug, wie die meisten aus den Technikteams, einen nicht näher gekennzeichneten Overall in Tarnfarben. Mit ihrer nach wie vor makellosen, blassen Haut, den großen, leuchtenden Augen und dem platinblonden Haar sah sie wie eine Porzellanpuppe aus dem 19. Jahrhundert aus, nur mit einem kleinen Tattoo versehen und in einem Armee-Overall. Dabei sah Amy darin nicht einmal lächerlich aus – er stand ihr sogar richtig gut.

Nachdem sie auf die Uhr gesehen hatte, klopfte Amy energisch an die Tür des Konferenzraums. Von drinnen waren nur Murmeln und schlurfende Schritte zu hören. Kurz darauf machte Amy die Tür einfach auf und ging hinein. Das Raumflugteam brachte seine Sitzung gerade zu Ende, aber es wurde immer noch darüber gemeckert, dass man bei den Ressourcen leer ausging, weil man die letzte Verteidigungslinie war. Was womöglich sogar stimmte. Ohne den Erfolg der anderen Teams – HYCIV, Atom, Ariane-Fertigung, Sicherheit, Logistik und Start – spielte nichts von dem, was diese Astrodynamik-Fachleute sagten, irgendeine Rolle.

Haltet mal den Ball flach, ihr Wichser, dachte Amy.

Sie war nicht in Stimmung für solche Spielchen und würde, wenn es sein musste, jeden Einzelnen an den Haaren aus dem Saal ziehen. Das Raumflugteam sah es ihr an, denn alle packten ihre Laptops und Unterlagen zusammen und eilten hinaus. Amy rief Ben an. Er war direkt über ihnen im *Janus*-Sitzungssaal, nur eine kurze Rolltreppenfahrt entfernt. *Minimale Störungen.*

»Wir sind da«, sagte sie und legte wieder auf.

Troy verband seinen Laptop mit dem Flachbildschirm an der hinteren Wand. Er öffnete eine Videodatei mit den Aufnahmen einer Sicherheitsdrohne. Amy hatte sie bereits in der Luft gesehen. Auf den ersten Blick, wenn man nichts über Entfernung und Maßstab wusste, sahen die Militärdrohnen wie kleine Flugzeuge aus, ganz anders als die lauten kommerziellen Modelle, die wie Insekten umherbrummten. Die Predator-Modelle des Abwehrbündnisses kreisten ganz still in weiten Bögen wie anmutige Kalifornische Kondore und machten ihre Aufnahmen mit optischen und Infrarotkameras.

Jetzt erschienen Filmaufnahmen mit einer Zeitanzeige in der unteren Ecke des Bildschirms. Amy sah Bäume, die wie übergroßer Brokkoli entlang einer Straße standen, die zu einem Flugplatz außerhalb von Cayenne führte. Troy spulte weiter und folgte der Drohne, die weiter nach Süden flog, bis ein Flugfeld zu sehen war. Am anderen Ende stand ein sehr großes, sehr massiges Flugzeug – Zhens Xi'an Y-20 mit der roten Flagge der Volksrepublik China auf der Heckflosse. Über hundert bewaffnete Streitkräfte standen in einem gestaffelten Umkreis um das Flugzeug herum.

Amy hörte Bens Stimme im Flur. Kurz darauf erschien er in seinen Armeeklamotten in der Tür und schob den Professor im Rollstuhl vor sich her. Sie redeten immer noch über Themen aus dem Nuklearteam.

»Vielen Dank, dass ihr euch die Zeit genommen habt«, sagte Amy, als sie im Saal waren.

Der Professor richtete sich auf und musterte sie mit einem leisen Lächeln. Sie wussten, dass seine Ärzte sehr großzügig mit dem Kodein umgingen und ihm immer gleich die Ration für mehrere Tage gaben, die der Professor zwischendurch ganz lässig zu den vorgeschriebenen Cocktails aus Anti-Malaria, Anti-Depression, Anti-Angst, Ritalin und (für diejenigen ohne Herzbeschwerden) Amphetaminen einwarf. Er war jetzt, von seiner Leichenblässe abgesehen, einer der putzmuntersten unter den Forschenden in jedem beliebigen Raum. Amy fragte sich, was sein unvermeidliches Ableben wohl für die Moral der Truppe bedeuten würde.

Was Ben anging, sah er, wie er sich so auf den Griffen des Rollstuhls abstützte, auch nicht viel besser aus. Vor ein paar Tagen war er mitten in einem Gespräch mit einem ganzen Saal voller Mitglieder der Technikteams eingeschlafen. Mitten im Satz waren seine Worte unverständlich geworden, dann waren ihm seine Gesichtszüge entglitten. Noch ehe irgendjemand wusste, was mit ihm los war, fiel er zu Boden. Er versuchte aufzustehen, fiel aber immer wieder. Amy war völlig fertig deswegen, aber sie konnte nicht mehr tun, als ihn daran zu erinnern, wenigstens ab und zu schlafen, zu essen und diese verdammten Tabletten zu nehmen. Alle mussten

Ben dabei helfen, sich für die gute Sache aufzuopfern. Es machte sie krank.

Sie schloss die Tür und sagte, dass diese Unterhaltung streng vertraulich war.

Als sie an ihm vorbeiging, stieß Ben in voller Lautstärke hervor: »Wir haben keine Zeit für so einen Scheiß, Amy.«

Früher wäre er ihr nie so in den Rücken gefallen, aber jetzt schon. Amy räusperte sich und zeigte auf das angehaltene Videobild auf dem Wandschirm. Troy sprach zum Professor und wich Bens Blick aus, der Troys Bartwuchs betrachtete.

»Es handelt sich um eine der letzten Maschinen aus Ostasien«, sagte Troy. »China hat sich als einer der letzten Partner dem Abwehrbündnis verpflichtet, wenn Sie sich erinnern. Das Flugzeug ist Mitte November gelandet und steht seitdem neben dem Rollfeld.«

Amy sah das Erstaunen in Bens Gesicht, als er endlich Troy Andrews erkannte, einen der UN-Oberchefs, der sich seit Anfang September im Verwaltungshauptquartier verschanzt hatte. Sogar in dieser geschützten Blase hatten sich viele so verändert, dass sie für andere und für sich selbst kaum mehr zu erkennen waren. Nicht für Amy. Sie hatte sich nie müde oder erschöpft gezeigt und zeigte sich noch immer von ihrer besten Seite.

»Warum reden wir nicht einfach mit ihm?«, unterbrach ihn der Professor. »Warum diese Geheimnistuerei?«

Das Licht der Neonlampen spiegelte sich auf seiner von Leberflecken überzogenen Glatze. Trotz der Klimaanlage sah Amy Schweißtropfen darauf.

»Ich weiß nicht, warum das hier vertraulich sein muss«, erwiderte Amy und schüttelte den Kopf, »aber Zhen behauptet, dass sie die Lösung hat.«

»*Deus ex Machina*«, schnaubte der Professor.

Amy zuckte zusammen. Ihre Arme und Beine kitzelten vor Aufregung. Wie oft hatte sie sich schon gefragt: *Ist dieser Komet echt? Kann denn etwas wahr geworden sein, was einem eher wie etwas aus meinen Sci-Fi-Büchern und Fernsehserien vorkommt?* Es hatte etwas Unheimliches an sich, nicht direkt wie ein Déjà-vu, eher so, als beschreite man den vertrauten Weg des Schicksals.

»Es ist ein Fachausdruck«, meldete sich Ben wieder zu Wort.

Natürlich wusste Amy, dass es ein Fachausdruck war. Sie und Ben hatten diesen Kunstgriff schon unzählige Male diskutiert.

»Der bedeutet …«, fuhr der Professor fort und machte eine Pause, in der er Troy ansah und dann weiterredete, »dass Ihr Spezialist innerhalb unseres lächerlichen Startfensters so gut wie unmöglich ein erfolgreiches HYCIV bauen könnte – es sei denn, er zaubert einen Gott aus dem Hut.«

»Aber es ist nicht *un*möglich«, sagte Amy, die sich wieder gefangen hatte.

Sie wusste, wie sehr Wissenschaftler diese Annahme verabscheuten. Das Universum hatte ihnen schon zu oft bewiesen, dass sie sich geirrt hatten. Der Professor seufzte und nickte, womit er einräumte, dass eigentlich alles möglich war, solange es nicht unmöglich war.

»Aber es ist viel wahrscheinlicher, dass er sich täuscht oder lügt«, sagte der Professor traurig.

»*Sie*«, korrigierte ihn Amy jetzt doch. »Wenn Zhen sich täuscht oder lügt, warum bewacht der Trupp dann dieses Flugzeug?«

Der Professor klappte den Mund rasch wieder zu.

Amy wandte sich an Troy, aber der war gerade nicht mehr ansprechbar. Der Professor hatte soeben zugegeben, dass der

Erfolg der Abwehraktion so gut wie unmöglich war, eine aussichtslose Sache.

»Troy?«

Er stand mit offenem Mund da und versuchte, den drohenden Untergang zu begreifen. *Alles und jeder wird sterben …*

»Troy!«, schrie ihn Amy aus voller Kraft an.

Er blinzelte nicht einmal. Die Ärzte im Bündnis nannten diese Anfälle »UD3-Katatonie«. Amy ging zu Troys Laptop und überflog den überfüllten Desktop. Sie öffnete eine weitere Videodatei, die Troy den Sicherheitsprotokollen der Drohne entnommen hatte. Die Zeitanzeige war jetzt über zwei Monate vorangeschritten.

»Diese Aufnahmen wurden vor wenigen Tagen gemacht«, sagte Amy zu Ben und dem Professor.

Nicht einmal mehr die Hälfte des chinesischen Trupps stand in einer ausgedünnten Reihe rings um das Flugzeug Wache.

»Sieh dir den Flügel an«, forderte sie Ben auf.

Mehrere über den linken Flügel des Flugzeugs gespannte Plastikplanen hingen bis auf den Boden herab, auf dem Container standen.

»Sie sammeln Regen, weil sie vermutlich kein Trinkwasser mehr haben. Troy hat mit den Sicherheitskräften geredet, die immer noch vor Ort sind. Sie vermuten, dass die chinesischen Streitkräfte nach und nach abgehauen sind, weil es nichts mehr zu essen gibt. Sie schleichen sich nur mit ihren Waffen aus der Sicherheitszone und kommen nicht mehr wieder. Der Rest bleibt und bewacht das Flugzeug. Warum?«

Keiner der Anwesenden äußerte eine Vermutung, aber sie schlugen die Frage auch nicht in den Wind. Die arthritischen Finger des Professors bewegten sich auf dem Gehstock, der quer über seinem Schoß lag, auf und ab. Geistesabwesend spielten sie ein Klavierkonzert, während seine Augen und Gedanken auf das verpixelte Flugzeug gerichtet blieben. Plötzlich hob er den Zeigefinger und zielte damit auf Bens Kopf.

»Wahrsager?«, dachte er laut. »Kommt in deinen hundertzweiundzwanzig Einschlagsszenarien auch ein *Deus ex Machina* vor?«

Ben schüttelte den Kopf. Die Szenarien der planetaren Konferenzen hatten stets versucht, sämtliche plausiblen Situationen und daraus folgende Ergebnisse zu simulieren. Aber hier, in der Wirklichkeit, wurden sie mit dem Unplausiblen konfrontiert – und genau das hatten sie jetzt bitter nötig. Die Wahrheit konnte seltsamer sein als die Ausgeburten der Fantastik, die Amy so sehr liebte.

Ben nickte und sagte: »Dann erzähl mal, was diese Zhen zu sagen hat.«

Deus ex Machina lässt sich aus dem Lateinischen mit »Gott aus der Maschine« übersetzen.

Das Konversationslexikon bietet zwei verschiedene Definitionen an:

1. Ein Gott, der auf der Bühne eines griechischen oder römischen Dramas mithilfe eines Krans eingeführt wird, um die Auflösung herbeizuführen.
2. Eine Person oder ein Gegenstand (in der Literatur oder auf der Bühne), die ganz plötzlich und unerwartet erscheint und eine sehr ausgedachte Lösung für ein ganz offensichtlich unlösbares Problem aufzeigt.

22

ZHEN

KOUROU, FRANZÖSISCH-GUAYANA

12. JANUAR

T MINUS 20 TAGE BIS ZUM START

Zhen erschrak, als sie eine große Grille mit wippenden Fühlern an der Unterseite eines Sonnensegels sah. Sie machte erschrocken einen Schritt nach hinten und schaute zu den vielen schwarzen Siliziumzellen hinauf, die sich bis weit hinauf zur Decke erstreckten – und alle waren sie mit Grillen befallen!

Das durfte einfach nicht wahr sein. Zhen schloss die Augen, musste sie aber wieder öffnen, um das Gleichgewicht nicht zu verlieren. Der Boden des Reinraums kam ihr mit einem Mal leicht schräg vor, aber wenigstens waren die Grillen weg. Sie streckte die Hand aus und stützte sich an der Schulter des neben ihr stehenden Technikers ab, bis ihre räumliche Orientierung wieder im Lot war. Als Zhen sich zu ihrem Nachbarn umdrehte, sah sie über seiner Maske hellbraune Augen ohne doppelte Lidfalten, ein paar Sommersprossen und einen Leberfleck über der rechten Augenbraue. Es war Albert, ein Mitarbeiter des Guayana-Raumfahrtzentrums. Zhen hätte ihm, als sie ihn wieder losließ, auf Französisch danken können, aber das war nicht nötig. Hier stützten sich alle gegenseitig.

Albert wies die Technikerinnen und Ingenieure beim

Zusammenfalten und Verpacken der fertiggestellten Sonnensegel an. In den nächsten paar Tagen würden die Segel per Schiene in die Endmontagehalle transportiert und dort wie ein mit Scharnieren versehenes Origami in der Ariane-Rakete verstaut werden.

Zhen drückte einen Knopf an ihrer Uhr und stellte die Digitalanzeige vom Start-Countdown auf die 24-Stunden-Militärzeit um. Seit neununddreißig Stunden und achtunddreißig Minuten hatte sie nicht mehr geschlafen. In zweiundzwanzig Minuten würde ein leiser Alarm ertönen, der sie warnte, dass ihre Aufmerksamkeit allmählich und mit zunehmender Geschwindigkeit nachlassen würde, dass sie noch mehr Halluzinationen bekommen würde, mehr Orientierungsverluste erleiden, immer mehr für launische Anfälle, Paranoia und Konzentrationsbeeinträchtigungen anfällig wurde. Das hatte Zhen im Lauf ihres Erwachsenenlebens bereits gelernt, obwohl sie ihren Schlaf noch nie über eine so lange Zeitspanne rationiert hatte.

Bis jetzt waren ihre Halluzinationen in der Nutzlastabteilung noch harmlos gewesen: sich wölbende Wände, menschliche Gesichter, die sie aus leblosen Objekten ansahen, oder Kleckse, die sich in ihren Augenwinkeln bewegten. Grillen hingegen waren nicht so gut. Vielleicht waren sie – abgesehen vom Schlafmangel – ein Zeichen dafür, dass sich das Schicksal des Bündnisses gerade zum Besseren wendete. Zhen hob die Hand, um sich bei Albert und den drei anderen bemerkbar zu machen. Sie nickten rasch, als Zhen auf ihre Uhr zeigte. Ihr Vierzig-Stunden-Ruheschema war allen bekannt, nur ihr Vorgesetzter Quon kreidete ihr es an. Den anderen chinesischen Fachleuten hatte er befohlen, so lange zu arbeiten, bis sie umfielen und hinausgetragen werden mussten.

Zhen ging zur Wand des großen Reinraums, weg von der

Masse der Technikfachleute, Übersetzer und Dolmetscherinnen, die unter den verbliebenen Sonnensegeln zusammenstanden. Als sie eilig an der Wand entlangging, dachte Zhen an den Reinraum gleich nebenan, in dem Dr. Jin-soo und sein HYCIV-Team unablässig an ihrem unmöglichen Auftrag arbeiteten. Selbst wenn sämtliche Baugruppen den Bündnis-Vorstellungen entsprechend herbeigeschafft werden konnten, blieben immer noch viel zu viele komplexe Teile übrig, die von Grund auf entwickelt und innerhalb ihres Startfensters getestet werden mussten. Das Bündnis war dem Untergang geweiht – es sei denn, Zhen handelte jetzt auf eigene Kappe.

Nach einem erneuten Blick auf die Uhr beschleunigte sie ihre Schritte, aber sie war nicht schnell genug. Quon fing sie ab und stellte sich ihr vor dem Ausgang in den Weg. Wie immer wanderte sein Blick zuerst zu ihrem Mund. Er grimassierte beim Reden, weil er von ihren Narben unter dem Papierstoff der Maske wusste, und es gefiel ihm nicht, dass Zhen mit Maske wie eine perfekt gestaltete Frau aussah – eine sogar ziemlich hübsche obendrein.

»Es ist wieder einer zusammengebrochen«, rief er. »Diesmal ist es Wang.«

Zhen sagte nichts dazu. Mehr als einmal hatte sie um Ruhepausenpläne gebeten, aber im chinesischen Team war persönliche Aufopferung mehr als ehrenhaft, sogar unter diesen extremen Umständen und trotz der bedauernswerten Verluste. Quons Augen zuckten verstohlen hin und her. Sie sprachen Mandarin, aber nicht weit von ihnen entfernt standen mehrere Personen bereit zum Übersetzen und warteten nur darauf, bei Bedarf einzuspringen.

»Ich habe mir sagen lassen, dass du dich mit ihren Anführern getroffen hast«, sagte Quon mit leiser Stimme, »ganz heimlich.«

Zhen spürte ihren beschleunigten Puls in den Ohren und am Hals. Sie hielt die Luft an und wartete darauf, dass er Amy und ihre Zusammenkunft auf der Straße erwähnte.

»*Ich* bin dein Vorgesetzter. Nicht sie. Nicht Dr. Lee«, sagte Quon und nickte in Richtung der Wand, die sie vom HYCIV-Team trennte.

»Du darfst nicht allein mit ihm sprechen.«

Zhen verspürte sofort Erleichterung darüber, dass er das Ausmaß ihrer Handlungen nicht kannte – aber zugleich wurde sie sehr wütend. Seitdem sie für die Nationale Chinesische Raumbehörde arbeitete, hatte sie sich stets gefügt. Aber das war einmal. Jetzt ging es um einen Kometen der Auslöschungsklasse namens UD3. Zhen musste Kraft finden und sich aus dem einengenden Korsett des Gehorsams lösen wie ein schwaches Küken, das sich aus seiner Eierschale befreit.

»Uns läuft die Zeit davon«, sagte sie. »Uns *allen*«, fügte sie hinzu und wagte es, mit ihrer Handbewegung sämtliche in diesem Reinraum anwesenden Nationalitäten miteinzubeziehen, die gesamte Menschenfamilie.

»Unser Befehl lautet *abwarten* –«, zischte Quon.

Im November war das chinesische Technikteam an Bord eines Xi'an-Y-20-Transportflugzeugs gegangen und nach Südamerika geflogen. Die Führung in Peking hatte sich bereit erklärt, an den internationalen Bemühungen zur Kometenabwehr teilzunehmen … offiziell. Inoffiziell fuhr man lieber zweigleisig. Es gab eine Minderheit, die Gespräche mit Moskau führte und sich dafür einsetzte, dass China sich der russischen Abwehraktion anschließen sollte.

Nach der Landung von Zhens Flugzeug auf dem Flugplatz Cayenne waren die Passagiere ausgestiegen und zum Raumfahrtzentrum Guayana gefahren, die Streitkräfte und Bordbesatzung hingegen waren zurückgeblieben, um das Flugzeug zu bewachen und *abzuwarten.* Die Führung in Peking würde sich entweder dafür entscheiden, sich der russischen Aktion anzuschließen, und alle Fachleute und Ressourcen zurückbeordern, oder sie würde sich voll hinter das internationale Bündnis stellen – und das Staatsgeheimnis enthüllen, aus dem die andere Fracht bestand. Ein Geheimnis, das womöglich das Zünglein an der Waage zwischen Überleben und Auslöschung sein könnte.

»Wahrscheinlich blockiert die UN die Verbindungen nach Peking«, flüsterte Quon und sah sich um.

Das war durchaus möglich. Zhen hatte sich, da sie fließend Englisch und Französisch sprach, mit vielen Experten und Expertinnen aus anderen Teams angefreundet. Einige hatten von Gerüchten geraunt, die NASA rechne mit einem Einschlag des Kometen in China. Zhens Regierung hatte sich vielleicht dafür entschieden, mit den benachbarten Russen zusammenzuarbeiten, sobald sie ihre eigenen Berechnungen angestellt hatte. Das Abwehrbündnis konnte diese Information blockiert und die Forderungen der Chinesen ignoriert haben. Es gab natürlich noch andere Möglichkeiten. Ein Techniker namens Cheung war der letzte Chinese, der beim Bündnis eingetroffen war. Als Ersatz für einen anderen Techniker, der an einem Herzschlag gestorben war, traf er ein kurz bevor weitere Zulassungen verweigert wurden. Er brachte schreckliche Nachrichten mit.

»Cheung hat gesagt –«

»Ich weiß, was er gesagt hat«, unterbrach Quon sie.

Zhen klappte den Mund zu, aber ihre funkelnden Augen sprachen für sie: *Jetzt! Jetzt ist es an der Zeit, dass du uns anführst!*

Zhen war eine Frau von sechsundvierzig Jahren ohne Entscheidungsgewalt. Quon war älter als sie und ein höhergestelltes Mitglied der Kommunistischen Partei. Er besaß nicht die Hälfte von Zhens intellektuellen Fähigkeiten oder Erfahrungen, aber er wusste, was in ihrem Y-20-Transporter gut verpackt und verstaut bereitlag. Dieses Wissen konnte das Bündnis zur Kometenabwehr entweder retten oder es konnte weiterhin Löcher in ihre geistige Gesundheit brennen, während hier die Zeit ablief. Aber Quon machte keine Anstalten zu handeln. Sie standen sich schweigend gegenüber. Man hatte ihn zum Anführer bestimmt, weil er ein treuer Gefolgsmann war. Zhen ging um ihn herum und drehte sich nicht um, als er ihren Namen rief.

Nachdem sie ihren Reinraumanzug ausgezogen hatte, verließ sie das Gebäude zum Parkplatz. Ausgetretene Zigarettenfilter knatschten unter ihren Schuhsohlen. Neben der Tür stand ein Kreis schuldbewusster Raucher, der sich die letzten Bündnis-Zigarettenvorräte teilte. Auch zwei Chinesen waren dabei, die sofort verschämt die Augen abwandten, als sie vorbeiging, aber Zhen konnte die Normalität ihrer Angewohnheit durchaus akzeptieren. Noch berührender war es, wie sie die Augen schlossen, um das Nikotin voll auszukosten, bevor sie den kostbaren Stängel an die nächste Person weiterreichten.

Am äußersten Rand des Parkplatzes befand sich eine provisorisch eingerichtete Essensausgabe plus medizinische Versorgungsstelle. Zhen stellte sich in die kurze Schlange und erhielt eine Papiertüte mit Essen, die sie in die Tasche ihres Laborkittels schob. Um weiterzugehen, musste sie über auf dem Boden schlafende Fachkräfte und andere, die wie Kleinkinder mit dem Löffel gefüttert wurden, steigen. Das meiste Fett hatten sie sich aus Vernachlässigung längst vom Leib gehungert. Zhen sah vermutlich genauso hager und eingefallen aus. Ihre Kleidung hing nur noch lose an ihr, außerdem hatte ihre Monatsblutung ausgesetzt.

Sanitäter hatten einige der Kränkeren an den Tropf gehängt. Wenn sie nicht an Ort und Stelle versorgt werden konnten, wurden sie zur Krankenstation gebracht. Einige kehrten zurück, die meisten jedoch nicht. Zhen erblickte Cheung in seinem weißen Laborkittel unter ihnen. Seine Hände zitterten heftig, und seine gehetzten Augen starrten in eine Ferne, die sonst niemand sehen konnte. Zhen blieb bei ihm stehen, flüsterte seinen Namen und schüttelte ihn sanft an der Schulter. Das Auftreten von Symptomen der UD3-Katatonie war gefährlich, denn angeblich waren sie ansteckend.

»Cheung«, flüsterte sie. »Komm zurück.«

Zhen schüttelte ihn fester, erinnerte sich daran, was er ihr bei seiner Ankunft hier berichtet hatte: dass sich in Rotchina abermals ein stummes Blutbad ereigne. Cheungs Eltern und eine ältere Tante sagten, dass die große Hungersnot, die mit den Nachrichten vom Kometen eingesetzt hatte, genauso war wie die Mitte des 20. Jahrhunderts beim Großen Sprung nach vorn. Die Menschen aßen tagsüber Gras und Baumrinde, und in der Nacht verschwanden Babys und Kinder.

Cheung sah sie plötzlich erschrocken an.

»Es wird noch schlimmer werden«, sagte er, sobald sein Blick Zhen gefunden hatte.

»Zu Hause?«

»Überall«, erwiderte er und schaute weg.

Die Welt stürzte in Chaos und Zerstörung. Es war sehr gut möglich, dass aus der Volksrepublik China keine Anweisungen kamen, weil sie ganz einfach nicht mehr existierte.

Dichter Wald umgab den Zaun, der die Nutzlastabteilung umfasste. Um diesen Wald zu erreichen, musste man zunächst den Parkplatz hinter dem Komplex überqueren und über einen Maschendrahtzaun springen. Als Zhen zum ersten Mal in den Wald gegangen war, um einen ruhigen, aber nicht allzu weit entfernten Schlafplatz zu finden, hatte sie das Ende einer Spule mit nylonummanteltem Draht am Zaun festgebunden. Dann war sie rückwärts auf die Bäume zugegangen und hatte den dünnen Draht nach und nach von der Rolle gespult. Nach siebzig Schritten konnte sie die Flutlichter des Parkplatzes nicht mehr sehen und im Lärm der Insekten auch keine Menschenstimmen hören. Nach hundertzweiunddreißig Schritten stieß sie auf eine Gruppe merkwürdig aussehender Bäume: An dieser Markierung konnte sie sich orientieren.

Direkt auf der Baumrinde wuchsen dunkle, kugelförmige Früchte wie Weintrauben. Zhen schlang den Draht um einen Baum, um jederzeit den Weg zurück zum Komplex zu finden, und pflückte eine dieser seltsamen Früchte. Waren sie essbar? Nach ihrer Rückkehr erkundigte sie sich bei einem Dolmetscher danach und wollte wissen, ob die Einheimischen die Früchte aßen, aber der schüttelte den Kopf. Mit den hier ansässigen Menschen hatte niemand Kontakt, sagte er, mit Ausnahme der bewaffneten Trupps außerhalb des Bündnis-Geländes. Er sah sehr traurig aus, als er das sagte.

Alle vierzig Stunden folgte Zhen ihrer Drahtschnur in den Wald hinein. Sie war in Chongqing, einer der chinesischen Megastädte, geboren und aufgewachsen und an Beton, Straßenschilder, Menschenmengen und Handy-Stadtpläne gewöhnt. Sich allein in der Natur zu bewegen, wo es in alle Richtungen gleich aussah, das kannte sie nicht. Aber sogar in der Nacht, wenn der Mond hinter den Wolken verborgen blieb, fand sie immer ihren Weg, indem sie mit einer Hand am Draht ging und die andere vor sich ausstreckte, bis sie die Rinde der Bäume mit ihren knollenartigen Früchten spürte.

»Wenn du dich mit mir unter vier Augen treffen willst«, hatte sie Amy gesagt, nachdem sie ihren Jeep mitten in der Nacht angehalten hatte, »musst du nur alle vierzig Stunden meinem Draht folgen.«

Zhen hatte ihre Hoffnungen an so viele riskante Unbekannte geknüpft, weil ihr nichts anderes übrig blieb. Diese Amy mit ihrer Cyberpunk-Frisur und dem Tattoo auf dem Arm musste die führenden Köpfe im Bündnis dazu bringen, sich heimlich mit Zhen zu treffen. Amy war weder Technikerin noch Soldatin oder von der Regierung. Zhen wusste nicht, welche Funktion sie offiziell hatte, sie wusste nur, dass sie allem Anschein nach keiner Instanz unterstellt war. Es war eher so, dass andere auf sie hörten.

Es gab noch andere unbekannte Faktoren – solche, die Zhen die Kehle zuschnürten, die ihr Sprache und Atem verschlugen. Stand das chinesische Y-20-Flugzeug immer noch auf dem Flugplatz in Cayenne? Wurde die geheime Fracht immer noch von chinesischen Truppen bewacht? Zhen hatte die luftdichten Container nach der Landung in Französisch-Guayana überprüft. Wie sanft hatten ihre Finger über ihr Neugeborenes gestrichen, ihr Baby, das sie drei lange Jahre ausgetragen hatte. Alle Container waren noch intakt gewesen – aber was, wenn sie inzwischen beschädigt worden waren?

Zhen durfte nicht darüber nachdenken. Angst vernichtete den Appetit. Abgesehen davon fand Zhen den Inhalt der Tüte mit ihrem Mittagessen – zwei Scheiben Brot mit Marmelade und einer Paste, die nach Erdnüssen roch und nach Exkrementen aussah – fast ungenießbar. Während der langen Arbeitsstunden schrumpfte ihr Magen oft zusammen, anschließend war es unangenehm, ihn wieder zu füllen. Sie musste den Rest essen, wenn sie wieder aufwachte.

Zhen zog ihren Laborkittel aus und faltete ihn zu einem

Quadrat zusammen. Dabei ging es ihr nicht darum, dass sie diese offizielle Kleidung nicht mochte. Sie mochte alles, womit sich ihr Körper verstecken und in etwas verwandeln ließ, das niemand infrage stellte, etwas, von dem am besten niemand Notiz nahm. Aber hier, ganz allein, außerhalb der Klimaanlagen, war der Kittel viel zu warm und leistete bessere Dienste als Kopfkissen. Sie legte ihn in den Schatten eines dichten Buschs und legte sich hin.

Was für ein leuchtend blauer Himmel! Zhen war an die tiefhängenden grauen Smogwolken gewöhnt, die Chinas Städte plagten, aber hier war die Luft sauber, ohne Geschmack, ohne Gerüche und ohne Schmutz. Sie atmete tief in ihr Zwerchfell ein und aus und sah zu, wie die reinen weißen Wolken dahintrieben und seltsame Formen mit scharf gezeichneten wie auch zarten Umrissen annahmen. Zhen schloss die Augen und versuchte zu schlafen. Sie versuchte, nicht an ihre Familie zu denken. Wahrscheinlich waren alle tot, aber …

Zhen stammte aus einer Familie von Mathematikgenies, die seit Langem gelernt hatte, trotz aller Widrigkeiten zu überleben – und diese Tatsache war ihr einziger Trost. Zhen selbst war ein glückliches Produkt ihrer Zeit, denn sie wurde als zweites Kind geboren, bevor die Ein-Kind-Politik propagiert wurde. Als Deng Xiaoping 1978 an die Macht kam und die Reformen einführte, die Chinas Grenzen und Wirtschaft öffneten, war sie eine Fünfjährige mit Zöpfchen und roten Narben auf der Oberlippe gewesen.

Zhens Familie hatte alles Geld zusammengelegt und Zhens älteren Bruder Kuo zur Ausbildung nach Cambridge in England geschickt. Zhen hatte nicht erwartet, eine »Meeresschildkröte« zu werden, eine von denen, die China verließen, um im Ausland zu studieren, selbst wenn ihre Familie genug Geld gehabt hätte, um sich eine solche Extravaganz ein zweites Mal zu leisten. Ihre Mutter wollte, dass sie sich an der Universität Peking einschrieb, ihr Vater bevorzugte die Universität Tsinghua, ebenfalls in Peking, aber Zhen konnte sich nicht vorstellen, nicht mehr bei ihren Eltern zu wohnen. Sie war überglücklich, als sie sich als jüngste Studentin überhaupt an der Universität Chongqing einschreiben konnte.

1989, als Zhen gerade sechzehn wurde und sich darauf vorbereitete, ihren Abschluss mit Auszeichnung zu machen, versammelten sich protestierende Studenten auf dem Tiananmen-Platz und weigerten sich, ihn wieder zu verlassen. Familie Liu las von dieser Besetzung in der *Volkszeitung*, in anderen staatlichen Zeitungen war nichts davon zu lesen. Die Protestierenden riefen Sympathien und Hoffnung bei der Leserschaft hervor und weckten vergrabene Erinnerungen bei anderen. Als im Mai über das Radio verkündet wurde, dass die chinesische Regierung das Kriegsrecht über Peking verhängen werde, war Zhens Mutter außer sich.

»Es passiert schon wieder«, flüsterte sie die Wände an. »Sie werden untergehen. Sie sind zu jung, sie können es nicht wissen.«

Vor ihrem inneren Auge sah sie wieder die Schrecken, die sich unter dem Vorsitzenden Mao und seiner Roten Armee ereignet hatten.

»Blutegel«, erzählte sie Zhen eines Nachts und ging in ihrem Schlafzimmer auf und ab. »In den Reisfeldern waren Blutegel.«

Zur Verdeutlichung schlug sie sich auf die Schienbeine. Damals war Zhens frisch verwaiste Mutter mit Millionen anderen Jugendlichen in die Bauerndörfer des ländlichen Chinas geschickt worden.

»Ich sehe sie immer noch vor mir«, gestand sie ihrer Tochter.

Die Erinnerung daran, nach unten zu schauen und zu sehen, wie die eigenen nackten Beine in eiskaltem Wasser und verkrustetem Eis standen, mit Parasiten und Wunden bedeckt, aus denen rotes Blut von den vielen Bissen rann, war so lebhaft, dass sie an eine Halluzination grenzte.

»Das mache ich nicht mehr mit«, versprach sie sich. »Eher müssen sie mich in einer Holzkiste aus dieser Wohnung tragen.«

Zhens Vater war deutlicher und direkter.

»Wenn du auf der falschen Seite einer Revolution stehst, Zhen, wirst du zerquetscht. Und alle Hoffnungen auf eine Zukunft werden mit dir sterben. Unsere Familie wird ausgestoßen. Ich verliere meine Arbeit, und dann müssen wir betteln.«

Er hatte erkannt, dass Zhens Augen und Ohren dem Versprechen von Demokratie weit offen standen, aber sie konnte die Gefahren nicht einschätzen. Er musste an ihre Vernunft und ihr Pflichtgefühl appellieren. Ob das Volk nun von der Gier einiger weniger oder von der Idiotie der Massen regiert wurde, nichts davon war es wert, sich ihre Familie zerstören zu lassen. Er sprach ganz ruhig, aber Zhen hörte die Angst in seiner Stimme ebenso wie die Schritte ihrer Mutter, die immer noch enge Kreise zogen.

Zhen schuldete ihrer Familie alles. Statt sich 1989 der Demokratischen Bewegung anzuschließen, blieb sie zu Hause, während die Soldaten der Volksarmee auf ihr eigenes Volk schossen. Bald darauf fanden Säuberungen statt. Zhen machte ihren Universitätsabschluss als Jahresbeste, während etliche andere Studierende und Lehrkräfte aus der Öffentlichkeit verschwanden. Diejenigen, die still und ängstlich blieben, durften ihr Leben weiterleben. So auch Zhen.

Viele ihrer Freundinnen heirateten in den Jahren nach der

Universität, aber Zhen hatte keine Verehrer. Wenn man die Narben ignorierte, rangierte sie durchaus auf der normalen Skala zwischen einfach und hübsch. Aber niemand ignorierte die Narben. Zhens Eltern konnten es sich leisten, deswegen nachsichtig zu sein. Schließlich würde ihr Sohn die Familie fortführen. Zhen war ihre glückliche Zweite. Sie ermutigten sie, ihre Ausbildung fortzusetzen. Weibliche Doktoranden wurden *di san xing* oder *das dritte Geschlecht* genannt. Aber Zhen war sowieso nicht zu verheiraten und hatte nichts zu verlieren.

Mit achtzundzwanzig galt sie als eine der *sheng nu* oder »Übriggebliebenen«, wie die Knorpelstücke oder durchweichten Gemüsereste, die auf dem Teller beiseitegeschoben und weggeworfen wurden. Alle nahmen an, Zhen würde an der Universität bleiben, doch kurz nachdem sie ihren Doktortitel erworben hatte, wurde sie von der Regierung rekrutiert, so wie ihr Großvater, der Kryptograf. Die Parteiführung strebte ein größeres Raumfahrtprogramm an, eines, das einer Weltmacht würdig und ein Quell des nationalen Stolzes sein würde.

Um an dem Programm teilzunehmen, musste Zhen ihre Treue gegenüber Mao Zedong geloben und der Kommunistischen Partei beitreten. Im Zuge dessen gab sie ihren Reisepass ab und ihre Träume vom Reisen in die ganze Welt auf. Es gab keine andere Möglichkeit, den Kopf einzuziehen, sich um ihre Familie zu kümmern und den Erwartungen der anderen zu entsprechen. Zhen überlebte, gelobte sich aber, dass sie, sollte die Zeit einmal kommen und es mehr zu gewinnen als zu verlieren geben, sich erheben und ehrenhaft neben den Rechtschaffenen stehen würde. Das war ihr Schicksal.

23

DAS MEETING

KOUROU, FRANZÖSISCH-GUAYANA
14. JANUAR
T MINUS 18 TAGE BIS ZUM START

»Da empfehle ich einen guten Einlauf«, verkündete der Professor.

»Ich merk's mir«, sagte Ben und schob den Rollstuhl des alten Mannes ins Foyer des *Janus*.

Er ließ den durch die Schmerztabletten ziemlich durchgedrehten Professor weiterplappern. Amy wollte übernehmen, aber er ignorierte sie. Ben brauchte die Griffe des Rollstuhls ebenso sehr zum Abstützen wie zum Schieben.

»Ich will nicht undankbar sein«, schob der Professor rasch nach. »Das Kodein war eine große Erleichterung. Und das Morphin jetzt ist ein absoluter Segen – aber diese Mittel verstopfen die Rohre ziemlich heftig.«

Nachdem der Professor jetzt zu Morphin aufgestiegen war, erhielt er seine Dosis jeweils persönlich in der Krankenstation. Selbstmord war für viele beim Bündnis inzwischen zu einer großen Bedrohung geworden, ebenso wie Psychotraumata, Krankheitsausbrüche, Luftangriffe, interne Sabotage und Überfälle durch die Einheimischen aus dem Umland, die gemeinsam gegen den äußeren Sicherheitszaun losgestürmt waren und dabei genug Wachen überrumpelt hatten, um sie zu entwaffnen und durchzubrechen. Mit jeder neuen Bedrohung kamen neue, streng durchgesetzte Regeln.

Als Ben, der Professor und Amy die Türen zum Foyer erreichten, wartete draußen ein Jeep auf sie. Jedes Mal, wenn man in die feuchte Hitze hinausging, kam es einem vor, als prallte man gegen eine weiche Wand. Ben beugte sich zu dem Professor hinunter, bis er sein Spiegelbild in den dicken Brillengläsern des alten Mannes sehen konnte.

»Sind Sie sicher, dass Sie nicht mitkommen wollen?«, fragte Ben den Professor.

Auf der klebrigen Haut des alten Mannes bildeten sich Schweißtropfen.

»Ich gehe lieber rüber zum Nuklearteam«, antwortete der Professor. »Mit Physik komme ich klar. Diese feuchte Dschungelluft ist was ganz anderes. Die taugt nicht für Elektronik oder alte Männer.«

Zwei UN-Soldaten stiegen aus dem Jeep und kamen näher. Einer hob den Professor aus dem Stuhl heraus, als wöge er nicht mehr als ein kleines Kind, der andere klappte den Rollstuhl zusammen und verstaute ihn hinten im Jeep. Ben und Amy sahen dem davonfahrenden Wagen nach.

»Er sieht schrecklich aus«, sagte Ben.

»Du auch«, sagte eine Stimme hinter ihnen.

Ben und Amy drehten sich erschrocken um und erblickten Love, die in ihrem Armee-Overall und mit verschränkten Armen vor dem Eingang stand.

»Was machst du denn hier?«, stammelte Ben. »Du sollst doch bei den Nuklearleuten sein.«

»Leck mich, Ben. Ich bin vielleicht nicht so ein Genie wie du, aber ich bin auch nicht blöd. Ich weiß, dass sich was zusammenbraut.«

Love hätte noch mehr gesagt, aber da hielt schon der nächste Jeep vor dem *Janus*-Gebäude.

»Scheiße, auch das noch!«, fluchte Ben. »Die Katastrophenengel.«

Zwei Frauen in roten Jacken mit dem Rotkreuzzeichen stiegen vom Rücksitz. Die eine war Psychiaterin aus einer presbyterianischen Familie in Vermont. Sie war groß und drahtig und hatte ein vorstehendes Kinn und eine Nase wie eine Halloween-Hexe. Die Notärztin hingegen kam aus Houston, Texas. Sie war klein und rundlich, nötigte aber allen den Respekt ab, der jemandem gebührt, der die Arbeit des Herrn verrichtet. Beide waren langjährige Freiwillige beim Katastrophenschutz des Roten Kreuzes. Wenn die beiden wie grauhaarige Todesfeen erschienen, dann war klar, dass man vom Abgrund der Selbstvernichtung zurückgerissen und zu weiterer medizinischer Versorgung hinweggezaubert wurde. Die Frauen kamen sofort auf sie zu und stellten sich vor.

»Moment mal, haben euch die Russen geschickt?«, unterbrach sie Ben. »Oleg hält Seelenklempnerei für lächerlich.«

»Das erklärt vielleicht deren hohe Selbstmordrate«, konterte die hochgewachsene Psychiaterin. »Aber nein. Ein besorgter Kollege hat uns gebeten, dass wir uns um Sie kümmern –«

»Keine Zeit«, sagte Ben, »und ich klau mir euer Taxi.«

Er schob sich eilig zwischen ihnen hindurch und sprang auf den Rücksitz ihres Jeeps. Amy setzte sich neben ihn, und ehe sie die Tür schließen konnte, kam auch Love herein.

»Schiebt eure mageren Ärsche rüber«, blaffte sie. »Ich komme mit.«

Amy stieß Ben den Ellbogen in die Rippen, bis er nach links rückte. Ben sagte dem Fahrer, dass er zur Nutzlastabteilung fahren solle.

»Wieso zur Nutzlast?«, wollte Love wissen, als sie sich anschnallte.

»Genau das wollen wir herausfinden«, gab Amy zu.

Ben kam im Jeep die Zeit abhanden. Er musste eingeschlafen sein, denn als er die Augen aufmachte, sah er, dass ihn alle anstarrten. Der Jeep stand auf dem Parkplatz der Nutzlastabteilung. Ben fummelte an seinem Sicherheitsgurt und versuchte, beim Aussteigen nicht zu fallen. Auf dem Asphalt lagen alte Zigarettenstummel. Die Leute vom Logistikteam hatten die letzten Zigaretten bereits ausgegeben. Essen, Medikamente und Vorräte wurden rationiert, was darauf schließen ließ, dass der Rest der Welt am Verhungern war. Das Abwehrbündnis war zu einem habgierigen Organ geworden, das der sich auflösenden Zivilisation das verbliebene Blut aussaugte.

Ben stieg über schlafende Mitglieder des Technikteams oder ging um sie herum. Sie lagen einfach zusammengerollt in ihren Overalls auf dem Boden.

»Wie im Zentrum von Tokio, nur ohne Anzüge und Schlipse«, murmelte er.

Und so wie die Geschäftsleute, die in Tokio bis zur Erschöpfung arbeiteten, gab es auch bei den Bündnis-Fachkräften genügend Zusammenbrüche, Aussetzer und Herzanfälle aufgrund von Übermüdung und chronischem Stress.

Ben, Amy und Love kletterten über den Maschendrahtzaun, der den Parkplatz eingrenzte. Ben war mit seiner geschwächten Verfassung langsamer und schwerfälliger.

»Könnte es eine Falle sein?«, flüsterte Love, als sich der Wald um sie schloss.

Ben stieß ein humorloses Lachen aus und zuckte mit den Achseln.

»Warum sollten wir es dann riskieren?«, fragte Love nach.

»Weil es nichts zu riskieren gibt«, ranzte Ben sie an. »Wir sind alle tot. Mausetot. Es sei denn, das hier … dass sie …«, er zeigte vage vor sich, »etwas weiß, was wir alle nicht wissen.«

Love blieb stehen. Ihre Beine versagten den Dienst, sie sackte kraftlos zu Boden. Bei einem Pflichtkurs über Psychotrauma hatten ihnen die Katastrophenengel gezeigt, dass man in einem solchen Fall eine Art Fötushaltung einnehmen sollte, aber Ben hatte damals nicht aufgepasst.

Amy legte die Arme um Love, während Ben weiterging. Seiner Meinung nach musste Love aufstehen und einfach weitergehen, genau wie er. Wenn sie es nicht mehr schaffte … Dann musste man eben loslassen, vermutete er. Sosehr er das alles auch liebte – den Planeten, sein Leben im neuen Jahrtausend, Amy, seine Eltern, seine Schwester, den Neffen und die Nichte, die Erinnerungen an Südkalifornien, Love und den Rest des Abwehrbündnisses –, er musste alles loslassen. Bens innerer Fürsorgemechanismus hatte den kritischen Punkt bereits hinter sich gelassen, seine Synapsen waren mit Antidepressiva geflutet. Jedes Mal, wenn er in diese Kissen weinen wollte, war es so, als wollte man Tränen aus einem Stück Treibholz pressen.

Ben ging weiter, bis er eine merkwürdige Baumgruppe erblickte. Auf den ersten Blick sah es so aus, als wären die Zweige mit schwarzen, kugelförmigen Flecken übersät, wie feiste Parasiten.

»Ist das Flugzeug noch da?«

Ben zuckte zusammen und drehte sich einmal im Kreis. Die Stimme war ganz nah. Dann sah er eine Asiatin, die im Schatten eines großen Busches aufzustehen versuchte. Sie trug ein Tanktop und Shorts, rollte aber rasch einen weißen Laborkittel aus und schob die Arme in die Ärmel.

Er musterte neugierig ihr Gesicht und blieb an den Narben hängen. Zhen kannte den Blick. Sie ließ die Hand sinken und wartete, bis sie begutachtet und für minderwertig befunden wurde.

»Doppelte Gaumenspalte –«

»Ja«, unterbrach sie Ben, der noch so menschlich empfand, dass er den Blick davon abwandte.

»Wo ist Amy?«, fragte Zhen.

Wie aufs Stichwort war hinter Ben ein klagendes Geräusch zu vernehmen.

»Sie hilft einer Freundin«, antwortete Ben rasch. »Hören Sie, Sie wollten mich sprechen. Also wer zum Teufel sind Sie und warum zum Teufel sollte mich das interessieren?«

Das gab ihr zu denken.

»Zhen«, antwortete sie.

»Zhen, ich bin Ben Schwartz.«

Die Spezialistin blinzelte und verbeugte sich dann respektvoll.

»Ist das Flugzeug noch da?«, fragte sie wieder.

Ben nickte. Die Frau legte eine Hand aufs Herz und holte tief Luft. Ben wusste nicht, was sie erwartet hatte, aber offensichtlich etwas anderes. Als Amy ihm von einer Mitarbeiterin erzählt hatte, die behauptete, eine Lösung zu haben, hatte er Zhen entweder für eine Lügnerin oder für eine miese Mathematikerin mit schlechten Berechnungen gehalten. Schlechte Schauspielerei roch er auf hundert Meter Entfernung. Also war sie eine beschissene Mathematikerin.

»Los, weiter«, drängte Ben. »Welche Lösung haben Sie?«

Er hatte bereits sämtliche Möglichkeiten, die sein Verstand erfassen konnte, ausgeschöpft. Er war bereit, Zhens Hoffnungen auf eine Lösung so zu vernichten, wie er Loves Hoffnungen auf eine Zukunft vernichtet hatte. Wenn man dir eine Aufgabe zuweist, dann solltest du sie auch ausführen.

Zhen fing an zu zittern und schnell zu atmen. Sie musste die Worte von ganz weit unten hervorholen.

»Der *Tianlong!*«, sagte sie schnell.

Falls diese Frau zischende Gedankenblitze erwartet hatte, dann hatte sie sich getäuscht.

»Ein Raumfahrzeug«, erklärte sie. »Die nächste Generation des *Hayabusa.*«

»*Hayabusa?*«, fragte Ben und schüttelte den Kopf. »Sie meinen JAXAs *Hayabusa?*«

»Ja«, antwortete Zhen, die die Frage erwartet hatte, aber trotzdem verärgert darüber war. »Die japanische Raumbehörde hat die *Hayabusa* und die *Hayabusa 2* gebaut –«

Natürlich wusste Ben darüber Bescheid, genau wie er wusste, dass die *Hayabusa 2* derzeit durch das ferne All zu einem Asteroiden der C-Klasse unterwegs war, um organische und hydrierte Mineralien aus dem ursprünglichen Universum zu bergen.

»Aber der *Tianlong* ist chinesisch«, beharrte Zhen. »Das Wort ist Mandarin und bedeutet Himmlischer Drache. Wir haben ihn heimlich gebaut. *Ich* habe ihn gebaut. Mit vielen Verbesserungen.«

Ben versuchte, eine Frage zu formulieren. Das Kauderwelsch, das er hervorbrachte, war eine Mischung aus *Was* und *Wie.*

»Unsere Netzwerkhacker sind … sehr, sehr gut«, gab Zhen nicht ohne eine gewisse Scham zu. »Sie kümmern sich nicht groß um das geistige Eigentum von Ausländern.«

»Sie haben die Technologie geklaut.«

»Sie ist hier«, sagte sie.

»Sie … also Sie haben das *Hayabusa-2*-Raumfahrzeug kopiert?«

»Nicht nur kopiert«, knurrte Zhen. »Kopiert und verbessert. Die nächste Generation –«

»Wo?«, rief er.

»Hier«, wiederholte Zhen. »In Einzelteile zerlegt in diesem Flugzeug in Cayenne.«

Bens Unterkiefer klappte auf und wieder zu. Er rang um Luft. Dann sank er zu Boden, fühlte sich zugleich aber schwerelos. Wenn das alles stimmte, dann war Zhen wirklich eine Göttin, die im zweiten Akt auf die Bühne herabgeschwebt kam und ihnen allen ihre Gnade erwies. Ben war ganz leicht zumute. Er war ein Heliumballon in diesem wunderschönen blauen Himmel über ihnen.

Er musste schon wieder Zeit verloren haben. Als er die Augen öffnete, kniete Amy mit rot umrandeten Augen über ihm. Ben drehte den Kopf zur Seite und sah Zhen und Love nebeneinanderstehen.

»Ihr elenden Diebe«, sagte er zu Zhen. »Ihr elenden, *wunderbaren* Diebe!«

Zhen schüttelte den Kopf und runzelte die Stirn. Nachdem sie vergeblich einen englischen Satz formulieren wollte, stieß sie eine heftige Tirade auf Mandarin aus.

»Sie sagt, dass der Zweck die Mittel heiligt«, übersetzte Love. »Weil wissenschaftliches Verständnis allen nützt.«

Zhen nickte heftig und sagte, dass sowohl die USA als auch Japan die ersten Schritte unternommen hätten, Proben von flüssigem Wasser zu nehmen, das auf Enceladus und Europa gefunden worden sei, in der Hoffnung, Proteine zu entdecken, die Bausteine außerirdischen Lebens. Zhen wusste, dass die chinesische Führung sie dabei schlagen wollte. Sie wollten die himmelhoch aufsteigende, feuerspuckende Macht Chinas demonstrieren und den Wettlauf ins All gewinnen, wo Zhen bloß eine Chance auf Wettbewerb haben wollte.

Ben hörte ihr zu, aber er ging zugleich im Geist das Inventar aller möglichen Baugruppen einer *Hayabusa 3* durch, die man für Jin-soos HYCIV-Raumsonde benutzen konnte. *Ach du Scheiße!,* dachte er. *Die Hayabusa 2 hatte ein Ionentriebwerk!* Wenn das HYCIV ihres Bündnisses mit einem Ionenantrieb anstatt von Solarenergie beschleunigt würde, wäre es viel schneller. Und wenn die Rakete schneller zum Kometen gelangte, konnten sie das Startfenster ihrer Abwehraktion verlängern und mehr Zeit gewinnen.

Ben hob die Armbanduhr und stellte die Anzeige auf Countdown. Er musste ein reduziertes Startfenster berechnen und die beiden überflüssigen Rubidium-Uhren des Bündnisses, die präzise die Zeit abzählten, umprogrammieren. Als er sich die Wochen – die Monate! – vorstellte, die man gewinnen konnte, stieß Ben ein flattriges, nervöses Lachen aus. Alle Uhren würden umprogrammiert werden, aber Ben wollte sich nicht darüber beschweren, davon war er weit entfernt. Seit der ersten Sichtung von UD3 im Juli konnte Ben im Kampf gegen die Zeit endlich Boden gutmachen.

»Mein Gott«, seufzte er. »Ich würde Freudentränen weinen, aber die Ärzte passen höllisch auf.«

Amy öffnete den Mund, aber ehe sie fragen konnte, was verflixt noch mal überhaupt los sei, sagte Zhen: »Es gibt ein Problem.«

Natürlich, dachte Ben. Es gab immer ein Problem, aber jetzt, da ihnen die Teile eines *Hayabusa 3* zur Verfügung standen, hatten ihre Bemühungen zumindest wieder eine Chance. Amy half ihm, sich wieder aufzusetzen, und Zhen erklärte, dass der *Tianlong* und seine geborgte *Hayabusa-2*-Technik ein Staatsgeheimnis seien. Ihre Befehle lauteten abzuwarten, bis die Staatsführung es enthüllte. Zhen nutzte die Chance und fragte, ob Ben etwas von einer Kommunikation mit China wusste, aber er tappte genauso im Dunkeln.

»Was ich hier mache …«, fuhr Zhen fort.

Sie sah Love an und sprach auf Mandarin weiter.

»Ist Hochverrat«, übersetzte Love.

Zhen fand, dass das Wort angemessen hässlich klang, und nickte. Ben biss sich auf die Unterlippe und zählte bis fünf, ehe er sie fragte, ob sie Witze mache.

»Mal ganz im Ernst«, fuhr er mit Blut zwischen den Vorderzähnen fort, »welchen Aspekt von ›Verdammt großer Komet macht Erde kaputt‹ habt ihr nicht verstanden? Welcher Aspekt von Auslöschung lässt irgendwo Platz für diesen nationalistischen Schwachsinn?«

Zhen widersprach ihm nicht, fühlte sich aber auch nicht ganz verstanden.

»Sie sind kein Chinese«, sagte sie bloß. »Sie können sich etwas vorstellen, aber sie verstehen uns nicht.«

Ben öffnete den Mund, aber es gab kein Argument gegen die Wahrheit dieser Aussage. Was ihn nicht daran hindern würde, sich die *Hayabusa 3* zu schnappen – falls sie sich wirklich dort auf dem Flugplatz befand –, und zwar mit allen dazu erforderlichen Mitteln. Zhen sah die schnelle Entscheidung in seinen Augen.

»Das Bündnis kann unseren *Tianlong* haben«, versprach Zhen. »Aber Sie müssen es auf meine Art machen. Mit so wenig Toten wie möglich. Es sind meine Truppen. Meine Landsleute.«

Sie kam auf ihn zu und streckte ihm linkisch die Handfläche entgegen.

»Besiegelt ihr so eure Abmachungen?«, fragte sie. »Wie im Film?«

Ben betrachtete ihre offene Hand, sagte aber nur: »Ich brauche diesen Ionenantrieb.«

Seine Worte waren halb Warnung, halb Drohung, aber Zhen war fest entschlossen und zog die Hand nicht weg.

»Ich weiß, dass UD3 China treffen wird«, sagte sie.

Die NASA hatte versucht, die Flugbahn des Kometen geheim zu halten, aber sie konnte unmöglich andere daran hindern, eigene Berechnungen anzustellen.

»Ich will das hier so sehr wie Sie«, versicherte sie Ben.

Schließlich nahm er ihre Hand und murmelte die Worte: *»Deus ex Machina.«*

Zhen schüttelte den Kopf und sagte, dass sie kein Latein spreche, nur Sichuan, Mandarin, Kantonesisch, Englisch, Französisch und ein bisschen Russisch.

»Es ist … nur so ein Ausdruck.«

»Der bedeutet?«

Bens Mund stand offen. Er klappte ihn wieder zu und schüttelte den Kopf. Er verhielt sich immer noch so, als hätte ihm jemand mit einer Eisenpfanne auf den Kopf geschlagen. Er legte das Kinn auf Amys Schulter und wagte zu sagen, dass ein Erfolg möglich sei.

»Und es ist unsere einzige Option«, sagte Zhen.

Ihr Lächeln verriet, dass sie über die Chancen so gut Bescheid wusste wie ein Fisch über das Wasser.

Es dauerte nicht lange, sämtliche chinesischen Ingenieure und Wissenschaftlerinnen in einem Konferenzraum unweit der Büros der Nutzlastabteilung zu versammeln. Zhen bestand darauf, als Erste mit ihren Landsleuten zu reden. Mit vielen war sie befreundet, da sie mit ihr am Chang'e-4-Rover gearbeitet hatten, der damals im Januar auf der Rückseite des Mondes gelandet war. Die Tür zum Flur stand weit offen, sodass zwei UN-Soldaten sich im Eingang aufbauen und alles im Auge behalten konnten. Love Mwangi saß noch draußen und lehnte den Rücken an die Wand. Amy saß neben ihr, und Ben ging unruhig im Flur auf und ab und stieß fauchend Kraftausdrücke aus.

»Ich habe keine Ahnung, was die einander antun«, stieß er hervor.

Ben bereute sein Versprechen bereits, sich erst einzumischen, wenn es nötig war. An jedem Ende des Flurs standen fünfundzwanzig UN-Wachen, bereit, jeden Aufruhr im Keim zu ersticken. Zhen fing an zu reden, wurde jedoch sofort unterbrochen. Sekunden später waren die Wachen im Saal und zerrten einen chinesischen Techniker heraus. Zhen tauchte in der Tür auf und hielt beide Hände an den Hals. Als sie eine Hand sinken ließ, sah Ben blutige Striemen an ihrer Kehle.

»Genosse Quon sollte aus diesem Raum verbannt werden«, sagte Zhen mit einiger Mühe.

Sie sah gar nicht erst zu, wie der Mann im Flur verschwand, kreischend und mit über den Boden schleifenden Füßen. Nichts würde sie davon abhalten, die Wahrheit zu sagen. Ben winkte mehrere Wachen in den Raum, die sich schützend neben Zhen aufbauten, als sie von der Existenz des *Tianlong*-Raumschiffs berichtete. Die Fragen von den anderen Forschenden kamen zuerst nur sehr zögerlich. Dann wurden sie hitziger und sogar richtig giftig. Sie redeten schnell, laut und einander immer wieder ins Wort fallend. Love schloss die Augen, damit sie sich besser konzentrieren und das Mandarin übersetzen konnte.

»Einige sind wütend –«

»Ach, echt jetzt?«, murmelte Ben nervös.

»– weil Zhen es ihnen nicht schon früher gesagt hat. Andere sind wütend … dass sie die Entscheidung allein getroffen hat. Sie dürfe das Raumschiff nicht einfach so weggeben. Sie sagen …«

Love winkte Ben zu sich, damit sie ihm ins Ohr flüstern konnte und die vielen wütenden Fragen und Verschwörungstheorien, die sie Zhen entgegenschleuderten, wiederholen konnte.

Was, wenn das Bündnis scheiterte?

Was, wenn der Rest der Welt seine Zukunft sehr gerne ohne China gestalten wollte? Amerika hatte schon versucht, den Kommunismus mit Krieg auszulöschen, und jetzt kam UD3 und erledigte die Drecksarbeit. Vielleicht rief sie ihre Regierung inzwischen schon längst zu einer Kometenabwehr in der Heimat zurück. Und vielleicht verhinderte Zhen ja die Kommunikation?

Endlich meldete sich Zhen wieder zu Wort. Es wurde still im Raum. Love wartete kurz, ehe sie ihre Worte ins Englische dolmetschte: *Dieses Bündnis ist echt. Es ist die einzige Abwehraktion, die UD3 zerstören kann. Helft uns jetzt, den Planeten zu retten, oder steht uns nicht länger im Weg.*

Bei dem Wort »uns« musste Ben lächeln. Es bezog sich nicht auf China, Kommunismus oder fernöstliche Kultur. »Uns«, das war ihr Bündnis. Zhen hatte sich ihnen angeschlossen, und sie hatte die Fahne unmissverständlich gehisst.

Dann kam sie, stellte sich in die Tür und wartete, dass die anderen Fachleute an ihr vorbei in den Flur gingen. Sie sah keinem von ihnen in die Augen, nicht einmal, als einer ihr kurz die Hand auf die Schulter legte.

»Einige dieser Männer sollten mit mir nach Cayenne kommen«, sagte Zhen zu Ben. »Vielleicht lassen sich die Streitkräfte so eher überzeugen, die Waffen niederzulegen.«

Ben musste widersprechen. Der Flughafen am Rand von Cayenne lag mindestens eine Autostunde vom äußeren Bündnis-Sicherheitsbereich entfernt. Die sechzig Kilometer Schnellstraße entlang der Küste Richtung Stadt waren kaum gesichert. Ben bewunderte Zhens Mut, aber es war zu gefährlich, und sie und ihr Team hatten sich als viel zu wertvoll erwiesen.

»Zhen, ich habe gehört, dass es da draußen übel zugeht. Echt übel.«

»Ich muss dorthin«, erwiderte sie.

Zhen musste das Heft in der Hand behalten, so hatten sie es ausgemacht. Ben seufzte.

»Ihr braucht dafür Luftunterstützung. Und einen Armeekonvoi –«

»Und mich«, sagte Amy und trat vor. »Ich fahre auch mit.«

Ben wollte etwas sagen, aber Amy war schneller und lauter.

»Ich wusste, wie diese Geschichte letztendlich ausgehen würde. Ich war diejenige, die unseren *Deus ex Machina* gefunden hat. Das wollen wir doch bitte nicht vergessen.«

Sie sah sich funkelnd um. Niemand durfte es vergessen, und Ben schon gar nicht.

»Ich darf dich nicht verlieren«, flehte er.

»Passiert schon nicht. Uns bleibt nichts anderes übrig, als Erfolg zu haben.«

Sie lächelte. Amy war Bens Liebe seines Lebens, aber letztendlich war es ihre Entscheidung, und sie hatte sie bereits getroffen. Sein Blick wechselte zwischen den beiden Frauen hin und her, dann überließ er ihnen das Kommando über die Mission Cayenne.

24

CAYENNE

KOUROU, FRANZÖSISCH-GUAYANA
15. JANUAR
T MINUS 17 TAGE BIS ZUM START

Ben wollte möglichst rasch los, aber Zhen bestand darauf, bis zum Tageslicht zu warten. Wenn sie sich dem Flugplatz Cayenne bei Nacht näherten, sah es zu sehr nach einem Angriff aus, und Zhen wollte jegliches Blutvergießen nach Möglichkeit vermeiden. Die Spezialeinheit des Militärs war ohnehin schon verdächtig groß, aber Ben hatte sich strikt geweigert, den Trupp noch stärker zu verkleinern.

Im ersten Morgenlicht standen fünfzehn Humvees in einer langen Schlange vor dem Verwaltungskomplex. Der Kommandant der Truppe führte Zhen und Amy zu dem ihnen zugewiesenen Jeep und dem Haufen Schutzkleidung, der für sie auf dem Rücksitz bereitlag. Sein eigener Körper war mit segmentierten Teilen überzogen, die wie ein Insektenpanzer aussahen. Zhen suchte sich einen grüngrauen Helm aus und strich mit den Fingern über seine pockennarbige Oberfläche.

»Ich will auch mit!«, rief Love laut, die an den Jeeps entlanggetrabt kam, bis sie die beiden Frauen erreicht hatte.

Der Konvoi hatte bereits einen Mandarin-Dolmetscher dabei, um mit den chinesischen Truppen zu verhandeln, falls

Zhen verletzt oder getötet werden sollte. Amy sagte Love, dass sie hierbleiben und Ben helfen musste.

»Wo *ist* er überhaupt?«, murmelte Love und sah sich um.

Ben war nirgendwo zu sehen. Nachdem die Logistik des Einsatzes in Cayenne in der Nacht geplant worden war, hatte er sich in aller Stille verdrückt.

»Er hat gesagt, er kann nicht zusehen, wie ich davonfahre«, antwortete Amy. »Ist besser so.«

Sie legte eine schusssichere Weste an und betrachtete die Pistole an der Hüfte des Kommandanten.

»Geben Sie mir auch so eine«, sagte Amy und zeigte darauf.

»Was?«

»Ich habe einen Waffenschein. Seit ich acht war, habe ich auf Zielscheiben geschossen –«

»Ich bewaffne keine Zivilisten«, erwiderte er. »Ich habe zehn Scharfschützen in den ersten Jeeps. Die postiere sich so, dass sie Ihnen Deckung geben können.«

»Na hoffentlich«, knurrte Amy.

Ein Fahrer nach dem anderen ließ sein Fahrzeug an. Der Kommandant setzte sich auf den Beifahrersitz und justierte sein Headset. Amy drückte Love ganz fest, bis diese sie sanft von sich stieß. Vor UD3 hätte eine so große, exotische und schöne Frau auf den Gehwegen von Chongqing überall riesige Trauben Gaffer um sich geschart – inklusive Zhen. Aber jetzt war nicht die Zeit für Ablenkungen. Zhen zurrte den Helm fest und kletterte auf den Rücksitz.

Sie schloss die Augen und versuchte, sich den Flugplatz Cayenne vorzustellen. Ben hatte Zhen Videos in langsamer Geschwindigkeit gezeigt, um sie vorzubereiten. Auf den ersten Aufnahmen waren über hundert chinesische Streitkräfte zum Schutz des Flugzeugs zu sehen, aber ihre Anzahl verringerte sich im Lauf der Zeit und mit dem Ausgehen der Vorräte immer schneller. Zhen sah Standbilder der Truppen, die ihre eigenen Toten vom Flugfeld zogen.

»Gibt es in China den Discovery Channel?«, fragte Amy neben ihr.

Zhen öffnete die Augen und sah, dass Love immer noch am Straßenrand stand und sie ansah. Amy schaute nur nach vorn und beschrieb ihr eine Dokumentarserie über die Natur.

»Meine Lieblingssendung war die mit den Pinguinen«, fuhr Amy fort.

Die Vögel seien auf dem Eis am sichersten, sagte sie. Raubtiere wie Seeleoparden, Orcas und Haie hielten sich im Wasser auf, genau wie die Fische und der Krill, die lebensnotwendige Nahrung der Pinguine.

»Die Pinguine stellen sich alle nebeneinander am Rand des Eises auf, schauen hinab ins Wasser und warten.«

Zur Veranschaulichung neigte Amy den Kopf nach vorne. Am Seitenscheitel wurden ihre Haarwurzeln schon dunkel, also war Amy doch ein Mensch und keine schillernde, übertriebene Figur aus einem *Manhua*-Comic.

»Aber die Pinguine haben Angst …«

Amy sagte, dass immer einer der mutigsten Pinguine zuerst hinabsprang. Der Rest hüpfte dann fast direkt in einem einzigen großen Schwung hinterher.

»Einer muss den Anfang machen«, schloss Amy.

Zhen nickte. »Der Lademeister«, sagte sie, um zu zeigen, dass sie verstanden hatte.

Zhen hatte sich mit dem Lademeister angefreundet, als sie gemeinsam daran arbeiteten, sämtliche Bauteile des *Tianlong* im Rumpf des Flugzeugs zu verstauen und sie für den langen Flug von China nach Südamerika zu sichern.

»Er könnte unser mutigster Pinguin sein.«

»Ich habe von *dir* gesprochen«, sagte Amy und schaute auf die dunklen Quetschungen und roten Streifen an Zhens Hals.

Der Einsatzleiter gab Befehl zum Aufbruch. Der Jeep fuhr langsam an, und Love lief nebenher. Sie schlug noch einmal mit der flachen Hand an die Scheibe. Amy legte sofort die eigene Handfläche dagegen. Die Fingerfächer und ihre Lebenslinien lagen einen Augenblick übereinander, bis Loves Hand verschwand und die Frau zurückblieb.

Die Jeeps fuhren in gleichmäßigen, zehn Meter großen Abständen hintereinanderher. Die Soldaten am Sicherheitstor des Raumfahrtzentrums winkten sie zu den dahinterliegenden Militärbaracken durch. Überall, wo man hinsah, standen lange Reihen aus Zelten, Jeeps, Panzern, Hundezwingern, Vorratscontainern und so weiter.

»Was für ein Aufwand«, staunte Amy.

Nach acht Kilometern erreichte der Konvoi den äußeren Sicherheitszaun des Bündnisses, der aus verknäueltem Stacheldraht und der UN-Friedenstruppe mit den hellblauen Helmen, dem Olivgrün unterschiedlicher Armeen aus der ganzen Welt und den schwarzen Uniformen der französischen Gendarmerie des Raumfahrtzentrums Guayana bestand. Zhen sah einen Kontrollpunkt direkt vor ihnen. Die Jeeps mussten anhalten.

»Die Katastrophenengel«, flüsterte Amy kaum hörbar.

»Die wer?«

Amy musste sich räuspern, um es Zhen zu erklären. »Der Katastrophenschutz des Roten Kreuzes.« Sie zeigte auf mehrere unbewaffnete Menschen, die vom Kontrollpunkt aus an den Jeeps entlanggingen. Unter ihren Panzerwesten blitzten leuchtend rote Jacken hervor. Der Einsatzleiter ließ das Beifahrerfenster herunter und gab der großen weißen Frau an der Spitze ein Zeichen. Sie kam zum Jeep und machte Amys

Beifahrertür auf. Langes, strähniges Haar hing aus dem Helm heraus und schaukelte, als sie auf den Rücksitz stieg und mit langen Beinen über Amys Knie kletterte.

»Ist … Ist was mit Ben?«, fragte Amy.

Zhens allem Anschein nach furchtlose Verbündete sah auf einmal angeschlagen aus.

»Nein, nein«, antwortete die grauhaarige Frau rasch.

Zhen schaute in ihre blassblauen Augen und auf die spitze Nase, als die Frau sich festschnallte.

»Wir hielten es für das Beste, Sie und die anderen Technikkräfte zu begleiten. Sie sind vor fünf Monaten hier angekommen?«, fragte sie.

Amy war immer noch erschrocken und konnte nur nicken.

»Also fünf Monate abgeschottet im Bündnis«, fuhr die Grauhaarige fort, wobei sie laut redete.

Sie wandte sich an Zhen und stellte sich ihr als Dr. Clayton vom Roten Kreuz vor. Ärztin und Psychiaterin, führte sie genauer aus, weil sie vermutete, dass Zhen sich mit den amerikanischen Doktortiteln nicht so gut auskannte.

»Und Sie, Dr. Liu, haben China Mitte November verlassen?«

Zhen nickte.

»Ich war in Quarantäne, bevor ich China verlassen habe, aber ich habe gehört, was draußen vor sich ging«, sagte sie, dachte an Cheungs Geschichten und gab der Ärztin die Hand.

»Vielleicht haben Sie etwas *gehört*«, fuhr die Ärztin fort, »aber Sie haben nichts mit eigenen Augen *gesehen*. Jedenfalls bis jetzt.«

Das Bündnis müsse um das Überleben der Spezies kämpfen, sagte Dr. Clayton vorsichtig. Dieser Kampf müsse um jeden Preis gewonnen werden. Das betreffe jedes Individuum, jede Familie, jede Stadt, jedes Land und jeden Kontinent.

»Wir mussten sehr kalte, berechnende Entscheidungen treffen, die wir uns selbst niemals hätten vorstellen können. Und wir werden auch weiterhin alles Notwendige tun. Genau wie Sie, Ms. Kowalski und Dr. Liu, denn eine andere Möglichkeit gibt es nicht.«

Man hätte annehmen können, dass Zhen es nach dieser Unheil verkündenden Aussage vor Spannung kaum aushalten konnte, aber der Körper holt sich, was er braucht. Kurz nachdem der Konvoi den Sicherheitszaun des Bündnisses hinter sich gelassen hatte, nickte Zhen ein.

Laut brüllende Megafone weckten sie wieder. Sie schreckte auf und zuckte bei dem Schmerz in ihrem gebeugten Nacken zusammen. Amy rieb sich die müden Augen und sah ebenso verwirrt aus. Wieder brüllten irgendwelche Megafone und ließen beide zusammenzucken. Französische und englische Worte blökten durcheinander. Zhen übersetzte langsam das lokale Französisch in so etwas wie: *Bleiben Sie zurück!*

Bei dem flachen Land konnte man meilenweit sehen. Auf beiden Seiten der Schnellstraße standen im Abstand von zehn Meter Streitkräfte, die sich Hunderten, nein … Tausenden von Menschen gegenübersahen. Es waren die hier ansässigen Französisch-Guayaner, über die sich Zhen bereits Sorgen gemacht hatte. Sie waren am Verhungern, dürre Arme und Beine ragten aus der verdreckten Kleidung hervor.

»Bleiben Sie hinter der Linie!«, schnarrte eine Stimme auf Englisch.

Ein anderer Jeep überholte ihren auf der linken Spur. Sein Dach war schräg nach oben aufgeklappt und bot so einem stehenden Schützen Deckung. Auf dem Heck des Jeeps waren Lautsprecher montiert, aus denen Warnungen ertönten.

»Das ist nur die Patrouille«, sagte der Einsatzleiter zu den Frauen auf den Rücksitzen.

Er musste sich über das Gebrüll der Lautsprecher und die tieffliegenden Hubschrauber hinweg verständlich machen. Ben hatte gesagt, der Flugplatz Cayenne und die ihn verbindenden Schnellstraßen seien immer noch einigermaßen durch die multinationale Bündnis-Armee geschützt, obwohl schon seit über einem Monat keine Flugzeuge mehr gelandet seien. Zhen sah, dass die meisten Jeeps in ihrem Konvoi ebenfalls die Dächer für die Maschinengewehrschützen geöffnet hatten.

»Warum …«, fragte Amy und schaute verwirrt von links nach rechts. »Warum helfen wir diesen Menschen nicht?«

Dr. Clayton holte tief Luft.

»Französisch-Guayana verfügt über eine sehr geringe Bevölkerungsdichte. Zum Glück für uns. So können wir uns besser gegen sie verteidigen«, fügte sie leiser hinzu. »Nicht alle Menschen hier sind am Verhungern. Einige waren beim Raumfahrtzentrum angestellt und haben für das Bündnis weitergearbeitet. Aber die Wirtschaft der Region war, was Fördermittel und Waren angeht, in hohem Maße von Frankreich abhängig. Jetzt gibt es diese Verbindung nicht mehr …«

Die Ärztin sagte, dass die meisten lokalen Versorgungsketten zusammengebrochen waren, die globale quer über den Atlantik sowieso. Französisch-Guayana verfügte über wichtige Goldminen und eine große Holzindustrie, die sich immer weiter in den Regenwald fraß, aber Zahlungsmittel waren jetzt wertlos, und niemand brauchte mehr Esszimmermöbel aus Mahagoni.

»Das heißt, die Bevölkerung ist, was ihre Ernährung angeht, auf Fischen, Jagen und Landwirtschaft angewiesen. Davon gibt es nicht viel. Nicht genug, um ihnen etwas davon wegzunehmen –«

»Sie würden diese hungernden Menschen bestehlen?«, knurrte Amy.

»Das Bündnis würde jeden bestehlen«, gab die Ärztin unumwunden zu. »Hier sind die klügsten Köpfe der Welt versammelt, um eine alles entscheidende Aufgabe zu lösen, und die Armeen brauchen wir, um sie zu schützen. Dazu sind jede Menge Kalorien erforderlich.«

Dr. Clayton zählte die Plünderungen örtlicher Nahrungsquellen auf: Rinder, Schweine und Hühner waren geschlachtet worden; die Wasserschweine, Tapire und Affen im angrenzenden Urwald waren alle abgeschossen und verzehrt worden; Gemüsefelder waren geplündert, sämtliche Früchte von den Savannenbäumen heruntergerissen.

»Mit der traditionellen Fischerei können sie noch überleben«, sagte sie. »Jedenfalls solange sie nicht wegen ihres Tagesfangs umgebracht werden. Unsere Überwachungsdrohnen haben gesehen, wie sie Krabben, Garnelen und Fische an Land gebracht haben. Noch ist es der Menschheit nicht gelungen, die Vielfalt des Meeres zu plündern – noch nicht ganz.«

»Woher wissen Sie das alles?«, unterbrach sie Amy. »Sie sind nur Psychiaterin. Die Logistik- und Verwaltungsteams verraten uns überhaupt nichts.«

Dr. Clayton blieb ruhig und zurückhaltend.

»Wir informieren Mitglieder anderer Teams nur sehr eingeschränkt über den Zustand der Welt«, sagte sie nickend. »In letzter Zeit bin ich die Einzige, die noch etwas weitergeben darf. In der Vergangenheit, als diese Aufgabe noch nicht von Profis übernommen wurde, wurde nicht genug getan, um die Situation zu kontrollieren.«

Über die Konsequenzen ließ sich die Ärztin nicht näher aus.

»Wir haben kein Essen zum Verteilen«, sagte Dr. Clayton rasch, als Amy auf die Menschen außerhalb des Jeeps zeigte und aussah, als wollte sie schreien, »aber wir haben genug Trinkwasser. Wir hatten entlang der Schnellstraße Ausgabestellen eingerichtet, aber die zogen viel zu viele verzweifelte Menschen an. Es gab organisierte Angriffe auf unsere Truppen. Danach ließen wir sie nicht mehr näher heran. Wir haben eine Grenze gezogen – buchstäblich. Trotzdem bieten wir ihnen Schutz«, ergänzte Dr. Clayton. »Deshalb sammeln sie sich an der Linie.«

Amys Blick wanderte von der Psychiaterin zum Einsatzführer.

»Schutz *wovor?*«, fragte sie.

»Voreinander«, flüsterte Zhen. »Dieser Geruch …«

Wenn sie durch die Nase atmete, roch Zhen den Geruch von gebratenem Schweinefleisch. Amy war wohl zu aufgeregt und überreizt gewesen, um ihn wahrzunehmen.

»Ganz recht«, sagte die Ärztin traurig, »wir sind nicht die Einzigen, die das Undenkbare tun. Unsere Truppen haben versucht, die Toten zu begraben, aber es waren zu viele, und es brachte auch nichts, die Leichen zu begraben.«

Es gab also Kannibalismus bei den verhungernden Massen. Cheung hatte gesagt, dass so etwas auch zu Hause in China vorkam, aber hier geschah es direkt neben ihnen. Das Bündnis war wie eine Schneekugel: ein von der Außenwelt geschütztes Terrain unter einer Glasglocke, die sie alle dazu zwang, sich auf das zu konzentrieren, was sich darin befand, und sich nicht um das Grauen auf der anderen Seite zu kümmern.

Die Einheimischen wurden immer verzweifelter, während der Konvoi an ihnen vorüberfuhr. Die Menschen flehten mit tiefen Augenhöhlen und trockenen Mündern um Hilfe. Aber es kam keine Hilfe. Das Bündnis war die letzte Hoffnung für die ganze Menschheit – aber nicht für sie. Zhen spürte, wie sich ihr Magen vor Angst zusammenzog. Es waren so viele, sie könnten die Jeeps einfach umkippen und sie alle durch die Fenster nach draußen zerren, sie mussten nur gemeinsam vorgehen.

Eine Gruppe ängstlicher Kinder hielt sich an den Händen, während Männer sie von hinten weiter auf die Straße schoben. Gerade als Zhen erkannte, dass die Kinder als menschlicher Schild missbraucht wurden, lehnte sich der Einsatzleiter nach hinten und versicherte den drei Frauen, dass sie in Sicherheit waren. Ben hatte für noch mehr Luftunterstützung gesorgt, um den Konvoi zu schützen.

»Aber … sie wollen doch nicht wirklich auf diese …«, stotterte Amy ungläubig.

Das Geräusch eines Hubschraubers übertönte ihre Worte. Warnschüsse ließen die Erde im Stakkatorhythmus aufspritzen. Die Menge rannte schreiend auseinander.

»Verdammte Scheiße!«, schrie Amy. »Das sind unbewaffnete Menschen! Kinder!«

Die Ärztin sprach erst, als der Lärm leiser wurde. Sie hatte nicht so eine Stimme wie Amy.

»Unsere Streitkräfte sind gesteinigt worden. Sie sind von wütenden Mengen totgeschlagen und auseinandergerissen worden.«

Amy wollte etwas entgegnen, aber Dr. Clayton redete weiter: »Unser Befehl lautet, das Bündnis um jeden Preis zu schützen. Und momentan sind das Sie beide – und dieser Flugplatz.«

Sie zeigte auf die Straße vor ihnen, aber Amy drehte sich nicht um, um nach vorne zu schauen. Stattdessen beugte sie sich vornüber und legte die Hände über die Ohren. Zum Glück, denn so sah sie nicht, wie sich eine Halbwüchsige losriss und auf den Konvoi zurannte. Das Mädchen streckte die

Arme weit aus, der Siebdruck auf ihrem T-Shirt war längst verblasst. Zhen verstand nicht, was sie sagte, weil alle sie laut anbrüllten zurückzubleiben. Sechs oder sieben Meter von der Straße entfernt wurde ihre Brust von den Kugeln des Schützen direkt vor ihnen zerfetzt. Nur sechs oder sieben Meter, so nah, dass Zhen ihr eine Flasche Wasser hätte hinauswerfen können, so nah, dass Zhen etwas hätte tun können, um sie am Leben zu lassen, aber jetzt war sie ein Haufen Haut und Knochen, der in der Ferne verschwand.

Zhen hörte Amy in ihren Schoß weinen. Sie selbst atmete flach und abgehackt. Dr. Clayton richtete den Blick ihrer blassen Augen fest auf Zhen und sprach ganz langsam: »Wir haben die allerwichtigste Aufgabe in der Geschichte unseres Planeten.«

Zhen wusste, was sie meinte.

»Atmen Sie.«

Natürlich wusste Zhen, was sie meinte, aber was, wenn alles umsonst war? Was, wenn das Flugzeug in der Nacht abhob oder wenn seine Fracht beschädigt war? Was, wenn sich die Menschen in wilde Tiere zurückverwandelten, einander eiskalt ermordeten? Zhen krümmte sich und erbrach einen Schwall Galle auf die Schuhe der Ärztin.

Sobald sie nicht mehr würgen musste, entschuldigte sie sich dafür.

»Normalerweise kriege ich so was in die Haare«, sagte Dr. Clayton und versuchte zu lächeln.

Ihr Fahrer beugte sich mit unbewegtem Gesicht nach hinten.

»Wenn Sie wollen, weinen Sie einfach«, sagte er zu Zhen. »Ich weine auch. Wenn ich nicht gerade fahre.«

Zhen wischte sich die Gallenflüssigkeit von den Lippen. Französisch-Guayana war keine dicht bewohnte Region. Was spielte sich wohl in den Städten ab? In den Megastädten Chinas, wo ihre Eltern und ihr Bruder wohnten? Wie erging es den einzigen Menschen, die sie je geliebt hatten? Wurden sie auch in Stücke geschnitten und auf einem Spieß gebraten wie in einem Albtraum aus Kindertagen?

Ein Helikopter flog abermals tief herab und ließ den Boden vor ihnen aufspritzen. Scharen von Menschen rannten von der Straße, trampelten auf andere, die stolperten oder umgerissen wurden. Ein Mensch ließ sich von dem Beschuss nicht beeindrucken. Es war ein Asiate in einem weißen, schmutzverschmierten Laborkittel. Die Hälfte seines Gesichts hing herab, als würde sie schmelzen, der Ausdruck auf der anderen Hälfte war verwirrt und verängstigt.

Zhen erkannte in ihm Ts'ao Wu, den chinesischen Ingenieur, der, nachdem er einen Herzschlag erlitten hatte, sofort zur Bündnis-Krankenstation gebracht worden war. Der Dolmetscherdienst der UN hatte seinen chinesischen Landsleuten gesagt, Dr. Wu sei bei der Operation gestorben. Das Logistikteam des Bündnisses habe bereits Kontakt mit der chinesischen Regierung aufgenommen und in Cheung einen Ersatz gefunden. Sah Zhen dort gerade Wus Geist? Oder bestanden diese Menschenmengen nicht nur aus Einheimischen, sondern auch aus vom Bündnis ausgestoßenen Kranken – und womöglich auch anderen nicht mehr gebrauchten Bündnis-Angestellten. Statt Wu könnte ebenso Zhen selbst dort draußen stehen. Es könnte immer noch geschehen, denn wer hatte nicht gemerkt, dass auch dem Bündnis die Vorräte allmählich ausgingen? Hackfleisch und frisches Gemüse wurden nur noch spärlich ausgegeben, gerade so viel, um den Geschmack zu erahnen. Die Fachkräfte durften ihre Teller nicht mehr vollmachen. Das Essen wurde nur noch in sorgfältig bemessenen Portionen ausgeteilt.

»Atmen Sie«, rief ihr Dr. Clayton in Erinnerung.

Zhen hob den Blick zum heller werdenden Firmament und konzentrierte sich dann auf die Kontrolltürme des Flugplatzes Cayenne. Ihre Atmung beruhigte sich allmählich, fand zu ihrem normalen Rhythmus zurück, aber sie nahm den Blick nicht von diesen Türmen. Sie versuchte, nicht zu blinzeln.

»Wir sind da«, sagte der Einsatzleiter.

Amy schniefte laut und setzte sich auf. Ihr Gesicht war tränennass und gerötet. Als sie Zhens Blick auffing, nickte sie. Sie mussten die Szenen auf der Straße hinter sich lassen. Wie Dr. Clayton gesagt hatte: Sie hatten einen Auftrag, und allein das zählte.

Der Konvoi passierte die bewachten Tore des Flugplatzes und fuhr am Rand des Flugfeldes weiter. Die Schützen setzten sich wieder und verschlossen die Dachluken. Zhen sah, dass die parallel verlaufenden Landebahnen alle leer und verlassen waren – bis auf die chinesische Xi'an Y-20 ganz am anderen Ende, genau dort, wo Zhen sie zurückgelassen hatte. Sie schlug eine Hand auf den Mund, damit keine Geräusche zwischen ihren Lippen nach außen drangen. Dort stand das Flugzeug, direkt vor ihnen. Noch war nicht alles verloren.

Die Humvees parkten in Dreierreihen, fünfzig Meter vor dem Flugzeug. Der Einsatzleiter reichte Zhen einen Feldstecher und wies sie an, sich nicht von der Stelle zu rühren, während er den Wagen verließ. Zhen musste in die Mitte rücken, fast bis auf den Schoß der Ärztin, um das Flugzeug von ihrem Jeep mitten in der dritten Reihe aus zu sehen. Sie zählte sechzehn chinesische Streitkräfte in viel zu weiten Uniformen, die versuchten, mit ihren Gewehren in Habachtstellung zu stehen. Zwei brachen dabei zusammen, und nur einer von ihnen war imstande, wieder aufzustehen.

Aus der Luke des Flugzeuges kamen noch ein paar mehr Soldaten gehumpelt. Dahinter konnten sich noch viel mehr verbergen. Der siebenundvierzig Meter lange Rumpf des Flugzeugs mit dem extrabreiten Frachtraum verfügte über eine maximale Ladekapazität von sechundsechzig Tonnen. Der Spitzname des Modells ließ sich in etwa mit *Dickes Mädel* übersetzen. Zhen zählte jetzt insgesamt dreiundzwanzig Soldaten, die zwischen ihr und dem *Tianlong* standen. Sie würde sie, wenn es nicht anders ging, alle erschießen lassen. Aber sie hoffte aus ganzem Herzen, dass es nicht so weit kommen musste. Diese Truppen starben hier in völlig selbstloser Erfüllung ihrer Pflicht. Wie sollte sie da nicht extrem stolz auf ihr Volk sein?

Der Befehlshaber kam zurück und erklärte, dass seine Scharfschützen in Position seien. Hinter ihm standen acht chinesische Fachleute, die mitgekommen waren, um ihm zu helfen. Zhen sah, dass Cheung ihre Führung übernommen hatte. Von allen UD3-Katatoniefällen, die Zhen gesehen hatte, war Cheung rapide vorangeschritten. Und doch stand er da, auf einmal sehr zielgerichtet und mit klarem Kopf. Vielleicht gab es für die Infizierten doch noch einen Weg zurück.

Als Zhen aus ihrem Jeep ausstieg, nahm sie den Geruch nach gebratenem Fleisch gleich doppelt so intensiv wahr. Er rief ungebetene Erinnerungen an den zischenden, brutzelnden Wok ihrer Mutter wach. Zhen lief das Wasser im Mund zusammen. Sie hörte einen Magen ungeduldig knurren, wusste aber nicht, ob es ihrer war. Die Bedürfnisse des Körpers meldeten sich ungebeten zu Wort.

Zhen nahm den verschwitzten Helm ab und ignorierte

höflich, aber bestimmt den Protest des Einsatzleiters. Sie wollte, dass ihr Gesicht deutlich zu sehen war, wenn sie sich dem Flugzeug näherte. Auch Cheung nahm den Helm ab. Die Truppen kannten ihn sowieso nicht. Er war erst mit einem späteren Flug zum Bündnis gestoßen, aber er war immerhin ein Han-Chinese, mit demselben Blut und derselben Geschichte. Als Zhen die ersten Schritte vorwärts machte, war Cheung der einzige Techniker, der neben ihr ging. Die anderen fielen ein Stück zurück.

Amy wollte sich ihnen anschließen, aber Zhen schüttelte den Kopf.

»Aber, falls du mich brauchst –«

Amy musste den Satz nicht beenden. Die beiden Frauen hatten es schon so weit gebracht, indem sie sich einfach aufeinander verlassen hatten. Und Zhen musste den Blick nicht nach oben richten, um die Drohnen und Hubschrauber zu sehen, die Ben zu ihrem Schutz entsandt hatte. Sie ging auf dem Asphalt der Landebahn an ihren vorüberziehenden Schatten vorbei.

Die Helme der chinesischen Streitkräfte wandten sich hin und her, während sie versuchten, das Einsatzteam im Blick zu behalten, das hinter offenen Jeeptüren hockte, ohne dass sie dabei den kleinen Trupp aus den Augen verloren, der auf sie zukam. Sie waren in der Unterzahl, wichen aber nicht von der Stelle und ließen die Finger an den Abzügen. Zhen ermahnte Cheung flüsternd, langsam und vorsichtig zu gehen.

»Halt!«

Zhen und ihre Gruppe blieben stehen. Sie folgte ihren Ohren und erkannte den chinesischen Hauptmann mit den eingestickten Sternen auf den Schulterklappen. Er stand hinter seinem Trupp, näher an der Luke, und hatte seinen Befehl laut und deutlich auf Englisch gerufen. Zhen musterte die Gesichter der Streitkräfte, sah aber nirgendwo den Lademeister oder die Piloten. Hoffentlich befanden sie sich noch im Flugzeug.

Ein junger, ausgezehrter Soldat bewegte sich mit einiger Mühe auf die Gruppe der Techniker zu. Er hielt die Waffe gesenkt, aber schussbereit. Er roch nach Schweiß und Verwesung. Zhen begrüßte ihn, aber er lächelte nicht. Die Soldaten waren auf der langen Reise nach Südamerika sehr verschlossen gewesen. Sie wussten nichts von *Tianlong*, sie wussten nur, dass es sich bei der Fracht um ein Staatsgeheimnis handelte, mit dem sich das Schicksal Chinas wenden konnte.

»Wir haben noch keine Anweisungen aus Peking«, verkündete der Soldat Cheung auf Mandarin.

Die Piloten hatten Befehl, die Systeme des *Dicken Mädels* einmal am Tag anzustellen, um eine Verbindung zum Führungsstab herzustellen.

»Holen Sie den Lademeister«, sagte Zhen zu dem Soldaten.

Niemand rührte sich. Aus dem Augenwinkel nahm Zhen wahr, dass ein Techniker namens Bao von hinten herankam und sich auf ihre andere Seite stellte. Bao war ein kleiner Mann, weshalb er sein Kinn nach oben recken musste, um dem Soldaten in die Augen zu sehen und Zhens Befehl, den Lademeister zu holen, zu wiederholen. Der Soldat setzte ein skeptisches, aber doch erleichtertes Gesicht auf. Er musste gewusst haben, dass ihr Warten und Leiden eines Tages ein Ende haben musste, auf die eine oder andere Weise.

Der junge Soldat besprach sich mit seinem Hauptmann. Gemeinsam verschwanden sie im dicken Bauch des Flugzeugs. Als sie wieder herauskamen, hatten sie den Lademeister dabei. Zhens Hände und Füße fingen vor Nervosität zu zucken an. Die drei Männer blieben sechs Meter von der Gruppe entfernt stehen. Der Lademeister sah von Zhen zum Hauptmann, der seine Pistole aus dem Holster gezogen hatte.

»Haben *Sie* die Auffangvorrichtung für das Regenwasser gebaut?«, rief Zhen dem Lademeister zu.

Sie zeigte langsam auf den mit Planen überzogenen Flügel auf der anderen Seite des Flugzeugs. Der Lademeister war ausgebildeter Maschinenbauingenieur. Auf dem Flug hierher hatte er Zhen auf gutmütige Weise wegen ihres makellosen Laborkittels aufgezogen und ihr sämtliche Getriebeölflecken auf seiner Militäruniform gezeigt. Er hatte gesagt, dass sie für solche wie ihn eine andere Tarnuniform entwerfen müssten.

Der Lademeister nickte und trat näher, verringerte die Entfernung zwischen ihnen auf die Hälfte. Der Hauptmann und sein Soldat schoben sich ebenfalls näher.

»Sie sehen stark aus«, sagte Zhen, da ihr auffiel, dass der Lademeister im Vergleich zu den anderen wohlgenährt war.

»Wir haben kein Essen mehr«, erwiderte er, gab aber zu: »Die letzten Vorräte gingen an den Hauptmann, die Piloten und mich. Sie hätten Teigtaschen mit Schweinebauchfüllung mitbringen sollen. Das wäre höflich gewesen.«

Als er lächelte, sprang seine aschfarbene Oberlippe auf und fing an zu bluten. Zhen sagte, dass sie Essen, frisches Wasser, zwei Ärzte und vier Sanitäter mitgebracht habe. Sie wollte, dass ihre Worte auch die Truppen erreichten, obwohl die Verlockung Schmerzen und Zittern bei ihnen hervorriefen. Der Blick des Hauptmanns wurde eisiger.

»Ich habe über Sie nachgedacht«, sagte der Lademeister zu Zhen und kam noch zwei Schritte näher. »Während wir hier draußen allein waren. Und gewartet haben.«

Er hieß Dewei. Zhen wunderte sich nicht, dass sie ihm in Erinnerung geblieben war, so, wie auch er ihr in Erinnerung geblieben war. Sie hatten gegenseitig rasch eine Seelenverwandtschaft verspürt, etwas, das bei Zhen sonst nur sehr selten vorkam. Dewei hatte nicht freundlich zu ihr sein müssen – kaum einer musste das, und die meisten waren es ohnehin nicht. Trotzdem hatte er ihr Bilder von seiner jungen Frau und der kleinen Tochter zu Hause in China gezeigt und sie dann nach ihrer eigenen Familie gefragt. Sie hatten sich fast den ganzen Flug über unterhalten, dazwischen nur ein kurzes Schläfchen gehalten und dann weitergeplaudert.

Dewei hatte kein Wort über die riesigen Container verloren, die er im Flugzeug hatte verstauen müssen, aber er war mutig und neugierig genug, um sich nach Zhens Ansichten hinsichtlich des Kometen zu erkundigen. Das Thema UD3 war fast überall in China zum Tabu geworden. Allein die Erwähnung seines Namens bedeutete, jede Unterhaltung mit unvorstellbaren Visionen von Tod und Vernichtung aufzuladen. Trotzdem hatte er es angesprochen. Mehr noch, er hatte zugegeben, dass er Angst vor der Zukunft hatte.

»Sie müssen jetzt an alle Kinder denken«, sagte Zhen ruhig zu Dewei. »So, wie Sie an Ihre eigene Tochter denken.«

Der misstrauische Hauptmann rückte näher.

»Bei der Fracht handelt es sich um ein Raumfahrzeug«, sagte Zhen jetzt lauter. »Wir brauchen es, um den Kometen aufzuhalten. Laden Sie es aus. Sofort.«

Dewei nickte. Auf diesen Befehl hatte er gewartet. Als er sich umdrehte, rief der Hauptmann wieder auf Englisch: »Stop!«

Der Lademeister hob die Hände, erwiderte aber unerschrocken: »Wir müssen ihnen das geben, was sich in diesem Flugzeug befindet. Wir müssen dem ein Ende setzen.«

Der Hauptmann schrie, ohne den Blick von Zhen und der Einsatztruppe zu lösen. »Wir haben keine Befehle!«

»Und werden auch keine mehr bekommen«, sagte Dewei beharrlich. »Geben Sie es ihnen.«

Noch mehr Personen aus dem chinesischen Technikteam

scharten sich um Zhen, bis sie alle Schulter an Schulter standen. Der Hauptmann hob die Pistole und richtete sie auf Deweis Kopf, zielte auf den ersten Abtrünnigen. Ehe er abdrücken konnte, riss ihn die Kugel eines Scharfschützen von den Beinen. Einen Augenblick lang herrschten Stille und Unentschlossenheit. Dann legte ein chinesischer Soldat sein Gewehr nieder. Dann noch einer. Und noch einer.

25

WEBERS WARNUNG

AN BORD DER *HEALY* IN DER BERINGSEE

9. DEZEMBER

T MINUS 54 TAGE BIS ZUM START

Jacks Träume wurden von seinen Eltern heimgesucht. Normalerweise wusste er selbst im Traum, dass sie beide wahrscheinlich tot waren – was er ihnen auch mitteilte. In manchen Träumen stimmten ihm seine Mutter und sein Vater traurig nickend zu, in anderen hingegen hielten sie die Hoffnung auf ihr Überleben aufrecht. Eines Nachmittags erwachte Jack allein auf dem unteren Bett in Mayas Kabine. Die Erinnerungen an seine Träume verblassten bereits, aber er wusste noch, dass seine Mutter auf die Narbe an seinem Hals gezeigt und ihn gefragt hatte: *Erinnerst du dich noch an Deutschland?*

Jack erinnerte sich nicht mehr besonders gut an das Militärhospital in Landstuhl, aber er erinnerte sich noch an den verirrten, heißen Granatsplitter in der syrischen Stadt Homs. Er erinnerte sich auch an den Flug zum Marinekrankenhaus in Bethesda. Seine Eltern waren bei ihm. Sie waren sofort nach Deutschland und dann, vierundzwanzig Stunden nachdem ihr einziges Kind die Operation an einer verletzten Schlagader überlebt hatte, mit ihm zurück in die Vereinigten Staaten geflogen.

Als er so weit war, in die Obhut einer Pflegekraft entlassen zu werden, hatte Jack nur seine Mutter. Seine letzte Beziehung hatte er abgebrochen, kurz bevor er zu dem gefährlichen Auftrag abgereist war. Mrs. Campbell bereitete sein altes Zimmer in ihrem Haus in North Virginia für ihn vor. Zuerst war es einfach. Jack war von den Schmerzmitteln benommen, und seine Mutter war sehr behutsam. Wenn sie ihn mit Suppe und Antibiotika fütterte, musste Jack fast bei jedem schmerzhaften Schluck aufschluchzen. Er war dem Tod immer noch so nahe, dass sie ihm vorerst alles verzieh.

Aber die Tage vergingen, und nach und nach verloren beide die Geduld miteinander. Mrs. Campbell füllte das Schweigen mit Familiengeschichten. Einige davon waren ziemlich harmlos – Meilensteine wie Geburt, Hochzeit und Tod. Aber meist gingen ihre Plaudereien in allgemeinen Tratsch, Vorurteile und Rivalitäten über. Jack wusste, dass seine Mutter ihre Engstirnigkeit hinter einer Fassade verbarg, hinter ihrem Charme und ihren gesitteten Manieren. Andere ließen sich davon leicht hinters Licht führen, aber Jack erkannte die unterschwelligen Vergleiche bezüglich Vermögen, Immobilien, Kleidergrößen, Beliebtheit, erfolgreichen Kindern, Kreuzfahrten, Tennis – kurz gesagt: hinsichtlich allem, was Jack für oberflächlich hielt. In den vier Wänden, denen er entkommen zu sein glaubte, war er jetzt der gefangene Zuhörer seiner Mutter, genau wie seine ganze Kindheit über. Bis die Pubertät sein Feuer geschürt und ihm geraten hatte, schleunigst das Weite zu suchen.

Als endlich die Pflaster und der Verband entfernt werden konnten, drang ihr Zorn an die Oberfläche. *Dein Vater und ich können uns nicht immer um dich kümmern, das weißt du hoffentlich,* sagte seine Mutter und legte das Lächeln ab, das sie sonst immer wie einen Lieblingslippenstift trug. *Du musst allmählich zur Ruhe kommen, dich mit dem richtigen Mädchen und einem ordentlichen Beruf niederlassen, einem Beruf, der dich nicht ständig umbringen könnte.* Jack ballte die Fäuste, aber er beherrschte sich sofort wieder, als seine Mutter mit einem Blick auf die gezackte Wundnaht, die sich von seinem Schlüsselbein bis zum Ansatz des Unterkiefers erstreckte, weinend zusammenbrach

Jack streckte die Hand nach ihr aus, aber sie schlug sie weg und schrie laut: *Das hast du dir selbst zu verdanken!* Jack antwortete langsam: *Nein, Mom. Das war ein Stück Metall. Ich habe die Wahrheit über Angriffe auf die Zivilbevölkerung aufgedeckt.* Er wusste, dass seine Eltern seine Verletzung, die ihn beinahe sein junges Leben gekostet hatte, als Zeichen dafür sahen, dass er sein Leben grundsätzlich ändern musste. Sie irrten sich. Jack wurde klar, dass er beim Weglaufen von seinen Eltern eigentlich von einem behüteten Leben wie dem ihren, einem Leben zwischen Schreibtisch und Country Club, davongelaufen war. Er war eher für die große weite Welt gemacht, wo er bereit war, für etwas, das wirklich zählte, zu kämpfen und wenn nötig zu sterben.

Als Maya zurückkam, rieb Jack sich die Narben am Hals. Er nahm die Hand weg und streckte sie ihr entgegen, aber Maya schob sich an ihm vorüber und ging vor dem Waschbeckenschränkchen in die Hocke.

»Als ich aufgewacht bin, warst du nicht da«, sagte Jack zu ihrem gebeugten Rücken.

Er spürte selbst, dass er sich bedürftig und verzweifelt anhörte.

»Hast du noch Reisetabletten?«, fragte Maya mit dem Kopf im Schränkchen. »Meine sind alle.«

Er sagte, sie solle in der Vordertasche seines *Healy*-Hoodies nachsehen, der irgendwo auf dem Boden liege. Maya und

Jack ging es hundeelend, aber sie waren nicht die Einzigen. Allen Passagieren und nicht im Dienst befindlichen Besatzungsmitgliedern war gesagt worden, dass sie Medikamente einnehmen und im Bett bleiben sollten. Sogar wenn sich Jack aufsetzte und sich eigentlich nicht bewegte, verriet ihm sein Orientierungssinn die Wahrheit. Die *Healy* pflügte sich bei Windgeschwindigkeiten von zweiundsechzig Knoten durch die Beringsee, wobei immer wieder acht Meter hohe Wellen gegen ihre rote Brust donnerten. Die Schiffsmaschinen liefen auf Hochtouren, nur um die Position zu halten.

Maya fand das Tablettenfläschchen in seinem Hoodie. Sie füllte etwas Wasser aus dem Hahn in die hohle Hand und spülte damit die Tablette hinunter, dann fuhr sie sich mit den nassen Handflächen über das zerzauste Haar.

»Heute Abend wird abgestimmt«, sagte sie zu ihrem Spiegelbild über dem Waschbecken.

Maya sagte, sie sei auf dem Rückweg vom Bug einem von der Küstenwache begegnet. Er hatte ihr mitgeteilt, dass alle über die Tröten aufgefordert werden würden, sich um 20 Uhr im Hubschrauberhangar einzufinden. Kapitän Weber wollte sie darüber abstimmen lassen, ob sie lieber auf dem Schiff in Sicherheit bleiben wollten, bis die Vorräte alle waren, oder nach Seattle oder sogar zur Gemeinschaftsbasis Lewis-McChord zurückkehren wollten, falls es in der Stadt zu gefährlich war.

Jack streckte noch einmal die Hand nach Maya aus. Seit er sich als Kind mit beiden Fäusten an den Kleiderstoff seiner Mutter geklammert hatte, hatte er sich nicht mehr so verzweifelt nach einem anderen Menschen gesehnt. Es gab Augenblicke, in denen sie es nicht ertragen konnten, an unterschiedlichen Enden desselben Raums zu sein, und im Bett klammerten sie sich so fest aneinander, dass ihre Unterarme vor Anstrengung zitterten. Aber egal wie eng ihre Umarmung auch war, sie kam ihnen nie eng und tröstlich genug vor.

»Ich glaube, die anderen dürfen nicht abstimmen«, sagte Maya. »Du weißt schon, diejenigen, die … aufgehört haben zu reden.«

Niemand kümmerte sich mehr um die Anwesenheitsliste der *Healy*, weshalb sich nur schwer sagen ließ, wer seinem komatösen Zustand erlegen war. Auch Selbstmorde ließen sich erst dann erkennen, wenn es irgendwo auffällig roch. Bis die Besatzung die Leiche über Bord entsorgte, wussten alle anderen auf dem Schiff auch schon Bescheid.

Als Maya seine Hand ein zweites Mal ignorierte, wurde Jack von einem merkwürdigen Lachen geschüttelt. Er war sich seiner selbst zu bewusst, um die Ironie nicht wahrzunehmen.

»Was ist denn so lustig?«

Maya klang verärgert. Jack lächelte sie an, aber es war nicht das übliche Aufblitzen seiner perfekten, regelmäßigen, unglaublich weißen Zähne, sondern eher ein schiefes Grinsen, mit dem er jung und verletzlich aussah.

»Ich bin immer vor den Menschen, die mich geliebt haben, davongelaufen. Die, die mich gebraucht haben«, gab er zu. »Ich habe ganze Zeitzonen und Kontinente zwischen sie und mich geschoben. Und jetzt bin ich hier und *brauche* jemanden, weil ich nicht allein mit UD3 umgehen kann.«

Jack legte sich wieder hin und fragte sich, ob jedes einzelne Bewusstsein irgendwann vermutet, dass die Wirklichkeit nur für es allein geschaffen war. Die überfüllten Quartiere der *Healy*, wo es nichts anderes zu tun gab, als sich vor der Einsamkeit zu fürchten und in den eigenen Schuldgefühlen zu schmoren, waren eine ganz persönliche Hölle, die Jack wie der Beweis für seine weit hergeholte Vermutung vorkam.

Erinnerst du dich noch an Deutschland?

»Oh Gott«, wimmerte Jack. »Meine Eltern …«

Er konnte die letzte E-Mail seiner Mutter von Anfang Oktober nicht mehr irgendwo in einer Schublade seines Bewusstseins verstauen. Er musste sich ihr stellen. Der Mail und seiner Mutter.

Ich weiß nicht, wo du bist, Jack. Ich weiß nur, dass du nicht bei uns bist.

Wie umsichtig seine Mutter diese Tatsache formuliert hatte, damit ihre letzte Kommunikation nicht wie eine Anschuldigung klang. Ihre Umsicht machte jedoch das Verbrechen seiner Abwesenheit nicht ungeschehen.

Die Lebensmittel werden knapp. Dein Vater will das Auto nehmen und weiter aus der Stadt hinausfahren. Wir haben noch einen Kanister Benzin im Kleiderschrank versteckt, damit wir ihn über Nacht bewachen können. Ich lasse einen Haustürschlüssel unter einem Stein neben dem Vogelbad. Es gäbe so viel zu sagen. Ich weiß nicht, wo du bist, Jack. Ich weiß nur, dass du nicht bei uns bist. Wir lieben dich und beten für dich. Wir beten für uns alle.

Jack drehte sich zur Wand und fing an zu schluchzen. Eben noch hatte Maya nicht gewollt, dass Jack sie berührte, sie bedrängte, weiter in ihre Privatsphäre eindrang, aber jetzt legte sie sich sofort wieder ins Bett und drückte seine zusammengerollte Gestalt an sich, bis er nicht mehr zitterte.

Kapitän Weber hatte zu viele schlaflose Nächte damit verbracht, das Internet zu durchkämmen. Die meisten bekannten Webseiten waren außer Betrieb und vermeldeten lediglich eine Fehlermeldung 503: »Dieser Dienst ist vorübergehend nicht verfügbar.« Er versuchte, sich an mehr URLs zu erinnern, die er noch ausprobieren konnte. Auch über Satellit wurden keine neuen E-Mails mehr empfangen. Der Internet-Provider der *Healy* in Seattle funktionierte nicht mehr. In ihrer letzten Nachricht vom 26. November berichtete die Küstenwache, dass die überforderte Armee und die Nationalgarde sich aus mehreren Städten an der Westküste zurückgezogen und auf Inseln und Halbinseln mit natürlichen Barrieren verschanzt habe.

Von seinem Bruder hatte Weber zuletzt in einer E-Mail Ende Oktober gehört, in der dieser berichtete, Seattle sei ein »echter Albtraum«. Sogar in den Vorstädten sei es »sehr, sehr schlimm«. Alle Leute seien bewaffnet: Schusswaffen, Brecheisen, Bleirohre und Baseballschläger. Niemand sagte mehr »Hallo«, man nicke einander nur zu, um dem anderen mitzuteilen: *Ich weiß, dass wir beide menschliche Wesen sind, die alles tun, um zu überleben, und ich wünsche dir viel Glück dabei, aber wenn du mich oder meine Familie bedrohst, schlage ich dir den Schädel ein.* Überall lägen verstümmelte Leichen auf den Straßen.

Webers Bruder hatte versprochen, auf seine Frau Karen und die beiden Kinder aufzupassen, solange er auf See war. Beide Familien hatten vor, ihre Camper zu packen und in die Nationalparks von Washington zu fahren, wo sie vielleicht tief im Wald Sicherheit finden würden, zumindest für einige Zeit. Karen hatte in ihrem herzzerreißenden Abschiedsgruß eine Warnung hinterlassen.

Ich liebe dich, Martin, mehr als mein Leben. Die Kinder lieben dich ebenso sehr, aber komm nicht nach Hause. Es ist kein Zuhause mehr, für niemanden.

Weber war knapp über fünfzig, hatte aber noch zwei kleine Kinder. Bei seinen Reisen in die Arktis war es für Karen nicht einfach gewesen, schwanger zu werden. Sie hatten die Hoffnung aufgegeben, als sie während eines Weihnachtsurlaubs doch noch schwanger wurde. Eine wunderschöne Tochter kam zur Welt und drei Jahre später ein wunderschöner Sohn, am gleichen sonnigen Tag im September, Kinder, die sie beide nie für selbstverständlich ansehen würden. Er schwor, dass er sie alle irgendwo in diesem Chaos ausfindig machen oder dabei, was sehr wahrscheinlich war, sterben würde.

Bis Weber wieder trockenes Land unter den Füßen hatte, betete er. Sehr intensiv. Zwischen den wiederkehrenden Gebeten stellte er immer wieder den Sinn des Kometen infrage. War UD3 gottgewollt? Seine Methode, um die Unwürdigen auszumerzen, wie damals mit den Fluten in der Genesis? Wollte Gott die Uhr der Zivilisation auf biblische Zeiten zurückdrehen, als das Leben noch ehrfürchtiger war? Aber wenn es keine Überlebenden gab? UD3 war groß. Viel zu groß. Warum sollte Gott alle seine Kinder töten? Waren sie nur ein fehlgeschlagenes Experiment?

Um 19:45 Uhr verkündete Weber über die Tröten, dass sich alle im Helikopterhangar versammeln sollten. Der Zweite Offizier der *Healy* begleitete ihn dorthin. Sie redeten nicht viel, aber es war schön, jemanden an der Seite zu haben, als er den Hangar betrat und sich der Besatzung und seinen Passagieren gegenübersah. Weber ging bis in die Mitte des großen Raums und räusperte sich.

»Vielen Dank, dass Sie heute Abend hierhergekommen sind«, fing er an.

Es hörte sich an wie die hohle Einleitung zu einer Grabrede. Weber hatte nie sofort die richtigen Worte parat. Sie stellten sich immer erst nach mehreren unvollkommenen, hilflosen Versuchen ein. Er zog ein zusammengefaltetes Papier aus seiner Uniformtasche. Eine Seite war mit seiner perfekten, leicht schrägen Handschrift bedeckt, die ihm damals die Nonnen eingebläut hatten, bevor die Computer diese Fertigkeit unnötig gemacht hatten.

»Wir haben keine Verbindung zu unserer Führungsetage mehr. Wir müssen eine Entscheidung treffen«, las er laut vor. »Es gehört nicht zur üblichen militärischen Praxis, über solche Entscheidungen abstimmen zu lassen. Aber die Regeln wurden nicht für Zeiten wie diese verfasst.«

Der Kapitän sah alle an, sogar diejenigen, die ganz hinten standen. Weber war ein großer Mann (Gott sei Dank) und wollte immer noch einer der Anführer sein, die anderen in die Augen sahen.

»Wenn wir solange wie möglich auf See bleiben, genießen wir für diesen Zeitraum die Sicherheit dieses Schiffes. Wir müssen nicht das erleiden, was unsere Familien, Freunde und Freundinnen, unsere Nachbarschaft erleiden müssen. Aber es ist ein anderes, ganz eigenes Leid. Sie alle werden mit der Entscheidung leben müssen, Ihre Lieben aufgegeben zu haben.«

Ungewollt stieg das Bild Karens vor seinem geistigen Auge auf. Sie trug ihr liebstes Sommerkleid mit dem Blumendruck am Saum. Nie hatte er sich den Namen der Blumen merken können. Sie hatte immer gelacht und die Augen verdreht, wenn er danach gefragt hatte.

»Wenn wir stattdessen auf Kurs bleiben«, sagte Weber und

schluckte seine Gefühle hinunter, »müssen wir uns dem stellen, dem sie sich auch stellen mussten …«

Musste er den Schrecken noch in Worte fassen? Musste er von Mord, Vergewaltigung, Bandenwesen, Todeskulten und sogar angeblichem Kannibalismus sprechen?

»Sie alle kennen die letzten Berichte. Sie haben dieselben Geschichten gehört. Seattle ist Katastrophengebiet. Wir können an Tacoma vorbei durch den Puget Sound segeln und in Steilacoom ankern. Von dort sind es drei Stunden zu Fuß bis zur Gemeinschaftsbasis Lewis-McChord, falls die noch in Betrieb ist. Das wäre unsere beste Möglichkeit, aber ehrlich gesagt weiß ich nicht, wie gut sie wirklich ist.«

An der Stelle musste er sich unterbrechen. Jetzt galt es, darüber abzustimmen.

»Wer ist dafür, aufs Festland zurückzukehren?«

Kapitän Weber hob sofort die Hand und zählte alle, die sich ihm anschlossen.

»Wer dagegen?«

Die Entscheidung würde knapp ausfallen, außerdem enthielten sich einige Stimmberechtigte und blickten zu Boden, betreten vor Unentschlossenheit. Weber fiel auf, dass die meisten verbliebenen Forschenden jetzt die Hände hoben, um auf See zu bleiben. Sie waren entweder jung oder unverheiratet oder wohnten außerhalb des Bundesstaates Washington. Weber fiel auch auf, dass einige Besatzungsmitglieder die Hände erhoben hatten – ausnahmslos Frauen, die der Gewalt an Land leichter zum Opfer fallen würden.

Sein Blick fiel auf zwei verschränkte Hände, die zur Doppelstimme in die Luft gereckt wurden. Eine gehörte einer Wissenschaftlerin, die andere einem Passagier, einem Fotografen, den man an Deck stets mit seiner Kamera angetroffen hatte. Dieses Paar hatte sich unerklärlicherweise, aber zweifellos gefunden. Natürlich zogen die beiden, solange sie einander hatten, die Sicherheit an Bord des Schiffes vor, dachte Weber.

»Die Mehrheit stimmt für Rückkehr«, verkündete er.

Jetzt mussten sie nur noch warten und sich fragen, was sie bei ihrer Rückkehr erwarten würde. Die *Healy* kam mit ihrer in der Vergangenheit eingefrorenen Zeit aus der Arktis zurück. Das Schiff war eine Kapsel der Zivilisation, zu deren Entwicklung Jahrtausende nötig gewesen waren. Jetzt war alles wie ein Kartenhaus in sich zusammengefallen, in die blutige Anarchie ihrer neuen Gegenwart.

Alle auf der *Healy* gaben ihr Bestes, um genügend Privatsphäre zu gewährleisten und Mayas und Jacks eigenartiges Liebesglück zu schützen. In diesem Geist kam Kapitän Weber kurz nach der Abstimmung auf sie zu.

»Vielleicht gibt es eine Möglichkeit«, flüsterte er, »das, was Sie miteinander haben, zu erhalten. Solange es eben geht.«

Sie hörten ihm zu.

Die *Healy* näherte sich den Aleuten. Weber sagte dem Paar, dass sie sich Vorräte für einen Monat in ein Vermessungsboot laden und am Morgen ablegen konnten. Wenn sie den Koordinaten des Kapitäns mit gleichmäßiger Geschwindigkeit folgten, würden sie eine kleine Insel erreichen, die erst vor Kurzem von ihrer ursprünglichen Iñupiat-Bevölkerung verlassen worden sei. Der tauende Permafrost hatte ihre Gebäude kippen, einbrechen und manchmal zusammenfallen lassen. Wiederaufbau war sinnlos, wenn der steigende Meeresspiegel die Insel mit einem bis drei Meter pro Jahr an die Beringsee zurückgab. Der Kapitän sagte Jack und Maya, dass die Häuser, die dort noch standen, ihnen für eine gewisse Zeit Schutz gegen Wind und Wetter geben würden. Am darauffolgenden Tag könnten sie bei Tagesanbruch nach Südosten aufbrechen und die Kette der Aleuten-Inseln erreichen.

»Folgen Sie den Inseln nach Osten, bis Sie eine Siedlung finden, die Sie aufnimmt«, sagte Weber. »Sie brauchen diese Hilfe, denn allein sterben Sie da draußen.«

Weber sagte sich, dass es die richtige Entscheidung sei, trotz der aschfahlen Gesichter des Paars. Selbst wenn es ihnen nicht gelang, eine hilfsbereite Siedlung zu finden, blieb ihnen zumindest mehr gemeinsame Zeit in relativer Sicherheit. Mehr konnte sich momentan niemand diesseits des Himmels erhoffen. Es war mehr, als sich Kapitän Weber erhoffen durfte.

Als Jack die Tür zu seiner Kabine öffnete, saß Gustavo am Schreibtisch und betrachtete eine ausgebreitete Landkarte. Das Kinn und der Hals des kleineren Mannes waren die gesamte Reise über glatt geblieben. Er musste sich nicht rasieren. Im Vergleich zu ihm sah Jack wie ein Wikinger aus, mit blondem Vollbart und struppigen Haaren, die ihm über die Ohren und bis in den Nacken wuchsen.

»Heute Abend gab's Hackfleischburger«, sagte Jack, zog in aufgeweichte Servietten gewickeltes Essen aus seinem Sweatshirt und legte es auf Gustavos Schreibtisch. »Eine ziemliche Pampe.«

Statt sich Wechselklamotten aus dem Schrank zu holen, zog Jack seine beiden leeren Reisetaschen hervor.

»Kannst du ein Geheimnis für dich behalten?«, fragte er, ohne sich umzudrehen.

Gustavos Schweigen war Antwort genug.

»Maya und ich hauen morgen früh ab«, vertraute ihm Jack an.

Er nahm einen Armvoll Kleider aus dem Schrank und stopfte sie in eine Tasche.

»Wir versuchen, ein Dorf auf einer Aleuten-Insel zu finden, und wollen dort so lange ausharren, bis alles vorbei ist. Es gibt keinen Grund für uns beide, das Risiko einzugehen … das, was Maya womöglich auf dem Festland erwartet. Sie glaubt, ihre Familie ist tot, und ich weiß nicht, wo meine ist, weil ich der beschissenste Sohn auf der ganzen Welt bin.«

Jack zog eine Grimasse und packte schweigend alle seine Schuhe und den Rest der Kleider ein. Als er den dicken Stapel Ausdrucke auf dem Schrankboden sah, hob er ihn hoch und drehte sich schließlich zu seinem Zimmergenossen um.

»Ah! Jedes Gedicht, das du jemals geschrieben hast«, sagte Jack und hielt den Packen in die Höhe. »Die hab ich im Pausenraum ausgedruckt.«

Vorsichtig verstaute er den Packen in einer Reisetasche.

»Wenn wir die dabeihaben, ist es fast so, als hätten wir dich dabei, stimmt's?«

Gustavo erwiderte Jacks Lächeln. Jack fand den Gesichtsausdruck so schön, dass er instinktiv ein Bild mit der Kamera machte, die ihm um den Hals hing.

»Hast du immer noch Filme und Batterien?«, fragte Gustavo.

»Noch drei Batterien. Außerdem ist alles digital. Nicht mehr analog«, erwiderte Jack. »Wenn der Speicher voll ist, lösche ich vielleicht alles und fange wieder von vorne an. Ich kann nicht einfach *keine* Bilder machen.«

Irgendwann in seiner frühen Kindheit hatte Jack zu dieser Beschäftigung gefunden. Er konnte den Fotojournalismus nicht abschütteln, er war tief in ihm verwurzelt, auch wenn er in der aktuellen Situation völlig nutzlos war. Jack setzte die Kappe wieder auf die Linse der Kamera, die an dem Band um seinen Hals hing. Ein vertrautes Gewicht. Ohne sie hatte er ständig das Gefühl, etwas vergessen zu haben.

»Du wirst mir fehlen«, sagte Gustavo ehrlich. »Es gibt Familie, und es gibt den Stamm. Und es gibt diejenigen, die wir uns aussuchen.«

Er wird in Seattle nicht überleben, musste Jack unweigerlich denken. Schon die gesamte Reise über hatte Gustavo sich so verhalten, als würde der Tod gleich um die Ecke schon auf ihn warten. Jetzt war es so weit. Aber was geschah mit Gustavos Volk?

»Wie abgelegen sind eure Wayãpi-Dörfer?«, fragte Jack. »Sind sie vielleicht noch sicher?«

Gustavo holte tief Luft.

»Vielleicht«, sagte er dann sanft.

Die Wayãpi im nördlichen Bundesstaat Amapá lebten tief im noch verbliebenen brasilianischen Regenwald, erzählte er Jack. Die eine Hälfte des ihnen zugewiesenen Landes gehörte zum Renca-Reservat, die andere zu einem Nationalpark. Der größte Teil des Waldes war zu Fuß unpassierbar. Abgesehen von den Flüssen und aus der Luft, kam man nur auf einer langen, unbefestigten Straße ins Land der brasilianischen Wayãpi – einer Straße, die das Gebiet mit einer kleinen Bergbaustadt verband.

»Meine Leute werden um ihr Leben kämpfen«, sagte Gustavo. »Das haben sie schon immer getan. Und wenn sie nicht kämpfen können, verstecken sie sich. Manche sagen, es gibt immer noch Orte, die kein weißer Mensch je gesehen hat.«

»Weißt du, was das alles für sie bedeutet?«, wollte Jack wissen. Er versuchte, einen der vielen Gedankengänge zu erklären, die durch seinen Kopf gegangen waren, wenn er nichts anderes zu tun hatte, als auf seinem Bett zu sitzen und zu denken. Gustavos Gedichte sprachen von der Großen Hungrigen Maschine der modernen Zivilisation und den Milliarden von Menschen, die ihre Zahnräder bedienten. Alles, was lebte, wurde an diese Maschine verfüttert: Wälder, Tiere, Flüsse und Fische. Sie verschlang und vergiftete, allem Anschein nach unaufhaltsam, bis ein dunkler Komet um die Sonne geflogen kam.

»Zum ersten Mal seit Hunderten von Jahren lässt man die Wayãpi im Wald in Ruhe«, sagte Jack zu Gustavo. »Zumindest bis der Komet einschlägt oder eben nicht. Versprich mir, dass du darüber nachdenkst. Es ist genau das, was du schon immer gewollt hast, stimmt's?«

Gustavo sah ihn sprachlos an. Die Worte entfalteten bereits ihre Wirkung.

Jack schlang sich die Gurte seiner Reisetaschen links und rechts über die Schulter.

»Mach's gut«, sagte er.

Das brachte Gustavo dazu, ihm eine Hand auf die Schulter zu legen.

»In meiner Sprache gibt es kein Wort für Auf Wiedersehen«, erklärte er. »Es gibt keine Übersetzung, weil meine Leute einander nie verlassen. Ich bin die Ausnahme.«

Er hielt Jacks Schulter fest, drückte sie und ließ dann wieder los.

Am Morgen war Jack nicht mehr da.

26

GULP ISLAND

AN BORD DER *HEALY* IN DER BERINGSEE

12. DEZEMBER

T MINUS 51 TAGE BIS ZUM START

Pünktlich um 7 Uhr traf sich Weber mit Maya und Jack vor den Spinden mit der Polarausrüstung. Zu ihren Füßen lagen etliche Koffer und Reisetaschen. Beide trugen zweckmäßige Zivilkleidung: Jeans über langer Unterwäsche, Anoraks und Wollmützen. Sie standen eng aneinander. Weber verspürte einen Anflug von Neid, den er sofort erstickte.

»Ich habe noch ein Geschenk«, sagte er und klang dabei zu fröhlich, um überzeugend zu sein.

Er lehnte seine neue Angelrute an die Wand und stellte seinen Köderkasten, ein altes Erbstück, daneben.

»Der hat mal meinem Großvater gehört«, erklärte der Kapitän mit einer Hand auf dem vernarbten Leder.

Weber hatte den Kasten seinem Sohn zum sechzehnten Geburtstag schenken wollen, aber wie man so schön sagt: Auch die besten Pläne gehen manchmal nicht Erfüllung. Maya wollte protestieren, unterließ es aber. Es gab Zeiten, zu denen man sich Schuldgefühle verkniff und einfach das annahm, was einem geschenkt wurde.

»Vielen Dank«, sagte sie.

Weber drehte sich um und machte sich an die Arbeit. Im

Polarschrank befanden sich Ausrüstung und Vorräte für kurze Erkundungen und Ausflüge von der *Healy* aus. Bei dem vielen Schnee und Regen würde es kein Problem mit Trinkwasser geben. Alles andere – war ein Problem. Weber schnappte sich eine Reisetasche und fing an zu packen.

»In den letzten Jahren sind die Stürme heftiger geworden«, sagte er und griff nach zwei Rettungsanzügen, einem großen und einem kleinen. »Und da der Ozean sich erwärmt hat, gibt es viel weniger Eisbarrieren. Ich hoffe, dass Sie ein gutes Gebäude auf der Insel finden. Eins mit einem guten Fundament.«

Er ging zu den Spinden auf der anderen Seite des Raums und benannte jeden Gegenstand, bevor er ihn in die Tasche legte: Taschenlampe, Universalmesser, Verbandskasten, Feuerzeug mit einem Nachfüllkanister Butan und eine wasserdichte Plane. Jack lachte. Weber hatte gehört, dass der Fotojournalist gern mal einen Witz oder eine abenteuerliche Geschichte erzählte. Er war bei den Coasties sehr beliebt, obwohl er ein Außenseiter war.

»Erinnert mich an diese Logikrätsel«, sagte Jack. »Sie wissen schon: ›Sie begeben sich auf die dunkle Seite des Mondes.‹«

Sie begeben sich auf die dunkle Seite des Mondes. Sie dürfen auf diese Reise nur fünfzehn Gegenstände mitnehmen. Stellen Sie eine Liste zusammen, geordnet nach der Wichtigkeit für Ihr Überleben …

»Einer der Jungs hat den Sauerstofftank immer an fünfter Stelle genannt«, sagte Jack. »Höchstens.«

»Nicht bei mir«, murmelte Weber.

Er zeigte ihnen, wie man die Leuchtpistole benutzte, bevor er sie einpackte.

»Eine richtige Pistole kann ich Ihnen leider nicht mitgeben«, sagte der Kapitän, mehr um sich selbst daran zu erinnern.

Es gab nicht genug Waffen an Bord. Wenn er das Aussteigerpaar bewaffnete, stand jemand anderes später auf dem Festland mit leeren Händen da.

»Sir?«

Bei dem Geräusch zuckten die drei zusammen. Es war so still auf dem Schiff geworden.

»Lieutenant Colson hier, Sir.«

Der Lieutenant stand unter dem Kommando des Versorgungsoffiziers. Er hatte die Schlüssel zur stets verschlossenen Vorratskammer und den Befehl, so viel Proteine und Kohlenhydrate einzupacken, dass zwei Menschen einen Monat damit durchkamen.

»Ich hab Essen zum Mitnehmen bestellt«, sagte der Kapitän, um seinen Sinn für Humor zu beweisen.

Er ging voran in den Flur, wo Lieutenant Colson neben einem Seesack stand. Colsons Mund war zusammengekniffen. Nahrungsmittelhamstern wurde problematisch. Je länger es dauerte, desto weniger Essen würde ihnen zum Aufteilen bleiben, bevor sie vor Anker gingen.

»Vielen Dank, Lieutenant. Das wäre dann alles.«

Weber trat vor und hob den Seesack voller Nahrungsmittel mit der freien Hand an. In der Miene des Lieutenants machte sich ein hässlicher Ausdruck breit, als er auf die Reserven blickte, die jetzt einfach an zwei Zivilisten abgegeben wurden, aber Weber drehte sich um und nickte Maya und Jack zu, worauf sie ihre eigenen Taschen und Koffer in die Hand nahmen.

Mit einem Seesack in jeder Hand ging Weber voran durch eine Abfolge schmaler Gänge, durch wasserdichte Türen mit Hebeln zum Verschließen, um eindringendes Wasser, Rauch und Feuer abzuhalten – aber allem Anschein waren auch sie der Bedrohung eines Einschlags aus dem All nicht gewachsen.

Sie gingen leise und versuchten, nicht auf die Geräusche hinter den verschlossenen Kabinentüren zu achten. Weber waren diese Geräusche (Schluchzen, Beten, Schreien etc.) lieber als die Stille. Stille war immer ein schlechtes Zeichen. Das überforderte medizinische Personal konnte abgesehen von einem Tropf für die Komatösen nicht viel tun.

Ungefähr auf der Hälfte des Wegs durch den Bauch der *Healy* machten sie eine kurze Pause, damit Maya verschnaufen konnte.

»Wie heißt diese Insel?«, fragte sie. »Unser Zwischenstopp vor den Aleuten?«

»Kommt drauf an, wen man fragt. Wie bei vielen Dingen«, erwiderte Weber. »Auf dem Schiff benennen wir sie nach ihren Koordinaten. Auf den Karten ist sie als Taylor Island verzeichnet, wenn überhaupt. Die Iñupiat, die dort gelebt haben, müssen einen guten Namen für sie gehabt haben, aber ich kann mich nicht daran erinnern. An die guten Namen erinnert sich niemand. Nur an die schlechten.«

Er lächelte entschuldigend.

»Und wie lautet der schlechte Name?«, fragte Maya.

Ihre Augen waren so dunkel, dass die Pupillen und Iris sich zu dunklen Kreisen vereinten. Sie bepackte ihre kleine Gestalt wieder mit den Taschen, schnappte sich den Griff eines Rollkoffers und hielt sich die Köderkasten des Kapitäns vor die Brust.

»In ihrer eigenen Sprache kann ich es nicht aussprechen, aber es bedeutet so viel wie ›ganz verschluckt‹«, sagte Weber. »Gulp Island. Großer Schluck. Wie ein Fisch.«

Die drei gingen weiter bis zum Heck der *Healy* und traten durch eine Luke ins Freie. Die Temperaturen an Deck bewegten sich um den Gefrierpunkt. Schneeflocken tauten in der Luft und fielen als weißes Nieseln herab. Auf der hinteren Rampe des Schiffes war bereits ein sieben Meter langes Festrumpfschlauchboot für sie festgezurrt. Weber ging entschlossen darauf zu und stieg als Erster hinein. Maya hatte einige Mühe, mit ihren kurzen Beinen über den Rand zu steigen, aber Jack half ihr sofort dabei, nachdem er sein Gepäck abgelegt hatte. Sie setzten sich ruhig hinter die Steuerkonsole, und Weber erklärte ihnen jede einzige Funktion.

»Sie folgen diesen Koordinaten und erreichen die Insel am Nachmittag«, sagte Weber und gab die entsprechenden Zahlen in die digitale Schnittstelle der Armatur ein. »Morgen früh müssen Sie auftanken.«

Er zeigte mit dem Kinn auf drei Kanister, die bereits gesichert im vorderen Teil des Bootes bereitstanden.

»Dann halten Sie sich nach Südwesten und behalten die Kompassnadel im Auge.«

Er zeigte auf den Horizont jenseits des Bugs der *Healy*. Im feuchten Schimmer sah die Beringsee wie stumpfes, graues Metall aus. Das Paar sah sich an. Zweifel spiegelte sich in ihren Blicken. Die Angst vor Vergewaltigung und einem grausamen Tod hatte sie zu dieser Entscheidung bewegt. Jetzt beschlich sie die Angst, hier draußen irgendwo zu erfrieren. Womöglich entkamen sie dem Festland, aber nicht der Angst.

Weber wollte wissen, ob Jack oder Maya noch Fragen hätten. Als sie die Köpfe schüttelten, holte er einen Schlüssel aus seiner Cargohose. Maya zögerte. *Warten Sie!*, sagten ihre schwarzen Augen. Weber wusste, dass es jetzt schnell gehen musste, bevor sie die Nerven verloren. Er stellte die Zündung des Bootes selbst an.

»Viel Glück«, sagte er zum Abschied und reichte beiden die Hand.

Maya und Jack sahen ihn zugleich dankbar und entsetzt an.

Jetzt schnell …

Weber löste die Sicherheitsverzurrung des Bootes. Als sich die Heckklappe der *Healy* hob, rutschte das Schnellboot mit einem Ruck in eine weiße, schaumige Bugwelle. Die Haken der Rückhalteleinen lösten sich, und die Geräusche tosenden Wassers wurden lauter. Jack übernahm das Steuer, und das Boot beschleunigte rasch. Er drehte sich noch einmal zum hellroten Rumpf der *Healy* um. Kapitän Weber stand an der Reling, seine winzige Gestalt auf dem gewaltigen Schiff hob die Hand vor dem dunklen Dunst hinter ihm.

Den ganzen Tag über drehte Maya immer wieder den Kopf nach hinten, wo ihr Mutterschiff in der Ferne verschwunden war. In der feuchten Kälte tränten Augen und Nasen, aber Mayas Schniefen hätte auch etwas anderes sein können. Jack sah nur nach vorne, in Richtung ihres Ziels. Er war auch schon starke emotionale Verbindungen eingegangen, in den mentalen Schützengräben der möglichen Auslöschung, der Weltkatastrophe, des möglichen Selbstmords und der Nachrichtensendungen, die ihn buchstäblich zum Kotzen gebracht hatten. Trotzdem fiel es ihm, wenn es erst einmal so weit war, leichter, sich davon zu lösen – sowohl von der *Healy* als auch von seinem früheren Leben. Jack war schon immer gut darin gewesen davonzulaufen.

»Ich sehe die Insel!«, rief er gegen den Wind.

Jack manövrierte mithilfe der Wasserstrahldüsen des Bootes und hielt weiter nach Süden auf die schlackefarbenen Strände von Gulp Island zu. Der Nebel löste sich rechtzeitig auf, um einen Damm aus Steinen zu enthüllen, der die

Nordküste der Insel umgab, eine Maßnahme der vorherigen Bevölkerung, um sich Zeit im Kampf gegen die Stürme zu erkaufen. Der Damm endete ungefähr auf der Hälfte der drei Kilometer langen Insel. Jack steuerte weiter nach Süden und fuhr dann auf das Land zu.

»Wie halte ich das Ding hier an?«

Maya stellte den Motor aus, um Geschwindigkeit wegzunehmen. Das Boot schaukelte und glitt zusammen mit auf dem Wasser treibenden Müll über die Wellen. Als der Rumpf gegen den Strand stieß, sprang Jack hinaus. Er packte ein Nylonseil und zog die Nase des Schiffes im Einklang mit den Wellen ein Stück aus dem Wasser. Maya hielt sich an seiner Hand fest und betrat das Ufer. Beide waren nass und zitterten. Jacks Hose war durchgeweicht.

»Wir müssen trocken bleiben«, sagte er.

Maya nickte benommen. Jack packte die Neopren-Schutzanzüge aus, damit beide sie überziehen konnten. Sogar mit abgesetzten Kapuzen und offenen Krägen sahen Jack und Maya lächerlich aus.

»Wir erfrieren hier und sehen dabei auch noch wie die letzten Dödel aus«, scherzte Jack.

Sie lachten darüber. Lachen war wichtig, wenn man auf die dunkle Seite des Mondes reisen wollte.

Jack nahm Maya an der Hand und ging mit ihr über den schmalen Strand bis zum Fuß einer drei Meter hohen Klippe. Sie gruben die labbrigen Sohlen ihrer Anzüge in den aufgeweichten Lehm und stiegen hinauf. Jacks Kamera schaukelte an ihrem Gurt und schlug gegen seine Brust. Mit ihren dreifingrigen Handschuhen krallten sie sich in das lange Wildgras, das aus dem halb geschmolzenen Schneematsch hervorwuchs, und zogen sich an den Haaren der Erde weiter nach oben.

Oben angekommen, konnten Jack und Maya das ganze

baumlose Land überblicken. Viele Gegenstände waren unter großen Schneeklumpen verborgen. Worum es sich auch handeln mochte, sie waren es nicht wert, ausgegraben zu werden. Auch nicht die schiefen, einstöckigen Häuser aus Holzplanken und rostigem Metall. Einige neigten sich nur ein wenig zur Seite, andere hatten ihre Bodenplatten aus den Angeln gerissen und verbogen. Falls Maya oder Jack angesichts dieser Geisterstadt Angst empfanden, so sprach es keiner der beiden aus. In der Stille legte sich der Wind um sie, tastete ihre Gestalten ab.

Schließlich rutschte Maya den Steilhang wieder hinab und machte dabei tiefe Rillen mit ihren Absätzen. Sie kehrten zu ihrem Boot auf der von Abfall übersäten Südküste zurück. Jack trat gegen eine zerdrückte Wasserflasche und stieß dann mit der Schuhspitze gegen einen Tampon-Applikator.

»Schade, dass man Plastik nicht essen kann«, seufzte er.

Maya fand den Köderkasten des Kapitäns und öffnete die Spange umständlich mit den Handschuhen. Sie klappte den Deckel auf und sah mehrere Holztröge mit Angelhaken und leuchtenden bonbonfarbenen Ködern.

»In diesen Gewässern gibt es jede Menge Schwarmfische«, versicherte sie ihnen beiden. »Alaska-Seelachs, Pazifischer Kabeljau, Hering, Kohlenfisch. Wenn wir und vielleicht ein paar andere damit durch den Winter kommen, ist es vielleicht nicht so kompliziert, irgendwo unterzukommen, oder?«

»Was ist, wenn einer von uns vor dem anderen stirbt?«, stieß Jack hervor.

Maya stellte den Kasten wieder hin und packte ihren Geliebten am rotblonden Bart.

»Klar stirbt einer von uns vor dem anderen«, rief sie ihm in Erinnerung. »So ist es nun mal. So war es vor UD3, und hinterher wird es auch so sein.«

»Hinterher?«, fragte er mit hochgezogenen Augenbrauen. »Meinst du damit das internationale Abwehrbündnis aus den Nachrichten? Glaubst du, die haben eine Chance?«

Maya ließ den Bart los, um die Frage beiseitezuwischen. Sie fragte Jack, ob er schon mal einen Pfeilschwanzkrebs gesehen habe. Diese Spezies war schon fast eine halbe Million Jahre alt. Sie hatten sämtliche Massensterben überlebt, sogar das große Massenaussterben an der Perm-Trias-Grenze, bei dem bis zu sechsundneunzig Prozent aller Meereslebewesen ausgerottet wurden.

»Also gibt es noch Hoffnung?«, wollte Jack wissen. »So oder so?«

Maya blickte auf den Ozean. Einst war primitives Leben daraus hervorgekrochen und hatte sich weiterentwickelt, zum Guten wie zum Bösen. Es könnte wieder geschehen.

»Hoffnung gibt es immer«, antwortete sie.

Maya war klüger und stärker als alle Geliebten, die Jack bisher gehabt hatte, eine seltene Mischung aus Anschmiegsamkeit und Eigensinn. Sie und Jack waren ein unwahrscheinliches Paar. Nur ein Polareisbrecher und ein Komet hatten sie einander in die Arme treiben können. Jack liebte sie so sehr, dass es ihm die Sprache verschlug.

Stattdessen machte er einen Schnappschuss von ihr.

»Fotos?« Maya lachte. »Immer noch?«

»Ja. Immer noch.«

Die Geschichten, die Jack mit seiner Nikon einfing, machten auch seine eigene Lebensgeschichte aus. Die Bedeutung entstand durch ihre Entstehung.

»Du hast bestimmt jede Menge Überlebenstrainings mitgemacht, hm?«, fragte Maya.

Jack nickte und runzelte die Stirn. Maya war klug und sensibel, aber nur er konnte dafür sorgen, dass sie beide am

Leben blieben. Er verspürte die klebrige Angst, sich direkt neben jemandem, der ihm so viel bedeutete, in großer Gefahr zu befinden. Es war ein ganz neues Gefühl.

»Hast du schon mal hungern müssen?«, fragte Jack.

»Ich hab schon Hunger gehabt.«

Er schüttelte den Kopf. Es war nicht das Gleiche. In Jack zerbrach etwas. Es war nicht real, sondern psychosomatisch. Sein vernarbter Körper sagte ihm, dass diese Frau ihn endlich verwundbar gemacht hatte.

»Wir müssen eine Unterkunft finden und uns dort einrichten«, sagte Jack. »Ich weiß, was zu tun ist. Auch für uns beide gibt es noch Hoffnung.«

Er trat einen Schritt zurück und machte eine Weitwinkelaufnahme von Gulp Island, ihrer Unterkunft für diese Nacht. Er würde auch weiterhin die menschliche Erfahrung einfangen, solange sie beide – und die Batterien – durchhielten.

27

EIN WAHRER SOLDAT DER WAYÃPI

BRASÍLIA
24. MAI 2011
BRASILIANISCHE NATIONALVERSAMMLUNG

»Der wahre Soldat kämpft nicht, weil er hasst, was vor ihm ist, sondern weil er das liebt, was sich hinter ihm befindet.«

– G. K. Chesterton

Warst du schon jemals von einem so prächtigen Blau umgeben?«, wunderte sich Pater St. John.

Die Böden und Lederpolster im Sitzungsraum des Senats leuchteten ultramarin, der Farbton der brasilianischen Flagge, die schlaff auf dem Podium hing. Von seinem Stuhl in der ersten Reihe der Galerie sah der Priester zur gewölbten Decke hinauf, die wie Fischschuppen schimmerte. Pater St. John blinzelte ein paar Tränen weg, die entweder von zu viel Sonnenlicht oder von dem Übermaß an Schönheit in einem von Menschenhand geschaffenen Gebäude herrührten – in dem derartig korrupte Männer und Frauen verkehrten. Zwei von drei Kongressmitgliedern wurden krimineller Handlungen beschuldigt, von Bestechung bis hin zu Mord.

»Ein Bau von Niemeyer«, flüsterte der Priester in Gustavos Ohr. »Einer von uns.«

»Von uns?«

»Entschuldige. Ein Brasilianer. Niemeyer wurde in Rio de Janeiro geboren.«

Gustavo ging nicht darauf ein. Der Priester war Kanadier und Gustavo Wayãpi, Native American, Indianer oder Indigener oder welche Bezeichnungen auch immer die Brasilianer heutzutage benutzen mochten. Beide Männer hatten die meiste Zeit ihres Lebens im Wald und an seiner gefährlichen Grenze verbracht. Mit achtundsechzig besaß Pater St. John immer noch volles Haar und einen kräftigen Bartwuchs, wenn auch beides schon völlig grau war. Er war auch nicht mehr so dünn wie ehemals, sondern hatte wie viele ältere Männer ein kleines Bäuchlein bekommen, auf dem er seine verschränkten Arme ablegte. Seine langen, dürren Beine waren krummbeinig wie bei einem Hokko-Vogel. Gustavo war Ende vierzig, hatte lange noch immer schwarze Haare, die aber ihren Glanz verloren hatten.

»Ist die Liste fertig?«, drängte Gustavo.

Die Spiegelungen in der blassen Iris des Priesters verschwanden, als er Gustavo jetzt mit einem leisen Anflug von Mitleid ansah.

»Wenn ich dich nicht besser kennen würde«, sagte er und zog die Ledertasche heran, die an den Sandalen seiner Füße lehnte, »würde ich sagen, dass man sich an der Schönheit erfreuen sollte, egal wo man sie antrifft. Aber ich *kenne* dich besser.«

Gustavo hatte Pater St. John – und alle Bücher, die der Priester zum Schutz gegen die Kakerlaken des Waldes weggesperrt hatte – kennengelernt, als er acht Jahre alt gewesen war. Ein evangelikalischer Missionar hatte den Jungen zu dem Priester geschickt, der in einer Hütte neben der Siedlung der Bergarbeiter wohnte. Der Missionar wollte Gustavo dort taufen lassen, aber Pater St. John hatte kein Interesse daran, ein Kind zu konvertieren, das die Bedeutung dieser Handlung ohnehin nicht verstand. Er war kein Missionar, aber er hatte eine Mission. *Ich hörte den Schrei meines Volkes,* sagte er immer wieder. Die Aussage war zugleich kompliziert, wegen der vielen Bezüge, und auch ganz simpel. *Ich habe den Schrei meines Volkes gehört,* so lautete ein im Jahr 1973 von den Bischöfen aus Brasiliens Nordosten unterzeichneter und veröffentlichter Brief. In ihm wurden systematische Verstöße gegen die Menschenrechte angeprangert. Es war auch eine Aussage, die im zweiten Buch Mose Gott zugeschrieben wurde, als er von den unterdrückten Israeliten sprach. Und es war auch Pater St. Johns eigenes Empfinden, seitdem er sein Geburtsland verlassen hatte, um diesem Schrei zu folgen.

»Die Verluste liegen bei neunhundertdreizehn Toten«, seufzte der Priester, der einen Stoß Papier aus seiner Tasche zog. »Leider durften wir die Vermissten nicht mitzählen. Nur die Leichen.«

Auf der Liste der lebenden Toten waren die Namen aller Aktivisten und Aktivistinnen vermerkt, die sich nachdrücklich für die Rechte der Arbeiterklasse und der indigenen Bevölkerung eingesetzt hatten, die nachhaltige Landwirtschaft und Umweltgerechtigkeit gefordert hatten – bis sie deshalb ermordet wurden. Die Zahl war eine krasse Untertreibung, denn der Wald hatte die fatale Angewohnheit, Schreie zu ersticken und Beweise zu verschlucken. Aber auch die Liste mit den Namen derjenigen, die ihr Leben zweifellos aufgrund der Gier und Gewalt gelassen hatten, ließ sich nicht so einfach abtun.

Gustavo legte die Seiten auf seinen Schoß, ohne einen Blick darauf zu werfen. Große Zahlen verwirrten ihn nach wie vor, außerdem kannte er die Namen der vielen mutigen Menschen, von denen jetzt nur noch Tinte auf Papier geblieben war, auch so. Die Liste der lebenden Toten gab es für diejenigen, die nichts davon wussten. Gustavo drehte den Kopf so, dass er die gut besetzte Galerie, deren Sitz- und Stehplätze bis ganz nach hinten gefüllt waren, sehen konnte. Er hatte die Liste einem Reporter zur Veröffentlichung geben wollen, aber so viele hatte er nicht erwartet.

»Ich hab noch nie gesehen, dass sich so viele von der Presse für den Wald interessieren«, bemerkte Gustavo.

»Sie sind wegen *dir* hier«, erwiderte der Priester.

Pater St. John hatte vergeblich versucht, Gustavo die Bedeutung eines Literaturnobelpreises klarzumachen. Aber Gustavo würde an den Verleihungsfeierlichkeiten in Stockholm nicht teilnehmen und hatte seinen Freund wegen seines so typischen Optimismus hinsichtlich des angegebenen Preisgeldes gerügt. *Niemand hat so viel Geld, Sinjin,* sagte er immer, wobei er seinen Freund mit dem Familiennamen ansprach.

»Wenn die Presse wegen mir hier ist, dann sind sie nicht wegen der Abstimmung über das neue Waldgesetz gekommen?«

»Ein paar vielleicht doch?«

Der Priester war Optimist, kein Lügner. Die Schwächung der Gesetze, die seit 1965 den Schutz des Waldes geregelt hatten, war ein historischer Moment. Aber die Medien dienten der Öffentlichkeit, und dieselbe Öffentlichkeit, die im Allgemeinen bei Meinungsumfragen die Umwelt unterstützte, wählte auch die korrupten Politiker, die sich dafür einsetzten, sie auszubeuten und zu zerstören.

An der Rückseite der Galerie blitzten Kameras zweimal auf. Als Gustavo sich umdrehte, blendete ihn das Blitzlicht einer weiteren Kamera. Pater St. John lachte über sein verdutztes Gesicht.

»Gewöhn dich dran«, sagte er.

Gustavo aufzuziehen, während er ihm etwas beibrachte und ihn in jeder Hinsicht der christlichen Liebe näherzubringen versuchte, war Pater St. Johns liebster Zeitvertreib.

An der Stirnseite des Raums ging ein Senator zum Podium. Pater St. John setzte sich auf und zog die Stirn kraus.

»Ich weiß, dass ich alle Kinder Gottes lieben muss«, sagte er, »aber das dort ist ein wahres Scheusal.«

Der Senator war ein reicher Viehbaron, der in die Politik gegangen war, ein mächtiges Mitglied des Landwirtschaftlichen Blocks. Er trug einen teuren Anzug, dessen Kragen ein Anstecker mit der brasilianischen Flagge zierte. Bevor der Mann Senator geworden war, war er Gouverneur der Grenzprovinz Rondônia gewesen, wo er einfache Kleidung und einen Strohhut mit Krempe getragen hatte. Er wollte als Mann des Volkes auftreten, genauer gesagt als einer der reichen Viehzüchter, wie er selbst einer war.

»*Meus amigos*«, sagte er mit ausgebreiteten Armen und fuhr auf Portugiesisch fort, während er zum restlichen Senat sprach.

Als sein Blick über die Galerie wanderte und dort auf Gustavo traf, grinste er. Gustavo war es nicht gewohnt, gesehen zu werden, schon gar nicht von Männern wie diesem. Er merkte, wie sich sein Puls beschleunigte, als sie einander mit gezieltem Hass ansahen.

»Ich sehe mehr weiße Gesichter, die von oben herab urteilen«, sagte der Senator und knurrte dabei die Silben heraus.

Er richtete den Zeigefinger anklagend auf Pater St. John, einen hellhäutigen kanadischen Jesuiten, der für den Flügel der sozialen Gerechtigkeit innerhalb der Kirche arbeitete.

»Diese Heuchler aus dem Norden wollen uns vorschreiben, wir sollen unsere Ländereien nicht ausbauen, weil wir damit den Indianern und den Tieren schaden. Wie können sie es wagen, uns so etwas während einer Rezession zu sagen?«

Er lachte und warf die Hände in die Luft.

»Ich sage Ihnen, wieso … es sind genau diejenigen, die ihre Wälder verkauft, alle ihre Tiere gehäutet und ihre Eingeborenen abgeschlachtet haben. Genau diese Leute sind es. Die nordamerikanischen Kolonien wurden auf blutgetränktem Boden errichtet.«

Pater St. John sah auf seine Füße, rührte sich aber nicht von der Stelle. Er hatte Gustavo gesagt, dass die von seinen Vorfahren verübten Massaker ein Grund mehr waren, gegen die Massaker hier und heute zu kämpfen – und nicht weniger.

»Der ganze Westen ist durch die Ausbeutung seiner Ländereien reich geworden«, führte der Senator aus. »Jetzt sind wir an der Reihe.«

Aus dem Parkett brandete dröhnender Applaus auf, was ihn noch mehr anspornte.

»Wenn der Amazonaswald die Lunge der Welt ist«, rief der Senator, »dann soll uns die Welt fürs Atmen bezahlen!«

Nach und nach erhoben sich alle Mitglieder des Senats und klatschten voller Begeisterung.

»Wir haben verloren«, flüsterte Pater St. John.

Damit lag er richtig – die Gesetzesänderungen gingen in beiden gesetzgebenden Häusern mit einer Mehrheit durch. Aber bevor es zur Abstimmung kam, trat ganz unerwartet ein Kongressabgeordneter ans Rednerpult. Der ehemalige Umweltminister schaute mit erschrockenem Blick zur Galerie hinauf.

»Etwas Schreckliches ist passiert«, sagte er ins Mikrofon.

Nur ein respektvoller Fremder wie dieser Mann würde

von ihnen als José Cláudio Ribeiro da Silva und Maria do Espírito Santo sprechen. Für alle anderen, die sie kannten und liebten, waren sie Zé und Maria. So hatte sich das Paar einigen Kirchenmitgliedern im Bundesstaat Pará vorgestellt, nachdem sie im Jahr 2008 Todesdrohungen erhalten hatten. Das Land, das sie zur nachhaltigen Bewirtschaftung von der Regierung gepachtet hatten, wurde von illegalen Holzfällern und Köhlern bedroht. Einige Kirchenangehörige besorgten ihnen einen Anwalt, der für sie bei den staatlichen Stellen Beschwerde einlegen sollte, aber ein Polizeischutz wurde abgelehnt.

Zé wollte sein Zuhause nicht verlassen, und er wollte nicht nachgeben. Er redete mit allen, die ihm zuhörten, über den Wert des Regenwaldes und was ihm angetan wurde. Er fotografierte alle Lastwagen, die gefällte Bäume aus dem Regenwald abtransportierten, und mailte die Fotos sowohl an die Polizei als auch an Zeitungsredaktionen. Erst im vergangenen Jahr war er eingeladen worden, bei einer TEDx-Konferenz zu sprechen, und ließ seine Rede auf YouTube hochladen. Aber als die Medienaufmerksamkeit über die Grenzen Brasiliens hinausging und die internationale Gemeinschaft erreichte, wurden Zé und Maria zu immer größeren Zielscheiben.

So kam es, dass Zé und Maria von fünfzehn Kugeln niedergemäht wurden. Und dass Zé und Maria jetzt in gleichen Särgen lagen, die Gesichter von weißer Kunststoffseide umrahmt, die die hässlichen Löcher an den Stellen verhüllte, wo ihnen ihre Mörder als Nachweis für die Bezahlung die Ohren abgeschnitten hatten.

»Ich fordere eine Untersuchung dieses Doppelmordes …«, sagte der Senator noch, aber seine restlichen Worte gingen in lautem Brüllen und Buhrufen aus dem Parkett unter.

Das Publikum auf der Galerie sah sich entsetzt an, Pater St.

John klappte der Unterkiefer herunter. Gustavo erblickte ein bekanntes Gesicht, den Vorsitzenden von Greenpeace sechs Plätze weiter rechts von ihm, der traurig, aber nicht sonderlich überrascht den Kopf schüttelte. In der ganzen Aufregung beraumte der Senat eine Unterbrechung ein. Mehrere Leute auf der oberen Galerie gingen hinaus in Richtung Treppen. Ein Journalist kam den Gang zwischen den Stuhlreihen herab und gratulierte Gustavo flüsternd zum Nobelpreis.

Lies eins deiner Gedichte bei meiner Beerdigung, hatte Zé zu Gustavo gesagt. *Das über meine erhabene, wunderschöne Majestät!*

Pater St. John stöhnte leise auf und sagte, die Menschheit sollte Gott für die viele Erde auf der Welt danken. Ohne diese Erde wären die Gesichter der Toten nicht zu ertragen.

»Es werden noch weitere folgen«, warnte er. »Und der Antrag zum Belo-Monte-Staudamm wird nächste Woche durchgehen.«

Als Kollateralschaden würde ein großes Regenwaldgebiet im Wasser versinken, darunter die angestammte Heimat des Kayapo-Volkes. Gustavo beugte sich über das Metallgeländer der Galerie und starrte die einundachtzig Senatoren dort unten mit eisigem Blick an.

»Fünfzehn Kugeln«, sagte er. »Fünfzehn. Alle Finger an drei Händen.«

Natürlich war diese Menge an Kugeln nicht für die gerade Getöteten gedacht, sondern für diejenigen, die noch lebten. Sie waren für ihn, für Pater St. John und alle anderen, die sich der Ausbeutung durch die Reichen und Mächtigen widersetzten.

»Unsere Feinde heuern Mörder an, die ihr Teufelswerk ausführen«, sagte Pater St. John.

Gustavo betrachtete weiterhin die Männer unter ihm, konzentrierte sich nur noch auf sein einziges, verbissenes Ziel: die Vernichtung der Vernichter.

»Die werden nie ein Gefängnis von innen sehen«, fuhr der Priester fort. »Du hingegen schon, Gustavo.«

Schließlich drehte sich Gustavo zu dem Pater um. Sein Freund musste direkt in seine erkrankte Seele geblickt und dort den tiefen Abgrund seiner mörderischen Absichten erkannt haben.

Ein dicklicher weißer Mann kam auf Gustavo zu. Alles an ihm sah weiß aus – sein Haar, sein Bart, sein Leinenhemd und die Rückseiten seiner Arme und stämmigen Beine. Nur der Sonnenbrand in seinem Gesicht und auf der Oberseite seiner Arme zeugte von ein wenig Farbe.

»Ich bin ein Mitarbeiter des Weltklimarats«, sagte der Mann und streckte ihm die Hand entgegen. »Ich habe alle Ihre Gedichtbände gelesen.«

Gustavo ignorierte die ausgestreckte Hand des Mannes.

»Das heute war … eine Tragödie nach der anderen«, räumte der Mann ein und zog die Hand wieder zurück. »Aber brauchen wir Dichter nicht gerade deshalb umso mehr? Tragödien sind doch Ihr Fach.«

Das Licht aus der silbernen Deckenkuppel brach sich in seiner Drahtgestellbrille.

»Und der Amazonas ist nicht die einzige Tragödie, das einzige Schlachtfeld des Klimawandels«, sagte er. »Es gibt noch etwas, worüber Sie schreiben sollten …«

Nur die dem Menschen unzugänglichsten Weltgegenden, der Amazonas und die Arktis, seien bislang vor großflächiger Zerstörung bewahrt geblieben – bis jetzt. Der weiße Mann bot Gustavo an, an einer Reise übers Meer teilzunehmen, die ihm schmelzende Eisberge, ertrunkene Eisbären, müllübersäte Strände und ausgehungerte Lummen zeigen würde, verlassene Inuit-Dörfer und steigende Meeresspiegel. Er reichte ihm eine Visitenkarte, die Pater St. John entgegennahm, da Gustavo sich nicht rührte.

»Dr. Charles Brodie«, las der Priester laut vor. »Universität von Berkeley in Kalifornien, Inhaber der Turner-Stiftungsprofessur von –«

»Nennen Sie mich einfach Charlie«, bot ihm der Mann an.

Nachdem er gegangen war, schob Pater St. John die Visitenkarte in die Tasche.

»Diese Reise verhilft dir zu einem amerikanischen Visum ohne Wenn und Aber«, flüsterte er. »Du kannst hier einfach weg –«

Sie wurden von einem jungen Mann unterbrochen. Er blieb im Mittelgang stehen, verneigte sich respektvoll und stellte sich auf Portugiesisch als der Leiter des Büros Brasilien der *New York Times* vor.

»Ich berichte eigentlich über eine andere Abstimmung«, gestand er gleich, »aber das neue Waldgesetz interessiert mich persönlich. Ich versuche, einen Artikel zusammenzustellen, der genug Leser und Leserinnen interessiert, um ihn zu veröffentlichen.«

Gustavo wartete geduldig. Er konnte seinem Gegenüber keinen Rat geben, auf welche Weise man das Interesse der Brasilianer wecken könnte.

»Eine Aussage von Ihnen würde sehr viel bedeuten«, fuhr der Mann fort. »Sie könnte sogar den Ausschlag geben.«

Gustavo wollte nur seine Ruhe haben, er wollte um Zé und Maria trauern und sich seinem Hass ergeben, aber er wusste, dass er mit einem so egoistischen Verhalten nichts erreichen würde. Er erhob sich und nickte dem Büroleiter zu. Auf dem gemeinsamen Weg zur Treppe folgten ihnen noch andere mit Stift und Notizblock bewaffnete Journalisten. Ein anderer zog sein Handy hervor und filmte sie, als sie den Plenarsaal des Parketts erreicht hatten.

Ein paar Mitglieder des Senats waren wegen der Unterbrechung gegangen, aber die meisten waren noch da, um sich zu unterhalten oder E-Mails auf ihren Laptops zu beantworten. Gustavo erblickte den Senator des Landwirtschaftsblocks in einer großen Gruppe von seinesgleichen. Sein Gesicht war eine Karikatur von Kompetenz und Verbundenheit, während sie ihn mit Glückwünschen zu seiner Rede überhäuften. Als der Senator Gustavos Blick erwiderte, ließ er erstaunt seine Maske fallen. Gustavo stellte sich ans Mikrofon, und seine Miene drückte nur eines aus: *Jetzt bin ich dran.* Immer mehr Presse versammelte sich vor ihm.

Gustavo beschrieb den Nachgeschmack eines vergifteten Flusses: das bittere Metall von Quecksilber und das saure Brennen der Pestizide. Aber der Geschmack und die toten Fische kamen erst, nachdem deine Kinder schon mehr als genug davon getrunken hatten. Gustavo beschrieb die vielen Hektar rauchender Asche, die einmal üppiger Urwald voller lärmender Tiere gewesen waren. Der Tod des Waldes war auch der Tod des Lebens für die Jäger und Sammler wie die Wayãpi und für Bauern wie Zé und Maria.

Er hielt die Liste der lebenden Toten mit einer Hand in die Höhe und beschrieb einen Haufen Knochen. Wenn er hineingreifen würde, könnte er den Unterkiefer von Schwester Dorothy Stang herausziehen, einer amerikanischen Nonne, die der armen Landbevölkerung, die sich ein Stück Land vom Staat gepachtet hatte, nachhaltige Landwirtschaft beigebracht hatte. Sie wurde mit allen sechs Kugeln aus dem Revolver eines von einem Rancher beauftragten Mörders erschossen. Der Unterkieferknochen war still und schwieg; er verlieh ihrem Anliegen keine Stimme mehr.

Wenn er abermals hineingreifen würde, könnte Gustavo den Oberschenkelknochen eines der »Wurzelsammler« herausziehen, die den Wald illegal abgeholzt und niedergebrannt hatten. Diese Männer waren kaum diejenigen, die davon profitierten. Es war einfacher, sie zu erschießen und in flachen Gräbern zu verbuddeln. Im Tod waren sie mit den Todeszonen des Waldes verbunden, den sie verbrannt hatten.

Bevor er die Namen von seiner Liste vorlas, dachte Gustavo an den Senator vom Landwirtschaftsblock.

»*Meus amigos*«, sagte er und drückte sich die Liste ans Herz.

28

FLUCHT

AMAPÁ, BRASILIEN

3. APRIL 2019

Das Erste, woran sich Gustavo in diesem kurzen Abschnitt erbärmlicher Zeit erinnerte, war Wut – seine übliche Wut, die nichts über den blinden Zorn aussagte, der später einsetzte. Das Straßenschild hatte ihn ausgelöst, das Schild unterwegs vom Land der Wayãpi zur Grenzstadt Pedra Branca do Amapari. Auf dem Schild stand, das Land sei geschützt, aber das, was da behauptet wurde, entsprach nicht der Wirklichkeit.

Die südliche Hälfte des den Wayãpi zugesprochenen Territoriums lag innerhalb des RENCA-Reservats, in dem sich der größte auf der Welt verbliebene Wald befand, ebenso wie Vorkommen von Gold, Mangan, Eisen und Kupfer. Im Jahr 2017 hatte der brasilianische Präsident versucht, den Schutz des Reservats aufzuheben, wurde aber glücklicherweise und Gott sei Dank von einem Bundesrichter daran gehindert. Im gleichen Jahr wurde eine illegale Mine geschlossen, die sich nur anderthalb Kilometer von einem Dorf der Wayãpi entfernt befand. Seither waren mehrere Jahre vergangen, und der Kampf war immer noch derselbe.

»Unsere Krieger haben Gewehre, genau wie die Brasilianer«, rief Gustavos Zwillingsbruder Tuír.

Er saß auf dem Rücksitz von Pater St. Johns Jeep, kniff die

Augen gegen den Fahrtwind zusammen und strich sich die langen Haarsträhnen aus den Augen.

»Wir haben Bögen und Giftpfeile. Wir sind mutig und kämpfen bis zum Tod!«

Gustavo seufzte. Gewiss, die Wayãpi-Männer waren mutig, aber die Gewehre, die sie von der Regierung bekommen hatten, waren jahrzehntealt, und ihre Bögen waren nicht echt, nicht so, wie sie das Großvatervolk gebaut hatte. Pater St. John sagte, die Regierung habe viele Methoden, um die Dörfer der Einheimischen unter Kontrolle zu halten. Diese bestimmte Methode fing mit Geschenken aus der modernen Welt an: Streichhölzer, die den Familien die Mühe ersparte, Feuer aus Steinen zu schlagen, fertig hergestellter Stoff, der ihnen die Mühe ersparte, Baumwolle anzubauen, sie zu Garn zu spinnen, sie mit *urucu* zu färben und dann zu weben; und Gewehre mit Patronen – aber nur im Tausch gegen ihre Pfeile und Bögen.

Die Dörfer wurden von diesen Geschenken abhängig, ihre traditionellen Methoden des Überlebens gerieten in Vergessenheit. Und dann gingen ihnen die Macheten aus, der Stoff ihrer Kleider zerriss und die Gewehre brauchten mehr Munition. Die indigenen Stämme mussten der Regierung gehorchen und hilflos dabei zusehen, wie die Grenzen ihres Landes schrumpften.

Gustavo beugte sich vom Beifahrersitz nach hinten und reichte seinem Bruder ein Kleiderbündel. Sie hatten den Stadtrand schon fast erreicht. Tuír suchte knurrend nach den Armlöchern des Hemds. Er war nicht an die Kleidung weißer Männer gewöhnt, andererseits war er auch nicht an Pater St. John, an Autos oder an die Stadt Pedra Branca do Amapari gewöhnt. Und vor allem war er nicht daran gewöhnt, sich zur Stadtratswahl aufstellen zu lassen.

»Es gibt viele Wege, in die Schlacht zu ziehen«, sagte Gustavo zu ihm. »Wir können nicht mitbestimmen, was mit uns geschieht, solange wir keinen Native American in der Regierung haben.«

Er drehte sich wieder nach vorne, als Tuír sich die Khakihose überzog und den Lendenschurz löste. Pater St. John hielt den Blick durch seine Brille auf die holprige Strecke vor ihnen gerichtet, während die beiden Brüder sich gegenseitig auf Wayãpi anschrien.

»Warum machst du's dann nicht?«, fragte Tuír in dem Moment, als Gustavo nachsah, ob er wieder Handyempfang hatte.

»Es muss ein Wayãpi sein, der bei unserem Volk im Wald lebt«, antwortete Gustavo.

Damit meinte er, es sollte ein *echter* Wayãpi sein, nicht einer, der die traditionelle Lebensweise hatte verlassen müssen, um sie womöglich zu retten. Gustavo konnte sich kaum mehr an seinen richtigen Namen erinnern. Zu oft dachte er an sich mit seinem portugiesischen Namen, den ihm ein Missionar gegeben hatte, ganz beiläufig und mit einem Achselzucken, als wollte er sagen: *Warum nicht?*

»Ich bin mit den Gedichten nur die Stimme unseres Stammes«, rief Gustavo. »Das Gesicht musst du sein.«

Tuír lachte und sagte, sie hätten schließlich dasselbe Gesicht. Mit Metaphern konnte er nicht viel anfangen.

»Ich mache schon genug«, sagte Gustavo beharrlich. »Deshalb bekomme ich die Todesdrohungen. Nicht du.«

»Du machst das alles für die anderen Wayãpi«, konterte Tuír. »Selbst für die brasilianische Bevölkerung tust du mehr, als du je für die Wayãpi getan hast.«

Damit hatte er nicht ganz unrecht. Gustavo hatte gleichermaßen für die Landrechte der indigenen Bevölkerung als auch für die Bauern gekämpft. Pater St. John hatte darauf bestanden, dass Gleichgesinnte sich zusammenschließen mussten, andernfalls sei die ganze Sache hoffnungslos. Alle Machtlosen Brasiliens mussten gemeinsam gegen die Massenvernichtung und die Ausbeutung durch Holzfäller, Bergarbeiter, die Agrarindustrie, die Viehbarone und die Ölraffinerien vorgehen. Dieser Kampf hatte Gustavo immer weiter weg vom Land der Wayãpi geführt. Er hatte ihn zu Chico Mendes, dem Anführer der Gewerkschaft der Gummizapfer geführt, ehe er ermordet wurde. Er hatte ihn zu Zé und Maria geführt, als sie noch am Leben gewesen waren. Er hatte ihn nach Paris und Washington, D. C., geführt. Und während dieser Zeit hatte Gustavo nichts von Tuírs beiden Söhnen gewusst, die ungesehen aufwuchsen.

Pater St. John zeigte auf eine Tankstelle am Straßenrand. Er musste tanken, ehe sie in die Stadt und in seine bescheidene Pfarrei kamen, wo er und Gustavo jetzt wohnten, wenn sie nicht auf Reisen waren. Nachdem er angehalten hatte, stiegen alle drei Männer aus dem Jeep. Der Priester verschwand in dem kleinen Laden, um das Benzin zu bezahlen.

»Bau dir einen richtigen Bogen«, sagte Gustavo zu seinem Bruder.

Tuír biss die Zähne zusammen und schüttelte den Kopf. Er sagte, er wolle keinen Bogen. Mit einem Gewehr lasse sich viel einfacher jagen. Und jetzt, da das Wild immer rarer werde, brauche er Patronen.

»Bau dir einen richtigen Bogen«, wiederholte Gustavo. »Versuche es.«

»Du weißt nicht mehr, wie schwer es ist«, knurrte Tuír. »Man muss das perfekte Holz am Oberlauf des Capoeira finden. Es muss mit dem Kieferknochen eines Weißbart-Pekari abgehobelt werden. Als wir noch am Nipukú-Fluss gelebt haben, gab es im Wald ganze Herden davon. Meine Söhne haben in ihrem ganzen Leben noch kein einziges Pekari gesehen –«

»Und noch keinen richtigen Bogen«, ergänzte Gustavo.

Man kann seinen Kindern nichts beibringen, was man selbst vergessen hat.

»Die Wayãpi müssen sich wieder an die Traditionen des Großvatervolks erinnern«, fing Gustavo an, aber Tuír lachte nur laut auf, als wollte er sagen: *Und das sagst ausgerechnet du? Derjenige, der Khakishorts trägt, mit einem Handy in der einen und einem Portemonnaie in der anderen Tasche?*

Wieder spürte Gustavo Wut in sich aufsteigen. Als Kinder hatte niemand im Dorf die Zwillinge auseinanderhalten können. Nur wenn Tuír sein aufbrausendes Gemüt zeigte oder Gustavo lachte. Es hieß, Gustavo habe so heftig gelacht, dass er rückwärts umgefallen sei, dabei konnte er sich nicht mehr an eine Zeit erinnern, in der er nicht traurig, resigniert oder wütend gewesen war.

»Bleib hier«, sagte Gustavo, dann drehte er sich um und ging weg.

Es war eine der vielen Kleinigkeiten, mit denen die Zwillinge einander wehtaten, denn ihr Instinkt riet ihnen immer, beisammenzubleiben.

Gustavo war im Laden, als es passierte. Er versuchte, das Kleingedruckte auf der Verpackung einer neuen Telefonkarte zu lesen. Eben noch stellte er fest, dass seine Augen mit dem Alter schwächer wurden. Im nächsten Moment zersprang die Scheibe des Ladens im Kugelhagel. Gustavo duckte sich sofort und hielt sich die Ohren zu, bis die Schüsse verstummten. Als er den Kopf hob, sah er, dass Pater St. John blutüberströmt und total benommen vor dem Tresen zusammengesunken war. Gustavo kroch zu ihm, wobei er versuchte, nicht auf den

Glasscherben auszurutschen und in sie hineinzugreifen. Er legte eine Hand an das Gesicht des alten Mannes und klopfte mit der anderen seinen Körper vorsichtig nach tödlichen Wunden ab. Der Priester stöhnte vor Schmerzen, aber er hatte keinen Schuss abbekommen, sondern nur überall Schnitte und Prellungen. Gustavo sah durch die herausgeschossenen Fenster nach draußen.

Mein Bruder!

Als er aufsprang, hielt ihn der Priester am Bein fest. Gustavo zerrte zweimal, dreimal ganz heftig, ehe er sich aus dem festen Griff des alten Mannes losreißen konnte. Draußen auf der Straße quietschten Reifen. Als Gustavo die Tür erreichte, sah er noch, wie sich ein roter Truck in Richtung Stadt entfernte. Tuír lag mit dem Gesicht nach oben neben dem Jeep, Augen und Mund waren geöffnet. Blut färbte sein orangefarbenes Polohemd dunkelrot. Eines seiner Ohren war abgerissen.

Gustavo starrte nach unten und sah einen leblosen Körper, der genauso aussah wie sein eigener. Er glaubte, sich selbst zu sehen, wie er mit leerem Blick zum Himmel schaute. Diese letzten Worte, die er seinem Bruder hingeworfen hatte, suchten Gustavo bis heute immer wieder heim. *Bleib hier,* hatte er zu Tuír gesagt. Und dann war sein Zwillingsbruder an seiner Stelle gestorben.

HEALY, IM GOLF VON ALASKA

28. DEZEMBER

T MINUS 35 TAGE BIS ZUM START

BLEIB HIER …

Gustavo war an der Tankstelle am Auto geblieben. Die Zeit war erstarrt, hielt ihn in einem kleinen Stück der Vergangenheit gefangen, aus dem er nicht einmal ausbrechen wollte. Dumpfes Entsetzen wurde von Wogen akuten Schmerzes abgelöst, als er die Ermordung Tuírs erneut durchlebte und seine Abwesenheit schmerzlich spürte. Gustavo hatte so viele Gedichte über die Nachwirkungen des Krieges gelesen, in denen Soldaten ganz deutlich spürten, wie es in ihren fehlenden Gliedmaßen brannte oder juckte, wie sie sich schmerzhaft zusammenzogen. Solche Schmerzen verspürte Gustavo hinsichtlich seines fehlenden Zwillingsbruders, der jetzt ebenfalls ein Phantom seiner selbst war.

Seine helleren Momente der Trauer waren von einer bitteren und hoffnungslosen Verzweiflung über die unvermeidliche Auslöschung der Wayãpi getrübt. Denn wie konnte er einen ganzen Stamm retten, wenn er nicht einmal seinen eigenen Bruder retten konnte? Und so war Gustavo dort, in dieser Zeit des Entsetzens und des Todes, geblieben. Bis jetzt.

Er schob sich ein Stück Maisbrot in den Mund, kaute und schluckte es hinunter. Dann aß er einen Löffel Bohnen und dachte an die Abschiedsworte seines Zimmergenossen Jack: *Zum ersten Mal seit Hunderten von Jahren lässt man die Wayãpi im Wald in Ruhe. Zumindest bis der Komet einschlägt, oder eben nicht.* Jack hatte recht gehabt. Plötzlich waren die Wayãpi nicht gefährdeter als alle anderen Menschen. Genau genommen ging es ihnen im Schutz des Waldes besser, mit ihrem Wissen, wie man dort überleben und weiterbestehen konnte.

Gustavo aß noch mehr Bohnen, als er spürte, wie die Last, die Wayãpi und ihr Land zu retten, von seinen Schultern wich – dank eines verdammten Kometen. Als sein Bewusstsein wieder völlig im Hier und Jetzt angekommen war, sah Gustavo nach unten und stellte fest, dass sein Teller leer gegessen war. Er hatte eine komplette Mahlzeit zu sich genommen. Alle auf der *Healy* hatten Gustavo während der Reise immer wieder dazu aufgefordert, mehr zu essen: Jack, Fähnrichin Ortiz, die Mitglieder des sogenannten Moralkomitees … Aber jetzt hatte sich alles drastisch verändert. Zwei Coasties mussten die Taschen seines Ponchos und seiner Jeans nach geschmuggeltem Essen durchsuchen, bevor Gustavo die Kantine verlassen durfte.

Auf dem Rückweg zu seiner Kabine spähte Gustavo aus einem Bullauge und schützte die Augen gegen die untergehende Sonne, die wie glühende Asche im Meer versank. Er musste an Robert Frost denken …

Manch einer sagt, die Welt endet in Feuer,
Manch anderer setzt auf Eis.

Eine Wayãpi-Legende erzählte vom Großen Feuer, in dem die Erde endete, aber Gustavo konnte sich nicht mehr daran erinnern, woher das Feuer kam. Kam es aus dem gestirnten Himmel herab? Oder kam es von den Menschen? Die Wayãpi selbst hatten das Feuer dem Jaguar gestohlen, als sie noch Tiere und Vögel waren und der Jaguar in menschlicher Gestalt umherging. Mit der Macht des Feuers hatten die Wayãpi sprechen gelernt. Sie wurden zu Menschen, wohingegen der Jaguar ein Tier wurde, das nur noch zornig brüllen konnte.

Ging es beim Menschsein allein um Macht? Was war mit der Macht der Zerstörung?

An ihm ging eine Frau vorbei durch den Korridor und biss sich mit blutigen Zähnen auf die Nagelhaut von vier Fingern. Was sie vor sich hin murmelte, konnte Gustavo nicht verstehen.

Es konnte nicht mehr lange dauern, bis das Schiff vor Anker ging. Über die Lautsprecher, die Jack die Tröten genannt hatte, gab es immer wieder Anweisungen, abwechselnd mit Gebeten aus dem Neuen Testament und Anweisungen, sich bereitzuhalten und bei einem Rettungsboot zu melden. Gustavo erreichte den Eingang zum Aufenthaltsraum der Besatzung und hörte laute Männerstimmen.

»Die Regierung hat gute Hubschrauberpiloten angefordert«, sagte eine. »Sie haben sie nach Süden geflogen, nach Südamerika, dort muss man in der Lage sein, im Dschungel senkrecht zu landen und zu starten.«

Gustavo spähte um die Ecke und sah ein paar Männer, die in der Ecke des Aufenthaltsraums an einem Tisch saßen. Die Stimme gehörte einem großen jungen Mann namens Ned, der leicht gekrümmt über den aufgefächerten Spielkarten in seiner Hand hockte.

»Woher willst du wissen, dass es noch Bedarf gibt?«, fragte ein anderer Mann. »Woher willst du wissen, dass es überhaupt noch eine Regierung gibt? Wir sind seit über vier Monaten auf See gewesen.«

»Alles, was jetzt zählt«, erwiderte Ned, »ist dieses Abwehrbündnis am Äquator. Kapitän Weber hat es selbst gesagt. Also wenn es dieses Bündnis noch gibt, dann bin ich der Hubschrauberpilot, der es findet.«

Ned fluchte über sein »Scheißblatt« und sagte, dass er jetzt »erst mal aufs Klo geht«. Gustavo wich gerade noch rechtzeitig zur Seite, als Ned den Raum verließ.

»Wollen Sie nach Südamerika, zum Äquator?«, fragte er Ned beinahe atemlos.

Der massige Coastie erschrak und sah nach unten. Ned war Gustavo nur einmal begegnet, an dem Abend, als sie sich im Schein des Polarlichts betrunken hatten. In Gustavos Gesellschaft war er still und aufmerksam gewesen. *Ich hab noch nie einen Nobelpreisgewinner kennengelernt,* hatte er dann betreten gesagt.

»Also, ich fliege nach Fort Hood in Texas«, antwortete Ned nach einer kurzen Pause. »Falls es das noch gibt. Unsere Einheit hat Personal und Nachschub zum Europäischen Raumhafen in Französisch-Guayana transportiert. Ich hoffe, dass ich dort einen Flug nach Süden erwische.«

»Zeigen Sie mir, wo Sie hinwollen«, befahl Gustavo und zog die Faltkarte heraus, die er in seiner Tasche herumtrug.

Ned beugte sich herab und zeigte auf die Mündung des Amazonas, dort, wo der Fluss den südlichen Kontinent wie den Rand einer zerbrochenen Teetasse in lauter kleine Splitter zerteilte. Sein Zeigefinger wanderte an der Küste nach Norden, über den Oyapock-Fluss hinweg, bis nach Französisch-Guayana.

»Dahin«, sagte er. »Glaube ich.«

Gustavo verspürte, wie eine erschreckende Hoffnung ihn innerlich wärmte. Wenn er dem jungen Mann glauben konnte – und Gustavo hatte sich schon vor langer Zeit angewöhnt, an nichts und niemanden mehr zu glauben –, dann musste er nicht an diesem eiskalten, gottverlassenen Ort sterben. Er war bis zum verschneiten Rand der Erde gereist, und jetzt konnte er zurück nach Hause.

Kapitän Weber blieb auf dem Weg zum Waffenschrank bei einem Bullauge stehen. Nebel hielt das erste Licht des Tages zurück, es war schwer zu erkennen, wo der Puget Sound Washingtons aufhörte und wo Nebel und Regenwolken anfingen. Weber war dankbar für die schlechte Sicht. So konnte niemand vom Festland die *Healy* sehen, bis sie nah genug war, um am Kai zu ankern. Unnötige Aufmerksamkeit konnten sie nicht gebrauchen, sie würden auch so früh genug Ärger bekommen.

Der Nebel würde dem Piloten der *Healy* allerdings nicht helfen. Weber konnte sich bei dem Gedanken an Ned Brandt ein Lächeln nicht verkneifen: ein bärenstarker junger Mann mit klarem Blick und ganz unberechenbarer Charakterstärke. Wenn er nicht gerade sein letztes Hemd bei einer Pokerrunde im Mannschaftsraum verspielte, las Ned Romane von Steinbeck und kaute dabei auf Dörrfleisch herum. An Deck war er der Erste, der anderen Besatzungsmitgliedern oder Forschenden zur Hand ging. Auch nach schwerer Arbeit und langen Einsatzstunden hatte er immer ein Lächeln oder eine Bemerkung über die Schönheit des kobaltblauen Wassers übrig. Er benutzte sogar das Wort »kobaltblau«, ehe er in den Wind furzte und staunend das Panorama bewunderte. Weber sollte eigentlich niemanden bevorzugen, aber so war es nun mal.

Der Kapitän ging weiter zum Waffenschrank des Schiffes, wo Ned im Fliegeroverall auf ihn wartete. Sobald die *Healy* die Mündung zur Commencement Bay passiert hatte, wollte er abheben.

»Tja, so kann man sich seinen Spielschulden auch entziehen«, scherzte Weber und zog den Schlüssel aus der Hosentasche.

Ned grinste, und um seine Augen bildeten sich Lachfältchen. Sein Gesicht war noch jung, aber schon von Anstrengung gezeichnet.

»Beim Bündnis könnten sie mich gebrauchen«, rief ihm Ned in Erinnerung.

Mehr als alles andere konnten die dort wohl ein Ave Maria gebrauchen, dachte Weber, nickte aber nur. Ned wollte ihm noch einmal für den extra Sprit danken, aber das war nicht nötig. Da Ned der einzige Pilot an Bord war, würde das Flugbenzin im Tank des Dolphin-Helikopters auch niemandem sonst etwas nützen. Weber hatte seine Mannschaft angewiesen, den Jayhawk mit so vielen Kanistern wie möglich zu beladen.

»Wie lautet Ihr Plan B, mein Sohn? Falls Sie keinen Flug von Fort Hood nach Süden kriegen«, fragte er Ned, aber sie wussten beide, was er meinte: *Falls es kein Fort Hood mehr gibt.*

Ned antwortete, dass er noch an einem Plan B arbeite. Der Kapitän schürzte die Lippen und nickte.

»Sir, eins wollte ich Ihnen noch sagen«, sagte Ned. »Als ich mich für den Dienst auf der *Healy* beworben habe, wollte ich ausdrücklich zu Ihnen.«

Ned hielt ihm die Hand hin, aber der Kapitän umarmte ihn kurz und klopfte ihm auf die massige Schulter.

»Viel Glück«, sagte er. »Und jetzt wollen wir Sie bewaffnen.«

Weber schloss den Waffenschrank auf und nahm ein halbautomatisches Gewehr aus dem Ständer.

»Wir haben es jetzt nicht mehr mit Eisbären oder feindlicher Schmuggelei zu tun«, gab Weber zu, »aber es gelten dieselben Regeln. Wenn Sie schießen müssen, schießen Sie. Basta.«

»Ja, Käpt'n.«

Ned nahm das Gewehr, aber sein Blick wanderte in Richtung Gewehrständer.

»Haben Sie schon entschieden, wer den Rest kriegt?«

Weber runzelte die Stirn und wandte den Blick ab.

»Ich würde ihnen raten, sich in Gruppen auf den Weg zu machen und sich gegenseitig zu beschützen.«

Das war keine Antwort, weil Weber keine Antwort hatte. Es gab keine richtige Lösung, eine kleine Menge Schusswaffen unter einer großen Besatzung aufzuteilen, die drauf und dran war, um ihr Leben zu laufen. Er hatte sich das Problem schon hundertmal durch den Kopf gehen lassen, aber immer noch keine gerechte Lösung gefunden.

»Sie sagten ›ihnen‹«, wiederholte Ned. »Wollen Sie nicht mit den anderen nach Lewis-McChord?«

Weber schüttelte den Kopf und sagte, dass er sich zu den Cascade Mountains durchschlagen wolle, und zwar allein. So wie Ned. Der junge Mann lächelte ihn rätselhaft an.

»Jetzt kommt der Witz«, sagte Ned. »Ich bin gar nicht allein.«

29

WIR SIND AUS LIEBE GEBOREN

CHONGQING, CHINA
1986

Zhens Mutter duldete die getrockneten Tränen ihrer Tochter und die Schande nicht, die ihr von anderen auferlegt wurde. Sie wusste sehr wohl, dass Zhen ein Mädchen mit einer kleinen Fehlbildung im Gesicht war und dass sie dafür gehänselt und als weniger als wertlos angesehen wurde, ein schlechtes Element, das aus der Gemeinschaft herausgedrängt werden musste. Aber Zhen wurde von einer Familie geliebt, die zu lange und zu schwer gekämpft hatte, um jetzt nachzugeben.

»Worte reißen keine blutigen Wunden«, behauptete ihre Mutter immer wieder. »Du weißt nicht, was wahres Leid bedeutet.«

Sie hielt beim Knoblauchschneiden fürs Abendessen inne und wischte die Hände an der Schürze ab. Bei solchen Gelegenheiten fing ihre Mutter immer mit ihren schrecklichen Geschichten an, die Zhen schon auswendig kannte und trotzdem fürchtete, aber Zhen war schon zwölf Jahre alt. Sosehr sie sich auch bemühte, außerhalb des Hauses unsichtbar zu sein, so sehr probierte sie ihre Stimme im Haus selbst aus – besonders an ihrer Mutter.

»Du weißt nicht, was ich weiß«, sagte Zhen leise. »Weil du nicht ich bist.«

Die Logik war unbestechlich, aber ihre Mutter sah trotzdem getroffen aus. Zhen nutzte ihr Schweigen, um fortzufahren: »Dich haben die älteren Jungs wegen so was nicht scheißefressende Kanalratte genannt«, sagte sie und zeigte auf ihre Oberlippe.

Zhens Narben waren verblichen, aber die Oberlippe stand immer noch ein bisschen nach oben, war von den Operationen immer noch ein bisschen schief.

»Sie haben nicht ganz unrecht«, gab Zhen zu. »Ich sehe wie ein Nagetier oder ein Kaninchen aus, bloß ohne die Barthaare.«

Was sie nicht sagte, war: *Niemand will so einen Mund küssen.*

Die Mädchen in der Schule redeten unablässig über Jungs, aber Zhen konnte nur aus der Ferne zuhören. Sie trug zwar dieselbe Uniform wie alle anderen, aber sie gehörte nicht dazu. Sie war einfach anders, in vielerlei Hinsicht, und Zhen wusste es. Sie wussten es. Und das Wissen darum machte alles nur noch schlimmer.

Zhen ging an ihrer Mutter vorbei ins Wohnzimmer. Die Lius hatten, wie die meisten in ihrem Wohnhaus, immer noch keinen Fernseher. Zhen gefiel das überhaupt nicht, denn sie fand die Technik, das nahezu Magische an der Übertragung von Bildern faszinierend. Zhens Vater sagte immer, dass die Familie Liu ihr Geld nicht sinnlos für irgendwelche Gerätschaften ausgab, sondern in ihre Kinder investierte. Zhen hatte zwei Gesichtsoperationen hinter sich, bevor sie alt genug war, um sich daran zu erinnern. Kuo, ihr vier Jahre älterer Bruder, hatte in der Sekundarschule in mehreren Fremdsprachen Privatunterricht bekommen und studierte jetzt in Cambridge, in England. Trotz dieser großen Investitionen ging es der Familie Liu nicht schlecht. Genosse Liu war der Leiter des Kraftwerks in Chongqing und hoch angesehen. Die Familie besaß eine hübsche Esstischgarnitur, aus Rosenholz geschnitzt, ein Sofa an der Wand, gerahmte Fotos an den Wänden und ein Bücherregal voller gebundener Bücher mit Titeln wie *Kraftwerktechnik, Elektrische Felder und Stromkreise, Thermodynamik, Differentialrechnung* und den neuesten Kochbüchern, die Zhens Mutter immer geschenkt bekam, um die schlichten Mahlzeiten aufzupeppen.

Zhen legte ihren Mantel über die Lehne des Sofas, bevor sie weiter durch den kleinen Flur ging. Ihre Wohnung in Chongqing hatte zwei Schlafzimmer. Zhens Eltern schliefen im größeren, ihr Großvater im kleineren. Er wohnte seit einem Jahr bei ihnen, nachdem seine Frau gestorben war. Zhen machte es nichts aus, auf dem Sofa zu schlafen und ihre Sachen immer ordentlich an der Wohnzimmerwand zu stapeln. Der Vater ihres Vaters war ein Held des Volkes, ein Mathematiker, der die Kulturrevolution überlebt hatte, indem er für den Militärgeheimdienst als Kryptograf gearbeitet hatte. Auf der anderen Seite ihrer Familie hatten Zhens Großeltern mütterlicherseits Universitätsprofessuren innegehabt, bevor sie als Klassenfeinde gebrandmarkt und ins *laogai*-Lager geschickt wurden, von wo sie nie mehr zurückkehrten – keine Leichen, keine Gräber.

Zhen sah Zigarettenrauch neben der Tür zum kleineren Schlafzimmer in der Luft schweben. Man könnte denken, dass Zhens Großvater Zigaretten mehr als alles andere im Leben schätzte, aber seine Enkelin musste er noch mehr lieben, denn er drückte seine Zigaretten immer in einem Keramikaschenbecher aus, wenn sie ihn besuchte. Zhen beschwerte sich nie darüber, aber er wusste, dass der Rauch sie zum Husten brachte. Sie klopfte an die Schlafzimmertür und wartete, dann klopfte sie noch mal. Ihr Großvater schlief viel. Es war anstrengend, schon so viele Jahrzehnte gelebt zu haben.

Als Zhen das muffige Schlafzimmer betrat, saß ihr Großvater, an mehrere Kissen gestützt, aufrecht in einem der beiden Betten. Eine Steppdecke bedeckte die untere Hälfte seines mageren Körpers. In seinem braunen Gesicht klaffte ein eingefallenes, zahnloses Lächeln wie die Vertiefungen in einer Walnuss. Zhen fasste sich ein Herz. Wie konnte sie diese ganzen hässlichen Dinge sein, die die widerlichen Kerle in der Schule ihr hinterherriefen, wenn sie sich doch gleichzeitig in den Armen einer so wichtigen Familie geliebt und beschützt fühlte?

Ihr Großvater nahm sein Gebiss vom Nachttisch, und Zhen zog ihren Rucksack auf und einen dünnen Stoß Papier hervor. Sie wollte ihm keine Schularbeiten zeigen, sondern ihre persönlichen Forschungen: Zhen-Arbeit. Ihr Großvater nickte, während er ihre technischen Zeichnungen begutachtete.

»Ein Teil unserer Wanduhr«, sagte er und zeigte auf Plastikzahnräder, die mit dem silbrigen Grafit von Zhens Bleistiften dargestellt waren.

Sie hatte die Uhr aufs Ziffernblatt gelegt, um an die Kartusche zu kommen, die mit den Zeigern für die Stunden, Minuten und Sekunden verbunden war. Mit dem winzigen Schraubenzieher ihres Vaters hatte sie die Kassette geöffnet und das Innenleben Stück für Stück auseinandergenommen. Zhen hatte mehrere Einzelteile auf einer Seite in dreifacher Vergrößerung in fast perfektem Maßstab dargestellt. Dann hatte sie ihren Radiergummi durch dicke Schichten Grafit gerieben und auf diese Weise weiße Flecken erzeugt, die aussahen wie Lichtreflexe auf dem Kupferdraht oder der dunklen, glänzenden Oberfläche einer zylindrischen Batterie.

Als ihr Großvater ihr den Stapel Zeichnungen wieder zurückgab, knipste Zhen die Nachttischlampe neben ihnen an. Sie ordnete die Blätter des Stapels säuberlich übereinander, indem sie die Ränder auf dem Nachttisch auftippte, dann hielt sie sie ins Licht. Ihre Blätter waren so durchsichtig wie kurz angebratene Zwiebelstücke. Jetzt überlappten die Einzelteile der Uhr einander, genauso, wie sie auch im Original angeordnet waren. Zhens Großvater sah sogar, wie die Plastikzähne mehrerer Zahnräder ineinandergriffen. Er lächelte und nahm seine Enkelin voller Stolz in den Arm. Bei dem Gestank nach kalten Zigaretten und Schweiß musste Zhen durch den Mund atmen, aber sie drückte ihn trotzdem ganz fest.

»Ging sie noch, als du die Teile wieder zusammengesetzt hast?«, fragte ihr Großvater.

Er sagte Zhen oft, dass seine volle Anerkennung nur von kurzer Dauer sein musste, weil sie noch jung war und weil die Aufgabe junger Menschen darin bestand, zu lernen und immer besser zu werden. Zhen ließ seine schmalen Schultern los und nickte rasch.

»Und dann hast du sie schnell wieder an die Wand gehängt, bevor deine Mutter gemerkt hat, dass du daran herumschraubst?«, fragte er.

Zhen kicherte und bedeckte ihr Lächeln instinktiv mit der Hand. Als sie noch jünger gewesen war – wie viele Jahre jünger, wusste sie selbst nicht mehr genau –, hatte Zhen vor dem Spiegel alle möglichen Gesichtsausdrücke ausprobiert. Sowohl Lächeln als auch Stirnrunzeln zog an den Narben unter ihrer Nase und machte sie noch auffälliger. Nach dieser Entdeckung bedeckte Zhen den Mund immer dann, wenn sie spürte, dass er von einem Gesichtsausdruck verzogen wurde. Diese Angewohnheit machte ihren Großvater sehr traurig.

»Bitte versteck dein Lächeln nicht«, erinnerte er sie.

Zhen nahm die Hand langsam weg, denn sie konnte ihrem Großvater keine Bitte abschlagen.

»Als ich noch jung und stark war, habe ich meine Familie vor der gesamten Roten Armee beschützt«, murmelte er, »und jetzt kann ich sie nicht mal mehr vor ganz gewöhnlichen Arschlöchern beschützen.«

Er seufzte und zeigte auf ihre Zeichnungen, um das Thema zu wechseln. Seine Fingerspitze verharrte auf der Skizze eines winzigen Metallzylinders, den Zhen nicht hatte öffnen können, weil sie Angst hatte, ihn kaputt zu machen.

»Was ist deiner Meinung nach da drin?«, fragte er.

»Das Ding, das den Takt gibt?«

Es war die einzige Stelle in ihrer Gleichung, die noch ungelöst war. Zhens Augen konnten den Übergang des Stroms verfolgen, der bei der Batterie begann und in der mechanischen Kraft eines Schrittmotors endete, der die Zahnräder bewegte, die wiederum die Zeiger vorantrieben – aber wo saßen die Präzision und Kontrolle? Zhens Großvater wirkte nicht sehr überrascht oder enttäuscht, als sie keine weiteren Vermutungen äußerte.

»Wie lautet das eine Wort, das auf dem Ziffernblatt geschrieben steht?«, forderte er sie auf.

»Quarz?«

Er hob die Augenbrauen. Und Zhen hatte die ganze Zeit gedacht, es sei der Name einer Firma, nicht eines Minerals im Inneren der Uhr! Sie versuchte, Fragen zu stellen, aber ein Hust- und Niesanfall unterbrach die Antworten ihres Großvaters.

»Frag deinen Vater nach einem Quarz-Oszillator, wenn er von der Arbeit heimkommt«, brachte er schließlich hervor. »Ich muss die ganze Freude ja nicht allein haben.«

Zhens Großvater legte sich erschöpft zurück auf seine Kissen, der knochige Knopf seiner Kehle ragte in die Luft. Er hatte nur noch eine Frage an sie, dieselbe Frage, die er ihr immer stellte, bevor er ihr sanft die Schulter tätschelte und sie entließ.

»Und deine Mathematik?«

Er hatte seine Kinder und Enkelkinder zu den nützlichen Berufen des Ingenieurwesens getrieben, zu ihrer eigenen Sicherheit und geistigen Gesundheit; die reine Mathematik wurde früher einmal als Zeitvertreib für bourgeoise Intellektuelle angesehen, und die Kryptografie führte angeblich zu Besessenheit und Irrsinn. Aber egal wie man sie auch einsetzte, die Mathematik war im Grunde die einzige universelle Sprache. Diese Sprache war der Familie Liu angeboren, und zwar so, dass ihre Mitglieder sie nicht nur schon von sehr klein an sprechen, sondern aus voller Kehle singen konnten. Zhen versicherte ihrem Großvater, dass ihre Noten alle sehr gut ausgefallen seien. Nur nach wiederholtem Nachfragen gab sie zu, dass sie hervorragend waren.

Als sie in den Flur kam, stand ihre Mutter stumm neben der Schlafzimmertür. Sie drehte sich um und ging zurück ins Familienzimmer. Zhen folgte ihr und wiederholte dabei leise, was sich ihr Großvater zum Nachmittagstee wünschte, und seinen Kommentar, dass in der Nudelbrühe am Nachmittag nicht genug Szechuan-Pfeffer gewesen sei.

Zhens Mutter drehte sich um und baute sich vor ihr auf. »Manchmal bin ich wirklich wütend auf dich«, gab sie zu.

Zhen ließ den Kopf hängen, setzte sich aufs Sofa und zog ihre Bücher und Arbeitsblätter aus dem Rucksack. Sie hoffte, ihre Mutter würde sie in Ruhe lassen, damit sie sich auf ihre Hausaufgaben konzentrieren konnte, auch wenn dafür keine große Konzentration erforderlich war. Zhen bekam oft Ärger mit ihrem Mathelehrer, weil sie die Gleichungen nie komplett ausschrieb, sondern nur die Ergebnisse notierte. Es ging viel schneller, wenn sie die Berechnungen im Kopf anstellte, außerdem blieb damit mehr Zeit, sich an ihrem Schreibtisch wesentlich interessantere Gleichungen auszudenken. Ihr Lehrer wusste, dass Zhen nicht schummelte, aber er hielt der Klasse oft Vorträge über die Gefahren der Überheblichkeit, wobei er zwischen den Bankreihen auf und ab ging und immer wieder bei Zhen stehen blieb. Er täuschte sich gewaltig. Zhen machte es keinen Spaß, wenn sie sah, dass ihre Klassenkameraden sich mit Gleichungen quälten, die sie im Handumdrehen lösen konnte. Sie kam sich nicht überlegen vor, nur weil sie Mathematik besser verstand als ihr Lehrer – sie fühlte sich dadurch nur noch einsamer.

»Glaub nicht, dass es mir egal ist«, sagte ihre Mutter. »Es ist mir nämlich *nicht* egal. Wenn du zulässt, dass diese Rüpel dir wehtun, dann lässt du auch zu, dass sie mir wehtun.«

Zhen nickte und schluckte schwer. Ihre Augen brannten.

»Du musst mutig sein«, flehte ihre Mutter. »Trage deine Haut als Rüstung.«

In der chinesischen Zhou-Dynastie hatten die Krieger getrocknete Nashornhaut als Rüstung angelegt. Die Großmutter, die diese Geschichten Zhens Mutter erzählt hatte, war abgeholt worden und nie zurückgekehrt. Zhens Mutter hatte ihre eigene Mutter nicht mehr. Sie hatte nur Zhen.

»Ich werde mutig sein«, versprach Zhen laut.

In den dunklen, feuchten Augen ihrer Mutter brach sich das Licht, ein reineres Weiß, als es Zhen durch das Rubbeln mit ihrem Radiergummi hervorbringen konnte.

»Ein Quarz-Oszillator ist ein winziger, aus Quarz geschnittener Kristall in der Form einer Stimmgabel«, sagte ihre Mutter und schniefte.

Zhen hörte zu, wie ihre Mutter ihr die Eigenschaften des Quarzes erklärte: Wenn man eine bestimmte Stromspannung anlegte, konnte das Mineral in einer genau festgelegten Häufigkeit pro Sekunde vibrieren und auf diese Weise mit präziser Frequenz ein elektrisches Signal hervorrufen. Das war die Genauigkeit und die Kontrolle, die noch gefehlt hatte.

»Quarzuhren sind besser als Pendeluhren, die von der Schwerkraft abhängig sind, und die variiert zwischen Bergspitzen und Talböden«, fügte ihre Mutter hinzu.

Sie lächelte und zeigte auf Zhens Schulrucksack.

»Zeigst du mir deine Zeichnungen?«

In dieser Nacht wachte Zhen mit einer schmerzhaft vollen Blase auf. Sie versuchte, gleich wieder einzuschlafen, aber sie kam nicht darum herum, zur Toilette im Flur zu gehen. Sie schob die Füße in die Hausschuhe und ging im Mondlicht auf Zehenspitzen los. Da hörte sie Geräusche aus dem Schlafzimmer ihrer Eltern. Sie legte das Ohr an die Tür und hörte das Quietschen und metallene Knacken sich verlagernder Gewichte auf dem hölzernen Bettrahmen und den gewundenen Matratzenfedern. Die Stimme ihrer Mutter klang gedämpft, war aber dennoch zu verstehen, als sie zu ihrem Mann sagte: »Ich möchte, dass Zhen Sprachunterricht bekommt, so wie Kuo.«

Zhen hielt den Atem an. Die Welt außerhalb Chinas war immer noch ein exotisches Geheimnis, das sie gerade erst aus zweiter Hand zu erforschen begonnen hatte. Seit einigen Jahren gab es an Chinas Universitäten auch wieder Studierende aus dem Ausland. Den einen oder anderen hatte Zhens Vater in sein Haus eingeladen, damit sie seinem Sohn Sprachen wie

Russisch, Deutsch und Italienisch beibrachten. Seine Frau servierte Tee auf dem Rosenholztisch, an dem der Unterricht abgehalten wurde. Zhen half ihrer Mutter, damit sie wenigstens aus der Ferne etwas mitbekam. Sie kam sich vor wie ihr Großvater, der Kryptograf, wenn sie versuchte, die verborgene Ordnung in einem anscheinend sinnlosen Geplapper zu entschlüsseln.

Zhen hatte schon einige amerikanische Filme gesehen. Sie waren auf Mandarin synchronisiert, aber immerhin – es waren *amerikanische* Filme! Chinas Präsident Li Xiannian war der Erste, der im Jahr zuvor amerikanischen Boden betreten hatte. In diesen neuen Zeiten wusste niemand, was die sich immer weiter öffnende Zukunft noch bringen würde.

»Hauslehrer sind teuer«, erwiderte ihr Vater, offensichtlich ein wenig argwöhnisch, weil seine Frau es so beharrlich einforderte.

Er kannte sie zu gut. Sie sagte, der Unterricht sei doch nur für zwei Jahre notwendig, bis Zhen alt genug sei, um sich für die Universität zu bewerben. Bei dieser so aufregenden wie Furcht einflößenden Vorstellung klappte Zhen vor Staunen der Mund auf. In zwei Jahren war sie erst vierzehn und somit zwei Jahre jünger als ihr Bruder, als er nach England gegangen war, und vier Jahre jünger, als man es normalerweise zum Studienanfang war. Sie fragte sich, ob ein Altersunterschied von vier Jahren ihre Kommilitonen und Kommilitoninnen eher freundlicher oder noch grausamer stimmen würde.

»Außerdem gehe ich eines Tages auch wieder arbeiten«, ergänzte ihre Mutter wehmütig.

Sie musste den Gedanken nicht weiter ausführen. Zhens Mutter, die andere Genossin Liu, war vor ihrer Ehe Ingenieurin gewesen, dann Schwiegertochter und Mutter zweier Kinder. Es war eine unausgesprochene Abmachung, dass sie ihrer Berufung wieder folgen würde, sobald ihr Schwiegervater tot und die Kinder erwachsen waren.

»Warum?«, fragte Zhens Vater schließlich. »Warum muss Zhen Sprachen lernen, wenn wir es uns nicht leisten können, sie wie Kuo ins Ausland zu schicken? Und warum soll sie sich so früh für die Universität bewerben?«

Zhen spürte, wie ihre Wangen glühten. Ihr Vater arbeitete so schwer für die Familie, dass Zhen ihn nur selten sah. Wenn er zu Hause war, verbrachte er nach Möglichkeit Zeit mit seinem sterbenden Vater und besuchte das Grab seiner Mutter. Ihn mit Zhens eigenen Wünschen und Wohlergehen zu belästigen kam ihr irgendwie anstößig vor; es machte sie zum egoistischsten Kind in ganz Chongqing. Zhen kniff die Augen zusammen und wartete besorgt auf die Antwort ihrer Mutter.

»Weil Zhen meine Tochter ist und ich es für sie so will.«

Sie redete, als sei alles längst beschlossen. Zhens Mutter war eine pflichtbewusste und stille Frau, aber sie hatte einen starken Willen – eine sehr verwirrende Mischung. Die Matratze quietschte wieder, sie musste sich wieder auf die Seite gelegt und das Gesicht zur Wand gedreht haben. Damit war das Gespräch beendet.

30

RÜSTUNG AUS HAUT

KOUROU, FRANZÖSISCH-GUAYANA

4. MAI

T MINUS 18 STUNDEN BIS ZUM VERSCHOBENEN START

Zhen kam erst ziemlich spät an der Endmontagehalle an. Sie hatte darauf bestanden, in der Krankenstation zu bleiben und nach den verbliebenen chinesischen Streitkräften aus Cayenne zu sehen. Erst vor wenigen Tagen waren zwei von ihnen innerhalb weniger Stunden gestorben. Ihre Körper waren zu schwach gewesen, um gegen das Nierenversagen anzukämpfen. Zhen hielt ihre Hände und hörte ihre letzten Worte. Sie waren nicht allein, jedenfalls soweit man beim Sterben nicht allein sein kann.

Zhen besuchte die Krankenstation, sooft sie konnte, und gab dem Personal zu verstehen, dass ihre Truppen wichtig waren. Ihre eigene Wichtigkeit stand außer Frage. Zhens Ruf als mögliche Retterin der Menschheit hatte sich überall im Bündnis verbreitet. Alle Augen richteten sich jetzt staunend und dankbar auf sie. Es bestand kaum Zweifel daran, dass sie der Grund dafür war, dass die Streitkräfte aus Cayenne immer noch behandelt wurden, während andere auf geheimnisvolle Weise verschwanden und leere, abgezogene Feldbetten hinterließen.

»Zhen! Hierher!«

Zhen war mehrere Meter vom Ausgang entfernt, als sie ihren Namen hörte. Sie drehte sich um und sah in einem der Betten einen sehr alten Mann, der an einem Tropf hing. Als sie sich ihm näherte, kam er ihr vertraut vor und sah den Fotos eines jüngeren, gesünderen und ordentlich gekleideten Professor Tobias Ochsenfeld immer ähnlicher.

»Endlich begegnen wir uns persönlich«, sagte er. Sein Grinsen war sehr ernst, dann wurde es ironisch, als er hinzufügte: »So enttäuschend es für Sie auch sein mag.«

Die trüben Augen des Professors hinter seiner Brille brachten immer noch einen intensiven, aufmerksamen Blick zustande, den er jetzt auf Zhens Narben richtete. Die linke war ein bisschen kürzer als die Narbe auf der rechten Seite und zog die Oberlippe nur um ein paar Grad nach oben. Da hatte sie nun einen berühmten Astrophysiker und Mathematiker vor sich, den sie überaus verehrte, und er sah genau dorthin, wo alle anderen auch hinsahen.

»Beleidigt Sie mein Gesicht?«, fragte Zhen. »Wo wir doch auf Symmetrie als mögliche Stichprobenverzerrung beharren?«

Das Gesicht des Professors belebte sich plötzlich.

»Sie haben meine Aufsätze gelesen!«, stieß er hervor. »Ah, das … das ist ein Geschenk. Die wenigsten meiner Kollegen und Kolleginnen machen sich überhaupt die Mühe.«

Er setzte eine spöttische Miene auf, länger als eine normale Atempause, als wäre eine so offensichtliche Aussage reine Vergeudung von Atemluft. »Aber Sie sind natürlich schön. Alle jungen und gesunden Menschen sind schön. Sie sind nur zu dumm, um es wissen.«

Er hat Kollegen gesagt, dachte Zhen. *Er hat gesagt, dass ich eine Kollegin bin – und schön.* Zhen musste die Unterhaltung unterbrechen, aber der Gedanke ging ihr im Kopf hin und her, wie ein besonderer Leckerbissen von der Zunge im Mund hin- und hergerollt wird. Vor der Krankenstation atmete sie die Nachtluft ein, blieb kurz stehen und schaute nach oben. Vor ihrer Ankunft in Französisch-Guayana hatte Zhen die Sterne noch nie mit eigenen Augen gesehen. Bei der Luftverschmutzung und dem vielen Licht in Chongqing hatte es den Weltraum dort nur in der Mathematik, als Bilder auf Computermonitoren oder kopierten wissenschaftlichen Arbeiten gegeben.

Der Blick in den unendlichen Kosmos ließ Zhen vor Ehrfurcht erschauern. Dort war das gewaltige und geheimnisvolle Universum, dessen Wirklichkeit sogar weiter reichte als der erweiterte Blick des Menschen, angefangen bei flüchtigen Materiepartikeln bis hin zu sich drehenden Galaxien im fernen Weltraum. Auch jetzt, als Zhen die Sterne zu betrachten versuchte, blieben sie am Rand ihres Gesichtsfelds scharf, wurden aber beim direkten Anblick leicht unscharf, auf eine wunderbare Weise unbegreiflich.

Gerade als sie in den Jeep steigen wollte, holte Dewei, der Lademeister, Zhen ein. Er und die beiden Xi'an-Y-20-Piloten hatten sich glücklicherweise wieder völlig erholt. Wie er so in einem sauberen Armee-Overall vor ihr stand, war unverkennbar, dass Dewei wieder ein gesundes Maß an Gewicht zugelegt hatte.

»Ich bin ein guter Techniker«, sagte er auf Mandarin. »Ich kann arbeiten. Bitte, ich muss hier raus.«

Zhen lächelte und sagte, dass die Arbeit des HYCIV-Teams so gut wie beendet sei. Den Rest müssten andere erledigen.

»Aber sehen Sie selbst«, fügte sie hinzu und zeigte auf den Jeep.

Dewei sprang erwartungsvoll neben Zhen auf den Rücksitz. Unterwegs erklärte sie ihm, dass die Ariane-Rakete bereits auf Schienen vom Fertigungsgebäude in die Endmontagehalle gebracht worden sei. *So weit waren sie schon!* Vor dem Start blieb nur noch ein letzter Schritt zu tun: Das HYCIV musste in den oberen Teil der Rakete eingepasst und anschließend die Spitze aufgesetzt werden.

Der Friedenssoldat auf dem Beifahrersitz gab ihre Ankunft über Funk durch. Als sie auf den Parkplatz vor der Endmontagehalle einbogen, erblickte Zhen Jin-soo, der in einem Militär-Overall ungeduldig auf und ab ging. Sie hatte ihn schon eine Weile nicht mehr ohne Reinraummaske, Kopfbedeckung und Hasenanzug gesehen. Jin-soos ehemals stahlgraues Haar war schlohweiß geworden, als hätte die Mission die Farbe und das Leben aus jeder Faser herausgesaugt. Sie alle waren leere Hülsen ihrer selbst – aber heute waren sie wenigstens *glückliche* Hülsen.

»Es ist fast fertig«, sagte er atemlos. »Beeilen Sie sich!«

Jin-soo packte Zhens Hand und führte sie zu einem Gebäude, das aus zwei rechteckigen, miteinander verbundenen Bauten bestand – eins eher schmal und fast neunzig Meter hoch, das andere flach und lang gezogen. Dewei trabte hinter ihnen her in das längere Gebäude, in dem sich gleich hinter dem Eingang ein Umkleideraum befand. Als sie gemeinsam den anderen Gebäudeteil betraten, legte Zhen den Kopf in den Nacken und bestaunte die fünfzig Meter hohe Ariane-Rakete. Jin-soo ließ nicht zu, dass Zhen einfach stehenblieb.

»Es ist Ihre letzte Chance, das HYCIV zu sehen«, sagte er gehetzt.

Dewei sah sich staunend um und wich umhereilenden Fachkräften aus, während Jin-soo Zhen zu einem Aufzug führte, der in das Gitterwerk eines Gerüsts eingebaut war, das sich im Zickzack vom Boden bis hinauf zur Decke erstreckte. Jede Menge Metall in Form von Streben, Krans, Stufen und vier Plattformen mit Schutzgeländer überbrückte die Distanz zwischen den beiden gegenüberliegenden Wänden und der Rakete, die sich in der Mitte des Raums erhob. Technikfachleute in weißen Anzügen schwärmten überall umher wie Milben, die noch kleiner wurden, als Zhen zur obersten Plattform hinauffuhr. Sie versuchte, nicht nach unten zu sehen, als Jin-soo sie aus dem Aufzug auf den Steg zog, der sich rings um eine Seite der Rakete wand.

Zwei Leute drehten sich um und grüßten Zhen mit größtem Respekt. Bis jetzt hatte sie noch keinen der Europäer aus dem Ariane-Fertigungsteam kennengelernt. Der Mann stellte sich als Marcel vor, Direktor des Raumhafens beziehungsweise dessen, was einmal ein Raumhafen gewesen war, bevor er in das Abwehrbündnis umgewandelt wurde. Er war ein kräftiger Mann mit ausgeprägten Falten rings um seine ungewöhnlich blauen Augen. Die Frau stellte sich als Anneke, die stellvertretende Direktorin, vor. Sie war die größte Frau, die Zhen jemals gesehen hatte.

»Wir haben gut darauf aufgepasst«, sagte Anneke und richtete ihr markantes Kinn auf das HYCIV, das bereits in die Hauptstufe der Rakete eingebettet war.

Zhen ging hinüber und warf einen letzten Blick darauf. Sie sah die Oberseite des kastenförmigen HYCIV mit ihren zwei Hochleistungsantennen, die wie in Alufolie eingewickelte Teller mit Essensresten aussahen. Daneben befand sich der Ionenantrieb ihres *Tianlong,* bereit, durchs All zu rasen und ihnen sehr, sehr kostbare Zeit zu sparen. Zhen kannte jeden Schaltkreis, jeden Quadratzentimeter dieser Konstruktion. Das Bild verschwamm, ihre Augen tränten.

»Ich habe davon geträumt, fremdes Leben auf einem Asteroiden zu finden«, sagte Zhen wehmütig. »Jetzt ist es dazu da, einen Kometen zu zerstören.«

»Es wird einen Vernichter vernichten, ja?«, sagte Anneke.

Zhen musste lächeln. *Ja.*

Sie hörte jemanden weinen und drehte sich um. Jin-soo war völlig aufgelöst.

»Ich bin … *überwältigt*«, schluchzte er.

Marcel klopfte ihm auf die Schulter und nickte zustimmend.

»Ich habe mich als besserer Wissenschaftler herausgestellt, als ich mir in meinen arrogantesten Vorstellungen ausgemalt hatte. Und ich bin Franzose!«, lachte er. »Ich glaube, wir müssen uns alle bei UD3 bedanken.«

Aber niemand wollte so recht mitlachen. Anneke nahm seine Hand und lächelte, um ihm zu zeigen, dass sie verstanden hatte, was er meinte. Marcel nahm ihre Hand dankbar, zog sie zu seiner Maske herauf und vergaß einen Moment, dass er ein Stück Stoff vor den Lippen hatte. *Natürlich*, dachte Zhen. Unter diesen extremen Umständen wurden aus Bekanntschaften Liebschaften oder Feindschaften oder beides. Und wie auch nicht, selbst wenn die Frau einen ganzen Kopf größer war, was Zhen nach wie vor merkwürdig fand.

Marcel gab die Anweisung, die sechs Meter große kegelförmige Spitze von einem Deckenkran herabzusenken. Sie sahen schweigend zu, bis die Stille von einem lauten »Zhen!« unterbrochen wurde.

Nur ein Mensch würde in einer so großen Echokammer mit einer so rauen, kratzigen Stimme rufen: Amy. Zhen nahm sich zusammen, beugte sich über das Geländer und sah nach unten. Die meisten Gestalten in Schutzanzügen dort unten waren nicht voneinander zu unterscheiden – bis auf die beiden, die zu ihr heraufwinkten. Eine davon war natürlich Amy. Bei der anderen handelte es ich höchstwahrscheinlich um Love, die Dolmetscherin. Zhen winkte zurück, und Amy ging zum Aufzug.

»Zhen!«, hörte sie Dewei vom anderen Ende rufen.

Alle wollten ihre Aufmerksamkeit. Zhens Gefühle lagen blank und versprühten heiße Funken wie ein Feuerwerk.

»Zhen!«

Jetzt sah sie ihn bei der fahrbaren Abschussrampe stehen, auf die Rakete zeigen und dabei aufgeregt auf und ab hüpfen. Ein paar Mitglieder des Technikteams hatten gerade einen Streifen Klebeband von ihrer glänzenden weißen Oberfläche abgezogen. Darunter kamen drei schwarze Schablonenzeichnungen zum Vorschein. Die erste war ein schwarzes Rechteck, aber die anderen beiden waren chinesische Schriftzeichen.

»Normalerweise ist für Kunst eine sechsmonatige Vorlaufzeit erforderlich«, sagte Anneke, »aber wir haben eine Ausnahme gemacht.«

Zhen nahm an, dass sie einen Scherz machte, war sich aber nicht ganz sicher.

»Würden Sie uns bitte verraten, was das alles bedeutet?«, forderte Anneke sie auf.

Zhen war die Ehre zuteilgeworden, der Rakete einen Namen zu geben. Ben Schwartz hatte darauf bestanden, bis sie schließlich eingewilligt und zwei Hanzi-Schriftzeichen eingereicht hatte. Das erste repräsentierte eine ausgedehnte Tierhaut, angefangen bei einem Kopf mit Hörnern, bis hin zum Schwanz am anderen Ende:

革

Das zweite repräsentierte einen Schildkrötenpanzer und bedeutete so viel wie Rüstung, Schutzschild oder auch Fingernägel.

甲

Gemeinsam bedeuteten sie *gé jiă* oder *Rüstung aus Haut* in der wortwörtlichen Übersetzung. Zhen erklärte für alle Anwesenden aus Europa, dass ihr HYCIV-Raumfahrzeug die Rüstung sei, die den Planeten vor UD3 beschützen werde, falls alles nach Plan verlaufe.

Die persönliche Bedeutung dieses Namens blieb sie ihnen schuldig. *Sei mutig,* hatte ihre Mutter gesagt, wenn ihre Tochter immer wieder Beleidigungen ausgesetzt war. *Denk immer daran und trage deine Haut als Rüstung …*

Und dieses verschämte Mädchen war jetzt hier, eine erwachsene Frau und die Heldin des Bündnisses, der *Deus ex Machina* des Professors – mit ihren Narben und allem Drum und Dran. Ihre Mutter würde erhobenen Hauptes dastehen und vor Stolz und Selbstbestätigung fast platzen, wenn sie es wüsste – falls sie überhaupt noch am Leben war.

Amy verließ den Aufzug an der obersten Plattform und redete mit Anneke und Marcel, als hätte sie schon die ganze Zeit an ihrer Unterhaltung teilgenommen.

»Zhen hat der Rakete einen Namen gegeben, und ich habe ihr eine Fahne gegeben – aber nicht die eines bestimmten Landes. Dieses Bündnis ist international, und, mal ehrlich, inzwischen gibt es ohnehin keine Nationen mehr«, fügte Amy hinzu. »Das hier ist viel größer. Es ist alles.«

Alle auf der Plattform drehten sich noch einmal zu dem schwarzen Rechteck um, der neuen Bündnis-Flagge, und sahen einen kleinen ausgeschnittenen Kreis, der die weiße Hülle der Rakete preisgab. Es war der Planet Erde inmitten eines dunklen Universums, ein von Nichts umgebenes Alles.

Amy stellte sich neben Zhen ans Geländer und lehnte sich an ihre Schulter. Zhen wunderte sich immer wieder darüber, wie selbstverständlich und vertraut Amy andere Leute berührte. Sie wunderte sich darüber und war zugleich erfreut über die Geborgenheit, die dieses Verhalten vermittelte. Sie hatten nicht über die Welt außerhalb der Blase des Bündnisses geredet und würden es womöglich nie tun. Dr. Clayton hatte ein paarmal nach Zhen gesehen, sie in eine ruhige Ecke eines Zimmers gezogen und sich erkundigt, ob sie mit allem klarkam. Die kalten blauen Augen der Ärztin hatten Zhen wie eine Nadel durchbohrt – Entnahme mit so wenig Schmerz wie möglich. Aber Zhen sagte nie viel, sie wollte ihre gesamte Energie auf die Abwehraktion konzentrieren, um Augenblicke wie diesen zu erreichen.

Ein schmaler Abschnitt der Wand glitt langsam nach oben und ließ eine raketengroße, mit Sternen übersäte Öffnung zurück. Die vollständig zusammengesetzte Ariane-Rakete war bereit, auf Schienen zur Abschussrampe transportiert zu werden, womit der Start in zwölf Stunden erfolgen sollte.

Es war ein derartig großartiges Spektakel, ein so hoffnungsvoller Schritt hin zum Überleben aller Spezies auf der Erde, dass niemandem auffiel, wie die Katastrophenengel aus dem Aufzug auf die Plattform heraustraten. Amy drehte sich erst um, als Dr. Clayton sie leicht am Arm berührte. Sie sah die Rotkreuzweste der Ärztin und wusste Bescheid. Sie fragte, was sie immer fragte: »Geht es um Ben?«

Diesmal lautete die Antwort: *Ja.*

5. MAI

T MINUS 22 MINUTEN 43 SEKUNDEN BIS ZUM START

Zhen drängte sich durch die Menge dicht stehender, in Tarnfarben gekleideter Körper in den VIP-Raum des *Jupiter*-Gebäudes. Die Klimaanlage lief auf höchster Stufe, um gegen die ansteigende Hitze anzukommen. Bei eng aneinandergequetschten zweihundertfünfundsiebzig Teilnehmenden war die Höchstkapazität erreicht, nur die Bündnis-Teamleitung konnte noch auf der anderen Seite der Glasabtrennung Einlass erhalten und an der Versammlung im Raum der Einsatzleitung teilnehmen. Andere mussten auf die Monitore schauen, die überall im Raumfahrtzentrum aufgestellt waren oder den Countdown über Funk verfolgen.

»Machen Sie Platz!«

Zhen schaute in Richtung der Stimme und sah Stan vom HYCIV-Team. Ben hatte ihn immer »Pferdeschwanz« genannt, aber jetzt tauchte er mit einem Buzzcut auf, die Haare bis fast auf die Kopfhaut abrasiert. Stan schrie die Leute weiter an, damit sie Platz für Zhen machten. Niemand beschwerte sich, sobald sie sich umgedreht, ihre feinen Narben gesehen und erkannt hatten, wer sie war. Die Menge teilte sich und bildete einen schmalen Gang bis zur Glasabtrennung. Beim Durchquetschen erkannte Zhen viele bekannte Gesichter. Ziggy vom Nuklearteam lächelte sie an, als er sie sah.

»Fast geschafft«, flüsterte er. Seine geballten Fäuste zitterten.

Jin-soo sagte nichts, als sie an ihm vorüberging, strich ihr aber zärtlich über die Wange. Zhen war noch nie auf diese Weise berührt worden. Sie musste den Kopf wegdrehen und nach vorne sehen, um nicht die Kontrolle über ihre Gefühle zu verlieren. Chuck winkte sie zu sich vor die Glasabtrennung hinüber, wo er sich gerade mit Marcel unterhielt. Sein Bäuchlein wölbte sich ein bisschen unter dem Mittelteil seines Overalls. Beide Männer unterbrachen ihre Unterhaltung und lächelten ihr nervös zu. Marcel sah krank aus.

»Ich habe von hier aus über fünfhundert Ariane-Raketen gestartet, aber so aufgeregt war ich noch nie. Jetzt hätte ich gerne eine Zigarette.«

Zhen sah durch das Glas in den Kontrollraum der Leitstelle. Anneke stand, aber alle anderen europäischen Mitglieder des Raketenstartteams saßen nebeneinander vor ihren Touchscreen-Tablets, Telefonen, Mikrofonen, Bildschirmanzeigen und Armaturen. Quer über die gegenüberliegende Wand erstreckte sich ein zehn Meter breiter Bildschirm mit eigenen Ausschnitten für Liveeinspielungen. Größere Bilder zeigten die Abschussrampe aus unterschiedlichen Blickwinkeln. Eine kleinere Ansicht unten links zeigte einen Raum mit mehr als dreißig sitzenden Leuten: das Raumflugteam. Ein weiteres kleines Bild unten rechts war schwarz, bis auf zwei nebeneinanderstehenden Zeitangaben, die die Uhrzeit und den Countdown anzeigten.

Plötzlich vibrierte der Raum unter einem sanften Dröhnen von oben. Chuck sagte Zhen, das Sicherheitsteam lasse Kampfjets und Hubschrauber die Flugverbotszone patrouillieren, falls es immer noch ein Land gebe, das in der Lage und dumm genug sei, einen Raketenangriff durchzuführen.

»*Excusez-moi*«, sagte Marcel. »Ich muss raus, mich übergeben.«

Sobald der Franzose außer Hörweite war, beugte sich Chuck zu Zhen und flüsterte beruhigend: »Keine Sorge, der Start wird für Ben aufgenommen. Und für die Geschichtsbücher natürlich. Ben verpasst das alles hier nicht komplett.«

Kaum waren das HYCIV und die Ariane-Rakete auf den Gleisen gewesen, um in der Endmontagehalle miteinander vermählt zu werden, war Ben Schwartz zusammengebrochen. Er atmete und blinzelte noch, war aber sonst nicht ansprechbar. Das medizinische Personal hatte eine UD3-Katatonie diagnostiziert. Sie konnten nicht mehr tun, als ihn an einen Tropf zu hängen und die Daumen zu drücken.

Chuck sagte Zhen, dass Amy gegen die allgemein gültige Verhaltensregel *Schlage nie der Person ins Gesicht, die die schlechten Nachrichten überbringt* verstoßen habe. Sie hatte Dr. Clayton nicht nur geschlagen, nachdem sie ihr die Nachricht überbracht hatte, sie hatte ihr dabei sogar einen Schneidezahn ausgeschlagen. Chuck verbarg seine Bewunderung weder damals noch heute, als sie jetzt ihre Stimme, die nach rostigen Nägeln klang, im VIP-Raum vernahmen. Zhen sah, wie sich die Menge teilte und sich vor ausgefahrenen Ellbogen und Tritten auf die Zehen in Sicherheit brachte. Dann tauchte der Rollstuhl mit dem Professor auf, der von Amy geschoben wurde. Sie mussten direkt aus der Krankenstation kommen.

»Ihr unterbrecht gerade meinen Sterbeprozess!«, rief der Professor, damit es auch ja alle wussten.

Dabei kicherte er über seinen eigenen Galgenhumor. Gut möglich, dass auch der Morphintropf an seinem Rollstuhl etwas damit zu tun hatte.

»Freut mich, Sie wiederzusehen«, sagte Chuck erleichtert.

»Dann haben wir bestimmt ganz schlimme Probleme«, blaffte der Professor.

Er blickte durch das Glas über die Köpfe in der Einsatzleitung und dann nach oben auf die Bildschirme.

»Seht sie euch an«, sagte er und zeigte mit seinem Gehstock darauf. »Mein Raumflugteam! Wie Vollblüter, die in der Box mit den Hufen scharren und auf den Knall der Startpistole warten. Sie können es kaum glauben, dass sie endlich doch noch an die Reihe kommen!«

Wenn der Start gelang und sich die Nase der Rakete erfolgreich vom Rumpf löste, um das HYCIV-Raumfahrzeug zu positionieren, blieben dem Raumflugteam dreiundzwanzig Tage, um das Gefährt auf Kollisionskurs mit Komet UD3 zu bringen und seine Atomladung am Ziel detonieren zu lassen.

Amy kam um den Rollstuhl herum, zupfte Chuck am Arm und beugte sich zu ihm.

»Es ist alles in Ordnung«, sagte sie. »Oleg und Julie passen für mich auf Ben auf. Sie sind da, falls er aufwacht.«

Amy sah zu Zhen hinüber und brachte ein Lächeln zustande.

»Rüstung aus Haut«, sagte Zhen.

»Ganz genau«, stimmte ihr Amy zu. »Jetzt müssen wir stark sein. Wir müssen diese Scheißrakete da hochbringen.«

Eine Stimme aus den Lautsprechern verkündete: »T minus fünf Minuten.«

Sie sahen einander an und lauschten nervösem Geschnatter, das die Glaswand vibrieren ließ.

»Wenn nur Ben hier sein könnte«, seufzte Chuck.

Der Professor stimmte ihm zu und sagte, dass bei allen simulierten Einschlagsszenarien, die Ben in der Vergangenheit durchgespielt habe, er die bemerkenswerte Kette von Ereignissen nicht habe voraussehen können, die sie in diese unbekannte Zukunft geführt habe.

»Er kommt wieder«, sagte Amy bestimmt.

Sie nahm Zhens Hand und führte sie von der Abtrennung weg zu den Stuhlreihen im hinteren Bereich des Raums. Die Menge teilte sich, und zwei Leute sprangen auf, um ihnen ihre Sitzplätze anzubieten. Es war eine nervenzerfetzende Erleichterung, jetzt, nachdem die Arbeit des HYCIV-Teams getan war, nur noch ein sitzender Zuschauer sein zu dürfen. Das Bündnis lag jetzt in den Händen des Startteams, dann des Raumflugteams und dann in den Händen des Schicksals selbst.

»T minus eine Minute.«

Im VIP-Raum wurde es still. Die sonst so furchtlose Amy nahm Zhens Hand und drückte sie fest. Beide starrten auf den Countdown auf dem Monitor.

T minus einundvierzig Sekunden.

Zhen flüsterte Amy zu, dass ihre Hand wehtat. Amy sah nach unten und zwang ihre Finger, den Griff zu lockern.

T minus acht Sekunden.

In den nächsten paar Augenblicken erfolgten automatisierte Vorgänge, und es gab nichts, was der Mensch mehr tun konnte. Jetzt blieb einem nur noch, die Augen entweder zu schließen oder sie aufzulassen. Zhen ließ die Augen offen, auch als der grelle Blitz des Raketenantriebs negative Bilder auf ihre Netzhaut brannte.

»Gestartet!«

Die Ariane 5 stieg in den blauen Himmel und über das offene Meer. Zhen sah zitternd vor Furcht zu, während sie alle möglichen Fehlfunktionen durchging. Die Ariane stieß ihr Starttriebwerk und ihre Nutzlastverkleidung ab und stieg mithilfe der kryogenen Hauptstufe immer weiter hinauf. Als Nächstes zündete die obere Stufe und verbrannte Wasserstoff, um Geschwindigkeiten von fast vierunddreißigtausend Kilometer pro Stunde zu erreichen.

Es fing mit einem Murmeln an, dann drehten sich die Köpfe, die Leute sahen einander an, und schließlich brandeten überall laute Schreie und Jubelrufe auf. Die Zuschauer rissen im Siegestaumel die Arme hoch. Zhen stand auf ihrem Sitz, um über die vielen emporgereckten Fäuste hinwegzusehen. Ihr Blick fiel auf den Professor, der seinen Stock gegen den Rollstuhl schlug und laut brüllte, um Chucks Aufmerksamkeit zu erregen. Die Rakete würde das HYCIV siebenundzwanzig Minuten nach dem Start entlassen. Er musste jetzt zu seinem Raumflugteam.

Der Professor wusste wahrscheinlich, dass sein Körper nicht bis zum Zusammentreffen mit dem Kometen durchhalten würde, aber er klammerte sich an sein Leben, so wie alle anderen auch. Kaum stand Chuck hinter dem Rollstuhl und schob ihn wie eine Dampfwalze durch die Menge, zog sich ein Lächeln über das Gesicht des Professors. Er lächelte so breit, dass sein uraltes Gesicht aussah, als wollte es gleich in tausend Teile zerspringen.

31

¡REZA!

MEXICO CITY
AUGUST – FEBRUAR

Nachdem UD3 entdeckt worden war, fuhren Enrico und seine Eltern jeden Abend von ihrer Wohnung in einem Hochhaus in Mexico City zum Beten in die Basilika. Ave Marias für Unsere Liebe Frau von Guadalupe, Schutzheilige der beiden Amerikas, und dann beteten sie zum heiligen Medardus, dem Schutzpatron gegen schlechtes Wetter – was einem kosmischen Einschlag am nächsten kam. Die Geistlichen gaben Gebetsblätter aus, auf denen ein Adler über dem jungen heiligen Medardus schwebte und ihn vor Regen schützte.

»Aber die Adler sind doch ertrunken«, flüsterte Enrico.

Er hatte Wissenschaftsblogs gelesen, in denen von Stränden voller ertrunkener Vögel berichtet wurde, die von der Flut angespült worden waren. Enricos Mutter brachte ihn mit einem Zischen zum Schweigen. Ihre flehenden Augen lösten sich nicht von dem Stoffschrein der Jungfrau hinter dem schusssicheren Glas. Enrico knüllte sein Gebetsblatt zusammen und warf es in den Gang neben ihrer Bank. Falsche Versprechen konnten ihm gestohlen bleiben.

Nachdem die Basilika mit der Zeit immer voller wurde, betete Enricos Familie zu Hause. In der Stadt lebten bereits über zwanzig Millionen Menschen, in einem Land mit einer

Bevölkerung von einer Viertelmilliarde Menschen. Als eine mögliche Flugbahn des Kometen und dann eine zweite in den Nachrichten erwähnt wurde, überfluteten katholische Pilgergruppen die Stadt, um zum Schrein zu gelangen. Enrico ging nicht mehr zur Schule. Sein Vater ging nicht mehr zur Arbeit. Der Panzerwagen, der morgens immer auf sie gewartet hatte, kam nicht mehr.

Eine Zeit lang genoss Enrico die wunderbare Neuerung, Zeit mit dem ihm fast fremden Vater zu verbringen. Enrico war zehn Jahre alt und den Gleichaltrigen in Mathe, Naturwissenschaften und Leseverständnis weit voraus. Weil er ein bisschen angeben wollte, suchte er so lange, bis er UD3 mit seinem Teleskop vom Balkon ihres Penthouse im fünfundfünfzigsten Stockwerk entdeckt hatte. Er war ein blasser, winziger Lichtpunkt zwischen dem Mars und dem großen, beringten Jupiter.

»Sieht sehr weit weg aus«, sagte Enrico, was seinem Vater zu gefallen schien.

Gemeinsam gingen sie online und lasen alles über das internationale Abwehrbündnis, das allmählich in Angriff genommen wurde. Die besten Fachleute der Welt wurden nach Südamerika geschickt, um eine Abfangrakete zu entwerfen und zu bauen, die UD3 aus seiner Flugbahn drängen konnte. Auf dem Weg nach Süden zogen Militärflugzeuge wie eine lange Formation Zugvögel über sie hinweg.

»Und wenn das Bündnis eine Lüge ist?«, fragte Enricos Mutter, als sie vom Balkon aus zusahen.

Sie flüsterte nicht einmal. Seine Eltern hielten mit der Wahrheit, die ohnehin jeder sehen konnte, nicht mehr hinterm Berg.

»Wenn es nur eine Show ist«, sagte sie, »um uns davon abzuhalten, uns gegenseitig umzubringen?«

Enricos Vater zuckte die Achseln. Er fand das Bündnis tröstlich, auch wenn sich eine Ablenkung des Kometen als unmöglich erweisen sollte.

»Dann ist es eine schöne Lüge.«

»Lügen sind Lügen«, erwiderte Enrico.

Aber er glaubte an die Ingenieure und Wissenschaftlerinnen in diesen Flugzeugen, und er glaubte an ihre Mission. Seitdem er eine seiner eigenen Zellen gesehen hatte, die blau eingefärbt unter einem Mikroskop in seiner Spucke geschwommen war, glaubte er an die Macht der Wissenschaft. Das war auf jeden Fall ein Wunder, das nichts mit den Heiligen zu tun hatte.

Als der Strom ausging, gab es für die Familie keine Klimaanlage, kein warmes Wasser, keinen Herd und keine Mikrowelle mehr, weder Internetzugang noch Handy-Ladegeräte oder Fernsehen. Enricos Mutter saß weinend auf dem Sofa und klammerte sich an die Fernbedienung. Vor wenigen Wochen noch hatten sich die Stars ihrer Lieblingstelenovela wegen der weltweiten Krise im Fernsehen zu einer Gebetswache zusammengefunden. Jeder von ihnen hatte von Gebetszetteln abgelesen, während beliebte Ausschnitte ihrer Serienfiguren zu sehen waren. Enricos Mutter ließ den Kanal rund um die Uhr laufen, bis der Bildschirm dunkel wurde.

»Ich habe mich gefühlt, als wäre ich mit ihnen befreundet gewesen«, sagte sie zu Enrico. »Jetzt bin ich von ihnen getrennt und ganz allein.«

»Du hast immer noch uns«, erwiderte Enrico. »Und wir sind echt.«

Sie schlang die Arme um ihn und seufzte in sein Haar. Seine Grübchen hatte Enrico von ihr, aber nicht viel mehr. Sie war eine Schönheitskönigin mit goldener Haut und goldenen Haaren. Seit dem Tag ihrer *quinceañera* hatte sie

Heiratsangebote bekommen, aber sie hatte gewartet. Dann hatte Enricos Vater sie auf einer Geschäftsreise gesehen. Er war der Präsident der Nationalbank, ein eher zarter Mann, aber mit makellos gebügeltem Leinenanzug und einer Brille mit Drahtgestell.

Das Eheleben, verkündete Enricos Mutter überglücklich, sei wie ihr *quinceañera todas las días* – nur besser. Wer brauchte Modeschmuck, wenn man einen Verlobungsring von drei Karat und unbeschränkten Kredit in Designerläden hatte? Wer brauchte eine kitschige Party in einem Hotel in der Vorstadt, wenn man mit dem Bürgermeister und seiner Frau in Polanco zu Abend essen konnte? Enricos Mutter beharrte darauf, dass alles wie im Märchen war.

Nur dass das Leben kein Märchen ist, wie ihr Enricos Vater immer erklärte. Sein Beruf war so anstrengend, dass er unter Schlaflosigkeit litt. Er unterstützte Enricos Begeisterung für die Wissenschaft, weil er sich selbst immer ein Leben als Biologe ausgemalt hatte, bis seine Familienpflichten ihn in Richtung Finanzen gedrängt hatten. *Träume, solange du noch jung bist,* flüsterte er seinem Sohn zu.

Aber es war nicht leicht zu träumen, während der Komet immer näher kam. Zu sehen, wie er langsam immer größer wurde, war sowohl erschreckend als auch allzu vorhersehbar für einen Zehnjährigen. Enrico holte seine Drohne aus dem Kleiderschrank und trug sie auf den Balkon. Wenn er die dazugehörige Brille aufsetzte, sah er seine nicht wiederzuerkennende Stadt durch die über allen Dingen schwebenden, hin und her zuckenden Augen eines Kolibris. Jeden Tag fanden sich mehr Pilgernde an der Basilika ein. Geparkte Autos und Campingmobile verstopften Straßen und Autobahnen. Diebe und Diebinnen schlichen in der Nacht an den Autoschlangen entlang und saugten alles Benzin, was sie kriegen konnten, mit Schläuchen und Kanistern aus den Tanks. Dabei war die Heimlichkeit überhaupt nicht nötig, denn alle Augen – bis auf die von Enrico – waren in der Hoffnung auf Erlösung nach vorne gerichtet.

Als die Batterien der Drohne leer waren, tauschte Enrico die Linse seines Teleskops aus und richtete sie nach unten statt nach oben.

»Sieht so aus, als würdest du wieder wie früher herumspionieren«, rief ihm sein Vater zu. Er hatte die Drohne seit jeher nicht leiden können.

Enrico nannte die Stadt Zelthausen, nachdem die Pilgernden ihre wie fette Maden aussehenden Schlafsäcke auf dem Boden ausgerollt und ihre Bettlaken wie einen bunten Flickenteppich aus Vorhängen aufgehängt hatten. Nach Einbruch der Dunkelheit zündeten sie Gebetskerzen an. Wenn er von seinem Balkon hinabschaute, dachte Enrico an das Schutzgebiet für Glühwürmchen östlich der Stadt in Tlaxcala. Nur dass die Gebetslichter nicht im synkopierten Rhythmus blinkten. Sie brannten gleichmäßig und erleuchteten die Hände und Gesichter der Gläubigen.

Am Abend stellte sich Enricos Mutter neben ihn. Sie wartete entweder darauf, auch durch das Teleskop schauen zu dürfen, oder beugte sich über das Geländer in den Aufwind, schüttelte goldene Haarsträhnen aus den Augen und dem Spalt zwischen ihren vollen Lippen.

»Wie schön«, flüsterte sie.

Es war eine so ehrfurchtsvolle und konfuse Aussage, dass sie sich fast wie eine Frage anhörte. Die Lichter waren hübsch anzusehen, aber die Windböen trugen auch einen beißenden Geruch herauf. Im Widerhall der gemeinsamen Gebete dort unten klang auch ein Hauch von Hysterie mit.

Ende September waren die Kerzen der Pilgergruppen

verbraucht. Ab da herrschte nur noch Dunkelheit. Ungefähr zu dieser Zeit gab auch die Trink- und Abwasserversorgung ihren Geist auf. Immer noch kamen neue Menschen in die Stadt, aber nicht alle waren davon überzeugt, dass Gott über sie wachte. Kartellbanden, seit jeher die Plage Mexikos, kamen mit Maschinenpistolen und Macheten. Sie holten sich die letzten Wasser- und Lebensmittelvorräte der Pilgernden.

Enricos Mutter kam nicht mehr zu ihm heraus auf den Balkon. Sie zog sich ins Schlafzimmer zurück und betete mit dem Rosenkranz ihrer Mutter zuerst für die Familie und dann für die Pilger. Enricos Vater sagte nichts, wenn er die Teigschüssel, die sie als Nachttopf benutzten, aus dem Fenster auskippte.

Die Nachbarschaft in Enricos Haus war immer noch besser versorgt als die meisten anderen. Sie waren reich und hatten länger Zugang zu den knappen Nahrungsmittelvorräten. Aber versorgt zu sein konnte gefährlich werden, das war nichts Neues. Enricos Wachen waren immer bewaffnet gewesen, wenn sie das Tor zum Gebäude verlassen hatten, bei seinen Geburtstagsfeiern hatten stets mehrere Sicherheitsleute auf sie aufgepasst. Als einziges Kind eines wohlhabenden Vorzeigepaars war er ein noch größeres Ziel.

Enrico half seinem Vater dabei, alle Möbel und sonstigen Habseligkeiten im Treppenhaus vor ihrer Wohnung aufzustapeln. Alles bis auf ihre Betten und Matratzen wurde zu einem unpassierbaren Hindernis aufgeschichtet. Jeder, der unerschrocken genug war, über die vier Meter hohen Mauern rings um ihr Gebäude zu klettern, die Stahltüren zum Foyer aufzubrechen und fünfundfünfzig Stockwerke heraufzusteigen, stand dann immer noch vor ihrer Barrikade.

»Was ist mit der Nachbarschaft?«, fragte Enrico. »Was ist, wenn sie unsere Hilfe brauchen?«

Er dachte an die Witwe Padilla Hernandez und ihren Chihuahua Sancho, die zwei Stockwerke unter ihnen wohnte. Die gebrechliche Frau hatte stets Hundeleckerlis in einem Fach ihrer Handtasche und Pica-Fresca-Bonbons für Enrico in der anderen gehabt.

»Wir haben keine Nachbarschaft mehr«, murmelte sein Vater.

»Was ist dann mit uns?«, fragte Enrico.

Er zog einen leichten Stuhl aus Aluminiumrohr vom Balkon zu dem ineinander verkeilten Hausrat hinaus ins Treppenhaus.

»Wie kommen wir hier raus?«

»Mit dem Aufzug, so wie immer«, antwortete sein Vater.

»Und wenn der Strom nicht wieder angestellt wird?«

Dazu sagte Enricos Vater nichts, so, wie er nichts zu seiner Frau sagte, die das Bett nicht mehr verließ, und auch nichts zu den Schüssen in den Straßen tief unter ihnen. Stattdessen holte er seine Bibel. Enrico setzte sich neben seinen Vater, der wie ein Kind im Schneidersitz auf dem Fußboden im leeren Wohnzimmer saß. Seine Brillengläser waren verschmiert, aber der Metallrahmen schimmerte immer noch im hereinfallenden Licht. Als Bankmanager hatte er nie so ungepflegt ausgesehen, mit Bartstoppeln, kurzen Sporthosen und einem verschwitzten Unterhemd. Beide Eltern, die früher unbesiegbar gewesen waren, kamen dem Jungen jetzt verzweifelt und sterblich vor.

Es ist alles prophezeit worden, erläuterte der Vater dem Sohn: Hunger, Schwerter, Blut und Tod, wenn die Sterne aus dem Himmel auf die Erde fallen, so, wie ein Feigenbaum vorzeitig seine Feigen abwirft, wenn er von einem mächtigen Wind geschüttelt wird … Enrico rutschte unruhig hin und her, als sein Vater das Buch der Offenbarung laut vorlas.

Er betastete die Vertiefungen im Teppichboden, die Stellen, an denen die eigens für sie angefertigten Möbel gestanden hatten.

»Was passiert, wenn wir nichts mehr zu essen haben?«, unterbrach ihn Enrico.

»Dann beten wir«, fuhr ihn sein Vater an. »Verstehst du nicht, was ich dir hier zeige? Wenn du so schlau bist, wieso muss ich dich mit der Nase draufstoßen?«

Sein Vater erhob sich zu schnell und wäre fast ohnmächtig geworden. Er wankte ins Elternschlafzimmer. Als er Stunden später wieder herauskam, hatte er lauter leere Behälter in den Armen. Als die Familie noch fließend Wasser hatte, hatten sie ihren Jacuzzi und sämtliche Behältnisse aufgefüllt: Tassen, Gläser, Schüsseln, Vasen, Reinigungsmittelflaschen, beide Hälften eines Sonnenbrillenetuis von Chanel usw. Bis auf den Jacuzzi waren sie jetzt alle leer.

Vater und Sohn brachten die leeren Behälter auf den Balkon. Enrico stellte seinen Pokal vom Cruz-Azul-Fußballverein an eine gute Stelle, machte sich aber nicht viel Hoffnung. In der Stadt fiel pro Monat ein Zentimeter Regen, wenn sie Glück hatten vielleicht zwei. Diese ganze Übung war, wie seine Mutter auch vom Abwehrbündnis sprach, wahrscheinlich reine Show – damit man sich nicht gegenseitig umbrachte.

Enrico jammerte, weil sich sein Magen zusammenkrampfte, er konnte einfach nicht anders. Sein Vater fügte die Heilige Monika seinen Gebeten hinzu, die Schutzheilige der Kinder, die ihre Eltern enttäuschten. Als das Weinen anfing, hielt es Enricos Vater nicht mehr aus. Er hatte schon immer gesagt, dass Weinen zu den Waffen der Frauen gehörte.

»*No llores*«, schrie er seinen schluchzenden, bettelnden Sohn an. »*¡Reza!*«

Heul nicht – bete!

Er versuchte, die eigenen Tränen zu verbergen, und zeigte zur Decke. *Bete!* Aber Gott schwebte nicht da oben in den Wolken. Enrico wusste es, denn er sah ständig durch sein Teleskop. Sein Vater zog sich ins Schlafzimmer zurück und schloss die Tür hinter sich ab. Enrico versuchte zu beten, aber es war lediglich ein Aufsagen von Worten. Sein Verstand war zu frei und zu besessen von Erinnerungen an Essen. Jedes Mal, wenn er an die Schlafzimmertür seiner Eltern klopfte, hörte er entweder tiefe Stille oder Gebrüll.

In seiner Einsamkeit und dem Verlangen nach Ablenkung ging er wieder zu seinem Teleskop. In der Nacht brauchte er die Vergrößerung nicht mehr. UD3 war jetzt mit bloßem Auge erkennbar. Stattdessen richtete Enrico das Rohr vom Himmel hinab in die Hölle auf Erden. Dort sah er, wie ein Mann mit einer Machete auf einen anderen losging, wie er damit wie mit einem Baseballschläger zuschlug. Enrico rannte schreiend zurück ins Wohnzimmer.

Sein Vater machte die Schlafzimmertür auf, kam aber nicht heraus. Er wartete auf der Schwelle, bis die unsinnigen Geräusche seines Sohnes sich zu etwas Verständlichem beruhigt hatten.

»Wir müssen ihnen helfen!«, stieß Enrico schließlich hervor.

Tränen rannen über sein Gesicht. Seine Hand zitterte, als er zum Schreibtisch seines Vaters an der Schlafzimmerwand zeigte. Darin lag in einer abgeschlossenen Schublade ein geladener Magnum-Revolver, von dem er eigentlich nichts wissen durfte. Für den einen armen, blutüberströmten Pilger war es zu spät, aber dieser Revolver konnte den nächsten retten.

»Wir dürfen keine Patronen vergeuden«, sagte sein Vater.

»Aber wir *müssen* ihnen helfen.«

Enricos Vater packte seinen Sohn am Arm, so fest, dass es wehtat, und zog ihn nach nebenan ins Bad. Die Wanne des Jacuzzi war fast leer.

»Heb dir deine Tränen für später auf«, sagte sein Vater und widmete sich wieder seinen Gebeten.

Enrico kroch zitternd unter das Bett seiner Eltern. Er konnte die Bilder in seinem Kopf nicht vertreiben. Er sagte mit raschen, zitternden Worten Gebete auf. Nichts geschah. Er lauschte den Gebeten seiner Eltern auf der Matratze über ihm. Seine Mutter flüsterte Ave Marias, und sein Vater betete zum Heiligen Judas Thaddäus, dem Schutzheiligen der aussichtslosen Situationen. Er beichtete seine Sünden laut und sagte Dinge, die niemand wissen wollte, schon gar nicht seine eigene Familie.

Am Morgen kroch Enrico unter dem Bett hervor. Die Wände vor seinem inneren Auge waren immer noch blutverspritzt, aber er war rastlos. Enrico kehrte auf den Balkon zurück. Er schaute durch das Teleskop. Im Zeitalter des Internets wussten die meisten vorpubertären Kinder mehr, als sie wissen sollten. Enrico hatte schon Bilder von Toten und Pornografie gesehen. Welcher mexikanische Junge mit einem Computer hatte noch keine Kartell-Videos mit Enthauptungen per Kettensäge gesehen? Aber dieses Grauen waren Aufnahmen gewesen, Filme. Naturgemäß war das Gesehene in der Vergangenheit passiert und konnte mit einem Klicken gestoppt werden. Enrico hatte nie bis zum Schluss geschaut – jetzt schon. Nachdem er einige Male über dem Geländer trocken gewürgt hatte, beruhigte sich sein leerer Magen wieder. Die Stunden vergingen. Dann Tage.

Es ist erstaunlich, woran man sich gewöhnen kann. Enrico konnte mit der Zeit nicht nur dem Gemetzel zusehen, er konnte seine kranken, neugierigen Augen nicht mehr davon abwenden. Wie wenn man Auto fuhr, an einer Unfallstelle vorbeikam und unweigerlich hinsehen musste, sah Enrico dabei zu, wie ganze Banden plündernd durch Zelthausen zogen. Einige Pilgernde fielen auf die Knie, um zu beten und um Gnade zu bitten, aber das erleichterte den Vorgang nur: ein rascher Schnitt durch die Kehle oder das Gesicht. Am schlimmsten war das, was sie mit den jungen Frauen anstellten. Was würde mit Enricos schöner goldener Mutter passieren, wenn ihre Barrikade nachgab?

Die Banden schnitten durch Muskeln und trennten dicke Gliedmaßen ab, um sie auf Bettlaken und Schlafsäcken in Zelthausen aufzustapeln. Mit dem Fleisch fuhren sie weg, auf den Straßen blieben Eingeweide, Knochen, Köpfe und Scheiße zurück. Enrico wurde klar, dass das, was seine Eltern ihm als Kind immer gesagt hatten, wahr war: Es gab Menschen, die waren Ungeheuer, und die lauerten da draußen in der Welt und fraßen ihn auf, wenn er nicht aufpasste.

Ein neuer Geruch mischte sich in den Gestank. Er erinnerte Enrico an die Samstagvormittage, an denen er aufgewacht war, während seine Mutter das Frühstück zubereitet hatte. Sie hatte Speck und Eier mit schwarzen Bohnen und Salsa gekocht und unablässig in ihr Handy geredet. *Legst du dieses verdammte Ding irgendwann mal aus der Hand?*, hatte sein Vater vom Frühstückstisch gefragt. Aber er hatte den Blick über die Doppelseite des *El Universal* gehoben. Er hatte sie schon immer gerne angesehen, und sie wurde gerne von ihm angesehen.

Enrico wusste, dass er sich nicht belügen durfte. Auch nette Lügen blieben Lügen. Er wusste, woher dieser Geruch nach Frühstücksspeck kommen musste, trotzdem lief ihm unweigerlich das Wasser im Mund zusammen. Zu einer Zeit, da es keine Nachbarschaft mehr gab, niemand mehr von einem Abwehrbündnis sprach, und auch keine Flugzeuge mehr am Himmel zu sehen waren – durfte er da Menschen essen? War es besser, zu sterben wie die Pilgergruppen und in den Himmel aufzufahren, oder, sie aufzuessen und am Leben zu bleiben, auch wenn man damit bis in alle Ewigkeit verdammt war?

Über dem Horizont lag ein seltsamer Dunst. Enrico rieb sich mit den Handballen in den wässrigen Augen, aber der dunstige Schleier blieb. Ein Hitzeflimmern? Erst als er sein Teleskop darauf richtete, sah er die Horden deutlicher, es waren endlose Ströme von Menschen, die vom Süden und Osten nach Mexiko hereinkamen. Es waren die Verzweifelten aus ganz Süd- und Mittelamerika. Enrico hätte ihre schiere Anzahl nicht für möglich gehalten oder auch nur begreifen können, welche gewaltigen Massen des Homo sapiens inzwischen auf dem von ihm beherrschten Planeten lebten. Es gab keinen Platz mehr, trotzdem kamen immer noch mehr. Die Banden konnten sie nicht schnell genug umbringen, sie wurden unter einem Meer rasend gewordener Menschen begraben und erdrückt. Leichen stapelten sich überall und gaben einen stechenden Gestank von sich. Enrico atmete nicht mehr durch die Nase, aber er konnte es trotzdem noch riechen und schmecken.

Pilgernde stiegen übereinander und flehten um Erlösung. *Zu viel,* dachte Enrico und versuchte verzweifelt, diese schrecklichen Bilder aus seinem Kopf zu verbannen. *Zu viele. Zu viel …* Er wurde ohnmächtig. Als er die Augen wieder aufmachte, ruhte seine aufgeschrammte Wange auf dem Beton. Enrico sah einen kleinen Blitz. Vier in Folie eingewickelte Schokoladenstückchen waren geschickt hinter dem dicken Gitter des Balkongeländers versteckt.

Enricos Mutter versteckte jedes Jahr zum Fest der Jungfrau Schokolade für ihn. Ungeduldig riss er die Folie weg und schluckte die Schokoladen ohne Kauen hinunter. Enrico suchte das Gitter zweimal genau ab, bevor ihm bewusst wurde, dass er nicht geteilt hatte, dass er nicht einmal daran gedacht hatte, bevor es zu spät war. Mit Selbstsüchtigkeit dankte man der Jungfrau ganz gewiss nicht, deren bemalte Haut die Farbe von Milchschokolade hatte, geboren aus den indigenen Völkern und ihren europäischen Eroberern. So dankte er auch nicht seiner eigenen Mutter, die ihren geliebten Sohn immer mit Süßigkeiten, Comics, Küssen und den allerneusten Drohnenmodellen verwöhnt hatte.

Enrico klopfte an die Schlafzimmertür seiner Eltern und wartete. Sie war nicht abgeschlossen. Sein Vater saß auf der Bettkannte, den geladenen Revolver in der Hand. Eine Wolke schob sich über die untergehende Sonne.

»Lo siento«, flüsterte Enrico seiner Mutter und seinem Vater zu.

Er hatte noch ein bisschen verschmierte Schokolade im Gesicht. *Es tut mir leid.*

Sein Vater verbarg den Revolver unter den Laken mit den Schweißflecken. Er legte einen dürren Arm um die noch dürreren Schultern seines Sohnes und beugte sich zu ihm, bis sich ihre Stirnen berührten. Vergebung war nicht nötig, denn Enrico war sein Kind. Kindern wurde bedingungslose Liebe zuteil. Sogar in einer Welt, die in den Lauf einer Pistole starrte, waren sie immer noch die Möglichkeit einer wie auch immer gearteten Zukunft.

Bettfedern knarrten. Enricos Mutter stand auf und wankte auf wackligen Beinen zum Fenster. Ihre Finger berührten das Glas und folgten einem Regentropfen.

»Siehst du?«, flüsterte sie.

War es eine Halluzination? Oder regnete es tatsächlich? Trinkwasser verschaffte ihnen zwar nur ein bisschen mehr Zeit, aber sie würde sie mit ihrer Familie verbringen – kein Märchen und keine *telenovela,* sondern echt. Ihr allereinfachstes Gebet war mit einem Wunder beantwortet worden.

32

ABWEICHUNG VOM DREHBUCH

OCATE MESA, NEW MEXICO
8. JANUAR
T MINUS 24 TAGE BIS ZUM START

Ned musste schlafen, nachdem er kurz vor dem vierten Nachtanken das südliche Ende der Colorado Rockies hinter sich gelassen hatte. Sie überflogen einen bergigen Wald und landeten auf einem hohen, grasbewachsenen Hügel mit gutem Ausblick in alle Richtungen. Sie mussten an abgelegenen Orten landen, die sich einfacher gegen eventuelle Angreifer verteidigen ließen.

»Wenn der Jayhawk bloß nicht so verdammt laut wäre«, sagte Ned zu Gustavo, sobald die schwarzen Blätter des Hubschraubers stillstanden.

Das Geräusch erregte Aufmerksamkeit. Umherziehende Banden bewaffneter Milizen beschossen sie vom Boden aus. Überlebende kamen aus ihren Verstecken gekrochen und rannten schreiend und winkend auf sie zu. Ned sagte, er könne die Gedanken an die vielen verzweifelten Menschen nicht aus dem Kopf kriegen. Mehr noch: Sie machten jede Landung zu einem gefährlichen Unterfangen, denn eine rasch herankommende Horde konnte das Ende bedeuten.

Ned legte sich den Gurt des halb automatischen Gewehrs um und ließ die Waffe am Hals baumeln, als er mit großen

Schritten um den Jayhawk herumging, die Arme kreisen ließ und die verkrampften Muskeln streckte. Gustavo hatte genug Stunden im Frachtraum des Helikopters neben Ersatzkanistern und Vorräten gelegen, weshalb er jetzt ausgeruht und nicht annähernd so steif war.

Er zog seine laminierte Karte von Nord- und Südamerika heraus und machte Französisch-Guyana ausfindig. Ned hatte gesagt, der Flugplatz Kourou, ihr Zielort, befinde sich ungefähr mittig an der Nordküste. Gustavo müsste dann nach Süden gehen, bis zum Oyapock-Fluss an der Grenze zwischen Französisch-Guyana und dem brasilianischen Bundesstaat Amapá. Ned hatte einen Kompass in seinem Seesack. Sobald sie in Kourou gelandet waren und er sich dem Bündnis, von dem er immer wieder erzählte, angeschlossen hatte, würde er ihn nicht mehr brauchen. Der Kompass konnte Gustavo führen, wenn der Himmel bedeckt oder hinter einem dichten Blätterdach verborgen war.

Sobald Gustavo den Oyapock-Fluss erreicht hatte, konnte er ihm in Richtung Südwesten folgen, bis er zum Camopi-Fluss kam. Dort, am Zusammenfluss, befanden sich die Siedlungen der Anderen Wayãpi. Die Sprache dieser nördlichen Stämme, die sich schon zu Zeiten des Großvatervolks von seinen eigenen Wayãpi abgespalten hatten, klang anders als seine, aber doch nicht so fremd, dass er sie nicht verstanden hätte. Gustavo konnte sich durchaus mit den Anderen Wayãpi am Oyapock-Fluss unterhalten. Vielleicht konnten sie ihm Unterschlupf gewähren und dabei helfen, zu seinen eigenen Wayãpi-Dörfern am Amapari-Fluss in Brasilien zu gelangen.

Gustavo ging in den Bauch des Hubschraubers, um seine Vorräte zu überprüfen. Wasser dürfte in einem Regenwald kein großes Problem sein, Essen hingegen schon. Er hoffte, dass in der Militärbasis Fort Hood noch ein paar Rationen übrig waren. Als Gustavo aus dem Hubschrauber sprang, sagte Ned, dass sie sich irgendwo im nördlichen New Mexico befinden müssten, was Gustavo jedoch nicht viel sagte. Mit Ausnahme von New York City war ihm Nordamerika völlig unbekannt. Gustavo ging im Kreis und fröstelte in seinem Poncho. Er war die heißen, feuchten grünen Wälder des Äquators gewöhnt, doch dieser Wald hier war kalt, trocken und goldfarben. Lange blasse Gräser, die sich nicht neigten, sondern unter den Sohlen knirschten.

»Wie lange noch bis Fort Hood?«, fragte Gustavo wieder.

»Herrje, du bist wie ein Kind im Auto bei der Fahrt in den Urlaub«, meckerte Ned. »Wie schon gesagt, noch ein bisschen mehr als fünf Flugstunden und zweimal nachtanken.«

»Und wenn es nicht mehr da ist –«

»Was weiß ich«, antwortete Ned rasch. »Beten? Wahrscheinlich sterben. Darum kümmern wir uns, wenn wir dort sind. Jetzt mach dich nützlich und pack die Schlafsäcke aus. Ich muss mal für Königstiger.«

Ned war nach den langen Flugstunden immer schlecht gelaunt, aber es dauerte auch nie lange, bis sein fröhliches Gemüt wieder die Oberhand gewann. Gustavo holte die Schlafsäcke aus dem Hubschrauber und war gerade dabei, sie auf einer kahlen Stelle auszurollen, als er Ned wehklagen hörte. Gustavo rannte sofort zur anderen Seite des Hügels, wo Ned vor mit Fliegen bedeckten Überresten zweier Menschen stand. Die Kleidung und ihr Fleisch waren weggerissen, jetzt lagen dort nur noch vertrocknete, sehnige Skelette in schmutziger Unterwäsche. Gustavo versuchte zu schätzen, wie lange sie wohl schon in der Sonne gelegen hatten. Er sah immer noch viele verräterische Fußspuren und aufgewühlten Boden, die auf einen Kampf hinwiesen.

»Hier können wir nicht schlafen«, sagte Ned. »Herrgott noch mal. Sieht aus wie ein Mann und eine Frau. Waren sie verheiratet?«

Gustavo drehte sich weg von dem Anblick und sagte zu Ned, dass er dringend Schlaf brauche.

»Dieser Ort ist mir jetzt zuwider«, verkündete Ned.

»Verschwende deinen Hass nicht an Orte. Heb ihn dir für die Menschen auf.«

»Ist das aus einem deiner Gedichte?«, fragte Ned sarkastisch.

Gustavo ignorierte ihn und ging weiter.

»Worum geht es eigentlich in deinen berühmten Gedichten?«, wollte Ned wissen, als sie zum Jayhawk zurückgingen. »Um Träume? Schönheit?«

»Krieg.«

Ned schnaubte verächtlich.

»Das passt ja. Welcher Krieg?«

»Meiner«, antwortete Gustavo.

Er stieg in seinen Schlafsack, um sich aufzuwärmen, setzte sich aber wachsam auf. Ned streckte sich noch eine Weile, ehe er sich hinlegte. Das Gewehr hing an seinem massigen Hals. Gustavo wollte das Gewehr nehmen, um Wache zu halten, während der andere Mann schlief. Richtig sicher waren sie nur in der Luft. Gustavo sah im Umkreis von mehreren Kilometern ihres Landeplatzes keine Gefahr, aber andererseits hatte er auch die Leichen nicht gesehen.

Ned sagte nichts, sondern zog nur die Krempe seiner Kappe über die Augen und versuchte einzuschlafen. Er zuckte unruhig. Eine merkwürdige Stille breitete sich aus, die nur von Neds leisen Fürzen unterbrochen wurde.

»Ich hab gesehen, dass du eine Bibel in der Tasche hast«, sagte Ned schließlich.

»Du hast in meinen Sachen gekramt?«

»Nur einmal«, kam die reuelose Antwort. »Als du beim letzten Tankstopp los bist, um die Pissebehälter auszukippen. Weißt du, ich bin mit diesen Gleichnissen erzogen worden. Damals in Oregon.«

Auch Gustavo war mit diesen Geschichten groß geworden, ebenso wie mit denen seines Großvatervolks. Alle Völker schienen ihre eigenen Legenden bezüglich ihrer Herkunft und wohin sie das alles führen würde, zu haben.

»Was ist mit dem Ende?«, fragte Ned. »Ich weiß nicht mehr, was die Bibel zum Ende sagt, aber ich weiß, dass dazu was drinsteht. Wie sieht es aus? Denn – und ich denke jetzt nur mal laut – ich glaube, wir sind ziemlich vom Drehbuch abgewichen. Ich glaube, wir sind in ein anderes Drehbuch geraten, in dem es um die Donner-Treks geht, die damals in den Rocky Mountains stecken geblieben sind.«

»In dem was?«

»Ich meine, wenn wir als kannibalische Gottlose enden … Ich glaube, an dieser Zukunft möchte ich nicht teilhaben. Vielen Dank auch. Nein, so will ich nicht leben.«

In gewisser Hinsicht tat Gustavo sein Gefährte leid. In manch anderer kam er ihm sehr verwöhnt vor. Das Ende war für Gustavos Volk und die anderen Völker, die von dem lebten, was von der natürlichen Welt noch übrig war, keine neue Bedrohung. Das Ende war auch für alle Tiere kurz vor der Ausrottung nichts Neues.

»Hast du dich noch nie gefragt, wann ihr an der Reihe seid?«, fragte Gustavo, der seinen Neid nicht mehr zurückhalten konnte.

»Was?«

»Eure Zivilisation«, sagte Gustavo genauer. »Vielleicht seid ihr jetzt dran, auszusterben und aus der Geschichte zu verschwinden. Was, wenn der Komet euer Christoph Columbus ist? Eure portugiesischen und spanischen *conquistadores?*«

»Was meinst du mit *eure?* Wir stecken hier gemeinsam drin, Gustavo. Nur weil du kein Weißer bist –«

Aber nicht die Hautfarbe machte diese Grenze aus. Ned verstand es nicht, und Gustavo fehlten die richtigen Worte, um es ihm zu erklären.

»Ich werde deinen Kompass brauchen«, platzte es aus Gustavo heraus.

Ned schnaubte wieder. Dann machte er seinem Unmut mit ein paar deftigen Sätzen Luft, die Gustavo mit aller Mühe überhörte. Er hasste es, sich auf Fremde verlassen zu müssen. Er hasste es, dass er diesen Piloten brauchte, seinen Hubschrauber und seinen Kompass – und den Rest der Vorräte, die es hoffentlich noch gab, sobald sie in Kourou gelandet waren.

»Ich weiß, dass du mich nur brauchst, um an dein Ziel zu kommen«, brummte Ned, »aber würde es dich wirklich umbringen, mal zu lächeln?«

Gustavo seufzte, sagte aber nicht, dass er als Kind viel und laut gelacht hatte, bevor er so schnell und so brutal erwachsen werden musste.

»Ich könnte ein Lächeln echt gebrauchen«, schob Ned nach.

Die Reise war schwierig gewesen. Sie hatten unaussprechliches Grauen gesehen. Ned hatte Gustavo gesagt, dass er nicht mehr nach unten sehen werde, dass er es nicht mehr *könne,* und Gustavo hatte verständnisvoll genickt. Stundenlang hielt Ned den Blick auf den fernen Horizont gerichtet, während Gustavo schweigend das Grauen für sie beide in sich aufnahm.

»Ich muss immer wieder an diese Menschen denken«, sagte Ned.

Er hatte die Angewohnheit, das Offensichtliche auszusprechen. Beide Männer konnten nicht aufhören, an die Überlebenden zu denken, deren Gesichter von ihren Schreien verzerrt waren.

»Immer wieder sehe ich –«

»Wir können sie nicht retten«, sagte Gustavo entschieden.

Er griff nach der verschossenen Kugel, die an seinem Hals hing, und umschloss sie mit der Faust. Das Gewicht des Todes seines Bruders hing an ihm. Er brauchte keine Schuldgefühle fremder Menschen wegen.

»Ich weiß«, pflichtete Ned ihm bei. »Trotzdem … Ich denke an sie, so, wie ich an alle von der *Healy* denke. Ich frage mich, was mit meinem Kumpel Malcolm und mit Käpt'n Weber passiert ist. Geht es ihnen gut? Leben sie überhaupt noch? Was ist mit Greg und Matty? Oder mit deinem Zimmergenossen Jack?«

»Gib mir das Gewehr und leg dich schlafen«, sagte Gustavo, der allmählich die Geduld verlor.

Ned schob die Kappe nach hinten und richtete den Blick auf Gustavo. »Hast du schon mal mit so was geschossen?«

Gustavo drückte die Patrone so fest zusammen, bis das verformte Metall in seine Handfläche schnitt. Die Antwort lautete Nein und Ja. Es war kompliziert. Was war bei Gustavo nicht kompliziert?

»Ich musste nicht schießen, weil ich einen *pistoleiro* angeheuert habe, der für mich geschossen hat. Ich habe das Geld, das ich für meinen Nobelpreis bekommen habe, dazu benutzt, die Männer umzubringen, die meinen Bruder umgebracht haben.«

Ned fragte ihn, was zum Teufel er da rede.

»Der Rancher«, sagte Gustavo. »Es war ein reicher Rancher aus Mato Grosso, der Männer dafür bezahlt hat, mich umzubringen. Er wollte Land stehlen, das den indigenen Stämmen gehörte. Ich habe den Stämmen geholfen, dagegen zu protestieren, und ich habe mich mit der Presse in Verbindung gesetzt. Er hat versucht, mich umzubringen, aber stattdessen wurde mein Zwillingsbruder erschossen. Also habe ich für die Rache gezahlt. An der Front im Regenwald kriegt man für Geld wirklich alles.«

Gustavo hatte seine Finger davon gelassen und war in die Vereinigten Staaten geflohen, um der Auslieferung zu entkommen.

»Ein Priester hat mir gesagt, dass mir der Tod meiner Feinde keinen Frieden bringen würde«, ergänzte Gustavo. »Aber doch … so war's. Und es tut mir kein bisschen leid. Jetzt gib mir das Schweißgewehr!«

Während Ned schlief, hielt sich Gustavo an dem Gewehr fest und dachte an sein Dorf und an seine vaterlosen Neffen. Er sprach die Worte tonlos auf Wayãpi: *Ich finde einen Weg und komme zu euch zurück. Und ich werde alle niederstrecken, die sich mir in den Weg stellen.*

33

LETZTE HEMDEN

KOUROU, FRANZÖSISCH-GUAYANA
8. MAI
T MINUS 47 TAGE BIS ZUR ATOMAREN SPRENGUNG

Drei Tage nach dem erfolgreichen Ariane-Raketenstart sah Love einen großen, zotteligen Mann vor der Tür ihrer »Penthouse«-Besenkammer im Raumfahrtmuseum warten. Er trug denselben Militär-Overall wie Love. Sein langer Bart war ungepflegt, eines seiner Brillengläser hatte einen Sprung.

»Es verstößt gegen die Regeln«, teilte der Mann Love sofort mit. »Unsere Mission ist noch nicht abgeschlossen.«

Entweder um seine Aussage zu bekräftigen oder vielleicht auch nur aus einem paranoiden Reflex heraus, warf der Mann einen Blick auf seine Uhr, die den Countdown bis zur atomaren Sprengung anzeigte.

»Warum sind Sie dann hier?«, blaffte Love zurück.

»Amy Kowalski kann sehr überzeugend sein.«

Das stimmte. Amy würde sich für die, die ihr nahestanden, mitten im tosenden Verkehr auf die Fahrbahn legen, auch wenn sie gerade verzweifelt darauf wartete, dass der Verstand ihres Liebsten wieder in seinen Körper zurückkehrte. Als Love sie auf der Krankenstation an Bens Bett besucht hatte und sie um einen Gefallen gebeten hatte – jetzt, da die

Menschheit wenigstens noch eine kleine Chance hatte –, war Amy einverstanden gewesen.

»Sie müssen jemanden für mich suchen«, sagte Love zu dem Mann, drückte ihre Schultern durch und reckte das Kinn nach vorne.

Love kannte die Regeln im Bündnis: Es gab die Mission, und nichts anderes. Kein Platz für Familie, Vaterland, Religion, Ideologie, nicht mal für sich selbst. Alles musste für das höchste Ziel in der Geschichte ihrer Spezies geopfert werden. Love hatte die Regeln treu befolgt, aber jetzt wollte sie sie brechen. Aber auch indem sie sich ihre schwere Schuld eingestand, würde sie nicht bekommen, was sie wollte.

»Sie heißt Rivka Shulman. Weiß, braune Locken, braune Augen. Sie wohnt in der Bronx, hatte aber eine untervermietete Wohnung in Harlem. Ihre Eltern wohnen an der Upper West Side. Womöglich hat sie sich mit ihnen wieder versöhnt – wollen Sie sich das nicht aufschreiben oder so?«

Love ging auf ihn zu, bis sie kaum noch einen Meter von ihm entfernt war. Sie sah sich den Mann hinter dem Bart, dem starren Blick und den ungepflegten Haaren genauer an.

»Troy Andrews«, sagte sie schließlich. »Sie haben sich verändert.«

Er war nicht mehr der gut aussehende, lächelnde Mann aus dem UN-Hauptquartier in Manhattan.

»Es ist besser, wenn man sein Zuhause und seine Familie so in Erinnerung behält, wie es einmal war«, sagte er leise. »Glauben Sie mir.«

Troy ging an ihr vorüber zur Treppe.

»Erkundigen Sie sich nach ihr?«, rief Love ihm nach.

Troy drehte sich nicht um, als er mit einer müden, traurigen, aber sehr entschiedenen Stimme antwortete: »Ihre Freundin ist tot, Love.«

Aber das waren nur die Worte eines einzelnen Mannes. Love schüttelte den Kopf. *Nein, nicht Rivka.* Sie rannte los, überholte Troy und drehte sich um, stellte sich ihm in den Weg.

»Sie wollen es wissen?«, seufzte Troy. »Alle wollen es wissen – bis sie es dann wissen.«

Aber Love war bereit, die Wahrheit notfalls aus Troy herauszuprügeln. Er sah es ihr an. Troy hob die Fäuste ein wenig und atmete tief ein. Dann sagte er, was er wusste.

»New York war Katastrophengebiet, wie alle anderen großen Städte auch …«

Diejenigen, die noch rauskonnten, verließen die Stadt. Die Übrigen sagte Roy, blieben dort gefangen, und sämtliche öffentlichen Dienstleistungen brachen zusammen. Nachdem alle Märkte und Restaurants geplündert waren, gab es für acht Millionen New Yorker und New Yorkerinnen, die von Beton eingeschlossen waren, nichts mehr zu essen. Überall wurde hemmungslos gehortet und geplündert. Die Ordnungskräfte versagten, da die Beamtenschaft nicht mehr zum Dienst erschien, weil sie zu Hause ihre Familien beschützten. Die städtischen Versorgungseinrichtungen und die Lieferketten brachen zusammen, da immer weniger Leute zur Arbeit gingen, weil die Mordrate überall in die Höhe schoss. Und das war nur der Anfang.

»Solange es dort noch Strom gab, standen wir mit dem UN-Hauptquartier in Verbindung«, sagte Troy. »Manhattan hat sich vor der Gewalt in den Stadtteilen ringsum verbarrikadiert. Im Oktober sind Truppen mit Fallschirmen dort abgesprungen, was hinsichtlich Lebensmittel und wiederhergestellter Ordnung einen kleinen Aufschub gebracht hat, aber der hat nicht lange gehalten.«

Loves Unterkiefer bewegte sich, aber sie sagte keinen Ton. Schließlich kam es leise aus ihr heraus: »Ich wusste nicht …«

»Sie durften es nicht wissen. Es war so viel besser für Sie.«

Troy ließ den Kopf hängen und sagte, es tue ihm leid. Es sah aus, als meinte er es auch so, wenn auch widerwillig, denn er schien nicht mehr allzu viel Mitleid in sich zu haben.

»Wir haben den Kontakt zum Hauptquartier verloren, nachdem die Stromversorgung während des Orkans zusammengebrochen ist. Das muss ungefähr zu dem Zeitpunkt gewesen sein, als der Unfall passiert ist.«

»Welcher Orkan? Welcher Unfall?«

Troy blinzelte mehrmals hintereinander.

»An der Ostküste gab es einen Atomunfall während eines Orkans«, sagte er langsam. »Unsere Drohnen haben große Strahlungsmengen in der Nähe eines Reaktors in Connecticut festgestellt. Wir haben die Explosionsstelle gefunden.«

Ohne Strom, sagte Troy, gibt es für ein über Notgeneratoren am Laufen gehaltenes Atomkraftwerk nur ein begrenztes Zeitfenster, um den Reaktor abzuschalten. Es war keine große Überraschung, dass in einem der vielen Atomreaktoren an der Küste unter den gegebenen Umständen irgendwann etwas schiefläuft, nämlich dann, wenn ein beträchtlicher Anteil des Personals seinen Posten verlässt, nachdem immer mehr der Polizeikräfte, die die Einrichtung schützen sollten, *ihren* Posten verlassen haben. Und wenn die Gedanken der dort Verbliebenen von existenzieller Bedrohung besessen sind und wenn die Welt nach allem, was sie wussten, sowieso von einem Kometen der Auslöschungsklasse vernichtet würde und wenn die Leben der Technikteams und ihrer Familien durch Gesetzlosigkeit und natürliche Katastrophen wie schweren Überflutungen und starken Winden in Gefahr sind.

»Der Wind hat für den meisten Schaden gesorgt –«, sagte Troy und verstummte dann.

»Am besten, man macht einen Orkan dafür verantwortlich«, sagte er. »Das ist immer am einfachsten.«

Troy ging seitlich an Love vorbei und erreichte den Treppenabsatz. Love wechselte plötzlich von wie vor den Kopf geschlagen in einen raschen Sprint und stürzte sich auf Troy. Sie packte ihn am Stoff seines Overalls. Er schien auf ihre Reaktion vorbereitet gewesen zu sein, nur nicht auf ihre Schnelligkeit und Kraft.

»Ich will es wissen«, sagte Love mit heiserer Stimme. »Alles.«

»Nein, bestimmt nicht. Meine eigene Frau und unsere beiden Kinder –«

»Sie sind mir egal!«, fuhr Love ihn an.

Und in diesem Augenblick war es auch so. Love machte sich nur Sorgen um Rivka. Troy kniff die Augen zusammen und befreite sich aus ihrem Griff.

»Der Orkan hat dafür gesorgt, dass heftige Winde an der Küste entlang nach Süden geweht sind«, sagte er dann. »Sie müssen radioaktive Wolken nach Washington und Fort Bragg in North Carolina getragen haben. Damit zur Regierung und zur größten Militärbasis. Das konnten sie nicht zulassen.«

Troy schüttelte den Kopf und sagte, dass die Regierung Pilotenteams abbestellt habe, um die Wolken über dem südlichen Connecticut, dem südöstlichen Teil von New York und dem nördlichen Teil von New Jersey mit Silberiodid zu besprühen und damit Regen zu säen, der die tödliche Strahlung auswusch. Love kniff die Augen zu und schüttelte heftig den Kopf. *Nein, nicht Rivka. Nein!* Troy hielt ihre Weigerung für Ungläubigkeit.

»Was hat Russland nach dem Unfall in Tschernobyl Ihrer Meinung nach getan?«, fragte er. Um Moskau und die größeren Städte im Nordosten zu retten, haben sie alle südwestlich davon geopfert. In kleineren Städten wie Gomel und Nowosybkow kam schwarzer, radioaktiver Regen herunter, der gesamte Niederschlag wurde dort abgeladen –«

»Aufhören!«, schrie Love.

Troy schaute weg und riet Love, sich ihr Mitleid aufzusparen. Die Hurrikansaison sei lange vorüber. Es war schon fast Frühling, die meisten Menschen in New York seien inzwischen längst verhungert. Wer jetzt noch am Leben sei, habe alle Register gezogen.

»Es gab monatelang kein Essen«, flüsterte Troy. »Nur das Fleisch auf ihren Knochen, wenn Sie das mitzählen wollen. Manche haben es garantiert mitgezählt. Sie haben erkannt, dass sie mit Moral nicht sehr weit kommen. Moral kann man nicht essen.«

Als Troy an ihr vorübereilte und mit jedem Schritt mehrere Stufen auf einmal nahm, rührte sich Love nicht von der Stelle. Sie sagte auch nichts. Sie hörte ihn nur auf dem Weg nach unten rufen.

»Wir müssen den Auftrag zu Ende führen. Es ist unsere einzige Hoffnung.«

2. JUNI

T MINUS 22 TAGE BIS ZUR ATOMAREN SPRENGUNG

Love musste beim Durchwühlen ihres Reisegepäcks mehrmals innehalten, um vornübergebeugt abgerissen und verzweifelt zu atmen. Als sie die Tränen nicht mehr zurückhalten konnte, krümmte sie sich auf dem Boden ihrer Besenkammer zusammen und heulte laut auf. Ihrer Erfahrung nach waren Abschiede immer endgültig. Seit ihren Tagen im Waisenhaus in Nairobi hatten alle Menschen in ihrem Leben ein Verfallsdatum, das sie so gut wie ihre eigenen Namen kannten.

Als Love siebzehn wurde, also das entsprechende Datum des für sie festgelegten Geburtstages erreicht hatte, bereitete sie sich auf den vorgeschriebenen Abschied von ihrem einzigen Zuhause vor. Sie packte die gebrauchten Kleidungsstücke und die fremdsprachigen Romane, die die verschiedenen Nonnen ihr geschenkt hatten. Alle ihre heiligen Mütter hatten sich an der Tür zum Waisenhaus versammelt und sagten leise Gebete in vielen Muttersprachen auf: Suaheli, Englisch, Französisch, Spanisch und Deutsch. Die Stimme von Schwester Ellen übertönte die anderen. Sie hatte Love als schreiendes Bündel im Arm gehalten, kurz nachdem ihre biologische Mutter gestorben war. Sie hatte Love ihren Namen gegeben, damit das Schicksal sich einer mittellosen Waise gegenüber als freundlicher erweisen solle.

Bevor Love sich auf den Weg zur nächsten Bushaltestelle machte, hatte Schwester Ellen ihr die Hand auf die Schulter gelegt. Sie wusste, dass Love unter ihrem Dach gelitten hatte, trotz ihrer Fürsorge. Ein halbwüchsiges Mädchen ganz allein in die Welt hinauszuschicken war so, als würde man sie einem Löwen in den Rachen werfen, aber sie hatten keine andere Wahl. *Öffne dein Herz, wenn es sicher ist,* hatte Schwester Ellen geflüstert. *Lass das Licht hinein …*

Gut möglich, dass Schwester Ellen Jesus damit gemeint hatte. Vielleicht auch einen Ehemann in Kenia und die Kinder, die dann kommen würden. Wahrscheinlich hatte sie eher nicht an eine aufsässige, schnippische, sexy Jüdin von der Upper West Side gedacht, mit großen braunen Augen, ganz viel Haaren und einem großen Herzen. Aber genau die hatte Love hereingelassen, und eine Weile hatten sie sich in ihrem Licht gesonnt.

Love wischte sich mit dem Ärmel des Overalls über Augen und Nase, bevor sie ihn auszog. Plötzlich wollte sie sich wieder wie ein normaler Mensch fühlen und auch so aussehen, so wie sie selbst. Nachdem sie auf dem Boden des Koffers ihren ineinander verhedderten Klumpen Schmuck ertastet hatte, sah Love die Baseballkappe der Mets, die sie an ihrem letzten Abend in New York City aus Rivkas Schrank geklaut hatte. Es war das Einzige, was ihr von ihrer Geliebten noch geblieben war.

Love strich über die orangenen, aufgestickten Buchstaben und dachte an ihre Rivka: an ihren trockenen Humor, ihr Lächeln und ihr lautes Lachen, die üppige Schönheit ihres Körpers; sie dachte daran, wie Rivka immer versucht hatte, sie zum Lachen zu bringen. In der Nacht, in der Love Rivka für das Bündnis zurückgelassen hatte, hatten sie nicht von Liebe geredet. Sie war dort unausgesprochen zurückgeblieben, wie das Klappmesser, das sie auf Rivkas Kopfkissen gelegt und dann ihre Wohnung in der Bronx unbewaffnet verlassen hatte. Love hatte Liebe gefunden, das, wonach sie sich immer gesehnt hatte, seit man ihr diesen Namen gegeben hatte.

Love hüpfte zwei Treppen hinunter. Sie trug einen Perlenohrring, an dem eine Feder baumelte, denselben Ohrring, den sie bei ihrer Ankunft in Französisch-Guayana getragen hatte. Love lief durch das Foyer des Raumfahrtmuseums und zum Vorderausgang hinaus, wo Zhen und Amy sich gerade voneinander verabschiedeten. Und auch hier, genau wie schon zuvor, wurde ihr klar, dass sie die Leute immer dann liebte, wenn sie dabei war, sie zu verlieren.

»Entschuldigung, ich war mir nicht sicher, ob ich das kann«, murmelte Love und räusperte sich dann.

Zhen wartete geduldig. Sie hatte endlich ihren weißen Laborkittel gegen einen Militär-Overall und Stiefel mit Stahlkappen getauscht, die aussahen, als wären sie ihr zu groß.

»Ich möchte dir was schenken«, sagte Love und setzte Zhen die Baseballkappe auf. »Obwohl du nicht unbedingt wie ein großer Mets-Fan aussiehst.«

Zhen bat um eine Übersetzung.

»Das heißt, du siehst nicht wie eine Bekloppte aus«, erklärte Love. »Aber sie hält dir die Sonne aus dem Gesicht.«

Sie stellte die Größe am Plastikriemen auf der Rückseite ein.

»Dir steht sie sowieso besser«, flüsterte Love auf Mandarin.

Zhen wollte wissen, warum Love die Kappe nie selbst getragen habe. Love antwortete, dass sie auch kein besonders großer Mets-Fan sei, sondern eher der Fan eines Fans.

»Sie gehörte jemandem, die mir sehr wichtig war und die jetzt auf dich aufpasst«, fügte sie hinzu. »Jemand, den ich geliebt habe.«

Sie strich ein letztes Mal mit den Fingern über die Stickerei auf der Kappe. Seitdem Love erwachsen war, hielt sie nicht viel von Religion, aber an Geister hatte sie schon immer geglaubt – an böse wie an gute. Zhen lächelte, drehte sich um und sah den Asiaten an, der auf dem Rücksitz eines Jeeps auf sie wartete. Er nickte, als sie auf die Kappe zeigte, aber er lächelte nicht zurück. Als Zhen den beiden Frauen den Rücken zudrehte, wurde ihr eigenes Lächeln zu einer schmalen, ängstlichen Linie.

Love verspürte eine Leere im Magen – die vertraute Schuld der Überlebenden. Das Bündnis hatte sich fast der Hälfte seines Personals entledigt. Love war immer noch entsetzt, obwohl sie ohnehin eine misstrauische Person war. Aber man kam nur schwer gegen die Tatsache an, dass es nicht mehr genug zu essen gab. Die Hälfte ihrer heldenhaften Angestellten wurde einfach ausgemustert und im Regen stehen gelassen, um die andere Hälfte zu retten, die den Auftrag zu Ende bringen musste. Love gehörte zu den wenigen im Dolmetscherkreis, die noch bei den letzten Reserven bleiben durften, die offiziell als lebensnotwendigste Güter bezeichnet wurden. Chuck, Jin-soo, der Professor und der Rest des Raumflug-Teams blieben ebenfalls hier, um das HYCIV auf Kurs zu halten und UD3 abzufangen, seinen Hauptsprengsatz abzustoßen, auf der Kometenoberfläche detonieren zu lassen und dann seine Atomladung direkt in den Krater zu steuern. Alle anderen gehörten zu den inoffiziell als Letzte Hemden bezeichneten Entlassungen.

Love öffnete den Mund, hatte aber große Mühe, dem emotionalen Gewitter, das in ihr tobte, Ausdruck zu verleihen. Sie brachte keine Worte zustande, streckte stattdessen die Hand nach Zhen aus und hielt sie fest. Wenigstens das konnte sie tun. Zhen schlang die Arme um Loves Oberkörper und drückte sie an sich.

»Jetzt darf ich aber weinen, oder?«, fragte Amy Zhen.

Ohne auf die Antwort zu warten, brach sie in Tränen aus. Amy machte immer, was sie wollte. Zhen umarmte auch sie, und Amy ließ den Kopf auf ihre Schulter sinken. Loves Blick fiel auf ihren Scheitel – unscheinbares, fettiges, braunes Haar, das langsam in Platinblond überging –, der vor Weinen hin und her ruckte.

»Bring Ben zurück«, sagte Zhen in Amys Ohr.

Amy zuckte zusammen und nickte, aber die Worte brachten sie dazu, sich wieder aufzurichten und sich die Augen und die laufende Nase zu wischen. Love fand, dass Amy mit jedem verzweifelten Tag nur noch schöner geworden war.

»Mach ich«, erwiderte Amy. »Neulich hat er mich angesehen. Sein Blick war eindeutig auf mich gerichtet, ich schwöre es. Ben kommt wieder, genau wie dein Freund Cheung. Und wenn es so weit ist, bin ich für ihn da.«

Amys raue Stimme war das einzige Geräusch, bei dem Ben sich regte und blinzelte, wie ein Träumer, der lieber aufwachen würde.

»Aber was ist mit dir, Zhen?«, rief Amy. »Du hast vielleicht diese ganze verdammte Welt gerettet, und trotzdem stehst du jetzt hier.«

Zhen nahm eine Hand von Amy und eine von Love.

»Nicht ich«, sagte sie und lächelte tapfer. »*Wir!*«

Ihrem Status und ihrem Beitrag zum Bündnis entsprechend, waren Zhen und ihr Freund Dewei die letzten nicht absolut notwendigen Angestellten, die entlassen wurden. Jeder bekam einen Rucksack mit einem großzügigen Vorrat an abgepacktem Essen, Wasser, einem Verbandskasten mit Penizillin, Malariatabletten, Wasserreinigungstabletten, einem Moskitonetz, Schlafsack usw. mit auf den Weg. Zhen war dankbar dafür. Die meisten Entlassenen bekamen nicht mehr als eine Feldflasche mit Wasser. Andererseits war es gefährlich genug, etwas bei sich zu haben, weswegen man umgebracht werden konnte.

Zhen sah den südlichen Kontrollpunkt des Bündnis-Sicherheitsbereichs näher kommen. Es kam ihr vor, als wären erst ein paar Tage vergangen, seit sie ihn auf dem Weg zum Flugplatz in Cayenne zuletzt gesehen hatte, und nicht fünf Wochen, an die sie sich kaum erinnern konnte, weil sie bis zur Erschöpfung gearbeitet hatte. Zhens Herz raste, ihre Handflächen schwitzten. Zeit war etwas schrecklich Relatives, besonders dann, wenn einem keine mehr blieb. *Werde ich heute sterben?*

Ihr Jeep parkte vor dem Tor des Kontrollpunkts, an dem

fünfzig französische Streitkräfte als schwarze Masse mit bellenden Hunden zusammenstanden.

»Haltet die Hunde zurück!«, rief Zhen.

Sie sah, dass auch Dewei völlig verängstigt war. Wenigstens ein bisschen Würde hatten sie verdient. Sofort wurden die Diensthunde der Truppe an den Leinen in die Menschenmenge zurückgezerrt. Zhen sah Dewei an und nickte. Er stieg aus dem Jeep und warf sich den Rucksack über die Schultern, dann half er Zhen bei ihrem. Die französischen Streitkräfte wirkten betreten und traurig, erklärten ihnen ihre Rolle aber mit entschiedenen Worten. Zhen wandte sich an Dewei und übersetzte in Mandarin: *Sie sagen, dass wir nicht zurückkommen dürfen.*

Er nickte grimmig.

»Miss Zhen!«

Der Ruf kam vom Zaun. Ein Soldat in einer grünen Tarnuniform kam am Stacheldraht entlang auf sie zugerannt, die Mündung seines Gewehrs nach unten gerichtet.

»Miss Zhen, warten Sie!«

Er blieb schwer schnaufend vor ihr stehen. Auf seine Uniform war eine amerikanische Fahne gestickt. Sein Gewehr war größer als das der anderen, mit einem langen, schmalen Lauf und einem aufgesetzten Fernrohr.

»Miss Zhen, wir sind uns leider nie vorgestellt worden«, sagte er schwer atmend, »aber ich war bei der Sicherheitstruppe in Cayenne dabei. Ich war der Scharfschütze, der …«

Seine Augen waren hinter einer Sonnenbrille verborgen, aber sein Gesicht drehte sich leicht zu Dewei.

Zhen übersetzte für Dewei. *Das ist der Mann, der dir das Leben gerettet hat.* Dewei machte den Mund auf und wich einen Schritt zurück. Er verneigte sich mitsamt seinem schweren Rucksack vor dem Soldaten. Der Scharfschütze nickte knapp zurück. Es musste schwer sein, dafür gedankt zu bekommen, dass man einen anderen Menschen erschossen hatte.

»Heute war alles ruhig hier«, redete der Scharfschütze weiter. »Bis jetzt ist kein Schuss gefallen, und die Straße ist fast leer. Fast.«

Er sagte es mit vollem Ernst, aber mit einem gehörigen Maß an Mitleid. Als Zhen fragte, wie es denn an weniger ruhigen Morgen aussehe, wollte er etwas antworten, überlegte es sich aber anders und fragte stattdessen: »Wie geht's Amy?«

Zhen zwang sich zu einem Lächeln.

»Sie ist stark wie immer.«

Der Gedanke an sie schmerzte Zhen. Sie wusste nicht, wie lange sie sich noch unter Kontrolle hatte. Deshalb nickte sie der französischen Truppe am Tor zu. Sie war bereit.

»Aufmachen!«

Die Rufe ertönten zuerst auf Französisch und Englisch. Dolmetscher und Dolmetscherinnen am Sicherheitszaun wiederholten sie in allen möglichen anderen Sprachen. Die französischen Streitkräfte öffneten das Tor per Hand und traten zur Seite. Zhen rührte sich nicht. Dewei nahm ihre zitternde Hand und zog sie sanft einen Schritt voran. Keiner der beiden erwartete, dass sie sehr weit kommen oder lange überleben würden.

»Und macht euch keine Sorgen wegen dieser beiden«, sagte der Scharfschütze und nickte in Richtung Straße. »Die wurden vor einer Stunde entlassen. Einer von ihnen steht immer noch unter Schock.«

Zhen blickte die Straße hinab und sah zwei Gestalten, die in der Hitze flimmerten. Eine große Gestalt saß auf dem Asphalt und eine kleinere versuchte, sie hochzuziehen.

»Ich dachte, wir wären die Letzten, die nicht mehr gebraucht werden?«, fragte Zhen.

»Sind Sie wahrscheinlich auch«, erwiderte der Scharfschütze, »aber heute ist das letzte Flugzeug aus Fort Hood gelandet. Hat ein paar Neurologinnen und Chirurgen gebracht. War verflucht schwer, in diesem Chaos noch ein paar Fachkräfte aufzutreiben, aber die machen alles, um Dr. Schwartz und den anderen wegen der Katatonie zu helfen.«

Er zeigte auf die beiden Gestalten in der Ferne.

»Nachzügler, die waren auch im Flugzeug. Solange sie einen gewissen Abstand halten, müssen wir sie nicht erschießen«, sagte er nüchtern und spähte mit zusammengekniffenen Augen durch das Zielfernrohr seines Gewehrs.

Zhen atmete flatternd aus. Sie drückte Deweis Hand und führte ihn durch das Tor, das hinter ihnen sofort wieder geschlossen wurde.

»Ich halte Ihnen wieder den Rücken frei«, rief der Scharfschütze, aber Zhen drehte sich nicht mehr um.

Dann zuckten sie zusammen, als mehrere Megafone losplärrten. Ein Dolmetscher schrie Warnungen in schlechtem Mandarin. Sie mussten weitergehen. Zhen ging, so schnell sie mit ihrem schweren Rucksack konnte. Nach einer Weile verfestigten sich die beiden in der Hitze flirrenden Gestalten auf der Straße zu zwei Männern mit Seesäcken. Der kleinere, ältere Mann hatte dunklere Haut und lange Haare. Er sah irgendwie asiatisch aus, war aber eindeutig kein Han-Chinese. Der junge Weiße auf dem Boden hatte einen Bart und verzog seine halb entsetzten, halb irre wirkenden Züge zu einem Lächeln, als er sie sah.

»Die Mets sind Scheiße!«, rief er.

Zhen ließ Deweis Hand los und berührte die Baseballkappe, die Love ihr aufgesetzt hatte.

»Haben die Wachen irgendwas über mich gesagt?«, fragte der junge Mann, dessen Lächeln wieder verschwunden war.

»Dass Sie weitergehen sollten«, antwortete Zhen. »Wir müssen alle weiter, sonst schießen sie.«

Der kleinere Mann packte den größeren am Arm und versuchte, ihn wieder hochzuziehen. Er schien sich der direkten Gefahr bewusst zu sein, doch sein Freund führte sich auf wie ein sturer Ochse. Dewei ging zu ihm, um zu helfen. Er packte den jungen Mann am Ledergürtel, platzierte die Füße im richtigen Winkel und lehnte sich nach hinten, um sein Gewicht plus das des Rucksacks für die geplante Aktion einzusetzen, wie es ein guter Lademeister eben tat. Der junge Mann auf dem Boden kippte nach vorne und stand schließlich auf. Den Blick hielt er unerschütterlich auf den Kontrollpunkt gerichtet.

»Vielleicht kann ich noch mal mit ihnen reden«, murmelte er und musterte die Absperrung aus Stacheldraht, Streitkräften und scharfer Munition.

Er setzte sich in Richtung Kontrollpunkt in Bewegung. Dewei schrie ihn an und warf sich den Seesack über die Schulter. Dann stemmte er die Beine in den Boden, konnte den anderen aber nur ein paar Meter mitziehen. Der ältere Mann schrie und boxte seinem Freund aufs Ohr, um ihn zu betäuben. Zhen ließ ihren Rucksack fallen und rannte zu ihnen.

»Nicht schießen!«, rief sie zu den Streitkräften.

Hunderte Augen beobachteten sie. Hunderte Münder riefen einander *Nicht schießen!* zu. Zhen spielte immer noch eine gewisse Rolle, auch außerhalb des Sicherheitsbereichs. Sie ging zu dem bärtigen jungen Mann, bis sich ihr Gesicht direkt unter seinem befand.

»Hören. Sie. Auf. Damit!«, schrie sie.

Sie sagte ihm, dass die Trupps nicht reden würden, nur schießen. Das Gesicht des jungen Mannes fiel plötzlich in sich zusammen. Er hatte es begriffen.

»Aber ich bin bis hierher gekommen …«

Zhen sagte, dass sie und Dewei von viel weiter gekommen seien, von der anderen Seite der Erde, aber auch das sei egal. Das Bündnis brauche sie nicht mehr.

»Wir müssen los«, sagte sie.

Der junge Mann ließ zu, dass Zhen ihn in die andere Richtung zog, sein Freund und Dewei folgten ihnen. Schweigend trotteten sie die Straße entlang, bis sie die Absperrung nicht mehr sehen konnten, nur hier und da einen Soldat oder eine Soldatin, die im Abstand von fünfzig Metern auf dem Asphalt standen.

»Diese Straße führt nach Südosten, nach Cayenne«, sagte Zhen und zeigte auf die spärliche Reihe aus Streitkräften und den Patrouillen-Jeep, der in der Ferne Warnungen ausstieß. »Wir sollten nicht auf dieser Straße bleiben. Ich weiß es. Ich habe schon gesehen, was als Nächstes geschieht.«

Der kleinere Mann blickte zur Sonne empor und zeigte dann nach rechts, direkt nach Süden. Er zog seine Lederschuhe und die Socken aus und ließ sie einfach auf der Straße stehen, bevor er das trockene Gras betrat. Der jüngere Mann folgte ihm. Er drehte sich zu Zhen und Dewei um und forderte sie mit einem Nicken zum Mitkommen auf.

Dewei sah Zhen an und runzelte die Stirn.

»Wir dürfen diesen Männern nicht trauen«, flüsterte er.

Dewei hatte recht. Aber der eine Mann war sehr groß und kräftig. Der andere schien entschlossen zu sein und sich auszukennen, und als er mit dem Schatten des angrenzenden Waldes verschmolz, sah er aus, als gehörte er hierher. Zhen war eine kleine Stadtbewohnerin, die mit dem Leben abgeschlossen hatte, sobald sie vom Bündnis ausgeschlossen worden war. Die beiden Männer vor ihr waren zumindest eine neue Entwicklung, ein Schritt weiter weg von dieser Erwartung.

Zhen nahm wieder Deweis Hand und führte ihn von

der Straße nach Cayenne herunter. Dewei folgte ihr kopfschüttelnd. Er war bereit, sie überallhin zu begleiten, sagte er, aber es musste ihm ja nicht gefallen. Die kleine Gruppe marschierte durch den Wald, bis sie einen Fluss erreichte, womöglich einen Nebenfluss des Kourou-Flusses. Der Fluss war zu breit, um ihn zu durchwaten, weshalb sie seinen Biegungen bis zu einer schmalen Brücke folgten.

Auf dem gegenüberliegenden Ufer sah Zhen mehrere auf Stelzen stehende, aus Holzlatten gezimmerte Häuser. Ein Haus war nur weniger als fünfzehn Meter von der Brücke entfernt. Der Leichenhaufen war erst von der Mitte der Brücke aus zu sehen. Zhen erstarrte. Dewei drehte sich mit fragend erhobenen Augenbrauen um. Er war viel zu beschäftigt damit gewesen, die beiden Männer vor ihnen zu beobachten, um die Gefahr ringsum bemerkt zu bemerken. Zhen musste darauf zeigen, denn sie konnte nicht sprechen. Die anderen Männer überquerten die Brücke, doch nur der große Mann blieb stehen und starrte hin. Zhen sah ihn mit dem ganzen Körper aufseufzen, dann sackten seine breiten Schultern bei dem entsetzlichen Anblick herab. Unter den Leichen waren auch mehrere kleine Kinder.

Zhen musste sich dazu zwingen, die Brücke zu überqueren, weigerte sich aber, genauer hinzusehen. Dewei stand neben ihr und deckte ihren Blick ab, bis der große Mann wieder zu ihnen zurückkam.

»Ich vermute, dass die Häuser bereits ausgeräubert sind«, sagte er. »Das würde die verwesende Familie dort drüben auf dem Haufen erklären.«

Er stemmte die Hände in die Hüften und atmete ein paarmal tief durch.

»Habt ihr zwei irgendwelche Waffen dabei?«, fragte er und sah Zhen plötzlich in die Augen. »Diese Bündnis-Arschgeigen haben mir mein Gewehr weggenommen, bevor sie mich auf die Straße geworfen haben.«

Zhen schüttelte den Kopf.

»Na schön. Ich habe immer noch mein Jagdmesser«, sagte der Mann. »Und einen Kompass. Vielleicht können wir einander helfen. Denn wenn wir unter freiem Himmel bleiben, werden wir sterben. Und wenn wir uns im Wald verstecken, brauchen wir *ihn* zum Überleben.«

Er zeigte auf seinen Freund, der weiter vorn endlich stehen geblieben war und sich mit unruhigen Blicken zu ihnen umdrehte.

»Ich heiße übrigens Ned.«

»Was sagt er?«, flüsterte Dewei auf Mandarin.

Zhens Blick streifte den Leichenhaufen neben den Stelzen des Hauses, in dem diese Menschen einmal gewohnt hatten. Auch diese Leichen hatten einmal Namen gehabt.

»Was brauchst du von uns, Ned?«, fragte Zhen auf Englisch.

Er seufzte, nickte dann aber und redete Klartext: Ned und sein Freund hatten so gut wie nichts mehr zu essen.

»Na schön. Wir geben euch was zu essen«, sagte Zhen, »und dein Freund führt uns durch den Wald … Aber wohin? Wozu?«

»Er kann Wasser finden«, antwortete Ned schon etwas munterer. »Er sucht einen bestimmten Fluss, der ihn zu einem großen Dorf führt. Dort gibt es Nahrungsmittel. Die Leute dort haben Gärten angelegt, und sie fischen und jagen. Und es gibt viele Dorfbewohner. Dort sind wir sicher.«

»Und was dann?«

»Dann müssen wir *nicht sterben*«, sagte Ned und hob die Arme. »Zumindest heute nicht und morgen auch nicht. Mehr können wir nicht verlangen, oder?«

Zhen nickte. Sie hatte keinen besseren Plan, außerdem war ihre Uhr ohnehin abgelaufen. Sie streckte Ned die Hand hin, wie sie es in Westernfilmen gesehen hatte, und Ned stieß ein schnaubendes Lachen aus. Sie schüttelten die Hände und machten sich auf zu dem kleineren Mann.

»Alles klar, Gustavo!«, rief Ned seinem Freund zu. »Wir kommen alle mit. Diese Leute teilen ihre Rationen mit uns, und ich bin derjenige, der dich hierhergebracht hat. Jetzt bist du dran.«

Der Mann namens Gustavo sah Zhen und Dewei an und schüttelte den Kopf. Ned zog ihn beiseite, und die beiden stritten sich leise. Schließlich rief Ned: »Was ist, willst du dort lebendig ankommen oder nicht?«

Gustavo fluchte leise. Zuerst auf Englisch, dann wechselten die Worte in eine eigenartige Sprache, die Zhen noch nie gehört hatte.

»Nach Süden«, befahl er. »Aber ich will wegen euch keine Zeit verlieren.«

Dann drehte er sich um und weigerte sich tagelang, ihnen in die Augen zu sehen.

34

IN DEN WALD

FRANZÖSISCH-GUAYANA

9. JUNI

T MINUS 15 TAGE BIS ZUR ATOMAREN SPRENGUNG

Gustavo ging den anderen voraus, wand sich zwischen Baumstämmen hindurch, watete durch niedriges Gestrüpp und hielt ständig nach Gefahren Ausschau. Die Wayãpi bewegten sich mit geschickten Füßen und kräftigen großen Zehen überaus sicher durch das Unterholz. Ihre Fußsohlen waren flach und mit harten Schwielen versehen, trotzdem konnten sie damit anmutig auf einem Baumstamm balancieren oder ein breites Gewässer überqueren. Gustavos Sohlen waren zu weich geworden, aber sie würden schnell wieder hart werden.

Er ging so flott voran, dass ihm die anderen nicht folgen konnten. Je mehr sie ihn ausbremsten, desto öfter dachte er böse Dinge, wie zum Beispiel, dass zwei Leute länger mit den Rationen auskommen würden, die sie jetzt durch vier teilen mussten. Gustavo sehnte sich danach, den Oyapock und sein Volk zu erreichen, aber so, wie er war, nicht wie jemand, der seine Gefährten ermordet hatte, während sie schliefen. Er musste sich immer wieder daran erinnern, wer er wirklich war, wie bei einem Gebet oder einer schamanischen Beschwörung.

Ich erinnere mich an Pater St. John. Ich erinnere mich an unsere Kirche in Pedra Branca. Ich erinnere mich daran, dass ich Gedichte über unseren verlorenen Kampf geschrieben habe …

Bevor ich dem Priester begegnet bin, dachte Gustavo, bevor ich den portugiesischen Namen Gustavo angenommen habe, war ich Wanato von den Wayãpi am Amapari. Ich erinnere mich daran, was mein Großvatervolk wusste: wie man Feuer macht, wie man eine Liane zerstößt, deren Fruchtfleisch die Fische in den Flüssen betäubt. Ich erinnere mich an alle Bäume, Pflanzen und Tiere. Ich erinnere mich an die Sterne, die am Himmel hängen …

Wanato roch Verbranntes. Er drehte den Kopf nach hinten und sah auf seine nackten Fußsohlen. Sie waren schwarz vor Asche. Es dauerte nicht lange, bis die Gruppe eine große Lichtung erreichte, wo das Unterholz bis auf spitze, abgebrochene Wurzeln niedergebrannt war, so weit das Auge sehen konnte. Dort, wo einmal das Grün in allen Schattierungen und die vollendete Musik aller Kreaturen gewesen war, gab es nur noch geschwärzte Baumstümpfe und Stille. Der Geruch von Holzkohle hing noch schwer in der Luft.

Wanato schritt vorsichtiger über die Brache und sagte Ned, er solle auf den Kompass schauen. Sie mussten sich strikt nach Süden halten, so gut es das Terrain erlaubte. Als Ned nicht antwortete, drehte Wanato sich um und sah seine drei Gefährten starr vor Entsetzen über das Ausmaß der Zerstörung am Waldrand stehen.

»Das ist gar nichts«, schrie Wanato sie an. »Los, weiter.«

Abgesehen von Booten waren Baufahrzeuge die ersten motorisierten Fahrzeuge, die Wanato als Kind gesehen hatte. Damals hatte er vor Angst geschrien.

Ich weiß noch, dass ich Wanato heiße und ein Wayãpi bin, rezitierte er in seinem Kopf. *Ich weiß noch, warum mein Volk keine Schmetterlinge tötet …*

Wanatos Vater hatte ihn vor langer Zeit einmal gefragt: *Warum töten Wayãpi keine Schmetterlinge?* Die Antwort war dem Jungen nicht schwergefallen: *Weil die Schmetterlinge sich um die Ranken kümmern, die den Himmel am Boden festbinden und ihn hochhalten.* Wanatos Vater hatte im Schein des verglimmenden Feuers genickt und ihn gefragt, was passiert war, als das Alte Volk einmal alle Schmetterlinge getötet hatte. Damals, zu einer Zeit, als die Welt noch neu war und die Wayãpi so waren wie Kinder. *Der Himmel wurde ganz finster,* hatte Wanato geflüstert. *Und das Alte Volk konnte nicht mehr jagen …* Die Worte kamen so rasch, dass Wanato gegen Ende der Geschichte nach Luft schnappen musste, als Yaneyar der Held *caxiri*-Bier braute und sein Wayãpi-Volk dazu aufforderte, es zu trinken, zu singen und zu tanzen, bis die Sonne wieder aufging.

23. JUNI

T MINUS 1 TAG BIS ZUR ATOMAREN SPRENGUNG

Bis zum Sonnenuntergang legten sie nicht genug Strecke zurück. Wanato ließ seine Fantasie vorauseilen, um seine Zukunft heraufzubeschwören. Die hübsche Frau seines Bruders wäre die Erste, die ihn erblicken würde, entschied Wanato. Wenn er nach der gefährlichsten Reise seines Lebens aus dem Wald heraustreten würde, wäre sie vor Schreck wie gelähmt. Vielleicht musste er ihr seinen Namen zuflüstern, um ihr zu versichern, dass er nicht sein Zwillingsbruder war und dass die Welt nicht völlig aus den Fugen geraten war. Die Toten waren nicht auferstanden, aber der Verlorene war zurückgekehrt. Wanato würde die Arme nach ihr ausstrecken, Tränen würden über beider Gesichter laufen. Sobald sie wieder bei Sinnen war, würde sie ihn in die Arme schließen und vor Freude weinen.

Dann würde der Rest der Familie angelaufen kommen. Seine alte Tante würde ihm die zitternden Handflächen auf die Schultern legen. Sie würde ihn spüren wollen, um dem Wunder seiner Rückkehr vom fernen, eisigen Nordpol auf die warme, üppige Mitte der Erde Glauben zu schenken. Und die Söhne seines Bruders – die so, wie sie aussahen, ebenso seine eigenen sein könnten – würden neben Wanato am Feuer sitzen und seinen Geschichten von Schnee und Eis lauschen, von einem Schiff aus Metall, das so groß wie ein Dorf war, von einem Fotomacher namens Jack und von einem fliegenden Helikopter, der ihn in die Luft getragen und bis nach Hause gebracht hatte. Im Lauf der Tage und Nächte würde er die Lücke füllen, die sein Bruder zurückgelassen hatte, und die Familie bekommen, die er nie gehabt hatte …

Wanato erblickte eine vertraute Ranke und untersuchte sofort ihren Würgegriff um einen toten Baumstamm. Als die anderen ihn eingeholt hatten, zog sich ein Lächeln über sein Gesicht.

»Japu-Vogel-Rotz«, sagte er auf Englisch und zeigte auf etwas.

Er erklärte ihnen, dass es der Wayãpi-Name für diese Ranke war. In den Tagen des Alten Volkes hatte der Japu-Vogel angefangen zu schluchzen und nicht eher aufgehört, bis der ganze Wald mit seinem Schnodder bedeckt war.

»Wie eklig«, sagte Ned.

Aber Wanatos verhärtete Gesichtszüge wurden zusehends weicher, je mehr vertraute Dinge er um sich herum erblickte.

»Wie viele Tage sind wir schon unterwegs, Gustavo?«, fragte Ned und spannte den Unterkiefer an.

Wanato hatte noch nie begriffen, warum die Weißen so davon besessen waren, Dinge zu zählen. Was spielte es für eine Rolle, wie viele Tage sie im Wald gewesen waren? Was änderte sich, wenn man es wusste?

»Dreiundzwanzig Tage«, antwortete Zhen sofort.

Sie sagte es nicht anklagend, obwohl sie hungerten und es ihnen nicht sehr gut ging. Alle waren verschwitzt, und ihre Gelenke waren von den Beulen verschiedener blutsaugender Insekten angeschwollen. Zhens eines Augenlid war so angeschwollen, dass sie es nicht mehr öffnen konnte. Die Männer gingen ohne Hemd, zeigten ihre mageren Brustkästen, knubbeligen Wirbelsäulen und kantigen Schulterblätter.

Sie waren Wanato einen Tag um den anderen gefolgt (Zhen zufolge waren es dreiundzwanzig gewesen), insgeheim dankbar für seine Energie und dafür, dass er sich im Wald so gut auskannte. Wanato sah die Bewegungen einer Giftschlange, wo die anderen nur einen Haufen Blätter sahen. Er sah die breiten, wächsernen Blätter, in denen man die Glut eines Feuers transportieren konnte und die sich biegen ließen, um Regenwasser direkt in ihre Feldflaschen rinnen zu lassen. Jeden Abend hatten Zhen und Dewei ihr Essen selbstlos in kleine, gleich große Rationen geteilt, bis nichts mehr übrig war. Jetzt waren ihre Mägen leer, ihre Kraft und ihre Lebensgeister schwanden.

Ned humpelte zu Wanato. Er stolperte so oft, dass Zhen und Dewei dicht bei ihm blieben und ihn an den Armen packten, wenn er zur Seite kippte. Jedes Mal fielen sie mit dem großen Amerikaner zu Boden.

»Ich weiß, dass du dich freust, wieder zu Hause zu sein«, sagte Ned vorsichtig, »aber wenn wir nichts essen, sterben wir.«

Wanato war wütend gewesen, als sie die Straße verlassen

und auf den Wald zugehalten hatten. Er hatte sich nicht darum kümmern wollen, drei Leute am Leben zu erhalten. Andererseits schuldete er Zhen und Dewei sein eigenes Leben für das Essen, mit dessen Hilfe sie alle so lange durchgehalten hatten. Und Ned hatte ihn überhaupt erst wieder in die Heimat gebracht. Wanatos Dankbarkeit war grenzenlos und, ehrlich gesagt, fand er den jungen Mann an den Tagen, an denen er geduldig war, durchaus liebenswert. Wanato wollte die drei nicht zurücklassen, solange es noch eine andere Möglichkeit gab. Das war er ihnen schuldig. Und er war sich selbst den Seelenfrieden schuldig, dass er alles für sie getan hatte, was er konnte.

»Wir brauchen einen neuen Plan«, sagte Ned zu Wanato.

»Nein, selber Plan. Wir finden den Oyapock«, erwiderte Wanato. »Es ist nicht mehr weit. Wenn du mir den Kompass gibst –«

»Auf keinen Fall. Du bist mit mir erst fertig, wenn ich es sage.«

»Dann führe uns weiter nach Süden«, sagte Wanato und ging weiter.

Am darauffolgenden Tag stürzte Ned kurz vor Einbruch der Dunkelheit und kam nicht mehr hoch. Zhen und Dewei versuchten, ihn wieder hochzuziehen, aber er machte keine Anstalten. Wanato kam zurück und ging neben ihm in die Hocke.

»Geht einfach weiter«, sagte Ned leise.

Er gab Wanato den Kompass, ohne ihm dabei in die Augen zu sehen. Vielleicht aus Scham, vielleicht hatte er schon von Anfang an damit gerechnet, irgendwann zurückgelassen zu werden. Zhen brachte ihn nicht dazu, viel mehr zu sagen, als die vier im Unterholz hockten, viel zu erschöpft, um die Moskitos zu verscheuchen. Die Sonne kroch langsam über das Blätterdach.

»Es wird bald dunkel«, sagte Ned schließlich zu Zhen.

Es schien ihm leichterzufallen, mit ihr zu reden. Ihre Freundlichkeit nahm einem die Scheu.

»Ihr solltet weitergehen, solange ihr noch könnt«, sagte Ned beinahe flehentlich.

Zhen sagte etwas auf Chinesisch zu Dewei. Er nickte zustimmend.

»Wir bleiben bis morgen früh bei Ned«, sagte er zu Wanato. »Du kannst gehen.«

Sie entließen ihn aus der Schande. Wanato hielt den Kompass in der Hand, blickte auf seine Füße und erteilte ihnen einen stillen Befehl. Wenn er noch länger wartete, wenn er versuchte, sich von ihnen zu verabschieden, konnte er das, was er tun musste, nicht zu Ende bringen. Wanato erhob sich und schritt mit aller ihm verbliebenen Kraft weiter. Er drehte sich nicht um, aber er spürte, dass ihn ihre Blicke verfolgten.

Ich konnte sie nicht retten. Wie oft hatte er es schon gedacht? Würde er es je glauben?

Wanato ging weiter, konzentrierte sich auf den Hunger, der in seinem Magen wütete. Hunger kannte weder Freundschaft noch Familie oder Liebe – nur den eigenen Schmerz. Wanato konzentrierte sich so sehr, dass er beinahe gestolpert wäre und sich den Knöchel an etwas Rundem verstaucht hätte, das halb im Unterholz verborgen lag. Auch das war ein vertrauter Bestandteil des Waldes: eine große Samenschote. Wanato hob sie auf, ging im Kreis, seine Blicke suchten den Wald aufmerksam ab. Dann erblickte er einen kleinen Hain, der aus den größten Bäumen im ganzen Amazonasgebiet bestand.

Wanato drückte die Schote fest an sich und eilte den Weg, den er gekommen war, zurück. Sobald er genug Luft geholt hatte, rief er laut Neds Namen. Zhen schrie etwas aus der Ferne zurück, führte Wanato mit ihrer Stimme zu sich. Als er sie wiedergefunden hatte, senkte Ned den Kopf weit nach unten, um seine Tränen zu verbergen. Wanato musste in die Hocke gehen.

»Ich kann euch retten«, flüsterte er Ned zu.

Der Amerikaner umarmte ihn zitternd.

»Nur noch ein bisschen weiter«, sagte Wanato rasch. »Ich schwöre es.«

Er löste Neds Hand von sich und legte die harte Samenschote hinein.

»Was soll das denn sein?«

Ned schaute Wanato in die Augen und sah dort eine neue Begeisterung und eine Dringlichkeit, die ihn dazu brachte, sich auf die schwachen Beine zu stellen und seine Tränen wegzuwischen. Wanato ging voraus, Zhen und Dewei liefen in der Mitte, Ned stolperte hinterher und stützte sich an den Baumstämmen ab, wenn er zu fallen drohte. Dann erreichten sie das Wäldchen, dessen Stämme sich bis weit über das Blätterdach erhoben. Und die matten glänzenden Schoten, die rings um die Wurzeln auf dem Boden verstreut lagen. Wanato sägte mit Neds Jagdmesser den oberen Teil einer Schote ab und zog einen großen, rauen Samen mit einer Naht entlang der zusammengedrückten Schale heraus.

Ned brach zusammen.

»Paranüsse«, keuchte er.

Er sah aus, als wüsste er nicht, ob er vor Erleichterung lachen oder weinen sollte. Er machte beides, als Wanato mit dem Messer in den Saum des Samens schnitt, ihn schälte und dann Ned zuwarf. Wanato stand in sicherer Entfernung und warf die Paranüsse eine nach der anderen in die kleine Runde. Er wollte Neds kräftigem Griff entgehen, bevor er seinem Freund die Nahrung zukommen lassen konnte, die er so dringend benötigte. Dewei verneigte sich voller Dankbarkeit, als ihm Wanato einen geschälten Samen zuwarf, und erwiderte den Gefallen mit einem Samen, den er gerade mit seinem eigenen kleinen Taschenmesser geschält hatte. Der junge Mann konnte gut mit Werkzeugen umgehen.

»Paranüsse sind überhaupt keine Nüsse«, mümmelte Ned und zog die laufende Nase hoch. »Es sind Samen. Stellt euch das mal vor!«

Wanato hatte so einiges über Ned erfahren: Er hatte seine Sturheit, seinen Humor und seine Verdauungsschwierigkeiten kennengelernt, aber was er am meisten an ihm bewunderte, waren sein Einfühlungsvermögen und seine Begeisterungsfähigkeit in allen Situationen.

»Du solltest Gedichte lesen«, sagte Wanato zu ihm, obwohl er nicht wusste, wie Ned das jetzt umsetzen sollte.

Die Paranüsse (die eigentlich Samen waren) fühlten sich ölig an und schmeckten köstlich. Zhen sagte, sie habe sogar aufgehört zu zählen, wie viele Wanato und Dewei verteilt hätten, so gut seien sie. Wanato zog die Stirn kraus, aber seine Hände arbeiteten weiter.

»Die Wayãpi können bis vier zählen«, sagte er zu ihr. »Zu mehr sagen wir einfach nur ›viel‹.«

Zhen lachte und verbarg ihr Lachen hinter der vorgehaltenen Hand.

»Dann können wir einander so einiges beibringen«, sagte sie.

Wanato sah sie an und verstummte. Schon immer hatte es so vieles zu lernen und zu erfahren gegeben, aber viel zu wenige hatten zuhören wollen. Wanato hatte sein Erwachsenenleben damit zugebracht, gegen die Mauer der Ignoranz auf allen Seiten anzurennen, und dabei fast aufgegeben.

»Die erste Lektion von uns Wayãpi«, sagte er und zeigte auf den Hain. »Bewahrt die Bäume!«

In den Tagen vor dem Kometen war es illegal gewesen, Paranussbäume zu zerstören, weil sie ein so wertvolles Exportgut produzierten. Aber die Gesetze allein reichten nicht aus, um sie und ihr sensibles Ökosystem zu schützen. Paranussbäume trugen nur im Urwald Früchte, dort, wo die passenden Bienen zur Bestäubung gedeihen konnten. Die Bäume trugen nur dort Nachkommen, wo die Agutis mit ihren scharfen Nagezähnen ihre Samen essen und die anderen für später vergraben konnten.

Die Rettung des Paranussbaums war eine Lektion, die seine toten Freunde Zé und Maria nur zu gut gekannt hatten. Auf dem staatseigenen Land, das die beiden bebaut hatten, stand einer dieser Bäume. Zé hatte ihn *die Majestät* genannt, weil er so prächtig war, und einmal hatte er illegale Holzfäller, die dort einzudringen versuchten, mit einer Schrotflinte verjagt. Es war ein Krieg, auf dessen einer Seite die Große Hungrige Maschine stand und auf der anderen Seite die Majestät, der Baum des Lebens, ein Gebender statt Nehmender.

Wanato wusste noch, wie Zé – mit seinem breiten Gesicht, den großen Augen, der breiten Nase, dem breiten Lächeln und diesen breiten Hüten, unter denen seine grauen Haarbüschel hervorsprossen – Gustavo eine Bleistiftzeichnung von der Majestät für das Cover seines Gedichtbandes geschenkt hatte. Wanato sah ihn vor sich, am Ende seines TEDx-Vortrags, bevor er dem Publikum vor Ort dankte und von der Bühne ging. Er sagte. »Es liegt in unseren Händen, und wir haben die Zukunft vor uns – und wir müssen uns entscheiden.«

»*Meus amigos*«, murmelte Wanato traurig und schob sich noch eine Paranuss in den Mund. *Meine Freunde …*

Ihre immer praller werdenden Mägen machten sich daran, die reichhaltigen Proteine, die Fette und Ballaststoffe zu verarbeiten. Ned furzte lautstark und stöhnte wegen seines überdehnten Magens. Selbst wenn sie gewollt hätten, wäre eine Fortsetzung ihrer Wanderung absolut unmöglich gewesen. Nachdem sie sich in sicherer Entfernung von dem Wäldchen und seinen herabfallenden Schoten niedergelassen hatten, kauerten sie sich jeweils zu zweit unter den beiden Netzen zusammen, die ihnen die Moskitos und die Kakerlaken von den Gesichtern fernhielten.

»Wir haben großes Glück«, flüsterte Zhen. »So viele werden verhungern. Millionen. *Milliarden.*«

»Alle Menschen in den großen Städten«, pflichtete ihr Wanato bei.

Er dachte daran, wie er als junger Mann zum ersten Mal durch eine große Stadt gegangen war. In Macapá gab es mehr Menschen, als er es sich je vorgestellt hätte. Er fragte Pater St. John: *Was ernährt diese vielen Menschen?* Er kannte nur die Wälder, die kleinen Bauernhöfe und ein paar Siedlungen am Waldrand mit Gärten und freilaufenden Hühnern, aber soweit er sehen konnte, gab es in der Stadt keine Gelegenheiten, Nahrung zu produzieren.

»Ihr zwei Spaßbremsen haltet jetzt lieber die Klappe und schlaft ein bisschen«, knurrte Ned.

Als Wanato aufwachte und das Moskitonetz beiseitezog, wusste er nicht, wie viel Zeit vergangen war. Zhen war bereits auf den Beinen und schaute alarmiert nach oben. Kleine Lücken im Blätterdach zeigten einen klaren Himmel.

»Ich habe die Tage und Stunden gezählt«, sagte Zhen, den Blick unbeirrt nach oben gerichtet. »Bis zu T minus null, wenn die atomare Fracht unseres Raumschiffs gezündet wird.«

»Ist es so weit?«, flüsterte Ned und versuchte, Zhens besorgten Gesichtsausdruck zu interpretieren. »Kommt der Komet jetzt runter? Ist das jetzt das Ende?«

Im Wald war es auf unheimliche Weise still. Alle Insekten und Frösche waren verstummt und warteten. Ein greller Lichtblitz brannte ein Nachbild in die Netzhaut, das sie wegzublinzeln versuchten. Dewei setzte sich auf, wollte etwas sagen, aber Zhen brachte ihn mit einem »Pssst« zum Verstummen.

»Spürt ihr das?«, flüsterte sie.

Wanato spürte Vibrationen in der Brust und in den Ohren. Dann zogen feurige Streifen durch die Lichtfenster im Blätterdach. Von hoch oben regneten Blätter, Äste und Insekten herab.

»Meteore!«, keuchte Zhen. »Das sind Splitter des Kometen. Wir haben ihn getroffen!«

Immer mehr Meteore brannten ihre Spuren in Richtung Horizont. Ned legte den Kopf weit in den Nacken.

»Hoffentlich hat's wehgetan, du Drecksack!«, rief er lachend und weinend zugleich.

Wanato sah, wie der Himmel durch seine Tränen verschwamm. Wie sollte er dem Kometen nicht dankbar sein, jetzt, nachdem er erfolgreich abgelenkt worden war? UD3 hatte das geschafft, was ihm selbst nie gelungen war – er hatte die Vernichtung gebracht, die die indigenen Völker und ihre

Wälder vor der Auslöschung bewahrte, falls sie sich noch an ihre Traditionen erinnerten. Außerdem hatte er eine Zivilisation, die dabei gewesen war, sich selbst zu vergiften, zum Einhalten gebracht. Er hatte die Menschheit vor sich selbst gerettet. Etwas, was sich Wanato beim besten Willen nicht hatte vorstellen können.

Nachdem der Meteorschauer vorbei war, leuchtete der Himmel in einem seltsamen Licht, hell genug, um Schatten zu werfen.

»Seht ihr diese Aurora?«, fragte Zhen in die Stille. »Das sind aufgeladene Partikel von der Atomexplosion, die mit dem Magnetfeld der Erde reagieren. Inzwischen wäre der Komet auf der Erde eingeschlagen. Wir haben ihn abgelenkt.«

Die Aurora sah aus wie der Sonnenuntergang auf einem fremden Planeten – oder ein Sonnenaufgang.

»Das ist nicht das Ende«, sagte Zhen mit einem Kloß im Hals zu Ned. »Das ist unsere zweite Chance.«

Sie riss die Faust in die Höhe. Später sagte sie, sie konnte spüren, wie alle, die am Bündnis beteiligt waren, und alle anderen Überlebenden unter demselben leuchtenden Himmel die geballten Fäuste reckten und schrien, wie der Schrei der Vielen zu einem Siegesschrei wurde.

Als sie sich mit so vielen Paranüssen, wie sie tragen konnten, auf den Weg machten, hatte sich der Schein am Himmel im Schimmern der vertrauten Sterne aufgelöst. Ohne den bohrenden Hunger und ohne die Angst vor dem Tod und der endgültigen Vernichtung konnten sie schwierige Fragen einfach ignorieren und das Leben selbst genießen. Sie scherzten und lächelten. Zhen erzählte Geschichten vom Abwehrbündnis und von dem Raumfahrzeug, das sie dort zusammengebaut hatten. Als Ned einen Vorhang aus blühenden Ranken beiseitezog, flatterten Hunderte kleiner Schmetterlinge auf. Zhen hielt staunend den Atem an und klatschte vor Freude in die Hände. Dewei fand eine Kolonie glockenförmiger, goldfarbener Pilze, die auf einem verfaulten Baumstamm wuchsen.

»Gustavo! Essen! Essen!«

Der junge Mann konnte inzwischen ihre Namen aussprechen und mehrere englische Worte aneinanderreihen. Dewei zeigte auf die Pilzkolonie, weil er ihrem Anführer eine Freude machen wollte, aber Wanato schüttelte den Kopf. Ned fragte, ob die Pilze giftig seien. Wanato zuckte die Achseln und sagte, dass er nur wisse, dass sein Großvatervolk sie nicht gegessen habe.

»Für Jäger und Sammler war dein Großvatervolk aber ganz schön wählerisch«, brummte Ned.

Wanato zuckte wieder die Achseln und lächelte. Seine Vorfahren konnten es sich leisten, wählerisch zu sein, denn sie wussten, wie man Bogen und Giftpfeile herstellte, sie wussten, wie man Maniok auf schlechtem Boden anbaute und wie man die giftige Schale der Wurzeln abschabte und einweichte, um *caxiri*-Bier zu machen, Fladenbrot, Grütze … Das Großvatervolk wusste so viele Dinge.

Bis Mittag waren sie noch an keinem Wasserlauf vorbeigekommen, ihre Feldflaschen waren leer. Kaum hatten sie eine Not gelindert, schlich sich schon die nächste an. Statt Hunger mussten sie jetzt Durst leiden. Als sie einen kleinen Abhang herabstiegen, wusste Wanato, dass sie bald Wasser erreichen mussten.

»Ziehst du bitte diese lächerliche Mets-Kappe ab?«, blaffte Ned Zhen an.

Alle hatten grässliche Kopfschmerzen von der Dehydrierung. Zhen blieb stehen, legte den Kopf ein wenig zur Seite und antwortete dann: »Nein.«

Aber sie ging nicht weiter. Alle blieben stehen.

»Was jetzt?«, fragte Zhen Wanato schließlich. »Was geschieht mit uns dreien? Bleiben wir bei dir und deinem Volk, bis es sicher ist, den Wald zu verlassen und zurückzukehren?«

Wanato nickte, aber er bezweifelte es. Er wusste nicht, ob die Welt für Zhen jemals wieder ohne Gefahr sein würde; für die Wayãpi zumindest war es nie eine sichere Welt gewesen.

Dem Großvatervolk zufolge waren sie stets auf der Flucht gewesen. Um Epidemien, Massenmord, Sklavenhändlern und Missionaren zu entkommen, waren die Wayãpi entlang der großen Flüsse nach Norden gezogen und hatten sich wie die vielen Gewässer an seinem Oberlauf aufgeteilt. Manche Familien, wie die unter der Anführerschaft von Wanatos Urgroßvater, waren den Nebenflüssen des Jari tief in den Wald gefolgt, in eine Gegend, die einmal der brasilianische Staat Amapá werden sollte. Andere Wayãpi zogen weiter nach Norden bis zum Oyapock-Fluss an der Grenze zum späteren Französisch-Guayana. Die meisten dieser Anderen Wayãpi siedelten dort, wo sich der Camopi-Fluss dem größeren Strom anschloss, aber es gab auch Gerüchte von anderen Stämmen, geheimen Stämmen, die sich vor allen Gefahren versteckt hielten.

Während Wanato, dicht gefolgt von Ned, Zhen und Dewei, mit wohlgesetzten Schritten weiter nach Süden ging, fing er an, sich Sorgen zu machen. Ob sich die Anderen Wayãpi von Französisch-Guayana an ihn erinnern würden? Würden sie die drei Fremden, die mit ihm kamen, akzeptieren – oder würden sie zu Gewalt greifen? Wanato konnte es Menschen aus dem Dorf nicht verdenken, wenn sie sich gegen eine vermeintliche Bedrohung verteidigten. Der Kontakt mit fremden Eindringlingen endete üblicherweise in Tod und Verlust – aber nicht immer.

Wanatos Urgroßmütter waren junge Mädchen, als eine Forschungsexpedition in ihr Dorf kam. Es waren die Tage vor dem Kontakt mit den Goldsuchern und der Regierung. Der Vorfall war bemerkenswert, denn er war von einer gegenseitigen Neugier geprägt, die Gier und Massaker in Schach hielt. Die Fremden verbreiteten keine Krankheiten und stahlen auch nichts aus dem Dorf. Stattdessen boten die merkwürdigen Männer – erschöpft und wahrscheinlich an Malaria erkrankt – mit müdem Lächeln bunte Perlen an. Im Gegenzug gaben ihnen die Wayãpi zwei Kopfschmucke mit leuchtenden Federn sowie mehrere Pfeile. Der Bund, der an diesem Tag geschlossen wurde, war kurz, wurde aber nie gebrochen.

Die Fremden hatten vor, in ihren Kanus den Jari-Fluss weiter hinabzufahren. Viele Bogenschützen der Wayãpi sahen mit eingelegten Pfeilen zu, wie sie ablegten. Die Fremden winkten zum Abschied, hatten ihre Flinten aber in Reichweite. Keiner der Beteiligten war einfältig, aber keiner wollte den ersten Schuss abgeben, der etwas töten würde, das ein Wunder hervorgebracht hatte. Stattdessen warteten sie. Und so kam es, dass jenseits der Angst und des Misstrauens bei jeder neuen Begegnung mit Nicht- Wayãpi auch eine kleine Hoffnung bestand, dass das Staunen die Pfeile der Krieger zurückhalten und die Oberhand gewinnen konnte.

Als Wanato das Wasser rauschen hörte, trabte er voraus und fand einen Fluss, aber es war nicht der Oyapock. Ned holte ihn ein und johlte vor Freude. Alle vier füllten ihre Feldflaschen und warfen Wasserreinigungstabletten hinein.

Wanato ließ die anderen am Flussufer rasten und ging die Gegend erkunden. Vielleicht lag noch ein Tag anstrengender Wanderung vor ihnen, bis sie den Oyapock erreichten, aber vielleicht auch nicht? War das der Eureupousine-Fluss? Wanato hatte ihn nie gesehen, aber er wusste, dass der Fluss nicht weit entfernt war.

Die Vegetation wurde dichter und zerkratzte Wanatos Haut. Er betrat eine kleine Lichtung und sah einen Baum mit einem dichten Dach aus geflochtenen Palmblättern, die seine Äste verdeckten. Wanato erkannte, dass er das Versteck eines Jägers vor sich hatte. Im gleichen Augenblick schob sich ein Wayãpi-Mann ins Sichtfeld, der mit einem Pfeil in einem gespannten Bogen direkt auf Wanatos Herz zielte. Wanato blieb erschrocken stehen und staunte über den echten Wayãpi-Bogen und den mit blutroten Ara-Federn verzierten Pfeil. Der Lendenschurz des Mannes war aus grobem, mit *urucu* gefärbtem Baumwollstoff.

Die Stämme, die sich versteckt halten, dachte er. *Sie haben sich tief im Wald versteckt und wissen noch, wie man einen Bogen schnitzt und bespannt, so, wie es das Großvatervolk gemacht hat.*

Wanato wusste, dass der Krieger ihn sowohl als Wayãpi als auch als Eindringling erkannte. Der Krieger würde sich in nur wenigen Sekunden entscheiden. Er konnte den Pfeil losschicken und den Eindringling töten, sein Volk und dessen Leben im Wald schützen. Oder aber er wählte das Staunen und versuchte, eine Verbindung zwischen Menschen herzustellen, die den Abgrund zwischen ihnen überbrückte.

Wanato lächelte und lachte dann vor Freude, er wäre fast nach hinten umgekippt, als er die wenigen Sekunden uneingeschränkt genoss, in denen diese beiden Möglichkeiten nebeneinander existieren konnten.

35
TRÄUME

DAS ZWEITE DUNKLE ZEITALTER
NORTH-CASCADES-NATIONALPARK, WASHINGTON

Zum dritten Mal an diesem Tag fiel Kapitän Weber hin und sah nichts mehr. Die Cascade Mountains waren nur noch schwarze Schemen mit undeutlichen Lichtpunkten dazwischen.

Jetzt ist es so weit, dachte er. *Ich bleibe einfach hier liegen und komme nicht mehr hoch.*

Weber war kurz vor dem Verhungern. Das Land rings um den Stadtrand von Tacoma war ohne jede Vegetation, wie von einer Heuschreckenplage kahl gefressen. Dabei waren es hungernde Menschen gewesen, die verzweifelt versucht hatten, Gras und Blätter zu verdauen. Weber hatte sich von den Rationen aus der *Healy* ernährt, bis er die Stadt hinter sich gelassen und Seen mit sauberem Wasser gefunden hatte. Er hatte mehrere Köder und Schnüre aus seinem geerbten Köderkasten für sich behalten, ehe er ihn verschenkt hatte, aber obwohl er ein versierter Angler war, hatte er schon seit Tagen nichts mehr gefangen. Er wusste, dass viele Überlebende durch schiere Notwendigkeit zum Kannibalismus übergegangen waren, aber er brachte es nicht über sich, Fleisch aus Menschenleichen herauszuschneiden. Man konnte sein Gespür für Sinnhaftigkeit, Religion, Ideologie, Liebe und

Hoffnung verlieren, sich aber trotzdem noch an ein gewisses Selbstwertgefühl klammern, selbst wenn es von diesen verlorenen Dingen geformt worden war.

So hatte der Fremde Weber gefunden – neben seinem Seesack zusammengebrochen, mit einem verwirrten Ausdruck im Gesicht. Bei jenen, die im Zweiten Dunklen Zeitalter lebten und starben, wie es später benannt werden sollte, waren Wahnzustände nichts Ungewöhnliches.

»Küstenwache, oder?«

Die Stimme des Fremden kam aus einer Entfernung von zwanzig Metern. Weber drehte sich um und machte sich trotz seines ausgemergelten Körpers auf einen Kampf gefasst. Einen Kampf, den er verlieren würde. Der Fremde trug eine halb automatische Waffe und hatte eine Art Waldtarnanzug an, der nicht aus Militärbeständen stammte.

»Mein Vater war bei der Küstenwache«, sagte der Fremde und zeigte auf Webers verdreckte Uniform.

Um den Hals des Mannes hing ein leichtes Fernglas. Er musste den weiß eingestickten Schriftzug KÜSTENWACHE auf Webers Brust gelesen haben, als er ihm durch den Wald gefolgt war.

»Unterleutnant. Er war der Küstenwache immer dankbar dafür, dass sie ihn vor Vietnam bewahrt hat. Ach, Entschuldigung, Sie haben wahrscheinlich keinen Bock drauf, sich so was anhören zu müssen. Ich wollte nicht respektlos sein.«

Weber wartete. Darauf, dass er erschossen wurde, dass andere aus dem Hinterhalt kamen, dass man ihm seinen Seesack wegnahm … Der Fremde machte mehrere vorsichtige Schritte über den aufgeweichten Boden. Er war ein stämmiger Bursche. Den Gürtel um seinen Bauch hätte er nicht gebraucht. Wie war es möglich, dass er so viel Fleisch und Fett auf den Rippen hatte – wie?

»Ent–«

Weber räusperte sich und versuchte es noch einmal. Schon seit Wochen hatte er seine eigene Stimme nicht mehr gehört.

»Entschuldigen Sie. Aber wissen Sie vielleicht, wo ich was zu essen finden kann? Ich bin zu schwach zum Laufen.«

Der Fremde nickte, als hätte er das ohnehin schon festgestellt. Eine behandschuhte Hand lag auf seinem Gewehr.

»Wo wollen Sie hin?«

»Ich suche meine Familie«, antwortete Weber. »Sie haben Seattle verlassen und wollten in die Parks. Ich war auf See, als das alles hier …« Er war zu erschöpft, um es genauer auszuführen. »… passiert ist.«

»Dass Sie auf einem Schiff waren, hat Ihnen wahrscheinlich den Arsch gerettet. Zumindest am Anfang«, sagte der Fremde. »Nur wenige hätten allein so lange durchhalten können.«

Er kniff die Schlupflider zusammen.

»Ich sehe, dass diese Uniform für einen Mann von Ihrer Größe gemacht wurde, aber wenn Sie mit mir mitkommen wollen, muss ich trotzdem nachsehen. Warten Sie hier.«

Der Fremde ließ den zitternden Weber im Matsch liegen. Es war sinnlos, in ein Versteck zu kriechen. Um seine Familie zu finden, musste Weber leben, und um zu leben, brauchte er Nahrung, und wenn er Nahrung brauchte, dann brauchte er diesen Fremden mit dem dicken Bauch. Während er wartete und betete, fiel kalter Regen. Er hatte jedes Gefühl für Zeit verloren, aber der frische Schnee oben auf den Bergen deutete auf Anfang Herbst hin.

Weber hörte einen Motor durch das Pladdern der Regentropfen, dann erblickte er einen Truck mit riesigen, geländetauglichen Rädern. Er bewegte sich im Slalom zwischen den Kiefern langsam den Abhang herauf. Der Fremde hielt an und sprang aus dem Wagen. In der rechten Hand hatte er immer noch das Gewehr, aber in der linken Hand hielt er eine Rolle Nylonschnur, die er ihm lässig zuwarf.

»Zeigen Sie mir einen Palstek.«

Weber sah zuerst die Schnur und dann den Fremden an.

»Wenn das wirklich Ihre Küstenwachenuniform ist, dann kennen Sie den Knoten«, erklärte der Mann. »Wenn nicht, haben Sie die Sachen wahrscheinlich gestohlen, und ich muss eine Patrone opfern.«

Weber nahm die Schnur und band mit zitternden Händen einen Palstek.

»Sehr gut. Und nichts für ungut. Ich kann nicht zulassen, dass jemand einen Offizier umbringt und sich dann für ihn ausgibt. Das ist gegen die Kriegsregeln, oder?«

Für alle Fälle band Weber noch einen Reff- und einen Trompetenknoten.

»Jetzt geben Sie aber an«, murmelte der Fremde. »Steigen Sie ein.«

Weber erhob sich und wurde ohnmächtig. Als er wieder zu sich kam, hielt ihn der Fremde an den Armbeugen. Zweifellos wog er inzwischen weniger als eine Vogelscheuche.

»Ich hab Sie«, sagte der andere Mann. »Nur noch ein paar Schritte.«

Er half Weber auf den Beifahrersitz und ging zurück, um den Seesack zu holen. Er war viel leichter als an dem Tag, als Weber von Bord der *Healy* ging. Jetzt waren darin nur noch eine halb volle Feldflasche mit Süßwasser, ein Kompass, ein Verbandskasten, ein Paar Wollsocken, ein Feueranzünder, ein Regenponcho und ein Messer. Weber war mit einer Taschenlampe losgezogen, mit deren Hilfe er sich nachts bewegen und bei Tag versteckt halten konnte. Das kleine Gerät war zweifellos ein Lebensretter gewesen, bis die Batterien alle waren.

Der Fremde setzte sich hinter das Steuer und beugte sich,

den Blick fest auf Weber gerichtet, zu ihm herüber. Seine linke Hand ballte sich zu einer Faust. Weber hielt die Luft an. Die Nase des Mannes hatte große Poren und haarige Nasenlöcher, die sich bei Webers Körpergeruch blähten. Das Handschuhfach des Trucks sprang auf. Als der Fremde sich wieder zurücklehnte, spürte Weber etwas in seinem Schoß landen. Ein Müsliriegel.

Weber fummelte daran herum, schaffte es aber nicht, die glänzende Verpackung zu öffnen. Der Fremde musste ihm den Riegel aus den Händen nehmen und mit den Zähnen aufreißen, dann warf er ihn wieder zurück. Weber verschlang ihn mit zwei Happen, fast ohne zu kauen. Er leckte sich die Finger und verdrückte dabei stumme Tränen, wegen der Nahrung und auch, weil es nicht genug war.

Der Motor des Trucks heulte auf. Die Scheibenwischer malten langsame Halbkreise in den Nieselregen. Weber wischte sich mit dem Handrücken über die feuchten, bärtigen Wangen.

»Danke für das Essen. Ich heiße Weber«, sagte er dann, denn sonst hatte er dem Fremden nichts anzubieten.

Der Raubvogelblick des Fremden zuckte zwischen dem Wald vor ihnen und dem Passagier neben ihm hin und her. Dann blieb er kurz an den silbernen Adlern an Webers Kragenspitzen hängen.

»Um Namen schert sich schon lange niemand mehr, Käpt'n.«

Er musterte Webers wie in Stein gemeißeltes Gesicht. Unter dem Dreck und der Verzweiflung musste er die Überreste einer würdevollen Gestalt gesehen haben.

»Mein Vater hätte Sie gemocht. Sie sind das, was er immer sein wollte. Oder hätte er Sie deshalb vielleicht gehasst? Wer weiß?«

Der Fremde hatte einen nordischen, ländlichen Akzent und zerdehnte die Vokale wie ein Kanadier. *Weeer weiiiiiß?*

»Aber eins weiß ich, Käpt'n: Sie hätten auf Ihrem Schiff bleiben sollen.«

Webers Lippen bildeten tonlos das Wort *Healy.* Der Name seines Schiffes lautete US-Küstenwachenkutter *Healy.* Seine Zeit auf Polarexpeditionen kam ihm wie stille, eisige Träume vor. Alle Tage vor dem Kometen und seiner Ablenkung erschienen in der neuen Wirklichkeit wie längst vergangene Träume.

Webers Schiff war im tiefsten Winter vor Anker gegangen. Besatzung und Forschende hatten sich in kleinen Gruppen zur Gemeinschaftsbasis Lewis-McChord aufgemacht, Weber war allein losgegangen. Im dichten Nebel konnte er nicht weit sehen, aber in der Ferne hörte er eine Frau schreien. Statt auf sie zuzurennen, war er in die andere Richtung gelaufen. In Kriegszeiten hätte Weber nie daran gedacht, seine eigenen Leute im Stich zu lassen. Aber das hier war kein Krieg. Es ging ums Überleben angesichts einer Apokalypse, eines Gesichts, das nichts Menschliches hatte.

Der Truck fuhr langsam und im Zickzack durch die Bäume bergab, zermalmte Schösslinge unter seinen Monsterrädern. Durch die Baumspitzen war Lake Chelan zu sehen, das Wasser sah im Morgennebel wie Perlmutt aus. Als Kind hatte Weber oft in diesem Tal gezeltet, war im See geschwommen. Bei gutem Wetter war seine Oberfläche ein klarer Spiegel des Himmels. »Gottes Land«, hatte sein Vater den North-Cascades-Nationalpark immer genannt – aber das war es jetzt nicht mehr.

Als sie die ebenere Straße erreicht hatten, die am Ufer des Lake Chelan entlangführte, fing Weber zu reden an. Straßen bedeuteten Menschen, und Menschen bedeuteten Gefahr. Er war schon über zu viele unter dem Schnee verborgene Leichen gestolpert. Weber dachte sich, es müsse einen Grund dafür geben, weshalb dieser gut genährte Mann sich ganz allein in Gefahr begab. Selbst bis an die Zähne bewaffnet ging er damit ein beträchtliches Risiko ein.

»Wo wollten Sie eigentlich hin?«, fragte Weber.

»Was für ein herrlicher Tag. Ich war auf einer Weinverkostungstour.«

Weber musste kurz auflachen, was sie beide überraschte. Der Fremde erwiderte das Lachen mit einem schrägen Grinsen. Sie kamen an einem verlassenen Buick vorbei, der mit offener Tankklappe am Straßenrand stand.

»Suchen Sie nach Ihrer Familie?«, drängte Weber weiter. »So wie ich?«

Der andere antwortete nicht sofort. Sein Mund zuckte, als er zu reden anfing, aber schon nach zwei Worten verstummte er abrupt. Vielleicht überlegte er sich noch einen Witz – oder eine Lüge.

»Ich war auf der Suche nach einer Frau«, gab er schließlich mit einem Achselzucken zu. »Dann hab ich Ihre Uniform durch die Bäume gesehen und bin neugierig geworden. Wenn die Überlebenden kein Wasser mehr haben, kommen sie zum See. Ich habe jede Menge Vorräte, deshalb … dachte ich, dass ich jetzt in Liebesdingen vielleicht ein bisschen mehr Glück habe als in der Vergangenheit. Ich bin der neue Brad Pitt, wissen Sie?«

Weber musste unwillkürlich an seine Frau Karen denken. Sie war Ende vierzig, aber immer noch attraktiv. Bei den Picknicks im Sommer hatten sich nicht wenige junge Männer nach ihr umgedreht, wenn sie mit ihren langen, gebräunten Beinen vorbeiging. Er versuchte, diese Gedanken schnell wieder zu verscheuchen.

»Darf ich das Radio anmachen?«, fragte Weber und wechselte das Thema.

»Da kommt nix mehr. Schon seit fast einem Jahr überhaupt nix. Kein Radio, kein Fernsehen, kein Internet. Alles tot.«

»Aber es wäre doch möglich, oder? Vielleicht kommunizieren die Überlebenden, die anständigen Überlebenden, auf diese Weise miteinander, um sich zu finden?«

»Keine Ahnung. Wenn Sie meinen.«

»Na schön. Ich meine: Funkwellen wären immerhin eine Möglichkeit.«

Genau das war Webers Hoffnung gewesen, seit er den grellen Meteorschauer am Sommerhimmel gesehen hatte: feurige Streifen aus Eis, Staub und Gestein, die aus der Masse eines riesigen Kometen herausgesprengt worden waren – was wiederum bedeutete, dass es für alle Geschöpfe Gottes eine neue Hoffnung geben konnte. Weber fragte den Mann, ob er daran glaube, dass alles wieder so werden könne wie zuvor, bevor UD3 gekommen und vorübergezogen sei. Der Fremde zuckte die Achseln.

»Ich glaube, so viel anders ist es jetzt auch nicht. Wir tun nur nicht mehr so, als *wären* wir zivilisiert. Die höflichen Manieren sind weg, und unsere elektronischen Geräte, aber ohne die sind wir immer noch Tiere. Wir kämpfen immer noch gegeneinander ums Überleben – nur mit ein paar komplizierteren Regeln. Ich meine, bevor UD3 kam, habe ich niemanden umgebracht, was nicht heißt, dass ich es nicht gewollt hätte.«

Dazu sagte Weber nichts. Er fragte sich, ob wirklich alles wieder so sein sollte wie zuvor. Vielleicht sollte man manche Dinge wirklich ganz anders angehen. Besser? Oder zumindest klüger? Er starrte auf die Straße vor ihnen und sah etwas, das wie ein ausgenommener menschlicher Oberkörper aussah, ein Brustkorb und ein Stück Wirbelsäule. Es machte Weber immer noch traurig, dass keines dieser Opfer ein ordentliches Begräbnis bekommen würde.

»Wir fahren nach Süden«, sagte Weber. »Ich wollte aber in die North Cascades.«

»Sie wären nirgendwo mehr hingekommen, so sieht's aus. Ich bringe Sie zu mir nach Hause. Sie müssen was Warmes essen. Und sich waschen. Sie stinken.«

Sein Gesicht sah plötzlich sehr ernst aus.

»Schnallen Sie sich an«, befahl er.

Am Straßenrand ging eine Gruppe ausgezehrter Männer. Sie trugen schwere Plastikbehälter voll Wasser mit sich, die sie jetzt erstaunt fallen ließen. Einer stellte sich mitten auf die Straße und winkte mit hocherhobenen Armen. Seine Rufe, der rote Stoff seiner Daunenjacke, seine hektischen Bewegungen, das alles sagte *Stopp!*. Aber der Truck machte einen Satz nach vorne, beschleunigte auf über hundertvierzig Stundenkilometer. Der Fremde reckte das Kinn vor, er war fest entschlossen.

Weber spannte seine Muskeln so gut es ging an. Er war nie ein Mann moralischer Unentschlossenheit gewesen, aber er konnte unmöglich wissen, ob der Mann in der roten Jacke etwas Böses im Schilde führte. Die Zeiten hatten sich geändert, viele schreckliche Taten waren gerechtfertigt. Weber schloss die Augen, aber sein stummes Gebet wurde von keinem dumpfen Aufprall unterbrochen. Als er sich umdrehte, sah er den Mann in der roten Jacke in den Straßengraben stolpern. Er musste in der letzten Sekunde beiseitegesprungen sein.

»Gut, dass wir ihn nicht erwischt haben«, sagte Weber und atmete erleichtert aus.

Der Fremde grunzte und erzählte etwas von dem Schaden,

den ein Rehbock bereits an seiner Stoßstange angerichtet hatte. Die restliche Fahrt schwiegen sie.

Er wachte auf, als die Fahrertür zuschlug. Weber schreckte zusammen, war aber noch im Sicherheitsgurt gefangen. Es dämmerte bereits, der Nieselregen hatte aufgehört. Durch die Windschutzscheibe sah Weber die dunkle Gestalt des Fremden auf einen über drei Meter hohen Maschendrahtzaun zugehen, auf dem drei Reihen Rollstacheldraht befestigt waren, der sich wie ein Trauerschleier gegen den Himmel abzeichnete.

Ein Teil des Zauns schob sich zur Seite, als der Fremde mit seinen kräftigen Armen und Schultern dagegendrückte. Dann setzte er sich wieder hinter das Steuer und lenkte den Truck langsam und mit ausgeschalteten Scheinwerfern durch das Tor.

»War das hier mal ein Gefängnis?«, fragte Weber.

»Nein. Hier wohne ich. Der Zaun soll die Leute draußen halten, nicht drin.«

Weber machte dem Mann keinen Vorwurf, dass er den Motor des Wagens ausstellte und den Schlüssel mitnahm, als er ausstieg, um das Tor wieder zu schließen.

Sie fuhren über einen langen und schmalen Feldweg. Als das Gehölz sich lichtete, hörte Weber Kies unter den Rädern knirschen. Vierzig Meter vor ihnen stand ein Gebäude, das aussah wie eine moderne Festung mit hohen Betonmauern. Auf dem Dach sah Weber vor den rosa- und lavendelfarbenen Abendwolken eine große Satellitenschüssel. Ein Garagentor aus Metall war die einzige Unterbrechung in der ihnen zugekehrten Mauer.

»Ab hier gehe ich's lockerer an«, gab der Fremde zu.

Er hob die Hand und drückte auf etwas hinter dem Rückspiegel. Das Garagentor hob sich und verschwand, sich in einzelne Segmente zusammenfaltend, unter der Decke.

»Wie …«, fing Weber an. »Wieso waren Sie so … vorbereitet?«

»Ja, schon komisch«, sagte der Mann und sah wieder ernst aus.

Er gab ein bisschen Gas.

»Ich war auf alles vorbereitet, ganz egal was. Terroristenangriffe, Währungsverfall, Ebola-Ausbrüche … aber ein verdammter Komet? Also echt, das soll wohl ein Scherz sein!«

Weber nickte und lachte müde. Je nachdem, wie man es betrachtete, war UD3 entweder die allerunlustigste Situation aus einer unendlichen Auswahl anderer Möglichkeiten – oder rasend komisch.

Der Truck hielt an, das Garagentor rollte wieder herab. In der völligen Dunkelheit löste Weber den Sicherheitsgurt.

»Warten Sie nur ab«, flüsterte der Fremde.

Ein Deckenlicht ging flackernd an.

»Jesus«, keuchte Weber.

»Nein, nicht Jesus. Eher Energie aus einer Solaranlage«, erwiderte der Mann. Er hörte sich zufrieden an.

Mit dem Müsliriegel und ein paar Stunden Schlaf konnte Weber ohne Hilfe weitergehen. Er ging langsam hinter seinem Gastgeber her. Der Mann kam zu einer Tür und schaltete eine kleine Taschenlampe auf dem Lauf seines Gewehrs an.

»Da, wo Fenster sind, mache ich kein Licht an«, murmelte er. »Es könnte sie anlocken.«

Er löschte das Deckenlicht und öffnete die Tür. Weber versuchte, dem dünnen Strahl der Taschenlampe zu folgen, der immer dorthin zeigte, wohin auch die Mündung des Gewehrs zeigte. Es war eine surreale Perspektive, wie bei einem dieser Ego-Shooter-Videospiele, die die Besatzung im Aufenthaltsraum gespielt hatte. Der Fremde durchquerte den ersten Raum und stellte sich neben das einzige Fenster. Dort nahm er das Fernglas vor die Augen und betrachtete die Dunkelheit vor dem Haus. Weber nutzte den Augenblick, um sich kurz umzusehen. In dem Zimmer gab es keine Möbel, überall waren irgendwelche Sachen gestapelt: Elektronik, Kleidung, Waffen. Die Sohlen seiner Stiefel rutschten über körnigen Schmutz.

Die beiden Männer durchquerten noch zwei weitere Zimmer, ehe sie in eine fensterlose Küche mit Holztisch und Holzstühlen kamen. Der Fremde half Weber auf einen Stuhl und schaltete das Deckenlicht an. Beide blinzelten mehrmals im grellen Licht. Strom. Wie hatte Weber diese alltäglichen Wunder je als so selbstverständlich hinnehmen können?

Der Fremde zog seine klimpernde Schlüsselkette hervor und schloss die Tür zum Vorratsraum im Keller auf. Mit Gewehr und Taschenlampe in der Hand verschwand er über eine Treppe nach unten. Weber sah sich in der Küche um. Er sah einen schmiedeeisernen Herd mit Füßen und einem dicken Ofenrohr, das bis zur Decke reichte. Die Wände über und unter den Schränken waren kahl.

Als der Mann zurückkehrte, hielt er zwei Dosen in der freien Hand. Die andere trug nach wie vor das Gewehr, mit dem Finger am Abzug. Weber machte keine jähen Bewegungen. Sein Magen knurrte wie eine Kesselpauke.

»Ich weiß«, sagte der Mann vielversprechend. »Ist gleich so weit.«

Er ließ das Gewehr los, das ihm aber immer noch am Gurt vor der Brust baumelte. Neben einem alten Hundehalsband lag ein Dosenöffner auf der Arbeitsplatte. So ausgehungert, wie er war, hätte Weber sich auch mit bloßen Zähnen an dem Metall zu schaffen gemacht. Der Gedanke an Nahrung war beinahe unerträglich. Er musste sich irgendwie ablenken.

»Haben Sie einen Hund?«, fragte Weber und schloss die zitternden Hände zu Fäusten.

Er bereute seine Frage, kaum dass er sie gestellt hatte. Die Menschen hatten ihre Haustiere gegessen, und sie fingen und aßen auch alle wilden Tiere, die sie erwischen konnten.

»Ich *hatte* einen Hund. Jetzt nicht mehr.«

Webers Schweigen musste seine Gedanken verraten haben.

»Ich hab ihn nicht gegessen«, grunzte der andere Mann und zog die Handschuhe aus. »Er ist vor zwei Jahren gestorben. Ich hab ihn hinter dem Haus begraben. In einem seiner Löcher.«

»Tut mir leid.«

Der Mann schüttelte den Kopf, als müsste er sich von dem Gedanken losreißen, und schüttete einen Bohneneintopf in eine Schüssel.

»Es macht Ihnen bestimmt nichts aus, wenn's kalt ist«, sagte er und trug die Schüssel und einen Löffel an den Tisch.

Weber nahm ihm die Schüssel aus der Hand und hielt sie an den offenen Mund.

»Langsam«, sagte der Mann sanft. »Essen Sie so langsam, wie sie können. Langsam! Sonst –«

Zu spät. Weber verschluckte sich und hustete würgend, bis ihm die Tränen über das gerötete Gesicht rannen. Sobald es ging, löffelte er die verbliebenen Bohnen und die Soße in sich hinein. Metall kratzte über Porzellan. Webers Gastgeber öffnete bereits die zweite Dose. Dann setzte er sich an den Tisch und leerte den Inhalt in die Schüssel. Während er den Nachschlag aufaß, füllten sich Webers Augen wieder mit Tränen, diesmal jedoch aus überbordender Dankbarkeit. Wie konnte er das jemals wiedergutmachen? Er wischte die letzten Soßenreste mit dem Finger auf und leckte ihn ab.

»Sie sind der erste Mensch, mit dem ich geredet habe«, sagte der Fremde. »Sie wissen schon … nachdem ich keinen Kontakt mehr hatte.«

Weber räusperte sich. Wenn dieser Mann Unterhaltung brauchte, würde Weber für sein Essen auch liebend gerne tanzen und singen. Er stellte Fragen und hörte sich die Antworten an. Der Mann war so etwas wie ein Experte für Cybersicherheit gewesen, ein Beruf, bei dem ein Zustand permanenter Paranoia wahrscheinlich von Vorteil war. An Bord der *Healy* hatten Weber und die Besatzung immer »vor dem Kometen« gesagt, um das vertraute Leben vor jenem August zu beschreiben, aber dieser Mann nannte es »bevor ich den Kontakt verloren habe«. Er musste schon vor dem Kometen ein Einsiedler gewesen sein, der mit anderen Menschen nur per Satellit über E-Mail, Blogs, Geldtransfers und Livechats kommuniziert hatte.

»Waren Sie nicht einsam?«, fragte Weber.

»Ich war ständig mit anderen Leuten in Verbindung.«

»Aber nie von Angesicht zu Angesicht.«

Der Mann zuckte die Achseln. »Mit Leuten bin ich nie gut klargekommen. Jax war mir lieber.«

»Wer?«

»Mein Hund. Er hieß Jax.«

Webers Mundwinkel hoben sich. »Ich dachte, Namen spielen keine Rolle mehr.«

Der Mann dachte über diese Worte nach.

»Andrew«, sagte er und streckte die Hand aus.

Webers Hand war schmutzig, aber Andrew ergriff sie trotzdem. Er gehörte nicht zu denen, die gerne berührt wurden, deshalb verstärkte Weber den Griff und hielt die Hand fest.

»Sind Sie ein Christ, Andrew?«

Der Mann zog seine Hand wieder zurück.

»Nö, ich hab das nur wegen der Küstenwache gemacht. Mein Alter hätte es so gewollt.«

Der Blick des Fremden verharrte plötzlich auf Webers Gesicht.

»Sie finden Ihre Familie nicht wieder«, sagte er traurig. »Ich weiß, Sie wollen das nicht hören. Und eigentlich sollte ich so was nicht sagen. Aber es ist die Wahrheit.«

Weber schlug die hellblauen Augen nieder.

»Jetzt hab ich es gesagt«, fuhr der Mann fort. »Aber wenn Sie morgen weiterziehen, können Sie's ja vergessen. Wenn es sein muss.«

Er stand auf und schob ein paar Holzscheite in den Ofen. In dem großen Kessel war genug Wasser, damit Weber sich mit einem nassen Waschlappen den Schmutz und den Schweiß seiner erfolglosen Suche abwaschen konnte. Sobald das Wasser grau wurde, füllte der Mann den Kessel aus einer Brunnenpumpe und stellte ihn wieder auf.

In dieser Nacht schlief Weber mit vollem Bauch unter dem Dach eines Fremden. Er träumte von seiner Frau und den Kindern. Er träumte von Adlern, die durch die Lüfte segelten. Er träumte von Kindern in der Zukunft, geboren in ein unbekanntes Zeitalter, das so werden würde, wie sie es gestalten würden.

Am Morgen erinnerte sich Weber an seine Träume und vergaß die Wahrheit.

36

ES KLOPFT ZWEI MAL IM JAHR 4 n. K.

ZWEITES DUNKLES ZEITALTER

PEDRA BRANCA DO AMAPARI, BRASILIEN

Nach der Sonntagsandacht klopfte es an Zhens Zimmertür. Wie erwartet stand Gustavo auf dem Flur im ersten Stock, eine Leinentasche über der Schulter. Von unten drangen viele Stimmen der Bevölkerung von Pedra Branca do Amapari herauf, die entweder noch neben den hölzernen Bankreihen plauderten oder ihre Unterhaltungen vor der Kirche fortsetzten und sich dabei die Beine vertraten.

Normalerweise nahm Gustavo sowohl an der Andacht als auch an der Stadtversammlung teil, die immer kurz danach abgehalten wurde. Aber die nächste Regenzeit stand kurz bevor. Sie kündigte sich jedes Mal durch einen jähen Windstoß an, gefolgt von heftigem Dauerregen, der so lange wie ein Viertel des Sonnenkalenders anhalten konnte. In dieser Sintflut war das Reisen für Freund und Feind gleichermaßen erschwert. Gustavo musste zum Land der Wayãpi zurückkehren, solange die unbefestigte Straße von der Stadt aus dorthin zu Fuß noch passierbar war.

»Ned ist gleich so weit«, murmelte Gustavo.

Er und Zhen mussten lächeln. Ned war bei allen in der Stadt sehr beliebt. Die Omas forderten ihn auf, sich herabzubeugen, damit sie ihn auf die Wangen küssen konnten.

Die Männer klopften ihm auf die Schulter. Frauen erröteten, und ihre Kinder streckten die Arme in die Höhe, damit er sie weit hoch in die Luft hob. Ned verstand fast nichts von dem, was sie alle da auf Portugiesisch sagten, aber er lächelte und nickte dazu. Wenn es an der Zeit war, sich beim Gruppengebet an den Händen zu halten, waren seine großen Hände warm und kräftig.

Gustavos Blick wanderte über Zhens Schulter in ihr Zimmer, weshalb sie beiseitetrat und ihn hereinbat, um dort auf ihren Lokalpromi zu warten. Gustavo zögerte auf der Schwelle. Vor fünf Monaten hatte er dasselbe getan, bevor er sich dazu entschlossen hatte, sein altes Zimmer am Ende des Flurs gemeinsam mit Ned zu beziehen, damit Zhen dieses größere Zimmer mit mehreren Fenstern haben konnte. Es hatte einst einem kanadischen Priester gehört, der Gustavo wie einen Sohn aufgezogen hatte. Pater St. John war irgendwo im Ausland unterwegs gewesen, als der drohende Einschlag des Kometen UD3 so viel Panik ausgelöst hatte, dass die großen Fluggesellschaften ihre Flüge eingestellt hatten. Niemand wusste, was aus ihm geworden war, so wie aus vielen anderen auch, die irgendwo fern der Heimat gestrandet waren.

Zhen zog die oberste Schublade ihrer Kommode auf, in der sie die persönlichen Sachen des Priesters sorgfältig aufbewahrte, aber Gustavo wollte sie nicht mitnehmen, und eingerahmte Fotos zu betrachten »tat zu weh«. Stattdessen ging Gustavo zum vollgepackten Bücherregal an der gegenüberliegenden Wand. Seine Fingerspitzen streiften über die ledernen Buchrücken und hielten vor drei Lücken an. Gustavo musste sich genau an die Bibliothek des Priesters erinnern können, denn er nannte die Namen der fehlenden Dichter.

Zhen zeigte auf einen Ohrensessel und einen Tisch am Fenster. Auf dem runden Tisch lagen zwei Bücher. Es war derselbe Gedichtband, aber einer war in der englischen Muttersprache des Dichters gedruckt, der andere ins Portugiesische übersetzt. Zhen hatte sie beim Klang des »Avé Maria« aus der Kirche unten Zeile für Zeile verglichen.

»Hilfst du Ned beim Portugiesischlernen?«, fragte Gustavo.

»Wir helfen uns gegenseitig.«

Das stimmte in jeder Hinsicht. Trotz der Unterschiede in Alter, Geschlecht, Herkunft, Nationalität, Persönlichkeit und allem anderen war Ned Zhens engster Vertrauter. Mehr Familie hatte sie nicht mehr.

»Grüßt du Dewei bitte von uns?«, bat Zhen Gustavo. »Und richte ihm alles Gute von uns aus, ja?«

Gustavo nickte mit gesenktem Kopf. Eine Zeit lang waren die vier eine Familie gewesen, hatten gemeinsam im Wayãpi-Dorf Aramirã gewohnt. Sie hatten sich Äxte ausgeliehen und ein Haus auf Stelzen mit Wänden aus Holzbrettern und einem Schilfdach gebaut. Gustavo hatte sofort seine Kleidung gegen ein Lendentuch eingetauscht, das *tanga* genannt wurde. Nachdem sie eine Woche lang Bretter geschleppt und ihre Sachen dabei durchgeschwitzt hatten, folgten Dewei und Ned seinem Beispiel. *Die Luftfeuchtigkeit bringt mich noch um,* hatte Ned zu Zhen gesagt. *Ich komme mir total overdressed vor. Wie ein Grizzlybär, der in einem Smoking durch den Wald spaziert.* Bis Zhen sich dazu durchringen konnte, nur mit einem rechteckigen Baumwolltuch herumzulaufen, das wie ein Sarong um die Hüften gewickelt war, hatte es Monate gedauert, und sofort bedauerte sie, dass sie so viel Zeit in unbequemer, viel zu heißer Kleidung verbracht hatte.

Kurz nachdem ihr Haus fertig war, heiratete Gustavo die Witwe seines Bruders und zog in sein eigenes Haus. Die verbliebenen drei hängten ihre Hängematten in einer der vier

Ecken auf und machten sich daran, sich ihren Platz in der Dorfgemeinschaft zu verdienen. Ned und Dewei gingen nicht mit den Wayãpi-Männern auf die Jagd. Sie bewegten sich zu schwerfällig im Wald und verscheuchten das Wild, außerdem konnten sie weder mit Pfeil und Bogen schießen noch dem Wild hinterherrennen, ohne im Unterholz zu stolpern. Stattdessen halfen sie bei der Brandrodung und Bestellung neuer Gartenstücke.

Zhen schloss sich den Frauen bei ihren endlosen häuslichen Pflichten an. Sie badeten schon vor Sonnenaufgang, noch vor den Männern, damit sie keine »faulen Frauen« waren, wie die Wayãpi-Männer gerne behaupteten. Sie kümmerten sich um die Gärten, bereiteten den Maniok zu und zermahlten ihn zu einem Mehl, das zu Fladenbrot geknetet und dann auf dem Schilf der Dächer getrocknet wurde. Außerdem kümmerten sich die Frauen um die Feuer, nahmen die Waldtiere und die Fische aus und brieten das Fleisch. Sie brauten sogar *caxiri*-Bier aus Maniok und ihrer Spucke für die dörflichen Trinkgelage. Die Frauen arbeiteten den ganzen Tag über, wobei sie auch noch die Babys hielten und säugten oder die Kleinkinder vor Skorpionen, Feuerameisen, großen Bäumen mit Schamanenmacht und dem Amapari-Fluss schützten, wo der große Anakonda, Eigentümer-des-Wassers, lauerte.

Dewei heiratete bald ein junges Wayãpi-Mädchen und bat Ned um Hilfe beim Bau eines eigenen Hauses. Sowohl er als auch Gustavo lebten bei ihren neuen Familien, waren aber immer für Zhen und Ned da. Die vier hatten einander vor dem Tod bewahrt und hatten gemeinsam mit angesehen, wie knapp ihr Planet noch einmal davongekommen war. So etwas ließ sich nicht so einfach vergessen.

Zhen und Ned wohnten weiterhin zusammen. Anstelle der

ihnen einst bekannten linearen Zeitlinie der modernen Welt folgte die Natur jetzt einem Zyklus. Es gab Geburt und Tod, Sonnenaufgang und Sonnenuntergang. Es gab das Lagerfeuer unter einem Nachthimmel voller Sterne und der leuchtenden Milchstraße. Es gab den Schmerz faulender Zähne, den Sonnenbrand auf Neds sommersprossigem Rücken und Wunden an den hart gewordenen Fußsohlen, aber es gab auch die wohlige Sattheit von warmem Fladenbrot und die Schwerelosigkeit in einer geknüpften Hängematte. Es gab die Trockenzeit und dann die matschige, elende Regenzeit, und dann wurde es wieder trocken. Drei Jahre dieses Kreislaufs vergingen im Wayãpi-Dorf bis zum ersten Überfall.

Einundvierzig Wayãpi kamen ums Leben, zwei Mädchen wurden vermisst, und ein Viertel der gemeinsamen Gärten wurde zerstört, als eine Bande brasilianischer Eindringlinge ihnen in aller Eile so viel Essen stahl, wie sie tragen konnte, und sich dann auf der einzigen Straße wieder zurückzog, die aus dem Stammesland zur Grenzstadt Pedra Branca do Amapari führte. Einhundertacht Wayãpi starben an einer Krankheit, die sich innerhalb weniger Tagen ausbreitete. Die Wayãpi besaßen keinerlei Immunität gegenüber den Krankheiten größerer Populationen.

Der zweite Angriff auf das Dorf Aramirã erfolgte sechs Monate später und war noch tödlicher. Gustavo hatte die Rolle des Häuptlings übernommen, so wie sein Vater und sein Zwillingsbruder vor ihm. Er ließ alle Leichen, Wayãpi und brasilianische, verbrennen. Trotz dieser Maßnahmen brach wieder eine Krankheit aus.

Gustavo bestand darauf, dass die Eindringlinge nicht aus Pedra Branca stammten. Es mussten völlig Fremde gewesen sein, die von den Städten im Südosten – Macapá und Santana an der Mündung des Amazonas – heraufgezogen waren. Die

Leute aus Pedra Branca hatten sich schon vor Jahrzehnten von den Wayãpi getrennt, aber doch in friedlicher Koexistenz mit ihnen gelebt, argumentierte Gustavo. Sie kannten einander, und niemand erhob seine Machete gegen jemanden, den er kannte. (Zhen und Ned gestanden einander, dass sie da so ihre Zweifel hegten. Menschen waren auch dazu fähig und taten es.)

Gustavo hatte sich geschworen, dass er sein Volk nach seiner Rückkehr nie wieder verlassen würde, aber jetzt wurde es von der Außenwelt massiv bedroht – wieder einmal. Nach dem dritten Angriff auf das Dorf beschloss er, in die Stadt zu reisen, wo er den Großteil seines Lebens verbracht hatte, um zu sehen, was daraus geworden war und was man gegen die plündernden Gruppen, die durch die Straßen der Stadt gekommen sein mussten, unternehmen konnte.

Ned und Zhen konnten Gustavo nicht allein in die Gefahr ziehen lassen, aber Dewei wollte lieber im Dorf bleiben. Seine Frau hatte erst kürzlich ein Kind geboren. Dewei hatte zwei Kinder in China zurückgelassen – wegen eines hochgeheimen Auftrags, der ihn nach Südamerika, aber nicht mehr zurück geführt hatte. Wenn das Leben einem die Chance der Wiedergutmachung schenkte, hielt man sie fest und ließ nicht mehr los.

»Da ist Zhen ja!«, rief Ned vom Flur im ersten Stock. »Hat sich schon wieder während der Andacht in ihrem Zimmer versteckt!«

Zwei Reihen Zähne strahlten aus seinem dunklen, buschigen Bart hervor. Ned machte es Spaß, »Zhen zusammenzuscheißen, wenn sie die Kirche schwänzte«, wie er es ausdrückte. Zhen erinnerte Ned ein ums andere Mal, dass sie sich nicht versteckte. Sie kam aus China, wo der Kommunismus die einzige erlaubte Religion war. Damit versuchte Zhen wie immer das Thema zu wechseln, wenn sie ihren Atheismus vor ihrem liebenswerten, manchmal zu aufdringlichen Freund schützen wollte.

»Danke, dass wir bei dir wohnen dürfen«, sagte Zhen zu Gustavo, als sie zusammen die Treppe des Gemeindehauses hinabgingen.

Aber Gustavo schüttelte den Kopf.

»Mein Zuhause war immer bei den Wayãpi. Diese Stadt ist der Pfad auf den ich *gerufen* wurde. Auch Pater St. John wurde hierhergerufen. Eine Mission ist etwas anderes als ein Zuhause.«

Aber sie konnten dasselbe bedeuten. Das Bündnis war sowohl Zhens Mission als auch ihr Zuhause gewesen. Es war der Ort, an dem ihr Können sich zu Höhen emporgeschwungen hatte, über die sie selbst schockiert gewesen war.

Gustavo hatte sich schon fast von allen verabschiedet, trotzdem versammelten sich mehr als hundert Menschen aus der Stadt auf der Straße vor der Pfarrei, um ihm Lebwohl zu sagen. Zwischen ihnen bestand keine unbeschwerte Zuneigung, denn Gustavo war nicht wie Ned, aber es gab Respekt und ehrliche Anerkennung für alles, was er getan hatte, um ihnen ihre Gemeinde zurückzugeben.

Die Pfarrei befand sich auf der anderen Seite der Stadt, weniger als einen Kilometer von der unbefestigten Straße entfernt, die zum Land der Wayãpi führte. Zhen, Gustavo und Ned gingen nebeneinander die leere, gepflasterte Straße hinab. Vor dem Kometen war die Stadt gleichmäßig aufgeteilt gewesen: in landwirtschaftlich bebaute Flächen im Umkreis und Wohnhäuser links und rechts der Hauptstraße und innerhalb einer Biegung des Amapari-Flusses. Viereinhalb Jahre nach der Ablenkung, oder in der Mitte des Jahres 4 n. K., wie Ned den neuen Kalender für »nach dem Kometen« abkürzte, waren die städtischen Gebäude, die Geschäfte und Häuser nahezu alle verlassen. Viele waren bei Überfällen ums Leben gekommen, viele andere hatten sich mit Bauernhöfen am Stadtrand niedergelassen.

Die einzigen Familien, die noch in den Gebäuden entlang der Hauptstraße wohnten, wurden von Männern wie Ned angeführt, die der städtischen Bürgerwehr angehörten. Es war die einzige Aufgabe, die die Stadtbewohnerschaft mit einer Steuer auf ihren Reis, den Mais, die Bohnen, auf Maniok, Ananas, Orangen, Bananen und Melonen zu finanzieren bereit war. Es war eine sehr gefährliche Aufgabe, aber sie brachte viel Anerkennung und dazu jede Menge Naturalien ein.

Zhen erinnerte sich noch daran, wie sie mit den beiden anderen vor fünf Monaten zum ersten Mal einige der verlassenen Gebäude betreten hatte. Zum Glück hatten sie für ihre Reise nach Pedra Branca die übliche Kleidung angezogen und konnten durch ihre Ärmel atmen, doch auch so hätte sie der Gestank des Todes beinahe erstickt. Danach waren die drei zu den nächstgelegenen Bauernhöfen gegangen und hatten dort Ähnliches vorgefunden: ganze Familien, abgeschlachtet, deren Leichen einfach dort lagen, wo sie zu Boden gegangen waren. *Sie kämpfen nicht gemeinsam,* hatte Gustavo kaum wahrnehmbar geflüstert. *Deshalb sterben immer wieder ein paar von ihnen. Bevor die anderen Zeit haben zu fliehen.*

Dann war Gustavo zur Pfarrei gerannt und hatte den Schlüssel dort gefunden, wo ihn der Priester immer aufgewahrt hatte. Er läutete die Kirchenglocken so lange, bis die Stadtleute ihre Felder verließen und sich vor der Kirche versammelten. Sie hatten für die Rückkehr ihres Priesters und ihres Gottes gebetet. Stattdessen bekamen sie einen Dichter, eine Wissenschaftlerin und einen Piloten ohne Flugzeug. Viele von ihnen weinten vor Enttäuschung.

Gustavo verzweifelte nicht. Er berief die erste Stadtversammlung ein. So viele Menschen kamen, dass sie nicht nur die Bankreihen füllten, sondern bis auf die Straße hinaus standen. Gustavo sagte den Leuten aus der Stadt mit lauter Stimme, die bis nach draußen trug, dass sie alle sterben würden, wenn sie sich nicht zur Wehr setzten. Die plündernden Banden würden einen Hof nach dem anderen überfallen und dort jedes Mal in der Überzahl sein. Es galt, eine Bürgerwehr zu bilden, die an den Stadtgrenzen patrouillierte und bei einem Angriff die Kirchenglocken läutete. Dann müssten alle Männer sofort zusammenlaufen und kämpfen. Wenn sie sich nicht zusammenschlossen, waren sie dem Untergang geweiht.

»Seid ihr sicher, dass ihr in Pedra Branca bleiben wollt?«, fragte Gustavo Zhen und Ned plötzlich.

Die beiden nickten energisch, ohne stehen zu bleiben, und sahen einander in gegenseitigem Einverständnis an.

»Ich bin so dankbar«, sagte Ned. »Alle, die ich in den ersten siebenundzwanzig Jahren meines Lebens kennengelernt habe, sind höchstwahrscheinlich tot … Und ich lebe nur noch wegen dir und den anderen.«

Die Wayãpi waren ein höchst anständiges Volk, das ihnen in vielerlei Hinsicht das Leben gerettet hatte. Der Krieger, dem sie am Eureupousine-Fluss begegnet waren, hatte seinen Pfeil nicht abgeschossen. Er war von einem unbekannten Stamm, konnte Gustavos Worte aber gut genug verstehen, um zu wissen, dass sie zum Oyapock-Fluss wollten. Er begleitete sie sogar einen halben Tag, damit sie nicht vom Weg abkamen, und zeigte dann mit einem finsteren Blick in die entsprechende Richtung, einem Blick, der keiner Übersetzung bedurfte: *Verlasst dieses Land und kommt nie wieder.*

Sobald die vier den Oyapock-Fluss gefunden hatten, folgten sie ihm stromaufwärts, bis sie auf ein Dorf der »Anderen Wayãpi« trafen, wie Gustavo sie nannte, am Nordufer von Französisch-Guayana. Es war im September nach der erfolgreichen Ablenkung des Kometen, und wieder plagte sie grausamer Hunger. Die Anderen Wayãpi erinnerten sich an Gustavo und nahmen sowohl ihn als auch seine zerlumpten Freunde ohne Murren bei sich auf. Gustavo, Zhen, Ned und Dewei brauchten eine ganze Woche, um wieder zu Kräften zu kommen und ihre Blasen zu heilen. Die Anderen Wayãpi webten Tragetaschen aus Palmblättern und befestigten daran Gurte aus weicher Rinde. Dort hinein legten sie Vorräte, die lange hielten: Bananen und *kwaky,* einen körnigen Brei aus Maniokmehl. Sie wickelten sogar rauchende Glut fest in wächserne Palmblätter ein, damit die Gruppe auf ihrer Reise über den Oyapock-Fluss zum Südufer nach Amapá in Brasilien Feuer machen konnte. Es dauerte einen weiteren Monat, bis sie Aramirã erreicht hatten.

»Ich bin so was von dankbar«, sagte Ned. »Aber das Leben im Dorf ist kein Leben für mich. Es ist dein Leben, Gustavo. Und das von Dewei, aber nicht meins. Und es ist auch kein Leben für Zhen.«

Ned war zwei Meter groß – oder »sechs Fuß vier Zoll«, wie Ned immer betonte, wenn sie sich wegen des metrischen Systems stritten. Seine Haut war blass und mit dunklem Haar bedeckt. Die Wayãpi hatten staunend auf seinen vollen Bart und die Haare auf seiner Brust sowie den Ober- und Unterschenkeln gezeigt. Die Namen der Erwachsenen Wayãpi galten als privat und wurden sorgsam gehütet. Viele hatten brasilianische Namen oder Spitznamen, auf die sie stattdessen hörten. Auch Gustavo hieß eigentlich nicht Gustavo, aber so nannten ihn alle im Dorf. Es dauerte nicht lang, bis Ned seinen eigenen Spitznamen weghatte.

Wie nennen sie mich?, fragte er Gustavo und zeigte auf eine Gruppe Männer auf einem Baumstamm neben dem Feuer. Gustavo übersetzte es ihm sofort: *Groß und Hässlich. Das ist dein Spitzname.* Ned war völlig vor den Kopf geschlagen. *Wieso das denn?*, fragte er die Männer direkt. Gustavo übersetzte vom Englischen ins Wayãpi. Einer der Männer antwortete wahrheitsgetreu, und Gustavo übersetzte wieder: *Er sagt: ›Alle Menschen aus Brasilien sind hässlich.‹ Ich weiß, dass du kein Brasilianer bist, Ned, aber die Eindringlinge sind im Lauf der Generationen mit so viel verschiedenen Fahnen hierhergekommen, dass es manchmal einfacher ist, euch alle in einen Topf zu werfen.*

Ned ließ sie wissen, dass er eine Mischung aus schottischer, deutscher und norwegischer Abstammung sei. (Obwohl Zhen sich eingestehen musste, dass er im körperlichen Vergleich zur indigenen Bevölkerung Südamerikas ebenso gut ein Neandertaler aus der Eiszeit sein könnte.) Dazu kam, wie Ned mit lauter Stimme hinzufügte, dass er, wie das gesamte Personal der Küstenwache, an einem Training zum Thema Diversität und Inklusion teilnehmen musste – ein Kurs, den diese Wayãpi offensichtlich geschwänzt hatten.

Danach verschwand Ned für einige Tage. Gustavo und Dewei machten sich schon Sorgen, aber Zhen sagte ihnen, dass sie ihm ein paar Tage allein im Wald zugestehen sollten. Sie hatte – mit einem leisen Ziehen im Herz – erkannt, dass Ned, ein bärenstarker und wohlproportionierter weißer Amerikaner, bis zu diesem Moment nie ein hässlicher Außenseiter gewesen war. Und in diesem abgeschotteten Genpool der Wayãpi, der sich so perfekt an die buchstäblich genau gegenteilige Umgebung angepasst hatte, würde Ned auch nie etwas anderes sein.

Am Stadtrand kamen sie an eine Tankstelle.

»Ich hasse diesen Ort«, sagte Gustavo.

Er musterte den verlassenen Laden und die leeren Zapfsäulen wie einen Feind. Zhen wusste, dass an diesem Ort Gustavos Zwillingsbruder ermordet worden war. Als sie weitergingen, sagten sie und Ned kein Wort. Sie alle hatten ihre richtigen Familien verloren, und nur die Zeit konnte diesen Schmerz lindern.

Der Asphalt hörte schon bald auf. Sie setzten ihren Weg auf einem roten Feldweg fort und kamen an eine Lichtung, die sich in Richtung des Landes der Wayãpi wie eine Blutspur vor ihnen erstreckte. Die unbefestigte Straße führte bis kurz vor das Dorf. Sie war in den 1970er-Jahren gebaut und dann vergessen worden, als die brasilianische Regierung keine Mittel mehr zur Verfügung stellte. Es war die Rettung für die fast vollständig abgeschieden lebenden Wayãpi gewesen, wohingegen andere Stämme der modernen Welt ausgesetzt und schon bald ausgelöscht worden waren.

Gustavo blieb stehen und zog sich das T-Shirt über den Kopf. Zhen und Ned drehten sich um, als er auch seine anderen Sachen auszog und in seine Leinentasche stopfte. Als sie sich wieder umdrehten, hatte Gustavo eine Baumwollschnur um die Hüfte gebunden, die zwei Stücke roten Stoffes über seinem Hintern und der Vorderseite hielt.

»Mit dem einsetzenden Regen und den Überflutungen habt ihr wahrscheinlich keine Überfälle mehr zu befürchten«, sagte Gustavo. »Aber seid trotzdem wachsam.«

Ned tat schon so, als würde er sich Staub von einer Schulter wischen. Gustavo lächelte schief, aber sein Blick fiel auf die rosafarbenen und dunkelroten Narben auf den Unterarmen und den Bizeps des anderen Mannes, auf die dunklen Punkte an den Rändern der tieferen Schnitte, wo Zhen versucht hatte, Haut und Muskeln mit Faden und einer gebogenen

Nadel aus ihrem Verbandskasten zusammenzuflicken. Die Narben unter seinem Hemd waren noch größer. Wenigstens waren sie ohne größere Infektionen verheilt, damit Ned für den nächsten Überfall wieder einsatzfähig war.

»Sieh zu, dass du immer am richtigen Ende des Messers stehst«, sagte Gustavo freundlich und breitete die Arme aus, um den mutigsten aller Kämpfer zu umarmen.

Ned drückte ihn auch fest an sich und schloss einen Moment die Augen. Man wusste nie, wann man den anderen wiedersehen würde, falls überhaupt. Dann umarmte Gustavo Zhen und versprach, wieder in die Stadt zu kommen, wenn es zu regnen aufhörte. Sie und Ned sahen Gustavo nach, der unter der hochstehenden Mittagssonne davonging. Sein langes Haar war immer noch tiefschwarz, während das von Zhen schon von ein paar stahlgrauen Strähnen durchsetzt war. Er hatte ihnen gesagt, dass die Haare der Wayãpi immer schwarz seien – schwarz bei der Geburt und schwarz beim Tod.

Gegen Abend würde Gustavo sein Dorf erreicht haben, wo es jetzt, da das Städtchen Pedra Branca entschlossen gegen die Eindringlinge aus dem Südosten vorging, ebenfalls sicherer war. In Gustavos Dorf wartete seine Frau, die ehemalige Frau seines Bruders, die jetzt keine Witwe mehr war. Dort warteten Gustavos Neffen, die Zwillinge, die er als seine Söhne angenommen hatte. In diesem Dorf war alles, was sich Gustavo je gewünscht hatte.

In der Abenddämmerung klopfte es an Zhens Zimmertür im ersten Stock des Pfarrhauses. Kurz vor dem Klopfen hatte Zhen ihren Nachttopf benutzt. Sie atmete ein paarmal durch die Nase, um festzustellen, ob es noch danach roch. Ohne die

Annehmlichkeiten der Moderne wurden sie alle mit der Nase voran wieder mit ihrer animalischen Natur konfrontiert.

»Zhen?«

Es war Ned, der jetzt, im ersterbenden Tageslicht, den fehlenden Gedichtband aus der Bibliothek des Priesters zurückbringen wollte. Er musste sich schon bald bei der Nachtschicht der Bürgerwehr melden, schien aber noch ein bisschen Zeit zu haben.

»Ich, äh, als ich das Buch geholt habe, habe ich in dein kleines Nest da drüben gespäht«, sagte er und zeigte in die Ecke des Zimmers, wo Zhen Handys, Laptops, Nachttischradios mit Weckfunktion, Autoantennen, Drähte und allerlei anderen Kram unter einer Plastikplane gesammelt hatte.

»Nest?«, wiederholte sie. Sie lächelte breit, ohne ihre Narben mit der Hand zu bedecken. »Ach ja! Mein Nest für ein *xǐquè!*«

»Was?«

»*Xǐquè.* Eine Vogelart. Diese Vögel sammeln eifrig. Ich glaube, sie schmücken ihre Nester mit glitzernden Gegenständen.«

»Elstern?«, riet Ned.

Zhen nickte und sagte, das englische Wort könnte richtig sein, aber sie sei sich nicht sicher. »Du könntest mir einen Gefallen tun«, sagte sie, als ihr plötzlich etwas einfiel. »Auf dem Dach eines Gebäudes steht noch eine große Satellitenschüssel. Wenn du mir die bringen könntest, ohne dir dabei den Hals zu brechen …«

Ned klatschte vor Begeisterung.

»Aber gerne, die Dame. Glaubst du, dass noch irgendein Satellit funktioniert?«

»Wie du immer sagst: Man muss es ausprobieren.«

Ned lachte und meinte, ja, das sage er immer.

»Meinst du, vier Jahre reichen, damit die großartige menschliche Spezies wieder die Kurve kriegt?«

»Nein«, musste Zhen zugeben. »Aber eines Tages vielleicht doch? Ich frage mich, wie das überhaupt aussehen soll. Etwas, was wir schon aus vergangenen Zivilisationen kennen, oder wird es etwas ganz Neues?«

Zhen seufzte und kramte in ihrem Wissen hinsichtlich der letzten paar Jahrtausende herum. Sie musste zugeben, dass vieles falschgelaufen war, aber es hatte sich auch sehr viel zum Guten entwickelt. Wie konnte man das Gute wiederherstellen, ohne dieselben Fehler noch einmal zu begehen?

»Vielleicht, wenn die Menschheit wieder die Kurve kriegt«, sagte Ned, »vielleicht schaffe ich es an diesem Tag, Dr. Zhen Liu dorthin zu bringen, wo sie am meisten gebraucht wird?«

Aber sie befanden sich im abgelegensten Wald auf dem ganzen Planeten. Seine natürliche Barriere schützte sie vor den größten Gefahren, aber es war auch die Barriere, die ihnen den Weg zurück dorthin versperrte, was einmal die moderne Zivilisation gewesen war. Sie hatten diese Barriere einmal bezwungen, aber da hatte sie Gustavo geführt, die Dörfer der Wayãpi am Oyapock-Fluss hatten sie aufgenommen, und trotzdem hatten sie sehr viel Glück gehabt, dass sie unterwegs nicht verhungert waren.

»Sie brauchen jemanden wie dich. Wer ›sie‹ auch sein mögen«, fuhr Ned fort. »Aber die Reise dorthin ist mehr als gefährlich. Dann brauchst du mich, und ich brauche eine Aufgabe. Du warst schon mal die große Heldin. Ich will auch mal an die Reihe kommen.«

»Du bist schon jetzt ein Held«, sagte Zhen einfach.

Ned ließ den Kopf sinken. Dass er nicht aus falscher Bescheidenheit protestierte, bedeutete, dass er sich darüber im Klaren war. Zhen machte ein paar Schritte und hob die

Plane, die ihre Sammlung bedeckte. Ihre Finger waren schon ganz kribbelig. Sie würde sich bald daranmachen. Schon sehr bald …

Der führende Spezialist des Bündnisses in Französisch-Guayana hatte sich stets auf bestimmte Zukunftsszenarien bezogen. So, wie Zhen es sah, barg ihr Elsternest mehrere davon. Szenario 1, der schlimmste Fall, war, dass Zhen bei der Beschäftigung mit diesen Gegenständen ein paar erfreuliche Momente der Nostalgie erlebte. In Szenario 2 gelang es ihr, zwei Kurzwellenfunkgeräte zu bauen, mit denen die Stadt das Dorf der Wayãpi in Aramirã vor Angriffen warnen konnte. In Szenario 3, dem besten von allen, baute Zhen ein Funkgerät, das so leistungsfähig war, dass seine Wellen von der Ionosphäre abprallten und Zhen darauf hoffen konnte, andere Funksprüche zu empfangen. Sie würde nach Ben Schwartz, Amy Kowalski, Love Mwangi, Jin-soo Lee und allen anderen suchen. Das Abwehrbündnis gegen Komet UD3 hatte seine Mission erfüllt, aber gab es noch andere Überlebende, die sich zu einem neuen Bündnis für eine Neue Welt zusammenschließen konnten?

Ned ging neben Zhen in die Hocke und nahm ein Handy mit totem Akku in die Hand.

»Der Professor in der Serie *Gilligans Insel* hat mal eine Batterie aus Kokosnussschalen, Meerwasser, Geldmünzen und irgendwelchen Haarklammern gebastelt.«

»Was?«

»War nur ein Witz«, sagte Ned rasch. »Entschuldigung, waschechte amerikanische Popkultur. Ich wollte nur sagen: *Stell dir vor, was du mit diesem ganzen Schrott hier auf dem Boden alles anstellen kannst!* Dewei hat gesagt, du bist ein Genie, das so gut wie alles zustande bringt. Beim Bündnis hast du es schon einmal geschafft.«

»Ich habe die Welt nicht mit meinem Verstand gerettet«, erwiderte Zhen. »Sondern mit Diplomatie.«

Als sie Neds verdutztes Gesicht sah, musste sie kichern.

»Deus ex Machina«, flüsterte Zhen und strahlte ganz plötzlich. »So haben sie mich genannt …«

EPILOG

ZWEITES DUNKLES ZEITALTER

INSEL ATKA, ALASKA

Letztendlich wurde die moderne Zivilisation nicht von einem Kometen, sondern allein durch die Angst davor zu Fall gebracht. Niemand wusste, wie sehr die menschliche Bevölkerung bis zum Zweiten Dunklen Zeitalter geschrumpft war. Die einzigen Nachrichten, die es noch gab, wurden von denen verbreitet, die beim Jagen oder Fischen herumkamen. Sie berichteten alle vom gleichen Elend. Komplikationen bei der Geburt waren tödlich, und die Kindersterblichkeit war hoch. Diese Gefahren waren beinahe noch als positiv anzusehen, denn sie betrafen nur die Fruchtbaren. Ich hatte Glück, so früh geboren zu werden. Meine Mutter hatte noch viel mehr Glück. Sie erzählte mir, dass ihr breites Becken schließlich doch für etwas gut gewesen sei.

Ich war ein Einzelkind. Meine Eltern behaupteten beide, es sei besser so. Meine Mutter sagte, es wäre sehr schwer geworden, noch ein zweites Kind durchzubringen. Mein Vater sagte, er habe es nicht riskieren wollen, seine Frau zu verlieren. Trotzdem war es keine freie Entscheidung. Meine Mutter war einmal Wissenschaftlerin gewesen. Sie sagte mir, unser Regenwasser sei nicht sauber. Es sehe nur so aus, weil man die Chemikalien und die anderen Verunreinigungen mit dem bloßen Auge nicht sehen könne. Sie sagte, sie könne sie schmecken, und oft zitierte sie ein Sprichwort aus der Bekannten Welt: *Man erntet das, was man gesät hat.*

Aber ich kannte es nicht anders. Wasser schmeckte wie Wasser. Die Bekannte Welt kannte ich nicht, keines der anderen Kinder, die in der Dunkelheit geboren wurden, kannte sie. Sie existierte nur noch in den Überlebenden. An schlechten Tagen litten die Kometenflüchtlinge auf Atka unter Albträumen, posttraumatischen Belastungsstörungen und sogar an der Katatonie. An guten Tagen summten manche die Melodien von Popsongs und redeten über Profi-Sportmannschaften und Reality-TV. *Weißt du noch?,* fragten sie manchmal und strichen mit dem Zeigefinger über die ausgestreckte Handfläche, scrollten durch die Nachrichten auf nicht vorhandenen Smartphones. Manche fuhren sogar nicht vorhandene Autos, schickten nicht vorhandene Textnachrichten und knallten dabei in nicht vorhandene Staus. Auch dafür hatte meine Mutter einen Spruch aus der Bekannten Welt: *Alte Gewohnheiten lassen sich nur schwer ablegen.*

Ich hörte gerne zu, wenn über die Bekannte Welt geredet wurde. In den langen Winternächten Alaskas versammelte sich unsere Gemeinschaft üblicherweise in der Turnhalle der Schule, wo sich alle in ihre Decken aus Seehundfell einkuschelten. Steinerne Öllampen brannten zu unseren Füßen. Die anderen Kinder waren laut, aber ich war ganz still, weil ich zuhören wollte. Meine Mutter sagte, ich sei wie mein Vater Jack, ein aufmerksamer Beobachter, der früher fotografische Bilder gemacht habe. Wenn ich vor mich hin starrte, fragte sie mich, ob ich Bilder in meinem Kopf machte. *Vielleicht?*

Die Erwachsenen redeten über Demokratie, das Internet, Sklaverei, Krieg und Frieden, die Verfassung, Bücher, Theaterstücke, Lieder und Goldene Schallplatten, Filme, Gedichte und Museen, in denen unsere gesamten Schätze aufbewahrt wurden. Meine Mutter erzählte mir von Wissenschaft und Chemie. Mein Vater erzählte mir von der Fotografie, von Journalismus, aufgezeichneter Geschichte und fabrizierter Propaganda. Ihre Geschichten wurden zu meinen Geschichten.

Ich war elf Jahre alt, als die Flaschenpost an die Küste unserer Insel Atka angespült wurde. Die Nachricht war auf Russisch geschrieben, was keiner übersetzen konnte, aber es war die erste Nachricht, die wir von anderen Überlebenden außerhalb der Aleuten erhalten hatten. Die Flaschenpost war das Einzige, worüber wir in den kommenden Monaten sprachen. Was würde wohl passieren, wenn kleine Nester von Überlebenden zueinanderfanden? Was wollten sie sein, wenn sie aus der Dunkelheit hervorkamen?

Es heißt, jedes neue Zeitalter erträumt sich das nächste. Meine Eltern fragten sich laut, ob unsere Zukunft wirklich so unbekannt war. Vielleicht wussten wir alle genau, wie sie aussehen sollte, wenn wir sie nur akzeptieren und uns von den Bequemlichkeiten der Vergangenheit lösen konnten, so egoistisch, wie sie nun einmal waren. Während neue Führungen gewählt wurden, man sich mit neuen Diktaturen und Kriegen den blutigen Weg nach oben erkämpfte, während immer mehr Kinder in ein Zeitalter geboren wurden, das nicht als selbstverständlich genommen werden durfte – wurde es allmählich Zeit, darüber zu entscheiden, was wir mit dieser zweiten Chance anfangen wollten. Entweder starben wir an unseren Entscheidungen und Fehlern, oder wir lebten weiter, um unsere Geschichten zu erzählen.

ANMERKUNG DER AUTORIN

Ich habe diese Geschichte an meinen Wochenenden recherchiert und geschrieben, wo ich frei über meine Zeit verfügen konnte. Die Einzelheiten sind vielleicht nicht alle perfekt, sosehr ich es mir auch wünsche.

Ich muss mich bei den Freiwilligen bei Wikipedia bedanken, die mich mit dem grundlegenden Wissen über so gut wie alles versorgt haben. Um tiefer in die Materie einzutauchen, habe ich die besten Nachrichtenpublikationen der englischsprachigen Welt aufgesucht: *The Economist, NPR, BBC News, The Guardian, The New Yorker, National Geographic, Rolling Stone, Huffington Post, NBC News, International Business Times, Slate* und die *New York Times.* Falls es einen Himmel gibt, sollte man den Redaktionen dieser Blätter einen kostenlosen Parkplatz vor dem Tor reservieren, denn ohne eine freie Presse gibt es keine Demokratie.

Das Abwehrbündnis gegen den Kometen UD3 speist sich aus existierenden Theorien und Kollaborationen hinsichtlich einer Verteidigung des Planeten. Das Original-HAIV-Modell (Hypervelocity Asteroid Intercept Vehicle) gehört Dr. Bong Wie und seinem Team beim Asteroid Deflection Research Center Department of Aerospace Engineering der Iowa State University. Die Zusammenarbeit zwischen amerikanischen und russischen Forschenden in den Atomwissenschaften nach dem Kalten Krieg wird am besten von einem ihrer Beteiligten beschrieben: Dr. Siegfried S. Hecker. Ich habe die Figur Dr. »Ziggy« Divjak vom wissenschaftlichen Kernteam des Bündnisses ihm zu Ehren so benannt.

Ich war noch nie an Bord eines Polareisbrechers, aber ich habe von denjenigen gelernt, die ihre Erfahrungen auf Expeditionen der *Healy* dokumentiert haben, insbesondere Dr. Katlin Bowman, Alan Guo und Bill Schmoker. Ich war auch noch nie am Amazonas und hab die dortige Umweltzerstörung, den Völkermord und die Assimilation der indigenen Völker wie der Wayãpi nicht mit eigenen Augen gesehen. Ich habe mich größtenteils anhand zweier Bücher informiert, die von zwei phänomenalen Menschen geschrieben wurden: *Getting to Know Waiwai: An Amazonian Ethnography* von Alan Tormaid Campbell und *Blood and Earth: Modern Slavery, Ecocide, and the Secret to Saving the World* von Kevin Bales.

José »Zé« Cláudio Ribeiro da Silva und seine Frau Maria do Espírito Santo waren ein nachhaltig wirtschaftendes Bauernpaar, die 2011 zusammen ermordet wurden. Die Morde wurden, wie in meiner Geschichte, im brasilianischen Senat angekündigt, als dort über Vorschläge zu einer Veränderung des Waldgesetzes debattiert wurde. Ein Artikel von Jon Lee Anderson im *New Yorker* mit dem Titel »Murder in the Amazon« erzählt nach, wie eine Riege von »Ruralistas«-Senatoren buhte, als ein Abgeordneter die Untersuchung dieser Morde verlangte. Ich habe einen ungenannten Senator zitiert: »Wenn der Amazonaswald die Lunge der Welt ist, dann soll uns die Welt fürs Atmen bezahlen.« Diese Aussage stammt eigentlich von einem Senator aus Rondônia, aus einem Interview mit Lourdes Garcia-Navarro von *NPR*.

DANKSAGUNG

Komet wäre ohne Karen Kosztolnyik von Grand Central Publishing nie entstanden. Karen glaubte an das Manuskript und sein Potenzial. Ihr Verständnis hat mich dazu gebracht, mehr Struktur, mehr Tiefe und mehr Herz hinzuzugeben. Die zweite Heldin, die all das möglich gemacht hat, ist meine Agentin Suzanne Gluck von WME. Suzanne und Karen genießen nicht nur großen Respekt in der Verlagsbranche, sie werden auch von allen sehr geschätzt. Zu meinem großen Glück bin ich bei den außerordentlich Fähigen *und* Netten gelandet.

Sie befinden sich in bester Gesellschaft. Ich stehe in der Schuld des restlichen Grand-Central-Teams, insbesondere Ben Sevier, Rachael Kelly, Luria Rittenberg, Lori Paximadis und Michael Morris. Nach wie vor profitiere ich von der Unterstützung durch mein eigenes Team bei WME: Caitlin Mahony, Andrea Blatt, Sanjana Seelam, Siobhan O'Neill und Anna Dixon. Ihre Bemühungen brachten mich mit Oliver Gallmeister von Éditions Gallmeister und Susanne Stark bei dtv in Verbindung, für deren frühe Begeisterung in Frankreich und Deutschland ich überaus dankbar bin.

Erste Fassungen von *Komet* erhielten unschätzbare Tipps von den Lesern und Leserinnen Chris, Bernadette und Matt. Ich liebe diese drei ganz schrecklich und erlaube mir, sie wegen eines Feedbacks jederzeit zu nötigen. Frühere Entwürfe wurden auch von sechs Literaturagenten und -agentinnen bei der Unicorn Conference 2017 begutachtet: Zoe Sandler, Sarah Bedingfield, Andy Kifer, Rachel Crawford, Julia Kardon und William Callahan.

Ich komme zwar wie aus dem Nichts, verfasse aber schon seit der ersten Klasse längere literarische Text. Mir sei ein rascher Gruß an die Redaktion des transatlantischen Webzines *The Bees Are Dead* erlaubt, die meine erste Flash Fiction veröffentlicht haben. Mein Dank gilt auch meiner Familie, Freunden und Freundinnen in Philadelphia und Milwaukee, die meine früheren Arbeiten gelesen und mich zum Weitermachen ermutigt haben. Ihr ahnt nicht, wie wichtig euer Lob für eine ehrgeizige Amateurin gewesen ist. Na, vielleicht wisst ihr es doch, wenn ihr bis hierhin gelesen habt.

Am Ende noch ein Dank an die Aktivisten und Aktivistinnen, die ihr Leben riskieren: die Todgeweihten in Südamerika und anderswo. Viele sind gestorben, weil sie den Wald und seine Geschöpfe schützen wollten. Wir anderen haben es nicht geschafft, ihre Fackel in diesen finsteren Zeiten aufzunehmen. Als Reaktion auf unsere Habgier und unsere Bequemlichkeit sehe ich den Zorn der nächsten Generation aufflammen: Kinder, die auf die Straße gehen. Diese neuen Erben sind unsere Hoffnung – und genau an diesem Punkt habe ich diese Geschichte verlassen.